Boeken van M

Amazone met k
Ron

De confrontatie
Roman, 1974

Marguerite
Roman, 1976

De vermaledijde vaders
Roman, 1985

MEULENHOFF EDITIE

Monika van Paemel
De vermaledijde vaders
Roman

MEULENHOFF AMSTERDAM

Eerste druk februari 1985, tweede druk mei 1985,
derde druk oktober 1985

Omslagillustratie Jean-Jacques Bachelier (1724-1806),
'La Charité Romaine ou Cimon,
dans la prison, allaité par sa fille';
collectie École des Beaux Arts, Parijs
Foto achterzijde omslag Chris van Houts
Grafische vormgeving Joost van de Woestijne

ISBN 90 290 1601 9

INHOUD

(Dit boek is een meesterwerk. Niets is waar en alles is verzonnen. Om echt te zijn heeft het alleen behoefte aan lezers met een geheugen.)

DEEL EEN

Het verdroomde land

'La mort du Père enlèvera à la littérature beaucoup de ses plaisirs. S'il n'y a plus de Père, à quoi bon raconter des histoires?'

Roland Barthes, *Le Plaisir du Texte*

PAMELA WERD GEBOREN op 4 mei 1945, en stierf in het jaar 2000 en zoveel. De tijden veranderen, maar alles wordt nog altijd neergeschreven tussen twee data. En veel meer blijft er niet over dan een naam en wat cijfers, vlug vergeten maar nooit meer uit te wissen. Geen enkel bestaan kan worden overgedaan. Ook diegenen van wie men het spoor bijster is zijn eenmaal geboren, ook diegenen die verdwenen zijn eenmaal gestorven.

Leven als historische gebeurtenis: een verstard voorval. Niets bijzonders aan data, behalve dat ze een eenheid afbakenen in het oneindige. Het eindige in het oneindige: tijd is een voorstelling van tijd.

Toen Pam na de gebruikelijke reeks toevalligheden en misverstanden ter wereld kwam liep de wekker af – halftwaalf een vrijdagmorgen –, de nachtmerrie van de tweede wereldoorlog was weldra over. In Parijs gooide men de ramen en de bedden open, in Amsterdam zou men voortaan de doden met een minuut stilte herdenken; en in de Pacific werd verbeten gevochten. De climax moest nog komen, maar op 6 augustus was het zover, een vuurwerk van nooit geziene pracht dwong het feestgewoel tot ontzag. Onder het langzaam verdampen van de gigantische kruitwolk ontvouwde zich het landschap van de toekomst. Die verschijning zou het vergeten moeilijk maken.

En in het land dat nooit een land zou worden, gaven de heren bij moeilijke bevallingen nog altijd de voorkeur aan het leven van het kind boven dat van de moeder, een zieltjesloterij waar menige ondeugende baby van profiteerde maar die angstige moeders gevaarlijk maakte als tijgerinnen in een brandend bamboebos. Terwijl een leugenachtige stilte de waarheid bemantelde vochten twee vrouwen om hetzelfde leven. En de onkunde van de heren die hun moesten bijstaan was even groot als hun geloof dat bergen verzette. Moeder en kind overleefden de worsteling maar het was geen verlossing, de strijd op leven en dood liet sporen na.

Gedurende die gevaarlijke vierentwintig uur moet Pam de boodschap hebben begrepen. Een zoon was een troostprijs, een zoon kon de moeder bestaansrecht verlenen, maar een dochter bleef vergeefse pijn, schaamte en verlies dat moest worden goedgemaakt. Voor de liefde kwam de rivaliteit.

En dan nog was er die datum die zich aan haar zou hechten als een naam, en die ze nooit meer van zich af zou kunnen schudden. Een datum die een einde had moeten betekenen, of een begin, maar die geen van beide was. Het verleden hield niet op die vierde mei en de toekomst was alweer fout begonnen.

Een huis aan het einde van de wereld, afgesloten door de chaos waarin geweld verloopt. Wegtrekkende en binnenrukkende troepen, de afrekening van wit met zwart, vluchtelingen, het einde leek een omgekeerd begin.

Het huis lag aan de bocht van de weg voor de molenheuvel, het was een simpel huis met een deur in het midden, en aan weerszijden van die deur een venster. De dorpen waarin dergelijke huizen stonden waren moeiteloos teruggevallen in de tijd, en overleefden deze oorlog zoals ze de vorige hadden overleefd: met de deuren dicht en de luiken gesloten.

* * *

Voor het huis was een kleine bloementuin waarin boerenrozen en pioenen bloeiden, naast de zijgevel stond een notelaar. Er was een moestuin en een geiteweitje. Aan de ene kant was het erf afgesloten door een boomgaard en aan de andere kant door een dikke heg van christusdoorn, waarachter een zandweg lag, daar stonden tegen elkaar geleund ook twee daglonershuisjes zo klein dat ze twintig jaar later romantisch werden gevonden. Pam werd geboren in de linkervoorkamer die normaal de slaapkamer van haar tante en oom was, en in de smalle bijkeuken achteraan werden de eerste zorgen aan haar besteed. Ze onderging een nooddoop, daarna mocht de dokter haar gebarsten schedel aan elkaar spijkeren. Ook al geloofde men niet echt, men nam het zekere voor het onzekere, de schoenendoos stond al klaar in afwachting van het witte kistje dat oomlief indien nodig zou verzorgen. Hij was een ouderwetse timmerman die naar traditie de resten hout zou uitsparen om zichzelf en zijn familie de laatste eer te bewijzen. Hoe kon hij voorzien dat het land vlug uit zijn kunstmatige terugval zou ontwaken en maling hebben aan dat soort van tradities.

Achteraf kon men de oorlog vergelijken met een eenzijdige sprong voorwaarts, de mensen consumeerden de vrede en werden zo talrijk dat men zijn sentimenten spaarde. Geen timmerman rust nog tussen het werk van zijn handen. Ook hij niet. Maar hij zou zich ook nooit een zoon bezorgen. Een week voor Pam in zijn bed strandde, had hij zelf zijn hoogzwangere vrouw op een kar naar de stad gevoerd, om haar van de slachting te redden. Een helse rit tussen geïsoleerde weerstandsnesten en woeste verzetslui van het laatste uur, door lege straten, naar het ziekenhuis waar iedereen gek werd.

De psychologische oorlogvoering met de dokter, die gelukkig een ketter was, en het kind werd bont en blauw op de arduinen steen gelegd. Het was een meisje en het werd haastig in een schoenendoos begraven. Pam had eigenlijk Denise moeten heten. Maar omdat men op het laatste ogenblik nog voor heibel met de afwezige vader vreesde, en eraan twijfelde of men de doden op eigen houtje door levenden mocht vervangen, keek men naar de naam van de kalenderheilige en hield het kind boven de gootsteen. Aldus geschiedde. Maar het bleef haar tante een doorn in het oog, die naam die Pam van haar vervreemdde, ofschoon zij haar opnam en voedde, en met verdubbelde toewijding verzorgde alsof ze aan Pam wilde goedmaken wat Denise onherroepelijk te kort kwam. 'Als ik zeker had geweten dat je was blijven leven dan was dat grapje met die naam niet doorgegaan,' zei ze wrokkig, en daarmee verried ze haar twijfel die ze in de beslissende uren na Pams geboorte ook voor zichzelf niet had willen toegeven.

En Pam zat nietsvermoedend opgescheept met een verjaardag die tegelijk een naamdag was, en de herinnering aan het einde van een oorlog, dat niet het begin van vrede betekende. Er ontstond een tussenperiode die de koude oorlog werd genoemd, en waarin Pam zou opgroeien, terwijl de heren almaar heftiger hun messen zouden slijpen en met conflicten links en rechts het potje op het vuur zouden houden, tot het kookpunt weer eens werd bereikt. Maar het begint met een kaal en hulpeloos jong dat zonder kunstgrepen was afgestorven maar dat zich onmiddellijk vastzuigt, een kleine uitvreter die feilloos aanvoelt waar de beschermende warmte vandaan komt. De nagelaten leegte van de een is speelruimte voor de ander. De beste moeder is een stiefmoeder.

Haha, ze weten nergens van, deze lelijke diertjes, ze begrijpen voor noch na, maar ze zijn niet dom, ze kunnen horen en leren snel luisteren. Woorden zijn niet meer dan klanken, maar de trillingen slaan aan. Het weet, ook al kan het niet vertalen. Beter te fluisteren bij wieg of doodsbed, op de tenen te lopen, en slechte gedachten te verbergen, de heimelijke wensen te verdringen, wat er schijnbaar hulpeloos bijligt kan gewillig de ogen sluiten maar het hoeft daarom niet te vergeten.

Pam vertrouwde meer op haar oren dan op haar ogen; en toch bleven de eerste beelden haar makkelijker bij, het kwalijke geluid was verzonken, weggemoffeld om het ondraaglijke draaglijk te maken. Wie zichzelf de waarheid bekent is verloren. Maar als de oergeluiden werden herhaald steeg de echo uit haar buik naar haar hoofd, pijn alsof haar schedel zou barsten. Ze wilde zichzelf achteraf wel ongedaan maken, maar het lukte niet. Ze bleef om vrede vechten, een uitweg zoeken. Ze kon zich hartstochtelijk aan mensen en dingen hechten en terzelfder tijd was ze bang om dat te doen. Die neiging om zich te laten zakken, dieper dan de bodem, en daar in wanhoop tot stilstand te komen, om vervolgens diep ademhalend door hetzelfde gat weer omhoog te stijgen. Ook op die herhaling kon je de klok gelijkzetten. Het was een uitputtingsslag, een taaie vermoeidheid, goed vijfendertig jaar later zou ze er voor het eerst genoeg van hebben. De kinderlijke wens om eenmaal voor dat dubbelgraf te staan en van de stilte te genieten. Zinloos. Het ontvangcomité had gefaald, en Pam zou die eerste afwijzing maar moeizaam verwerken en ervoor zorgen dat ze voortaan het initiatief aan haar kant hield. Die dingen waren lang niet aantoonbaar, het leek allemaal heel onschuldig, maar evengoed waren ze aanwezig.

Een treurig gevecht als alles wordt teruggeschroefd tot zelfverdediging. Een benauwend trekje dat ze altijd zou proberen te verbergen door de wereld een opgewekt gezicht voor te zetten, maar de dood was nooit veraf. Het geluid kwam van buiten, maar zat ook in haar, de weergalm van de angstige hoop die haar moeder negen maanden lang terroriseerde en waarbij de angst voor het verkeerd aflopen van de oorlog in het niet verzonk.

Een kind behoorde tot de dingen die blijven, en zij had dringend een zoon nodig. Het was een soort van genenvergiftiging. Hoe Pam ook kwaakte, haar moeder zou haar niet zoenen, ze wist dat de kikker geen betoverde prins zou opleveren. De dubbelzinnige afwijzing van het evenbeeld. Alles wat ze kon doen, die teleurgestelde mama, was zo snel mogelijk de nutteloze pijn vergeten en zich opnieuw laten dekken in het blinde vertrouwen dat het deze keer raak zou zijn en haar koningswens in vervulling zou gaan. Maar Pam had haar gehoord en door haar heen de stem van de grote afwezige. 'Ze was er beter niet geweest.'

Zover was het met vrouwen gekomen dat ze fungeerden als doorgeefluik voor de wensen en bevelen van hogerhand, en hoe heldhaftig ze ook tegenspartelden, ze aten uit vaders hand. Pams moeder bezat de gave om de gedachten van haar Heer te lezen. Ze beschikte niet over zichzelf, ze had geen geld en geen opleiding, maar ze had geleerd haar vrouwelijkheid zo voordelig mogelijk aan de man te brengen. Ze was met haar dikke buik als onderpand een paar treden op de maatschappelijke ladder omhooggeklommen, en nam Pam haar ongewenste verschijnen meer dan kwalijk, het liefst had ze de spelbreekster meteen de nek omgedraaid. Ze had geen last van de schuldbewuste gevoelens van moeders die hun dochters afstoten, om ze aan de vaders over te dragen, en dan als het te laat is die ontrouw verdoezelen door solidair te zijn in het ongeluk. Ze liet Pam rustig achter bij haar zusters en verdroeg het nauwelijks als ze door haar grootmoeder periodiek naar huis werd gehaald. Ook toen de aanbeden zoon al op haar neerkeek bleef Pam de steen des aanstoots. Haar moeder zag haar al vlug als concurrente. En toen Pam, onvermijdelijk meer het kind van haar grootmoeder en tantes, haar eigen weg ging, werd ze hysterisch. Het voordelig misverstand was hatelijk. Het boerenmeisje haalde de burgerij als een ongelukkig en kwaadaardig wezen dat niet-begrijpend haar horigheid bleef bevestigen. De tantes vinden het 'zonde'. Ze noemen Pam een lief klein meisje. Ze smelten weg boven haar wieg. Maar het blijft jammer dat ze geen jongetje is. Al tillen ze niet zo zwaar aan het kind van een ander. 'Het is er nu eenmaal,' zeggen ze ferm, 'we moeten er maar het beste van maken.' En ze schudden het hoofd om de lichtzinnige woorden van hun zus, zoiets kon je als moeder misschien denken maar je hoorde het niet luidop te zeggen, laat staan het binnen gehoorsafstand van het kind te herhalen. Ze vertroetelen Pam als een jong duifje. 'Ach wat,' zei haar voedster, 'een mooi meisje raak je altijd wel kwijt.'

Pam zou aan de verwachtingen pogen te voldoen, en mooi en lief worden, tot ze er genoeg van had om met zichzelf op de markt te staan, en ziek werd. Ze bedankte voor zoveel goedbedoelde tweedehandsliefde. Ze stopte haar oren dicht. Ze hield zichzelf doof om de retorische doodswens te onderdrukken. Maar de stilte was een verdacht geluid. Alsof er in alle mensen klanken zaten die ze moesten verdoven. Het woord beeldcultuur werd uitgevonden, maar allicht was ook het beeld geluid geworden.

Stripverhalen. Kletskasten. Arbeidsvitaminen. Geslijm om de huisvrouw zoet te houden. Voor het neerslaan van het innerlijk oproer een buitenlandse vijand mobiliseren. En voor de gelukkigen die met het versneld hijgen de ogen sluiten, om in kreunen te vergaan, eindelijk de lang beloofde één minuut stilte. Vrede. Leven als herstel van leven.

Het eerste dat Pam ziet zijn de lichte en donkere vlekken boven haar hoofd, het spel van de blaren en de wind, de kinderwagen staat onder de notelaar en het gewemel maakt haar zweverig en loom. Het donkere gezicht dat haar toespreekt, maar de stem komt van ver, misschien glimlacht ze in een poging om iets terug te doen. De sensatie van gedragen te worden waarbij alles wegzinkt. En de harige kin van een nieuwsgierige poes waar ze danig van schrikt. Foto's die herinneren aan de eerste dagen. Weg en niet weg. Honger en pijn. En dan het zeldzame welbehagen van te ontwaken aan de andere kant van de geluidsmuur. De chaos en de bitterheid van het gevecht zijn meteen vergeten, men zal er haar hardhandig aan moeten herinneren.

Nooit ga ik nog het ziekenhuis in, dacht ze. Veertien jaren waren zo voorbij en toch was het de langste tijd geweest. De glazen deuren had ze overmoedig met beide handen opengedrukt, de vleugels weken als wanden. Vanop het bordes keek ze neer op de tuin met de geschoren heggen en rododendronstruiken. Achter haar wist ze het hoofdgebouw, een voormalig landhuis, met links en rechts de nieuwe gebouwen die met smalle doorgangen vastzaten aan het moederhuis. Ze waren veel groter, opgetrokken uit beton en voorzien van dubbel glas. Zoals Pam daar stond, gevangen als tussen de scharen van een kreeft, huiverde ze alsof er een schaduw over haar viel, maar ze keek niet om en liep moeiteloos de trappen af. Op de met kiezel bestrooide esplanade stonden twee sportwagens geparkeerd. Een rode MG en een zilvergrijze Standard. Ze liep naar de Standard en gooide haar jas naar binnen. Haar gebaren hadden dat overmoedige van mensen die net van een zware opdracht zijn ontslagen. Ze boog zich voorover in de auto, een geur van sigaren en motorolie omhulde haar. Ze streek met haar hand over de nachtblauwe kussens, het leder van de stuurzetel was mooi versleten. Het dashboard bekleed met notehout. Even werd het donker voor haar ogen. De dingen hadden hun eigen betekenis, ze leken veiliger dan mensen. En toch koesterde ze al het verlangen om te leven in sobere kamers met veel wit, waar al het overbodige aan de deur was gezet. Maar nog hadden de dingen haar in hun greep. Met een klap gooide Pam het portier dicht en slenterde naar de MG. De kap was neergelaten en ze bestudeerde een tijdlang het mechanisme om erachter te komen hoe het werkte. De Standard was wat dat betreft net een grote kinderwagen. Met gesloten kap blonken de scharnieren voor het strakgespannen zeil. Eenmaal had de voorsluiting het bij hoge snelheid begeven. Wham, en het dak ging de lucht in. Een sensatie alsof ze opstegen. Maar de scharnieren hielden de kap halverwege op haar plaats, zodat het voorste gedeelte loodrecht op het achterste stond en als een omgekeerd windscherm werkte.

Zigzaggend afremmend waren ze bijna in de losse berm terechtgekomen, maar gelukkig waren Gods wegen in Frankrijk op het middaguur van kind en kraai verlaten. De scharnieren zaten door het geweld van de klap muurvast, maar met wrikken en zweten kreeg haar vader ze omlaag, en harmonisch boog de kap open. Pam hield ervan haar hand tussen de plooien te stoppen, door het afkoelende effect van de wind ontstond daarbinnen een geheimzinnige kelderachtige ruimte. Ze ging met halfgesloten ogen achteroverliggen en genoot van het gefilterde licht dat door de kruinen van de bomen viel. Of het nu de appelaren van Normandië waren of de platanen van de Provence, ze was verslaafd aan dit spel van licht en donker, terwijl het zoefzoef van de luchtverplaatsing tussen de boomstammen het gevoel van snelheid nog verhoogde. Zo had ze wel voorgoed tot stilstand willen komen. Pam draaide om de MG en trok met haar vinger een spoor in het stof van het koetswerk. Ze tuurde ingespannen naar de glazen deuren boven aan het bordes, maar daar bleef het stil. Haar blik gleed speurend langs de ontelbare rijen vensters hoog en laag, maar ook in dat amfitheater scheen niets te bewegen. Zo snel als ze kon stak ze het gazon over, ze sprong over een palmhegje en struikelde, op een knie keek ze geschrokken achterom alsof ze vreesde betrapt te worden. Met een snelwandelaarstap ging ze vervolgens op de rododendrons af en begon wild bloemen van de struiken te plukken. Het was mei, de donkergroene blaren waren versierd met paarse bloemen. Pam verzamelde ze in haar rok, ondertussen schichtig om zich heen kijkend, maar ze had weer dat onderdrukte vrolijke. Haastig en zowat op haar tenen liep ze terug naar de MG, over het kiezelpad, het palmhegje vermijdend, en de zoom van haar rok met beide handen ter hoogte van haar maag tegen zich aan drukkend. Een meisje met een bolle buik. Ze begon de motorkap van de MG met bloemen te bedekken, de losse blaadjes strooide ze over de kussens en het binnenwerk. De paarse bloemen gaven het rode autootje het aanzien van een rouwwagen, maar het was te laat om er nog wat aan te doen, achter haar rug waren de glazen deuren opengegaan en er klonken stemmen op het bordes. Pam klopte haar rok af en trad de mannen tegemoet. Beiden hadden stijl met iets van opgelegd pandoer, waarbij de een niet voor de ander wilde onderdoen. De eerste bracht meteen de koffer naar de Standard, hij droeg een blauw pak met een krijtstreep, en keek langs Pam heen alsof hij met zijn gedachten elders was. De tweede bleef voor haar staan en stak zijn handen verlegen in de zakken van zijn dokterskiel, plat, zodat de handpalmen op de heupbeenderen drukten. Om zijn hals zaten de oren van een stethoscoop en de uiteinden van de slangetjes verdwenen in zijn borstzak als een vreemdsoortige pochet. Hij was erg donker met zwart haar en bijna zwarte ogen waardoor het wit van zijn volmaakte gebit nog beter uitkwam. Haar vader was ook donker, maar hij had blauwe ogen, en na de vitriool was er van zijn mooie tanden niet veel overgebleven, men had de zwartgeblakerde stompen onder narcose uit het kaakbeen moeten hakken. In plaats daarvan kreeg hij een volledig kunstgebit, dat hij verwaarloosde, onder het mom dat een kleurtje het porselein natuurlijker maakte. Onzin, en door het kettingroken dat hij deed werd het bruin, alsof hij nog altijd met een verbrande mond rondliep.

'Een leeuw kan ook met valse tanden bijten,' zei hij en met dat soort van grapjes moest je bij hem oppassen. 'Zal je onze afspraak niet vergeten?' vroeg de dokter. 'Nee,' zei Pam, haar huid ging prikken onder zijn twijfelende blik. 'Goed,' zei hij, 'ga dan maar.' Ze draaide zich zo vlug om dat ze even uit balans raakte, en voelde een vlugge hand als steun om haar bovenarm, maar ze rukte zich los zonder om te kijken en kroop snel in de auto die traag wegreed.

In de zijspiegel keek de dokter hen na, daarna wilde hij weer naar binnen gaan maar bleef staan toen hij de MG zag. Hij keek weer in de zijspiegel en stak protesterend een witte arm op, maar de auto reed rustig verder. Het laatste dat Pam ervan zag was dat hij met beide handen de bloemen van de motorkap begon te vegen. Ze liet zich diep in haar stoel wegzakken. 'Mag het dak niet open?' vroeg ze. 'Veel te koud,' zei haar vader, 'en dan moeten we jou vastbinden, bij het eerste zijwindje vlieg je overboord.' Pam keek naar de grijze stof boven haar hoofd en sloot de ogen.

* * *

Vergeleken bij de vorige oorlog was de laatste oorlog een beleefde oorlog geweest. Aanvankelijk waren er weer die ontredderde vluchtelingen die voor alles westwaarts wilden, en dan aan zee of in Picardië vastliepen. Maar al vlug ging de mensenstroom gedwongen de andere kant op, oostwaarts, naar een binnenland waar maar zelden rozen bloeiden. Men zag de treinen vertrekken, waarheen ze reden met hun vracht in geblindeerde wagons of veewagens stelde men zich liever niet voor, en wat er voorbij de laatste halte gebeurde viel buiten de verbeelding. Men genoot te veel het comfort van een verlaten slagveld. De trein van Brussel naar Mechelen was de eerste op het continent. 5 mei 1835: de koeien vluchtten met hun staart in de lucht, de melk stremde in hun uiers, roet daalde neer op de hoepelrokken en de hoge hoeden, het volk ging door de knieën van angst en bad om verlossing van deze duivelse drieëenheid. De Olifant, de Pijl en de Stephenson. Legendarische namen. Honderd jaar later was het uitgebreide spoorwegnet nog altijd iets om trots op te zijn. Wereldklasse. En wie had in dat liefelijke landje buiten de kerk ooit wat van joden gehoord? Er waren buurten verweg in de stad die snel ontvolkt raakten, maar het bleef te lang stil, men zag noch hoorde de godsmoordenaars gaan, men was als vanouds bezig het eigen overleven te organiseren. 'We kwamen rond maar er was geen overschot,' zei een boer, de klompen welgedaan in de gouden modder.

't Was in de mooie maand van mei, en getrouw aan hun slechte gewoontes vielen ze binnen zonder kloppen. Meteen zag het hele land groen en grijs, ze zaten overal met dezelfde smoes – vrije doorgang –, ze bleven maar even. In rijen door de straten en zingen bij het leven. Een parade. Als het zingen hun verging moest er weer een dorp aan geloven. Maar er waren nog zoveel dorpen over, Vlaanderen was één groot dorp, al hoopte ieder voor zich dat zijn huis en dorp gespaard zouden blijven.

Zo was het begonnen en zo zou het eindigen in doodse stilte. Zolang de soldaten zongen, zolang de raketmotor loeide, kon men met haarscherp luisteren en wat geluk het vege lijf redden. Maar sommigen bleven stokdoof, en anderen lieten de oren hangen, en er was ook een deel dat Schwejk verloochende en op het pijpen van de rattenvanger danste. Une danse macabre. De verkeerde helden waren geboren. Maar bij hun blijde intrede zagen de heren er nog goed uit, ze sneden geen vrouwenborsten af, en leken beschaafder dan hun vaders, zegezeker lachten ze hun tanden bloot. Een jongensdroom. Zo aanstekelijk en sportief dat men de nederlaag na achttien dagen slikte: een sportman erkent het recht op revanche en eerbiedigt de regels van het spel, het zag ernaar uit dat die elfde november 1918, een sombere dag vol goede bedoelingen, niet veel meer dan een rustpauze was geweest. Half-time waarin de overlevenden zich huiswaarts spoedden, en de doven de blinden begeleidden naar het verwaarloosde huwelijksbed, waar ze met de modder nog aan hun laarzen hun laatste plicht vervulden en met de kreet: 'Nie wieder Krieg! Nooit meer oorlog!' klaarkwamen op hun vrouwen die dit allemaal moesten aanhoren en de vier jaar lang opgespaarde ejaculaties in ontvangst nemen als grondstof voor de produktie van de volgende lichting. Hun inbreng was beschamend klein, ze maakten deel uit van de mensenmachine en luisterden naar dezelfde leugens, erger, ze hadden er voor eigen gebruik nog de liefde bij verzonnen. Maar wat daar kwam aanmarcheren was niet uit liefde maar uit doodsdrift verwekt. Hun vaders vochten nog met God aan hun zijde en eindigden ermee de revolutie Unter den Linden en het begin van hun vrijheid eigenhandig te onderdrukken, en ook hun zonen waren bezeten van orde en macht. Waanwijs en dolgebruld, met leuzen in plaats van moedermelk grootgebracht, waren zij bereid de tweede helft te spelen, om met de eindoverwinning ook over hun vaders te triomferen. God was een onbetrouwbare bondgenoot gebleken, ze hadden hem bij hun moeders in de keuken achtergelaten en vervangen door een vaderloze schreeuwlelijk met een komediantensnor. Hij zwoer hun nooit vader te zullen worden maar de zonen in ere te herstellen. Alles wat ze maar wilden konden ze krijgen, het lag voor het grijpen, en de knepen van het vak had hij afgekeken van de eerste gasaanval. Korporaal, en als Napoleon zou hij naar Moskou vertrekken, voor een keer zou hun stootkracht niet in de Vlaamse modder vastlopen maar bevriezen aan de oevers van de Wolga en de Don. Ook daar verdwenen steden en dorpen waarvan men nog nooit had gehoord, en met moeilijk uitspreekbare namen als eenmaal Ieper en Passchendaele.

Stalingrad waar het zo koud was met kerstmis 1942. Maar de kerstboodschap was weken op voorhand ingeblikt: vrede tot de laatste man! Het diner: sardienenolie om de stembanden te smeren. Alleen de bevelen waren nog overeind gebleven. Friedrich Paulus wreef zich vergeefs in de handen; het zesde leger was een goede vernieler maar een slechte verliezer.

In mei 1940 stond het koren op de juiste hoogte voor de eerste klaprozen en zien we daar niet in het verwoeste dorp Vinkt dezelfde figuur – lichtjes gebogen schouders – bij de kerkhofmuur? De streken van de vaders betekenen de onmacht van de zonen. Jongensdromen. Een trein onder de kerstboom. Maar alle treinen waren in beslag genomen voor een stiekeme volksverhuizing naar een niemandsland waar alles in rook verging. De behoefte om in een vlakte te staan onder een eindeloze hemel en diep adem te halen. De eerste en de tweede wereldoorlog zaten aan elkaar vast als een locomotief en zijn wagons. Zoals een kind vastzit aan zijn ouders, hoe onzichtbaar die ook mogen zijn, en aan een voorgeschiedenis die niet de hare is maar die het wel zal worden. Niets is zomaar voorbij.

Pam was doodsbang voor treinen. Opgewonden stond ze aan de hand van Elisabeth op de malle boerentram te wachten. Het begin van de reis was vrolijk. Ze kende de tram omdat hij dagelijks vlak voor de poort die het erf van haar grootmoeders boerderij afsloot voorbijkwam, knalgeel, en toeterend om kippen en kinderen van het spoor te verjagen, ze klom tegen het traliewerk van het hek omhoog en wuifde naar de bestuurder met zijn jeneverneus, en de rode koppen van de boeren en boerinnen in hun zwarte kleren, en als ze instapte werd haar aandacht volkomen in beslag genomen door het kleinvee dat luid protesterend of roerloos ineengedoken in de kooien en korven zat, en de postzakken die op het achterplatform werden gegooid, en alles wat er in de dichtgeknoopte pakketten of margarinedozen kon zitten. En ook op de dijk, waar de tram gevaarlijk ging overhellen, keek ze nog nieuwsgierig van het water naar de verontruste gezichten van de volwassenen, die onwillekeurig schuin op een bil leunden om voor tegenwicht te zorgen. Onder de kont van een welgedane man kwam een langgerekte wind vandaan alsof hij zijn dij voor een fluitsignaal had geheven. Pam, die de hele tijd al tegen zijn buik had aangekeken, proestte het uit, maar Elisabeth bloosde. Of er zat een nonnetje helemaal in haar eentje, de gesteven punten van haar vliegende kap recht overeind, en ze gaf Pam een bidprentje en vroeg of ze later ook nonnetje wilde worden, maar dan moest ze eerst heel veel van Ons-Lieve-Heertje gaan houden, anders had het geen zin. De tram was een kermisattractie vergeleken bij de trein. Als hij in de stad aankwam draaide hij nog een rondje om het stationsplein, daarna moest iedereen uitstappen en begon de ellende. Een zwaar gewicht drukte op Pams maag, en haar voeten stapten heel ver onder haar als vreemde voorwerpen verder. En onder de glazen koepel van de stationsoverkapping werd ze panisch. De treinen donderden het station binnen in wolken stoom en kwamen sissend tot stilstand. Er lekte water uit de buik van de locomotief, alsof er een kwaadaardige buffel stond te zeiken. Pam bestond niet langer. Stokstijf werd ze door Elisabeth in een wagon geduwd, en daar bleef ze gespannen zitten terwijl de trein uit zijn mechanische wintertuin wegpufte.

* * *

Alles was vreemd, zelfs de bekende gezichten van haar begeleiders vertrouwde ze niet langer, en ze verzette zich hardnekkig tegen het schommelende ritme van het voertuig. Ze ging bij voorkeur met haar rug tegen de rijrichting in zitten zodat het landschap trager wegschoof en ze zo lang mogelijk kon kijken naar waar ze vandaan kwam. De plotselinge schrik als een trein in de tegenovergestelde richting voorbijraasde was niets vergeleken met de droefheid die ze voelde als ze naar het verglijdende landschap keek, en naar de sporen die van haar wegrolden en zich van elkaar verwijderden om weer samen te komen op een punt in het oneindige. Ergens heen nergens heen. Het verleden was het perspectief. In elk station waar de trein stopte wilde Pam uitstappen, en het kon haar geen barst schelen dat ze dan verder zouden moeten lopen. Haar vader, die geen zwakheid meer verdroeg, zou haar in het Centraal Station in haar nekvel grijpen en bij haar jaskraag omhoogtillen naar de binnenrijdende trein, alsof hij haar met de neus op de feiten wilde drukken. Pam verzette zich niet, daarvoor was het alweer een trein te laat. Maar ze spaarde haar woede wel op, en natuurlijk was hij er ook niet bij geweest die allereerste keer, toen Pam nog in het niemandsland verkeerde en haar moeder geholpen door grootvader de stad ontvluchtte, om aan de vliegende bommen te ontkomen. Alleen haar grootmoeder was in het gezicht van de brandende haven op post gebleven. Zij liet zich niet meer verjagen, het volstond haar het kleinkind ver van de belegerde stad geboren te weten. Een legendarische reis, die vlucht naar het verleden, met het oog op de toekomst. Alsof de eerste overlevenden uit het oosten wederkeerden, een parodie op de heilige familie, de zwangere vrouw en de bejaarde man die de weg vrijmaakte, en haar een zitplaats vond in een van de zeldzame treinen die met vertraging toch het land van herkomst bereikten. En voor Pam een verloren kans om onzichtbaar te blijven, geslachtloos, naamloos. Iets dat nooit zou eindigen omdat het nooit begon. Maar ze liet zich blindelings het leven inrijden, in slaap gewiegd door de valse veiligheid van de bordpapieren dorpen en bewaarmoeders, de schijnbare afwezigheid van vaders. Een eeuw te laat. En een zoon te vroeg. Er schortte wat aan het tijdsbeeld. De vrede was veel gevaarlijker geworden. Onder een hoedje te vangen.

Pam zou noodgedwongen leren haar angst voor treinen te verbergen, en ze werd ook wat rustiger omdat ze altijd heen en weer ging, een pendelbeweging, zodat ze op een dag misschien zes jaar oud resoluut met haar gezicht naar de rijrichting ging zitten. De toekomst tegemoet. Maar het was gezichtsbedrog, ze deed het alleen als ze uit de stad naar het land vertrok en uitkeek naar het verleden. Het kleine paradijs. Ontelbare keren zou Pam het traject van land naar stad en omgekeerd afleggen, zodat het een constante werd, en omdat met de tijd het land verdween en de stad haar wel aantrok maar vijandig bleef, verkoos ze het reizen, de uitvlucht van ontwortelden. De wereld groeide dicht. En heel opvallend, hoe beter het een land ging, hoe sneller het verdween. (Toen de bezige baasjes alles hadden stukgemaakt en volgebouwd, en corrupt tot in hun nieren de autonomie van de provincies verkondigden, kon men verschrikt over zoveel lelijkheid alleen maar op de vlucht slaan.) Alleen de leuzen en de leugens bleven nog een tijdlang overeind. Pam gaf het op, het deed er niet meer toe waar ze zich bevond of welke richting ze uitkeek, als ze maar in beweging bleef. Ze droomde van reizen met de Transsiberische of de Oriënt-Expres en wekenlang onbereikbaar zijn. De angst als sensatie. Maar in werkelijkheid bleef ze altijd een hekel hebben aan voertuigen die ze niet zelf kon besturen. Als je de bestemming alleen bij afspraak kunt bepalen blijft de aankomst onzeker, voor je het weet word je afgevoerd naar een plaats waar je altijd moet blijven. Reizen als gecontroleerde vlucht, almaar verder naar maagdelijke oorden, waar de bomen het nog niet tegen beton moesten afleggen en geen mens haar taal verstond.

De blinde vlek van de romantiek. En de ergernis om dit onvermogen, dat keer op keer werd bevestigd omdat elke ontdekking haar eigen gruwel verborg. Het gedroomde land was voorgoed verbeurdverklaard, en wie in de bossen verdween vond daar kale plekken met goed onderhouden graven. De heren hadden de handel overgenomen. Maar met de toekomst moet de dood aanvaard, en dus bleef het ook voor Pam nog lang een halfslachtig gedoe van iemand die tegenstribbelend achter zichzelf aan zit.

Hoe lang is de tweede wereldoorlog officieel voorbij als de trein vanzelf naar het oosten spoort en de namen van de stations vreemd bekend in de oren klinken. Echo's. En de zelfzekere vrouw van daareven nerveus wordt, om de jonge moeder met haar baby, die verlegen glimlachend de coupé is binnengestapt en de reiswieg op de bank heeft gezet, waarna de trein met een schok in beweging is gekomen, zodat ze vlug een stap achteruit heeft gedaan om haar evenwicht te bewaren en de baby prompt begon te huilen.

Onmiddellijk de bezorgde tederheid van de moeder, die zich van wanten, muts en jas ontdoet en zich sussend over de reiswieg buigt. Wat niet mag helpen. Steun zoekend heeft ze de andere vrouw aangekeken, en die glimlachte geruststellend. Goed verzorgd en zonder leeftijd, maar er was een hint van paniek in die paarse ogen. De moeder heeft een breed jong gezicht met helblauwe ogen, en vlasblond slordig geknipt haar. Ze is klein en mollig alsof haar figuur zich nog niet van de zwangerschap heeft hersteld. Maar het kan ook dat ze van meisje tot vrouw is verpopt, en dat haar ronde buik en borsten daarbij horen. Ze is degelijk maar ouderwets gekleed, alles aan haar doet denken aan een tijd die achthonderd kilometer westwaarts dertig en meer jaar voorbij is maar zeshonderd kilometer oostwaarts uiterlijk is blijven stilstaan. Alles hangt ervan af op welk punt men zich bevindt. Alleen de reiswieg is nagelnieuw. De trein rijdt een tunnel binnen, het licht in de coupé floept met vertraging aan, zodat in het donker minutenlang niets is te horen behalve het malen van de wielen en het huilen van de baby. Op de lichte huid van de moeder zijn vuurrode plekken verschenen, ze kijkt ongelukkig naar de vrouw tegenover haar, en schuin naar de man in de hoek, die zich achter zijn krant verbergt. Het kind huilt intens met lange uithalen, en is tussendoor even stil, alsof het geen lucht meer kan krijgen. De moeder houdt het niet langer uit, ze staat op en haalt de baby uit de reiswieg. Het kind, dat onder een donsdek was verborgen, blijkt zelf ook flink ingebusseld, het mutsje is half van het hoofdje geschoven, twee maanden, meer niet; het gezichtje is vuurrood van het huilen.

De man vouwt zijn krant dicht en verlaat de coupé. Vragend kijkt de moeder naar de vrouw die haar bemoedigend blijft toelachen, al trillen haar mondhoeken en drukt ze haar nagels in de handpalmen. Ze is er niet rouwig om dat de man opstapt, voorbij zekere grenzen werken krantenlezende mannen zonder bagage op de verbeelding. Nu hij wordt opgenomen en gewiegd komt de baby tot rust, het geweld luwt, hij snuift en snikt nog wat na maar blijft kalm, al staat zijn moeder te twijfelen waar ze hem zal neerleggen. Dan vraagt ze het aan de vrouw. Wat ze zegt verstaat die niet, maar het gebaar van de moeder is duidelijk, en ze reageert automatisch met uitgestoken armen en neemt het kind over. Even vertrekt het snuitje in dreigende rimpels, maar de vrouw stopt de kneukel van haar rechterwijsvinger in het mondje, en de baby begint wild te zuigen. Ze knipoogt naar de moeder, die opgelucht lacht en haar trui over het hoofd trekt, het dunne haar blijft knisperend overeind staan. Ze knoopt een gebreid jakje los en haar blouse die twee natte plekken vertoont. Handig wordt de baby verwisseld, maar hij is het spelletje beu en begint weer te huilen.

De moeder manoeuvreert onhandig met de gezwollen borst in de richting van het gapende mondje, de tepel stoot tegen een wangetje, een straaltje melk sproeit naar buiten, de baby hapt lucht, brult, maar heeft eindelijk de tepel beet en gaat zo heftig tekeer dat hij zich verslikt; tenslotte balt hij zijn kleine vuisten en gaat zich gestaag liggen voldrinken. Beide vrouwen hebben de adem ingehouden en kijken elkaar nu ontspannen en gelukkig aan. 'Hoe oud?' vraagt de vrouw, en om zich te verduidelijken maakt ze een tellend gebaar met de vingers. Met haar vrije hand antwoordt de moeder. Zes? Nee, zeven weken. 'Een mooi kind,' prijst de vrouw weemoedig.

De moeder straalt. Ondertussen rijdt de trein almaar verder de nacht in, de kaartjesknipper kijkt even naar binnen maar loopt meteen door. Buiten is het volslagen donker geworden. De vrouw wrijft met de tip van haar sjaal over de lichtbeslagen ruit, maar er is niets te zien, de trein rijdt door een zwart gat. Het kan een vlakte zijn, er kunnen huizen staan, kerken, gevangenissen. Er kunnen mensen over de wegen lopen. Maar er is zoveel niets dat zelfs de voortsnellende trein tot stilstand lijkt te komen. Ergens halverwege. Afscheid en vertrek zijn nog niet vergeten maar al ver genoeg weg om de directe herinnering eraan te laten vervagen. Later komt de smartelijke herhaling van beelden wel terug. De stomme film waarbij onderschriften worden verzonnen. En de aankomst die voortdurend dichterbij komt wordt in gedachten uitgesteld. Tot het laatste ogenblik spelen met het onbekende, terwijl het achteraf toch zal zijn alsof het al eens eerder was gebeurd.

De vrouw die aarzelend uitstapt en zoekend om zich heen kijkt tot een silhouet zich van de wachtenden losmaakt en zich tot haar bekent, twee paar ogen die elkaar aankijken, vertrek en aankomst overbruggen. En de formele omhelzing met even de druk van lichamen, die onder hun kleding dezelfde subtropische warmte verspreiden. Beheerste hartstocht. Alleen door ingewijden waarneembaar.

Als ze achteroverleunt ziet de vrouw haar gezicht bleek als de dood weerspiegeld in de treinruit. Ze hoeft haar blik maar af te wenden naar het vredige tafereel aan de overkant van de bank, maar ze blijft als behekst staren naar het witte gezicht dat haar vanuit het donker gadeslaat.

* * *

7 mei 1945. De oorlog was voorbij en de treinen stonden stil. Het uur der vergelding was aangebroken. De goeden waren dood, de slechten hadden hun trekken thuis gekregen, en niemand was nog onschuldig. Vier jaar lang hadden de mensen zich achter hun gesloten luiken zitten verbijten, hun angst en agressie onderdrukkend als ze de laarzen over de straatstenen hoorden stampen op de cadans van het viriele gezang. Hun blikken afwendend van roof en moord. Drie heilige apen op het buffet. Niemand had wat geweten maar niemand was wat vergeten. Lang waren de heren soldaten niet galant gebleven, zodra de voorstelling was afgelopen gingen ze over tot de orde van de dag, en er was één ding waarin ze hun voorgangers al vlug overtroffen: georganiseerde chaos. Als ze 'vrouwen en kinderen eerst!' riepen, dan bedoelden ze ook dat die sofort het water ingingen.

Ze hadden een zwak voor een weerloze vijand en verdroegen geen tegenspraak. Maar ook jarenlang de leugens, de taaie woordenbrij. Handelsreizigers in ideologie en hersenspinsels, die meteen hun voet tussen de deur zetten. Kleinburgers onder hun helmen, sentimenteel en tot alles in staat. En daartegenover niets dan goedbedoelde pogingen tot verzet. Armoede en vernederingen. Maar de show werkt aanstekelijk voor veel Klein Duimpjes die in de laarzen van de reus weglopen. Pam was een heldendochter.

Drie beslissende meidagen na de geboorte als ze van capitulatie tot capitulatie haar eerste zege bevecht, en onwillekeurig blijft leven terwijl de aanstoker van die triomf alweer in verzekerde bewaring zit. De kreupele helden waren op terugtocht en haar vader met zijn bevroren ledematen, en zijn idealen als een kruis op zijn schouders, kon niet anders dan volhouden dat hij met al zijn goede wil was bedrogen, al kreeg hij haar erbij als straf voor zoveel onbegrip. Noblesse oblige, het testament was opgemaakt, hij was klaar voor zijn laatste sigaret. Maar sterven zonder zoon is hard.

De vrede was de voortzetting van de oorlog met andere middelen. Het onbetrouwbare thuisfront had hem een mooie poets gebakken. In oorlog en liefde is alles toegestaan. Maar als een man zou hij de dolkstoot in zijn rug incasseren. Aan zoveel hardleersheid hoefde men geen kogels meer te verspillen. Voor de wederopbouw had men behoefte aan organisatie, discipline, en vakmanschap. De zwarte schapen waren bruikbaar. De heren wisselden van jas om de oude waarden trouw te zweren. Ze hielden vast aan hun favoriete spelletjes. En de vrouwen die zo dapper hun mannetje hadden gestaan werden weer vrouwelijker: de rokken langer, de benen frêler. The new look. Het eerste luxeartikel na zoveel ontberingen. Voor bewezen diensten kregen ze stemrecht. Voor jaren trouw in ellende en omdat de heren hun behoudsgezindheid nodig hadden. De koning had de verkeerde kaart getrokken maar een mooie liefdesroman geschreven. De erfelijke staat was in gevaar. Gelukkig had hij als troef nog een bleke zoon in reserve. De dames stonden giechelig in het stemhokje om voor het eerst een bolletje zwart te kleuren. Geen hand om de hare vast te houden. Maar men kon erop rekenen dat zij de vaders van hun toekomstige zonen niet zouden afvallen. Zij hoefden de regels van het spel niet te begrijpen of hun mooie hoofdjes te breken over de gevolgen van hun lichtzinnigheid. Vader had zijn voorzorgen genomen. Alleen wie vrij is kiest het eigen voordeel.

Na elk avontuurtje staat hij weer op de stoep, ongeschoren en naar vreemde bedden stinkend, maar zeker van zijn charmes en onmisbaarheid. Het vrouwelijk gemoed is vlug bewogen.

Van horen zeggen hoe Pam nog diezelfde lente als voorwendsel werd gebruikt om grendels te forceren, en er voor altijd een einde kwam aan de tijdeloze dagen in geborgenheid. Als ze haar grote teen ontdekt en hem moeiteloos in haar mond stopt en elke poging om haar met verdunde geitemelk te voeden gillend onderschept en zich laat troosten door twee grootmoedige borsten die ze al helemaal als de hare beschouwt. En onder het waakzaam oog van de teef wordt opgenomen in een nest pups. En luistert naar de wiegeliedjes die haar aangenomen moeder voor een andere baby zingt. (Zoals altijd als er een kind wordt geboren en de ouders zijn niet daar, bijvoorbeeld omdat de vader naar de oorlog is, en de moeder de dagen in het kraambed op de vingers aftelt, komen de petemoeien eropaf. Dat zijn buitenaardse dames die vanwege hun staat nooit ofte nimmer kinderen van zichzelf kunnen hebben en verteerd worden door heimwee. Want helemaal onstoffelijk zijn ze niet, ze behoren niet tot het rijk van de geesten, maar evenmin tot de wereld van de mensen, ze zweven ergens tussenin en kunnen de vreemdste vormen aannemen. Ze verschijnen als dwaallichtjes op de heide, of als muziekjes als je 's morgens wat langer in bed blijft liggen. Ze zijn dol op muziekdozen en kruipen ook graag in draagbare radiootjes, ouderwets of modern, daar doen ze niet aan mee... En als het zo uitkomt kunnen ze zich als mensen vermommen, dat wil zeggen naar hun aard: als vrouwen.

Vanzelfsprekend zijn er ook die door de omstandigheden gedwongen, of omdat ze gevoel voor humor hebben, in een man veranderen, maar dat gaat nooit goed. Altijd komt hun staart te voorschijn. Zodra ze een menselijke gestalte aannemen doet zich die bijzonderheid voor, aan de stuit, de plek waar het staartbeen eindigt en de billen zich splitsen – ontspringt een weelderige pluimstaart. Lengte en breedte variëren, en in principe kunnen alle kleuren voorkomen, er zijn witte en zwarte staarten, zelfs zilvergrijze, maar de meerderheid heeft er een in pasteltinten. Zuurstokroze of babyblauw. Hoe moet men zich dat voorstellen? Het meest lijkt het nog op een stola van struisveren waarmee cancan-danseressen of variétémeisjes zich uitdossen. Lichtzinnig maar elegant. Een petemoei die zich als mensenvrouw voordoet slaagt er dan ook in om de staart als een onderdeel van haar toilet te verwerken. Ze draagt hem om haar hals, speelt er achteloos mee of laat hem gewoon voor wat hij is, en iedereen gelooft dat het hier om de lancering van een nieuwe mode gaat. Maar wat een ramp als de petemoei haar vrouwelijke vormen in een notarispak heeft geperst en plechtig als een lijkbidder een akte voorleest, en daar komen uit de broek violette veertjes piepen..., of zij schouwt in parade-uniform de troepen en achter aan haar rug zwiept op de maat van de marsmuziek een donzige staart..., om maar te zwijgen van de heiligschennende aanblik als zij in een vrome outfit een donderpreek wil houden en haar plumeau veegt gewoontegetrouw stof van de kansel... Er rollen koppen voor minder!

Dat is het lastige met die staart, hij laat zich niet wegmoffelen en reageert haarscherp op de gemoedsgesteldheid van de petemoei. Zij heeft goed te doen alsof, haar staart verraadt haar waar ze bij staat. Hij kan breeduit waaieren..., of aan haar voeten liggen terwijl alleen het trillende puntje snel heen en weer gaat..., hij kan achter haar aan zeilen en in het voorbijgaan iemand onder de kin aaien..., hij kan zwiepen dat de pluimen in het rond vliegen... Er zijn geen oprechter wezens dan petemoeien. Dat betekent niet dat zij dom zijn, maar ze hebben medelijden met mensen, dus moeten ze zich aanpassen. Maar die eigengereide staart verdomt het. Een kind dat petemoeien aantrekt is een gelukkig kind. Ze maken het niet rijk of machtig, maar zorgen er door hun medeplichtigheid voor dat het zich nooit alleen voelt. Ze leren het zijn zintuigen te gebruiken en van de goede dingen te genieten. Het zijn geen engelen en wee je zieltje als je op hun zenuwen werkt, geduldig zijn ze niet. Maar ze houden van een goede grap en dragen er zorg voor dat het kinderlijk oog behouden blijft. Ook het vermogen om in het gewone het buitengewone te zien. Er wordt beweerd dat petemoeien zich alleen om meisjeskinderen bekommeren; dat is pertinent gelogen. Ze trekken zich alles aan, jongens, meisjes, maakt niets uit, maar ze hebben goed wensen boven zo'n wieg, wat erin ligt gaat vroeg of laat toch zijn eigen gang. En het komt wel meer voor dat een jongetje zich voor zijn petemoeien gaat schamen, ze vallen natuurlijk op, met die staart en zo, en hij wil voor zijn vriendjes de stoere bink spelen... het lijkt onschuldig maar het is het begin van het einde. De petemoeien zullen verschrompelen tot oude besjes, hun staart valt af en ze worden onzichtbaar. Ze zullen nog weleens van zich laten horen als muziekjes, maar als het jongetje het deuntje niet herkent zullen ze voorgoed verdwijnen. Zo is het leven!

En je zal de heren de kost geven die verborgen in de voering van hun portefeuille, of in een sigarenkistje, een pluim hebben verstopt, die ze wanhopig liefkozen op avonden dat ze van alles en iedereen verlaten stappen op de gang horen... Pam wist van een zakenman die fortuinen verspilde aan het verzamelen van staartveren van paradijsvogels! Want wie ooit door een petemoei is beroerd, wie ooit die vederlichte streling heeft gevoeld, kent de hunkering naar het volmaakte.)

De echte moeder op het briefje was na de geleverde prestatie zo vlug mogelijk verdwenen, er waren wel spannender dingen te beleven, maar nooit zou ze Pam ongedaan kunnen maken, wat ze ook zou proberen of hoe gretig Pam achteraf haar eerstgeboorterecht wilde verkopen, het lukte niet, geen van beiden was vrij geboren.

Nog geen twee maanden oud wordt Pam zorgvuldig gekleed voor een werk van barmhartigheid. De roze en blauwe spulletjes vervangen door witte kant, een gouden kettinkje met kruisje om haar hals, en om haar pols de kleine zilveren armband waarvan het naamplaatje, generatie na generatie, van vader op zoon was overgedragen. Getooid als een doopkind voor de treinreis naar een onnoembare plek stroomopwaarts, niet ver van de stad, waar een verlaten abdij omringd door rietkragen als gevangenis dienst doet. Een mooie ruimte voor boetedoening, met dikke muren en kille gangen, en een binnenplaats waar de toondichters van het verkeerde woord aan hun lange baarden worden voortgesleept, terwijl in de monnikencellen de gevallen elite, als schuim behandeld, koppig doorgaat met bidden en zingen, zij het voorlopig wel een toontje lager. Een strenge orde om in te treden, het was heus niet alle dagen kaviaar met champagne, zelfs het Oosteuropese dieet van water en brood ontbrak weleens.

Voor niets word je niet zalig! En beheerste wraak is een zeldzame gave. Maar wat de slachtoffers van gisteren ook deden om op de beulen van vandaag te lijken, ze kregen het tuig niet aan het spreken. De grote stilte van het collectieve geheugenverlies was ingegaan. Ze hadden van niets geweten. Geen schuldbekentenis kwam ooit over hun lippen. Wat ze ook gedaan mochten hebben, het was voor God en taal, voor zuiverheid van bloed en bodem, en als dusdanig was het goedgegaan.

Daar zit ook Pams vader broedend op zijn lot als een te kort gedane schooljongen, de leugens om bestwil herhalend tot de bekende dreun hem geruststelt. Hij wil zijn memoires schrijven. Voor hem is het afgelopen. Als het einde van de oorlog een feit is moet hij met de nederlaag zijn ongelijk toegeven. Dus blijft het altijd oorlog. Ook al staat de tweede helft van zijn leven dwars op de eerste, en is hij aanvankelijk overgeleverd aan de genade van zijn moeder, die de koorden van haar beurs aanhaalt en hem tegen haar zin van het verhongeren redt. De omgekeerde wereld, het was zijn vader die jammerend achter hem aan liep toen hij gelaarsd en gespoord het perron opmarcheerde met zijn vrijkaartje voor de Russische olievelden. Zijn moeder vervloekte hem. En nu hij in de val zit is het weer zijn vader die de truc met de kleindochter bedenkt. Om de gevangenen tot inkeer te brengen worden ze in strenge afzondering gehouden, bezoek is verboden. Behalve in bijzondere omstandigheden. Door dit achterpoortje nadert de kleine optocht. De geslagen grootvader met het kind op de arm, en de moeder, die verklaard heeft de baby zelf te voeden, op een sukkeldrafje er achteraan. In de spreekkamer van de prior worden vader en dochter aan elkaar voorgesteld, maar de ontmoeting is geen succes. Het water klokt monotoon tegen de muren, de wind doet de rietkragen huiveren.

Verslagenheid en wrok, verdriet en onbegrip, de stemming kon vrolijker zijn. Pam begint te huilen en laat zich door geen nepmoeder sussen. Het kindergeschrei gaat geducht op de zenuwen werken. Het verstoort de gewijde stilte, het roept verdrongen beelden op, het trekt schaamteloos de aandacht, het verhindert de verzoening. De grootvader staat erbij als zijn eigen beschrijving, in cape en rok, het dode konijn in de hoge hoed: een beteuterde goochelaar. De moeder zoekt vergeefs naar een middel om het alarmerende geschrei te smoren en de vader voelt zich genomen. In plaats van soelaas, meer zorgen. Pam draait de rollen om. Men gelooft nog niet dat ze het opzettelijk doet, maar het is toch een veeg teken. De trein is ontspoord.

Vader zal voor Pam een nog onwaarschijnlijker begrip worden dan moeder. Nog meer samengesteld uit fragmenten, beelden die niet met woorden overeenkomen, verzinsels, poeha. Maar zijn woord was wet. En de vrijwillige ballingschap waarin hij zich zou terugtrekken, zou hem onaantastbaar maken, een afwezige aanwezige, Gods oog achter de wolken. En voor het uitvoeren van het laatste bevel had hij altijd een vrouw nodig. De held was een schijterd. Pam zal zich ook die treinreis niet herinneren, maar het was ondergaan en waargenomen; het besef verdwijnt in het woordeloze gebied waar de allereerste trein rondspookt. Als iets vooruitgaat neemt het een aanloopje in het verleden. Maar het Europa van de duizendjarige treinen was voorgoed verdwenen.

* * *

Al waren ze er niet, nooit of zelden: ze bestonden wel. Hun invloed strekte zich uit in mensen en dingen. In alles waarin Pam onschuldig was, maar dat ze zou leren kennen, dat haar zou besmetten en waartegen zij zich woest of onhandig zou verzetten.

Een sluipend kwaaltje. Een inplanting leek het, een infiltratie, onderhuids en gluiperig. 'Kinderen pluk je niet van de bomen,' zegt Marguerite-Leonia, maar in haar slaapkamer hangt een stamboom. Een fors geval van de familie der eiken of beuken, met aan zijn voet de initialen van de stamvaders gegrift, en in de kruinvertakkingen hangen in ovalen medaillons de foto's van het nageslacht. Bleke, dikke, kale of besnorde lui waarmee men dan niets gemeen mag hebben maar die daar ook niet voor niets zijn opgehangen als ballen aan een kerstboom.

Ze lijken willekeurig verdeeld, maar er bestaat wel degelijk orde, en vooral volgorde. De hoofdlijnen zijn mannelijk, erfelijk met naam en toenaam is het Hij die vruchten draagt. Een staaltje van schriftvervalsing dat kan tellen. Wordt met de mantel der liefde bedekt. (Wiens naam Gij draagt, diens bed Gij deelt!) De zijlijnen zijn vrouwelijk, bloesemknopjes, eeuwige jeugd, waarvan men weet dat ze als vogels in vreemde bomen nestelen. Ontrouw die wordt gestraft met naamverlies. Gezichtsverlies ook: is het vaderhuis ontvlucht met een of andere kermisklant, heeft zich vergooid en oneer over de familie gebracht. Wordt doodgezwegen. Haar naam zou de oude een hartaanval bezorgen. Heeft hij niet verdiend. Hoewel hijzelf in zijn jonge jaren... Vrolijke klant. Liep ook altijd te zingen. Dat is na het bankroet wel anders geworden. Zong een toontje lager. Kromp in elkaar, geleek een kleine man op zijn pantoffels, zat de hele dag in papieren te rommelen. Schrapte haar naam uit het testament, verscheurde foto's. Het familiegraf werd gesloten. Binnen de grenzen van mijn rijk ben ik koning. Spreek mij niet tegen. Verbeurde dochter. Onzalig schaap. De tijden veranderen. Aftakeling. Gaat altijd sneller als de weerstand is gebroken. Voortaan vrouw de baas in huis. Elk jaar een nieuwe bontjas of het scheelde niet veel. Jongste dochter heeft er zich aardig uit gered. Een naam getrouwd. Hak zoekt zijn gemak. Nochtans geen schoonheid, neus van d'r vader. Verborgen kwaliteiten dan.

Zal wel. Koelkastenfabrikant. Goeie handel, huizen hebben geen kelders meer. Dame nu, komt nog maar zelden naar huis. Doet een beetje uit de hoogte. Heeft ze van geen vreemden.

De humeuren, de vooroordelen, de gebruiken van het huis zal men in ere houden. Men onderscheidt zich door sterren en strepen, een aangepast verleden, de pedigree. (Wandelende takken, na drie seizoenen is het huis ervan vergeven. Vieze beesten, zitten als stokjes tegen de muren, om je rot te schrikken. Een genetisch bos.) Een puntje puntje buigt het hoofd niet. Een puntje puntje liegt niet, een puntje puntje houdt altijd zijn woord.

Aan de streken kent men het beestje. De zonen van Adam en Eva.

* * *

'Adam en Eva die zaten op een schip
het schip liep op een klip
Adam viel eraf
en Eva die stond paf...'

De reidans van de dorpsjeugd. Pam zou willen dansen tot ze er dood bij neervalt. Alles om erbij te horen.

Er zaten aan de slaapkamerboom van Marguerite-Leonia ook opvallend veel dode takken, en wat afsterft kan zowel mannelijk als vrouwelijk zijn. Een hele opluchting. De foto van de stamvader wordt apart bewaard, een bleke schim met druipsnor, de geslachtsboom zo slap als een vaatdoek. Paardenkoopman. Een renpaard kan na een zegevierende loopbaan nog een carrière als dekhengst opbouwen. 'In onze familie wordt geen paardevlees gegeten, wij zijn geen Polen!' Een geslacht bloeit een tijdje en sterft dan uit. Pas daarna kan men voor zichzelf beginnen. Pam is nietsvermoedend in de nadagen van de bloei terechtgekomen, een tijd van willekeur en decadentie: chrysanten op de mestvaalt. Het systematische verval.

Eerste werk van vader in de gevangenis, zich een stamboom uit triplexplaat snijden, en die levensecht beschilderen met groen en bruin. Het wachten was op de blijde boodschap: 'Een dochter, vier kilogram, mijnheer.' Een ongeluk komt nooit alleen. Hij schreef nog wat melancholische verzen en gaf toen elke vorm van regressief gedrag op. Hij zou zich een zoon bezorgen. Overwinteren. Zolang een man succesvol is valt het niet op dat hij met molentjes loopt.

Ze waren vreemder dan marsmannetjes, dat rare koppel, ze verschenen willekeurig, verpestten de sfeer en verdwenen dan weer in een wolk van benzinedampen. Hij gaf altijd te veel startgas, zodat de Amerikaanse auto's waarmee ze zich bij voorkeur verplaatsten benzinedampen braakten. En al heel jong verbond Pam die geur met een gevoel van opluchting. Tegen evenzovele vreemde huisgevels geleund keek ze hen na. Hoe dichter ze kwamen, hoe onveiliger ze zich wist. En de periodes die ze met hen doorbracht waren ernaar: stampvoeten, gegil, dichtslaande deuren, akelige stiltes, gesnik en verwijten. Hartstochten en een alles verstikkende haat, dit alles om onbegrijpelijke redenen, het lijkt wel een Chinese opera. Het ergste is dat ze ervan genieten, en dat al deze uitbarstingen erotisch zijn geladen. Het benauwde Pam als mensen in haar gezicht of houding naar herkenningstekens zochten of haar gedrag probeerden te verklaren met verwijzingen naar die twee. Omdat die haar, naar het eruitzag, hadden gemaakt. De schepping als samenzwering.

Met groeiende afkeer probeerde ze ook bij zichzelf sporen van herkomst te ontdekken. Het deed haar bijna de das om. Gelukkig werkte de zelfcensuur perfect. Zij mochten haar dan niet hebben gewild, zij wilde hen nog veel minder. En dat afwijzingsfront werd met de jaren breder.

Ze wilde op niemand gelijken en van niemand afhankelijk zijn, of als je dan zo nodig ergens bij moest horen om een zekere mate van vrijheid te behouden (de rij weeskinderen in hun zwarte schorten met witte kragen leken maar al te zeer op gevangenen...), dan maar op de grootouders, die met al hun eigenaardigheden toch een zekere rust en waardigheid uitstraalden. En waarvan men mocht aannemen dat ze voldoende om haar gaven om haar niet stilzwijgend het hoekje te laten omgaan.

Eens lag de sneeuw zo dik als een staat van beleg. Alles zat potdicht. Lange vervroren avonden werden het, die aan de horizon roze uitwaaierden. Waarna in de nachten de sneeuwjacht begint. Men slaapt in bij het geritsel tegen de ramen.

's Morgens ligt alles er angstwekkend roerloos bij. Uitgeraasd leek het. Maar 's middags begon het alweer, dikke vlokken vielen traag en dunne vinnig, en als de wind uit zee woei werden het schuine stippen, maar het resultaat bleef hetzelfde in het gewicht op de daken die zacht steunden. Soms leek het onder een flauw zonnetje wat te dooien, maar het was alleen maar om de vorst de kans te geven alles spekglad te maken zodat de wegen onbegaanbaar werden en de paarden hun benen dreigden te breken. De haastig van onder het stof gehaalde sleden bleven binnen. Geen vrolijke belletjes meer. De vlakte werd leger. In de huizen als vestingen bereidde men zich voor op een ramp. De waterputten waren niet open te houden. De bijkeukens stonden vol emmers sneeuw om te laten smelten. Het vuur onder de varkensslobber mocht niet doven, de arme beesten waren er in hun stallen erg genoeg aan toe, de mest bevroor tussen hun poten.

Wat buiten leefde legde zijn schuwheid af. Hazen en patrijzen gingen genadeloos voor de bijl. Zeldzame vogels landden op de voederplaats, en het was een hele kunst om de meeuwen van het erf te houden, als schel roepende visventsters vielen ze zelfs de katten aan. Op een avond zou een zwerver over de geuzen vertellen.

Men was ook verplicht het vuur in de haarden dag en nacht gaande te houden, en van de weeromstuit kon men het licht niet doven, al moest men zich met kaarsen behelpen want de luchtleidingen knapten af en de elektriciteit viel uit.

Het was niet erg dat de zwervers stonken, na een week of wat zat aan alles een luchtje, de kleren waren klam, en de sneeuw werd bij de deuren tot brij gestampt. Overal waar mensen kwamen werd het vies. Alleen die stralende vlakte bleef ijzig schoon.

Pam was ziek en zat in sjaals verpakt bij het venster, de poes had zich kopjes gevend een plaatsje veroverd en lag trappelend te spinnen. De ruitjes besloegen. Pam ademde tegen het glas en wreef het schoon met het puntje van haar sjaal. Ze kon wel bezig blijven en het ging moeilijk met haar pijnlijke keel.

De vochtigheid, de etensgeuren, het geroezemoes maakten haar duizelig, maar toch had ze als eerste de stip gezien die snel aangroeiend op het huis afkwam. Ze stapte stevig door de sneeuwhopen en stond al in de kamer toen ze nog aan het gissen waren wie daar aankwam. Lachend sloeg ze de sneeuw van zich af, trok haar laarzen uit en liep op kousevoeten naar de kachel – Pam zou zich die kokette voetjes blijven herinneren –, ze warmde zich, wuifde naar Pam en trok zich niets aan van de verbijstering die haar verschijning teweegbracht. 'Hier ben ik dan,' zei ze, alsof ze een langverwachte gast was. Ze vulde haar bord twee keer en vroeg om warm water voor haar toilet. Ongegeneerd stond ze met haar blote hals in de kamer, ze moest een nachtpon van Elisabeth lenen want ze had geen bagage bij zich, alleen haar handtas. Pam lag vanuit het bed naar haar te kijken. Klein en dik maar stevig als een weldoorvoede big dartelde ze rond in de nachtpon die haar stukken te groot was, en slaakte een gilletje telkens als er een stukje blote teen op de koude tegels terechtkwam.

's Morgens sloeg de stemming om. In de bijkeuken fluisterden Elisabeth en Zulma-Marie, en de ooms keken zorgelijk. Zij bleef in bed liggen en kwam pas 's middags met gezwollen ogen te voorschijn. 'Jouw moeder is een fraai nummer,' zei Elisabeth en kamde Pams haren dat het knetterde. Ze moesten eigenlijk eerst de kam in het regenwater dopen en hem dan voorzichtig door Pams pluizige haar halen, maar niemand bracht nog geduld op. Uit de slaapkamer van Zulma-Marie kwamen lugubere geluiden. 'Ik wil niet, ik wil niet,' riep ze volbloedig, en Zulma-Marie bleef maar herhalen: 'Je bent nu eenmaal getrouwd en wij zorgen al voor het kind.' Altijd hetzelfde stompzinnige zinnetje. Maar er was geen land mee te bezeilen. 'Wat ze je grootmoeder al niet aandoet,' zei Elisabeth die het Pam scheen aan te rekenen. Ze bleef.

Ze pestte de katten, bond de staarten van de koeien aan elkaar, zat met de bezem achter de hond aan, en toen ze trek in gebraden haan kreeg plukte ze er eentje uit het kippenhok en liep ermee naar het hakblok. Gealarmeerd door het gekakel kwam oom Gomein aangelopen, maar voor hij kans zag om in te grijpen had ze de hanekop er al half afgehakt, en toen ze haar broer dreigend op zich zag afkomen wierp ze het dier lachend in de sneeuw en rende weg. De haan danste bloedspuwend in het rond, tot oom Gomein er een einde aan kon maken door hem bij de poten te grijpen en met zijn gehavende kop tegen het hakblok te slaan. Ze moest weg.

Pam werd met de dag zieker, er werd een bed naast de kachel gezet, en Zulma-Marie trok de wacht op. Natte omslagen, kamillethee, honing, het schemerde haar voor de ogen. Maar Zulma-Marie ging zo op in haar verzorgingsdrift dat ze er de rest bij scheen te vergeten.

* * *

Het bleef sneeuwen, de sfeer versomberde met de dag. Er werd een telegram besteld, de drager moest worden warmgewreven en vol jenever gegoten. Maar er kwam weer schot in de zaak. Op een middag werd Pam bezweet wakker, ze had vreselijk gedroomd maar wist niet meer waarover, de kamer was verlaten.

Ze stapte rillend uit bed en liep naar het raam. Met haar mouw veegde ze een ruitje schoon. Aan het andere einde van het erf waren de ooms hout aan het hakken, en bij het hek was zij sneeuw aan het ruimen. Haar schop ging razendsnel op en neer, de sneeuw werd met geweld, zij het niet erg deskundig, opzijgeschept. Van het pad dat ze zo driftig wilde aanleggen kwam niets terecht. Maar ze ging ermee door, blindelings wroetend als een mol. Gloeiend stond Pam toe te kijken. Dat geweld kwam ergens vandaan. Ze kroop weer in bed en dacht voor het eerst bewust. Ik ben bang, dacht ze, en ik weet niet wat te doen. Het was een vreemde ervaring.

De auto zou haar opwachten aan de overzijde van de rivier, de bruggen waren zo'n vier jaar na de oorlog nog niet volledig hersteld. In de late namiddag vertrok ze, oom Gomein droeg de lantaarn tot aan de noodbrug. Het werd vlug donker. 'Je moeder is weer weg,' meldde Elisabeth. Pam haalde haar schouders op: moeder! Op het gezicht van Elisabeth verscheen een lachje vol leedvermaak. Een paar dagen later begon de sneeuw te smelten en scheen niemand nog aan het voorval te denken.

* * *

Pam was zo behoudsgezind als een kind maar kan zijn. Alles wat was moest onveranderlijk zo blijven. Het land, de mensen, zijzelf. Ze overwoog een baksteen op haar hoofd te leggen om de groei tegen te gaan, en als er schoenen werden gekocht krulde ze haar tenen om geen grotere maat te hoeven. Als haar grootmoeder om onbegrijpelijke redenen de kamer hield, stond zij gespannen achter de deur te luisteren. Toen de mogelijkheid werd geopperd dat Elisabeth alsnog zou trouwen keek Pam haar aan als een vreemde. Ze was er vrij zeker van dat haar ooms niet zo gek zouden zijn, en maar goed ook, ze was in staat om vergif door de bruidspap te roeren. En wat het land betreft: die wereld was haar domein. De rivier, het veld, de schaarse bossen, het vreemde mocht dan afschrikken, dat weerhield haar er niet van in het bekende doorlopend het nieuwe te ontdekken. Maar ze had het onrustbarende gevoel dat de bewoners niet van het land hielden. Ze hakten het stuk en pootten het vol gedrochten. Ze schenen er een stille wrok tegen te koesteren. Het was natuurlijk te klein om groot, dat wil zeggen belangrijk, te zijn. Maar Pam stampvoette toen de kasseien werden geasfalteerd en de bochten in de wegen werden rechtgetrokken. Ze wilde niet weggevoerd worden. De steedse helft van de familie kwam haar vals en gevaarlijk voor. Ze moest er altijd aan denken als ze in de bijkeuken de messenlade opentrok, aan de zwarte heften glom het staal: koud en onaandoenlijk. Ze schoof de lade dicht en luisterde met bonzend hart of er geen voetstappen naderden. Dan trok ze voorzichtig de lade weer op een kier en gluurde naar binnen, daar lagen ze volgens grootte gerangschikt, het vadermes, het moedermes, de vele kindermessen... het steek-, snij- en hakgerief. In bed stelde zij zich de stille glans in de duistere lade voor, het hield haar bezig.

Alle seizoenen zijn goede seizoenen en Pam is bijzonder gesteld op de lange zomerdagen waarin leven zo toegankelijk lijkt, maar het is ook de tijd van de vakanties, van ongewenste visites, van onverwachte reizen, en daarom is een strenge winter haar niet onwelkom: de afstanden zijn moeilijker te overbruggen.

Wie in dit barre land niets heeft te zoeken blijft er weg. Ze ging naar school in de winter, ze leerde lezen en schrijven. En verbeuzelde lange middagen in de naaikamer waar Elisabeth de Singer trapt, en zij lapjes verzamelt of knopen sorteert. Omgeven door volwassenen is zij een kind voor volwassenen. O zeker, ze neemt deel aan de strooptochten van de neefjes, ze is het bijdehante middelpunt van verboden spelletjes, maar ze vergeet nooit dat haar makkertjes maar kinderen zijn. Haar geliefkoosde plek is op de bok van de kar, naast haar zwijgende oom, ook zwijgend, in stil verbond, zo verbeeldt ze zich, of met haar grootmoeder, Elisabeth of de andere tantes, ijverend om haar aandeel in hun bedrijvigheid, wervend om dat duizendste deeltje van hun aandacht. Ze kan zonodig onweerstaanbaar lief en aanhankelijk zijn. Alleen Elisabeth kan haar dan nog de laan uitsturen. 'Ga buiten met de andere kinderen spelen!' Pam weet dat ze het goed bedoelt maar ze zegt het zo zuur. Als ze haar kans schoon ziet klimt ze langs het opkamervenster weer naar binnen. Ze verstopt zich ook graag op de graanzolder, waar het gezeefde licht door enkele glazen dakpannen valt. Ze gaat op haar rug in een graanhoop liggen en laat de korrels door haar vingers stromen (streng verboden, er is ooit een dom kind door een verschuivende graanberg bedolven), en luistert naar het gekoer in de duiventil, tegelijk huiselijk en zinnelijk, en naar het oorlogsgeschreeuw van haar neven die elkaar onophoudelijk bekampen. Haar tengerheid, die door Zulma-Marie voor zwakheid wordt aangezien, bezorgt Pam in de wintermaanden een jachtvergunning voor het hele huis. Kinderen moeten spelen en het is riskant haar de vrieskou in te sturen.

Maar dan is er nieuwjaar. Alleen een natuurramp of een beschieting zou de familie-invasie kunnen voorkomen. Vanaf tien uur 's morgens vallen ze binnen, de mannen stampvoetend en handenwrijvend, de vrouwen blozend onder hun stijve krullen.

De kleinkinderen, de oudste alweer getrouwd, de jongste nog

in de luiers. Een bezetting van minstens vijftig koppen. De bedden worden onder winterjassen bedolven. Er wordt in ploegen gegeten. De mannen zwermen uit naar de stallen, de vrouwen inspecteren de voorraden, de kinderen zitten overal aan. Pam barricadeert zich achter de grootmoedersstoel. Dan stappen als laatsten haar ouders de kamer in. Ze komen van ver, ze zijn vreemd. Haar vader draagt een kind op zijn arm, haar moeder is in bont verpakt. Het is eensklaps stil. 'Zijt welgekomen', Elisabeth met haar lijzigste stem. Tante Angela wil het kind van Pams vader overnemen, maar het klampt zich vast en begint te huilen. 'En dat voor zo'n grote jongen,' zegt Angela. De anderen lachen instemmend. Het ademloze moment is voorbij. Pam ziet alleen haar vader. Hij draagt blauwe pakken en camelkleurige overjassen. En zijden of kasjmieren dassen. En nooit een pet maar een slappe deukhoed. Hij is niet groot maar beweegt zich energiek. Tenger maar sterk. Het is eerder macht dan kracht wat hem van de ooms onderscheidt. Meester van de situatie, charmant en onberekenbaar. Maar evengoed onbuigzaam. Zijn bevroren achillespees hindert hem, en zijn gebruinde huid heeft een gelige ondergrond, de last van zijn verbrande ingewanden. Maar niemand hoeft eraan te twijfelen, hier staat een taaie, eentje die niet klein te krijgen is. Hij zal de brug houden, het kanaal oversteken, het dorp bezetten. En als het moet: alleen!

Een heldhaftigaard, de laatste man die niet gevallen is. Het is een wonder dat hij nog leeft. En al buigt hij devoot het hoofd voor zijn principes, ook daaraan hoeft niemand te twijfelen, het wonder is hijzelf. Kan men dit alles zien en begrijpen met vijf? Nee, maar weten deed Pam het zeker.

Als het kind gekalmeerd is, kijkt hij speurend rond: 'Waar zit ze?' Elisabeth gebiedt Pam te voorschijn te komen, het meisje drukt zich met de rug tegen de haardmuur, maar hij laat zich niet bidden, schuift de grootmoedersstoel opzij, en draagt zijn dochter naar het midden van de kamer om haar rustig te keuren. Er zit roet op haar jurk, en die jurk is, de hemel sta ons bij, door haar andere grootmoeder in de stad gekocht opdat zij er niet als een boerenjong zou bijlopen. Parelgrijs is hij, even simpel als duur, met een smokversiering op het lijfje en een wit piquékraagje, de tantes hebben hoofdschuddend de stof betast, maar het gaat om de label die aan de binnenkant van de hals is genaaid, zo slim is Elisabeth ook wel, en nu is ze boos omdat Pam niet presentabel is. Omdat er roet op haar jurk zit en zwarte vegen op haar wangen, en omdat er van de pijpekrullen die ze sakkerend met in bruin bier gedrenkte papillotten de dag tevoren in Pams haar heeft gedraaid, zo goed als niets meer overblijft.

Maar haar vader wuift alle jammerklachten weg, hij hoort die vrouwen niet eens, en tilt Pam op ooghoogte. Zijn blauwe ogen kijken diep en uitdagend in de hare, in Pams kleine maar o zo trotse ziel komt een stalen willetje overeind, en zij kijkt hem zonder verpinken aan. Ik ben aan u gewaagd, Mijnheer! Dat bevalt hem wel. Hij lacht en zet haar neer om in zijn zakken naar een geldstuk te zoeken. Maar dat is tegen het zere been, Pam laat zich niet met een fooi afschepen. Elisabeth probeert niet eens om haar 'dank u wel' te laten zeggen, maar Pams grootmoeder is des te dwingender. Ook daar trekt hij zich niets van aan. Hij plaatst Pam met haar rug tegen een deurstijl, rechtop, de hielen aaneengesloten, om een streepje boven haar hoofd te zetten. Hij plooit zijn vouwmeter dicht en schrijft haar lengte in zijn notitieboekje, ondertussen uitrekenend hoeveel centimeter zij in de afgelopen maanden is gegroeid. En in hetzelfde tempo van hop met de geit gaat het naar de weegschaal. Als ze tegenstribbelt grijpt hij haar beet en draagt haar als een speenvarken onder zijn arm.

Zolang haar ouders afwezig zijn is Pam niemand. Zodra ze verschijnen – en vooral hij – wordt ze iemand, maar ze bestaat niet meer. Het zoontje, de nieuwe aanwinst, waggelt door de kamer in een 'barboteuse', een belachelijk kostuum waarvan de pofbroek met drukknopen tussen de benen sluit. De natte luier is nog niet door een droge vervangen en hij dribbelt met de losse tussenbeenstukken voor zijn blote kontje tussen de grotemensenbenen, kantelt voorover, valt, begint met open mond te huilen. 'Waar is het vogeltje?' vraagt zijn moeder liefkozend als zij het gevalletje met talkpoeder bestrooit. Maar Pam kan er geen vogeltje in zien, het doet haar eerder aan het belletje van misdienaars denken. Om het jaar goed te beginnen moet Pam haar broertje een dikke zoen geven. Ze kijkt naar het roodgeschreide babyhoofd, aarzelt tussen medelijden en afkeer, en spitst zuinig de lippen. Hou je niet van je broertje? zeuren de tantes en zij knikt om ervan af te zijn. Pam zit met haar ouders aan tafel, maar het is een onbehaaglijke toestand. Voor haar vader is apart gekookt, er is geen sprake van dat hij ook maar het zachtste deel van het gestroopte wild dat de feestdis siert door zijn vernauwde slokdarm kan krijgen. Men doet zijn best om niet te kijken maar kijkt vanzelfsprekend toch... En hij is zich daar terdege van bewust. Elisabeth draaft nerveus af en aan, maant iedereen flink te eten, dat wil zeggen te doen alsof er niets aan de hand is, en brengt toch een glas lauw water voor het geval dat...

Zo moeten eten is een marteling. Als het hem gelukt is een hap van het gemalen voedsel door te slikken, wordt in een angstige stilte de afdaling door de slokdarm gevolgd. Met een reeks inspannende slik- en drukbewegingen probeert hij het zakken van de brij te stimuleren. En als het eten de resten van zijn maag binnenglijdt leunt hij opgelucht achterover. Er gaat een teugje lauw water achteraan, en dan komt de volgende hap. Tot het misgaat. En als hij gespannen is of even niet oplet gaat het mis. De mondhoeken worden naar omlaag getrokken en de huid over de fijne neusbrug en de slapen verstrakt, de ogen puilen lichtjes uit. Een pijnlijke kramp die hij poogt te verbergen door zijn vuist tegen zijn lippen te drukken en zo snel mogelijk de kamer te verlaten. 'Dat is toch geen doen!' roept Angela gekweld. Maar uit de bijkeuken komen gedempte braakgeluiden. Nep, ook braken kan niet meer. Hij probeert met alle geweld dat zijn mond- en keelspieren nog kunnen opbrengen de prop door de millimeteropening te persen. Maar negen op de tien keer geven de verkoolde vezels niet mee, en dan moet de rubberen slang eraan te pas komen, hoe hij dat ding door zijn keelgat kan duwen is een raadsel, maar hij zal ermee doorgaan tot hij niet meer kan. Anders laten de dokters het groot materieel aanrukken om met vereende krachten een opening te forceren. Er is de pijnlijke herinnering aan een ingeslopen erwt die als een kanonskogel het slokdarmgaatje afsloot en na een nacht vergeefs gorgelen en spugen tot moes moest worden gestampt, zodat de ambulance eens te meer een bloedend wrak afleverde. En wie weet niet van de kriekenpudding, zonder pit, maar toch. Urenlange ellende tot hij grommend over de vloer kroop en zijn broer, ook voor geen kleintje vervaard, zijn knie in de zij drukte om het fistelverband los te rukken en het gistende kriekensap langs daar te laten afvloeien. 'Even op je tanden bijten!'

Zijn vrouw had er beteuterd bij gestaan. Althans dat wordt achteraf zo aangenomen omdat zij die kriekenpudding heeft bedacht, al wordt haar onverwachte kooklust een tikje verdacht gevonden. Maar het is een verbetering dat hij met wat geluk en veel geduld voedsel langs zijn mond tot zich kan nemen, zodat het niet meer kunstmatig langs het gat in zijn zij moet gebeuren. Vlugger dan verwacht komt hij weer de kamer binnen, eten hoeft niet meer, alleen koffie. Elisabeth is in alle staten, ze begrijpt niet hoe het mogelijk is, heeft alles gehakt en vermalen tot babypap. 'Het is niets,' zegt hij kortaf, en men begrijpt dat het daarbij moet blijven. De omgang is sowieso niet simpel, en de conversatie een mijnenveld, daar is alweer het woord oorlog gevallen, is het opzet of argeloosheid, men komt er bij deze simpele boeren niet zo vlug achter, maar Pam die niet-begrijpend meeluistert vindt het zo'n mooi woord; 'Korea', als het een meisje is heeft ze ongetwijfeld zwarte gelakte haren en een vogeltjesstem, zoals het meisje van de muziekdoos op de kaptafel van Marguerite-Leonia, haar andere grootmoeder, en als het een land is moet het een heerlijk land zijn, vol kersebloesems en eeuwige sneeuw op de bergtoppen. Maar als ze zover is blijkt het alweer een land in oorlog te zijn, en haar belangstelling verflauwt, oorlog daar weet ze alles van. Bij haar grootmoeder beginnen vele zinnen met: 'Voor de oorlog...' of 'In de oorlog...' of 'Dat is van na de oorlog...' De oorlog is een breuk in de tijd. Ervoor is voorbij, erin moet maar liefst nooit meer terugkomen, en erna behoort tot de verwarrende werkelijkheid, die weliswaar uit de vorige periode is ontstaan maar die er zo weinig mee gemeen heeft dat zij het niet kan volgen. Pam is van na de oorlog. En Zulma-Marie heeft twee wereldoorlogen achter de rug, een grote en een gewone, ze begint de gebeurtenissen door elkaar te halen, wat tot verhitte discussies aanleiding geeft, 's avonds bij de Leuvense stoof, en vooral als er bezoekers zijn die een duit in het zakje doen: 'Nee, nee Zulma-Marie, die doodskophuzaren, dat was in veertien!' En zijzelf geeft dan geredelijk toe, voor haar is het één pot nat, doffe ellende die gelukkig tot het verleden behoort en waar maar liever niet meer over moet worden gepraat, het brengt ruzie in de familie, en ze vreest het ongeluk aan te trekken door het te vernoemen. 'Je moet de duivel niet op de muren schilderen!'

Maar het is te laat, er zit al een oom met een hoofd als een boei, en een andere, een met lef, raadt Pams vader aan ook eens een verzoekschrift te proberen, je kan nooit weten... 'Ik heb niets misdaan!' Hij staat op om te vertrekken, en oom Adelbert slikt vlug zijn woorden in terwijl de vrouwen luid tussenbeide komen, zodat Pams vader traag en beledigd weer gaat zitten. Pam heeft met hem te doen, ze heeft heel goed gehoord dat hij het meende dat hij niets heeft misdaan. Het is haar ook een keer overkomen toen Kris alle chocolaatjes achterover had gedrukt en haar ervan beschuldigde. Tante Angela scheen geneigd Kris te geloven, eigen vlees en bloed, dat spreekt. Tot oom Gillis erop wees dat Pam dan binnen vierentwintig uur zo geel als een Chinees moest zijn, met die lever van haar, en toen dat dus niet gebeurde was Kris nog niet zalig geweest. Stelen en liegen, twee zonden in een klap. Nou. Maar Pam voelde haar ogen nog prikken als ze eraan terugdacht, ze wist dat ze de chocolade niet had opgegeten, en ze vond het vreselijk dat tante Angela, die ze 'Moetje' noemde omdat ze haar eerste moeder was – eigenlijk haar tweede, maar haar eerste waarachtige –, bereid was om Kris, dat kreng, te geloven. En toch had ze angstig in de spiegel gekeken om te zien of ze achter haar oorlelletjes, of in haar hals, niet stilletjes geel begon te worden... Ze schuift naar haar vader om een hand op zijn knie te leggen. Maar hij let niet op haar, ziet alleen een groezelig handje, het zij toegegeven, en veegt het van zijn broek, alsof er van het plafond een blad op zijn knie is gevallen. Hij gaat verzitten en slaat het ene been over het andere, onderwijl met een gewoontegebaar de pantalonplooi opheffend zodat de afdruk van de knie niet in de broek komt te staan.

Gelukkig is het dan hoog tijd om met het voorlezen van de nieuwjaarsbrieven te beginnen. Het enige onderdeel van de dag dat Pam de moeite waard vindt. Grootmoeder Zulma-Marie zetelt in de haardstoel en alle kleinkinderen – tenminste die kunnen lezen, en tot twaalf jaar, niet ouder – schuiven aan. Diegenen die hun voordracht beginnen met 'Liefste Meter' krijgen twee bankjes, die met 'Lieve Grootmoeder' een. Pam behoort tot de categorie 'Liefste Meter', en ze slaat het familierecord in op jonge leeftijd kunnen lezen, maar het is haar niet om de poen te doen, die verdwijnt trouwens onmiddellijk in een spaarpot. Voor later dat nooit komt. De meisjes maken een revérence, de jongens knikken. Heil en voorspoed worden in geijkte formules voorgelezen, maar de kinderstemmen blijven ontroeren. Menige tante pinkt een traan weg. Er bestaat een onderlinge naijver om de mooiste nieuwjaarsbrief. Omdat Pam het geluk heeft dat de hare uit de stad worden meegebracht ligt ze een lengte voor. En ze slooft zich uit, maakt haar knikje met de hand aan de rokzoom zodat het rokje uitwaaiert, en leest op de letter voor. '... dat wenst u, uw dankbaar petekind Pamela 1 januari 19..'

Elisabeth bewaarde de nieuwjaarsbrieven in een koffertje, en als Pam op natte zondagmiddagen netjes haar handen wast mag ze de brieven inkijken. Ze is er voor de rest van de dag zoet mee.

Het was een veeg teken dat Elisabeth twintig jaar later de nieuwjaarsbrieven door een nichtje van de laatste lichting in stukjes liet knippen. Ze was er altijd zo zuinig op geweest. Alsof ze zich op die wijze van een stukje nageslacht voorzag.

Maar er moet iets geweest zijn in de versiering van sneeuwlandschapjes en hun Walt Disney-menagerie: roodborstjes, goudvinken en lieveheersbeestjes, dat haar tegenstond. (Of misschien was Elisabeth een uit de gratie gestoten petemoei, en viel haar staart af, zodat ze als een lastig mens moest doodgaan...)

Pams grootmoeder gaf niet om nieuwjaarsbrieven. Terwijl ze moedig bleef glimlachen was ze met haar gedachten bij de roofoverval op haar portemonnee, die door stapels koekjesdozen en slechtzittende pantoffels niet werd goedgemaakt. Vermoedelijk had ze net zo'n hekel aan nieuwjaar als Pam. Dagen tevoren liep ze al met haar sleutels te rammelen, en ze verstopte de gerookte hammen. Na afloop van het feest was ze niet te spreken. En Elisabeth, die met al de voorbereidingen en de kokerij werd opgescheept om op de dag zelf lijdzaam de insinuerende blikken en opmerkingen te ondergaan, gooide op de tweede januari alle stoelen eruit en begon de vloer te schrobben. Het zeepsop gulpte over de drempel en op het erf stonden de stoelen houterig met hun poten in de sneeuw. De donkere tijd van het jaar.

'Laatst binnen en eerst buiten,' spot oom Gillis, die geen boer is. Maar Pams vader is de gezelligheid zat, in dit autoloze tijdperk wacht hem een lange thuisreis. Als zijn vrouw wil blijven, het is maar een woord. Daar laat hij geen twijfel over bestaan. Zeker als hij is dat ze altijd eieren voor haar geld zal kiezen. Pam sluipt naar haar schuilplaats achter de grootmoedersstoel. Gaat ze mee of mag ze blijven? Ook dat is maar een woord. Het zijne. Voorlopig mag ze blijven. Het afscheid wordt nog een keer uitgesteld. Ze nemen de verboden route over het tramspoor, omdat het de kortste weg naar de halte is. Hij voorop met het kind, zij er struikelend achteraan. Een mooie tegenlichtopname. Pam wrijft een ruitje schoon en kijkt ze na tot het spoor er weer verlaten bij ligt. Als ze zich omdraait staat Elisabeth met afhangende schouders in het deurgat van de bijkeuken. 'De heilige familie is parti!' hikt oom Gillis, wiens ketterijen door de cocktail van jenever, boerenjongens en elixir d'Anvers niet meer te beteugelen zijn. Het vertreksein is gegeven. Er wordt met jassen gerommeld, koude lucht stroomt de kamer in.

Mannen, vrouwen en kinderen, elk op een kluitje op weg naar het eigen nest. Behalve oom Gillis die met oom Adelbert op zwier gaat. Oom Adelbert is bierverdeler, en zijn sjees wordt getrokken door het verstandigste paard van de wereld. Het haalt zijn baas uit de penarie en brengt hem thuis waar hij met zijn dronken kop ook verzeild mag zijn. Op een keer heeft oom Adelbert er zijn huis om verwed dat het dier zonder brokken te maken of te morsen een café kan binnenstappen en een borrel drinken. Dat heeft het paard toen netjes gedaan. Want wat moet een paard met een dakloze baas? Oom Adelbert beweert dat hij meer van zijn paard dan van zijn vrouw houdt. 'Slaap dan bij je paard!' lacht tante Huberta, die vanwege haar omvang, en omdat ze een raak schot heeft, ook wel dikke Bertha wordt genoemd. Het paard heet Bles, het is een bruine merrie. Met Kris aan de hand staat tante Angela klaar om te vertrekken. Ze heeft dikke ogen. 'Kind toch, laat die kerels zich te pletter zuipen!' roept Huberta. Pam heeft het moeilijk. Eigenlijk zou ze haar plaats aan de andere zijde van tante Angela moeten innemen, en die lege hand vullen. Kris grimast. Elisabeth schikt en verschikt lege glazen. 'Ze komt volgende week,' zegt Zulma-Marie. Als Angela en Kris al een eindweegs langs het spoor zijn wil Pam er achteraan. 'Je moet weten wat je wilt,' zegt Elisabeth. Morgen loop ik weg, denkt Pam.

Als de laatste gasten vertrokken zijn blijft er een leeg en slordig huis achter. De katten komen schuw snuffelend binnen. Een zwerver krijgt zijn deel van het overschot, maar vandaag hoeft hij niet te vertellen. 'Elk een goedenavond,' en hij draagt zijn bord naar de schuur. Onder de haardkap hangt de wandelstok van Pams overleden grootvader, ernaast de klaroen waarmee oom Marcus de oorlog heeft geblazen. Op de vensterbank ligt de vleeskleurige schelp waarin je de zee kunt horen ruisen. Aan de linkerwand prijkt het duivendiploma van oom Gomein, aan de rechter de foto met twaalf kinderen in leven. Vertrouwde voorwerpen die Pam op nieuwjaarsavond vreemd voorkomen. Zoals het was, zo zal het nooit meer zijn.

Bij het vallen van de avond begonnen de eerste schimmen te gaan. Zwijgend en gehuld in kapmantels stapten ze langs het verlaten spoor, met de trage stap der verdoemden. Ze keken op noch om. Er bleven er gestadig bijkomen, de hele nacht, een eindeloze boeteprocessie. Maar het tempo was dat van een vlucht, verdreven, voortgedreven, ergens heen... nergens heen... Het waren er zoveel alsof de levenden met de doden opstapten. Alsof het einde der tijden was aangebroken. Ze gingen en gingen, soms doemde er een schaduw van een bomenrij of een huis op, maar als de schimmen naderden verdween elk teken van bewoning, alleen het spoor liep genadeloos verder... Een gele maan schoof vanachter de wolken en de nacht werd lichter, tussen de biels groeide stoppelig gras, de laatste trein was lang geleden hier voorbijgekomen. Het was al na middernacht toen er een jammerklacht weerklonk. Verweg en dichterbij en weer verweg. Aanzwellend en afzwakkend. Een vrouwenstem geladen met verdriet, maar evenzeer met opstandigheid. De schimmen hieven hun lugubere kappen op naar het sirenengezang. Sommigen struikelden, anderen bleven staan. Maar die achteraan kwamen drongen op, en ze hernamen hun onherroepelijke gang. De stem verzwakte en verdween voorgoed. Nu was er niets meer dat de schimmen kon tegenhouden. Ze vervolgden de hele nacht hun heimelijke uittocht. De laatsten verdwenen voor het eerste signaal van de morgen. Maar geen haan kraaide. Het grijze licht viel op een lege wereld. De bomen, de huizen, de torens ver en nabij, alles weg, zelfs het gras of enig ander gewas. Wat overbleef was modder. Aanzuigend, glibberig, met geulen als valkuilen, en kraters gemener dan een moeras. Het enige herkenbare teken was het spoor dat op de verhoogde berm dwars door de moddervlakte liep. Een wit katje uit het niets getoverd, klaaglijk miauwend, huppelde eroverheen alsof het zoek was. Maar het spoor liep onverwacht dood. Het katje wipte op de stootbalk, en ging profijtig zijn pootjes zitten wassen. Het had rode ogen. De duivel was er met het land vandoor.

Maar er is niets dat het haalt bij deze modder. Zelfs de regen die erbij lijkt te horen moet het afleggen in desolaatheid. Weldra voorwereldlijke monsters, hagedisachtigen, Inguanodonussen, Diplodocussen, die er doorheen ploeteren. Op ondergrondse knekelvelden stoten. Radioactieve kluiven. Chemische reacties. Eerste opstand van het geheugen. Collectief. Zonder vaderlanden. Zonder moedertaal. Gelukkige idioten die zomaar ergens worden geboren. Komt het eerste woord. Ik, mij, van mij. Wordt de modder ingepolderd. Het besef drooggelegd. Rijp voor bemesting. Klaar voor verdeling. Schuchtere opbloei van oud zeer. Is er alweer een te veel om zich op de borst te trommelen. Kan alles weer opnieuw beginnen. Het grote vergeten dat maar niet wil lukken. Verhaaltjes voor het slapengaan.

* * *

De oorlog van mijn grootvader. De grote oorlog. De eerste wereldoorlog. Hij zou hoogstens drie maanden duren. Het was augustus en met kerstmis zou iedereen met zijn voeten onder tafel zitten. Behangen met hondepenningen na een zegenrijke campagne. Zorgen dat je erbij komt. Vrijwilliger. Je moeder op het hart trappen. Verloofdes van je nek schudden. Sabel bij de dorpssmid laten slijpen. Glimmende bloedgeul. Met rinkelende sporen voor de meisjes paraderen. Adieu, mein Gardeoffizier. De Habsburgse kroonprins heet Franz Ferdinand. Zijn vrouw Sophie. Serajevo ligt in Bosnië. Waar Bosnië ligt mag God weten. Zijn laatste zucht: 'Zorg jij voor de kinderen.' Met haar hoge boezem kapseist zij als een slagschip. Trouw tot in de dood. Een huwelijk uit liefde. Sophie von Hohenberg. Eerste burgerslachtoffer. 'Een of ander stom voorval in de Balkan,' had Bismarck voorspeld. En door de krankzinnige logica van bondgenootschappen was binnen de kortste keren de oorlog die een einde aan alle oorlogen zou maken begonnen.

De bomen hellen allemaal een kant op. Alsof ze van de zeewind een duw in de rug hebben gekregen. Onder de stompe torens weet men godvruchtig nergens van. Tarbot met zwarte boter voor de een. Roggebrood en aardappelen voor de ander. Elk zijn plaatsje onder de zon. Bedrieglijke vrede. Onderdrukte onlust. Onbuigzame vaders die hun zonen de kop inrammen. Vrome moeders die sufgebaard in het kraambed verbloeden. Heilige natuurwetten. Gehoorzame dochters. Kleinseminaries met priesterdichters. Schrijvers op hun Lijsternest. Lenteleven. 'O krinkelende winkelende waterding...' ''t Zijn weiden als wiegende zeeën...' Vol Casselkoeien. Melk en honing. Het thuisfront. Vlaanderen. Lager dan de laagste landen. Taaie idylle. Op maat voor ouderloze kinderen.

Hoofdrolspelers: de keizer, de tsaar, de veldmaarschalken, en de koning ridder. Aartsvaderlijke snorrebaarden. Militaire eer: de filmcode van von Stroheim. Ook mijn grootvader krijgt last met zijn snorrebinders onder het gasmasker. (Zijn moustache, waarin hij wellustig geuren verzamelde maar die de volgende twintig jaar almaar zal inkrimpen tot er in 1940 alleen nog de gepaste veeg onder de neus van zal overblijven.) De oude keizer zit zo doof als een pot in het Wenen van de laatste wals. Als pepmiddel laat hij de geur van de paardestallen met pijpleidingen naar zijn Spartaanse enkelbed leiden. Zijn liberale zoon heeft eerst de kleine barones Maria Vetsera en daarna zichzelf een kogel door het hoofd geschoten. Zijn vrouw, de legendarische Sissi, loopt met molentjes. De troonopvolger is plechtig bijgezet. En zijn alpenjagers worden door spaghettivreters ingemaakt. Het geld regeert de wereld. De overwinning gaat naar de zwarthandelaren. Freuds sofa is gespreid. Het onderbewuste wil met zijn moeder slapen. De Duitse keizer is dol op parades, dan knikt hij op de wijs van Preussens Gloria instemmend met zijn pinnemuts. Niemand die over dat korte armpje valt. Voor hem uit marcheert het veldgrauw in zijn korsetten, borst vooruit en billen achteruit, om van Verdun tot Ieper in de modder vast te lopen.

En ook de figuranten krijgen hun deel. Met Kleist en de mathematica in de ransel op weg naar Langemarck. Het soort dat wil spelen maar niet tegen verlies kan.

De tsaar is een schertsfiguur, met al die dochters en een bloederzieke zoon. Hij zit onder de plak van zijn vrouw, een Duitse, die in Raspoetin gelooft. Sabelbont en vodka met kaviaar. Het leven van een hereboer. Piemelnaakt met de officieren van de wacht zwemmen, en en passant op de arbeiders laten schieten. Hij zal de eerste zijn om zijn rol kwijt te raken. Die Kozakken zijn wel goed maar niet gek. Revolutie! Het volk is aan zijn eigen oorlog begonnen. Maar de veldheer is een maarschalk. De Engelsen met hun dunne knieën onder de rijbroek. De Fransen met hun embonpoint. Knevels. Walrussnorren. Onverzoenlijk. Oorlog is hun vak. De slag om de Marne, de slag om de Somme, de slag in het water.

Het geklungel wordt met doden goedgemaakt. 250.000 figuranten voor een offensief is een aanvaardbaar aantal, vooral als er daar aan de andere kant 150.000 tegenoverstaan. Verliezen om zeven kilometer verder weer in stelling te gaan. Niet dat het wat uithaalt maar je blijft wel lekker bezig, en de aanhouder wint. 'Pack up your troubles in your old kitbag.' Private Jones met zijn zonnige glimlach. En de Schotten met hun rokken om luizen te fokken. Mannen onder elkaar. En Jean, Pierre, en François niet te vergeten. Lange namenlijsten op arduinen monumenten in uitgestorven dorpen. 'Le pantalon rouge c'est la France!' 'Oh, j 'en ai marre!' Maar de veldmaarschalk hoeft voor zijn onsterfelijkheid niet te sneuvelen. Hij gaat roemrijk rentenieren. Old soldiers never die! De knapste van allemaal is de koning. Op het kleinste lapje grond van de laatste provincie zal hij standhouden. Aan de IJzer met de rug naar zee, midden in het verdronken land, zijn de laatste Belgen tot hun verrassing weer de dappersten onder de Galliërs. De koning springt spaarzaam om met zijn figuranten, want een koning zonder onderdanen is geen gezicht. En naast de koning staat de koningin. Frêle maar aardse Florence Nightingale. Een dame tussen al die heren. Een voorbeeld voor diegenen die over zich heen laten lopen. Albert en Elisabeth. In een villa in de Panne. Een modelpaar. Wij zijn niet begonnen maar we zitten ermee.

Karel-August, mijn grootvader, en de rest van het manmoedige leger leren ondertussen tweetalig vloeken. Op de keizer en de tsaar, op de veldmaarschalken, en op de koning, als hij het niet kan horen.

Loopgraven delven, prikkeldraadversperringen aanleggen, patrouilleren in het niemandsland. Verzinken in de modder. Elk ogenblik een kogel door je bast kunnen krijgen. Noodrantsoenen. In de rij staan voor een vluggertje. Trancheevoet. Non-stop-diarree. Nooit meer slapen. Ratten die om een afgerukte hand vechten. Koudgeworden kameraden die als borstwering dienst doen. En als toemaatje gas. Sluipende gifwolken. Gorgelende lijken die geel, groen en grijs uitslaan. De pret is er vlug af. Het wordt bidden om een schot naar huis. Met kerstmis wordt het wachtwoord doorgegeven. Vrede. Als jullie niet schieten, schieten wij ook niet. Chocolade en schnaps in plaats van granaten uitwisselen. Maar dat is de bedoeling niet. Daar willen de keizers niet van horen. Begrijpt de tsaar niet. Krijgen de veldmaarschalken een beroerte van. Dat baart de koning zorgen. Om vrede moet worden gevochten!

'Vier jaar tot onze navel in de modder, en wat hebben we daarvoor teruggekregen?' tremolode Karel-August. 'Een trap onder jullie hardleerse kont,' constateerde Marguerite-Leonia tevreden. Maar zij had goed praten. Hoog en droog in Holland. In een betegelde keuken met haar vriendinnen katoenen sokken breiend. Neutrale goederen mogen naar Engeland worden verscheept, waar Jane en Mary en hoe ze verder ook mogen heten het katoen tot kruit verwerken. Holland en Marguerite-Leonia verklaren zich neutraal, maar ze zijn onvermijdelijk bij de slachting betrokken. Het thuisfront staat zijn mannetje!

Gasmaskers en uniformen stikken. In munitiefabrieken werken en gewonden verzorgen. Opengevallen plaatsen vullen en vaders handel drijvend houden. Vechten om brood voor de kinderen. Met niets wonderen verrichten. En onschuldige brieven schrijven. 'Met ons gaat het goed, en we verhopen van u hetzelfde...'

Een zoon verliezen. Weduwe worden of in een bordeel aan de kost komen. A la guerre comme à la guerre! De rokken en de haren worden korter. De boezems platter. De toon franker.

In het stukgeschoten landschap vraagt de pastoor van Dikkebus zich bezorgd af 'wat ons te wachten staat; zullen die menschen na de oorlog nog kunnen of willen werken voor veel minderen loon?'

Het komt nooit meer goed. Ook al worden er van de torens zorgvuldige kopieën opgetrokken en doet iedereen zijn best om die vier verloren jaren zo vlug mogelijk te vergeten. De restauratie zal maar gedeeltelijk slagen. Te veel doden. Te veel onverteerde ellende. De onvrede blijft twintig jaar broeden. Dan komt de afrekening. Maar het probleem van de vrouwen die het veld moeten ruimen voor de onbekende soldaat die hun baan opeist, wordt eenvoudig opgelost. Karel-August en Marguerite-Leonia gaan trouwen. De hand die de wieg doet schommelen regeert de wereld (uitroepteken).

* * *

Met wapperende oorkleppen op zijn motor. Slippend door de bochten om nog voor het ontbijt zijn entree te maken, zodat het niet opvalt dat hij weer eens een nacht is doorgezakt. Vier verbeuzelde jaren. Spookbeelden. Nachtmerries. Pseudo-astma. Ontsnapt uit de loopgraven zit hij het leven achterna. Maar zonder koplamp. En de veldwachter, die van het motorgeronk wakker ligt, springt te voorschijn: 'Hela, waar moet dat heen?' 'Dat zijn jouw zaken niet!' roept Karel-August, die hem bijna van de sokken rijdt. Beste tijden waar hij in niets meer gelooft en de bloemetjes buitenzet. Maar er is iets in de toonhoogte dat zal doorsijpelen. Wij laten ons niet commanderen! Wij hebben met zo'n veldwachter die de kruimels uit de naden van zijn broek moet krabben niets te maken! Wij zullen nooit vergeten wie we zijn! 'Ga rechtop staan, kijk de mensen in hun ogen, laat je door niemand de les lezen!' zei Pams vader. Karel-August keek eenvoudig over ze heen.

Sterke verhalen. Van pestofficieren die bij een stormloop van de eigen manschappen een kogel in de rug krijgen. Hij was niet bang om met een ontzekerde revolver voorop te gaan. Streng maar rechtvaardig. Een natuurlijke leider wordt vanzelfsprekend gehoorzaamd. (Maar tegen zijn kinderen zei hij: 'Wie leiding wil geven moet eerst zelf leren gehoorzamen!') De schaamteloze mythe. Hij beroept zich op solidariteit met de gesneuvelden. Lugubere dodenappèls die in dronkemansgelagen eindigen. Verbroederingsdiners met de voormalige vijanden, waarbij ze in elkaars armen uithuilen. Als de keizers maar niet zo dom waren geweest, en de veldmaarschalken niet zo bloeddorstig, gelukkig was de koning niet gek... Op het tafelkleed worden frontlijnen uitgezet. Peper-en-zoutstellen bepalen de posities. Met mes en vork wordt slag geleverd. Fjjiitt... boem! Mannen onder elkaar. Maar de tijd laat zich niet inhalen. De kater laat zich niet verdrinken.

Er wordt wederopgebouwd. De torens krabbelen overeind. Gedenktekens worden opgericht. Kerkhoven aangelegd. Wie niet bang is voor de doden kan een aardige cent verdienen. Na de Chinezen van het Labour Corps zijn de eerste boeren de modder ingetrokken. Over bemesting mogen ze niet klagen: beendermeel is vruchtbaar. Maar de voorzichtigheid gebiedt om de ploeg niet te diep af te stellen. Er zit voor honderd jaar vuurwerk in de grond. En of het nu Chinezen, schatgravers of boeren zijn, ze springen even lustig uit elkaar... Ook wie wil bouwen mag uit zijn doppen kijken. Een fundatie uitgraven lijkt een spelletje Russische roulette. En dan zijn er nog de lastposten die overal liggen te vergaan. Maar daar hebben de boeren en metselaars in tegenstelling tot de Chinezen een simpele oplossing voor. Laten liggen en zand erover! Alleen de dichters horen stemmen in het koren. En wie in dit onderkelderd land wil wonen moet niet klagen over de stank van het grondwater. (Pam staat voor de klas: met de rug naar het bord

'In Flanders' fields the poppies blow
Between the crosses, row on row...'

Ze kan niet verder en begint te blozen. Verlegen plukt ze aan haar vlechten. De zuster klapt in haar handen. 'Zijn ze daar weer met hun oorlog?' vraagt Marguerite-Leonia.)

Karel-August is een vrij man. Maar er is vrijheid en vrijheid. Werkvolk, zegt hij. Vrouwvolk, zegt hij. Hij gaat ter kerke. Omdat je de broodheren niet voor het hoofd moet stoten. Omdat er geen beter middel bestaat om de orde te handhaven. En ook wel om in een klein hoekje van zijn bange ziel de deur naar de eeuwigheid op een kier te houden. Wie zondigt kan op vergeving rekenen. Dat is allemaal prima geregeld. Op zwier met de aalmoezenier die ook niet aan het burgerbestaan kan wennen. Ze hebben een sentimentele afdronk. Een moordenaar gaat naar de hel. Een overspelige net zo goed. Maar voor soldaten ligt het anders. Moorden en hoereren zijn hun recht, om niet te zeggen hun plicht. Het zijn mannen in opdracht. Ze volbrengen een taak. Voor het vaderland. Voor de vrijheid. Voor God en mijn klein kindje. Voor alles wat je maar kan verzinnen. Als ze sneuvelen herwinnen ze hun onschuld. Ze hebben hun leven voor het hoogste goed gegeven. Voor de sukkelaars die aan de modderhel zijn ontsnapt wordt aan de hemelpoort de rode loper uitgelegd. Zeker weten. En het doet er niet toe aan welke kant ze vielen. Wat dat betreft zijn ze daarboven kleurenblind. God heeft naast zijn goddelijke ook moederlijke trekjes.

Huilend met de fles champagne in zijn armen kan Karel-August die bofkonten benijden. Hij heeft het voorgevoel dat hij er niet zo makkelijk vanaf zal komen. De angst voor de dood krijgt hem met de jaren steviger te pakken. Er is een verschil van dag en nacht tussen de gezeten burger en de dolgedraaide lichtmis. Wat hij bij nacht verwenst wil hij bij dag te allen prijze handhaven. Ondertussen lopen de rekeningen op. En wordt hij elk jaar weer vader of het scheelt niet veel. Zijn zonen zullen niet over hem heen lopen..., ze krijgen de kans niet, ze sterven in de wieg. Hij kan Marguerite-Leonia er wel op aankijken, maar getroffen in zijn bloed voelt hij de twijfel knagen.

Zijn lievelingsrol is die van Sinterklaas. Op een wit paard met drie Zwartepieten achter zich aan doet hij zijn ronde. Plechtstatig maar een tikje overmoedig vanwege de hartversterkertjes. Gnuivend in zijn vlasbaard klopt hij met de kromstaf op de deur: 'Zijn hier geen stoute kinderen...?' De Pieten rammelen met de kettingen over de vloer en houden de zak wijd open. Doodsbenauwd kruipen de kinderen achter de kachel. Ze zijn veel te bang om in de Sint hun vader te herkennen. Hij was gul met speelgoed, maar het meest genoot hij van hun angst.

's Anderdaags lokt hij ze met vragen uit hun tent. Hoe groot dat paard wel was? En hoe schitterend de goudbestikte mantel van de Sint? En had niet alles wat ze mispeuterden in zijn boek gestaan? Zodat de Pieten dreigden hen in de ijzers te slaan en in de zak te stoppen? Hij blijft plagen, tot een zoontje 'ze stonken naar jenever!' roept. 'Wacht tot volgend jaar,' dreigt hij. 'Dan ben ik te groot voor die kinderspelletjes,' antwoordt het joch. Maar het is Karel-August die het betreurt.

Om de zes maanden komt er een brief van de zussen uit Amerika. Het gaat hen voor de wind. Ze hebben het korset afgedankt en dragen platte hakken. Kopen en verkopen gronden. Beleggen in real estate. Bouwen huizen 'sleutel op de deur'. Heel modern, maar met ouderwets metselwerk. Kruisverband. Vlaams verband. Hollands verband. Kantlagen. Sierschouwen. Arduinen dekstenen. De Amerikanen zijn er dol op. Kom, schrijven ze, kom hierheen, dit is de nieuwe wereld. Er is toekomst. We bieden je een partnership aan. Europa is versleten. En alles is er bij het oude gebleven. Voor je het weet heb je weer een stammenoorlog. Hier is de vrouw geen slaaf. De arbeider een heer. Blijf toch niet in die puinhoop zitten.

Maar dan kennen ze hem niet goed of zijn vergeten hoe broerlief ook alweer was. ('Een metserdiender: zeven treden lager dan een trekhond!') Onder hoongelach bekijkt hij een foto waarop ze trots onder het naambord van hun eigen firma poseren. De korte haren sluik om het hoofd. Geplisseerde kuitlange rokken, en op wat er van hun boezem over is gebleven prijkt een kanjer van een horloge. Time is money! Hier moet alles vlug gaan. Treuzel niet, schrijven ze. Toen ze vertrokken moesten ze vanwege hun omvangrijke hoeden zijwaarts in het rijtuig stappen. En zonder hulp waren ze nooit de loopplank opgeraakt. Een stomer van de Red Star Line. Het was een tranenrijk afscheid. Ze verdronken bijna van verdriet voor ze de oceaan hadden gezien. Marie-Madeleine en Marie-Margarete, omdat alle meisjesnamen met de M van Maria begonnen. Gepantserde maagden. En koppig. Ze hadden gezegd dat ze zouden gaan en dus gingen ze. Hij kon ze niet tegenhouden. Hij had als kleine jongen nog op hun knieën paardje gereden. Twee actieve zussen die al vlug de huishouding van hun melancholieke moeder overnamen. Als hij tijdens de kerkdienst niet stil zat pinden ze hun hoedespelden in zijn billen. Rosblond en geurend naar eau de cologne. Jullie vinden nooit een man, schrijft hij. Zijn wrok tegen Amerika als het toch lukt. 'Die kwamen in zeventien nog vlug de oorlog voor ons winnen! Over there! Met hun beenwindsels en padvindershoeden. Zouden ons na vier jaar miserie eens uitleggen hoe het moest. Dachten zeker dat het een sportkamp was...' Als de zussen hem in de crisisjaren willen bijstaan schrijft hij: 'Zorg dat je zelf overeind blijft!' In de tweede wereldoorlog pogen ze via het Rode Kruis voedselpakketten te sturen. Dacht je dat we verhongerden? schreef hij.

Het is al vijfenvijftig, een half leven later, als ze het moederland bezoeken. Want hij naar Amerika? Geen sprake van! Ze hoeven geen ticket te sturen. Het is een rovershol. Alles draait er om geld. Ze springen bij bosjes uit de vensters. En de vrouwen spelen er de baas! De zussen hebben grijze geonduleerde haren en dragen zalmroze en turkooise mantelpakken. Ze laten hun auto, een witte Cadillac, overbrengen en gaan in de haven op het lossen toezicht houden. Ze hebben moeite met de taal. Al hun zinnen beginnen met: 'Bij ons in Amerika...' Ze noemen hem Charles dearest, en behandelen hem alsof hij in hun afwezigheid een big boy is geworden. Op de grote markt van Brussel klappen ze in hun handen van verbazing omdat de huizen zo klein zijn. Ze vragen bij alles wat het kost. Ze gaan doorlopend in bad, willen voor niets ter wereld op een vreemde wc en zeulen met een po in een hoedendoos. Ze vinden het eten te vet en stoppen na het souper pepermuntjes in hun mond. Ze lijken op een optimistische uitgave van Marguerite-Leonia. De drie dames verstaan elkaar trouwens opperbest. De conversatie gaat over business en kleinkinderen.

Karel-August gaat in zijn eentje naar het theater omdat, verklaart hij somber, zijn huis vol wijven zit! Als de zussen vertrekken staat hij te snotteren als een kind. Hij is ineens veel ouder. Alsof hij zich realiseert dat het feest voorbij is. Nog voor negentienveertig heeft hij zijn zaken aan Marguerite-Leonia moeten overdragen. Dreigend bankroet. Ogenschijnlijk heeft hij bij die operatie geen veer hoeven te laten. De lasten voor haar en de lol voor hem. Maar zo werkt het vanzelfsprekend niet. In de charmeur huist een zure mijnheer. Het is de schuld van de oorlog. Het is de schuld van het werkvolk. Het is de schuld van heel de veranderde wereld. Hij kan zich afdoende beklagen. Begrijpen doet hij nog altijd niets. Op de paardenrennen wil hij er zijn hoofd om verwedden dat hij zal winnen. Bij het kaartspel blijft zijn inzet hoog, maar door de stand van zijn pijp weet zijn compagnon over welke troeven hij beschikt. Heren rechts, boeren driekwart, klaveren onder, harten boven, vrouwen links... hij kan niet verliezen. Tot Marguerite-Leonia er een einde aan maakt: 'Ga elders je broek van je kont spelen!' 'Een vrouw moet haar man een verzetje gunnen,' werpt hij tegen. Als Pam hem enkele jaren later met eigen middelen bij het kaarten verslaat gaat hij zich in de keuken luidkeels beklagen: 'Moeder, ze spelen vals!' Wat was echt, wat was komedie? Hij was zo goed in het tweede dat hij het met het eerste verwarde.

Hij concentreert zich op zijn kwaaltjes en zit lang in fotoalbums te bladeren. 'Ik ben nog van voor den anderen oorlog, die worden zeldzaam,' zegt hij. 'Toen waren de mensen nog serieus. Ze kenden hun plaats. Al dat gedoe van tegenwoordig, met dat bloot vrouwvolk, dat zou niet waar geweest zijn...' De Jan Plezier is een moraalridder geworden. Vooral de vrouwen zitten hem hoog. 'Ze willen vrijheid. Vrijheid om wat te doen? Er is maar een ding waarom ze vrij willen zijn, en dat kunnen ze thuis ook krijgen. Ze hoeven daarvoor niet elders te gaan. Een man is vrij, een vrouw is door de natuur gebonden!' Als in een laat avondprogramma op de televisie een vrouw met glanzende ogen verklaart dat ze God dankt iedere keer dat ze klaarkomt, is hij geschandaliseerd. 'Een soldatenhoer heeft meer pudeur!' Hij luistert met een half oor naar de nieuwsberichten en de sportuitslagen. De paardenrennen blijven hem interesseren. Al zijn er geen echte dravers meer. 'Volgespoten beesten die bij tegenwind door hun knieën zakken.' Rockmuziek jaagt hem de stuipen op het lijf. Allemaal mechaniek, ze kunnen niet meer zingen. Maar zelf had hij het ook verleerd. Hij komt de overgang van maat- naar confectiekleding niet te boven. De zussen bezorgen hem een lichtgewicht zomerpak en vrolijk bedrukte hemden. Ze vonden hem er zo ouwelijk bijlopen. Beledigd doet hij het pakket aan een liefdadigheidsbazaar cadeau. Of ze misschien denken dat hij zich geen behoorlijk pak kan laten aanmeten? schrijft hij. Geen draad kunstvezel komt aan zijn vel. Hij heeft bovendien geen zin om zich belachelijk te maken. Dat is goed voor oude taarten die er nog wat verse slagroom bovenop spuiten. Hij is als heer en met een hoge hoed geboren!

* * *

Op zijn lange cavaleriebenen. Met zijn zakken vol snoep. Een welkome gast. Karel-August. Knap, sensueel, maar onbetrouwbaar. Als hij maar even de kans ziet zegt hij ronduit: 'Ik ben de baas!' Pam hoeft voorlopig niets te doen om hem te bevallen. Zijn petekind is zijn oogappel. De ideale grootvader. Gek met kleine meisjes. 'Al de charmes van een vrouw zonder de kuren...'

Intimiteit voor het tweede levensjaar. Verzonken de vibraties van zijn stem: een tenor. Hij zong als Maurice Chevalier. Liedjes van de belle époque. 'Si tu veux faire mon bonheur, Marguerite...' En 'Roses of Picardy' als hij weemoedig is. Pams eerste woorden komen uit het refrein waarmee een kleine Chinese een Franse matroos verleidt: 'Timélou, Lamélou, Papatiméla, Padelamélou, Cocquedou Labaja.' Wiegend in zijn armen door de kamers. Ze kon dansen voor ze liep, ook dank zij hem. Speelt tussen de bedrijven door voor kindermeid. Met drie maanden een lepel champagne, met zes een sigaar proeven. Hij zet Pam neer op het tapijt, loopt drie passen weg, draait zich om, hurkt met de armen wijd open: kom! Zag het hem later met andere baby's doen. Stalen geduld in die zaken. Kon paarden en honden alle kunstjes leren. Vage herinnering aan drukke motieven van Perzisch tapijt. Overheersende kleur: bordeauxrood. Zijn manier om vrouwen in te pakken. Vlei ze tot ze blozen. Maak ze aan het lachen. Zit onvermoeibaar achter hun rokken. (Na drie keer nee mag je een ja verwachten...) Bedrijf de liefde als een sport. Neem die bekoorlijke wezens geen ogenblik ernstig. Maak dat je wegkomt voor ze beginnen te huilen. Of je aan je beloftes herinneren. Ich küsse deine Hand, Madame. Voor de viriele man is het leven een operette. Maar zonder echtgenote. En daar wringt het schoentje. De bourgeois wil respectabel zijn. Vader. En zonen om de zaak voort te zetten. Op tijd eten en hemden met gesteven boorden in de linnenkast. Een vrouw die een staat kan voeren en op de kleintjes passen. Iemand om naar op en op neer te kijken. Die een oogje dichtknijpt tussen de lakens. Een moeder voor zijn pijntjes. Maar zijn huisengel is geen schatje. Ze heeft hem door. Met schade en schande wijs geworden hanteert ze de deegrol. Wie kakelen wil moet eieren leggen! Voor het gezicht van de wereld mag hij de chef spelen, in haar ogen heeft hij niets meer te vertellen.

Hij komt in de nieuwjaarsmaand honderdtwintig kilometer door de sneeuw baggeren met een wit bontjasje. Pam is vier of vijf. Er is ook een bijpassend mutsje en een met satijn gevoerde mof. 'Als je wat doet moet je het goed doen.' Zulma-Marie is er stil van: 'Zoiets mooìs...' Ze wil het meteen opbergen. Maar dat is de bedoeling niet. Pam zit in de kerk als een verdwaalde prinses. Hij wilde haar het onderscheid van stand bijbrengen maar leerde haar in plaats daarvan de erotiek van de dingen kennen. Ze noteert de opwinding van Zulma-Marie als hij op bezoek komt. Attenties. Cadeautjes. De weduwe is nooit als dame behandeld. Voelt zijn spot niet. De wijze waarop hij de zeemleren handschoenen in zijn omgekeerde hoed legt en toekijkt hoe de boerin met haar zuivelluchtje de luxezeep uitpakt. Elisabeth daarentegen moet het bloemetjesparfum niet.

'Praatjesmaker!' Ze is niet happig om zich een tweede keer aan dezelfde steen te stoten. 'Jammer voor zo'n knappe meid.' Hij organiseerde na Pams nooddoop een tweede voorstelling om zijn peterschap te vieren. Voerde het gezelschap dronken. Amuseerde zich kostelijk toen de meter in haar verwarring de boorling op de biljarttafel in het dorpscafé vergat. Practical joker. Opmerking: 'Als ik een mooie vrouw was zou ik mijn rokken nogal laten wapperen!' Ondertussen heeft hij zijn echtgenote met veertien zwangerschappen en ei zo na een failliet opgescheept. Zingt thuis een toontje lager. Voor zover van liefde sprake was overheerst nu de vraag wie wie zal overleven.

Ondertussen is ook de tweede wereldoorlog met kunst en vliegwerk doorgekomen. 'Het was lang niet zo erg als de eerste keer,' zegt hij. Alles went. Maar de zonen hebben kant gekozen en komen tegenover elkaar te staan. De schoonzoon verdwijnt in een concentratiekamp, en de enige dochter moet met haar baby van de verhongering worden gered. Marguerite-Leonia heeft de mannelijke helft van de mensheid afgeschreven. 'Die kerels willen niet deugen!'

Karel-August ontpopt zich als clown. (Als hij bij een ondervraging het Duits opzettelijk verbastert wordt de Feldwebel woest. 'Hoezo de taal behoorlijk leren? Voor die ene keer in de twintig jaar dat jullie op bezoek komen... dat loont de moeite niet!') Met zijn kleinkinderen is hij kind met de kinderen. Zolang het duurt. Het is zijn laatste kans om zelf mee te spelen. Zelfs zijn plaagzucht houdt hij min of meer in bedwang.

Uitstapje naar de stad. Hij neemt Pam mee naar de vogelmarkt. Drukte van belang. Ze ziet voor het eerst ballonnen. Vooral de zwarte met hun driekleurige vlaggetjes fascineren. De venter plukt er een uit de tros en schuift de lus van het touwtje om haar pols. Karel-August beweegt haar hand op en neer om de ballon te laten dansen. Schatert om haar sprakeloze verbazing. Koopt een tweede, een witte met een roze gezicht, voor de andere hand. Pam staat buiten zichzelf te trappelen. En nog een, en nog een, en nog een... tot aan elke arm wel tien ballonnen zweven. Ze verbeeldt zich traag te zullen opstijgen om boven het marktgewoel ten hemel te varen. Ze zijn het middelpunt van een groep opgewonden toeschouwers. Karel-August voelt zich zo dat hij tenslotte alle ballonnen koopt. De venter spuwt in zijn handen.

Marguerite-Leonia op de uitkijk ziet ze komen. Vastgeknoopt aan het stuur, de stang en de bagagedrager, kleurige balonnen die schuin achter de fiets aan zeilen. Ze worden in de slaapkamer van de grootouders losgelaten. Koelste plaats van het huis. Pam kan niet slapen. Ze zit tussen het bejaarde echtpaar in het praalbed naar de ballonnen te kijken. Opgeblazen dikkoppen waaraan roerloos dunne staartjes hangen, en waaruit alle energie langs onderen kan wegstromen. Ze drukken vergeefs hun hoofd tegen het plafond en zinken vermoeid naar de vloer. Elk in zijn eigen tempo. Er zijn er die plechtig en gestadig afdalen, andere treuzelen en blijven onderweg een tijdlang hangen. Het is sterven, maar het is prachtig sterven. Pam begrijpt haar bittere grootmoeder niet. Evengoed ontroostbaar als zo'n wonderlijk ding tot rimpelig zakje verschrompelt, waaruit als je het opblaast de lucht met een obsceen geluid ontsnapt. Ontluistering. Ze wil er niets meer mee te maken hebben. 's Anderdaags is het merendeel van de ballonnen gesneuveld. 'We zullen er een laten ontsnappen,' zegt Karel-August. In de tuin maakt hij de strop rond het tuitje los en gooit de ballon als een duif in de lucht. Hij schiet er zigzag vandoor en verdwijnt in duikvlucht achter de heg. Ze gaan hem zoeken. 'Zie je wel, hij is weg, hij is naar de ballonnenhemel,' zegt Karel-August. Steels raapt hij het vodje op en stopt het in zijn broekzak. Pam heeft het gevoel dat ze hem moet helpen met te doen alsof. (Het huis heeft vele verdiepingen. Het is smal en hoog. Met lange gangen. En smeedijzeren tralies voor de benedenramen. En diepe kelders waarin het altijd vochtig blijft. Beneden koken, boven wonen, en helemaal boven gaan slapen. De zolder is afgesloten. De tuin ommuurd. Achter de talrijke deuren klinken gedempte stemmen. Voortdurend voetstappen op de trap. Ingemetseld. Pams keel zit dicht. Ze kan niet eten. Wil weg. Wil terug naar het huis van Zulma-Marie, haar andere grootmoeder. Naar de hoeve met het lage zadeldak waar het paard van Sint-Maarten makkelijk overheen zou kunnen springen. Nu is haar vader thuisgekomen. Hij heeft voor haar een witte ballon meegebracht. Om het ontroostbare te troosten. De familie staat op het betegelde tuinpad voor de blinde muur. Behalve Marguerite-Leonia, die op de eerste verdieping door het raam naar buiten leunt. Pams vader schuift de lus van het touwtje om haar pols. Uit zijn neus bengelt een groene draad die in zijn mond verdwijnt. En waar je zelfs niet naar mag wijzen. In een woedeaanval heeft hij hem eens stukgebeten en toen moest hij meteen naar het ziekenhuis. De ballon wil omhoog. Pam voelt hem zachtjes aan het touw trekken. Tranen rollen over haar wangen. 'Wil je eens wat zien?' vraagt de vrouw die haar moeder moet voorstellen. 'Wil je eens wat zien?' en knip, heeft ze het touwtje doorgesneden. De ballon drijft traag weg en blijft voor de blinde muur hangen. Pam denkt dat ze hem nog kan pakken en loopt er achteraan. Maar de ballon wint gestadig hoogte. Stil zweeft hij met het touwtje achter zich aan de hemel in. Een witte vlek? Een wolkje? Ze kijkt hem na tot ze van niets meer zeker is.

Weer terug op het land. Op de dorpskermis is een reclamestand met ballonnen. Koffie van De Zwarte Kat is de beste. Oom Irme zorgt dat Pam er een krijgt, maar ze geeft hem meteen aan haar nichtje. 'Ik ben te groot voor een ballon.' Onder de appelaars zit het gezelschap goedlachs na te tafelen. Mannen met losgeknoopte boorden. Vrouwen die met een zakdoekje eau de cologne in hun decolleté wrijven. Ertussen het nichtje met de ballon. Een van de mannen houdt er zijn sigaar tegen. Een knal. Vrouwen springen overeind.

Gelach. Het nichtje heeft zich omgedraaid. Aan de ballondraad bengelen flarden. Ze kijkt zoekend omhoog en dan naar de lachende gezichten, en begint te huilen. 'Kom hier, kind,' roept de moeder. 'Klootzak,' zegt Pam. 'Wat is dat voor taal?' vraagt Elisabeth. 'Zeg dat het je spijt.' 'Die stomme boer kan voor mijn part doodvallen,' antwoordt Pam. Het wordt stil. 'Dat kind begint aardig op een Van Puynbroeck te lijken,' zegt tante Angela. 'Wat kunnen wij daar aan doen?' vraagt Zulma-Marie. De man drukt zijn sigaar uit in zijn bord. Hij verpulvert ze. Staat op, neemt zijn jas van de stoelleuning, gooit hem over zijn schouders en gaat weg.)

* * *

'Er bestaat geen groter ongeluk dan een lelijke vrouw. De neus en de benen is het hele aanzicht. Als ze van het een te veel hebben, hebben ze van het ander te weinig, het is altijd wat. Poeslief, tot ze je aan de haak hebben geslagen. Sergeanten als ze ouder worden. Hoofdpijn, buikpijn..., altijd lekke band. Ga daar mee naar de oorlog!' Een pantoffelheld. Hij vergrijst, zijn grapjes verzuren. Pam wordt groter. Paardrijden mag, een goede zit is belangrijk. Tennis daarentegen slecht voor de ontwikkeling van de borsten. Studies weggegooid geld. 'Je bent zo al slim genoeg.' Voor het donker thuis zijn. Nu wordt het oppassen. Als je maar eenmaal die ring aan je vinger hebt... Pam mag niet meer op schoot zitten. Hij dreigt zijn snor af te scheren.

Duitsers zijn zo stom als het achtereind van een varken. Maar als ze gaan zingen moet je opletten. Voor chocolade begingen ze ongelukken. Snoepten zich te pletter. Smeerlappen met hun gas. Konden niet tegen verlies. Eerst voor een keizer en dan voor een korporaal op stap. Daaraan kan je de achteruitgang meten. Elisabeth was ook een Duitse. Niet te geloven zo'n kleine vrouw. Een koningin moet toch iets of wat postuur hebben. Zorgde goed voor de gewonden, daar valt niets op te zeggen. Later natuurlijk, met al die dichters en muzikanten... Verhaeren kwam er aan huis. En maar reizen. Van Moskou naar Peking. Daar zat Huysmans achter. De rode koningin. Ala, laat me niet lachen!

Hij kreeg wat van die Engelse steltlopers met hun theeketels en dat taaltje als een keelziekte. Nooit begrepen wat die in de modder kwamen zoeken. Keken ook nog op je neer. Hun Malaga was lekker. Na mijn verwonding geplunderd door het Royal Army Medical Corps (Rob All My Comrades!). Fraaie naam. Kaalgevreten op de luizen en het liesverband na. Ze hebben koning Albert van een rots geduwd. Bij valavond. Alles draaide om de kolonies. Dat ging over onze hoofden heen. Werden we met die knappe zoon opgescheept. Helemaal zijn vader op het karakter na. Dat hebben we in veertig geweten. Maar als hij was gaan lopen had hij ook niet gedeugd. Ze hebben dat fel overdreven. Die koningskwestie was eerder een vrouwenkwestie. Als Albert nog had geleefd was het niet waar geweest. 'Pour les Flamands la même chose!' En dan dachten die Walekoppen met hun bric-à-brac dat ze Frans spraken! Moet je daar vier jaar lang voor in de modder creperen? Dit land gaat naar de bliksem. Niets aan te doen. Het zal mijn tijd wel duren. Maar een straffe die mij nog voor iets de straat op krijgt!

De Fransen, dat is eten en smeren. Hun loopgraven kon je ruiken! Als ze door hun munitie heen waren geraakt hadden ze gerust met drek kunnen schieten! Ze hoefden daarvoor geen chemisch gas te gebruiken. Zeiden dat het 'pour l'honneur' was, maar deden het in hun broek. Praalhanzen. Hadden met genoegen een stuk land ingepikt. Als ze de kans hadden gekregen. Keiharde hoeren: 'Et mon petit cadeau, chérie...?' Frankrijk... maar ja, Parijs is Frankrijk niet. Joffre en Foch, dat waren de mannen! Die keken niet op een piot meer of minder. Pétain is er achteraan komen pikkelen. Was de tweede keer al tevreden met wat er van Frankrijk overschoot. Half uw broek verliezen is heel uw broek verliezen! Leer mij die Fritzen kennen! De Fransen moesten in achttien met hun herstelbetalingen zonodig het onderste uit de kan halen. In Versailles is niet voor vrede maar voor nieuwe oorlog getekend.

De Kaaskoppen deden zogenaamd niet mee. Neutraal. Die hebben altijd geweten hoe ze de poen moesten binnenhalen. Met hun bijbel. Als een Hollander je niet heeft bedrogen is hij het vergeten. Wij verdronken maar zij hielden de voeten droog. En dan in veertig moord en brand schreeuwen. Ik weet nog goed de prijs van de gezouten haring. En brak, het was niet te vreten! Gastvrij, dat wel. Eerst met papa Kruger. En toen met dat stuk keizer. Het was nog verre familie. Hij mocht gaan rentenieren en houthakken op een buiten. Rustige oude dag. En dat had nog wel de oorlog verloren!

Hoeveel jongens had die op zijn geweten? Ze hadden hem beter levend in een tranchée begraven! Allemaal politiek. Ons verstaat ons. Wilhelmina was een halve man, zeggen ze. Maar ze moet de moeite waard zijn geweest in haar jonge jaren. Solide buste. De rijkste vrouw van de wereld. En achteraf mochten ze in hun handen knijpen dat ze haar hadden. Ze zaten al na vijf dagen op hun knieën. Al die koninginnen... Een land besturen is geen vrouwenwerk. En Vlaams kunnen ze niet spreken. Ik verstond mijn eigen vrouw niet meer toen ik haar in Utrecht ging afhalen. Palingboeren. Van hun sigaren zal ik geen kwaadspreken. Maar voor de rest...

Van Oostenrijk hebben we lang niets meer gehoord. Die waren uitverkocht. Ik zou nog eens naar Wenen willen reizen. Je kan nergens betere tandartsen vinden. Laten het dan joden zijn. Het eten is niet bijzonder. Flauwe witte wijn. Maar de slivovitz is best te drinken. Als het zo'n paar graden heeft gevroren... Zolang ze maar niet met die Hongaarse hutsepot komen aanzetten. Hete paprika geeft buikloop. Die Lippizaners zijn ronduit belachelijk. Paarden op Mozart laten huppelen. Je moet maar op de gedachte komen. Dat heeft niets met Spaanse rijschool te maken. Meine Mutter war eine Wienerin. En dan in Chambre Séparée. Zoetigheid bij de demi-sec. Lekker mollige vrouwen. Maar als ze eenmaal gaan uitzakken... zulke baboeschka's! In Wenen kon je lol beleven. De wereld is veranderd. De mensen hebben het veel te goed. Het zal wel weer op oorlog uitdraaien.'

* * *

Na de beroerte die Marguerite-Leonia treft neemt hij het heft over. Voorgoed deze keer. Bezit wordt zijn grootste zorg. Ingewikkelde banktransacties. Zwart geld. Beleggingen. Hij ontwikkelt een nerveuze activiteit. Van uitgaven wil hij niet weten, alleen inkomen telt. De rentevoet. Kapitaal moet kapitaal blijven. Internationale spanningen, van de Suez-kwestie tot de Cuba-crisis, bezorgen hem hartkloppingen. 'Het verlies van de kolonies komen we nooit te boven!' Wantrouwig. Wie glimlacht heeft het op zijn beurs voorzien. 'Te gierig om te leven,' zei hij vroeger. Ligt wakker van de sociale zekerheid. Betaalde vakantie is wel het toppunt. Het dagelijks refrein: Wie gaat dat betalen? Ze denken zeker dat ik het geld van de bomen kan schudden? 'Zie hem met dat beetje geld de kapitalist spelen,' zegt Marguerite-Leonia in een lucide moment. Maar met haar houdt hij minder dan ooit rekening.

Een enkele keer pakt hij uit. Om zijn jubileum te vieren. Hij is er dagenlang niet goed van. De seigneur wordt een krentenweger. Hij schrijft een klachtenbrief naar Amerika. De zussen reageren prompt. Ze zijn gealarmeerd. Tevreden strijkt hij de dollarbiljetten op. 'Die zijn nog altijd even stom!' Hij wil eigenlijk een grote hond om het huis te bewaken. Maar: 'Weet je wat die eet?' Dus is hij tevreden met een kleine. 'Die blaft even goed als er inbrekers zijn.' Hij voelt zich wel belachelijk met zo'n keffertje. Een ander moet hem uitlaten. Het hondje blijkt een allemansvriend. 'Een teef is onbetrouwbaar, ik had een reu moeten nemen.' 'Die gaan toch achter een loops vrouwtje aan,' zegt Pam. 'Zoiets hoor jij niet te weten.' Hij vindt het best dat zij 'de moeilijke jaren' in een internaat doorbrengt (goede manieren zijn nooit weg) als hij maar niet moet horen wat het kost. (Een uniform schept afstand!) Soms krijgt Pam hem aan de praat over vroeger. Over zijn vader die ze liet rollen maar niet makkelijk was. En die toen alles verspeeld was kalm met zijn jachtgeweer naar boven ging. Om zijn eer te redden. Over zijn moeder die de baljurken op haar lichaam liet naaien maar die zo vaak migraine had. En die als weduwe haar dagen op 'Het Kasteeltje' zou slijten. Een buitengoed dat aan een van haar vrienden toebehoorde (wie weet wat daarachter zat...) en waar de jongste zoon rentmeester mocht spelen. Daar had hij, Karel-August, voor bedankt. De oude dame was berucht om haar herdershonden, twee Groenendalers, 'zo zwart als de duivel', die haar overal vergezelden, en die na haar dood moesten worden afgemaakt. Ze had zich op haar sterfbed verschanst – na de dood van haar man kon ze geen pastoors meer zien – en de dieren wilden niet van het lichaam wijken. Het begon al te ruiken en het schandaal hing in de lucht. Over de trommel en de rijzweep die hij kreeg. Over zijn paard dat door de Duitsers werd geroofd en dat hij na de oorlog in lamentabele toestand op de veemarkt terugvond. De verkoper had hem uitgelachen. Zijn paard? Dat kon iedereen wel beweren. Maar hij wedde erom dat zij – het was een merrie – als ze werd losgelaten regelrecht naar haar oude stal zou lopen. Hij won. En kreeg haar gratis terug. De verkoper was groen uitgeslagen. Een rustgevende kleur, want paarden zijn schrikachtige beesten. Over lange sledetochten. En schaatsenrijden. Over Cyriel Buysse die niet te vertrouwen was. Over het land tussen Leie en Schelde dat voorgoed verloren was. Als hij over het land sprak voelde Pam het heimwee knagen. Maar voor de boeren voelde hij slechts misprijzen. 'Had je misschien voor de rest van je leven tussen de koeien willen zitten? Of wil je misschien op je moeder gaan lijken?' 'Met zijn fantasiekes!' gromde Marguerite-Leonia, die van zijn verhalen niet wilde weten. Maar het was zijn sterkste kaart. En Pam had al vroeg ondervonden dat herinneringen verkleuren. Hoe verderaf de gebeurtenissen zich afspelen, hoe makkelijker het ongeluk te verdragen is. Niets liet zich twee keer op dezelfde wijze vertellen. Het verhaal ging een eigen leven leiden. Wat gisteren nog waar was kon vandaag onwaar zijn. Ook de waarheid kende haar logica. Dan was er geen speld tussen te krijgen. Misschien was Marguerite-Leonia wrokkig omdat ze zich ooit door zijn mooie woorden had laten vangen en geloofd had in wat hij haar voorspiegelde. Ze hadden beiden hun verhaal, maar voor Marguerite-Leonia was het bittere werkelijkheid waaraan niet viel te ontkomen, en voor Karel-August een achterpoortje om aan de consequenties van zijn daden te ontsnappen. Eén scène blijft Pam bij. De film gaat over het circus. Over een man die bonje met zijn familie krijgt omdat hij met een circusmeisje is getrouwd. Maar eindelijk mag hij haar voorstellen. De deur gaat open en daar zweeft een prachtige vrouw zelfverzekerd naar binnen. De man neemt met een gebaar alsof hij een wonder gaat onthullen de zwarte bontjas van haar schouders, daaronder draagt zij een dieprode en nauwsluitende avondjurk. Om haar hals en om de polsen van haar armlange handschoenen schitteren diamanten. De familie had zich duidelijk iets anders voorgesteld. 'Wie is haar vader?' vraagt een verbijsterde. En dan begint de vrouw gloedvol te zingen. Haar mond, met lippen zo rood als haar jurk, opent en sluit zich verleidelijk. 'O mein Papa, war einer wunderbare Mann... O mein Papa, war einer grosse Künstler...' Naast Pam zit Karel-August aangedaan te snikken. Het loopt vanzelfsprekend goed af. Ze gaan met zijn allen naar het circus en zijn enthousiast. Het mannelijk gedeelte van de familie kan zijn ogen niet van die mooie vrouw afhouden. De titelsong blijft Karel-Augusts favoriet. Pam moet het altijd weer opnieuw zingen. 'O mein Papa...' en dan springen de tranen in zijn ogen.

Eindelijk is het Marguerite-Leonia gegeven om te sterven. In haar eigen bed en zonder veel tralala. Zoals ze het gewild had. Het is moeilijk uit te maken wat het Karel-August doet. Hij gaat niet naar de begrafenis maar schuift in jacquet door de verduisterde kamers. Een verpleegster staat hem bij. In een opwelling geeft Pam hem een zoen. Dat was lang geleden en hij kijkt haar verwonderd aan. Zijn geur is onveranderd, zijn wangen zijn even zacht. Maar er is een ander tijdperk aangebroken. Zelfmedelijden krijgt de overhand. Pillen flankeren zijn bed. Omdat hij er geen een gelooft loopt hij van dokter naar dokter. Prostaat en aambeien worden uitputtend besproken. Hij is ten zeerste bekommerd om zijn stoelgang. Meer en meer wil hij op zijn wenken bediend worden. Het overdragen van de zaak wordt een pijnlijke operatie. Zijn laatste grote liefde is zijn auto. Hij vertroetelt het ding als een nukkige maîtresse. Verwarmde garage. Geen spatje op het koetswerk. Hij praat ertegen als tegen een paard. 'Nu krijgt ie te drinken. Maar eerst even lekker laten doorsmeren...' Hij draagt als hij uit rijden gaat manchetknopen met de stempel van het automerk. Er ligt een rode roos voor de achterruit en in de koffer zit een po. Als de auto door de inspectie dreigt te worden afgekeurd huilt hij tranen met tuiten en laat een leger mecaniciens aanrukken. Maar als hij de kist eenmaal op dreef heeft haalt hij eruit wat erin zit. Verkeersregels lapt hij aan zijn laars. Met vaart gaat het door stoplichten. Hij is de schrik van de buurt, een echte wegpiraat. Als Pam hem als spookrijder op de verkeerde baanhelft onderschept stapt hij mopperend uit: of ze niet weet hoe gevaarlijk het is om met toeteren en knipperlichten de aandacht van een chauffeur te trekken? Zijn kinderen roepen zijn slechte ogen en zijn zwakke hart in om een rijverbod voor hem los te krijgen. Maar de dokter wil hem 'zijn laatste plezier' niet afpakken. Het duurt net zo lang tot hij de auto volledig in de prak rijdt.

Zijn laatste jaren brengt hij door in een tehuis. Terug in het land van herkomst. Hij doet niets anders meer dan klagen. Zelden raakt hij verder dan zijn pyjama en kamerjas. Een zijden sjaaltje om zijn hals moet de aftakeling maskeren. Hij gaat niet meer uit. Doodsbang om alleen te zijn. Wil niet sterven. Hij smeekt om uitstel. Bidt en jengelt om leven. Als Pam hem met haar dochter opzoekt wiegt hij de baby in zijn armen. Een vage glimlach komt op zijn gezicht. Hij houdt het hoofd schuin, neuriet 'Roses of Picardy'. Een ogenblik staat Pam het verslagen aan te kijken. Dan neemt ze vlug de baby over. 'Zal je aan mij denken?' vraagt hij.

* * *

Een zonnige middag. Leeg huis. Het tikken van de klok. Gonzende vliegen om de lampekappen. Een deur die voorzichtig opengaat. Spiedend ogenpaar. Een meisje dat op de tenen door de kamers rent, zich schuilhoudt in portieken en onder trappen. Oogsttijd. Augustus, als iedereen tot 's avonds laat op het veld werkt. En als er onweer is voorspeld de hele nacht door. Pam ligt in bed naar het brommen van de pikdorsmachines te luisteren. Trage beesten die over de akkers kruipen om ze kaal te vreten. Om de oogst binnen te halen moet alles wijken. Als het nood doet zelfs de zondagsrust. Pam houdt van deze periode waarin men zich met man en macht inzet om het karwei te klaren. Het is alsof de mensen door het belang van hun onderneming zijn gegrepen. Hun stemmen klinken opgewekt en vastberaden. Onderlinge vetes, wrijvingen, meningsverschillen worden opzij gezet. Men eet en drinkt met overtuiging. De arbeid geeft voldoening. De hemel is wijdser, de kleuren zijn heftiger. In de koele huizen zijn alleen de wiegekinderen en de stervenden achtergebleven. Als Pam het vieruurtje naar het veld draagt voelt ze zich in het hart van de dingen. En toch kwam het voor dat ze deze eensgezinde bedrijvigheid plotseling in de steek liet. Het ene ogenblik liep ze nog vrolijk kwetterend achter de opgeschorte rokken van haar tantes aren te lezen, en het volgende was ze verdwenen. Ze rende naar de eerste de beste beschutting, bijvoorbeeld een elzenbosje, en dook weg. Ze wachtte tot Elisabeth – het was altijd Elisabeth die haar het eerst miste – haar naam begon te roepen. Ze verroerde zich niet maar hield haar vanuit de schuilplaats scherp in de gaten. Elisabeth vreesde dat Pam in een put zou vallen of verdrinken. Ongelukken die een gewoon boerenkind niet zo vlug overkomen. Speurend liep ze langs de sloot naar de plek waar de bierflesjes lagen te koelen. Maar algauw moest ze haar plaats op het veld weer innemen. Ze riep nog een paar keer Pams naam, met een stem waarin ongerustheid en woede om de voorrang streden, en ging aarzelend aan het werk. Af en toe richtte ze zich op en keek zoekend om zich heen. Een deel van Pam reageerde heftig op Elisabeths geroep en wilde meteen naar haar toe lopen om zwijgend de neus tussen haar dijen te drukken en het standje over zich heen te laten gaan, maar een ander deel, dat als een zwaar blok tussen haar ribben hing, dwong haar om gejaagd weg te vluchten en zich achter heggen te verschuilen. Hoe verder ze zich van de troep en van Elisabeths stem verwijderde, hoe leger de wereld werd maar hoe minder zwaar het blok ging wegen. Pam dwaalde rond, met maar één zorg: niet ontdekt te worden. Soms bleef ze in de velden. Tussen de gerst en de haver die nog overeind stond. Ze bekeek van dichtbij de grond tussen de stengels die van onderaf gezien op boomstammetjes leken. De aarde kon vochtig en schimmelachtig zijn, of droog en gebarsten. Er groeiden papavers, korenbloemen, margrieten, wilde ridderspoor, kamille... en de veldmuizen hadden er hun vluchtwegen in aangelegd. Het leek er stil maar alles was in beweging. Kevers klommen overal op en over, mollen groeven zich in, en een kikker bleef doodstil zitten. Zijn ogen stonden aan de zijkant van zijn kop, en hij deed alsof hij haar niet zag, maar Pam wist dat hij zich bij het eerste alarmsignaal met een reuzensprong uit de voeten zou maken. Misschien had de zuster op school over eekhoorns verteld, of misschien was Pam iets uit Klein Duimpje bijgebleven, of anders speelden de oorlogsverhalen van Zulma-Marie haar parten, maar het zat in haar hoofd dat ze er op een dag vandoor zou moeten gaan. Helemaal alleen de wijde wereld in. Om niet met lege handen komen te staan legde ze voorraden aan. Beschuiten, appels en noten in blik, zakgeld in sigarenkistjes. Dat was allemaal langs welbepaalde routes in het landschap verborgen, en haar omzwervingen waren tevens aanvullings- en inspectietochten. Ze moest daarbij dubbel op haar qui-vive zijn, de viervoeters hadden het op het voedsel voorzien, de tweebeners op het geld. Het begon allemaal als een van die wonderlijke spelletjes die kinderen bedenken, maar gaandeweg werd het ernst. Pam kon alleen rustig inslapen als ze in gedachten haar voorraden naging. En als ze na urenlang rennen en wegduiken uitgeput tot stilstand kwam en om zich heen keek, ervoer ze een diepe verslagenheid. Ze was moederziel alleen, uitgestoten, de vijand zat haar op de hielen, en er was geen weg terug. Edoch, in de kern van haar wanhoop school een vreemd genoegen, iets dat bevrijdde, zodat ze, grenzen verkennend, bewust het experiment zocht. En het land was daar medeplichtig aan. Als ze tenslotte als een geslagen hond naar het erf van haar grootmoeders hoeve sloop, waar Elisabeth haar boos stond op te wachten, kon letterlijk niets haar nog wat schelen, ze was buiten hun bereik. Wat vooral Elisabeth onvergeeflijk vond. Maar het kwam ook voor dat Pam op haar tochten de stallingen aandeed, waar ze met verbeten ijver over karren kroop en op ladders klauterde. Ze brak bijna haar nek toen ze met een slecht berekende sprong tussen de hooizolder en de koestal een smak op de mestvloer maakte, maar ze gaf geen kik. Ze wipte in het kippenhok heen en weer tot de laatste hen kakelend het pand verliet. De haan viel haar met gestrekte vleugels aan, maar Pam was niet bang. Haar armen en benen zaten vol kippevlooien. Als een inbreker betrad ze het allerheiligste, het duivenhok van oom Gomein. Er hing een adembenemende mestgeur. De doffers vlogen geschrokken op, de wijfjes pikten over de rand van het nest. In aarden kommen lagen kale jongen met doorschijnende buiken. Ze konden niet eens op hun poten staan. Pam kneep haar neus dicht om niet misselijk te worden. Oom Gomein was astmalijder en hij kreeg toevallen op het hok, maar niets kon hem van het duivenmelken afhouden. Hij speelde op het weduwschap. Zaterdags werd de helft van een paartje in een korf gestopt en naar Frankrijk gevoerd. Zondagmorgens werd Pam gewekt door een nasale radiostem, '... vluchten verder dan Parijs... Tours: windstil. Helder. De duiven zijn gelost om 5 uur 30. Poitiers: lichte zuidenwind. De begeleiders maken zich klaar...' Later op de dag stond oom Gomein met een bakje voer op het plat en schreeuwde zich schor. Pam vond het een malle vertoning. Duiven beschikten over een geheimzinnig vluchtinstinct dat hen in staat stelde over honderden kilometers naar hun partner terug te vliegen. De eigenaar van de duif die dat het snelste kon was de winnaar. Oom Gomein was een stille, beetje plagerige vrijgezel, maar met zijn duiven kende hij geen pardon. Of ze wonnen, of hij draaide ze de nek om. Pam werd het nooit moe de duiven gade te slaan. Het vertoon van de doffers, de rollende nekken, het gekoer, het uitputtende broeden van de wijfjes die onbeweeglijk op de eitjes bleven zitten, de drift waarmee het paar zijn lelijke jongen verzorgde. Ze kon het niet uitdrukken, maar het was niet iets om mee te spelen.

Het spannendste bleef het besluipen van het huis. Daarin was haar grootmoeder doende, en tegen de gevel gedrukt gluurde Pam naar binnen. Zulma-Marie zat nooit stil, ze scharrelde mompelend door de kamers. Met een pan in haar handen ging ze naar de keuken en kwam terug met een schillenbak die ze voor de zolderdeur neerzette. Ze zat in haar stoel met de verstelmand op haar schoot en trok een sok over haar linkervuist. Ze begon te stoppen, hield op, en bleef met de naald in haar geheven rechterhand enkele tellen onbeweeglijk zitten (viel haar wat in, luisterde ze?), dan prikte ze de naald in de sok en liep naar haar slaapkamer. Ze tastte onder haar schort naar het touw waaraan haar sleutels hingen. Ongeduldig gooide ze de sok op bed en ontsloot de kastdeuren. Ze ging ertussen staan zodat Pam niet kon zien wat ze uitvoerde. Ze sloot de deuren en keek in de spiegel terwijl ze haar knot vastspelde. Terug in de kamer miste ze haar kous en dribbelde weer naar het bed, in het voorbijgaan met de zoom van haar schort een randje stof van het portret van wijlen haar man vegend. En zo ging het maar door, of ze nu aardappelen schilde of wit zand om de kachel strooide. Ze was de bedrijvigheid zelve, maar onderbrak voortdurend haar bezigheden. En op een of andere wijze kreeg ze het werk toch klaar. Praten deed ze net zo. Ze begon iets te vertellen, vergat het, gaf Elisabeth een opdracht die halverwege in een andere veranderde, herinnerde zich het onafgemaakte verhaal, verwarde het met een vreemde geschiedenis, en zette het slot van het een aan het ander zodat het toch nog een geheel vormde. Hoe ze dat klaarspeelde begreep niemand. Ze had ook zoveel kinderen dat ze hun namen voortdurend door elkaar haalde: 'Gomein, Adelbert, nee, Simon bedoel ik...' En van de getrouwde verwisselde ze de partner: 'Jef die met Angela, nee, met Adeline is getrouwd...' Maar goed, dacht Pam, dat ze weet wie ik ben, maar om zeker te zijn begon ze vaak met: 'Ik ben het, Pam...' en dan zei Zulma-Marie vriendelijk maar verstrooid: 'Ja, kind?' De laatste keer dat Pam haar in leven zou zien werd er niets meer gezegd. 'Ik ben het, grootmoeder, Pam...' 'Ja, kind?' Ze zat als een schijntje van zichzelf in haar stoel te beven. Pam draaide om het huis heen tot Zulma-Marie naar de kelder of de zolder trok, dan lichtte ze de deurklink op, schoof naar binnen, bleef een ogenblik met haar rug tegen de deur staan luisteren en liep vervolgens naar de slaapkamer van Elisabeth, waar ze meestal ook zelf sliep. Zulma-Marie kwam er zelden.

Het was een vierkante kamer van bescheiden afmetingen, die bijna helemaal werd gevuld door een dubbelbed en een notelaren kleerkast. Ertussen was niet meer ruimte dan voor een gangetje. Aan de ene kant was het venster met daaronder, tegen de roodstenen vloer aan, het gat, aan de andere kant stond een stoel en daarboven was het portret opgehangen. Naast de deur hing een leeg wijwatervat: een engelenkopje in biscuit, waarvan de vleugels het vingerkommetje vormden. Boven het bed bengelde ook nog een touwtje waarmee men het licht kon bedienen, dat was de enige luxe. De muren waren aquarelgroen geschilderd en achter het hoofdeinde van het bed zat een pokkeplek. Vocht was een plaag van de kamer. Over het dekbed lag een gehaakte sprei. De kleerkast was onderverdeeld in hang- en legruimte, er waren drie laden en een geheim vak, maar de kamer werd in haar geheel gedomineerd door het portret. Het was zo'n zestig bij vijfenveertig centimeter groot en stelde een jonge vrouw voor. Het was genomen tot aan de taille, maar zo dat er maar een deel van de welgevormde armen zichtbaar was. De buste daarentegen kwam prachtig uit, ze zat strak in een wit met groen gestreept lijfje dat een deel van de hals vrijliet. Het gezicht was gevuld maar fijn getekend. Delicate huid, kleine rechte neus en nootjesbruine ogen die ernstig en melancholisch glimlachten. Natuurlijk deed de mond dat ook, maar anders, een tikje spottend, met naar omhoog gekrulde mondhoeken. Een poes die de kanarie opgepeuzeld heeft. Die tweeledige glimlach werd omkranst door kastanjebruine haren die zorgvuldig waren opgemaakt. Het geheel vormde een niet alledaagse schoonheid. Elisabeth in de volle glorie van haar achttien jaren. Je kon er niet naast kijken maar het portret keek terug. Met ogen die een beetje over je heen keken – alsof ze zich beter wist – maar die je bleven volgen.

Als Pam in Elisabeths spullen rommelde ging ze zoals Zulma-Marie tussen de kleerkastdeuren staan opdat het portret haar niet op de vingers zou kijken. En 's nachts trok ze het laken over haar hoofd. Het portret was mooi maar niet aangenaam, het had iets demonisch en viel volkomen buiten de proporties van de kamer. Het was onverdraaglijk Elisabeth met haar afbeelding te vergelijken. Als ze voor het portret stond keek Pam de andere kant op. Toen ze later de Mona Lisa zag had ze meteen een hekel aan het schilderij.

En dan was er nog het gat. Het diende voor de afvoer, was een flinke baksteen groot en werd in de winter dichtgestopt. Maar er was altijd een luchtstroom langs de vloer, alsof er iets geniepigs naar je enkels greep. Het was een goed ding dat Elisabeth het geknielde avondgebed afschafte, want Pam kreeg de daver van het gat. In de zomer marcheerde er op een keer een streep zwarte mieren doorheen, die in een rechte lijn onder het bed verdwenen. Ze plaatste obstakels op hun weg om ze tot afwijken te dwingen, maar ze kropen erover of liepen eromheen zonder hun route te wijzigen. Op een andere keer ging Pam er op haar buik voor liggen (nadat ze een blouse voor het portret had gehangen om zich niet in haar rug bedreigd te voelen) en gluurde naar buiten. Ze zag de cementvoegen van het plankier, en wat verderop gespierde kippepoten, dat was geruststellend, maar een onzichtbaar genaderde kip plaatste een rond oog voor het gat, het knipoogde en een doorschijnend vlies schoof voor de oogbal. Pam kroop zwijgend achteruit tot ze voor de kast bleef zitten.

(Omstreeks haar vijfendertigste, Elisabeth was eindelijk dood, begon Pam terug te denken aan het gat. Ze kreeg ook vreemde dromen. Een man belde op met de mededeling dat zijn vrouw 'disparu' was. Pam voldeed aan zijn dringende bede om troost. Ze begon te beseffen dat minnaars meer verplichtingen met zich brachten dan ze ooit met plezier konden vergoeden. Mensen waren vermoeiend. Ze legde de plusminus honderd kilometer die tussen beide telefoons lag af in minder dan een uur, ongerust omdat ze vreesde dat de man haar de plaats van zijn overleden vrouw toedacht. Toen ze glimlachend in de flat stond, ging zijn zelfbeklag snel over in opwinding. En toen bleek het lichaam van de vrouw nog niet weggehaald. Hij had de deur van de slaapkamer met een zwaai opengegooid maar trok haar vlug terug dicht, de begrafenisondernemer verwensend. De vrouw lag naakt op bed, al had Pam alleen maar twee welgevormde benen gezien, met aan de rechtopstaande voeten roodgelakte teennagels. Pam hield van vrouwen. Ze had ook geen hekel aan zichzelf. Mannen deden zelfbewust, maar vrouwen hadden zelfgevoel. Mijn god, dacht ze ook nog, ik droom in gemeenplaatsen, ik ben ziek.

De man maakte uitgebreid excuses en wilde haar mee de stad in nemen. De stad leek op elke andere stad, de man op gelijk welke andere man. Het was een woelige zomernacht waarin je beter niet kon slapen.)

Het gat stond voor verlies. Ook stelde Pam zich op een nacht voor dat alles daarlangs naar buiten zou worden gezogen, het rattentapijtje, de stoel, het wijwatervat, de kast, het bed waarin Elisabeth en zij hulpeloos lagen te slapen. Het gat slokte de hele inhoud van de kamer op. Behalve het portret, dat kon er niet doorheen, het bleef na wat draaien en keren op zijn kop voor het gat staan. 's Anderdaags riskeerde Pam een pak slaag door het portret op zijn kop voor het gat te plaatsen, precies zoals ze het in haar droom had gezien. Maar vanzelfsprekend hing Elisabeth het weer op zijn plaats, en het gat en het portret bleven wat ze waren. Elisabeth was ondertussen op haar zelfkwelling gesteld geraakt.

Pam keek naar het bundeltje licht dat door het gat op de vloer viel. Het bleef stil. Zulma-Marie liet zich niet horen. Stijf krabbelde ze overeind en sloop naar het bed. Met haar wijsvinger volgde ze de motieven van de gehaakte sprei. Ze stopte haar duim in haar mond. Tenslotte haalde ze Elisabeths nachtjapon onder het hoofdkussen vandaan en kroop er zo ver mogelijk mee in bed. Ze draaide haar rug naar het portret en viel in slaap. Toen Elisabeth haar ten einde raad in het bed vond had ze de moed niet om Pam wakker te maken. Maar de volgende morgen zette ze haar op de stoel en gaf haar een klinkende oorvijg. 'Het moet uit zijn met spoken!' Het waren de ogen van het portret die Pam aankeken.

* * *

Bij het eerste teken – inpakken – verstopt Pam zich. Ze is daar goed in. Ze lopen uren te zoeken. Roepen haar naam. Beloven hemel en aarde als ze maar te voorschijn wil komen. Vloeken. Soms kan Pam hen vanuit haar schuilplaats gadeslaan. Als ze haar toch vinden verzet ze zich. Trapt tegen kuiten en bijt in vingers. Ze moeten haar wegslepen. Er vallen klappen. Marguerite-Leonia is persoonlijk beledigd als ze haar komt afhalen. Haar vader laat plotseling haar hand los en gaat alleen weer weg. Hij schaamt zich voor haar gedrag. Zo kan het niet langer. Er wordt op Pam in gepraat. Goed, ze zal niet meer onverwacht weggehaald worden. Men zal haar verwittigen. Maar dan moet zij zich voortaan als een welopgevoed meisje gedragen en hen niet voor schut zetten. Wat moet haar vader wel denken? Dat zij haar tegen hem opstoken? Dat zijn dochter niet van hem wil weten? Pam beloofde beterschap. Ze zal haar best doen. Maar ze voelt zich genomen. Maakt het wat uit als ze een week vooruit weet wat haar te wachten staat? In gedachten begint ze de ontsnapping voor te bereiden. Als Elisabeth slaapt, hup door het venster, of langs de achterdeur. De hond slaat niet aan. Hij kent haar. Ze roept zachtjes zijn naam en geeft hem een koekje. Braaf, Bobbie. Ze hebben haar verteld dat haar vader als hij op vrijersvoeten ging er eerst en voor al voor zorgde dat de honden hem mochten. En op het land heeft ze haar voorraden, ze hoeft nergens bang voor te zijn. Ze kan er met gesloten ogen haar weg vinden...

Zwijgend laat Pam zich aankleden en zwijgend zit ze naast haar koffer te wachten. Haar wordt opgedragen iedereen een hand te geven en voor de goede zorgen te bedanken. Ze doet het automatisch. Gaat zonder omkijken weg. Men is geschokt door haar onverschilligheid. Een stille traan was welkom geweest. In de trein dreigt de realiteit. Pam knijpt haar ogen dicht en concentreert zich. Het begijnenbos, de Poekebeek, de holle weg, de kalfjes met hun natte snoeten, Elisabeths warme lijf, het monkelen van Zulma-Marie, de dingen in de kamer... Een film in haar hoofd die ze naar believen kan afdraaien. Pam is al lang geen baby meer. Ze doet haar best om zich aan te passen en verhuist moeiteloos van de ene tante naar de andere. Hun huizen zijn onderling verwisselbaar. Natuurlijk heeft ze haar voorkeuren... En haar vaste standplaats blijft de hoeve van Zulma-Marie. Zolang er maar land om de dingen zit wil zij best wennen. Maar als er treinen aan te pas komen. Als het de andere kant opgaat. Naar die enge huizen vol breekbare spullen. Met hoogstens een flauwe kanarie, of een verwende kat. En straten waar je nooit alleen mag lopen. Vol mensen die je allemaal niet kent. En Marguerite-Leonia die altijd wat op je tafelmanieren heeft aan te merken. En Karel-August die de hele dag loopt te zingen en te fluiten maar van wie je niet opaan kunt. Met haar moeder vol boosaardige streken. En haar zo beminde en bewonderde vader die er nooit is. Maar het ontegensprekelijk voor het zeggen heeft. Dat zet Pam aan het denken. Het is dus niet Elisabeth of de andere tantes, niet Zulma-Marie, Karel-August of haar moeder. Zelfs niet Marguerite-Leonia, al zou je dat op het eerste gezicht niet denken, als het eropaan komt is hij en hij alleen de baas. Het was een vreemd ding, een vader.

Hij vindt dat het hoog tijd wordt dat ze naar een behoorlijke school gaat, en Pam vraagt niet beter. Tot dusver zit ze op de dorpsschool, ze houdt van het gammele lokaal, met zijn buiskachel en het losse ruitje dat bij voorkeur in de winter uit zijn sponningen tuimelt.

Drie klassen zitten er bij elkaar, maar de jongens vertrekken na het tweede studiejaar naar de jongensschool waar ze een heuse meester hebben. Een lange man met een knijpbrilletje en een sik, die zo nodig van de lat geeft. Als de jongens hem op straat ontmoeten houden ze hun tred in en groeten beleefd: 'Dag meester!' Hij beheert een spaarkas en organiseert voordrachtsavonden. De meester is ook een vurig flamingant. Zijn vrouw kan alles met haar vingers, weven, naaien, kantklossen... Ze betrekt haar eieren van tante Angela's kippen, en zo komt Pam bij de meester aan huis. Hij zit met stofmouwen aan zijn lessenaar te schrijven. Pam is onder de indruk want het is bekend, de meester schrijft in de krant. Hij doet dat onder een andere naam maar het is een publiek geheim. 'De kraaien brengen dat uit,' placht Zulma-Marie te zeggen. 'Wie ben jij, kind?' vraagt de meester. 'Kom eens hier, ga daar voor het venster staan en kijk naar de muur.' 'Ja,' knikt hij, 'nu zie ik het. Ik heb je grootvader nog gekend, en je vader, hoe is het met je vader?' Pam voelt dat ze in zijn ogen een stuk is gegroeid. 'Waar ga je op school?' vraagt de meester. 'Ach ja, bij de nonnen...' Het klinkt wrevelig, en hij schudt zijn hoofd. 'Vertel eens, wat heb je laatst geleerd?' Pam denkt diep na, het moet iets zijn dat indruk maakt. 'Nou?' dringt de meester aan.

Ineens weet ze het en begint te vertellen, in het begin nog aarzelend maar hoe langer hoe meer gegrepen. Ze loopt al een tijd met het verhaal zonder het kwijt te kunnen. Op een of andere wijze past het niet bij de tantes of bij Zulma-Marie. Het gaat over een oude dokter die zijn tijd heeft verdaan met boeken te lezen, en die een middel zoekt om weer jong te worden. Hij wil de tijd ongedaan maken en de eeuwige jeugd verwerven. De duivel, die altijd op zoek is naar het zwakke in de mensen en handig van hun lusten en begeerten gebruik weet te maken, verschijnt in de gestalte van een lijkbidder, met hoge hoed en pandjesjas, en stelt de dokter voor zijn ziel aan hem te verkopen in ruil voor jeugd. 'Zijn jonkheid,' had de zuster gezegd. Maar de dokter wil een bewijs dat de duivel zo machtig is als hij beweert. Voor het stadje waar hij woont stroomt een brede rivier die het van de buitenwereld scheidt en zodoende voor veel overlast zorgt. Maar geen mens kan over zoveel water een brug slaan. Heel listig belooft de duivel dat hij de dokter zeven jonge jaren zal schenken en als die verlopen zijn een brug over de rivier zal toveren, maar de ziel van het eerste levende wezen dat de brug betreedt, zal hem voor eeuwig toebehoren. De dokter gaat akkoord en ondertekent met zijn bloed het duivelscontract. Hij doopt daartoe zijn ganzeveer in de geopende ader van zijn linkerhand. Een detail dat Pam had getroffen.

Er breken zeven gelukkige jaren aan waarin de dokter als herboren van zijn jeugd geniet en geen boek meer aanraakt. 'Maar schoon liedjes duren niet lang,' had de zuster gezegd, die zeven jaar zijn zo voorbij, en op een ochtend lopen alle mensen van het stadje naar de rivier om het wonder te aanschouwen. Daar ligt immers in een machtige overspanning een brug zoals niemand er ooit een heeft gezien. Ze willen haar meteen inwijden. Maar de jonge dokter komt buiten adem aanlopen. Hij heeft aan de overkant de hoed van de duivel herkend. Die wordt al ongeduldig en roept dat de dokter zijn belofte moet nakomen. Met een plechtig gebaar zet de dokter een hondje op de brug, dat er nietsvermoedend over dribbelt. (Pam ziet het voor zich, ook dat het hondje, zoals hondjes plegen te doen, een poot tegen de brugleuning opheft om die te zegenen...) Als de duivel dat merkt begint hij van nijd zwavel en pek te spuwen. Zijn vermomming verschrompelt en zijn horens en bokspoten komen te voorschijn. Hij richt zich op en vloekt vreselijk. Met luid gekraak en gedruis verdwijnt de mooie brug. Er blijft geen kiezeltje van over. En het laatste dat de verbijsterde mensen zien is hoe de duivel met zijn harige staart tussen zijn poten afdruipt. Hij kan alleen terug naar de hel. En dat was de enige keer dat de meester van het bedrog zelf werd bedrogen. Het was heel stil geweest in de klas, en Pam had haperend gevraagd hoe het dan met de dokter was afgelopen, was hij altijd jong gebleven? De zuster dacht van wel maar ze wist het niet zeker. En wat was er met het hondje gebeurd? Was het van de brug gevallen en verdronken, of had de duivel het toch nog te pakken gekregen?

Pam was er helemaal niet zeker van dat dieren geen ziel hadden. De zuster had haar bestraffend toegesproken: dieren waren geen redelijke wezens, en daarmee basta! Dat zit Pam dwars, en als ze is uitverteld vraagt ze het aan de meester, die moet het weten, dat kan niet anders, maar hij heeft zijn brilletje afgezet en veegt met een geruite zakdoek de tranen van zijn wangen, zo hard moet hij lachen. 'Wat ze die kinderen allemaal wijsmaken!' Hij haalt een sleuteltje uit zijn vestzak en ontsluit een vitrinekast vol boeken. Er zijn gordijntjes voor de ruiten gespannen zodat de boeken niet opvallen. De meester legt een boek op de lessenaar en strijkt over het omslag. 'Hier staat het echte verhaal van Dokter Faustus en Mefistofeles in. Kan je al een beetje lezen?' Hij neemt een ander boek, waarin de letters als figuren zijn afgebeeld. De A is een dame met een spits hoofd en brede rokken, de B is een beer, de C een schildpad die overeind zit... heel grappig, en Pam blijft de vrouw van de meester ijverig eieren brengen. Maar het probleem van de dokter en de duivel is daarmee niet opgelost, en waar ze echt mee zit, daar durft ze ook bij de meester niet mee aan te komen.

Zondagmiddag. Siësta. Pam is van bed naar bed geslopen om zich ervan te vergewissen dat iedereen doezelt. In de woonkamer voor de koude kachel bereidt ze zich voor. Ze gaat haar ziel aan de duivel verkopen. Niet echt natuurlijk, en ze zou ook niet zo vlug weten wat ze als tegenprestatie moet vragen, ze wil het gewoon proberen. Kijken of hij komt.

Ze hoeft niet bang te zijn. Een kruisteken volstaat om de boze geest te verjagen. Voor alle zekerheid heeft ze ook nog een fles gewijd water klaarstaan. Daar kan hij helemaal niet tegen. Op gedempte toon spreekt ze hem toe, tikt drie keer met haar voet op de vloer, en vloekt zachtjes. Er gebeurt niets. Ze begint opnieuw, langzaam de woorden herhalend... misschien ligt het aan de kachel zonder vuur. Pam trekt een stoel dichterbij en verlegt het kacheldeksel, dat gaat van 'klang', en een ogenblik verstijft ze, maar in de belendende kamers blijft het rustig. In de kachelpot zit een vergeelde krant. De lucifers liggen op de schoorsteenrichel. Die valt buiten haar bereik, maar ze haakt de wandelstok van de muur en slaagt erin het lucifersdoosje van de richel te slaan. Weer houdt ze enkele tellen op om te luisteren. Nu komt het moeilijkste, ze heeft nog nooit een lucifer aangestreken en vindt het een beetje eng. Met op elkaar geklemde lippen verknoeit ze lucifer na lucifer, ze drukt niet stevig genoeg of laat ze te vlug vallen, zodat het vlammetje dooft voor het de krant bereikt. Onverwacht laait het vuur toch op, maar de kachel begint te walmen omdat de klep is gesloten. Even vlug als het vuur oplaaide dreigt het weer te doven, en Pam herpakt zich om de duivel op te roepen. Maar hij laat het mooi afweten. Zie je wel, hij bestaat niet, denkt ze. 'Wat is hier aan de hand? Met vuur aan het spelen? Wil je dat weleens laten, dadelijk staat het huis in brand.' Elisabeth is op de brandlucht afgekomen. En ook van Zulma-Marie krijgt ze een standje: 'Laat het niet meer gebeuren!'

Hij bestaat niet. Pam is opgelucht en teleurgesteld tegelijk. Maar de verhalen van de zuster blijven haar bekoren. Ze vertelt het lijdensverhaal van Jezus zo plastisch dat Pam de dorens van de doornenkroon in haar hoofd voelt prikken. Hoe Veronica de zweetdoek tegen het geteisterde gelaat drukte demonstreert ze door haar bovenkleed op te tillen en voorzichtig tegen de kaart van België te leggen. Daarbij toont de zuster onverhoeds de stompe neuzen van haar schoenen en boven de zwarte gebreide kousen een streepje bloot vlees, hetgeen Pam voor nieuwe raadsels plaatst. De zuster is ook goed in de geschiedenis van de oude Belgen, de Nerviërs en de Eburonen, die als echte wilden heidenen waren. Maar als ze de calvarie doet komt er iets adembenemends in haar stem: 'En toen viel Jezus voor de eerste keer... uitgeput ten tweeden male... en voor de derde keer zeeg Hij ter aarde...' De ruwste klanten voelden zijn naadloze kleed in de open wonden plakken. En als ze het over Maria heeft die de foltering en de kruisdood met eigen ogen moet aanzien, kan ze van ontroering niet verder en snuit luidruchtig haar neus. Zondags preekt de pastoor over de Vader en de Zoon, maar zijn woorden gaan langs Pam heen, ze kijkt naar de bleke piëta met het levensgrote gebroken lichaam op haar schoot. De spijkerwonden zijn vanbinnen rood aangezet en Pam huivert als ze aan de ongelovige Thomas denkt die zijn vinger in de wonde van Jezus' zijde wilde leggen. Die lanssteek is realistisch genoeg om haar aan de fistel van haar vader te herinneren.

Ook de voorbereiding op de eerste communie gebeurt grondig. 'Dan daalt Jezus in ons hartje dat als een donzig bedje is gespreid.' De communicantjes knielen op de trede voor het bord en oefenen met stukjes brood, want op de grote dag mag niets fout gaan. Als Pam met Kris naar huis loopt hoort ze zilveren belletjes rinkelen. Kris spot met haar vroomheid, maar het is de zuster die het feest bederft. Als ze braaf zijn zal zij een verhaal vertellen. De joden die Jezus hadden gekruisigd – ook toen Pontius Pilatus zei: 'Ik zie geen kwaad in deze man' bleven zij om het hardst 'ter dood met hem!' roepen – wilden achteraf ook niet geloven dat Hij in de hosties aanwezig was, en kochten een dief om die ze ging stelen. In het holst van de nacht bracht de man de heilige vaten naar zijn opdrachtgevers.

Die bespotten de hosties en spraken heiligschennende woorden, en een die nog gemener was dan de anderen stak er met een mes in. Toen gebeurde er een wonder, de hosties begonnen te bloeden. Geschrokken vluchtten de booswichten, maar een vrome vrouw die alles had gezien ging de priester verwittigen. In processie werden de bloedende hosties weer naar de kerk gebracht, waar om eerherstel werd gebeden. Zo was alles nog goed afgelopen en hadden de ongelovigen hun lesje gekregen. Maar zij begrepen wel hoe voorzichtig ze moesten zijn en de hostie in een keer doorslikken want als ze er per ongeluk op zouden bijten, ja dan... Met een kurkdroge mond zat Pam op haar beurt te wachten. Ze kreeg het schijfje met de beste wil van de wereld niet door haar keel en moest wachten tot het wegsmolt. Het klamme zweet brak haar uit. En als ik er toch eens op beet?

Het was alsof de duivel het haar influisterde. Maar met de liefde voor de zuster en haar verhalen was het afgelopen.

Pam stond een tijdlang verdekt opgesteld naar het gezang op de speelplaats te luisteren.

'In Holland staat een huis,
in Holland staat een tingelinge huis,
van hopsasa van tralala...'

In haar tasje zit een beduimelde katoenen onderbroek waar ze al wekenlang vergeefs probeert het kruis in te breien. Het wil maar niet lukken. Met een ruk draait ze zich om en vlucht het land in. Alles is er nog, de weggetjes tussen de velden. De beek, de molenheuvel. Ze wil er voorgoed in verdwijnen. Maar de overgave is niet meer vanzelfsprekend, ze moet er moeite voor doen. De veldwachter betrapt haar en brengt haar naar school. Hij houdt Pam bij haar rechteroor vast en laat haar zo naast zijn fiets draven. 'Hier heb je er eentje die hageschool wou houden.' Haar oor doet pijn, Pam ziet bleek van woede.

* * *

'Wat leert dat kind daar nu helemaal?' vraagt Marguerite-Leonia, en haar vader vindt het hoog tijd om haar naar een behoorlijke school te sturen, en Pam wil niets liever. Ze wil alles leren wat er te leren valt, en wil om te beginnen van dat 'zeg geen domme dingen' af. In een blauw uniform zit Pam tussen meisjes in hetzelfde apepakje. Vooraan in de klas staat de zuster. Een statige verschijning. Ze stelt vragen. Als Pam aan de beurt is om te antwoorden wordt er onderdrukt gegiecheld. 'Waar kom jij vandaan?' De zuster kijkt streng. Voor de aanvang van de lessen houdt ze een inspectieronde. De meisjes moeten hun handen plat op de lessenaar leggen en zij controleert of er geen rouwrandjes onder de nagels zitten. Hier en daar tikt ze met haar lat op een vinger of wijst naar een scheve das. Lange haren moeten in vlechten op de rug hangen of in een kroon om het hoofd worden gespeld. Korte worden door een lint in bedwang gehouden. Ze moeten rechtop zitten met de armen voor de borst gekruist. Reinheid en een correcte houding zijn van belang bij de studie. Het schoolgebouw is een groot complex. Tot twaalf jaar zijn de meisjes leerlingen, daarna studentes. Pam begrijpt: dit is andere koek.

Ze krijgt een briefje mee naar huis. De rechterhand van Marguerite-Leonia rust op de knop van haar paraplu. Ze draagt gehaakte handschoenen. De zuster troont achter een lessenaar. Het is een lang en onbegrijpelijk gesprek. Pam moet naast haar grootmoeder blijven staan. Ze is vlug op de saaie kamer uitgekeken. Het enige dat haar even bezighoudt is een Lievevrouwebeeldje waarvoor een lampje in de vorm van een witte roos brandt. Dat lampje heeft de neiging om te flikkeren. Ze moet eigenlijk plassen en zodra ze eraan gedacht heeft kan ze aan niets anders meer denken. Ze begint te wiebelen. Marguerite-Leonia geeft haar zijdelings een por. 'We zullen ons best doen,' zegt de zuster. Haar blik rust op Pam.

Marleen zit op de mat. De mat ligt op de vloer. Het dreunen maakt Pam suf. Wat zou Zulma-Marie doen? En Elisabeth? De zuster klapt in de handen. 'Opletten!' Zoveel paar ogen kijken Pam aan. Ze moet voor het bord komen. De zuster wijst de woorden aan met een leesstok. Marleen zit op de mat... Marleen is een pop. Pam weet alles van Marleen en van Katrien, het meisje waaraan Marleen toebehoort. En van de moeder van Katrien die lekker kookt, en de vader die een bril draagt en op kantoor werkt. Een muffe familie. Onder de voorhoofdsband van de zuster zitten drie evenwijdige rimpels. In het speelkwartier moet Pam binnen blijven. De zuster komt naast haar in de bank zitten. Ze ruikt naar gesteven linnen. Ze slaat een boek open. *Robbie de zeehond.* In het koude poolwater zwemt de moeder van Robbie, een gladde zeehond met mooie snorren. Ze kruipt aan land en bij een ijsschots wordt Robbie geboren. Hij heeft neusspleetjes en grote donkere ogen en een sneeuwwitte vacht. Als hij zijn neus en ogen dichtknijpt kan geen vijand hem in al die sneeuw ontdekken. 'Waar heb jij leren lezen?' vraagt de zuster. 'Ik weet het niet,' zegt Pam. Voortaan moet ze op de eerste rij zitten zodat de zuster haar beter in de gaten kan houden. En als ze haar best doet mag ze *Robbie de zeehond* in de vakantie mee naar huis nemen. 'Wat leer je zoal?' vraagt haar vader, en hij geeft haar sommen op. 'Hoeveel is vier maal vier en acht maal zes?' 'Wanneer ga ik terug?' vraagt Pam. Hij antwoordt niet en is er de man niet naar om twee keer met dezelfde vraag lastig te vallen. Als ze hem haar rapport brengt, een rapport met mooie cijfers, vraagt ze het toch: 'Wanneer ga ik terug?' 'Als je ophoudt met zeuren.' Hij ondertekent het rapport en steekt een sigaar op. Pam staat al bij de deur. 'Dan loop ik weg.' Hij kijkt haar even aan en grinnikt: 'Probeer het!'

Maar ze ging terug en vlugger dan iemand kon vermoeden. Er wordt wel bij gezegd dat het maar voor de duur van een zomer is. Oorlog tussen haar ouders, en Marguerite-Leonia die tussenbeide komt. Karel-August is ontdaan, maar wat Pam betreft mogen ze elkaar rustig de schedel inrammen. Zij gaat terug! 'Kind toch,' Zulma-Marie snuft en gaat pudding maken. 'Je bent mager geworden.' 'Fraaie boel,' knort Elisabeth, maar Pam is al op weg naar buiten. Ze zoeken het maar uit, zij is terug. 'Gaat het ginder weer stuiven?' vraagt oom Gomein met zijn scheve lachje. Het veulen is een paard geworden, de konijnen zijn verdubbeld, de duiven hebben een eerste prijs gevlogen. Er is zoveel gebeurd en Pam wil alles zien. De verloren tijd inhalen. Na het avondeten zit ze op haar oude plaats naast de kachel. Ze kijkt naar de gezichten, dezelfde, maar anders. De elektrische lamp verspreidt een geel licht. Het beeft, verzwakt, wordt weer helderder. De luchtleidingen zijn nog altijd even zwak. Het treft Pam dat in haar afwezigheid alles gewoon is doorgegaan. Alsof ze nooit weg geweest was. Ze luistert naar het gezeur van Elisabeth, die er lang over doet die avond. Pam tast langs de bedsponde naar het merkteken. Haar initialen die ze er met een aardappelmesje heeft ingekerfd. Kilroy was here! In de dorpsschool ontvangt de zuster haar met open armen. 'En wat heeft ze allemaal op de grote school geleerd?' Pam stamelt wat. Hilariteit. De kinderen apen haar na. 'Maar nu spreekt ze schoon op de letter,' lacht de zuster.

Tegen lamlendigheid kent ze een goede remedie. Zij begint over Pietje de dood te vertellen. Hoe de wind op zijn beenderen fluit als hij met zijn zeis bij nacht en ontij rondsluipt om levensdraden te maaien. Alle mensen bengelen aan een draad, zo fijngesponnen dat hij voor sterfelijke ogen niet waarneembaar is. Het ene uiteinde vertrekt bij het hoofd en het andere is vastgeknoopt aan de vingers van de Vader. Hij kent al die miljoenen draden feilloos uit elkaar en waakt zo over zijn kinderen. Als ze het te bont maken of in het ongeluk dreigen te lopen, geeft hij ze een vingerwijzing. En als de tijd gekomen is maakt hij voorzichtig de levensdraad los en is Pietje de dood er als de kippen bij om hem weg te maaien. Wees waakzaam want Gij kent de dag noch het uur! De zuster legt een vinger tegen de lippen en sluit de ogen.

'Je bent toch lekker me zusje niet!' en Kris steekt haar tong uit. Voorheen zou Pam zich bij Moetje zijn gaan beklagen, maar nu draait ze zich zwijgend om en verkoopt Kris een dreun, zo hard als ze kan, tussen de ogen en op de neuswortel, het wordt een pracht van een bloedneus. Kris is gevoelig voor neusbloedingen. Het ontsiert haar engelengezicht. Zwijgend zit Pam haar straf uit te wrokken.

'Ik zie nog liever mijn kat,' kraakt Aloysius als Zulma-Marie met Pam bezig is. Hij is de oudste broer van haar overleden man, en hij kraakt, zijn benen kraken, zijn stem kraakt, hij kraakt van gierigheid. Zo rijk als de zee diep is, maar vel over been, hij eet droge korsten en drinkt pompwater. Tenzij hij het klaarspeelt om zich door Zulma-Marie aan tafel te laten noden. Hij zit spinnijdig in zijn huis, waarvan oom Irme hoopt dat het dak hem eerstdaags op de kop zal vallen. De ellende van zijn schoonzuster laat hem koud, maar zodra het wat beter gaat aarzelt hij niet om haar met zijn ongewenste visites lastig te vallen. 'Waar kunt ge het van doen?' kraakt hij, en licht de deksels van de kookpotten. Zulma-Marie bedwingt zich, ze rekent ocharme op de erfenis. Aloysius weet heel goed hoe hij zijn fortuin als een stok achter de deur moet houden. Oom Irme, die hij al honderd keer heeft onterfd, leert Pam een spotliedje:

'Aloysius gierige jood
val maar heel vlug dood!'

Hij is nooit getrouwd en heeft een hekel aan kinderen. Pam met haar onduidelijke status is voor hem het prototype van de kleine uitvreter. Hij probeert haar onder tafel met zijn wandelstok van de stoel te duwen. Met haar neefjes gaat zij Driekoningen zingen. 'Aloysius gierige...' Woest met zijn wandelstok zwaaiend struikelt hij naar buiten. Het enige wezen dat hij verdraagt is zijn kat, een gecastreerde kater, omdat zoals Elisabeth schamper opmerkt die zo verstandig is om haar eigen muizen te vangen. Hij is zo bang voor dieven dat hij niet durft te slapen. 's Nachts gaat hij bij het licht van een kaarsstompje op de wc zijn geld zitten tellen. Op een winterdag komt hij niet meer te voorschijn. Na wat zoeken wordt hij dood in het steenkoude wc-hokje gevonden. Het lichaam wordt op de kachel gelegd en met warm water begoten om te ontdooien. Maar om hem in een decente houding in de kist te krijgen moet oom Irme hem de rug en de benen breken. 'En kraken dat hij deed!'

Het duurt dagen voor hij in de hard bevroren grond begraven kan worden. Als Zulma-Marie en Elisabeth onder toezicht van de notarisklerk de onvoorstelbare rommel in het huis opruimen, vinden ze tot tussen de balken toe halfvergane bankbiljetten en door de muizen aangevreten waardepapieren. Het verbeelde fortuin valt zwaar tegen. Maar moedig droogt Zulma-Marie haar tranen en begint voor Aloysius' zielerust te bidden. 'Doe dat, want hij zal het nodig hebben,' zegt Oom Irme. 'De man is dood,' antwoordt Zulma-Marie. 'En van de doden niets dan goeds', Elisabeth gaat boos slapen. 'Ieder krijgt de dood die hij verdient. Zo ge leeft, zo zult ge sterven.' Oom Gomein piept van de astma, maar na zijn woorden heeft niemand nog wat op te merken. Pam tracht de kater over te halen om op de hoeve te komen wonen. Maar hij is halfverwilderd en vecht met de andere poezen. Hij blijft naar het oude huis terugkeren, tot hij spoorloos verdwijnt. 'Die is naar zijn baas in de hel,' zegt oom Irme. Hij is de tweelingbroer van Pams moeder en houdt van een pretje. Hij blijft niet op de hoeve maar gaat uit werken, en zal als niemand erop bedacht is plotseling een jong meisje trouwen. Pam kijkt toe als hij zich klaarmaakt om uit te gaan. Fluitend zet hij het scheermes aan op de riem. Zijn schoenen moeten blinken, en om de vouw in zijn broek krijgt hij hommeles met Elisabeth. Hij wipt op zijn fiets en Pam gaat aan de bagagedrager hangen tot ze een eindje mag meerijden. Dat eindje wordt almaar verlengd, tot hij haar eindelijk neerzet.

Ze zit zo zielig langs de weg dat hij rechtsomkeert maakt en haar met de grootste versnelling trappend weer naar huis brengt. Als ze dan 's morgens wakker wordt ligt er altijd wel een reep chocolade of een sinaasappel naast haar hoofdkussen.

De slaapkamer van Elisabeth gaat Pam benauwen. Ze droomt van baby's die na hun dood in de grond verder blijven groeien tot hun handjes en voetjes uit de kist steken. Ze droomt van een man aan wie ze niet meer dan een feitelijke herinnering heeft. Hij woonde 'vanwege de onverdeeldheid van het goed' samen met zijn broer en zus, en was al eens veroordeeld omdat hij iets onduidelijks deed met vrouwenonderbroeken aan de waslijn. Met een onwijs lachje kwam hij de kamer ingeslopen terwijl Elisabeth Pam aankleedde. Ze stond in haar blote billetjes op de stoel en hij slaagde er keer op keer in haar keihard in het kontje te knijpen, zodat ze al huilend tegen Elisabeth aankroop als ze ook maar een schaduw langs het venster zag glippen.

Uiteindelijk zette oom Irme hem hardhandig aan de deur. Maar als Pam op het erf rondscharrelde liep hij vaak met zijn onwijs lachje aan de andere kant van de prikkeldraad. 'Kom, kom,' riep hij. Hij had zich in een koestal verhangen, en oom Gomein werd erbij geroepen om hem los te maken. Hij werd buiten de muren begraven. 'Als een hond in de grond gestopt,' zei Zulma-Marie. Pam was nog heel klein geweest, maar dat had ze onthouden. 'Ik wil bij oom Irme slapen.' Ze kijken haar allemaal verbaasd aan. 'Slaap jij maar bij Elisabeth, of kom bij mij,' antwoordt Zulma-Marie. 'Nee, bij oom Irme.' Pam ontweek Elisabeths gezicht en leunde tegen zijn knie. 'Dat kan toch geen kwaad, ' zegt hij. 'Ha, je laat mij in de steek,' knort Elisabeth.

Pam heeft met Elisabeth te doen maar ze gaat toch met oom Irme mee naar de zolder. Zijn bed staat tegen de grote schoorsteen. Lekker warm in de winter. Om de kale muren te bedekken is er een rieten mat voor geplaatst. Er zijn symmetrische motieven ingevlochten en bovenaan is ze gepunt. Als ze naast oom Irme in bed ligt moet Pam lachen. 'Ik zal je een geheim tonen,' hij krabt met zijn nagel langs de rieten mat en een-twee-drie verschijnen er twee witte muizen. 'Mijn betoverde schimmels,' zegt oom Irme. Ze kunnen al zonder haperen langs de punten van de mat lopen en hij wil ze een karretje leren voorttrekken. Pam mag ze een stukje brood voeren maar ze nemen het alleen van hem aan. 'En als ze kinderen krijgen?' Pam denkt zorgelijk aan de graanvoorraad. 'Die geef ik aan de kat!' Ze wil plotseling aan de buitenkant van het bed liggen. 'En morgen ga je wellicht bij de varkens slapen?' vraagt Elisabeth als Pam naar haar grootmoeder verhuist.

De slaapkamer van Zulma-Marie is ongetwijfeld de gezelligste van allemaal. Er blijft de hele nacht een lampje branden, en er liggen schapevachten in het bed. Maar Zulma-Marie heeft de gewoonte te kreunen in haar slaap, en Pam kan geen rust meer vinden. Ze wordt mager en moet vaak thuisblijven van school omdat ze hoofdpijn heeft. De inhoud van haar schedel klotst heen en weer alsof het omhulsel te groot is, en toch is de druk van binnenuit zo hevig dat ze bang is dat haar ogen uit hun kassen zullen floepen.

Ze mag nog wat langer blijven. Haar vader heeft een ongeluk gehad. Hij is met zijn motor tegen een vrachtwagen geknald. 'Zijn leven hing aan een zijden draadje,' zegt Zulma-Marie. 'We moeten allemaal sterven', Elisabeth is dwars. Ze legt een kompres op Pams voorhoofd. 'Wat heeft dat kind? Vandaag of morgen blijven wij met de miserie zitten.'

* * *

Ze was heel klein toen ze er met het hondje langs het tramspoor vandoor ging. Ze vond drie eieren van een uitgebroken kip. De zon scheen altijd. Ze werd op een groot paard thuisgebracht. Nu is ze bijna negen. Haar koffers zijn voorgoed gepakt. Haar hoofd doet pijn. Het is stil in de kamer. Zulma-Marie ligt op het bed, ze wordt ouder. Elisabeth is melk aan het zeven, de katten strijken langs haar rokken. De eerste tranen komen vanzelf, Pam veegt ze weg, maar er blijven er bijkomen. Het wordt een dijkbreuk, een overstroming, niet te stelpen. Ze schudt van het geweld en stopt haar hoofd in een kussen om het snikken te smoren. Als ze er zeker van was dat niemand haar kon horen, had ze de gewoonte om keihard te roepen en te gillen. Dat heeft ze opgegeven. Even plotseling als de huilbui is begonnen houdt ze op. De ogen uit je kop schreien, noemen ze zoiets. Ze gaat niet meer voor een put staan om erin te springen. Ze laat zich niet moedwillig van de trappen vallen. Het is allemaal over en voorbij. Ze scheurt een blad uit haar schrift en gaat aan tafel zitten. Het is tijd voor haar testament. Maar er valt niet veel weg te geven. Alles wat ze heeft is wat ze zich kan herinneren. Ze begint het op te schrijven maar er blijft maar bijkomen, er is geen beginnen aan, ze kan wel alle bladen uit haar schrift scheuren. Wanhopig. En toch moet dringend het bestaansbewijs worden geleverd, moeten er maatregelen tegen de vergetelheid worden genomen. Niets maar dan ook niets kan worden afgeschreven.

'En flink op stap het knapenschap
trekt zingend langs de wegen
hoezee, hoezee, hoezee (bis)'

De morgenstond heeft goud in de mond. Zoals het klokje thuis tikt, tikt het nergens. Dorpsleven. De kalme tred van de landman. Wie het kleine niet begeert is het grote niet weerd. De schone mei. Mariamaand. Reidansen. Rijstpap met gouden lepeltjes. Een hemel op aarde. En als we dood zijn groeit er gras op onzen buik. Eigen haard is goud waard. De eenvoud van het volk. De adel van de meisjes. De trots van de jongens. Haar lokken als vloeibaar goud. Van de kerels willen wij zingen. Het Noordzeestrand. De blauwvoet. Het Roelandslied. De weelde van de akkers. De landelijke wegen. Kinderzegen. Zou men armoe lijden om een mondje meer? Het offer van de moeders. De eer van de vaders. Het stille leed. De blozende wangen. Kinderlijke vreugde. Het onbevlekt ontvangen. Een op de arm, een aan de rok, en een onder het hart. Wie geeft wat hij heeft is waard dat hij leeft. De neergang, maar ook de wederopstanding van het volk. De taak. Het volbrengen van de opdracht. Honger is de beste saus. In Frankrijk bieten rooien. In het Walenland het zwarte goud delven. In het zweets des aanschijns de pacht verdienen. Noeste werkers. Arbeidsvreugde. Stropen: het jagen van de kleine man. De gesel van de drank. 'Ach vaderlief, toe drink niet meer...' De tredmolen van de seizoenen. In Amerika fortuin vergaren. In Kongo op zieltjes azen. Vlaanderen zendt zijn zonen uit. Ledigheid is des duivels oorkussen. Geen vreemde luizen in ons bed. Als je maar handen aan je lijf hebt. Het klompenlied. De meiboom. Als moeder zong was heel het huis in vreugde. De vreze Gods. De welverdiende rust van het middaguur. Hoogdagen. Lentekermis. De heilige bloedprocessie. Ommegang. IJzerbedevaart. Dansende reuzen. De vroomheid van het volk. Moeder van zeven smarten. Roos zonder doornen. Beschermvrouwe. Het kleppen van het angelus. Doe wel en zie niet om. De late middeleeuwen. Het vallen van de avond. Nachtuilen. Een pluimendek. De wijding van het land. Zonsondergang. Alles pais en vree. Het moede hoofd te rusten leggen. De vruchten van de oude dag. Het leven staat nooit stil. Papier is geduldig. 'Ik neem de pen ter hand om u te laten weten de staat van mijne gezondheid, en ik verhoop van u hetzelfde.' Bewijzen zwart op wit. Een kruisje ter ondertekening volstaat. De strop.

Gendarmes, deurwaarders en notarisklerken zijn gewapend met papieren. Gepast wantrouwen. Belastingsbrief. Aanslagbiljet. Oproep voor het leger. Marsbevel. Aanplakbrieven. Varkenspest. Openbare verkoop. Boedelbeschrijving. Uitdrijvingsbevel. Mobilisatiebevel. Inlevering van goederen. Meldingsplicht. Geldige en ongeldige papieren. Herderlijk schrijven. Pinksterbrief. Brief van de apostel Paulus. Trouwboekje. Doopbewijs.

Soldatenpost. Laatste brief van het front. Doodsbrief. Papier is goed voor een contract met de duivel. Zelfverdediging. Mijn naam is haas. De onwetendheid van het volk. Een tijdsbeeld. Het gezin Van Paemel. Onder arm Vlaanderen ligt rijk Vlaanderen te smeulen. Naar Oostland willen wij varen. Heidewitska, vooruit geef gas, dat oude getreuzel komt niet meer van pas. Sluit de rangen. Kameraden! Toekomstige strijdmakkers. Mannen van stavast. Laatste generatie die nog gedwongen Frans zal leren. De grote depressie. De akelige jaren dertig. De opkomst van de nieuwe orde. Het broedervolk. De stem van Zuid-Afrika. Landdagen. Massazang. Strijdliederen. Het Vlaamse heir staat immer pal. Bevlagd en bevendeld. De verheffing van het volk. Voorbereiding voor de laatste ronde. Spaans avontuur. Lijken onder de hete zon. Guernica. Het Condorlegioen. Papa Hemingway. Voor wie de klokken luiden. Ongemerkt de koek in links en rechts verdelen. *Le rouge et le noir*. Niet weten wordt al vlug niet willen weten. Massale werkeloosheid. Het melig afwachten. Opstootjes. Het plan De Man. De burgerij haalt de schouders op. Je bent jong en je wilt wat. De aanbidding van het gouden kalf. Lederen reiskoffers. Auto's. Een Gevaert-box en daarna een Leica. De uitgestelde reis naar Rome. De gulden zonsondergang. De laatste mooie zomer. Vergane jeugd van mijn vader. Het rommelt in de Balkan. Alsof een keer niet genoeg is. Altijd die Tsjechen en die Polen. En aan de andere kant van de wereld. De klaprozen. De laatste molens. De rust van vijf voor twaalf. Ja, dit is waarlijk een land op maat voor ouderloze kinderen. De fatale mythe. De onschuld is tevens de domheid van het volk.

* * *

De eerste foto is een familieportret. Het jongetje zit in het centrum van de groep, het ene been over het andere geslagen, een stok op de knie. Vier jaar. Wat opvalt is hoe weldoorvoed, haast mollig hij erbij zit. Verse groenten, geitekaas, eigenhandig gebakken brood: de keuken van zijn moeder. De laatste keer dat we die gevulde wangen zullen zien is op het portret genomen ter gelegenheid van zijn achttiende verjaardag, a star look, daarna wordt hij almaar magerder. Hij zit naast zijn moeder, aan de andere kant staat zijn zuster, beiden worden geflankeerd door de overige broers, zijn vader staat, groot en alleen, achter zijn moeder. Ze hebben allemaal die blik van wie doet me wat, maar bij hem is er nog geen spoor van verbetenheid, alleen overmoed. Een leeuwejong. We schrijven halverwege de jaren twintig, niemand kan in deze gesloten formatie de opengevallen plaatsen vermoeden. Ook het jongetje is maar nipt aan de dans ontsprongen. Het gezin is bovendien nog niet volledig, maar uiteindelijk zal alleen deze kern overblijven. Alsof de initiatiefnemer voor de foto wist dat het een definitief beeld zou worden. Wie het was? De moeder poseerde niet gewillig, de beste foto's van haar zijn onverhoeds genomen. Bijvoorbeeld door het jongetje, dat als jongeman met de camera in de aanslag er blijk van geeft te weten hoe hij zijn moeder in haar intimiteit kan betrappen. De vader dan. Ja, de vader, maar zoals hij hier poseert is hij ons min of meer onbekend. Hij lijkt veel groter, en vooral veel strenger, dan we ons herinneren. Als een echte stamvader staat hij afgescheiden van de moeder en de kinderen. De zware oogleden half voor de ogen, niet met de verveelde blik van een Flaubert, maar alsof hij zijn tegenstander meet en, zeker van zijn recht, zich de sterkste weet. De druipsnor verbergt grotendeels de mond, de neus is recht, de zorgvuldig tegen de schedel geplakte haren worden al wat dunner, de goedgevormde rechterhand wordt voor het lichaam gehouden met de duim in de vestzak, zodat onder de halfopen jaspand een horlogeketting zichtbaar wordt, maar verder geen pronk, geen ringen, geen medailles, zelfs geen bloem in het knoopsgat. Alles wat deze figuur uitstraalt is strengheid en waardigheid. Hier staat een burger zijn stand op te houden. Met dit beeld voor ogen lijken zijn capriolen voor en na op een parodie.

Maar deze man heeft zeker beslist dat het tijd werd voor een staatsieportret, die wilde de wereld tonen dat hij over een clan beschikte en meetelde. Onder zijn middel zit het hoofd van zijn vrouw. Zij glimlacht niet, maar dat zijn we van haar ook niet gewoon. Maar ook niet de weemoed waarmee ze ons aankijkt. Haar handen liggen leeg en als verloren voorwerpen in haar schoot. Wijst zij onbewust op haar verdriet? Het gezicht is nog gaaf, en tot onze verwondering moeten wij vaststellen dat zij een mooie vrouw was. Maar een tikje uitheems met die donkere ogen en zigeuneroorbellen. (Uitheems: het woord is gevallen. Het zouden pioniers kunnen zijn, die een welvarend bestaan hebben opgebouwd. Angelsaksen, Wit-Russen, Duits sprekende Bohemers..., maar geen vertegenwoordigers van het land dat zij claimen. Zelfbewustzijn en vastberadenheid. Geen onderdanigheid, maar ook geen bluf.) En dat onberispelijke figuur met die fijne taille, ondanks alle zwangerschappen. Zij zit rechtop, zij houdt zich goed, maar ze zit overduidelijk haar plicht te doen. Niets dat er buiten haar positie in de groep op wijst dat zij de echtgenote en de moeder is. Een houding die een ijzeren wil verraadt. Als het eropaan komt zal zij en niet diegene die boven haar troont het gezin beschermen en voortdrijven. Zij is sober gekleed, alles hooggesloten en dichtgeknoopt, een minimum aan juwelen. Het is alsof ze die behaagzucht naar haar dochter heeft toegeschoven, die zo jong als ze is rijkelijk is behangen. Maar verder is ook het meisje in de eerste plaats degelijk gekleed. Een smal gezichtje, weelderige haren, en een uitdrukking die aarzelt tussen melancholie en laatdunkendheid. De houding, half naar ons toe gewend, een kuitlaarsje elegant naar voren geschoven, is zelfbewust. Zij is de oudste, de enige dochter, en niet van plan zich de mindere te voelen. Zo is het jongetje op de eerste foto die we van hem kennen al verdeeld tussen de twee vrouwen die in zijn leven geen ondergeschikte rol zullen spelen. De derde, die hij nog wel zelf zou kiezen, deed alsof ze onderlag.

Beide broers doen aan tempelwachters denken, maar we moeten ons vooral niet vergissen, ze zien er evenmin uit alsof ze met een bijrol genoegen zullen nemen. De oudste kijkt zuur, alsof hij vermoedt bij de erfopvolging te zullen worden overgeslagen ten voordele van zijn jongste broer. De eenzelvigheid in persoon, maar uiterlijk lijkt hij nog het meest op zijn vader. Het enfant terrible staat aan de andere kant, een verdacht licht in de ogen, lichtjes vooruitgeschoven onderlip, vrijmoedig treedt hij voor het voetlicht. Men weet, daar staat er eentje die brokken gaat maken. Niet te temmen door zijn vader, de oogappel van zijn moeder, gezegend met een onuitputtelijke levensdrift, maakt hij het verlies van vele zonen goed. Hij bengelt aan dakgoten, klimt op kerktorens, niets is hem te dol. Met de inhoud van de geldlade trekt hij naar de stad om zich een fluwelen schildersmuts en een palet aan te schaffen. Zo uitgedost verschijnt hij voor het avondeten: 'salut l'artiste', en hij moet nog zestien worden. Voor een geregeld bestaan in de familiezaak voelt hij niets, hij wil eruit, op avontuur, de wereld veroveren! In dienst slaagt hij er al tijdens de mobilisatie in tussen wal en schip te vallen, en bijna te verdrinken. Kijk moeder, zonder loopplank!

Krijgsgevangen genomen laat hij zich wegvoeren tot hij ver genoeg is, daar springt hij van de vrachtwagen en zit als zijn ouders thuiskomen fris gebaad de krant te lezen. En toch zal hij fataal de verkeerde kant kiezen. Met de vrouwen zal het deze knappe jongen niet anders vergaan. Op het beslissende ogenblik kiest hij niet voor de vrouw die hem aankan maar voor diegene die onderligt en hem zo zeker als wat die vernedering betaald zal zetten. Dat is de broer die het jongetje bewondert en zal navolgen. 'Als hij in het water springt ga je hem vast achterna,' zegt zijn zuster pinnig. 'Nagel aan mijn doodkist,' lachte de moeder toen ze er nog om kon lachen. Maar hij was minstens tien nagels waard, en de andere tien werden aangedragen door het jongetje. Al lacht hij nog zo onschuldig alsof het nog alle kanten op kan. Lef straalt hij uit, en de zekerheid van zich geborgen te weten. Hij kan zo opstaan en wegrennen om die stok op gelijk wat uit te proberen. Kwikzilver. Hij kan niet stilzitten, daarom is hem ook die stok gegeven, om hem af te leiden. Maar we durven te wedden dat het niet heeft geholpen. Hij is levenslang blijven doorhollen. Ze moesten hem knock-out slaan voor hij bleef liggen. En dan nog was hij niet uitgeteld. Zijn vermogen om te overleven blijkt even groot als de drang om zich in de nesten te werken. Toegegeven, hij zal niet klagen. Maar koppig verder blijven gaan. Als hij eenmaal een weg is ingeslagen kan niemand hem tegenhouden of van gedachte doen veranderen. En wie kan dat tempo bijbenen? Het is een gelukkig jongetje dat daar zit, een kleine koning. Door een groeistoring zal hij ook lang klein blijven, als hij de eerste keer tussen de metselaars in het café staat komt hij nauwelijks met zijn neus boven de tapkast uit.

Bij het amateurtoneel spelen ze *Smidje Smee*, de geschiedenis van een smid die zijn ziel aan de duivel wil verkopen, en vanwege zijn kleine gestalte mag hij als de duivel uit een doosje springen. Na zijn zeventiende groeit hij, maar hij zal altijd 'de kleine Van Puynbroeck' blijven. Hij is dan al leider in de jeugdbeweging, verzint alle dagen zijn goede daad, organiseert uitstapjes, doet aan volksopvoeding en leert zondags in het gelid marcheren. Maar er is ook een frivolere kant, met vlotte pakken, uitheemse schoenen, armbanden en lefdoekjes. Als ze uitgaan poseert hij naast zijn broer als dandy, want dansen kan of wil hij niet. Het zijn de gebeurtenissen die voor hem zullen beslissen. Wat eigenaardig blijft: hoe een zogenaamde geboren leider zo makkelijk een hardnekkige volgeling wordt. Of werd de macht verdeeld?

De kruistocht tegen het rode gevaar is goed voorbereid. Er zijn de slogans, de preken, de idealen en het geloof, waarachter de belangen schuilgaan. Maar laten we niet vergeten, zijn behoefte aan strijd, zijn afkeer om tot de verliezers te behoren, zijn dadendrang, en die griezelige neiging om zich een held te voelen. Ook als hij als soldaat van Napoleon tot de terugtocht wordt gedwongen en aan de lange lijdensweg begint, moeten we evenmin vergeten: een martelaar is ook een held. En helden aanvaarden geen nederlaag. Die hebben het in zich om tot de laatste snik trouw te blijven en hoe dan ook te zegevieren. Het is gek te bedenken dat dit veelbelovende jongetje, waarvoor wij zonder meer het moederschap op ons zouden willen nemen, met vijfentwintig zichzelf al overleefd zal hebben.

* * *

Dit is een oorlog om niet over te doen. Een film die we tot vervelens toe afdraaien. Beelden waarbij begrip ophoudt. Een horror-story. Waar we nooit genoeg van krijgen. Maar evengoed grensverleggend. Na afloop werd het onvoorstelbare mogelijk. Met die mogelijkheid moet men leren leven. Wat niet kan. Daarom het kwaad bij de bron opgezocht. Laat het nog eens mei zijn, laat de vogeltjes fluiten. Laat ze weer binnenvallen alsof ze de blijde boodschap brengen. Grauwe engelen met een numeriek overwicht in de lucht. Grijze duivels met de suprematie op het land. Lachende gezichten onder pothelmen. In geforceerde marsen op de doelen van hun vaders af. En zingen als het jong mannenkoor. Geestdriftig en zegedronken, meegesleurd door hun eigen geweld. (Als de trein eenmaal op gang is gekomen...) De jeugdige vaders van het duizendjarige rijk. Opgevoed met de religie van het fascisme. Een stalen erectie. Kathedralen fotograferen en op terrasjes koffie drinken, het lijken wel toeristen. Gladgeschoren, suède handschoenen, de soldaten zijn heren geworden. Maar de façade moet met machtsvertoon overeind worden gehouden. Parades en toespraken (de schuimbekkende hogepriester...), massale erediensten, laarzen, koppelriemen, wachtwoorden, onderwerping aan de leider; zelfs als je er onwetend naar keek zou je mensenoffers verwachten.

En wat doet het volk? Het volk houdt zich gedeisd. Het volk heeft enige ondervinding met bezetters. Op kolen zal het aankomen. Op melk en boter. Op tijdig in de kelder geraken. En op het winnen van de papierslag. Voor vrijgeleides. Voor bonkaarten. Voor stempels in paspoorten. Daarom soepel meeveren, met z'n allen de andere kant op kijken, en als het kan de nieuwe heren een beentje lichten. Wat dat betreft zijn het geestelijke judoka's.

Het volk wil maar een ding, buiten de zoveelste oorlog blijven. Uiterlijk wil dat voorlopig wel lukken. Er wordt nog niet op grote schaal gemoord en geplunderd, er gaan geen steden in vlammen op, hier en daar een dorp... maar men mag niet klagen. De omstandigheden in aanmerking genomen. Meesters in het schipperen. Het compromis is in de maak.

Innerlijk ziet het er anders uit. Vertwijfeling, woede, vooral verdeeldheid. Daar wordt de propagandaslag gestreden. Worden idealen bijgesteld en verstrekkende besluiten genomen. De nagalm van de nederlaag. En het verlangen om in de overwinning te delen. Innerlijk woekert de tweespalt. De oorlog is naar binnen geslagen. De verwoestingen zijn niet te overzien. Het volk gaat aan ondermijning ten onder. De eersten lopen al met hun treinticket op zak. Een vrijkaartje voor het oostfront. In het westen zijn de treinen vastgelopen, hier valt voorlopig weinig te beleven. Maar als het monsterverbond tussen Hitler en Stalin is opgezegd, staat de poort naar Azië open. Is er niemand om hen tegen te houden? Niemand die toevallig *Mein Kampf* heeft gelezen? (Er is geen gek of hij heeft wel een boek geschreven.) Het gebrek aan lectuur zal zich wreken.

Een vluchtige blik op de krantekoppen. Mussolini. De paus. Ethiopië. De Anschluss. Sudetenland. De inval in Polen. De Blitzkrieg. De Sitzkrieg. The phoney war. Het noords avontuur. Het westelijk offensief. De val van Parijs. De slag om Engeland. Tot zover het voorspel. Maar nu zou men de Russische beer eens laten dansen. Van de Baltische tot de Zwarte en de Kaspische Zee. En daarachter voldoende land om de expansiezucht bot te vieren. De Kaukasus. De Krim. De Oekraïne. Levensruimte zonder einde. *Koerier van de tsaar*. Een jongensboek. Jetzt geht's los! Immer grade aus! Ratelende tanks. Stoffige wegen. Brandende graan- en olievelden. De tactiek van de verschroeide aarde. Moedertje Rusland. Slaven. Een haveloze bende. Ongewassen popes. Goddeloze bolsjewisten. Die zouden ze eens even de westerse beschaving bijbrengen! Met kerstmis in Moskou de overwinning vieren. Daar kon je gif op nemen!

Mei 1940. In het thuisland geeft de regering met de koffers in de hand alle jongemannen tussen zestien en vijfendertig jaar de opdracht om zich naar Frankrijk te begeven. Onze held maakt er meteen een wielerwedstrijd van. In steeds langere etappes zwerft hij van haven naar haven. Met hangende pootjes moet hij rechtsomkeert maken. Scheldende Fransen, geldgebrek, honger, tyfus. Jaren later zal hij het zijn rechters verwijten. Als zij hun plicht hadden gedaan, was hij met de eerste de beste boot naar Engeland gevaren en als bevrijder uit de lucht komen vallen of triomfantelijk op een tank de stad binnengereden. Als onze kat een koe was zouden we haar onder de kachel kunnen melken! In dit geval moeten we toegeven, die mogelijkheid had erin gezeten.

Maar om te beginnen wordt hij door zijn moeder bij de bevoorrading ingezet. Die dame laat zich door mooie praatjes geen oren aannaaien. (Zuerst kommt das Fressen!) Die houdt niet van krassende laarzen op haar parket. En graaiende vingers in haar schapraai. Die heeft bovendien last van haar goede geheugen. En wat voor de duivel heeft die snotneus in Rusland verloren? Bij haar moeten er geen paters de heilige oorlog komen preken.

Achter zijn vader, de meester-smokkelaar, aan zeult hij aardappelen en hammen op zijn fiets. Leert hij tabak voor koffie ruilen. Op zijn tochten doet hij een kleine hoeve aan. Met een overschot aan dochters. Eerder schuw met vrouwen. Maar hij wordt als een jonge heer ontvangen. Goedlachse meisjes. Die zonodig het initiatief nemen. Het wordt een bezoek met verstrekkende gevolgen.

De man van zijn zuster is opgepakt. Zij zit, nota bene in een Chinees paviljoen, tussen bordpapieren wanden, honger en kou te lijden. Typisch dat hij bij een hulpactie wordt gegrepen. Hij tekent niet meteen. Er moet enige druk worden uitgeoefend. Vierentwintig uur in een gecapitonneerde kast, met maar net voldoende lucht om niet flauw te vallen. (Als de ondervrager een sigaret opsteekt doet hij hetzelfde. Ogenblikkelijk wordt ze hem uit de mond geslagen: 'Gij moogt hier niet roken!' Slaat op zijn beurt de man het rookgerief uit de bek: 'Gij ook niet!' Actie is reactie. Wij laten niet met ons sollen! Hij moet nog veel leren. Als hij het ooit zal leren...) Het heet dat hij aan de Atlantik-wal tewerkgesteld zal worden. Maar de trein rijdt de andere kant op. Dat zal hem leren op het gegeven woord van een boef te vertrouwen. Zijn vader brengt hem weg. Op het perron doen fotografen gouden zaken. Uit de trein hangen jongens te zwaaien met lachende gezichten. In het uniform waarin ze de nieuwe wereld gaan helpen opbouwen nadat ze de oude hebben platgelegd. Zijn vader kijkt naar de grond. Over zijn moeder zullen we maar zwijgen. Die had in de hele zaak niets in te brengen. Ook zijn alle verklaringen uitgeput en moeten we van nu af aan met de naakte feiten rekening houden. Hij ging omdat hij wilde gaan.

* * *

De oorlog van de vervalste spoorboekjes en de namaakstations. Voorbereid door een genadeloze administratie. Mogelijk gemaakt door een mengsel van leugens en het vermogen zichzelf iets wijs te maken. Rendabel door een krankzinnige economie. Geen tand gaat verloren! Er wordt in ploegen gewerkt om mensen weg te werken. De ovens kunnen het niet bijhouden. De oorlog tegen vrouwen en kinderen, tegen oude mensen en weerlozen. Dat is de blote oorlog die achter de geüniformeerde schuilgaat. De geheime oorlog die de openbare zo lang mogelijk zal ontkennen. Het gebeurt achter de schermen in verafgelegen moddervelden. Onder de sneeuw verdonkeremaand, joden, zigeuners, gehandicapten en tegensprekers. Een wit kleed erover gespreid. Er zal geen spoor van overblijven. (Nie gedacht soll dir werden!)

De specialisten van het gifgas wonen aan de Rijn. Maar waarom worden er aan de andere kant alarmerende rapporten doodgezwegen? Berlijn wordt gebombardeerd. Dresden met brandbommen bestookt. Waarom kan er van die overvloed geen enkel bommetje op Auschwitz vallen? De geschiedenis wordt achteraf geschreven. Als het oordeel is geveld. En dan is er nog die prachtige uitvinding die de geleerden in het diepste geheim in de Alamogordo-woestijn uitproberen. En die in twee klappen een einde aan de tweede wereldoorlog zal maken. Gedaan maar niet over. Er is een hypotheek op de toekomst genomen. Overlevenden zijn vitale pessimisten.

* * *

Operatie Barbarossa. Vastgelopen in de modder. Voor Moskou ingevroren. Veertig graden onder nul. Geen winterkleding. Gebrekkige bevoorrading. Kranten in je laarzen zijn een luxe. Neuzen en oren worden zwart. Gangreen woekert. Wie gaat liggen is verloren. (De verleiding om sneeuwblind in te slapen...) Vliegtuigmotoren moeten op de startbaan blijven draaien. Zonder brandstof. Görings bluf. Het Russische leger met zijn onmetelijke reserves en zijn grootste bondgenoot: Koning Winter. (De ijsberen zijn wakker geschud!) De kaviaar kunnen ze op hun buik schrijven. Hun brede lach is een versteven grijns geworden. Maar Berlijn houdt de moraal hoog. Lili Marleen staat nummer een op de top-tien. Zingend en brallend gaan ze naar de bliksem.

Stalingrad. Tussen de Wolga en de stille Don. Hitlers kerstcadeautje. Tot de laatste kogel en de laatste man! Om ieder huis moet worden gevochten. Het zesde leger raakt omsingeld en gaat in egelstelling. In zijn vesting van puin wordt Paulus tot veldmaarschalk bevorderd. Een roofridder die zijn sporen in Vlaanderen had verdiend. Van 23 augustus 1942 tot 31 januari 1943. 72.000 gesneuvelden. 42.000 gewonden. 107.000 krijgsgevangenen. Aan Duitse kant. Het keerpunt. Nog een winter slapen en we zijn zover.

Bevrijd. Maar de afrekening laat een bittere nasmaak. Huizen worden met hakenkruisen beklad. De inboedel op straat gegooid en in brand gestoken. Plotseling zijn vrouwen weer belangrijk. Ze worden kaalgeschoren en met veren bestrooid. Aan de schandpaal, terwijl hun zusters de overwinnaars om de hals vallen. (Voor of na de revolutie: de positie van de vrouw is horizontaal!) De gerechtvaardigde volkswoede. De bijzondere rechtbanken. Maar die gewiekst collaboreerden komen niet op het strafbankje te zitten. Het zijn eerder de onnozelaars en de op hun kop gevallen idealisten. En als we niet oppassen staat alles wat Vlaams is terecht. Het wordt voor de gestraften een strohalm om zich aan vast te klampen en in de boosheid te volharden. 'Ze hebben het altijd op ons gemunt!' Wraak is geen recht.

De koning heeft zijn politiek testament geschreven en 'verblijft in Zwitserland'. Aan zijn heldhaftigheid wordt luidop getwijfeld. Of hij ooit nog terugkomt? De partijen zijn onverzoenbaar. Straatgeweld. Op het randje af burgeroorlog. Zo wordt in dit land de vrede geboren.

'Witte zwanen, zwarte zwanen,
wie wil er mee naar Engeland varen?'

Elisabeth en Adeline dragen gebloemde jurken. Zo kort dat ze met hun knieën bloot op de bank zitten. Een lange reis. 'Treinen zijn smerig.' Handen wassen bij een fonteintje. Vochtige zakdoek over gezicht. Warme zomer. Huizen staan zo dicht bij elkaar. We nemen de schaduwkant. Groot gebouw. Luchtje dat kopschuw maakt. Stappen weergalmen in de gangen. Wit kamertje. Wanden zijn gordijnen. Net een wieg. Ligt een man in bed met een zwart gat waar een mond behoort te zitten. Zuster schuift een kussen onder zijn hoofd. Adeline staat te huilen. Uit het bed een gebaar van machteloze woede. Wegwezen! Waar is Elisabeth gebleven?

Voetgangerstunnel gaat onder de rivier door. Lopen onder water. Van rechter- naar linkeroever. Gele badkamertegels tegen afgeronde wanden. Natriumlampen. Echokamer van stemmen en stappen. Opletten dat muren niet gaan zweten, het onder waterdruk begeven. Aan vaders hand. Flink doorstappen. Nooit laten merken dat je bang bent. Vissen en schepen boven ons hoofd. Gemurmel van water. Kan niet fout gaan. Is allemaal ongeduldig uitgelegd. 'Doe je niet dommer voor dan je bent!' Kunnen om uit de tunnel te geraken lift of roltrappen nemen. Beide even eng. Vliegende doodkist of schuivende treden die in een gleuf verdwijnen. Gendarmes boven aan de trappen. Controle. Moeten aanschuiven. 'Papieren!' Gendarme wijst op draad die voor zijn gezicht bengelt. 'Wat is dat?' Grijpt. Trekt. Gekweld geluid van aangeschoten tijger. Slaat de hand weg. Geeft een duw. Gendarme duikt achterover langs de klimmende treden. Vier anderen springen op zijn nek. Ik zet een keel op dat het door de hele tunnel heen te horen is. Niemand die er zich wat van aantrekt. Word uit verward kluwen door vreemde vrouw meegenomen. Vind hem terug in klein kamertje. Bebloede zakdoek voor zijn gezicht. Gendarme dacht dat hij een geheime zender had ingeslikt. Dat antenne uit zijn neus bengelde. Baby's zijn ook nieuwsgierig. Graaiende vingertjes. Zelfs de poes slaat onverwacht een pootje uit. Misprijzen voor mijn gezwollen ogen. 'Flauwe Trien!' Moeten onder toezicht wachten tot ziekenwagen er aankomt. Dokter razend, zes maanden werk naar de bliksem. Neus-, keel- en oorspecialist. Relatie van zijn moeder. De enige die aan het karwei wou beginnen. Ligt op divan chocoladetruffels te eten. Althans poogt. Laat chocolade in halfopen mond smelten. 'Wil je er ook een?' Even vies als het eruitziet. Neem de kans waar om hem aandachtig te bestuderen. Gebruinde huid. Mooie handen. Blauwe ogen. Ze zeggen dat ik op zijn zuster lijk. 'Uitgekeken?' Begin te blozen. Zitten in sportpaleis op de eretribune. Manifestatie van de jeugdbeweging. Vlaggen. Liederen. Toespraken. Komt geen einde aan. Prik in bengelende voeten. Treden de oud-leiders aan. Stram in houding voor het appèl. Spot op de eerste. Jan Jansen? Present! Op de tweede. Paul Peters? Present! Krijg hem plotseling in de gaten. Begin het toch spannend te vinden. Tel mee af. Nog twee. Nu is hij aan de beurt. Licht. Zijn naam. Doodse stilte. Naam wordt herhaald. Hij verroert zich niet. Een ander roept in zijn plaats 'present'. De lichtbundel zwaait verder. Hij staat weer in het donker. Paraplu van Marguerite-Leonia valt tussen de stoelen naar beneden. Kletterend. Moeten na afloop heel lang wachten tot een man de sleutels heeft gevonden en de paraplu van onder de tribune wil halen. Maar. Mag de zondagen niet verlummelen. Moet zinvol bezig zijn. Tucht van het uniform leren. Geen trut of trien, geen kip of domme koe blijven. Muts zakt over mijn oren. Mouwen zijn te lang. Koppelriem hangt over mijn navel. Bottines als lood aan de voeten. Ben het jongste sterreke van het land. Er zijn ook nog zonnekinderen. Voel me belachelijk. Word door hem persoonlijk afgeleverd. Zal in de voetstappen van mijn vader treden. Ik! En zijn zoon moet niet leren marcheren! We hebben de blijde gezichten van een gezonde jeugd. Voor een goede daad: zijn wij paraat. Aan Christus Koning: trouw! Kan geen maat houden. Leidster komt naast mij stappen. Een twee. Links. Rechts.

Staan in vierkant op de weide. 'Ter plaatse?' roept de leidster. 'Rus!' antwoorden de meisjes, en doen alsof ze er ontspannen bij gaan staan. Die 'Rus' moet vanzelfsprekend 'Rust' zijn. Weer niet goed geluisterd. In de stoet met vlag opgezadeld. Bijzondere gunst. Omdat ik de jongste ben. Moet de stok met twee handen omlaagdrukken. Ga als Jezus onder mijn kruis gebukt. Vooraan stappen de paarden van de boerenjeugd. Stevige Brabanders die regelmatig wat laten vallen. Doe al het mogelijke om de vlag niet over de grond te laten slepen. Stap tussen het strooisel van bloemblaadjes en drollen door. Wesp om m'n kop. Vlaggezeil is nog windgevoelig ook. Sjok voorbij de tribune. Mensen lachen. Voel of laat de stok van mijn schouders glijden. Zal nooit meer, nooit meer... Voorbestemd om hem teleur te stellen. Als ik niet oppas ga ik nog op mijn moeder lijken.

* * *

Gevallen. Bijna terzelfder tijd geregistreerd het ietwat vochtige knakje waarmee breken gepaard gaat. Onmiddellijk verbergen van zwakte. Rechterhand slap. Pols begint op te zwellen. De capitulatie, zij het na uren. Zulma-Marie jammert alsof het haar overkomt. 'Wat doe je me aan?'

Achter op de fiets over de martelkasseien. Oom Irme probeert zoveel mogelijk kuilen en bulten te vermijden. Verbeeld me hemels, draperieën van lucht en licht, tegenwind in hoge bomen, daartussen kanalen met palingschuiten, en vis en waterratten, verderop vlasakkers en brouwerijen. The low countries. Stadje als een ouderwetse badkuip. Ondertussen bereid de gloeiende klomp aan het uiteinde van de arm af te hakken als het moet. Elke voorwaarde die een einde aan de pijn maakt wordt aanvaard. Heldendochter maar zelf geen held. Geen illusies omtrent pijn. Grootspraak is voor gezonde herkauwers. Maar in die tijd aten de plattelandsdokters goed. Samen met de pastoors, burgemeesters en notarissen tafelden zij lang en uitgebreid. Hielden zij van veel en zwaar eten. Aten tot ze erbij omvielen. Moesten rusten na het eten. Verteerden op den duur niet meer. Navelbreuken. Werden er dom en kwaadaardig van. Oppassen als je hen lastig valt bij het eten, het drinken, het herkauwen. Zure oprispingen producerend stapt de dokter in zijn kabinet. Oom Irme houdt haar vast. Hoofd onder zijn arm geklemd. Kokhalzen van angst. Er een natte broek aan overhouden. 'Piskous!' Weer dat vochtige knakje. Geschaafde huid boven wit gipsverband. 'Vingertoppen in de gaten houden, voor het geval dat ze blauw worden.' Dokter heeft zich al afgewend, stapt een en al kruis, op het ritme van zijn spijsvertering, aandachtig maagsappen producerend, naar zijn dutstoel. En terug over de martelkasseien, dreinend tegen de hemel, langs het kanaal, de schuine bomen, de vlasakkers. Flooded land. Naar bed met een warme kruik. Klappertanden, vingers als van een lijk betasten. Onhandig. Rondscharrelen als een kreeft met dichtgebonden scharen. De onontbeerlijke rechterhand. Alleen lezen kan nog. Ga in egelstelling. Zonnige marktdag als het verband er afgaat. Tien uur in de morgen, dokter halverwege ontbijt en middagmaal, prima humeur. Sigaar klemvast tussen de tanden. Zulma-Marie (rechterhand getooid met twee smalle gouden ringen) vouwt deemoedig de handen voor haar buik. Registreer alle geluiden, onsierlijke gebaren, gebrek aan vakkennis. Heb geen doekje voor het bloeden nodig. Zal zijn stoel niet nat plassen. Hand eigenaardig wit en bloot. De straat op, waar de beroemde pluimveemarkt volop in bedrijf is. De manden openzetten en met de bombardon van de fanfare tussen de stalletjes marcheren. Kakelende kippen, rondstuivende veren. Ziet er van ver uit alsof reusachtig donsdek boven het stadje wordt uitgeschud. Alsof het midzomer sneeuwt.

Onverwachte visite. Daar heb je de vader. (Waar hebben we de eer aan te danken?) Spottende lippen vader. Glinsterende blikken vader. Rad van tong en kwik van tred vader. Elegant ogende vader. Tikje neerbuigende vader. Bijna dreigende vader. Een zoon-zoon-vader. Geen gebenedijde vader. Een oppassen of ik heb je vader. Een verzuipen als kattejongen vader. En vooral de ga uit mijn ogen vader. Laat het maar eens gezegd zijn, we zijn er nog trots op ook. Hengelen als een aapje naar zijn belangstelling. Verdragen elke afwijzing. Lopen hem achterna. Als hij er niet is (nooit is) schrijven we onze beste boeken voor die vader. We maken een verhaal-vader, een droom-vader, een vader met twee linkerhanden. Voor ons lege bed verzinnen we een minnaar-vader. En voor onze ongelovige vriendjes het volgende: 'Mijn vader is een heer. Hij rijdt in een prachtige auto. Hij vraagt nooit wat iets kost, hij neemt gewoon wat hem toekomt. Hij verbruikt veel sigaren. Hij beveelt: twee woorden. Hij spreekt vreemde talen en is van alles op de hoogte. Mijn vader is net zoveel vader als alle andere vaders samen.' Hij steekt zo gunstig af bij de moeder, die vader, dat we met hem leren ons voor haar te schamen. Vrouwen zijn goed voor de ergernis en de minachting. Vrouwen zijn de afkeer van de eigen geilheid. Vrouwen zijn dom. Heel slim worden we attent gemaakt op moeders dwaasheid. Haar liegen. Haar luiheid. Op zijn best als de kijk eens met mijn ogen vader. En als we hem nodig hebben, als het eropaan komt, hebben we geen vader meer. Gelukkig. Want in werkelijkheid maakt hij ons bang. We kunnen geen zoon worden, en geen vrouw om hem te behagen. En we weten dat hij dat niet zal pikken. In het diepst van zijn gedachten heeft hij ons gemaakt, een mislukking die hij zichzelf niet kan vergeven. We lijken op zijn moeder, waar hij niet onderuit komt. Arme vader.

Ongeduldig aanhoort hij Zulma-Marie die hem stroop om de mond tracht te smeren. De hand die zo'n pijn deed, maar niet gehuild, we hebben ons goed gehouden, je kunt wel zien van wie we afstammen. Dat is tegen het zere been, hij krijgt zijn H_2SO_4-grimas. Daar heb je de laat eens zien of je de Russische winter doorkomt vader. Hebben we niet gehuild? Zijn we dapper geweest? 'Kom hier.' Toont met genoegen zijn handen. Groot, maar vooral sterk. IJzeren polsen. Geen grammetje vet. Een zakelijk polshorloge. Geen ringen. Geen enkele. Witgesteven manchetten met gouden knopen. Geen vulgariteit bij deze vader. Neemt onze hand in de zijne. We gaan een verkoop beslechten, een verbond sluiten, trouwen. Ongetwijfeld een plechtig ogenblik. Glinsterende ogen. Niet gehuild? Zullen we je eens laten huilen? (Janken zoals het een dochter betaamt?) Greep verstrakt, doet nog niet echt pijn maar begint al te dreigen. Tanden op elkaar. Knijpt even door, laat onmiddellijk weer los, hoopvol lachend. Kan niet huilen. Gedachteloos. Vader ernstig. Vingers schroeven zich vast. 'Kom,' zegt hij, 'kom dan.' Beveelt ons te huilen. Kan niet, kan nooit meer huilen. Heb geen tranen meer. Alweer dat vochtige kraken. Pijn. Maar geen genoegdoening. Plassen tot onze verlegenheid in onze broek. Magere troost. We zijn en worden zijn dochter. Zonder genade.

Zulma-Marie kon jammeren als een kat in februari. Dat valt ons nu pas op. En de dokter, maar vooral de spijsvertering van de dokter. En de oprispingen van de pastoor, en het maagzuur van de notaris. En het onbeschaamd verstoren van de dorpse stilte. Zulma-Marie staat doorzichtig te liegen. Heeft er nooit wat van begrepen. Met de dode klomp in de mantille weer op huis aan. In het land waar de hemel het halve landschap is.

Eigenaardige manier van lachen: 'Haha, ik heb je!' Kunt achteraf wel denken, haha, je hebt me niet, maar ondertussen zijn we wel alweer geworden wie we niet waren. Geen flauw vermoeden wie die man is. Zag hem nooit in de spiegel kijken. 'Ze kunnen je beter vrezen.' Mater certa, pater semper incertus. De moeder is gekend, de vader nooit.

* * *

'Engeland is gesloten,
de sleutel is gebroken...'

Oorlogsschade. Geteisterde huizen. Wederopbouw. Ons hachje gered. Vol goede moed opnieuw beginnen. Helaas, een opgelapt leven voert zelden naar een normaal bestaan. Of het volstaat om het verleden dood te verklaren? Dat is niet eens nodig. De oude waarden zijn stevig overeind gebleven. De vijanden van gisteren zijn de bondgenoten van vandaag. We zijn allemaal Berlijners.

Het land gonst van bedrijvigheid. De dynamiek van het volk. De kolenslag hebben we alweer gewonnen. Nu nog even de autostrada's. De kust vol flatgebouwen. En in de laatste lentewei onze welvaartsgrieven uitzingen. Waar moet men leven in een land dat vol ondingen staat? De medemens niet meer kunnen luchten. Als we niet oppassen hebben we het weer veel te goed. Maar geen nood, we zullen onze laatste slag binnenhalen.

De vrouwen zijn als voorheen in de eerste plaats moeder. Het verlies aan manschappen moet worden goedgemaakt. Hebben de dames tijdens de oorlog de opengevallen plaatsen trouw ingevuld, dan kunnen ze nu ineens geen schroef meer vastdraaien, laat staan een auto besturen. Het weerhuisje van de economie: schijnt het zonnetje: vrouwtje buiten. Regent het: vrouwtje binnen. Van de regen in de drop. In vele keukens hoort men het druppen. Het dak lekt. Zulke breekbare schepseltjes hebben behoefte aan een schouder om met hun hoofd tegen te rusten. Is er geen sterke man voorhanden? Een afgeleid bestaan is ook een bestaan. De consumptie moet worden opgedreven. Er is behoefte aan verbruik. Schaarste is onder meer een woord dat we zo vlug mogelijk willen vergeten. Imago van cold-cream, lipstick, beha's en nylonkousen. Vrouwelijkheid is iets dat onderbouwd moet worden. 'Wat zie je er goed uit!' 'Ik heb mijn best gedaan.' Zolang de schoonheid maar niet te veel geld aan haar façade hangt. Met een paar handige vingers kan je veel bereiken. Als het er maar duur uitziet, daarom hoeft het nog niets te kosten. Een kwestie van je waar voordelig aan de man te brengen. Er is maar een doodzonde overgebleven: voortijdig oud en lelijk worden.

Restauratie. Fluitend op de werf. Ze hebben onze held nog lang niet kleingekregen. (Een Vlaming beklaagt zich niet, verliest hij een been, hij heeft er nog een. De kreupele redenering.) Zijn jeugd is verbeurd verklaard. Maar nu zal hij in recordtijd volwassen worden. Arbeidsvreugde. Zeker. En thuis een zoon onderweg. Een man moet een doel in zijn leven hebben. We zullen er eens tegenaan gaan. Brandende zon. Stof. Geef mij cement en stenen. Ik bouw mijn huis niet met mijn staart. Wat ik zal hebben zal ik verdiend hebben. Sportieve knaap. Zit de ploeg achter de vodden. Geeft zelf het goede voorbeeld. Eerst op de stelling en laatst eraf. Laat zien wat hij kan. Bedrijfsleider onder moeders vleugels. Vermoeiend ventje. Komt met een minimum aan slaap toe. Rust wil weleens worden verstoord omdat er tanks door de kamer rijden. Er wordt ook in bed gesneuveld. Ogenblik waarop de reflexen verslappen. Hij houdt niet van bedden. Wil liefst van al nooit meer slapen.

Hoopvolle zomer. Langs de boulevard staan huizen waarvan de bewoners nooit meer terugkomen. De eigenaars het laten afweten. Plafonds worden verlaagd. Trappen vervangen. Flats ingericht. De modale m^2 wordt uitgevonden. Het is dorstig weer. Limonade en bier zijn nog een traktatie. De metselaars klokken de flesjes in drie teugen leeg. Vegen met de achterkant van hun hand de mond af. Gaan gelaafd weer aan het werk. Komt hij nog vlug de trap afgewipt. Grijpt het eerste het beste flesje. Zet het aan zijn mond. Duivel en hel ingeslikt. Het is een vreemd gezicht een man die vanbinnen in vuur en vlam staat. Als zijn vader aan het flesje ruikt verschroeien hem de neus en snorharen. Komt hij op het idee melk tussen de verzengde lippen te gieten? Het reddende gebaar. De lange tocht langs de ziekenhuizen kan beginnen. De laatste trein is vertrokken.

Er zijn mensen die niet onder de gevolgen van hun daden uit komen. Wie kan weten wat daarbinnen allemaal in as wordt gelegd? We hebben een gedoofde vader. Een eigenschap van het leven is dat het altijd verder gaat. Maar hoe?

'En is er dan geen smid in 't land
die deze sleutel maken kan?
Doe open...!'

DEEL TWEE

Het voordelig misverstand

Want wat verdien je eigenlijk? Had je wel
recht op leven toen je werd geboren?

Cesare Pavese, *Il mestiere di vivere*

HET ZOU ROZEN REGENEN, zo niet bedankte Elisabeth voor de eer. Na de zondvloed viel er een killer wordende motregen. 'Wat voer ik hier uit?' vroeg zij zich af in alle toonaarden tussen radeloosheid en wanhoop. Niemand antwoordde, en tenslotte vroeg ze niets meer. De familie maakte zich ervan af met het gezegde dat Elisabeth tegen haar zin was geboren. Maar er was wel een verschil tussen levensziek en levensmoe.

1916. Luttele kilometers verder wordt de oude wereld tot maanlandschap gebombardeerd, maar in die van God verlaten uithoek is men niet te beroerd om de negentiende eeuw nog eens dunnetjes over te doen. Armoede en kinderzegen gaan meestal samen, en even vaak brengen zij een gek, een mismaakte en een schoonheid voort. Elisabeth was de schoonheid. Tussen haar peenharige broers en zussen was zij met haar matte teint en kastanjebruine haren een verschijning. Donkere ogen in een volmaakt ovaal – zij had geen gezicht maar een gelaat –, een slank maar welgevuld figuur, dat al jong eerder aan een vrouw dan aan een meisje deed denken. En vooral dat vleugje melancholie dat schoonheid van banaliteit redt. Een joods bruidje.

De familie zei achteraf dat Elisabeth te hoog had willen grijpen, maar deel aan haar ongeluk was dat zij niet hoog genoeg greep. Schoonheid had geen praktisch nut maar het was wel een waarde. Of een bezit. Dom was Elisabeth evenmin. Zij had meer te geven dan te krijgen, maar ze wilde niet simpelweg uit de ellende, ze wilde bovenal bemind worden. Waar ze die romantische opvatting vandaan haalde blijft een raadsel, want noch bij de boeren – waar ze weg wou –, noch bij de burgerij – waar ze heen wilde –, vierde de romantiek hoogtij. Het is nooit een pretje tot de uitzonderingen te behoren, maar in een ander bestel was Elisabeth wellicht tot ontplooiing gekomen, nu werden alle hartstocht en heerszucht samengebundeld in een betrachting die vreemd is aan hongerlijders: liefde!

Het is moeilijk zich Elisabeth als kind voor te stellen. Was zij een van die meisjes in zwarte of geruite schorten, die ons met vroegwijze gezichtjes aanstaren, op foto's die ten behoeve van hun weldoeners werden gemaakt? Dank je zeggen was niet haar sterkste kant. Wat er van schoolgaan terechtkwam in een tijd dat kinderarbeid eerder regel dan uitzondering was? Met recht trots op haar mooie handschrift, ze kon zich ook goed uitdrukken, al neigde ze tot het plechtstatige. ('Wij hebben u op de verrekijker gezien, en wij waren daarover ten zeerste verblijd...') Aanleg, en de wil om zich uit de sores te werken, compenseerden aanvankelijk het gebrek aan opvoeding. Zelfs de veertig jaar lange aftakeling, waarin ze consequent tot het uiterste ging, bewijst dat Elisabeth geen zwakke persoonlijkheid was. Op een punt ontbrak de aanleg, vreemd genoeg, en mogen we van onwil spreken. Het kerkelijk patroon dat (zeker voor meisjes) de opleiding verving, liet Elisabeth koud. Later kwam daar nog dwarsheid bij, en ook bedekte spot is ons bijgebleven. Elisabeth voelde zich genomen. En niet in het minst door deze heren die zondags zo plechtig de universele liefde verkondigden. Haar vader was noodgedwongen getrouwd met een van de beide zusjes die hij had bezwangerd. Toen het uitkwam had het andere zusje hem niet meer gemoeten. De nichtjes die met een paar dagen verschil werden geboren leken tweelingen.

De vader was geen boer maar een boemelende notariszoon die zijn leven lang geen klap had uitgevoerd en het zo wilde houden. Hij was door zijn leeftijd (zesentwintig jaar ouder dan zijn bruid, die hij alleen huwde omdat de opeenstapeling van schandalen, met als klapstuk de dubbele zwangerschap, hem tot handelen of verdwijnen dwong; hij werd overigens prompt onterfd) en conditie ongeschikt voor zwaar werk, maar hij bleef zijn viriliteit onverminderd bewijzen. Toen de kinderen twaalf in getal waren, werden ze in kleren van een Amerikaans hulpcomité gestoken en kwam er een fotograaf om het voorbeeldige gezin te vereeuwigen. De moeder zit erbij met ingevallen mond en haar jongste op schoot. De kinderen in hun exotische pronk kijken alsof ze getuige zijn van een natuurramp. Maar wie zit daar in het midden met de allures van een seniele haan? Nog altijd in driedelig pak, met bakkebaarden en snor, de wandelstok tussen de gespreide dijen? De vochtige oogjes onder de loep genomen: laat Gods water over Gods akker lopen!

Ontbering. De schaamte van de moeder, betrapt op het eten van een ei want alweer zwanger. Vier kinderen in een bed, twee aan het hoofd- en twee aan het voeteneinde. De meisjes bij de meisjes, de jongens bij de jongens. Op zulke dingen werd gelet. Elisabeth haatte haar vader. Wat haar moeder betreft schommelde ze heen en weer tussen minachting en medelijden. Maar ze kon geen kant op. Met twaalf het huis uit. Ze heeft het geluk te worden opgenomen door verre verwanten van haar vader. Twee broers en een zuster die ongehuwd bleven om het erfgoed niet te verdelen. De oudste broer een rustend notaris, de jongste een lichtmis, en de Juffrouw een kerkfanate. In hun bakbeest van een huis verbleven meestal de oudste broer en de zuster, even onopvallend als lege bloedzuigers. Elisabeth zal door Juffrouw Maria worden opgeleid tot een voortreffelijke huishoudster, met kennis van de Franse keuken, het Engels borduurwerk en de christelijke naastenliefde. De Juffrouw dankte haar positie, naast haar aandeel in het familiekapitaal, grotendeels aan het uitbuiten van de zwakheden van haar broers. Zelf had ze er geen, en dat ze lelijk was wilde ze weten. Als ze een onbekende ontmoette plantte ze zich in het volle gezicht en genoot van de verlegenheid die ze teweegbracht. Een mooie vrouw was een uitvinding van de duivel. Juffrouw Maria zou geen aanleiding geven. Op kraamvisite bij een van haar beschermelingen keek ze in de wieg: 'Jaja, mooi kind, jammer dat je er zulke lelijke dingen voor moet doen om ze te krijgen!'

Heimelijk kritiseerde ze de schepping. Als beesten tekeergaan, en er nog plezier aan beleven ook. De vlammen sloegen haar uit, zoiets kon alleen een man bedenken! De vader van Juffrouw Maria werd 'de beul' genoemd. Hij had haar delicate moeder alleen voor het geld getrouwd en haar dat regelmatig op volle geluidssterkte toegevoegd. Ze was van schaamte vroegtijdig gestorven. Hij hield ook niet van zijn zonen, maar een dochter was een verliespost. Hij had haar als kind eens een plassende teef aangewezen om de inferioriteit van de vrouw te bewijzen, en toen al had de Juffrouw dat netter gevonden dan dat vulgaire pootheffen van een reu, maar ze had niets durven zeggen. Haar broers gingen studeren, zij werd na een paar jaar internaat naar huis gehaald. Ten einde raad wilde ze intreden, maar haar vader weigerde de bruidsschat te betalen. Als die lelijke donder non wilde worden moest ze zich maar een klooster met gratis entree uitzoeken.

Uitgerekend op paaszaterdag kreeg hij een beroerte en leverde haar op zijn sterfbed nog een laatste streek. Zonder verpinken had Juffrouw Maria de kom voor de aderlating vastgehouden, zich voorstellend hoe boerendochters het bloed van slachtvee kloppen om het niet te laten stollen. Ze had haar mouwen willen oprollen om met de blote hand de brij te klutsen. De nonnetjes waren gekomen om de dode af te leggen, zij wilde nietsvermoedend de waskaarsen brengen en daar lag hij breeduit met zijn paarse kop boven zijn blote pens, en onderaan zijn paarse pik die stijf overeind stond. Ze was methodisch begonnen te gillen, de nonnetjes hadden zich omgedraaid alsof ze op wieltjes stonden, hadden het laken tot zijn kin opgetrokken, maar het was te laat.

Het vader- en moederaandeel van de nalatenschap zaten zo in elkaar verstrengeld dat ook de kinderen aan elkaar vastzaten of hun vrijheid duur moesten betalen. Stilzwijgend had Juffrouw Maria de handel overgenomen. Van de oudste broer keek ze de boekhouding na en van de jongste de onderbroeken. Het eten stond op tijd op tafel, het huis was aan kant en verder bleef alles zoals het was. De broers aarzelden, maar Juffrouw Maria kende hun gemakzucht.

Naast haar familiale plichten deed ze aan goede werken, en ze had haar eigen armen met wie ze zich persoonlijk bemoeide. Dat haar beschermelingen die inspectietochten vreesden als een inval van de politie ontging haar. Op de hoeve van Elisabeths ouders genoot men haar bijzondere belangstelling, vanwege de vage verwantschap. Juffrouw Maria keek erop toe dat ze op een fatsoenlijke wijze arm waren: 'liever een lap dan een scheur', en dat de kinderen hun communie deden. Voor die gelegenheid stak de Juffrouw ze stuk voor stuk in de kleren. De jongens in zwart laken, met een witte strik om de arm. De meisjes in vlaslinnen met een kroontje op de pijpekrullen. En allemaal een paternoster en een missaal toe. In wolken wierook gehuld keek Juffrouw Maria tevreden naar haar aangewaaide neven en nichten, de pastoor knikte goedkeurend, en na de dienst werd ze op het kerkplein 'proficiat' gewenst alsof ze de moeder zelf was. (Ha, die besloten dorpen in hun groene omheining, waar alles onveranderd zijn gang bleef gaan omdat de meesten niet beter wisten en de anderen er geen belang bij hadden om de buitenwereld binnen te halen. Nog een oorlog, en dan met verwondering vaststellen dat het verleden niet meer overeind staat. Gelukkig. Of toch niet, want het was het soort verleden dat de toekomst had opgeslokt.)

Toen Elisabeth bij de naaister haar witte jurk aanpaste was Juffrouw Maria onaangenaam getroffen, het kwam haar ongepast voor dat een boerenkind dergelijke uitstraling bezat.

Op de terugweg deed ze een onhandige poging om een gesprek aan te knopen (het was eerder een ondervraging) en moest toegeven, het kind had iets. Een hele week liep ze te wikken en te wegen.

Tenslotte ging ze voor haar spiegel zitten en doopte de kam in het regenwater. Ze trok een scheiding in haar haren, en zag in plaats van haar bleke gezicht Elisabeths liefelijke kopje, een en al romigheid, onder de gazen sluier. Er waren voldoende redenen om zich het lot van het kind aan te trekken, maar als Elisabeth lelijk was geweest had de Juffrouw haar niet opgenomen.

De oudste broer werd ingelicht toen het meisje al met haar bundeltje kleren in de gang stond. Ongeveer op dezelfde wijze waarop de Juffrouw hem had verteld dat de zwerfkat die op de sofa zat voortaan hun huisdier was. (Kan ze muizen vangen? had de rustend notaris gevraagd.) Hij keek haar niet-begrijpend aan: 'Hebben we nog een meid nodig?' Grimmig zag Juffrouw Maria hoe de jongste broer Elisabeth taxeerde. Hij zei dat hij ook wel een jongetje wilde als zij er een meisje op na hield. 'Een jongen is geen meisje,' antwoordde Maria. Hij protesteerde door in de bar in te breken en zoveel cognac en port achterover te slaan dat hij uitgerekend voor haar slaapkamerdeur moest overgeven.

Voor belangrijke zaken vergaderden de drie in het kantoor van hun vader. De oudste broer was ertegen om Elisabeth als huisgenote op te nemen. 'Dat soort moet niet verder dan de keuken geraken,' zei hij. 'Wie weet wat dat kind zich in het hoofd haalt?' De jongste broer hing als een meelzak in een fauteuil en speelde met zijn sigarettenkoker. 'En daarbij, dat stoort bij het werk,' besloot de rustend notaris. 'Wat voor werk?' vroeg Juffrouw Maria. Waarna hij zoals altijd dreigde het huis te verlaten. De Juffrouw strekte haar magere hals en keek naar de portretten van het koningshuis, die achter het bureau hingen. 'Het geeft niet, Juffrouw,' had Elisabeth met neergeslagen ogen gezegd. Ze stond in haar nachtjaponnetje voor het bed, terwijl achter de deur bulkend werd gebraakt. Er was niet veel voor nodig om de jongste broer voor onbepaalde tijd naar zijn jachtvelden te laten verdwijnen. Juffrouw Maria schreef brieven naar relaties in verschillende steden, of ze een oogje in het zeil wilden houden, maar ze maakte zich geen al te grote zorgen over wat hij uitspookte. 'Als zijn krediet op is komt die slijmerd wel met een geslepen staart weer naar huis,' zei ze tegen de oudste broer. Toen werd het tijd voor de pastoor om naar haar plannen te informeren. Hij draaide het steeltje van zijn glas tussen duim en wijsvinger. Het was 'lovenswaardig' dat zij het kind een opvoeding wilde geven, maar was het niet verstandiger haar op een goed adres onder te brengen in plaats van zichzelf last op de hals te halen? Juffrouw Maria zweeg. Dus wees hij haar erop dat ze aan het welzijn van haar broers moest denken: 'Men moet de kat niet op het spek binden.' Hij snoot luidruchtig zijn neus. De Juffrouw liet hem devoot uit. Ze had zo haar eigen ideeën omtrent Elisabeths toekomst.

* * *

Driemaal per week stond de vloer onder water. De ruiten blonken. Elisabeth schrobt alsof ze het vel van Pams armen wil schuren. En wringt het puntje van de natte handdoek in Pams oren, tot die ervan piept. Maar zaterdags werd de kachel opgestookt en ging de knip op de deur. Net of er mos aan de binnenkant van de houten tobbe groeit. Het water is heet. Pam probeert een voet, en dan de andere, en laat zich langzaam zakken. Alsof de adem je vergaat. Dan komt het welbehagen. Ze laat zich drijven, spat met water, maar ondertussen kan ze haar ogen niet van Elisabeth afhouden. Alles rond en roze en zacht. Hapklaar. Als ze zit komt het water tot aan haar tepels, haar borsten lijken te vlotten. De krullende haartjes in haar nek, het zeewier onder haar oksels. Het putje van haar navel in de welving van haar buik. En de pareltjes water in het pubishaar. Er is precies genoeg van alles en niets te veel. Ze sluit de ogen en laat haar hoofd achteroverhangen. Pam is er haar dankbaar voor, want die verwrongen mond hoort niet bij dat gave lichaam. De handen ook niet. Er zitten kloofjes aan de binnenkant van de wijsvingers, en de huid is rood en gesprongen. Elisabeth zucht, maar het is geen wanhopige zucht. Pam heeft een scherp gehoor voor zuchten gekregen, en heeft geleerd het zalige ogenblik niet met ongepaste opmerkingen te verstoren. 'Word ik ook zo?' had ze eens gevraagd. Elisabeth stond zich met de rug naar haar toe af te drogen. Ze liet de handdoek zakken en draaide zich traag om. ‘Hoe?’ ‘Nou zo,’ zei Pam. ‘’t Is te hopen van niet,’ zei Elisabeth, en de avond was bedorven.

Op geregelde tijden komt er een mal mens op bezoek. Haar voeten steken als platte schuiten onder de enkellange rokken uit. Tot de kin dichtgeknoopt in zwart, en daarboven een bleek hoofd. De neuspunt hangt over de kin. Ze heeft reusachtige vliegeogen die alle kanten op kijken. Haar handen zijn koud. Van ver lijkt ze op een zeilende bezem. ‘Daar heb je die verdorde muis weer,’ zegt oom Irme. Als Juffrouw Maria het huis nadert is Elisabeth zoek. Ze gaat op het puntje van een stoel zitten wachten. Op haar schrale borst draagt ze niet een, maar twee kruisen. Pam heeft ze een scapulier gegeven. ‘Het lichaam is mij ontsnapt maar de ziel zal ik redden,’ zegt ze tegen Pams grootmoeder. Elisabeth ziet er altijd slecht uit. De Juffrouw vraagt of ze begrijpt dat dit een deel van de straf is. Maar er is nog veel goed te maken. ‘We moeten allemaal ons lot dragen.’ Als ze weg is kwakt Elisabeth het pakje afgedragen kleren tegen de muur. ‘Waar is je moeder?’ vraagt Juffrouw Maria. ‘Naar Parijs!’ flapt Pam eruit. ‘Dat komt ervan!’ De Juffrouw houdt niet van moderne kinderen. Ze verschijnt aan het bed waarin Pam ligt uit te zieken. Haar kromme vingers betasten onophoudelijk het laken. ‘Als het aan mij lag, zou je mogen terugkomen,’ zegt ze tegen Elisabeth, ‘maar we moeten aan hierboven denken,’ de vinger priemt naar het plafond. Pam slaat de armen om Elisabeths hals en gaat als een aapje tegen haar borst hangen. In het langgerekte gezicht van de Juffrouw bewegen onvermoede spiertjes.

Als de duimschroeven te hard werden aangezet sloeg Elisabeth door en vlogen de kopjes door de kamer. Ze is al twee keer opgenomen. Pam heeft bij maanlicht haar gezicht bestudeerd, en ja hoor, ook als Elisabeth slaapt grijnst ze. Met een aardappelzak onder de knieën zit ze te wieden. Pam inspecteert de jonge aardappelplanten op coloradokevers. ‘Laat de Juffrouw wegblijven,’ zegt ze. ‘Het is ook maar een sukkel.’ Elisabeth kijkt niet op.

Als Juffrouw Maria moet sterven gaat ze haar helpen. Pam komt niet verder dan de keuken van het herenhuis. Elisabeth zegt vluchtig gedag, ze heeft roodbehuilde ogen. De Juffrouw wil niet in het familiegraf begraven worden en ook niet in eeuwige eigendom, maar gewoon in een gemeentegraf dat na twaalf jaar wordt geruimd. Ze wil geen schoenen aan of dingen die traag vergaan. Het geld gaat naar een tehuis voor ongehuwde moeders, en de rest is voor Elisabeth. Hebben de mensen weer wat om over te praten. Drie weken na Juffrouw Maria's begrafenis stond er schuim op Elisabeths lippen. Ze werd door gendarmes en verplegers de ambulance in geslagen. Patiënte is zogenaamd gewelddadig. In een tuin vol heiligenbeelden en rododendronstruiken wandelt ze mompelend, met de blik op halfzeven. Almaar hetzelfde kringetje, als een hamster in een molentje. Er zijn nog meer vrouwen die in het luchtledige gebaren of tegen geestverschijningen praten. Ze dragen gestreepte schorten of grauwe nachtjaponnen met mouwen die voor de borst worden gekruist en op de rug geknoopt. Elisabeth kent niemand meer. 'Ze is kalm,' zegt de zuster. De familie laat haar onbekwaam verklaren en neemt het beheer van de erfenis over. Als Elisabeth later een nieuw gebit nodig heeft is er geen geld voor. Alles is op. Gekkenhuizen zijn duur. Maar men koopt zonder ophef, en met geld op tafel, de pachthoeve. En grond toe. De verwezenlijking van een oude droom. 'Nu zijn we gerust, we zitten op ons eigen,' zegt Elisabeths broer. Dat is nog niet zo gek bekeken.

Een lastig mens. Ingesteld op ongeluk. Chronisch depressief. 'Terneergeslagen': een diagnose die Pam aan motregen doet denken. Eindeloos klagen. Bedpreken. Kan de zon niet in het water zien schijnen. Schamper. Een zure martelares. Weigerde het oordeel. Maar begaf zich zonder aarzelen in de afgronden van de straf. 'Mijn lot.' Ticketje uit de loterij. De simpelste mededeling werd een aanklacht. Op den duur stond de hele wereld bij Elisabeth in het krijt.

* * *

Geen man zou Elisabeth aanraken. Daar stond Juffrouw Maria borg voor. Ze zou elk spoortje van koketterie uitvlakken. Elisabeth zou een modelmaagd worden. Dat was de Juffrouw ook, maar van zichzelf vond ze het geen verdienste. Ze was niet van plan Elisabeth altijd bij zich te houden, ze wilde meesteres van haar doen en laten blijven maar als het meezat zou ze het meisje in een klooster onderbrengen, de bruidsschat betalen en een lange neus tegen de geest van haar vader maken. Zo huiveringwekkend simpel was dat. Juffrouw Maria kon niet voorzien dat ze van Elisabeth zou gaan houden. Aanvankelijk was Elisabeth bang voor haar, en de broers waren zulke vreemde mannen, ze werd er verlegen van. Maar het huis beviel haar meteen. De marmeren vloeren, de staatietrap, de hoge ramen. De pronkkamers met eiken en notelaren meubels die naar bijenwas geurden. De rust en de stilte die tijdeloosheid suggereerden. Voor het eerst had ze een eigen kamertje. Weliswaar een kleedkamer, door de Juffrouw uitgekozen omwille van de verbindingsdeur met haar eigen slaapkamer zodat een eventuele insluiper eerst over haar lijk zou moeten klimmen, maar dat kon Elisabeth voorlopig niet schelen. Ze had haar eigen kast en wastafel, en 's avonds lag ze alleen tussen de kraakverse lakens. Ze ontdekte verrukt dat er huizen waren waar op gezette uren eten op tafel kwam, verzorgd en lekker, en zoveel je maar wilde. (Voor het jansenisme was gulzigheid alleen in seks zonde.) Het duurde even voor ze doorhad dat het niet netjes is om je vol te proppen. Juffrouw Maria liet Elisabeth vooraf in de keuken proeven zodat de oudste broer, die zelf beleefd zat te schrokken, zijn wenkbrauwen niet hoefde te fronsen. Het was tegen zijn zin dat Elisabeth mee aanzat, en hij liet dat merken door over haar heen te kijken en zijn zuster in het Frans aan te spreken. Elisabeth begreep uit deze schermutselingen dat de Juffrouw haar verdedigde, en ze deed haar best om niet uit de gratie te vallen, want ze wilde niet terug naar huis.

Met tegenzin gaf Juffrouw Maria het meisje toestemming om haar familie te bezoeken. Maar ze had zich geen zorgen hoeven te maken, Elisabeth voelde zich algauw vreemd tussen haar broers en zussen. Ze lachten haar uit en zaten met hun vuile vingers aan haar kleren. Haar vader knikkebolde en deed alsof hij haar niet herkende, en haar moeder barstte in tranen uit. Elisabeth keek naar de rommel en de kapotte stoelen, en zonder het te weten keek ze ernaar met de ogen van Juffrouw Maria. Het ergste was de geur. Elisabeth had een fijne neus gekregen. Een neus die gestreeld wilde worden door delicate geuren, bijvoorbeeld van wildbraad en lavendel, en niet gebruuskeerd door zweet en aal. Ze trachtte iets voor haar familie te doen, breide van uitgehaalde wol truitjes in ajoursteek voor de zussen, en vermaakte afgedankte gordijnen. Maar het breiwerk vond geen genade en de gordijnen hingen binnen de kortste keren schots en scheef.

Elisabeth begon te geloven dat ze het opzettelijk deden, dat ze niet anders wilden leven. De zussen staken de draak met dat mooie juffertje, en de broers zouden achteraf zeggen dat ze haar genoeg voor die fijne lui hadden gewaarschuwd. Wat niet waar was. Haar moeder begon haar verwijten te maken. Het was alsof ze alles wat ze te kort was gekomen op Elisabeth wilde verhalen. Ze beklaagde zich over haar verloren jeugd, over de liefde die ze niet had gekregen, over de ellende, en niet het minst over haar vroegtijdig vervallen lichaam. 'Elk kind kost me een tand,' ze had de middelen niet om een kunstgebit aan te schaffen, en voor tussenkomst van het ziekenfonds was ze te jong. Dat kon Elisabeth niet helpen, maar het was alsof ze door deze dochter het hopeloze van haar situatie inzag. 'Wat verdien je?' vroeg ze terwijl ze heel goed wist dat het kind tegen kost en inwoning was afgestaan. Nu was Elisabeth geen lammetje, en de visites gaven aanleiding tot onverkwikkelijke scènes. Juffrouw Maria zat op rozen.

Elisabeth was leergierig en paste zich vlug aan. Lakens zomen en meubels in de was zetten, koffie malen en koekjes op een schaaltje presenteren, ze deed alles even bevallig. De Juffrouw was tevreden. De rustend notaris vond nog altijd dat een koetshondje evengoed voor gezelschap had kunnen zorgen, maar hij draaide langzaam bij. Hij bleef 's avonds wat langer in de woonkamer zitten, zogenaamd om de krant te lezen, maar eigenlijk om van de sfeer te genieten. Elisabeth zachtroze beschenen door de lamp, bordurend of voorlezend, het was een genoegen dat hij zichzelf graag toestond. Hij ontdekte dat zij een regelmatig handschrift had en liet haar oude akten kopiëren. Hij bezat een uitgebreide verzameling, en Elisabeth deed het graag. De plechtige taal waarin de akten waren opgesteld beviel haar, en ze had het gevoel een belangrijke taak te verrichten. De oudste broer wilde haar een geldstukje toestoppen, maar Juffrouw Maria wees hem terecht en vroeg scherp aan Elisabeth of ze misschien een orgelaapje was? Voortaan kreeg ze een reep chocolade na het kopiëren, maar ze was ongetwijfeld gelukkiger geweest met wat zakgeld. In de salon zat een speelgoedbeest, een voorloper van de teddybeer, in zijn eigen crapaudtje. Hij had een zachtbruine vacht met afgesleten randjes en een blauwe strik om zijn hals. Een souvenir uit de kinderjaren. Elisabeth beging de vergissing de oudste broer als een onschadelijk speelgoedbeest te zien, een mopperende teddybeer.

Tussen de Juffrouw en het meisje ontstond een voorzichtig vertrouwen. Maar Juffrouw Maria kon Elisabeth niet begrijpen omdat ze haar altijd als een mindere bleef zien, en dat was jammer. Elisabeth had met de Juffrouw te doen. Ze was zo lelijk en wereldvreemd en zo gesteld op haar onverzettelijkheid dat ze verkommerde van eenzaamheid. Ze dacht indruk te maken met haar preken en merkte niet dat de mensen haar in het gezicht uitlachten. 'Vogelverschrikker!' riepen de kinderen. Ze zou een gat in haar tong gebrand hebben als ze vrijdags vlees had gegeten, maar ze vocht met de pastoor een prestigeduel uit waarbij de partijen elkaar van kleingeestigheid beschuldigden. Juffrouw Maria had heilig kunnen worden met een andere verbinding, maar de heren van de haar gegeven kerk dreven haar tot rebellie. Ze vroegen de juiste dingen om de verkeerde redenen, en ze had de indruk dat de pastoor haar bekeek als een kip die geen eieren kon leggen, en dat zijn sympathie uitging naar de zondaars in plaats van naar de rechtvaardigen. ('Vlees noch vis,' had hij een oude vrijster genoemd. Ze vroeg zich met alle verschuldigde eerbied af wat hij dan zelf wel was.) Elisabeth mocht de pastoor ook niet maar ze had een goed ontwikkeld gevoel voor machtsverhoudingen. De Juffrouw maakte zich belachelijk. En al kon ze haar bril niet vinden zonder Elisabeths hulp, dat veranderde niets aan de bestaande toestand. In de kerk moet ze aan haar linkerzijde zitten (op een stoel met biezen zitting, terwijl de Juffrouw op rood fluweel knielde), als er visite komt de kopjes ronddragen en haar borduurwerk laten inspecteren. Elisabeth moet de buitenwereld tonen wat Juffrouw Maria van haar kan maken.

Maar 's avonds wordt onveranderlijk de sleutel tweemaal in het slot van de tussendeur omgedraaid, iedere maand moet ze haar stapeltje maandverband ophalen, en voor het minste om vergiffenis vragen. De Juffrouw neemt Elisabeth mee uit naar de moeder-overste van het klooster, maar ze heeft geen haast. Elisabeth is goed gezelschap en ze spreekt haar nooit tegen. Het ontgaat haar volkomen dat Elisabeths volgzaamheid niet de gehoorzaamheid van een mindere is maar de toegevendheid van een meerdere.

In die tijd werden ook de eerste symptomen van Elisabeths ziekte zichtbaar, de dodelijke ernst, en de melancholie die haar zo breekbaar mooi maakte en die Juffrouw Maria zo beviel maar die haar zou slopen.

Met zestien stak ze haar haren op en legde brede zomen in haar rokken. De Juffrouw was ongenietbaar, ze foeterde op de lengte van de rokken, die na de oorlog een flink stuk korter waren geworden. 'Nu moet je haar wegdoen,' zei de rustend notaris. Juffrouw Maria aarzelde. Ze gaf Elisabeth een allegorie cadeau, om boven haar bed te hangen. Een mooie jonge vrouw omringd door putti, en een lelijke oude vrouw die haar de spiegel voorhoudt. 'Schoonheid vergaat' stond eronder. Wist de Juffrouw veel. Terwijl zij lag te snurken zat Elisabeth voor de spiegel en borstelde haar haren. Honderd slagen. Ze trok haar nachtjapon uit en hief haar armen om de stevigheid van haar borsten te controleren. Ze wrong zich in allerlei bochten om een stukje van haar rug te zien. En bood aan om samen met de werkster de slaapkamers een grondige beurt te geven, zodat ze zichzelf ten voeten uit kon bekijken in de grote kleerkastspiegel van Juffrouw Maria. De werkster lachte en zei: 'Pas op, daar komt de Juffer,' als ze stappen op de trap hoorde. Elisabeth piekerde er niet over om non te worden, ze wilde trouwen. Een eigen huis, met meubels als in *La vie moderne*, en als ze kinderen kreeg, niet meer dan twee, zou ze die op haar eigen wijze opvoeden. En een man wilde Elisabeth, een man met gladgeschoren wangen en gave tanden, een beschaafde man die niet zou vloeken of met de vuist op tafel slaan. Een man die voldoende zou verdienen, ze wilde geen armoede. En die man zou van haar houden. En al bloosde Elisabeth in het donker en trok ze het laken over haar hoofd, ze wilde liefde, en al die dingen waaraan je niet mocht denken maar die ze zich toch voorstelde, als het zoetste dat er was, een soort van algehele verzoening, waarna je voor altijd en eeuwig met elkaar verbonden was. Ook voor Elisabeth was liefde de grote witmaker. De lessen van Juffrouw Maria hadden minder indruk op haar gemaakt dan het huwelijk van haar ouders, maar het ene met het andere vergelijkend, was armoede voor haar inherent aan een verwerpelijk driftleven, en rijkdom aan innig samenzijn. Elisabeth zou levenslang volhouden dat ze van hem hield, en dat hij haar liefhad!

Uit Parijs kwam een lichtzinnige prentbriefkaart, die de jongste broer opzettelijk zo had verzonden dat de Juffrouw ze wel moest onderscheppen. Hij kwam vaker naar huis en bleef langer. Op een keer verscheen hij met plakharen en een dun snorretje, 'een vrouwentreiterke'. Juffrouw Maria had het onkuise ding het liefst met een pincet haartje voor haartje uitgetrokken. Maar hij had zijn bijnaam al te pakken. Rudolf Valentino! Het hielp niet dat zijn zuster het schandaal meer vreesde dan de dood.

Juffrouw Maria en de oudste broer leidden een teruggetrokken leven. Ze gingen niet uit en ontvingen zelden bezoek. En als er mensen kwamen waren dat altijd dezelfde bejaarde neven en nichten. Voor Elisabeth was er niets aan. Ze voelde de tijd verglijden en werd wanhopig. Ze had het gevoel te zullen stikken in dat stille huis en trage dorp waar nooit iets gebeurde. Er bestond een andere wereld vol opwindende dingen, en zij wilde daarbij zijn. De jongere broer was niet de man van haar dromen maar hij was wel de enige die beschikbaar was. Hij verveelde zich en kocht een grammofoon. Juffrouw Maria verbood hem Elisabeth te leren dansen. Argentijnse tango's weerklonken. Hij bleef tot elf uur in bed liggen en verlummelde zijn dagen. Hij kreeg ruzie met zijn broer, en zijn zuster liep kippig door de kamers. Ze mopperde op sigarettepeuken en drankmisbruik. 'Wat moet ik anders?' riep hij quasi dramatisch. Voor de grap maakte hij Elisabeth het hof. Dat noemde hij bij zichzelf: onder de duiven van mijn zuster schieten. Hij gaf haar een flesje parfum en een paar handschoenen en trachtte dat provinciaaltje het hoofd op hol te brengen met zijn verhalen over het Parijse theater. Hij schreef grappige brieven aan zijn vrienden, en die moedigden hem aan. Er werden weddenschappen afgesloten. Maar hij schrok van het gewicht dat Elisabeth aan zijn losse complimenten toekende.

De oudste broer wist zijn rust bedreigd en wilde ingrijpen, maar het duurde weken voor hij tot een besluit kwam, en toen was de jongste broer alweer verdwenen. Hij bleef soms maanden weg, en Elisabeth deed in die tussentijd zo gewoon dat hij dacht zich wat te verbeelden. Maar in stilte vervolmaakte Elisabeth het beeld van haar flierefluiter. Hij was niet lichtzinnig, hij was vrolijk. Hij was geen dronkelap, hij verveelde zich. Hij had geen avontuurtjes maar was op zoek naar de enige ware. Enzovoort. Ze sloop naar zijn kamer en drukte haar hoofd in zijn kussens. Ze vroeg Juffrouw Maria het fotoalbum nog eens in te kijken, om haar tot familieverhalen te verleiden. Ze voelde zich niet schuldig tegenover de Juffrouw omdat ze haar ervan verdacht de grootste hinderpaal voor haar droom te zijn. Ik ben zeker niet goed genoeg. Ze houdt haar broers eronder om het geld. Vooral als Juffrouw Maria vriendelijk voor haar was had Elisabeth zulke gedachten nodig. Bovendien leed ze onder de wankelmoedigheid van haar aanbidder. Hij kon goed praten, maar als het tot daden kwam bleef het bij een kuise aai en een vluchtig zoentje. Bang dat hij zijn vingers zou branden. Er was wel wat meer voor nodig om tot een verloving te geraken. En als Elisabeth voorzichtig in die richting manoeuvreerde nam hij de benen. Ze begreep het niet, zag haar achttiende verjaardag in het verschiet en werd desperaat.

Juffrouw Maria was zichzelf niet. Ze was prikkelbaar en sentimenteel. Om het geringste liep ze te huilen, ze zag alles nog donkerder in dan gewoonlijk en verdroeg niets. Nu eens lijkbleek, dan weer vuurrood. Zo mogelijk nog magerder. Ze wilde van geen dokter weten tot ze op een dag in februari, het sneeuwde, met een klap flauwviel tijdens de vroegmis. Ze schaamde zich voor de vertoning, en nog meer voor de rare vrouwenziekte die ze bleek te hebben. Een leven van onthouding, waarin ze haar buik niet eens had bekeken, en daar openbaarde haar verdrongen baarmoeder zich als een gezwel. Ze voelde zich te kijk gezet. Alsof ze werd gestraft voor heimelijke zonden. Ze bedankte voor het bezoek van de pastoor, en verschoot van kleur toen ze van de dokter te horen kreeg dat de operatie dringend was. Haar protest was zwakjes. Elisabeth verzorgde haar voorbeeldig. Juffrouw Maria was zo hulpeloos, ze verging van de pijn, en verwenste haar onderlijf. En ze treurde. Ze was niet maagdelijk geboren en besefte het. Na de ingreep was haar toestand ernstig en de oudste broer verzond een telegram: 'Overkomst dringend gewenst!' Elisabeth moest bij het ondertekenen zijn hand vasthouden.

Twee dagen later stond Rudolf Valentino op de stoep. Hij keek somber. De Juffrouw overleefde de ingreep kranig, zij het tegen haar zin. Ze herstelde traag. En ze was alweer drie maanden thuis toen ze ontdekte dat Elisabeth zwanger was.

* * *

Van Elisabeth moet je wel houden om haar te kunnen verdragen. Pam is er niet zeker van dat ze die onvoorwaardelijke liefde kan opbrengen. Avond na avond ligt ze naar het geweeklaag te luisteren. Het gelamenteer is zo in tegenspraak met de warmte die Elisabeth afstraalt, dat ze tegen haar aan kruipt en de oren dichtstopt. Maar als ze wilde kon Elisabeth ook zwijgen als het graf. Een slecht teken.

Op een nacht schrok Pam wakker omdat ze het met Juffrouw Maria aan de stok had. De Juffrouw bevond zich in de buurt van het portret dat Elisabeth haar aanwees. 'Weet je nog, ik droeg mijn witgroen gestreepte japon, en zijden kousen, die had ik van hem gekregen. Ben ik niet mooi? En dat kon jij niet hebben, wat heb ik je eigenlijk misdaan? Je mag je lekkere broer houden, ik moet hem niet. Ik ben helemaal in mijn eentje zwanger geworden. Ga maar dood, ga allemaal maar dood.' Ze begon te lachen tot ze huilde. Pam nam het hoofdkussen onder haar arm en verdween naar een veiliger bed. Maar Juffrouw Maria verlegde haar actieterrein naar de schemer van de stallen of verborg zich achter de karneton. Elisabeths moeder verbrandde alles wat aan de Juffrouw had toebehoord en besprenkelde de bedreigde plaatsen met gewijd water. Maar het duurde nog een hele tijd voor de Juffrouw het opgaf.

Elisabeth is geen boerin. Ze heeft een hekel aan het werk en houdt niet van dieren. Als de herfstregens de binnenplaats in een slijkzee veranderen staat ze in het ovenbuur de varkensslobber te roeren. Pam wordt aangetrokken door het vuur in het donkere huisje maar moet kokhalzen van de lucht van gekookte aardappelen en meel. 'Zo zie je wat ik moet verdragen,' teemt Elisabeth, en sjokt met de overlopende emmers naar de stallen. Het huis staat haar tegen. Het is te bewerkelijk. 'Er is geen eer aan te behalen.' Zondags stapt ze in haar aftandse kleren naar de kerk als een geknakte lelie. Ze zit op het strafbankje zo opzichtig te lijden dat het op hoogmoed gaat lijken. Second-hand Rose. Nergens is Elisabeth op haar plaats, en van haar weggroeiend begint Pam te vermoeden dat ze het opzettelijk doet. Het wordt haar weliswaar niet gemakkelijk gemaakt. De familie laat geen gelegenheid voorbijgaan om haar te vernederen. Haar moeder gebruikt haar als meid voor alle werk en onderschept elk pleziertje. De broers vinden haar een belachelijk schepsel, en de koppelende zusters zijn beledigd als ze een weduwnaar met vijf kinderen afwijst. Er wordt continu over haar heen gelopen.

Maandenlang, ja soms jaren, laat Elisabeth zich op haar kop zitten. Alsof ze ervan geniet. Terwijl haar gezicht almaar verkrampter gaat staan speelt ze de demi-vierge. De klachtenstroom wordt onverdraaglijk, ze krijgt allerlei nerveuze aandoeningen. 's Nachts zit ze met wijd open ogen naar het portret te staren. Tot om een kleinigheid de uitbarsting volgt. Dan gooit ze een ketel kokende soep naar haar broers of krabt haar zusters de ogen uit. Eenmaal gaat ze zelfs haar moeder te lijf. Het scenario is bekend, de dokter geeft een kalmerende injectie en ze wordt afgevoerd.

Algemene verontwaardiging. Alleen als ze een crisis krijgt wordt Elisabeth ernstig genomen. En als ze in de psychiatrische kliniek wezenloos met de handen in de schoot zit, volgt al vlug het schouderophalen. 'Niemand kan haar helpen als ze zichzelf niet helpt,' zegt de dokter.

* * *

Elisabeth is vierentwintig als de tweede wereldoorlog uitbreekt, en het kan haar geen barst schelen. Als een naburig dorp wordt uitgemoord en iedereen op de vlucht slaat, blijft zij rustig waar ze is. 'Dat ze mij maar komen halen.' Voor haar part wordt het land tot poeier geschoten. Bij een huiszoeking springt ze met haar zelfgemaakte kazen in haar schort door het keukenraam en rent het veld in terwijl de kogels haar om de oren vliegen. Dat werkt bevrijdend. In het laatste oorlogsjaar sterft haar vader. Bevend in zijn stoel, waarin hij vochtige plekken achterlaat, onwijs lachend, en naar rokken grabbelend. Met droge ogen gaat Elisabeth naar de uitvaart. 'Een voorbeeldig huisvader,' prijst de pastoor. 'Wees blij dat je ervan af bent,' zegt ze tegen haar jammerende moeder. Maar als de vrede losbarst stort zij in. De loze beloftes van een nieuwe tijd breken haar zuur op. In het dorp worden meisjes die alles van liefde maar niets van politiek begrepen, uit ontmantelde huizen de straat opgedreven. Ze worden uitgejouwd en met vuilnis bekogeld. Twee mannen houden een meisje vast en moedigen een vrouw aan om haar in het gezicht te spuwen. Elisabeth strijkt haar haren overeind, knoopt haar blouse los en sluit zich aan bij de stoet. Ze loopt tussen de gemolesteerde vrouwen tot een broer haar bij de arm grijpt: 'Wat voer jij hier uit, wil je ons te schande maken?' Ze rukt zich los en blijft tussen de legervoertuigen zwerven om toe te kijken hoe de oorlogsbuit tussen de benen wordt genomen. Volkomen van streek wordt ze twee dagen later teruggevonden. 'Als de hele wereld gek wordt hoef je nergens meer van te schrikken', de dokter schudt het hoofd.

Wat later neemt Elisabeth Pam onder haar hoede, al klopt het kind aan geen kanten met haar voorstelling van een geslaagde baby.

Bleek, met een kaduuke schedel, als zij de moeder was geweest had ze het uit menslievendheid de nek omgedraaid. 'Meisjes zijn er altijd te veel,' placht ze te zeggen. Tegen beter weten in bleef ze proberen Pam te veranderen in een mollige baby met een krullekopje, moeders mooiste, zoals haar eigen kinderen er ongetwijfeld hadden uitgezien. Ze bleef maar aan de gang met voeden en baden, tot Pam ging krijsen van zoveel gefrustreerde moederliefde. Maar toen ze begon te praten was Elisabeth de eerste mens die echt, zij het hoofdschuddend, naar haar luisterde. En ze kon venijnig uitvallen als iemand zich op de verkeerde wijze met Pam ging bemoeien. (Als ze hoort dat Pam een middag lang met een naald zonder draad door haar rokzoom heeft moeten prikken om haar eens en vooral het gebruik van de vingerhoed in te prenten, gaat ze op school protesteren. De kinderen jouwen haar uit en gooien met stenen, maar Elisabeth kijkt niet op of om.)

Ook Pam slaagt er niet in haar voor de toekomst te interesseren. 'Loop niet in je ongeluk' is haar onveranderlijke afscheidsgroet. Maar als ze na een lange afwezigheid met een plagend: 'Ik scheur van de honger' het huis binnenvalt, schuifelt Elisabeth met de oude bezorgdheid naar de keuken. 'Je bent veel te mager.' Met opgeschroefd enthousiasme zit Pam te vertellen maar ze ontwijkt Elisabeths ogen. Op de schoorsteen groeit het rijtje medicijnen. 'Gooi die rommel toch in de vuilnisbak!' 'Jij hebt goed praten.' Televisiebeelden van betogende vrouwen. Voor liberalisering van abortus. Lachende gezichten. Baas in eigen buik! 'Nu moet je kijken, die zijn volslagen gek geworden!' De oudste broer tikt met zijn wijsvinger tegen het voorhoofd. Elisabeth draait de knop om. 'Als het d'heren in hun kraam past hebben ze er zoveel moeite niet mee!'

De leeftijd waarop aantrekkelijkheid geld gaat kosten. Waarop er iets moet gebeuren voor het te laat is. Maar Elisabeth zit vast. Kan of wil niet meer. Het laatste kind dat ze verzorgt is haar moeder. Het oudje is bang. Elisabeth mag haar geen ogenblik alleen laten. Ze hangt letterlijk aan haar rokken. En Elisabeth laat zich dat welgevallen. Voorbij zijn de ruzies. Ze snijdt het brood in dobbelsteentjes en voert haar. Ze kamt de dunne haren in een staartje en steekt ze op. Ze draagt haar naar bed als een pop, 'oogjes toe', en blijft bij haar waken. 'Als het te zwaar wordt...' zegt de dokter. 'Ze mag er haar tijd voor nemen, ik ben niet gehaast,' antwoordt Elisabeth. Maar als het dan toch gebeurt slaat ze haar handen voor de ogen en roept haar broers: 'Doe iets of we zijn onze moeder kwijt!'

Het telegram kwam te laat. Pam staat met Elisabeth in de slaapkamer en kijkt naar het lege bed waarin zoveel kinderen zijn verwekt. Gedragen vertelt Elisabeth hoe het sterven is verlopen. 'Van het ene ogenblik op het andere was ze weg, zomaar onder mijn handen.' Maar plotseling slaat haar stemming om. 'En nu laat ze mij hier met die twee sufferds achter en kan ik voor alles opdraaien!' De verwijten rollen eruit, kleine en grote dingen, Elisabeth is niets vergeten en heeft haar wrok zorgvuldig opgespaard. Ze rukt de sprei van het bed en klopt op het hoofdkussen alsof ze haar onzichtbare moeder wil raken. Pam tracht haar te kalmeren. Prompt keert Elisabeth zich tegen haar. Het is de eerste en de laatste keer, maar het kan tellen. Zij heeft haar verzorgd en alles voor haar gedaan. Maar Pam geeft niet om haar. Ze lacht haar achter de rug uit, net als de rest van de familie. Ze is geen haar beter dan haar moeder, die het kind zo vlug mogelijk had gedropt en er niet meer naar omgekeken. 'Voor mij de last maar geen zeggenschap!' En wat zou er van Pam terechtkomen? In plaats van iemand te worden ging ze trouwen! 'Heb ik mezelf daarvoor opgeofferd?' Ze was blij dat Pam haar kind niet was!

Pam reed trillend van woede honderdvijftig kilometer voor ze bij een wegrestaurant stopte en haar zonnebril in de wc liet vallen. Ze veegde de tranen uit haar ogen en zei hardop tegen de gevlekte spiegel: 'Ach wat, ze is niet goed snik, ze weet niet wat ze zegt.' In haar verwarring vergat ze de vrouw wat te geven. De kelner riep haar terug, en ze wilde brutaal weigeren. Maar de vrouw stond daar met de poetslap in de hand en keek haar verwijtend aan. Dat is opzettelijk zo geregeld, dacht Pam, en betaalde het dubbele.

* * *

Toen Elisabeth begon te gillen legde Juffrouw Maria haar hand op de lege plek in haar buik en begon moeizaam de trappen te beklimmen. In het nauw gedreven had de jongste broer er de voorkeur aan gegeven zichzelf te verhangen. De clandestiene huwelijksreis waarmee hij Elisabeth zo lang zoet had gehouden werd afgelast. Het complex van burgerlijke zelfverdediging trad in werking. De Juffrouw stuurde de meid weg en liet de rustend notaris roepen. Ze gaf Elisabeth een klap en sloot het venster. Onhandig probeerde eerst Juffrouw Maria en dan haar broer het touw – het zijden koord van een kamerjas – door te snijden. Elisabeth werd verplicht te helpen bij het stutten en in bed leggen van het lichaam. Daarna werd de dokter bewerkt voor de overlijdensakte. De jongere broer was overleden 'door hartstilstand onder druk van een depressie'. Van zelfmoord was geen sprake. De pastoor was lastiger. Hij liet zich niets wijsmaken en eiste het volle pond voor een begrafenis 'binnen de muren'.

Er ontstond nog enige ontsteltenis over het traditionele groeten van de dode. Om praatjes te voorkomen durfde men de kist niet te sluiten, maar het probleem werd elegant opgelost door hem in wandelkostuum te kleden, met een sjaaltje om zijn hals. Zo lag Rudolf Valentino erbij in zijn beige pak en dat bordeauxkleurige sjaaltje dat de Juffrouw zo wuft vond, als een verkleurde dandy. Maar dat kon de buren er niet toe bewegen om in het schemerdonker bij hem te waken. Zelfmoordenaars, dat wist het kleinste kind, brachten ongeluk. Elisabeth werd naar de zolder verbannen, waar ze het meidenkamertje kreeg, tot ze zes maanden later zonder ophef naar huis kon. Het kind werd nooit geboren.

Aangemoedigd door de afwezigheid van Juffrouw Maria, en door de rustend notaris die opeens de andere kant op keek, had de jongste broer het spelletje met Elisabeth voortgezet. Knietjes onder tafel, gescharrel op de gang, lange brieven per kamerpost. (Hele stukken uit Franse romans, wat Pam er veel later van zou overtuigen dat Rudolf Valentino een ordinaire bedrieger was.) De verveling van lange zomermiddagen als gangmaker van de hartstocht. Elisabeth voelde dat haar aanbidder aarzelde, maar hij zwoer dat hij haar liefhad, en daar had zij hem aan gehouden.

Op een avond sloop ze naar zijn kamer, en trok met een aandoenlijk gebrek aan raffinement haar nachthemd over haar hoofd. De jongere broer klappertandde zowat uit zijn bed. Hij was altijd bang geweest, eerst voor de broekriem van zijn vader, daarna voor de stalen vingers van de pater-surveillant, en later voor de strikvragen van zijn professoren. Hij had een examen afgelegd en het studeren opgegeven. In het dorp ging hij door voor een man van de wereld, maar de verbeelding is het halve werk. Met de vrienden naar het bordeel durfde hij niet. Als hij eraan dacht hoe vrouwen konden lachen met wijd open mond, koerend en uitdagend. Hoe ze het hoofd in de nek wierpen. Hij hield niet van vrouwen. Eenmaal had hij bij een mager hoertje een halve nacht met zijn hoofd in haar schoot liggen snikken. Het meisje had gedaan alsof ze het normaal vond. 'Huil meer eens flink uit.'

Elisabeth was mooi, en heerlijk onwetend, en ze had die hang naar het theatrale. Ze luisterde naar zijn verhalen en verslond zijn brieven, zij had hem alleen niet ernstig moeten nemen. Ze deed hem aan een broedse kip denken. En hij wilde zich niet binden. Wat Elisabeth zich ook mocht hebben voorgesteld, het pakte anders uit. Maar toen ze haar nachthemd over haar hoofd trok, gebruikte ze niet eenvoudig de grote middelen, ze gaf zich ook over in naam der liefde, en daar had haar twintig jaar oudere minnaar geen ervaring in. Het werd een povere geschiedenis. De teleurstelling zou Elisabeth bijblijven, maar ze kon niet terug en paste haar droom aan. De verlangens op een laag pitje. Het kind zou veel moeten goedmaken. De jongste broer droomde dapper mee, zolang alles maar geheim bleef. Er werd een ring gekocht, en de gelieven lieten zich – apart – fotograferen. De fotograaf kwam zo onder de indruk van Elisabeth dat hij uit eigen beweging een vergroting maakte en de foto bijkleurde. Het zou haar hele uitzet blijven.

Juffrouw Maria stond voor haar met het stapeltje maandverband, en Elisabeth glimlachte. 'Die heb ik niet nodig,' zei ze. 'En de volgende maand dan?' De Juffrouw voelde zich plotseling belachelijk. 'Het is niet waar,' fluisterde ze. 'Toch wel,' antwoordde Elisabeth met zachte aandrang. Juffrouw Maria hief haar hand op alsof ze haar wilde slaan, maar het stapeltje maandverband viel voor haar voeten, ze draaide zich op haar hielen om en sloot zich op in haar slaapkamer. Elisabeth leek zeker van haar zaak maar ze kon alleen maar hopen dat haar onzekerheid door de feiten was achterhaald. Juffrouw Maria piekerde zich suf. Hoè is het mogelijk, dacht ze, nauwelijks heb ik mijn rug gekeerd of ik word bedrogen. Waren al haar lessen vergeefs geweest? Had ze zich op Elisabeth verkeken? En wat moest er nu gebeuren? Van een huwelijk kon geen sprake zijn, het gaf geen pas dat de zonde zou lonen. En de financiële trojka zou uit elkaar vallen. Maar het geld was haar grootste zorg niet, ze dacht aan de praatjes en voorvoelde de spot. En het kind zou Elisabeth een meerwaarde verlenen. Misschien werd het wel een jongen. Het was een teer punt, vlak na de operatie die van haar voorgoed een Juffrouw had gemaakt. Een peettante! Ze verdroeg de gedachte niet. Juffrouw Maria keek naar het plafond. Hij hield niet van welgestelde burgers, Hij gebruikte ze maar zegende ze niet. Ze hoefde er haar stamboom maar op na te kijken. Kortademige lui verwikkeld in een moeizame strijd om een erfzoon. Wat bij anderen vanzelf ging wilde bij hen niet lukken. Het bezit groeide naarmate ze met uitsterven werden bedreigd. Waar was dat goed voor? Misschien was dat ongewenste kind een teken? Een sadistische vader die zijn streken verborg achter een streng beleid. De Juffrouw schrok van zichzelf. Moeizaam kwam ze tot het besluit Elisabeth tot de geboorte in een tehuis voor ongehuwde moeders onder te brengen. Ze zou haar passend werk bezorgen. Het kind moest ze afstaan. Juffrouw Maria aarzelde, '... en als ik het adopteerde?' Elisabeth was een kruis, maar ze zou het dragen. De Juffrouw knapte weer wat op maar ze had zich de moeite kunnen besparen.

'Wat is hier aan de hand? Ben je ziek?' vroeg de oudste broer. 'Elisabeth is zwanger.' Achteraf zou Juffrouw Maria wensen dat ze op dat ogenblik haar tong had ingeslikt. 'Van wie?' vroeg hij koud. 'Het is van Sylvain,' fluisterde ze en zag dat hij zoiets al vermoedde. 'Bon,' zei hij, 'ik zal hem erover aanspreken.' Geen spoor van de hulpeloosheid die hij tijdens haar ziekte had vertoond. Het was alsof haar vader voor haar stond. 's Avonds liet hij haar in het kantoor roepen. De Juffrouw had een hol gevoel in haar maag. 'Die idioot geeft het toe en er zijn bewijzen', hij trommelde met zijn vingers op het schrijfblad van zijn bureau, een gewoonte die hij niet meer zou afleren. 'Het een of het ander,' zei hij, 'of ze trouwt zo vlug mogelijk met een van die boerenlummels die niet beter vragen, of we moeten zorgen dat er niets uit voortkomt.' 'Dat mag niet', Juffrouw Maria hield haar buik vast. 'Het zal wel moeten,' zei de oudste broer. Voorzichtig ontvouwde Juffrouw Maria haar plan maar hij onderbrak haar. Of ze helemaal zot was geworden? Als Elisabeth niet wilde trouwen met een geschikte partij wist hij wel een adres om de familie de schande te besparen. Het tehuis kon ze vergeten. 'Van zo'n kind blijft altijd wat hangen,' zei de rustend notaris. En had ze er al bij stilgestaan dat het evengoed een jongen kon zijn? Voor Sylvain stond hij dan niet meer in, best mogelijk dat hij het kind zou erkennen, en wat dan? Of dat zo erg was? vroeg de Juffrouw timide. De oudste broer liep paars aan. Straks krijgt hij nog een beroerte, dacht Juffrouw Maria. 'Geen cent krijgt dat hoerenjong, geen halve cent, heb je dat goed begrepen?' Hij schuimbekte als zijn vader in zijn beste dagen. Had hij zich daarvoor alles ontzegd, was hij daarvoor op dat klotedorp blijven zitten met een bidsprinkhaan en een halve gare? Ter plekke doodvallen kon ze, geen poot zou hij uitsteken, van zijn geld bleven ze af! Ze kon maar beter ophoepelen voor hij een ongeluk beging. Zij en niemand anders droeg de schuld van heel die geschiedenis. Magere teef! En nog veel meer fraais had hij geroepen, maar Juffrouw Maria stond al in de gang en zag de meid vlug de deur van de keuken dichttrekken en de jongste broer de trap oplopen.

Omdat hij toch goed op dreef was begon de rustend notaris meteen Elisabeth te bewerken. Ze was nog altijd niet bang voor hem. Hij sprak haar aan als een kind, schold haar vervolgens voor hoer, maar veel bereiken deed hij zo op het eerste gezicht niet. Elisabeth leek zich niet te schamen, en toen hij vroeg of ze het zeker wist glimlachte ze. Mijnheer wist toch dat zij 's avonds naar de kamer van zijn broer ging? 'Weten en weten is twee,' zei hij, ze hoefde daarom toch niet zwanger te worden? En weer glimlachte Elisabeth. Hij werd razend en beschuldigde haar ervan dat ze het opzettelijk had gedaan. Voor het geld. En dat ze geen zier om zijn broer gaf. Dat nam Elisabeth niet. Mijnheer mocht dan niet weten wat dat betekende, maar zij hielden van elkaar en zouden trouwen. De jongste broer had de toestemming van zijn familie niet nodig. 'Maar jij wel,' zei de rustend notaris. Elisabeth haalde haar schouders op. Het kind zou er toch komen, met of zonder huwelijk, en dan zaten ze met een bastaard opgescheept. Tot zover deed ze het uitstekend. Met zwaaiende vuistjes kwam hij op haar af. Maar Elisabeth was een flink stuk groter, en misschien bedwong hij zichzelf ook wel om al die jaren dat ze samen akten hadden gekopieerd. Hij sloot haar op en liet zich naar de hoeve rijden. Dat was wel zijn grootste beproeving. De vader zat in een rieten stoel in het zonnetje en tekende met de punt van zijn wandelstok figuurtjes in het zand. Hij vertoonde een onwijs lachje, dat de rustend notaris aan de glimlach van Elisabeth herinnerde. De moeder slaakte een kreet en verdween huilend in het huis. Ze wilde niemand meer zien, was trouwens zelf zwanger. Tenslotte zeiden de oudste broers dat hij maar moest handelen naar eigen goeddunken. En dat zal ik, dacht hij grimmig. Hij was er ondertussen van overtuigd dat hij zijn naam van degeneratie moest redden. Onvoorstelbare toestand. De rustend notaris sloot even de ogen. Hoe konden mensen in zo'n konijnehok leven? Voor zover er ooit van verwantschap sprake was geweest had hij die bij deze opgezegd. Hij overschreed zijn portrantsoen en riskeerde een galblaasaanval.

De rustend notaris wist niet goed hoe hij zijn broer moest aanpakken. Om een zekere verlegenheid te verbergen was de omgang tussen hen altijd formeel gebleven. In geldzaken gaf de jongere broer hem al gelijk voor hij was uitgesproken. Dat was vleiend, en hij behartigde de familiebelangen zo goed als hij kon. Meer dan eens had hij zijn broer voortgeholpen. Hij herinnerde zich een jongetje dat met een kort hemdje boven zijn blote billetjes op de vensterbank van de kinderkamer stond te huilen. De meid was hem daar vergeten, en hij durfde er niet afspringen. Altijd de zwakste. Behalve als het om 'die dingen' ging. ('Seks' was nog niet in omloop.) Er hing om de jongste broer een broeierig sfeertje. Geheime afspraken. Billets doux. Spiegelkamers. De pluchewinkel die de oudste broer eerder afstootte dan aantrok. En die hij heimelijk verbond met het uiterlijk van zijn broer. Rudolf Valentino. Die naam had hij warempel niet gestolen! Tikje verwijfd ook. Zijn grootste zorg was altijd geweest dat de jongste broer nog eens aan de verkeerde kant zou blijven hangen. Dat gevaar leek nu wel bezworen.

Het wuftste voorwerp dat de rustend notaris zich kon voorstellen was een kouseband. Afgezet met zwarte kant en bekroond met een rood-witte kokarde. Dat beeld hinderde hem als hij in zijn functie van keurmeester (een eretitel, hij wist niets van paarden af) het winnende dier zo'n ding aan het hoofdstel moest spelden. Hij vermoedde dat zijn broer ervaring had met dingen die buiten zijn voorstellingsvermogen lagen maar waarin een man zich ook moest bewijzen. Bedremmeld zocht hij een uitweg door als vanouds over geld te beginnen. De jongste broer had slecht geslapen, er zaten violette schaduwen onder zijn ogen. Hij luisterde allang niet meer toen de ander hem in detail het verlies begon voor te rekenen. Hij kon hem het vrijen met Elisabeth niet verwijten, dat viel onder het gewoonterecht. En als hun zuster niet zo dwaas was geweest had men dat zaakje onder mannen geregeld, maar nu had de meid praats gekregen en dreigde het schandaal. 'Ze kennen hun plaats niet meer', de rustend notaris zag de toekomst somber tegemoet. En wat kon er uit zo'n ongelukkige verbintenis voortkomen? Hij hield een verhandeling over de onverenigbaarheid van standen als een racist over rassenschande. Verder had hij niets op Elisabeth aan te merken, en ze was mooi, dat zag hij ook wel, hij kon zijn broer begrijpen, maar haar gedrag sprak voor zichzelf. Als zij haar zin kreeg werd het bezit verdeeld en kwamen zij aan de bedelstaf, goed, hij overdreef, maar het zou toch een klap zijn en de goede naam van de familie bederven. Bovendien kregen Juffrouw Maria en hij geen enkele compensatie. Was de jongste broer de afspraak vergeten? Geen vreemde zou van het vergaarde profiteren. 'Vader zou zich omdraaien in zijn graf.' Een streng maar rechtvaardig man was hij geweest, die altijd het beste met hen voorhad en in de eerste plaats aan de belangen van de familie dacht. De oudste broer pauzeerde. Hij kon niet toestaan dat zijn broer het geluk vergooide. Hadden zij het niet goed samen? Ontbrak het hem aan iets? Had hij niet altijd begrip opgebracht voor zijn behoeften? Hun zuster kon weleens zeuren, daar was het een vrouw voor, maar zij hadden elkaar toch altijd met een half woord begrepen?

Hij verzon een gezamenlijke jeugd, schilderde de gevaren van de oorlog waaraan ze waren ontsnapt, en ging zo ver hem de geneugten van een rustige oude dag voor te stellen. 'Een voor allen en allen voor een!' De rustend notaris trommelde ontroerd op het schrijfblad. De leden van het koningshuis glimlachten in hun vergulde omlijsting. Maar de jongere broer zweeg. En omdat hij geen weerwerk kreeg draafde de oudste broer maar door. Wilde zijn broer hun afkomst verloochenen voor de twijfelachtige genoegens van een boerenjuf? Vrouwen genoeg, het was dwaas je te binden aan een meid die met je geld mooi weer wilde spelen. 'De weelde is haar naar het hoofd gestegen!' De oudste broer zuchtte. Hij wou zichzelf niet vrijpleiten, hij had veel eerder moeten ingrijpen, maar vrouwen onder elkaar, kom daar eens tussen! Enfin, het was gebeurd, en zoals de zaken er nu voorstonden was het belangrijkste dat er niets uit voortkwam. Want een kind, daar blijft altijd wat van hangen. 'Ik heb zulke gevallen gekend...' Dat mocht de jongste broer de familie niet aandoen. Hij zou van schaamte door de vloer zakken, en hun zuster met haar zwakke gezondheid. 'Spreek met Elisabeth en laat haar verstaan dat er van trouwen niets in huis kan komen. En dan hoef je je verder nergens meer iets van aan te trekken, zij zal goed worden verzorgd, daar sta ik borg voor.' Hij keek zo plechtig als een lijkbidder.

Dodelijk vermoeid sloeg de jongste broer zijn ogen op: 'Zij zal niet willen.' 'Ze moet, of versta je me niet?' riep de rustend notaris. 'Zij moet, en je krijgt vierentwintig uur om te zorgen dat het in orde komt!' Zonder omkijken verliet de jongste broer het kantoor. De rustend notaris greep naar zijn hartstreek en belde de meid om een cognacje. Zoiets ging niet in je kouwe kleren zitten! Maar hij was niet ontevreden over zichzelf.

De jongste broer wierp zich in zijn verduisterde kamer op bed. Hij luisterde naar de grammofoon en rookte opiumsigaretten. Zolang tot hij ging zweven. Om het uur schoof de meid een briefje van Elisabeth onder de deur. Eerst beangstigde hem dat maar weldra liet hij haar noodkreten ongelezen op de vloer liggen. Hij kon zich niet voorstellen wat er was misgegaan. Een mooi meisje met zachte wangen dat naar hem luisterde, de grappen van zijn vrienden, Maria stervende maar als het eropaan kwam zo taai als een ezelin, lange middagen in dat dorp dat naar mest rook, de achterkant van de wereld, er gebeurde nooit wat, zoenen, die vage spanning was wel prettig, en dan die verwarde nachten dat hij met een vrouw bezig was, of zij met hem, dat was achteraf niet meer uit te maken, zo gaat dat, zo doen ze het, had hij gedacht, hij keek 's morgens niet meer in de spiegel en verbrandde zijn gedichten, een stervend dichter, bij het verval had hij zich allang neergelegd, het leven was vermoeiend en bracht weinig vreugde, hij begreep niet waarover de mensen zich zo druk maakten, zolang ze zweeg vond hij Elisabeth lief, een leuke baby was hij geweest, bloot met zijn engelenkopje op de schapevacht, maar zijn vader wilde een man van hem maken en zijn krullen moesten eraan geloven, zijn moeder huilde en duwde hem van zich af, ze wilde niemand meer zien en ging dood, hij was vijf jaar, zijn amandelen werden geknipt, hij was misselijk van de chloroform en moest braken, rauwe keel, harde banken hadden ze op school, de pater liep langs de bedden, op je rug slapen met je handen boven dek, bij het medisch onderzoek had de dokter in zijn broek gekeken en de voorhuid opgestroopt tot hij jankte, je moet jezelf wassen, jongen, had hij gezegd, het was winter geworden en zijn vader had hem over de bevroren bietenvelden gejaagd, op gevaar af dat zijn paard de benen zou breken, de doorgezeten draf, de gestrekte galop, hij raakte uit cadans, in tweeën gekliefd, ondraaglijke pijn, liet zich met gesloten ogen vallen, heerlijk was dat geweest, toen hij bijkwam boog zijn vader zich over hem, onmiddellijk had hij de ogen weer gesloten, als je geluk had kreeg de meid medelijden, kop warme melk met suiker, streek met haar hand over je buik, warmde je voeten in haar schoot, ruimte genoeg bij die vrouwen, Maria had haar weggestuurd, tien vreselijke dagen in het leger voor hij werd afgekeurd, zijn broer was officier geworden, de vrienden waren vrolijk en platzak, als je niet meelachte en geen geld had lieten ze je links liggen, Ronald pronkte met een sief maar het lekte uit dat het niet waar was, hij was de dichter, hij verdroomde zijn woorden, poëet van mijn voeten, zijn broer vond hem een luiaard, voor Maria wilde hij niet deugen, het meisje rook naar kaneel en nu was ze zwanger, zo ging dat, arme Elisabeth, ze had zijn hand op die plek gelegd en hem aangekeken met van die hondeogen, hij kon het niet helpen, de ijskoude werkelijkheid, het gebibber van de sneeuwhaas, wat kon hij doen, troost van haar lauwe mond, ze was in een nacht wijs geworden, haar verlangen was sterker, een kind wil zekerheid, kleverige vingertjes, hij had haar in alles gelijk gegeven om ervan af te zijn, vlucht naar Parijs, clandestien liefdesnest, alles wat je maar wilt, zeg mij wat je hartje begeert, ik ben de grote tovenaar, volgende aflevering van het feuilleton, Madame Bovary c'est moi, het was al eens eerder geschreven maar dat wist ze niet, eigen schuld, moest ze hem maar niet geloven, vraag en u zal gegeven worden, ze vroeg erom, een sigaret, fraaie vertoning had zijn broer weggegeven, trillende handen, zakdoek tegen de slapen, je zou niet denken dat hij het in zich had, zat hem onder zijn façade vreselijk te knijpen, angst van anderen luchtte op, broerlief, je bent een mooie jongen, waarom maak je je nou zo druk, zal ik Elisabeth eens sturen, die aait je over je bolletje, ter zake, ja schreeuw niet zo, opdringerige voorstellen verraden een gebrek aan stijl, de ijzeren maagd bleef onzichtbaar, liet een ander met het bijltje hakken, ook lelijkheid had zijn charmes, als je het maar niet aan het ontbijt tegenover je kreeg, als je die twee dames hun zachtgekookt eitje zag leeglepelen moest je bij de een aan een malse dooier denken en bij de ander aan een lege dop, hihi nu was hij toch echt méchant, hij hield zo van die geniepige gedachtengangetjes, hij was niet dom, zou hij de deur op slot doen, waar kwam die lijfreuk vandaan, waren het zijn oksels, of zijn kruis, hij wilde niet liggen stinken, een sigaret om te kalmeren, hoe laat zou het zijn, beminde broeder en zuster, hij tellen en zij bidden, genoten zijn ellende, weet je het al van, daar waren ze dol op, nu zaten ze zelf in de puree, net goed, hij kon het meisje niet meer onder ogen komen, aan de binnenkant van zijn linkerarm zat een moedervlek, die wilde hij weleens wegwassen.

En zo vond Elisabeth hem volkomen ontredderd voor de wastafel. 'Het merkteken van de duivel,' mompelde hij. Zij bedekte de vlek met talkpoeder, stopte hem in bed, gooide de ramen open, en bleef bij hem waken tot de meid haar kwam halen. Het beslissende moment werd uitgesteld.

Tussen vier en vijf drong de morgenkilte de kamer in en wekte de jongste broer. Hij wankelde naar het open raam en bleef plotseling staan alsof hij een ingeving kreeg. De kou deed hem rillen. Een hopeloos helder moment. Lukraak begon hij papieren bij elkaar te graaien en in een champagne-emmer te proppen, maar het vuur bleef smeulen en hij verloor zijn geduld. Door het raam? Hij keek naar de natte kasseien, zijn hekel aan de dorpsstraat was te groot. Hij dacht aan het etui met de gekruiste pistolen, maar dat zat achter slot en grendel. Het bureau van zijn broer openbreken?

Hij mocht geen geluid maken, stel dat ze hem zouden betrappen. Misschien lieten ze hem wel opsluiten, die waren tot alles in staat. Hij beproefde zijn scheermes, het was te bot, hij zette het aan op de riem, en toen hij zich zo in de spiegel zag zitten kreeg hij het te kwaad met dat belachelijke snorretje en kraste het van zijn gezicht. De droge huid begon te bloeden, het liep in straaltjes naar zijn mondhoeken, hij likte eraan: walgelijk. Hij gooide het mes op de grond. Aandachtig onderzocht hij de kamer. Hij zag de vleeshaken in de balk en grinnikte. Daar hingen vroeger de gerookte hammen in hun katoenen hoezen. Zijn vader bepaalde wanneer ze rijp waren, en wee je gebeente als je er aanzat. Dat was erger dan de boom van goed en kwaad leegplukken. 'Ik hang je aan de balken!' Harde handen en een stem als de donder. Hij zou de familie eens op een goede grap trakteren. Gejaagd sleurde hij stoelen en een bankje aan voor de stellage. Het moest voldoende stevig zijn om erop te klimmen en wankel genoeg om de troep onder je weg te schoppen. Hij lachte, het was alsof hij zijn hele leven niets anders had gedaan. Hij hield even op en luisterde, maar het bleef stil in huis. Terwijl hij een geschikt touw zocht – lakens waren te dik en sjaaltjes te dun – merkte hij dat er iets aan zijn arm ontbrak. Hij wreef en de moedervlek verscheen. Pokkepuist, zei hij en plooide dubbel. Als hij begon te huilen was alles verloren. Beneden sloeg een deur dicht, de meid die naar de vroegmis vertrok. Hij greep de gordel van zijn kamerjas en legde handig als een padvinder de eerste knoop, de tweede was lastiger, maar het hield. Aan Elisabeth dacht hij bepaald niet toen hij aftrapte.

* * *

Buiten de rustend notaris had niemand die nacht goed geslapen. Juffrouw Maria wist niet beter of Elisabeth en de jongste broer waren tot een redelijke oplossing gekomen. De oudste broer had haar op dat punt gerustgesteld. Haar eigen voorstel hield ze als een slag om de arm. Ze zat Elisabeth aan het ontbijt op te wachten en was onaangenaam getroffen bij de ontdekking dat er nog niets was geregeld. Elisabeth was toch met de jongste broer gaan praten? Jawel, maar hij sliep. 'Ga onmiddellijk naar boven en kom niet naar beneden voor de affaire uit de wereld is,' zei ze streng. Een paar minuten later begon Elisabeth te gillen. De Juffrouw hield de meid tegen en beklom moeizaam de trappen. De jongere broer bengelde zachtjes op de tocht. Te laat besefte Juffrouw Maria dat hij dit altijd al had willen doen, en ze haatte hem.

Elisabeth had met haar scherpe gehoor geluiden opgevangen die ze niet thuis kon brengen, ze vermoedde onheil, maar doodmoe was ze blijven liggen. Het had ook geen zin om op te staan, de deur zat stevig op slot. Na de lange nacht kwam de miezerige morgen, maar het daglicht gaf haar weer vertrouwen. Nog even volhouden, dacht ze.

Toen ze Juffrouw Maria het nog warme lichaam zag knijpen, was ze tot zichzelf gekomen. De Juffrouw kon zich niet langer beheersen. Elisabeth gilde weer, maar anders, smartelijker, ze begon te begrijpen wat haar overkwam. 'We moeten snel handelen,' zei de oudste broer. Juffrouw Maria klopte haar rokken af, liep op Elisabeth toe en legde een hand op haar mond. Bijna een vriendelijk gebaar. Elisabeth begon te huilen. 'Ik zal hem zelf afleggen,' zei de Juffrouw, en nam Elisabeth mee om voor warm water en verse lakens te zorgen.

Na de begrafenis ontving de rustend notaris de oudste broers van

Elisabeth. Ze kon wat hen betreft wel weer naar huis komen maar voor het kind wilden ze niet opdraaien, tenzij er een regeling werd getroffen voor onderhoudsgeld, of een spaarbankboekje op naam. De rustend notaris trommelde met zijn vingers op het schrijfblad. Zijn broer was verongelukt om niet met Elisabeth te moeten trouwen. Het was haar schuld. Hij verwachtte geen dankbaarheid, maar wie had zich zoiets kunnen voorstellen? Zijn leven was gebroken, en hij vreesde voor zijn zieke zuster. Elisabeth had de familie onnoemelijk veel verdriet aangedaan. Ze waren haar niets verschuldigd. Het was niet bewezen van wie het kind was, en dan nog, waren er niet voldoende sukkels op de wereld? De mensen zouden Elisabeth met de vinger nawijzen. Ze moesten hun verstand gebruiken, als ze een ander leven wilde beginnen was het beter dat er niets uit voortkwam. Indien Elisabeth redelijk was wilde hij dat wel op zich nemen, niet omdat hij zich verplicht voelde maar om haar te helpen, en omwille van de nagedachtenis van zijn broer. 'Ik zal jullie op de hoogte houden,' besloot hij. De broers tikten tegen hun pet en staken de sigaar achter hun oor.

Er zijn ongewenste en niet-gewilde kinderen. De niet-gewilde worden ons toch opgedrongen maar de ongewenste, die belangen zouden kunnen schaden, verdwijnen zonder een spoor na te laten. Enkel de moeder wordt schuldig bevonden.

Dat zou Elisabeth vlug genoeg ondervinden. In een gesloten rijtuig werd ze naar de stad gebracht. Maar ze merkte weinig van de boulevards, de theaters en de achterbuurten. Het was een neutrale straat. De rustend notaris had beloofd dat hij haar goed zou laten verzorgen, maar toen het eenmaal zover was legde hij de nadruk op snelheid en discretie, en vooral: het mocht niet te veel kosten! Elisabeth was jong, ze moest maar op haar tanden bijten. 'We doen het tenslotte niet voor ons plezier,' zei hij. Het uitstapje werd nog drie keer herhaald. Ze hield er een ontsteking aan over die haar voorgoed onvruchtbaar zou maken. (Een drama. Pam heeft haar haaknaald in de wei verloren. Elisabeth is in alle staten. 'Slordig kind, weet je hoeveel onheil daaruit kan voortkomen? Als een koe dat ding opeet gaat het als een priem door haar magen en verstopt haar darmen. Het begint te etteren en ze geeft bloed af. Maar als wij dat merken is het te laat en moet ze worden afgemaakt.' Op haar knieën kruipt Pam naast Elisabeth om de wei per vierkante centimeter af te zoeken.

Laat me alsjeblieft die rotnaald terugvinden, dan maak ik in één keer het kussen af, bidt ze.) Gealarmeerd door de meid kwam Juffrouw Maria naar haar kijken. Elisabeth lag te klappertanden van de koorts. Hardnekkig begon de Juffrouw haar te verzorgen. 'We zouden allemaal wel willen doodgaan!' zei ze. Over de echte uitknijper werd in dat huis niet meer gesproken.

Elisabeth bleef tot de officiële rouwperiode voorbij was. Een verwrongen gezicht, tegelijk zielig en wrokkig. Een aangetaste schoonheid. Ze at in de keuken en deed haar werk als een geest. Ze was zo tam dat de rustend notaris elk moment een mes tussen zijn ribben verwachtte. Hij was opgelucht dat ze de deur uitging.

Verwijten noch tranen schenen Elisabeth te beroeren. Ze verwaarloosde zichzelf en zat in een hoekje aan haar haren te pulken. Ze viste er een uit haar wrong, draaide het om haar vinger en trok het met een ruk uit. Haar moeder liet het haar knippen, maar het was niet zo veel meer waard en werd verkocht voor poppehaar. Prompt kreeg Elisabeth een nieuwe tic, ze plukte haar wimpers en at ze op. 'Je bent de eerste niet die zoiets overkomt, en je zal de laatste niet zijn,' zeiden haar zusters. 'Zet haar aan het werk,' beaamden de broers. Het mocht niet helpen. Elisabeth deed niet de minste moeite om zich aan te passen, integendeel, ze concentreerde zich op haar onaangepastheid. De toekomst werd afgeschreven, ze plaatste zichzelf buiten de tijd. Maar elk etmaal telde vierentwintig uren van zestig minuten, die ze seconde per seconde moest zien door te komen. Het leven bleef zich eindeloos uitrekken. Ze was geen gewillig slachtoffer, en ze liet zich niet afschepen, maar aan wie moest ze genoegdoening vragen? In een bui pakte ze de pastoor aan. Ze had er genoeg van om als een boetelinge in het verdomhoekje te zitten. Hij leidde haar geschrokken bij de arm de kerk uit, en kwam 's middags met opgestoken zeil naar de hoeve. Hij voelde met haar mee, hij bood haar zijn christelijk medeleven aan, ze was misleid, maar evengoed medeplichtig, dat kon ze niet ontkennen, haar familie in opspraak gebracht, de goede naam van haar weldoeners geschonden, hij veroordeelde niemand, maar er waren onherstelbare dingen gebeurd, nee, hij wilde niets meer horen, het was zo al erg genoeg, en de betrokkenen zouden hun straf evenmin ontlopen, hij keek naar zijn bottines, Elisabeth had haar lichaam, de tempel van haar onsterfelijke ziel, ontheiligd, en ze kende haar plaats niet, de duivel had zich van haar hoogmoed bediend, ze moest zich in nederigheid oefenen, het hoofd buigen en vertrouwen, niet in hem, of toch ook in hem, maar dan als afgezant van hierboven. Hij wees naar het plafond. Berouwvol en voorbeeldig, een steun voor haar ouders, zo wilde hij haar voortaan zien. Blozend van voldaanheid vertrok hij. Elisabeths moeder huilde.

Vijfenveertig jaar later stapten drie oude mannen om haar kist heen, en eentje predikte over het zaad dat op de rotsen viel. Boekhouders hebben het langste leven. Pam had die morgen als bezeten alle bloemenwinkels afgewerkt, maar nergens vond ze witte rozen. Wel witte met een roze randje. Dat moet dan maar, dacht ze.

* * *

Een kamertje in een kamertje is Elisabeths kleerkast. De sleutel hangt in het sleutelgat, je moet hem oplichten voor je kunt draaien. De rechterdeur zwaait open alsof er van binnenuit een onzichtbare hand tegen duwt, de linkerdeur is vergrendeld met twee pinnen, een onder en een boven, om de bovenste los te trekken moet je op een stoel klimmen. Tussen de openstaande kastdeuren is het donkerder dan in de rest van de kamer. Een kruidige geur omhult je. Verveine, koriander, muskus, santal, rozemarijn en lavendel: er schuilt ook iets bloemachtigs in. Haar geur. Hij zit niet aan maar in de dingen. Het is bijvoorbeeld voorstelbaar dat hij uit de poriën van het notehout komt. Ook bij Elisabeth zelf is hij niet rechtstreeks waarneembaar maar waar ze gaat laat ze haar luchtje achter. Als een spoor. Bij het baden of ’s morgens even voor het ontwaken is het heel sterk. En tijdens de siësta, op warme middagen, als zij met een arm onder het hoofd gebogen ligt te rusten, vermengt de geur zich met het zweet uit haar oksels, maar als ze eenmaal weer aan het werk is, is hij weer verdwenen. Als Pam tussen de kastdeuren staat sluit ze haar ogen om hem nog intenser te ondergaan. Alleen een vrouw kan zo ruiken, en van alle vrouwen alleen Elisabeth.

(Toen alles voorbij was bleef het gemis aan haar geur Pam plagen. Met de neus boven een parfumflesje trachtte ze het beeld van die verdronken akker te verdringen. In greppels glom onbeweeglijk water, en wat verder stond een handjevol mensen met hun rug naar het graf te wachten tot de kist werd neergelaten. Ze verbeeldde zich een zachte plons te horen. De regen stroomde neer, maar in de bomen zongen de vogels. Vroege lente. De opluchting was algemeen. Uit haar lijden verlost enzovoort. Niemand die zich er nog druk om kon maken dat zij daar lag, alleen, met wijd open ogen. Ze had het sterven te lang gerekt. Pam bleef teruggaan naar de kleerkast, ontelbare keren, zoals in haar dromen. Tot Elisabeths dood werkelijkheid werd. En dan bleek de kleerkast een ding zonder waarde, maar de geur was onverminderd daar. Die zou pas met de kast verdwijnen. Het krankzinnige verhaal van het maagdelijk lichaam dat niet in ontbinding overging maar naar bloemen bleef ruiken terwijl het van het plafond rozeblaadjes sneeuwde. De naam van de heilige was ze vergeten. Maar het was het juiste ogenblik om de kast voorgoed te sluiten. Daarna werd de geur een herinnering. Tot iemand zijn lippen tegen haar huid drukte. Wat ruik je heerlijk. Waarlijk de enige keer dat Elisabeth weer glimlachte, lief, en zonder de achterbaksheid van het portret.)

In het linkervak hangen kleren die ze nooit draagt, er is een hoedenplank met een paar ongelofelijke exemplaren, en in de schoenendozen op de bodem liggen nieuwjaarsbrieven en foto's. Het rechtervak is verdeeld met planken waarop stapeltjes ondergoed, zakdoeken en kousen liggen. Er zijn ook drie laden met prullaria. Lege poederdozen, haarspelden en linten, maar ook pennen en postpapier. Pam snuffelt bij voorkeur in deze laden, en op een keer trekt ze de middelste la zo ver uit de kast dat ze moet wrikken om haar er weer in te krijgen. Plotseling valt achterin een luikje open, daarachter was een nis verborgen, waarin zo te zien brieven liggen. Geschrokken klapt ze het luikje dicht en schuift de lade ervoor. Het valt haar dan pas op dat deze la korter is dan de andere twee. Er gaan enkele dagen overheen voor ze het aandurft om naar het mechanisme dat het luikje bedient te zoeken. Maar hoe ze ook met de lade manipuleert, er gebeurt niets. Ze is er zo intens mee bezig dat ze nog maar net de kast kan dichtgooien, de voetstappen zijn vlakbij.

'Wat spook jij hier uit?' vraagt Elisabeth. Het duurt een hele week voor het wasdag is. Elisabeth pompt emmers water en sleept ze naar het washok, waar een wasmachine met houten kuip staat. Boven op die kuip zijn twee rollen aangebracht die tegen elkaar in draaien en waartussen het natte linnen wordt geleid om het zeepsop eruit te persen. De rollen worden door een handslinger aangedreven, een werkje dat Pam meestal op zich neemt (tenminste voor de kleinere stukken, bij een laken draait de slinger zo stug dat ze hem niet rond krijgt), maar die maandag drukt ze zich.

Wachten tot Elisabeth en grootmoeder volop aan het werk zijn en dan de kleerkast aan een grondig onderzoek onderwerpen. Het is vrij simpel, onder de middelste lade zit een hendel die je omlaag moet drukken, om erbij te kunnen moet je de lade zo ver mogelijk uittrekken. Voorlopig volstaat dat. Pam loopt er zo triomfantelijk bij dat Elisabeth haar wantrouwend gadeslaat. Maar er gaat nog een hele tijd voorbij eer ze een hand naar de brieven uitsteekt. Verboden terrein. Aanvankelijk begrijpt ze er ook niet veel van. Er staan zulke vreemde dingen in: hunkerende lippen en smachtende ogen, bespottelijk en spannend, en achteraf een vies gevoel. Alsof ze in een verslijmende slak heeft getrapt. Maar ze laat geen gelegenheid voorbijgaan om naar de kleerkast te sluipen.

Verborgen tussen de openstaande deuren leest ze gejaagd, ze durft nooit lang en schrikt van elk geluid, bovendien wordt ze gehinderd door een heimelijk windje dat door het gat in de buitenmuur strijkt, en door het portret dat haar nooit zo gluiperig toelacht als wanneer ze de kastdeuren sluit. Pam moet er warempel van blozen.

Voorheen hoorde klagen bij Elisabeth als nat bij regen, maar het had verder niets te betekenen en je kon er rustig bij inslapen, maar na het lezen van de brieven is Pam wel verplicht naar haar te luisteren. Zo ontstaan er verbanden. En wordt het gif opgeslagen. In haar hoofd een geheim vakje waarvan het luikje 's avonds openvalt. Zonder jou kan ik niet leven. Zonder jou besta ik niet. Schrikbarende regels. 'Het is te zwaar om te dragen,' zucht Elisabeth. Tussen gedroogde viooltjes ligt een portret van een man met een slangesnorretje en ogen die je smachtend zou kunnen noemen. Pam begint vragen te stellen. 'Dat hoeven kinderen niet te weten', maar zo makkelijk komt Elisabeth er niet van af. 'Is het waar dat Rudolf Valentino op Juffrouw Maria leek?' 'Wie heeft je dat wijsgemaakt? Hij was juist heel knap!' 'Hoe dan?' Aarzelend begint Elisabeth erover dat hij zulke verzorgde handen had, en een zegelring droeg, maar Pam onderbreekt haar. 'Wat voor kleur ogen?' Het blijft even stil. 'Grijsachtig blauw', en Elisabeth begint te huilen. Maar goed dat het donker is. 'Was het een nietsnut zoals oom Hendrik zei?' Ze ging bijna het bed uit. 'Het was een heer, daar begrijpen boeren niets van.' 'Wat deed hij dan?' 'Reizen en naar het theater gaan.' 'Ja maar, zo gewoon alle dagen?' 'Hij dacht veel na, en hij hield van mooie dingen.' Dat spreekt Pam wel aan. 'Maar was het waar dat hij geen meisje met rust kon laten?' 'Wat weten zij daarvan?' Hij droeg haar foto op zijn borst toen hij stierf. De mensen waren klein, maar ze wisten niet beter. Later als Pam groot zou zijn, zou ze haar tante begrijpen.

Elisabeth was niet meer van deze wereld in zo'n bui, en Pam haakte af. De laatste keer dat ze het geheime vakje doorzocht vond ze twee strengen haar, kastanjebruin en zwart, die met elkaar waren vervlochten. Ze roken muf. Pam stopte ze in haar zak om ze later in de rivier te keilen. Er waren andere tijden aangebroken.

* * *

Die houdt niet van zichzelf. Leeft tegen haar zin. Nog niet volslagen gek maar goed op weg om het te worden. Daar heb je haar weer. Altijd die ouwe koeien uit de sloot halen. Hoe lang is dat nu al geleden? Zo kunnen we allemaal wel blijven klagen. Geen mens die daar nog wat van weet. Heb je gezien hoe ze erbij loopt? Voelt zich te goed. Wat weet dat mens van het leven? Had ze maar beter uit haar ogen moeten kijken. Zij maakt daar een roman van, maar die kerel was het doodslaan niet waard. Gelukkig heeft ze nooit kinderen gekregen. Die had je eens moeten zien toen ze jong was. Mooi, en ze wist het. Ik beklaag die broers. Zit daarmee opgescheept. Die kan een grafsteen middendoor zeuren. De laatste tijd gelooft ze dat ze heilig gaat worden. Sukkel. Waar is de tijd dat ze naar zichzelf liep te kijken? Ik zal een spiegel op je rug binden, zei haar moeder. Voor dat portret moeten ze een kaarsje branden. Liefde, ze zal daar wel een flinke schep hebben bijgedaan. Dat soort mensen laat zich daar niet mee vangen. Je wordt niet zwanger van naar de maan te kijken. Als het maar waar is, wij hebben daar nooit iets van gemerkt. Ze heeft achteraf nog kansen genoeg gekregen. Maar ze wilde niet. Dat je daar nog woorden aan vuil wilt maken. Van een goeie rit is nog nooit een vrouw gestorven. Doet alsof ze er een van goud heeft. Raak me niet aan. Daar heeft ze ook niet altijd last van gehad. Wat weten wij daarvan? Ik heb er in ieder geval niet tussen gelegen. Depressief, zeggen de dokters. Volgens mij is ze nooit anders geweest. Wat komt ze eigenlijk te kort? Net of wij het zoveel beter hebben. Je hebt mensen die nooit tevreden zijn. Wijven moeten niet zoveel complimenten maken. Heb je dat gezicht gezien? Je zou bang zijn als je haar bij valavond tegenkwam. Hysterische kut. Ik ga er niet meer naar toe, je zou er zelf zot van worden. Ze hebben een televisie, heeft ze weer wat nieuws om op te vitten. Verdraagt niet dat haar broers naar het wielrennen kijken. Gunt die mannen geen verzetje. Ze is tegen de pil, en de paus is vals. Voorspelt oorlog. Je zou erom lachen als het niet zo triest was. Er zou daar eens iemand flink de waarheid moeten zeggen. Dat is voor die mannen ook geen leven. Dat gaat daar van kwaad naar erger. Wie denkt ze dat ze wel is? Dom was ze nochtans niet. Ze wil niet meer naar de kerk. De pastoor moet maar naar mij komen, zegt ze. Die is zeker vergeten dat ze vanachter de koeien komt? Ze beweert dat haar schoonbroer de dood van haar zuster op zijn geweten heeft. Die durft nogal wat zeggen. Dat ze voor zichzelf spreekt. Een boterham zal je van dat mens niet krijgen. Ze laat zich gaan. Nu hebben ze het vee verkocht en het is weer niet goed. Als het aan haar lag droegen de konijnen een broek. Gooide een emmer water over de duiven. Om ze af te koelen, zei ze. Die heeft iets tegen mannen. Klap van de molen. Ze heeft een dokteres gevonden die een stuk over haar geval wil schrijven. Zijn die nu helemaal gek? Voelt zich vanzelfsprekend interessant. Dat ontbrak er nog aan. Ze wil in dat zogenaamde rusthuis blijven. Ze zijn hier goed voor mij, zegt ze. Die dokteres is ook niet om mee te lachen. Draagt een bril. Ga daar een avondje mee stappen. Niets voor mij, dat soort dames. We hebben haar zogenaamd niet begrepen. Nu vraag ik je, wat valt er aan Elisabeth te begrijpen? Die tante kan het goed uitleggen maar zij zit er niet mee. En wat moet er met de broers gebeuren, ze kunnen niet eens koffie zetten. Naar het schijnt zou ze echt ziek zijn. Ja, die dokters kunnen ook rekenen. Weet je wat dat allemaal kost? Dat mens is nooit normaal geweest. Ze hebben haar opgegeven. Zou ze wel weten waar ze is? Mij kent ze niet meer. Of ze doet alsof. Voert geen klap meer uit. Zit als een invalide in haar stoel. De broers moeten haar met een lepeltje voeren. Het is geen gezicht. Dat gaat daar nog eens slecht aflopen. Er komt nu een hulp voor halve dagen. Dat meisje mag het hebben. Zij liever dan ik. Weet je wat ze nu heeft uitgehaald? Je zou van schaamte door de vloer zakken. Laten we hopen dat het niet te lang meer duurt. Voor de broers wordt het ondraaglijk. Ze zegt wel dat ze wil doodgaan, maar ondertussen. Dat soort mensen zouden ze moeten helpen.

* * *

'Een heer geeft nooit te weinig maar zeker niet te veel,' was het devies van de rustend notaris. Juffrouw Maria wist dat hij onder zijn goedmoedige onverstoorbaarheid een zekere ongevoeligheid verborg. Na de dood van zijn vader was hij in een jaar vijftien kilo aangekomen. 'De inwendige mens versterken,' noemde hij het. Een dikke nek, vond het dorp. Ach, hij hield van lekker eten, antieke stukken en mooie meisjes. Het eten en antiek om te hebben, de meisjes om naar te kijken. Soft-porno. En hij leek zo ongevaarlijk als een teddybeer. Daar hadden er zich meer op verkeken!

Toen Elisabeth eenmaal terug was waar ze vandaan kwam, was wat hem betreft de zaak rond. Hij wijdde zich als voorheen aan het bestuderen van de notariële akten, en als hij nog eens aan 'de affaire' terugdacht was het omdat hij haar handigheid bij het kopiëren miste. Juffrouw Maria schuifelde door de kamers met opeengeklemde lippen en een hand op haar buik. 'Het stil verwijt,' grinnikte hij. Het lachen verging hem bij het lezen van de aangetekende brief waarin haar advocaat hem liet weten onder welke voorwaarden zijn zuster nog met hem onder een dak wilde wonen. Hij mocht kiezen: de boven- of de benedenverdieping, ofschoon zij om gezondheidsredenen – het trappenklimmen viel haar zwaar – de voorkeur aan de benedenverdieping gaf. Hij kon in ieder geval vrijelijk gebruik maken van het kantoor. (Juffrouw Maria zou er zolang hij leefde geen voet meer zetten.) Voor het eten kon hij het souterrain gebruiken of hij kon het op zijn kamer laten opdienen. Onder geen beding wilde zij nog met hem aanzitten. Er was een boedelbeschrijving ingesloten. Met een voorstel voor de verdeling – zij wilde onder meer het kabinet van haar moeder, en het roze porselein – plus een modelformulier waarop hij zijn huishoudelijke wensen en klachten kon invullen. Een boekhouder zou voor de financiële rompslomp zorgen. Kortom scheiding van tafel en bed, maar zonder bed.

Of gekheid besmettelijk was? vroeg hij, en of ze er bij stil had gestaan wat de mensen van zo'n regeling zouden denken? Juffrouw Maria kreeg een zenuwcrisis en liet de dokter roepen. De rustend notaris was verbluft. Stommetje spelen. Kuren krijgen. Een vreemde in hun zaken mengen. Hem het beheer ontnemen. Stank voor dank kon hij krijgen. Vastberaden stapte hij de kamer in en ving nog net op tijd haar blik op. Ze zat er gewoon op te wachten. Bordurend in de bergère als een cobra in haar mandje. Hij trok zich terug in het kantoor en trommelde met zijn vingers op het schrijfblad. Wat wilden die vrouwen nu eigenlijk? Ik zal er eens een nachtje over slapen, dacht hij, maar hij sliep niet. Als een te kort gedane kabouter lag hij in zijn veel te grote bed. Ze kan het krijgen zoals zij het hebben wil, dacht hij wrokkig. De herindeling van het huis hield hem wekenlang bezig, en hij schreef gedetailleerde brieven aan dat stuk advocaat dat hem te slim af wilde zijn. Maar tenslotte zat hij op zijn bovenverdieping en sleet zijn dagen met uitzicht op de altijd eendere dorpsstraat. Last van spoken had hij niet. En het was beneden zijn stand om zijn zuster te bespieden. Hij had haar afgeschreven. Maar of hij nu wilde of niet, elk geluid dat van beneden kwam herinnerde hem aan Juffrouw Maria, en hij was blij dat hij doof werd. Die kale Juf, dan had hij nog meer respect voor zijn jongere broer, een zwakkeling, maar op het beslissende moment had hij zich een man getoond. De rustend notaris zou het stijlvoller hebben gevonden als hij zich door het hoofd had geschoten, maar ieder sterft op zijn manier.

(Jongensdromen. Omdat hij schulden heeft gemaakt gaat de officier zich een kogel door de kop jagen. De scène speelt zich af in de barokke zaal van het jachtslot. Met dichtgeknepen poeper staat hij voor zijn superieur, die het met ivoor ingelegde pistool voor hem op tafel legt. Ze nemen afscheid met een militair saluut. Met afgemeten tred verlaat de superieur het vertrek. Langzaam neemt de officier het wapen op, zijn blik dwaalt naar de kamerhoge vensters, buiten is het volop zomer, hij plaatst de loop van het pistool tegen de rechterslaap en haalt de trekker over. Weer een mooie jongen minder. Vroeger kreeg hij daar een stijve van.)

De oudste broer nam zich voor zijn zuster te overleven. Maar toen ze in de tweede wereldoorlog weer inkwartiering kregen bleek hij niet meer in staat om zonder hulp de trappen af te dalen. Last van water in de benen. Als de dokter met zijn duim in het fletse vlees drukte bleef er een putje instaan. De Juffrouw was zo taai als een engel der wrake. Op den duur werd hij echt bang van haar. De bemiddelingspogingen van de pastoor mislukten. Hij vond het vreemd dat Juffrouw Maria geen herdenkingsmissen voor haar familie liet opdragen. Vooral Rudolf Valentino kon wel wat voorspraak gebruiken, vermoedelijk werd hij in de hel geroosterd. 'Dan zit hij op zijn plaats!' En koeltjes voegde de Juffrouw eraan toe dat het in dat geval ook geen zin had er nog geld of tijd aan te besteden. Of zij de dag des oordeels niet vreesde? En nee, de Juffrouw vreesde het bazuingeschal niet, tussen al die skeletten zou zij niet opvallen. Ze had toch al het gevoel dat de dood lijviger mensen zwaarder viel. Ze keek naar de pastoor, en dacht aan haar vader en de oudste broer. Als dat overbodige vet zou wegrotten. Een tikje morbide was ze wel geworden.

Toen de meid het dienblad met het souper onaangeroerd naar beneden bracht en meldde dat Mijnheer dood aan tafel zat, gaf ze opdracht het nodige te doen en poetste haar brilleglazen. Drie dagen moederziel-alleen met een lijk in huis en geen traan heeft ze gelaten, griezelde het dorp. 'Zoiets kan in de beste families voorkomen,' zei de meid. Juffrouw Maria gedacht de rustend notaris niet in haar gebeden, maar gelukkig was hij een atheïst.

Als Elisabeth zich maar berouwvol had getoond, hoe graag had de Juffrouw haar weer opgenomen. Soms hield ze het met haar krakende beenderen niet uit in die kast van een huis, maar het viel haar nog altijd niet op dat ze van een ander meer vroeg dan van zichzelf. En toen haar tijd was gekomen maakte ze geen complimenten. Ze begaf zich te bed en liet Elisabeth roepen. Verwonderd keek ze naar de snikkende meid, die altijd een meid was gebleven. Elisabeth sloot haar de ogen. Huis en inboedel werden openbaar verkocht. Het werd een overrompeling. Stadslui waren op de advertenties afgekomen. De vreemdelingen stapten onbekommerd naar binnen, en weldra volgden de boeren hun voorbeeld. Ze klopten op de meubels, probeerden de stoelen en keken achter de gordijnen. De bovenverdieping was afgesloten wegens instortingsgevaar. Het dak lekte en de muren waren vochtig. De steunbalken aangetast door zwammen. 'Spookt het op zolder?' vroeg een op sensatie beluste dame. Maar de doden en de dingen zwegen. Een koopgeile menigte bood grof geld, evengoed voor een waardevol stuk als voor een prul. Er vormden zich twee clans, een van stads- en een van buitenlui. Stak een vreemde zijn vinger op, dan boden de boeren hem met hun drieën tegelijk plat. Alsof het dorp de erfenis onderling wilde verdelen. De notaris hamerde er lustig op los. De meid ging huilend weg met twee vaasjes in haar schort en de tuinman zag zijn kruiwagen onder zijn neus voor bloembak verkopen. Een aanval van collectieve gekte waarover men zich vlug zou schamen.

Toen het huis aan de beurt was kwamen er geen kopers opdagen. Het ging van de hand voor een spotprijs. Een kippenfokker die het in staatsie wilde bewonen maar terugschrok voor de verbouwingskosten, versjacherde het aan een bouwfirma die het rustig liet verkrotten tot de deurwaarder met een afbraakbevel aanklopte. In twee dagen werd het neergehaald. Elisabeth en Pam gingen kijken.

* * *

Elisabeth doorstond de tijd alsof ze aan de lopende band pillen slikte. De agressie werkte zelfdestructief. Beledigd als je hardop durfde lachen. Zag zichzelf als het beklagenswaardigste schepsel van de wereld. Alles en iedereen was beter af. Afgunstig op haar getrouwde zussen, maar ze zou niet hebben willen ruilen. Leedvermaak als het fout ging. 'Wat heb ik je gezegd?' Verheugde zich erop dat Pam zelfstandig werd en kon het niet verdragen. Sprak in de grofste bewoordingen over het paargedrag van dieren en liet merken dat ze dat van mensen niet veel hoger aansloeg. Vrouwen konden wat haar betreft niet met mannen omgaan en fatsoenlijk blijven. Alsof de schepping partijdig was.

Na de dood van haar moeder verliet ze nauwelijks het erf. Als het niet anders kon zondags naar de kerk, daarna was ze niet te spreken. Ze kankerde in. Bij een zeldzaam bezoek aan de stad zorgt ze voor schandaal door naar de hoeren te willen. Ze loopt met haar tasje tegen de borst geklemd van etalage naar etalage en bekijkt de tentoonzittende vrouwen alsof ze van plan is naar binnen te stappen. Achtergebleven met twee vrijgezellenbroers, doet ze omstandig haar beklag over hun botheid. Je kan er niet mee praten. 'Ze luisteren niet eens. Hun warme hap, schoon ondergoed en kastje kijken. Ze interesseren zich alleen voor voetballen en wielrennen.' Last van haar heup, pijn in haar benen, steken in de borst, migraine, duizeligheid. Met nieuwjaar houdt ze nog enkele jaren de illusie van het ouderlijk huis in leven en ontvangt de familie. Maar gaandeweg wordt ze ongastvrij. Begint over geld te piekeren. Overbodige angsten voor een penibele oude dag. Verwaarloost zichzelf opzettelijk. Maar als er toevallig een onbekende langskomt neemt ze hem mee naar de slaapkamer om het portret te tonen. 'Dat ben ik.' Vruchteloos op zoek wie ze haar ongeluk betaald kan zetten. Met het verstrijken van de jaren wordt het hopeloze daarvan haar bitter duidelijk. Depressies worden gevaarlijk. Ze wordt in versneld tempo en voor langere periodes opgenomen. Een beschaafde patiënte. Als ze niet te down is kan ze haar toestand min of meer analyseren. 'Wat is er met mij gebeurd?' Maar meestal verkeert ze in een andere wereld. Als Pam er is weigert ze een bezoekuur lang haar ogen open te doen. Ze is ronduit lelijk. Vroeger moesten ze haar met geweld opsluiten, nu vraagt ze niet beter. Vindt het heerlijk als ze haar ontbijt op bed krijgt. Laat zich uitgebreid masseren. Huilt dat ze niet terug naar huis wil. 'Daar zit ik opgesloten tussen vier muren en geen hond die om me geeft!' Maar ze gaat terug. Toestand is tegelijk te erg en niet erg genoeg. Een twijfelgeval. 'In feite is ze niet gestoord, het komt door de omstandigheden, en daar staan wij machteloos.' Vermoeid legt de dokteres haar bril voor zich op tafel.

Pam deserteert. Elisabeth maakt haar ongelukkig. Ze wil haar vergeten. Opsluiten in een geheim vakje. Wegdrukken. Niet met mij. Niet ik. Ik is anders. Wij zijn anders. Vrije mensen. Bevrijde vrouwen. Ons overkomen die dingen niet. Wij zijn jong. Iedereen is jong. Jong is de mode. Recht op leven. Als je geluk hebt. Een successnummer. Verliefd zijn is heerlijk. Ga opzij. Ik kom eraan. Niet bang zijn in het donker. Hoor me zachtjes fluiten. Depressies worden een bekend verschijnsel. Heel normale vrouwen. Van de sherry naar de valium. Wegdromen. Krankzinnige theorieën. Alsof het hem alleen in het klaarkomen zit. Breng vaker een bloemetje mee. Moeder is ook een mens. Af en toe een complimentje. Vader doet zijn best. En toch. De stoute schoenen aan en de angsten uitschakelen. Hopen is geen opium schuiven. Het wordt ons heel langzaam duidelijk dat we niets cadeau zullen krijgen. Oké, dan willen we er nog wel een rondje voor knokken. Die goeie ouwe tijd zit erop. Verkeken kansen, niets aan te doen. Elisabeth is een verloren land. Maar Pam voelt zich schuldig. Kan niet over haar heen lopen. Pleit. 'Als je wilt kun je er toch nog wat van maken.' 'Waarvan?' 'Van je leven...' 'Welk leven?' vraagt Elisabeth argeloos.

Pam maakt een oorlogsdocumentaire. Ze is er niet lekker van. 'Gelukkig dat het voorbij is.' 'Op de televisie is het plotseling Vietnam.' 'Ja, dat zie ik,' zegt Elisabeth. 'Als je ongelukkig wil zijn heb je altijd gelijk.' De logica van een nachtmerrie.

Op een avond naderde Pam het huis. Het stond daar zwijgend zonder licht. Ze durfde niet zomaar naar binnen te stappen. In de stallen klonk gestommel, maar ze waren leeg. De deur van het bakhuis hing scheef in haar hengsels. Een kat glipte weg. Ze haalde diep adem. Ook dit peperkoekhuis was eenmaal haar thuis geweest. Ze kon het met haar ogen dicht tekenen. In de lage woonkamer was het duister. Bij de haard zat Elisabeth in de stoel waarin ooit haar vader had gezeten en later haar moeder. Aan de wand hingen de wandelstok en de legertrompet. Op de vensterbank lag de vleeskleurige zeeschelp. Ze herinnerde zich het korrelige oppervlak en de geheimzinnige gladde spleet aan de onderkant. De broers liepen doelloos door de kamer. Pam zag plotseling dat het oude mannen waren. Elisabeth kreunde. Ze zat erbij als een valse Van Gogh. Het hoofd schuin, de hals in verband. Had zichzelf de strot willen afsnijden maar was halverwege opgehouden. Het zou nog twee jaar duren. Een taai sterven. Nog een paar keer maakte Pam een omweg en zat dan van ver naar het huis te staren. De autoramen dampten aan, meestal had ze de moed niet om verder te gaan. Een man stak diagonaal het erf over, aan zijn schommelende gang herkende ze de jongere broer. In haar haast om weg te komen verdwaalde ze. Het ging over wegen die er voorheen niet waren geweest, door schaars verlichte dorpen die haar vreemd waren. Stortvlagen verplichtten haar gas terug te nemen. Naast de bleke betonstrook triomfeerde de modder. Ze draaide het zijraampje open en de zompigheid dreef haar tegemoet. Een onherbergzaam niemandsland. Kilometers verder sukkelde ze weer de snelweg op. Haar handen waren klam. Nooit zou ze die route achterhalen. Beter er niet meer aan te denken.

* * *

De eerste zondag van april. Het weer was zo bar dat het nog volop maart leek. De radio meldde sneeuw over alle hogergelegen gebieden van Frankrijk en in de Ardennen. Reisduiven moesten wachten. Pam keek naar de verwaarloosde wintertuin die vol hitsige vogels zat. De treurwilg liep uit. Een greep op de gebeurtenissen krijgen. Het was in de tijd dat ze de dingen wilde begrijpen.

Verschijnselen duiden. Het ene voorval met het andere verbinden, leven en dood, het raadsel van de samenhang. Dit zoeken staat hoog aangeschreven, het heeft al veel onrust veroorzaakt en weinig plezier voortgebracht, maar het is betrekkelijk ongevaarlijk zolang het met een staat van permanente verwondering gepaard gaat. Aangemoedigd door het slechte weer was ze lang in bed blijven liggen. Om twee uur begon de opera- en belcanto-uitzending met het slavenkoor uit *Nabucco* van Verdi. De inzet voor het slaperigste uur van de week.

Maar in vele huiskamers dreunden de televisies onder het commentaar bij de eerste wielerklassieker van het seizoen: de ronde van Vlaanderen. Een sterke tegenwind hinderde het peloton. Kille regenbuien kwamen neer op de gespierde dijen. De renners gingen op de pedalen staan en draaiden met hun billen in de met zeemleer gevoerde broekjes. Reclameboodschappen uitbazuinend trok de karavaan voorbij. Een circus op wielen. De spurt werd gewonnen door een Nederlander. Een Engelsman vond zichzelf de sterkste man. Er werd mensapenjargon gesproken. Via een helikopter werden de laatste beelden doorgeseind. Van bovenaf gezien, de lome heuvels, de kronkelige wegen: blauwdruk van een land dat niet meer bestaat.

Tot het laatste ogenblik bleef Elisabeth zich verzetten. De broers hadden behoorlijk de pest in. Vijf jaar niet meer rustig geslapen. Geen moment respijt. Had ze weer dorst en wilde niet drinken. Slapen maar niet neerliggen. Hulpeloos. Maar taai als verroest prikkeldraad. Haar stem drong door de muren. Wilde onder geen beding alleen zijn. Bijzonder instinct voor het bederven van sportuitzendingen. Vlak voor het beslissende doelpunt of voor aankomst bij de meet had ze de po nodig. En het was altijd dringend. Die zondag in april bleef het zo lang stil dat de oudste broer ongerust werd. Met een half oog op de zwoegende renners bracht hij haar een kopje koffie. Elisabeth probeerde overeind te komen alsof ze wat wou zeggen, maar in plaats daarvan duwde ze zijn hand weg en viel terug in de kussens. Ze maakte een koddig geluidje. Iets tussen een hik en een snik. Ze bleef hem aankijken, haar ogen braken niet.

This face as a mask, death is over me.

* * *

Zij zag er verschrikkelijk uit. Bont en blauw. Gezwollen en onherkenbaar. Had drankproblemen en liep bij een psychiater: wist ik dat niet?

Hij zat op de sofa, wijdbeens, broek spannend in het kruis, zeker van zichzelf. Ze belde op vrijdagmorgen stapels werk op mijn tafel ontbijtrommel in de keuken tien uur gym op de radio. 'Maar de figuur van Jezus, die zegt ons toch wat?' En ik vroeg: 'Ben je bezopen?' Maar het was veel erger en ik was ziende blind of stokdoof bezig mezelf overeind te houden. Die magere onderpastoor zat er toen al doorlopend en zij verpakte zijn onzin omdat ze wist dat ik haar ervan langs zou geven. Sprak over een 'zekere persoon'. Maria Magdalena. Met haar lange haren zijn voeten wassend. Op paaszaterdag in het heilige land, herkende hem meteen met het instinct van een verliefde vrouw: 'Meester!' Haar laatste rol.

De priester hield een gedragen preek waarin hij de stampvolle kerk schuldig verklaarde, maar ik was er met mijn hoofd niet bij. Ik zou naar Parijs vertrekken die donderdag en mishandelde mijn haar zo dat er een grote klis moest worden afgeknipt. Het regende het hele weekend.

Bleef haar nog maandenlang op de onmogelijkste plaatsen ontmoeten zonder dat ik mezelf ertoe kon brengen om ook maar een keer haar graf te bezoeken. Verstopte mijn ogen achter een zonnebril legde bloemen neer bij de eerste de beste uit angst om betrapt te worden. Spierwitte ruiker gecultiveerde kruidnagels. We waren veertien en zouden de wereld veranderen. Keerden onze jasjes binnenstebuiten om naar *West-Side Story* te gaan kijken.

In het donker klopte ons hart tegen het schoolinsigne. We werden allebei door de afdeling mode als mannequin gekozen. Het examenmodel konden we voor een prikje kopen. Kostte moeite voor ik mijn vader zover kreeg. Zij had een roze mantelpakje à la Jackie Kennedy en ik een blauw met kimonomouwen. Vond het hare mooier maar het stond me niet. Zij was veel molliger. Zei dat het onrechtvaardig was dat ik van liters slagroom en kilo's drop niet dikker werd. Hongerkuren als ze weer eens verliefd was.

'Voor de liefde doe ik alles!' Wilde zoniet de mooiste dan toch de liefste zijn. Gingen uitgedost als jonge dames naar het museum voor moderne kunst. Pink lipstick zakgeld bij elkaar gelegd. Cultuursnobjes. Stond op haar steile hakjes verwezen tussen vlekken en strepen en buisconstructies.

Begreep er niets van. Ik ook niet, maar ik had mijn stal geroken. Kreeg op slag vleugeltjes. Bewaker volgde ons door alle zalen. 'In mijn tijd had ik wel wat beters te doen!' Kalende man. Kon ons niet plaatsen.

Zakten af naar oudheidkunde lazen alle schunnige teksten. Onhandig als een Chinese op haar kleine pumps. Hoge wreef gezwollen net kussentjes.

Haar ouders hadden een privé-school. De flat lag boven de leslokalen onder de pannen van het oude huis. Zwarte eiken lambrizering en voorlichtingsboeken achter glas-in-lood. *Het Volmaakte Huwelijk* van Van de Velde. En de onnavolgbare dr. W.B. Huddleston Slater: *Ja, ik wil!* Hoe de veelvuldige drang de private delen irriteerde. Vloeiingen en zweren. 'Wat is de Nieuw-Malthusiaanschen bond?' vroeg ze. Lijf als een zeehond, konisch met rimpels in de taille. Spaanse allures, verzon voorouders ter plaatse. De Antwerpse furie. Zwart haar, huid als gebruinde boter de mooiste ogen van de wereld. Goud met bruine vlekjes. Had ergens gelezen dat blondines aantrekkelijker waren. Bereid om op dat gebied alles te geloven. Scorpio. Verzot op tragiek. Horoscopen magische kleuren liefdesdrankjes. Carmen zonder het karakter. Wilde dat ik groen en wit zou dragen. Zei dat ik nerveus leek toen ik aan de klas werd voorgesteld. Het schooljaar halverwege, ellendige toestand. En waar kwam ik dan wel vandaan?

Overdracht. Klamme handen. 'Ben je niet zenuwachtig ben je niet vreselijk gespannen?' Had eenmaal gedoubleerd. Angst voor despotische vader. Deed het in haar broek voor het examen. Zochten elkaar automatisch op, ons jaar klasachterstand een leeftijdsvoordeel eenmaal buiten de muren. Schrompelde weg onder kadaverdiscipline. Snoepte zich te pletter.

Hartsvriendinnen. Maar ontrouw als een loopse teef eenmaal de held in het gezicht geen houden aan ging meteen zitten. Tot op zekere hoogte elkaars tegengestelden. Mijn neiging tot achteruittrappen evengoed zelfverdediging. Huilde mild en makkelijk. Wist met zichzelf geen weg. Verwachtte verlossing van buitenaf. Studeerde vrouwelijkheid. Vond me te intellectueel, te mager. Niettemin jaloers. Kon het niet hebben dat ik op andere interesses en andere mannen viel. 'Ga niet met die lelijkerd, je krijgt de afschuwelijkste kinderen!' De vijand op twee benen. Beet speels maar gemeen in mijn oor.

Knallende ruzies. 'Je ziet me niet lopen je kijkt niet naar me om.' Reserveerde alle vrijheid voor zichzelf. Wilde op een blauwe maandag met de eerste de beste menseneter trouwen. Zag zichzelf al bemind en geboterd in een villa met strodak. Ruilhandel. Was van kop tot teen op liefde ingesteld. Hengelde naar ongeluk. Wilde niet beter weten. Aan de ene kant. Aan de andere kant wanhopig om haar verlangen. Werd vuurrood als straatwerkers ons nafloten. 'Ik word nog hoer.' Klaar om boete te doen, zich over de lijdende mensheid te buigen. Alle dagen naar crypte van kapel Onze-Lieve-Vrouw-van-Zeven-Smarten. Behulpzame vroomheid. Lekezuster geen luxewijfje. Telefoon om elf uur 's avonds. Was vijftien jaar oud met leraar Engels van vaders school gaan praten. Overschot aan begrip. 'Loop niet met jezelf te koop,' zei ik harteloos. Hij streelde haar borstjes en verzekerde haar dat ze heel normaal reageerde. De veertig voorbij en met een helleveeg getrouwd. Lachte haar uit, zei dat alle mannen van veertig plus met een helleveeg getrouwd zijn als ze de dochter van hun baas opvrijen. Kon me wel wurgen. Noemde me de koude douche. Verwijten dat ik niet romantisch was. Mijn mooiste jaren liet voorbijgaan. Angst om niet aan de bak te komen. Lentebruid. Complexen van een volwassen vrouw. 'Ik wil niet oud en lelijk worden.' Engels droeg een tweedjasje met versleten randjes. Beet op zijn nagels maar zij vond dat hij zulke mooie handen had. Rookte stoer Gauloises dronk cognac met vier sterren van haar vader. Ik suggereerde haar de fles met chloorwater aan te vullen maar zij stak er al haar zakgeld in. Zat hem onderduims scherp in de gaten te houden zou hem tot het bot afbreken. Hij zei vleiend dat we goed bij elkaar pasten, licht en donker, dag en nacht, mooie boekensteuntjes zouden we zijn. Gifgroene glimlach. Kon weldra stompe vingers niet meer thuishouden. Wilde zijn vrije middag comfortabel doorbrengen. Hoofd in haar schoot voeten in de mijne languit op de sofa. Verbeeldde zich plotseling dat hij een sjeik was. Ik verdomde het. Zij liep me achterna in de smalle gang, probeerde haar armen om mijn middel te slaan, maar ik marcheerde rechtdoor de lift in. Ze daalde simultaan met de trage lift de trappen af en sprak me smekend toe. In mijn getraliede kooi. Beneden was een luxeschoenwinkel. We raakten verdiept in de laatste modellen. Ik nam wraak met een heuse buitenlandse vrijer. Beweerde dat ze aan mijn ogen kon zien wanneer er weer een brief was gekomen. Soebatte net zo lang tot ze er een mocht lezen. Verklaarde aan de hand van niet begrepen inhoud dat ik niet wist wat vrijen was. Liet haar in haar wijsheid. Waren al twee jaar verder. Stukje veelbelovende toekomst beduimeld. Mijn geheime doel. Zou sterren van de hemel plukken. Vastberaden om spelbrekers op armafstand te houden, aanbidders op de knieën te dwingen. Een punt in de tijd te zetten.

Zouden er niet naast kunnen kijken dat ik er geweest was. Uitzondering was regel. Ondertussen evengoed verkocht. 'Wil je net zo'n stom leven leiden als je moeder?' 'Mijn moeder is met mijn vader getrouwd!' Wet van de meestbiedende. De ene man is de andere niet. O zeker. Begrepen elkaar niet langer. Maar de vriendschap bleef voorlopig overeind. Liefde kon je het niet noemen. Mijn borsten waren groter maar zij had meer haar op haar poesje. We stonden voor de kaptafel van haar moeder. Verstelbare spiegels. Zou mijn haar onder een deukhoed verstoppen en me met trench coat als Bogart verkleden, maar zij wilde niet. Had net een boek over afwijkingen gelezen. Haar moeder geloofde ook in klopgeesten. Egocentrisch vrouwtje. Gewezen secretaresse van haar man. Twintig jaar jonger. Liep de hele dag op halsbrekende hoge hakken. Verwend en ongelukkig. Zusje van dertien maanden met krullekopje was nakomertje. Wij dachten dat het niet van haar vader kon zijn. Betrapten moederlief met Engels in piepkleine keuken, waren gestoofde niertjes in cognacsaus aan het proeven. Pikante pisgeur in het trappenhuis. Zusje zat erbij met pluche beertje. Pestte haar met het voorval: 'Zo de moeder zo de dochter!' Kraste met haar zilveren nagels drie evenwijdige banen in mijn linkerwang. Likte achteraf berouwvol bloedsporen weg. 'Heb je met de kat gevochten?' Dat was haar vader. Dikke man chronisch dronken. Afgedankte seminarist. Stuurde ons zondagmorgen naar kathedraal om preek in steno op te nemen.

Prachtige lentemorgen. Ontsnapten naar het park, rugliggen in het gras, eendjes voeren. Zij verpakte stukjes kauwgom in het brood. Sadistisch trekje. Wilde de eenden zien kauwen. Verzonnen achteraf bloedmooi sermoen en snelschrift. Zo goed dat het niet waar kon zijn. Stak met kop en schouders boven haar vader uit. Had geleerd meteen te gaan zitten om niet groter te lijken. Mocht niet baten die morgen. Stonden met gebogen hoofd voor hem op het tapijt. Beten onze lippen stuk om niet in lachen uit te barsten. Vader stampte over de Boukhara Pakistani, paarsrood, scheurde klassieken aan flarden.

Enige vertoning. Alcoholdampen sloegen hem uit. Moeder kreunend in de keuken. Oooch! Hij verzonk in weldadig zelfbeklag.

Schreef nog vlug een brief aan mijn ouders. Vriendschap in beider nadeel. Oogje op turbulente dochters houden. Met hoogachting. Herkende de moddervette letters en onderschepte de boodschap. Spoelde papiersnippers door de wc. Hij zat grienend achter zijn bureau terwijl zijn vrouw uit het venster dreigde te springen net zo lang tot hij het geld voor een nieuwe neus op tafel legde. Moeder verdween drie weken naar Parijs, kwam terug met een schat van een neus. Ik had voorgoed afgedaan toen ik het verschil niet meteen opmerkte. Neus zag een beetje rood alsof draagster verkouden was. Ging tijdens moeders afwezigheid bij haar thuis logeren. Tijd van ons leven. Hulden de flat in geheimzinnig duister, jaloezieën op spleetjes. Dronken chartreuse, leerden elkaar Egyptische sigaretten roken. Stopten zusje vol met chocolade. Zat zoet in haar bedje met inhoud van luier te spelen.

Werkster verliet deurslaand het pand. Vader dreigde op zijn beurt ons eruit te gooien. Lieten hem treurend achter. Begon nu ook over haar neus te zeuren. Voor de spiegel: 'O wat ben ik lelijk, ik wil dood.' Ik kroop jammerend door de slaapkamer: 'Zal de prins dit kikkertje wel zoenen?' Zij kon er niet om lachen. Vergeleek onze neuzen in centimeters. Mijn windkliever een familiestuk. Lag er niet van wakker. Als mijn grootvader vertederd zijn neus herkende trok hij meteen zijn portefeuille. Ik was zijn petekind. Zij herlas *Onder Moeders vleugels* en ging als Amy met een wasknijper op haar neus naar bed. Wie mooi wil zijn moet kunnen lijden! Mishandelde neus zag paars. Hield ten einde raad een discours over zin en onzin van neuzen. Haar pinkvormige gevalletje tussen romige wangen. Maar zij hield vol dat ze geen neus had.

Schreef als Cyrano de Bergerac al haar ingebeelde liefdesbrieven. 'Daar ben ik goed voor!' Vraag en aanbod. Import en export. Voorbereiding voor handelsstudies. Wilden geen van beiden maar moesten wel.

Onze ouders hadden elkaar op het nijverheidsbal gevonden. Waren op hun beurt bijna vrienden geworden. Wij voelden het als een dolkstoot. Ons verschil: zij dacht ellende met luxe te compenseren, ik stelde regelmatig voor het noodzakelijkste in een rugzak te pakken en met de noorderzon te verdwijnen. Het eerste bal in een blauwe jurk, meters tule en een bescheiden poging tot rugdecolleté. Danste met een zakenrelatie van mijn vader. Zijn buik garant voor respectabele afstand. Overrijp sfeertje. Zij was er niet. Moest babysitten voor zusje, moeder de belle van het bal. Neus maakte furore. Teleurgesteld omdat ik zo weinig wist te vertellen. Huiverige herinnering aan hete adem in mijn nek. Geen prins ontmoet. 'Jij beleeft nooit wat!' 'Je doet net alsof het een pretje was.' Tussen de bedrijven door gewoon naar school. Zat schuin voor me tweede rij links. Mollige rug. Werd voor de klas geroepen om haar witte paarlemoeren nagels te tonen. Nagellak ten strengste verboden. Lakte ze toch, zorgvuldig onder de bank. Liep langzaam met draaiende heupen op de Tomaat toe. Wuifde langoureus naar ons met tien gespreide vingers. Had haar nog nooit zo uitdagend gezien. Desperaat. De vochtvlekken onder de oksels van de Tomaat breidden zich uit. Mijn aandeel in haar strafwerk 'Wij gaan naar school om te leren' niet te bewijzen. Mocht het werkstuk toch voorlezen met commentaar van de Tomaat. Weigerde en vloog de gang op. Directrice: 'Wat staat gij daar te doen, zijt gij niet beschaamd?' De Tomaat quasi wanhopig: 'Dat is toch geen gezelschap voor jou.' Had tegen haar ongeveer hetzelfde gezegd. Liepen haar na schooltijd stijfgearmd voorbij.

Was de Tomaat allang vergeten toen ik haar hand in hand met die voor aardrijkskunde een lunchroom zag binnenstappen. Verbrak maandenlange stilte om haar op te bellen. Weer een stukje van de puzzel op zijn plaats gevallen. Hield de boot af. Wilde het niet geloven. Depressief. Kregen feministen van mijn slag hun zin dan werden alle mannen flikkers. Stelde zich aan maar zat al flink in de puree met haar knappe gast. Werd bedrogen waar ze bijstond. Los zand onder de voeten. Kon mij niets wijsmaken maar hield haar stand op. Huilbui bij onverwacht weerzien. Bleef met tussenpozen om haar heen lopen als gealarmeerde moedermeeuw. Net als vroeger. 'Trek eruit!' Mocht niet helpen. Begon over kinderen te klagen. Brutale jongetjes aapten hun vader na. Niettemin beter dan dochters. Huishouden van Jan Steen. Kreeg de boel niet onder controle. Vroeg oudste zoon nooit zijn vader te slaan: 'Want jij bent al sterk genoeg.' Begon haar langzaam op te geven. Bang om besmet te worden. Zat op haar nest te treuren terwijl de wereld aan haar voeten lag. Zei ik. Kon niet van de valium afblijven. In combinatie met sherry begin van het einde.

Niemand om haar op zachte handen door het leven te dragen. Wilde met vijftien van huis weglopen in het water springen onmiddellijk zwanger worden. Voorwaartse vlucht. Kon geen dag langer op reddende engel wachten.

Diep treurig tot alles in staat. Aanvallen van goedheid. Gaf in zo'n bui alles weg werd lid van Alcoholics Anonymous om vader van de drank af te helpen. Bezocht families met moeilijkheden. Tegen bezopen dokwerker: 'Zult u niet meer zoveel drinken, mijnheer? U ziet toch zelf wel wat u uw vrouw en kinderen aandoet?' Werd door stoere tante aan de deur gezet: 'Ga elders preken mooie juf!' Betrapte vlooien bij haar liefdewerk. Had ze ook al voor we erachter kwamen. Blozend luizenkam en vlooienpoeder kopen.

Gaven meteen ook de kat een beurt. Kater draaide ons drie dagen de rug toe. Beledigd. Herfst van vorig jaar missietentoonstelling in de stadsfeestzaal. Verplichte schooluitstap. Afrika en Azië uitgestald.

Witte en bruine paters nonnen als Siamese katten. Landkaarten met rode lampjes waar nederzettingen blinde delen waar nog ongeloof en heidendom heersten. Foto's genomen na overval van koppensnellers. Ingedeukte schedels open karkassen door de zon gebleekte benen afgekloven door mierenlegers.

'Onze martelaren.' 'Werk aan de winkel,' zei ik. Kregen gedetailleerde uitleg in oververhitte zaal. Slanke pater met ijle baard dienstdoend bij 'onze vrienden de Arabieren' die hem tot de islam wilden bekeren. Rookte waterpijpen voor de goede zaak. Keek naar de buikdanseressen van de sjeik. Liggende acht met navel teken van eeuwigheid. Duizend-en-één-nacht.

Sprak liefkozend over zijn woestijngraf. Klapperde met de tanden als een malarialijder. Zij was hevig aangedaan tranen in de ogen mensen keken ons na. 'Ik moet erheen ga mee ik durf niet alleen.' Pater nog niets in de gaten tweede keer. Begon pas te transpireren derde keer haalde grote zakdoek te voorschijn om uitvoerig neus te snuiten. Vroeg of ze hem alleen kon spreken. Biechten dan? Het onuitsprekelijke brandde op haar tong. Schreef achter mijn rug Paters van Het Heilig Hart. Hij antwoordde met goede raad. Bidden tot Onbevlekte Maagd om een goede verloofde te vinden. Vertrok op zijn sokken naar Khartoem. Kreeg nog een circulaire met postrekening voor steun aan de missies. Mooi voor schut gezet. Lachte haar vierkant uit.

Plaatsvervangende gêne bij voorstel om brieven naar Onze Soldaten in Duitsland te schrijven. 'Nu ga je toch te ver.' Smeltzoete teksten om eenzaamheid van Jan Soldaat te doorbreken en hem in den vreemde op het goede pad te houden. Onmogelijke opdracht. Soldaten dronken liever bier. Triomfeerde toen ze de kous op de kop kreeg. Vriendschap op een laag pitje. Zaten bovendien elk aan de andere kant van het land. Verlegen met nieuwjaarsbrief: 'Aan mijn allerbeste vriendin.' Liepen nooit meer swingend door de stad. Ging haar stilletjes mijden. Eigen leven begonnen. Kon me niet meer voorstellen wat we bij elkaar zochten. Wrevel om eventuele verplichtingen. Ik dacht in hoofdletters. Vrijheid Blijheid. Maar verder principes voor en na. Tijd ging eroverheen.

Werkte me los uit voorlopig verleden. Wilde koppig overleven. Kreeg een briefje op blauw luchtpostpapier: 'Ik ben zeker niet goed genoeg meer?'

Twee jaar later met kerstmis onverwacht heftig weerzien. Blij als een kind maar uiterlijk veel volwassener. Zwart omrande ogen rok met split. Nam me mee naar haar kamer. Deur op slot geheimzinnig met doorschijnend ondergoed. Vergeleken bij haar was ik een schoolmeisje gebleven. Zonder gratie in degelijke internaatslingerie. 'Wat heb je eraan als niemand het ziet?' Mysterieus lachje van kat die kanarie heeft opgegeten. Het was zover, haar ouders mochten voorlopig niets weten mij kon ze alles vertellen.

In het geheim verloofd zou ten laatste met achttien trouwen. Werd opgezadeld met vertrouwen dat ik niet kon waarmaken. Hoe het mij verging. 'Zit je nog altijd met je neus in de boeken? Schrijf je nog altijd brieven naar je vrijers?' De andere wereld. Onverdraaglijke demonstratie van surrogaatmoederschap met verwend zusje. Speelde zichzelf wat voor. Zat het zwijgend aan te kijken. Vader herstellend van eerste delirium herkende me niet.

Moeder zei flauwtjes gedag. Verkeerde in gedachten duidelijk ergens anders. Grote kerstboom met echte kaarsjes voor de boekenkast. Schoot me te binnen dat ik dr. W.B. Huddleston Slater nooit had teruggegeven.

Eigenaardig luchtje van ontsmette kattebak. Natte sneeuw in de straten. Naar café verboden onder achttien. Grijze man speelde nonstop kerstmelodieën op hammondorgel. Viste uit haar tasje foto van kerel met smeerkaasglimlach. 'Vind je hem niet knap?' Was oprecht geschrokken. Misselijk gevoel vast te zitten. Durfde niet te zeggen wat ik dacht. Was bovendien niet zeker van wat ik dacht. Nieuwjaarsweek hetzelfde café zilveren slingers boven ons hoofd. Stelde hem voor, haren als James Dean grote mond en geen nagel om aan zijn kont te krabben. Vroeg me ongerust af waar zij het geld voor de consumpties vandaan haalde. Opgewonden: zat te kwebbelen deed ontzettend haar best dronk gulzig alsof het zo hoorde. Wilde wat tonen. Hij was vergezeld van een tamme bokser. 'Je moet iets bijzonders hebben om vrouwen te verleiden. Ik heb ook nog een gitaar maar voor de hond vallen ze allemaal. Die trouwe ogen. Het moederinstinct!' Zij keek me triomfantelijk aan. 'Hij is vreselijk cynisch.' Pochte dat hij de vrouwen had leren kennen bij zijn vriendin. Vijfenveertigjarige gescheiden vrouw die hem alles gaf behalve geld dat hij aan een ander zou kunnen besteden. 'Ze heeft me door!' Trok hemdsmouw op om tatoeage te laten zien. Hart met pijltje erdoor. Snert. Ik keek haar aan maar zij aaide de hond met neergeslagen ogen. 'Wij hebben geen geheimen voor elkaar, hè schat?'

Kreeg het benauwd. De bokser probeerde op haar schoot te klimmen maar vliegensvlug drukte hij het gloeiende uiteinde van zijn sigaret tegen de platte hondeneus. 'Is dat je dierenvriend?' vroeg ik. Tranen in de ogen om me te vermurwen maar ze bleef wel mooi bij hem zitten. De hond had geen kik gegeven. Tien jaar later de voze plekken op haar schouderbladen. Onuitwisbare tatoeages van drift.

Verontschuldigend: 'Ik voel er niets meer van.' Ervan overtuigd dat ze haar straf uitzat.

Wilde vragen wie haar levenslang had gegeven maar zweeg, kon de eenvoudigste dingen niet meer over mijn lippen krijgen. Op ingewikkelde wijze medeplichtig. Deel van mezelf dat er niet wilde zijn.

Mooi romantisch verhaal. De vlucht naar Schotland om voor de smid van Gretna Green te trouwen. 'Doe het niet het is een monster!' 'Je weet niet hoe lief hij wel kan zijn.' 'Hij wil alleen maar over de rug van je vader klimmen.' 'Je bent jaloers. Hij geeft niet om geld.' 'Hij zal je nooit trouw zijn hij heeft nu al een ander.' 'Dat heeft niets te betekenen hij heeft alles eerlijk opgebiecht.' 'Het wordt een ramp.' 'Je zou hetzelfde doen als je verliefd was.' 'Ik hoef niet zo nodig.' Om en om tot de uitputting. 'Hij of een ander het moet er nu maar eens van komen.' 'Doe wat je niet laten kan!'

Nam afscheid van uitzicht in ouderlijke flat. Stad begraven onder verse sneeuw alsof er nooit iemand een voet in de stilte zou zetten.

Daalde als vanouds via trap lift achterna. 'Laten we elkaar geluk toewensen.' Zoende linkerwang. Keerde haar de rechter niet toe. Te veel theater. Bedelde om genegenheid maar deed altijd haar zin. Slikte tranen weg begreep niet waarom ik me nog langer druk zou maken. Speelden wie zoekt die vindt met eerstejaars. Zaten haar joelend achterna over kale speelplaats. Ze tekende vlug een krijtcirkel om zich heen. 'Niemand mag over deze lijn komen!' Aarzeling. Spits meisje begon krijtcirkel met schoenzool uit te vegen anderen vielen haar bij. Magische grens overschreden. Werd triomfantelijk gevangengenomen. Mals hapje. Huilend: 'Laat me los ik doe niet meer mee aan die kinderspelletjes.'

Zag haar terug als getrouwde vrouw. Kon het niet geloven. Straalde als een kunstlampje. 'Jazeker ik ben gelukkig.' Allebei voorzichtig om geen woord te veel te zeggen. 'En jij heb jij nog niemand gevonden?' Haalde mijn schouders op. Had wel wat anders aan mijn hoofd. Liep in katoentjes van C&A op afgetrapte hielen. Zij. Geluk had niets meer met geld te maken. 'Geen cent krijg je!' had haar opgeluchte vader geroepen. Hoorde achteraf dat ze twee zoontjes had. Dacht: Kon je me geen kaartje sturen? maar vergat het weer.

Herkende haar rug in winkelgalerij. 'Sta je te dromen?' Zei dat ze al die dingen niet nodig had van eenvoudig hield. Zacht verwijtend: 'Jij wilt te veel.' Mist over die mooie ogen. 'Is er wat?' Kwam er veel later achter dat ze een fles whisky had gestolen. 'Ik was wanhopig. Nee, ik wilde niet dat jij wat zou merken.' Stelde manager voor maandlang gratis zaak te poetsen. Galante heer: 'Mevrouw als alle winkeldieven zo waren.' Zag af van vervolging. Tenslotte eerste keer dat ze werd betrapt. 'Drink je?' 'Alleen als ik er niet meer tegen kan.'

Hij zit op de sofa buiten hagel en sneeuw late lente in het land. 'Je weet hoe ze op haar uiterlijk was gesteld. En wat dacht je dat ze in de spiegel zag? (Pauze) De kop van haar vader. Die heeft nu ook een goede reden om zich definitief dood te drinken. Heeft op tragische wijze zijn dochter verloren. Zwelgt in zelfmedelijden. Maar wil geen centen afschuiven. Ik kan je niet helpen, jongen. Alles is vastgelegd in beleggingen op lange termijn. Bevende hand met bankjes. Geef haar een fatsoenlijke begrafenis.' Overtuigende imitatie. Ging hij maar van die sofa af. Zij kreeg postuum gelijk: hij bezit een eigenaardig gevoel voor humor. Zag hem achteraf in chocoladebruine BMW.

Makkelijk met een erfenis. Vader eindelijk naar de barbiesjes. Voor de één een huis voor de ander een auto. Drie miljoen schadevergoeding. Doe dit tot mijn gedachtenis. Camoufleerde kaalheid met lange nekpieken. Gespierde veertiger. Klaar om met vakantie te vertrekken. One for the road. Valse waardigheid van de weduwnaar.

Zag het slordige bed dingen die ze had nagelaten alles als een hoop vodden door elkaar gesmeten. Het motief? 'Er zijn er zoveel,' zegt de vermoeide ziekenbroeder. Liefde maakt tranen honingzoet. Vergeet mij niet. Voelde het bewegen het net iets te zware lichaam dat doorzakte transpireerde zijn best deed. Wilde bewijzen dat het langer kon dan bij de konijnen. Kwam kort en heftig schreeuw van pijn. Riep haar naam. Akelig moment om wakker te worden. In haar huid gekropen. Tot alles in staat om haar te beleven.

Was na vijf of zes jaar huwelijk doorgeslagen. Kurk uit de champagnefles rende jeugd achterna. Alles moest kunnen. Tijd zat mee. Hippie. Met kralen om voor blote vakantie naar Ibiza. Geleend geld. Was gewonnen voor naaktzwemmen. Vrijen op nachtelijke stranden. Folderpraat.

Dank zij hem verlost van frustraties. Was geen klein meisje meer. Sprak achteloos over seks zei dat ze al die verhalen overdreven vond. Was dat nu zo belangrijk? Gezond van de dingen genieten. LEVEN! Benijdde jongeren om hun natuurlijkheid. 'Wat zouden ze anders moeten zijn?' 'En hoe oud ben je zelf wel?' Maar daar ging het niet om. Ze leken zo vrij. Zwierven op blote voeten door de wereld op zoek naar het oneindige. Tibet. Katmandu. Ze droomde ervan in Londen naar *Hair* te gaan kijken.

'Drie dagen meedoen!' Deed krampachtig haar best. Zou evenwel geen stickje roken. 'Ik ben meteen verslaafd.' Beetje pafferig. Bewoog zich als in een vertraagde film. Vietnam? Vreselijk. Maar wat kon je eraan doen? 'Jij denkt nog altijd dat je de wereld kunt veranderen.' 'Ik kijk niet meer naar het tv-nieuws ik kan er niet meer tegen.' Late poging om Vietnameesje te adopteren loopt stuk op zijn onwil. Knijpt de maatschappelijk werkster die relatie komt controleren in de billen. 'Ik denk er niet over om voor een vreemde luis de kost te verdienen!' 'Ik schaamde me rot maar hij was gewoon bang dat de jongens op een gekleurde zouden vallen.' Racist? 'Jij altijd met je moeilijke woorden.' Vermoedde dat ik niet slecht genoeg over haar kon denken. Woonde in een van de huizen van haar ouders naast chocoladefabriek. Als gewoon huurder onderhevig aan de walgelijke zoete geuren. Paste er wel voor op om me uit te nodigen. Hij pestte haar achter mijn rug.

'Vrouwen met een lichte huid die vlug blozen neuken lekker.' Dame in de salon hoer in de slaapkamer. Drong zich naar voren tijdens een receptie. Wist ik wat Hitchcock over Grace Kelly zei? Probeerde hem vergeefs weg te kijken. Kon het niet helpen dat mijn minachting op haar afstraalde.

Zijn afkeer voor vrouwenonderonsjes: 'Koffieklets!' Zij kon haar tijd wel beter gebruiken. Ging noodgedwongen in vaders zaak werken. Eigen bloed kon de boel toch beter in de gaten houden. Goedkoop en vertrouwd. Ontdekte dat ze wat kon. Vanzelfsprekend onderbetaald. 'Had je maar een diploma moeten halen,' zei haar vader bij de pinken. Moeder onderging een buikoperatie. 'Ach kind, ik voel me geen vrouw meer.' Toonde lelijke wond. Zij alweer schuldig omdat ze misselijk werd. Vreemde vrouwenstem aan de telefoon: 'Weet u dat uw man een verhouding met de vrouw van de accountant heeft?'

Had er eerst niets van gezegd extra aandacht aan haar opschik besteed kaarsen op tafel erop aangelegd om iedere nacht te vrijen. Klassieke truc van damesbladen. Toen het niet ophield scènes. Probeerde hem met vele nutteloze tranen tot inkeer te brengen. Hij ging regelmatig op zwier reed auto in puin ontsnapte op het nippertje uit schandaal met ongedekte cheques. Het volle leven.

Kreeg de kans niet om 'zie je wel wat heb ik je gezegd' te roepen. Was al geruime tijd uit mijn horizon verdwenen. Vergat haar een beetje tot ze zelf weer contact zocht. Had via-via gehoord waar ik uithing mijn naam in de krant. Kwam weer boven water. Drong aan om haar op te zoeken alsof er niets ooit was tussengekomen. Studieweekend met vrouwen? Oprecht geschrokken. Waar was ik mee bezig? Het zou allemaal wel goed bedoeld zijn daar twijfelde ze niet aan maar was het niet een beetje hopeloos? Vrouwen lagen toch onder. Liep ik nog altijd met mijn hoofd in de wolken? 'Jij moest altijd de rebel spelen maar ik ben wel getemd.' Kon het niet laten. 'Wanneer was jij dan opstandig?'

Meteen boos maar bleef bellen. 'Jij bent de enige die ik durf tegenspreken.' Rampzalige visite. Brak bij het afwassen cognacglas diepe snee in rechterduim litteken als herinnering. Vrijdagavond. Zouden als volwassen mensen met elkaar praten. Maar Jantje zat erbij. Uitdragerij van afgedankte meubels herkende de vitrinekasten van haar ouders. Liet me de slaapkamer zien. Sjaals om kale plekken te bestoppen. Haar moeder had haar bij het afscheid stiekem wat geld toegestopt. 'Een bed moet je toch hebben.' Met haar beginnend buikje in haar roze mantelpakje voor de ambtenaar van de burgerlijke stand. Daarna op haar verzoek ook nog in de kerk. Oprecht berouw volstaat had de priester gezegd. 'Daar moet je niet mee spotten.'

Vetrouwelijk begin. 'Woon jij modern?' Moest lachen. Twee burgerdochters die elke cent moesten omdraaien. Dat zou ons leren. 'Ja maar jij bent te trots om te vragen.' 'Zou toch niet helpen.' Zij leek opgelucht.

Onaantastbaar rijk en gelukkig was ik nog lang niet. 'Weet je nog?' Keken elkaar aan in de spiegel. Dezelfde mooie ogen. Welverdiende trots op haar zonen. Slapende kinderen zijn mooi. Herhaalde dat ze blij was dat het geen meisjes waren omdat ze het dan later niet zo moeilijk kregen. Haalde mijn schouders op. 'Je loopt hopeloos achter.' Bang dat ze me gekwetst had. Een jonge bokser legde zijn kop op haar schoot, ze zag me kijken. 'De ander is door een auto overreden.' Vertelde er niet bij dat hij hem in bezopen toestand tussen bumper en garagemuur had verpletterd.

Hij lag onderuitgezakt in de fauteuil pils binnen handbereik. Vier muren om ons heen.

Keek goedkeurend langs mijn benen omhoog. Ongeschokt in zijn overtuiging dat hij elke vrouw onderuit kon halen. Nam haar kwalijk dat zij er niets aan deed. Hij gooide een pak papier in mijn schoot: 'Dacht je dat het zo moeilijk was?' 'Waarom maak je er dan geen werk van?'

Klonk giftiger dan ik wilde. Duim in haar richting. 'Mijn vrouw wilde het niet hebben.' Zij glimlachte. 'Zing je nog?' vroeg ik. 'Mijn man vond het niet zo leuk.' 'Een nul,' grijnsde hij. Dacht: gaat dit altijd zo door?

Hij werkte op een verzekeringskantoor vol knappe grieten. Deed zaken met Franco-Spanje. Hield van landen waar treinen op tijd vertrokken. Schijt-Italianen konden hem wat. Mislukte joden. Zijn vader had het bij het juiste eind gehad al was hij na de oorlog afgezet. Steile dorpsonderwijzer die het in negentienveertig tot burgemeester had geschopt.

Harde handen maar principes. Zou van zijn zonen mannen van stavast maken. Wist waar hij vandaan kwam: 'Daar ben ik fier op!' Wat zes miljoen? Waarom geen twintig of dertig?

Hond sloop weg maar hij had hem te pakken. Bokste met de vuist tegen zijn snoet. 'Ben jij een bokser? Sla dan terug, lafaard!' Hond jankte zachtjes. Goedkoop maar evenzozeer te veel.

Op de gang greep ze mijn hand maar liet onmiddellijk los toen ik haar aankeek. Ze had een mooie stem. Soprano maar niet scherp. Ik zag haar graag zingen. Stond naast de piano en concentreerde zich. Werd een ander. Zangles mocht voor de rest van de klas een pretje zijn voor haar was het ernst.

Talent zeker. Nichtje van haar moeder had het tot operazangeres gebracht. Zij kende alle aria's waarin de ander schitterde uit het hoofd. Van laatste illusies beroofde zangleraar knapte op als het haar beurt was. Vouwde haar handen alsof ze ging bidden. Ik kon het niet hebben dat er ondertussen werd gekletst. Had zichzelf in de lange uren die niet voorbij wilden gaan gitaar leren spelen. Belde op een dag nichtje van de opera. Zoontjes renden door de kamer wist niet wanneer of hoe hij naar huis zou komen.

Stemtest was positief. Kon meteen beginnen. Eerste lessenreeks gratis. Nichtje voelde zich verplicht. Maar hij had het kort en goed verboden. Ze bedankte nichtje met een cadeautje zoals het hoorde. Was er ingeheid om onder alle omstandigheden beleefd te blijven.

Maandagmorgen: 'Waar is onze zakdoek?' Dertig gesteven zakdoeken gaan de lucht in. Zuster knikte goedkeurend. Deed de klas voor hoe in gezelschap correct de neus te snuiten. Indien de persoon zich aan de linkerzijde bevond rechts wegbuigen indien rechts links wegbuigen indien links en rechts ingenomen lichtjes vooroverbuigen. Zakdoek nooit openschudden diskreet hoekje of tipje gebruiken niet toeteren of blazen nooit of te nimmer peuteren. Bij ernstige aandoeningen verkoudheden of niesbuien zich onder voorwendsel van gezelschap afzonderen. Zuster demonstreerde alle variaties de klas blies en toeterde haar enthousiast na. Daarna werden zakdoekjes netjes opgevouwen in schortzak opgeborgen. Voor het geval geen zakken in bovenkleding aanwezig zakjes in onderjurkjes stikken. Altijd stijlvol dame met half dozijn sierzakdoekjes te bedenken. Laatste vraag alvorens kamer of huis te verlaten: 'Heb ik mijn zakdoek bij me?' Ook in nood. Leven kon ervan afhangen. Stond in portiek en zei met verstikte stem: 'Ik kan niet huilen ik heb mijn zakdoek niet bij me.' Leende haar de mijne. Iers borduursel op batist. Monogram van mijn grootmoeder.

Zij zong haar laatste adagio in bad: 'En de tranen liepen zo langs mijn wangen.' Mary Pickford vroegwijs kindergezichtje trekt met hoektandjes ragfijn zakdoekje aan flarden. Wanhopige mimiek van stomme film.

Nutteloos gesnotter. Lag op de sofa gestikt in bloed en braaksel. Longblaasjes dreven uit neusgaten als roze schuim. Rechterhand omklemde zakdoekprop. Nog warm maar verstijving was al ingetreden. Durfde niet te vragen hoe ze de zakdoek hadden losgekregen. Bang om alsnog te worden aangeraakt.

Zou die donderdag naar Parijs vertrekken mishandelde mijn haar zo dat er een grote klis moest worden afgeknipt. Ophelia getooid met lentebloemen lange nachtpon waar mollige voetjes onderuit steken. Morbide geheimen van het leven. Was ik haar zuster niet? Om haar nog eenmaal te baden te borstelen te vertroetelen liefdevol in grote eenzaamheid?

Bekende naam in vette letters op rouwbrief. Of ik mezelf zag aangekondigd. Was onwillekeurig aan zichzelf ontsnapt. Werd al onderkoeld om bederf te voorkomen. Onbekende in ijskelder met identiteitsplaatjes om enkel en pols. Indecent bloot. Als marmer. Aan ons overkomen. Champagne en kaviaar. Zondagskinderen. Ergste was al achter de rug toen wij werden geboren. Wereld herademde. Zouden uit het puin met nieuwe mensen opgroeien. Meisjes dezelfde kansen als jongens. Negers als blanken. Homo's als hetero's. Vooruitgangsgedachte. Een wassen neus. Zouden ons mannetje staan. Gediplomeerd in de keuken. Bekwaamheid zonder vrouwelijkheid te verliezen. Markt met charme veroveren. Ogenblikje voor jezelf. Hou me vast. Liep te huilen en kon mijn zakdoek niet vinden. Begon als razend te telefoneren.

Wilde God de Vader Hemzelf aan de lijn. Niemand schuldig. Afwezigen hebben ongelijk. Moeder met ongewijzigd stemmetje: 'Hard om zo je kind te verliezen.' Vriend: 'Alles wat je wilt maar dat verdiende ze niet.' Hij: 'Het was hopeloos.' Hadden allemaal hun reden hun uitleg klonk niet eens als verantwoording. Vogel voor de kat. Hij zit als onbewezen moordenaar op de sofa: 'Zij zag er verschrikkelijk uit. Bont en blauw. Gezwollen en onherkenbaar.' Rekent onbeschaamd op versleten charme. Haar schuld heeft hem altijd de hand boven het hoofd gehouden. Nooit durven zeggen waar het op stond. Wist het misschien zelf niet. Zelden daad bij het woord gevoegd. Legde verklaring in zijn voordeel af. Auto ondersteboven op tramrails. Hield vol dat hij echt niet zoveel had gedronken. Ongelovige politieman: 'Denkt u eens goed na mevrouwtje.' Hetzelfde met goedhartige dokter die al meer heeft gezien. Blauwe plekken? Van de trap gevallen. Gezwollen oog? Tegen openstaande deur gelopen. Verontschuldigend lachje: 'Ik ben een sufferd.' Gaf je het gevoel dat je kon helpen met te doen alsof.

Zalfje voor de ziel. *Le déjeuner sur l'herbe.* Hij gebruikt peukje van vorige sigaret om volgende aan te steken. Begint haar ontrouw aan te klagen. Zwijgt vlug omdat ik meer weet. 'Ik was ook geen makkelijke jongen.' Wacht er vergeefs op dat ik hem zal tegenspreken. Op zoek naar medeplichtigen. Wil mij desnoods verleiden. Moeder: 'Een prettig leven heeft ze met hem niet gehad, verre van, maar ze is altijd van hem blijven houden. Dat kan ik wel begrijpen, hij is heel mannelijk.' Mijn neus!

Toeval was ons gunstig. Ontmoeting in afdeling nachtkleding. Rode vlekken in haar hals. Tien jaar jonger. Mikt blauwe babydoll in stapeltje slipjes. Wil zo vlug mogelijk van me af maar het niet tonen. Overdreven vriendelijk. 'We zien elkaar nog wel.' Verlaat warenhuis in geitedraf. Zich ervan bewust dat ik haar nakijk. Ik wist ervan omdat Charlotte aan wie niets ontgaat op dat terrein haar in de Ardennen heeft gezien. Uitgerekend daar. 'Je kon het aan alles merken.' *En eeuwig zingen de bossen.* 'Ja, ik weet het, jij kan geen kwaad van haar horen maar ik zeg je dat het zo is.' Was zo natuurlijk. 'Goed voor haar,' zei ik. 'Zit dat zo,' zei Charlotte. Ze keek zuinig zou me na de begrafenis nog weten te vinden. 'Ik wist dat het slecht zou aflopen.' Telegeleide moord. De eerste om het hardop te zeggen. Voel haar oog taxerend op mij rusten. 'Je ziet er moe uit.' En onverwacht heftig: 'Alle mannen zijn varkens!' Charmante Charlotte zal zich in de strijd om alimentatie werpen. Nooit gestilde levenshonger.

Als het water haar aan de lippen staat wil zij mij spreken. Niet bij haar en niet bij mij thuis. *Paon Royal.* Namiddag-café waar oudere dames boven koffie verkeerd in de verte staren. Gedempt brullen van roofdieren die treinen naar warme landen horen vertrekken.

Zoo is naast Centraal Station gelegen. Affiche met Bengaalse tijger. De komende en gaande man. Toekomstplaatje: 'Zie je ons al zitten?' Ze kan er niet meer tegen. Het stiekeme gedoe. De dubbelzinnigheid. Wil schoon schip maken. De waarheid op tafel gooien. Voel dat er koppen gaan rollen. Neem haar mee naar tropische tuin. Lopen onder reusachtige bananebladeren. Kolibries houden zich in de lucht staande door razendsnel vleugeltjes op en neer te bewegen. Lepelen bloemennectar met onvermoed lange tong. Zoetdieven. 'Ik weet niet hoe het kon gebeuren.' Probeer het drama te ontmantelen. Verkeerde methode. Kan zich alleen met superliefde rechtvaardigen. Geen banaal avontuurtje. Veelbelovende leraar Slavische talen die zich ook administratief opwerkt. Al wat oudere man. Vertrouwenspositie in zaak van haar ouders. Had hem eerst niet in de gaten. Kwam af en toe kopje koffie bij haar halen.

Zit kameraadschappelijk op rand van haar bureau. Moeder rijdt hem na. Vader komt nog alleen pro forma op de zaak. Op een dag vraagt hij of ze gelukkig is. 'Toen ik eenmaal begon te praten kon ik niet meer ophouden.' Zijn huwelijk ook niet je dat. 'Maar ik wil niet klagen,' zei hij. 'Wedden dat zijn vrouw hem niet begrijpt?' 'Als je zo begint ga ik weg.' Zoent haar op een avond. 'Ik voelde me zo rustig alsof alles goed was.' Rest was vanzelfsprekend gevolgd. 'Eerst vond ik er niet veel aan het was meer een soort troost. Hij was heel anders. Ja ik weet niet hoe ik het zeggen moet. Zachter. Geduldiger. Aandachtiger. En het duurt langer.' Het was hem opgevallen dat ze op het laatst altijd nee zei. Bekende dat ze nooit klaarkwam. 'Het zal wel aan mij liggen.' Hadden er een weekend voor uitgetrokken. Samen weggegaan. Alsof het voor altijd was. Kon haar niet schelen dat haar man erachter kwam.

Wist uiteindelijk waar ze aan toe was. Vond zichzelf niet langer lelijk. Het bewijs: hij zoende zelfs haar zwangerschapsstrepen. Zijn vrouw mocht nergens van weten. Had al een paar keer met de telefoonhoorn in de hand gestaan om haar op te bellen. 'Hallo ik wil uw man.' Waren samen op afscheidsreceptie van vader verschenen. Mevrouw Mijnheer. Voorbeeldig echtpaar. Verzorgde krullen bril plooijurk. Was naar wc gevlucht kon wettige eigenares niet onder ogen komen. Moed ingedronken. Ontgoocheld hem als helft van ander paar te zien. Leek zo gewoontjes, burgerman.

'Tijd brengt raad,' zegt hij. Ze draaide dol. Ging met lood in de schoenen werken. Het was dat ze het geld niet konden missen. Moeder zat haar ongenadig op de kop. Poeslief tegen hem. Zusje met peststemmetje: 'Ze is verliefd.' En dan de kinderen. Wat moest ze doen? Wat moest ze in hemelsnaam beginnen? Kon wel gif innemen. 'Je bent Madame Bovary niet!' 'Mooie hulp ben jij.' 'Laat ze allebei naar de maan lopen!' Ze kwam er plotseling achter dat ze een hekel aan dierentuinen had. De geur. Gekooide dieren. Kiezel in je schoenen. Versleten orkestje in kiosk. Sousa-mars. Geen pasklare oplossing. Vriendschap weer tijdenlang ondergronds. Kwaad etterde voort. Haar man die hem na kantoortijd staat op te wachten zijn vrouw die een zenuwcrisis krijgt. Graatmager en het stond haar niet. Op slag frigide bij ontdekking dat hij een bod op de zaak heeft gedaan. Vader vindt dat een man het bedrijf moet leiden. Zaak kan haar niet zoveel schelen maar er is het akelige vermoeden. 'Ik kan niet meer.' Slikt valium bij het leven. Haar vent komt erachter dat hij evengoed de verliezer kan zijn. Lange uitpraatnachten eindigen in dronken ruzies die sentimenteel worden bijgelegd. Wil ten einde raad advocaat in de arm nemen.

Bebrilde jongeman die schrikt als hij hoort dat haar man de brieven heeft. Stelt voor dat ze in het openbaar een rammeling zal uitlokken. Kan hem dan wettelijk de deur wijzen. Geschokt: 'Dat is niet fair.'

De advocaat kijkt quasi wanhopig naar het plafond: 'Wat wilt u dan?' Beslissende sofa-scène in warme augustusnacht. Wil zichzelf van kant maken. Pillen liggen klaar. Langzaam verbrijzelt hij een cognacglas in weldra bloedende vuist. Hij kan haar niet missen. Zweert beterschap op het hoofd van zijn slapende kinderen. Italiaanse opera. Maar zij bezwijkt. Altijd gek op een goede vertoning. Gratis kaartjes voor de matinee.

Verbindt zijn hand het nieuwe leven kan beginnen. Neemt ontslag dankt haar vrijer af zal voortaan zonnetje in huis wezen. Dan is zomaar het jongetje stervende. Klaagt over hoofdpijn. Tumor zit op de goede plaats. Geld voor operatie komt overal vandaan. Zelfs haar vader dokt af: 'Ik kan mijn stamhouder toch niet laten sterven.' Zij weet dat het nutteloos is. Overtuigd van haar schuld. Grijze Parijse dokter spreekt haar stevig toe. Geloof kan bergen verzetten. Logeert in convent. Hoort nonnetjes Christus van zijn kruis bidden. Denkt hoe vredig hun verzorgd leven is. Late roeping.

Zit weeklang elke dag met roomsoezen aan bedje van haar zoon die van de wereld niet weet. Zijn lievelingsgerecht. Clochards kennen haar al. Wachten haar op na het bezoekuur. 'Een negerkus,' zegt er eentje zijn tandeloze bek met chocolade en room wijd open. Loopt in september over de bruggen van de Seine met het kind op haar rug. Vredig tafereeltje. Taxi's zijn duur. 'Zie je nu wel,' zeg ik vijf jaar te laat, 'het kind leeft.' Kijkt intreurig terug. Ogen van haar laatste foto. Merk hoe zijn handjes om haar hals haar het ademen moeilijk maken. 'Zet hem even neer en rust wat.'

Nu ze dood is ben ik heel vriendelijk. Nooit geweten welke prijs op kinderhoofdje stond. Welke onverbiddelijke afspraken moesten worden nagekomen. Zie haar in februari met fiets aan de hand langs winkels zwerven. Aarzel voet op de rem rij voorbij kan het niet opbrengen. 'Zag je me niet?' 'Maar goed ook ik zie er niet uit!' Heeft alleen op dinsdag auto ter beschikking. 'Geeft niet ik kom je halen.' 'Jij hebt geluk gehad.' 'Schilder het niet op de muren.' 'Nog even en je hebt nergens meer tijd voor.' 'Weet je nog dat we nooit veertig zouden worden?' Zij hield zich aan de afspraak. Zou niet eens de vijfendertig halen. Bravoure om afgang te maskeren. Hoe ze van een eenvoudig bestaan hield. Gaf niet om mooie kleren huizen meubels. Dronk in vrede haar aperitiefje. Kapittelde mij. 'Je zal je vrijheid duur bekopen.' Aanval is de beste verdediging. 'Jij zal de wereld evenmin veranderen.' Stuurde haar opzettelijk verjaardagscadeautje: *Le deuxième sexe*. 'Wat doe je eigenlijk?' 'En jij?' Vijandig. Onbegrip. Ik verdroeg het niet dat ze het altijd beter wilde weten. Niet verder kijken dan haar neus lang was.

Grappige verhalen over blote kampeervakantie. Zusje was langsgekomen met vriendje dat niet uit de broek wilde. 'Ik heb principes!' zei dat studentje. 'Als je principes tussen je benen hangen!' 'Heb je dat echt gezegd?' Kroop 's nachts wel bij zusje in de tent. Vergat in het donker zijn principes. Welopgevoed jongetje. At met servet over zijn puntige knieën. Zij was boos geworden toen hij een dikke vrouw 'nog dikker dan ik' uitlachte. Knetterende ruzie waarna zusje met aanhang was verdwenen. 'Ik zei haar dat ze te goed was voor dat stuk pretentie maar ze wilde niet luisteren.'

Filmclub vol hupse meiden gekleed naar de laatste mode bij de pinken om een rolletje weg te kapen. Moordende glimlachjes. Haar vent zat doorlopend te vergelijken. 'Als je die benen had!' 'Heb je dat haar gezien?' 'En die tieten?' Ging opzettelijk verslonzen met fles wijn in het warme zand liggen. Stomdronken na zo'n dag niets meer mee te beginnen. Hij struinde bij nacht het kampeerterrein af. Werd bij een insluippoging in elkaar geslagen en voor ouwe zak uitgescholden. Kreunde verongelijkt onder ijskompres: 'Als jij je niet zo liet gaan.' 'Ik kreeg bijna medelijden.'

Haar rafelige jeans met kohl omrande ogen en wilde haren. Overgebleven olifantje uit de jaren zestig. (Olifanten met hun voorhistorische lijven hun dikke huid en legendarische geheugen. Kunnen na honderd jaar nog onverhoeds wraak nemen om onrecht hun aangedaan door iedereen vergeten maar niet door hen. Wijfjes leidsters van de kudde massaal onverslaanbare massa. Toeterend en trompettend. Overlopend van tedere liefde voor hun babyolifantjes. Zij en ik samen Olifantse lekker in de zon en het stof van ons reservaatje. In Afrika waar het ivoor zo goedkoop is.) Speelde met verve rol van boerenmeid waar anderen hun neus voor ophaalden. Leuk vakantiefilmpje. Verdween met rollende heupen uit het beeld. Muziek: *Little Elephant Walk*. Om jezelf lachen. Een succes.

'Ik zak door de grond van schaamte,' zei hij. 'Waarom doe je zoiets?' vroeg ik. 'Jij zou je er te goed voor voelen niet?' Eeuwige geldzorgen. Giechelend: 'Ik kan niets meer kopen. Geld is op. Bank heeft krediet ingetrokken.' Zag verschrikt dat het nog maar de zestiende van de maand was. 'De kinderen hadden schoenen nodig.' Koppig. Wilde geen hulp van mij niet van niemand niet. 'Ga dan werken.' 'Ik ben geen kostwinner.' Dook met de hond onder tafel als de brouwer aanbelde. Vermeed winkels met openstaande rekeningen. Betrapt met twee flessen whisky. Hij weigerde de boete te betalen. Vrolijk: 'Dan ga ik zitten!' Grijze streep door donkere haren. 'Je lijkt op Kate Millett.' 'Wie is dat?' 'Een filmster.' Wou me niet meer zien maar belde elke week op. Trouw als verdriet. Zorgen om toekomst zusje. 'Ze denkt dat ze alles anders en beter zal doen maar het is precies hetzelfde.' Neiging om zich met voldoening in ellende te verdiepen. 'Heb je al gehoord van?' Las rechtbankverslagen. Gefascineerd door kansspelen. Kocht elke maand drie loten van de nationale loterij. Moeder kwam af en toe over de brug. Duur betaalde hulp.

Sloeg in tien minuten zoveel goedbedoelde onzin uit dat ze het niet langer kon verdragen. Gênante vragen: 'Met hoeveel heb jij het al gedaan?' 'Zou je weleens voor geld durven?' En pijnlijke bekentenissen: 'Ik had mezelf moed ingedronken en liet hem maar doen. Maar na een tijdje vroeg ik toch beleefd of hij nog niet klaar was. Razend. En ik kan niet doen alsof.' Maakte een afspraak met exvrijer nu waarnemend directeur in familiezaak. Duurste hotel van de hoofdstad. Maar het ging niet. 'Hij wilde niet dat we samen gezien zouden worden. Alsof hij zich schaamde. Sprong bij elk geluid schichtig uit bed.' Spijtig: 'En het was nog wel zo'n mooie kamer.' Vage vriend wil z'n buitenhuisje voor een weekend verhuren. Rijden er samen heen. Hand op haar knie hogerop langs haar dij. Gaat in ijskoud huisje op bed liggen vraagt om bij hem onder het dek te komen. 'Ik zou toch zo graag voor een keer...' Ziet het van ver gebeuren. 'Ik ben geloof ik dood daar.'

Laatste poging om overeind te blijven. Meldt trots vriendschap met homo-koppel. 'Dat had je niet gedacht wat?' De een bakt zalig flensjes en de ander doet pico bello het huishouden. Ze hebben een hond, een teef, die Madame heet. Zij verzorgt haar als de baasjes met vakantie zijn. 'Maar ik moet er wel voor zorgen dat ze niet door de bokser wordt gedekt.' Volgen een werkloze Turk een verlaten huisvrouw en twee oudjes die hondevoer uit blik eten omdat ze van hun karig pensioentje niet kunnen rondkomen. Een gesjeesde student economie wordt onderhuurder en voorspelt in detail het einde van de wereld. 'Het heeft allemaal geen zin wat zou je je nog druk maken?' De onderpastoor houdt ze achter de mouw. Telefoongesprekken worden almaar verwarder en eenkennig. Hoort me niet of wil me niet horen. Draait mijn nummer zonder erbij te denken zegt ze. Excuseert zich na jaren hartstochtelijk voor racisme van haar vent. Tv-film heeft haar de ogen geopend: 'En er waren ook kinderen bij.' 'Zal ik een jood voor je vinden?' Ook van de psychiater weet ik niets af. Krijg nochtans uit zijn wachtkamer knipsel over vasectomie toegestuurd. Onderlijnt getuigenis van gesteriliseerde mijnheer dat ingreep niet pijnlijk en verder zonder gevolgen is. Alles normaal. Business as usual. Opmerking in de marge: 'Wat een moedig man!' Herken eerst haar handschrift niet.

Laatste peren ploffen uit de bomen als ze eindelijk nog eens komt. Slordig zilver op nagels brede bloemetjesjurk schuwe blik heeft kennelijk haar best gedaan. 'Je bent niet veranderd,' zeg ik. Is ook zo als je wat langer kijkt. Eet voorzichtig. Glaasje wijn wordt lacherig afgeslagen maar even later drinkt ze gestaag de fles leeg. Lacht om mijn technische onkunde. 'Ik herstel zelf de fietsen van de jongens.' Alsof ze het tegen iemand anders heeft: 'Mijn man zegt altijd voor dat soort van dingen moet je bij mijn vrouw zijn.' Bloost. Het gaat beter. Haar bewering. Als hij maar niets op het huishouden heeft aan te merken. Eten op tijd op tafel. Boel aan kant. Ieder zijn deel van de afspraak. Met de kinderen gaat het goed. Jongste weliswaar van school geschopt maar hij was er niet gelukkig. 'Het worden wel mannen.' Likeurtje bij de koffie. Halve fles framboise. Krijgt vurige blosjes. Lacht. Veegt zich de tranen uit de ogen.

Ontwijkt bezorgde blikken. 'Laat me maar.' Is alles van vroeger vergeten. Staat op en loopt naar de telefoon om mij op te bellen. 'Maar ik ben hier!' Giechelend. 'Dat is waar ook.' Zoent me in het wilde weg. 'Dat zouden we meer moeten doen.' Hond ligt braaf in de auto op haar te wachten. 'Kun je wel rijden?' Lief: 'Jij bent ook niet veranderd.' Ik word die avond bij het opruimen door een niet te stuiten huilbui overvallen. Herhaal snotterend haar naam. Doos papieren wegwerpzakdoekjes gaat er in zijn geheel aan.

Komt de lange koude winter met absolute stilte op alle lijnen. Somber voorjaar is ze daar plotseling weer. Stem is veranderd. Rauw geworden. Plechtige uitnodiging om vete met haar man uit te praten. Denk doe me dat niet aan. Na beleefde weigering. 'Geeft niet ik blijf toch niet bij hem.' Belt vijf minuten later terug: 'Dat was maar een grapje hoor.' De hongerende mensheid het bodemloze wereldleed de donkere toekomst maar dan toch de figuur van Jezus die ons de weg wijst. Moet erbij gaan zitten. 'Ben je wel in orde?' Vermoed drugs sektes kan voor de hand liggende ellende niet veranderen. Zal nog een keer bellen, week ervoor. Of ik meega naar begrafenis van aangetrouwde tante die geen tante is maar iemand die ze jaren geleden heeft ontmoet en verwaarloosd zegt ze. 'Ik vind het zo zielig dat niemand naar haar begrafenis gaat.' Klaagvrouw. Weigerde abrupt. Zou naar Parijs vertrekken die donderdag mishandelde mijn haar zo dat er een grote klis moest worden afgeknipt. Werd massaal begraven voor een keer welbemind. Wie haar kende had wat goed te maken. Onderdrukte impuls om haar na afloop op te bellen: 'Weet je wie er allemaal waren? Je had hun beteuterde koppen moeten zien!' Kon haar verdwijning niet verwerken. Bleef haar nog jaren op de onmogelijkste plaatsen zien.

Strijkje speelde zielig Weense walsen. Maria Theresia-jaar. Bijriviertje van de Donau. Suikergoedstadje. Zat met een onwijs lachje tussen vormvaste mevrouwen en mijnheren in loden jassen. Maar ze had geen voeten. Waar bij anderen stevige stapschoenen of bergbottines zaten was bij haar een ruimte opengelaten. Niets zelfs geen wolkje. Keizerin-moeder troonde achter Kaffee mit Sahne. Maag draaide om. Oostenrijk vrome onderbuik van Rode Russische Rijk. Stonden voor de poorten van Wenen. Eerste koelte. Avond viel. Bevende kaarsvlammetjes in rode vetpotjes op graven van hellend kerkhof. Zat me de hele nacht zwevend in voetlange japon achterna. Fluisterde zo zacht dat alles onverstaanbaar bleef. Werd in straat achter de Dom vanuit portieken onthaald door kindhoertjes en mooie jongens. Thomas Mann. Voor het eerst bang in het donker.

Dichter bij huis: zat ongedurig voor stoplicht met vingers op stuurwiel te trommelen. Toevallige zijwaartse blik bleef als betoverd hangen. In blauwe wagen zelfde ogen zelfde haren maar glimlachend en zelfbewust. Het ging haar goed. Keek me vragend aan. Een wenkbrauw opgetrokken, grappig. Boos getoeter: stoplicht was van rood naar groen gesprongen. Zij aarzelde niet trok feilloos op en reed zonder omkijken het beeld uit. Blokkeerde de motor. Startte opnieuw. Vertrok hortend. Veelbetekenend getik van wijsvingers tegen voorhoofden. Vrouw aan het stuur. Nam mezelf onder handen. Dood is dood. Geen film in mijn hoofd. Einde van de redetwist. Niet langer klappertanden. Moeilijk ogenblik voor het slapengaan. Niet verantwoordelijk voor mijn dromen. Keek me laatst zo intriest aan. Een pfennig voor die blik. Wie biedt meer? Wie kan mijn schuld afkopen? Dat ik leef en altijd maar verder leef? Het stof van mijn rokken klop.

Begin van zeven zwarte jaren. Koud bed. Bevroren bed. Bed zonder vreugde. Doodkist. Ligt te vergaan ergens naast viaduct en spoorweg zonder gras of groen. Krankzinnige omgeving. Vliegveld aan de achterdeur.

Ogenblikken dat alleen woede mij overeindhield. Vernislaagje moed brokkelde af. Hol lachje eerder kuchje. Maagkwaal was eeuw geleden nog tbc geweest. Vooruitgang eist zijn tol. Onverteerbare dagen. Begon op alles ja en amen te zeggen. Betekenis der dingen was weggevallen. Wilde mezelf niet bekennen wat ik wist. Gaf automatisch gas als ik voorbij kerkhof reed. De duivels op mijn hielen.

O nee zus zover krijg je me niet! Voelde me in de steek gelaten. Kijk eens onder de keldertrap of daar geen moeder zit? Geen vrijer om die rol te spelen. Geen liefde om alles goed te maken. Distelveld. Stond in slijterij peinzend naar batterij whiskyflessen te staren. Probeerde me langzaam dronken te voeren. Wilde niet lukken. Glashelder al kon ik niet meer op mijn benen staan. Symptomatisch voor de hele geschiedenis. Kon haar niet oplossen. Het onvermijdelijke. Nooit bij neerleggen. Heroïsch dwergje. Stilletjes vergeten. Bleef me bij hoe ze voor één keer overmoedig wilde zijn. Haar brood op het water gooien. Wie zegt dat we het niet zullen leren? De koude oorlog. Niemand nodig hebben. De vijand op twee benen onderscheppen. Wie zegt dat ik haar niet zal overleven? De doorn uit mijn vlees halen? Haar niet langer gelijken. Een ander vreemder voor mezelf weet ik wie. Je naam zorgvuldig vergeten.

DEEL DRIE

Het naakt verkeren

'Er was een laaiende opstand tegen de vaders en de zonen. Een rebellie die nooit zal eindigen.'

Monika van Paemel,
Amazone met het blauwe voorhoofd

EEN KOPEREN KINDERBED met aan de hoge zijkanten een vlechtwerk van gestileerde harten waarvoor roze gordijntjes zijn gespannen. Als het licht van de bedlamp erdoorheen schijnt wordt het interieur van het bed een heerlijk kamertje. De roze gloed waarin ik lig is mijn eerste gevoel van welbehagen. Er moeten er eerdere zijn geweest, maar die ben ik vergeten. Het bed staat in de slaapkamer van mijn ouders, als ik bij hen verblijf slaap ik daar. Ik ben niet gewoon alleen te slapen, maar in het bed met de hoge wanden voel ik mij redelijk veilig. Toch word ik midden in de nacht met een heftig kloppend hart wakker, en ga overeind zitten. Schaduwen sluipen langs de muren en over het plafond. In het grote bed draait een van de slapers zich om, zucht en smakt met de lippen. Ik ga weer liggen en trek het dek over mijn hoofd maar ben zo verstijfd dat ik mijn benen niet kan strekken. Een koude adem strijkt over het bed. Het onpersoonlijke ik.

* * *

Voortaan blijft de lamp branden tot ik inslaap. Een ogenblik dat ik almaar tracht uit te stellen. Vechtend tegen loodzware oogleden. Over de bedrand hangt een snoer met een peertje. Ik hoef als het donker mij overvalt maar een hand uit te steken om het licht aan te knippen. Mijn vader is van het gejammer verlost. Er bestaat geen boeman. Op zondag slapen de ouders uit, ik lig voor mijn gevoel al uren wakker in het getemperde morgenlicht. Schuif de bedgordijntjes opzij en kijk naar de logge figuren in het grote bed. Ze liggen als lepeltjes in een la met hun gezichten naar me toe. Het gezicht van mijn vader is bruin en scherpgesneden. Kortgeknipt haar boven een hoog voorhoofd. De dunne lippen wijken om de groene hengeldraad die uit het linkerneusgat komt door te laten. Hij slaapt waardig en vastberaden. Zonder het te beseffen boots ik die uitdrukking na om kalm de slaap te vatten. Mijn moeder blaast en pruttelt als kokende pap. Ze heeft een breed vlezig gezicht, met zelfs als ze gesloten zijn bolle ogen, en een belachelijk kleine mond. Haar krullen worden door ontelbare zwarte spelden op hun plaats gehouden. Ze zijn als het ware op haar schedel genaaid. Soms draagt ze een haarnetje om haar kapsel in model te houden. Ik voel met dit gezicht geen enkele verwantschap, ja wijs die heftig af. Door de opengeschoven bedgordijntjes speel ik met mijn vingers poppenkast.

* * *

Een zachtpaarse deken met witte poppetjes is mijn fetisj. Ze is afgebiesd met een satijnen lint dat ik aan een hoek lospeuter om met mijn vingertoppen over de uitgerafelde rand te kunnen strelen. Toen ik nog heel klein was zijn ze een keer bij het inpakken de fopspeen vergeten. Van zodra een kind kon lopen schafte Elisabeth overdag de fopspeen af. Maar 's avonds streek ze over haar hart. Het was die fopspeen en geen andere. Ik kende precies het aroma van afgekloven rubber en honing, en was gesteld op de vertrouwde piep waarmee je lucht door het gaatje zoog. Wat ik ook deed, ik kon niet inslapen. Geërgerd zei mijn moeder: 'Pak dan je duim.' Het smaakte naar niets. Maar als ik met de uitgerafelde kant van de deken over mijn wangen aaide ging het beter.

Achteraf zou Elisabeth me het duimzuigen afleren door met bedtijd een sok over mijn rechterhand te schuiven. Mijn linkerduim deed me niets. Alsof hij niet in mijn mond paste. Ook de paarse deken moet eraan geloven. Elisabeth legt ze vol motteballen achter in de kleerkast. Als ik de deken terugkrijg ben ik ontzet door de geur, maar ik geef haar niet op. Ook het duimzuigen niet. Het wordt een lange strijd. Mijn grootmoeder dreigt mosterd op mijn duim te smeren. Mijn vader vindt het een ergerlijke gewoonte. 'Flinke meisjes zuigen niet op hun duim!' Blijf het nog lang doen, vooral als ik moe ben of pijn heb, of in een staat van reddeloosheid verkeer en onder de tafel of de trap kruip. Echter altijd in combinatie met een flanellen doek of een stuk stof waarvan de textuur die van de paarse deken benadert. Ik geef het duimen pas op in het ziekenhuis als ik door de glazen wanden dag en nacht in het oog word gehouden. De lakens en dekens zijn er van een koele en gladde materie. Paasmorgen zit ik in het koperen bed, met mijn deken over mijn hoofd, als in een tent, op de terugkeer van de klokken uit Rome te wachten. Een suizelende stilte.

In het grote bed alleen de bobbel van mijn moeders rug. Plotseling een feestelijk luiden, ver en nabij, ik gooi de deken van mijn kop en roep: 'Daar zijn ze!' Maar de kreet blijft halverwege mijn strot steken. Voor het venster vliegt een klok met kleine vleugeltjes. Verstomd zit ik ernaar te kijken. Later vind ik in het magazijn de stok met de kartonnen klok die, op de witte pegasusvleugeltjes na, grijs is geschilderd. Ideetje van mijn grootvader. Ik begrijp hoe het in elkaar zit, en toch kan ik het ding in het magazijn niet vereenzelvigen met de klok die zwaarbeladen met eieren voor het slaapkamervenster langsvloog. In de tuin van mijn grootmoeder rapen alle kleinkinderen paaseieren. Ze hangen met lusjes aan de takken of zijn tussen de krokussen verstopt. Het gaat erom wie de meeste eieren in zijn korf heeft. Achter in de tuin, verdiept in het spel, ga ik zoals de neefjes stoer rechtop tegen de haag staan plassen. Als mijn moeder ons betrapt is het eerste dat ze zegt: 'Hurk neer, vies meisje.' Daarna komt er nog veel meer, ze houdt nooit haar mond, maar het meeste ben ik vergeten.

* * *

Bij langere logeerpartijen krijg ik in het koperen bed nare dromen. Of het iets te maken heeft met mijn ouders in het grote bed daarnaast weet ik niet, maar die dromen zijn seksueel geladen. Ik droom hijgende geluiden, en kleuren die van paars naar rood en roze uitwaaieren. Misschien krijg ik het benauwd tussen de dichtgeschoven gordijntjes, maar voor niets ter wereld wil ik ze terwijl ik slaap opengeschoven hebben.

Het huis staat in de nabijheid van een park, waarin voor het eerst beelden in de open lucht worden tentoongesteld. Daar zijn we met de hele familie naar gaan kijken, en voor zover ik weet was dat de eerste keer dat ik met kunst werd geconfronteerd. De herinnering is nog levendig. Het park met zijn vijver en zwanen, de hoge beuken en rododendronbosjes, waartussen uitgestrekte grasvelden liggen. Een reusachtige vrouw die met gespreide dijen neerknielt, het hoofd achterover en de armen wijd open. Ze glom.

Een man die opzij kijkt, de armen gekruist over de borst, en de penis overeind. Op een paal een groep rennende meisjes met spitse borstjes. Een blok marmer dat zichzelf voorstelt en even glad als koel is. Vanzelfsprekend neem ik deze beelden in mij op, zonder ze te begrijpen, maar over het gevoel van verrukking vergis ik mij niet. Mijn vader stapte rond met het air van een kenner. Af en toe bleef hij staan en schudde het hoofd: 'Dat is het niet...' Mijn grootmoeder vroeg zich af waarom al dat monumentale bloot in haar park was neergepoot en trachtte vergeefs te voorkomen dat de kleinkinderen het schandaal onder ogen zouden krijgen. Ze was ook boos om het giechelige commentaar van mijn moeder die in haar opwinding de neiging had om vulgair te worden. Mijn grootvader verklaarde zich gelukkig omdat hij de beeldhouweraspiraties van een van zijn zonen de grond had ingeboord.

De herinnering is ook verbonden met de aanwezigheid van een magere man die als boekhouder op de dienst planten en plantsoenen werkte en bij de ouders over de vloer kwam. Hij had de neiging om te stotteren en mijn grootmoeder maakte zich vrolijk over hem. Zijn probleem, of beter dat van zijn vrouw, was een kinderloos huwelijk. Maar er was ook wat met mijn moeder, stemmingen, ruzies, en alle dagen in het park wandelen op het tijdstip dat de boekhouder van kantoor naar huis fietste.

Ze nam ons mee, maar als de boekhouder eraan kwam werden we naar de speeltuin gestuurd. Ik was geen kind voor speeltuinen. De toestellen waren te mechanisch en ik had een hekel aan het geschreeuw. Meestal keerde ik al bij de ingang om en stond dan van ve naar mijn moeder en de boekhouder te kijken. Het was zoiets als onder water turen, waar het diffuse licht alles doet bewegen en onduidelijk maakt. Maar het oppervlak was niet groter dan de bodem van een emmer. 's Nachts droomde ik van de beelden, en van mijn moeder en de boekhouder, die er iets mee verrichtten, wat kon ik niet uitmaken, het begrip paren was nog niet tot mij doorgedrongen. maar ik was erg verward bij het ontwaken en genoot niet van het roze licht in mijn bed. Ik schaamde mij voor mijn vader.

* * *

Wat ik het meest mis in de stad zijn de dieren. Ik houd, geloof ik, van mijn grootmoeder en tantes, en zeker van mijn ooms, maar wat de omgang betreft is het meer rede dan gevoel. Met de dieren verkeer ik op gelijke voet. Ik hoef ze niet te verklaren om ze te begrijpen. Hun geur, de vachten, de natte neuzen, en de ogen die niets gemeen hebben met mensenogen. Als er iets met de dieren is laat ik mijn vriendjes onmiddellijk in de steek. Bij geboortes ben ik met geen stok weg te slaan. Ik voel me verantwoordelijk voor de kleintjes en verzorg ze graag. Een geboren vijand van jagers en stropers, verdraag ik het ook niet dat de boeren hun dieren als waar behandelen. De dood van een dier grijpt me meer aan dan die van een mens. Als ik ergens moet vertrekken, of aan mijn eigen dood denk, zijn het altijd de dieren die achterblijven waarover ik me zorgen maak. Ik ben ervan overtuigd dat dieren (in tegenstelling tot mensen) mij geen kwaad willen doen. Als een dier bijt of trapt, is het een misverstand of mijn eigen schuld omdat ik me niet aan de regels heb gehouden. Er bestaat geen dier dat me niet aantrekt, al wordt me de huiver voor slangen ingeprent. Reptielen komen in de omgeving echter alleen in onschuldige vorm voor, en ik weet zeker dat ze niet kunnen praten. De ervaring beperkt zich voorlopig tot zoogdieren, vogels en vissen, en van alle huis- en hoevedieren is het paard mij het liefst. Dat is te verklaren door de belangstelling die in beide familietakken, zij het op verschillende wijze, levendig is. Voor de boeren betekende het paard in die tijd nog een onvervangbare werkkracht, voor de landelijke bourgeoisie was de ruiterij een statussymbool. Maar men beschouwde het paard ook als een vriend en kende het noblesse toe. Beide opvattingen waren (zoals wel meer dingen) in mij versmolten maar ik zou het paard te kort doen als ik het geen eigen inbreng in mijn liefde gaf.

Ik was nauwelijks twee jaar toen ik op de brede rug werd gezet en voelde hoe de bewegingen van dat grote dier zich langs mijn ruggegraat voortplantten. Kwam ik in de stal dan draaide het paard zijn kop met de fluwelen ogen naar me toe en proestte. Ik ging op mijn tenen staan om de hals te strelen en voerde het uit mijn opengehouden rok appelpartjes. Als ik de paarden zag draven vervulde mij een grote vreugde. En al rijdend was ik vrij van alles wat mij beklemde. Bij het beeld van moeder en kind denk ik aan een merrie met veulen. Ik was nooit bang voor paarden. Van een boer die met een ingedeukte schedel in de stal werd gevonden (hersenspatjes kleefden tegen de muur) was geweten dat hij zijn paarden afranselde. Ik was trots op de broer van mijn grootvader, die een vierspan met slede kon mennen dat de vonken uit de ijzers sprongen.

Een jeugdvriend van mijn vader, die volbloedpaarden fokte, reed voor met een prachtige merrie. Mijn vader begon het dier te keuren. Hij trok de lippen van elkaar om het gebit te bekijken en beklopte de schoften. Het paard hinnikte en had de neiging om te steigeren. De ruiter vroeg hem ermee op te houden omdat het dier kennelijk geen aanraking van vreemden verdroeg. Maar mijn vader bukte zich om de hoeven na te kijken. Op dat ogenblik greep het paard hem onder aan de rug in de broek, tilde hem op als een zak meel, hield hem even zo, schudde misnoegd de kop en liet hem vallen. Wit van woede werd mijn vader, maar het paard keek hoog over hem heen, en ik zag plotseling dat hij maar een kleine man was. In de stad was me dat nooit opgevallen. Daar werden de echte paarden trouwens vervangen door hobbelpaarden. Op een blauwe maandag ben ik in het kleuterklasje van zuster Piata verzeild. Een non met een figuur van een Russische grootmoeder en een gezicht van papier-maché. Ik verveel me grijs tussen de zandbakken en blokkendozen. Maar er staat ook een hobbelpaard. Het is zwart met in de breedlachende mond krijtwitte tanden. De teugels en het hoofdstel zijn rood. Ik schommel zo hard als ik kan, maar slaag er niet in om vooruit te komen. Door het geweld waarmee ik heen en weer schommel ontstaat er een aangename wrijving. Tot er wat beweegt tussen mijn benen en ik verstijf. Piata tilt me van het hobbelpaard, en ik kan me niet herinneren dat ik er ooit nog op heb gezeten. Ik heb geen woorden voor wat er gebeurt, maar de ervaring is zo ingrijpend dat ik me haar vijfendertig jaar later in een eenzame nacht zal herinneren.

(De waterburcht was als logeerruimte afgekeurd door de brandweer. Te veel brandbaar materiaal en geen nooduitgangen. Er werd nog wel college gegeven. De slotgracht lag er onveranderd bij, maar de vijvers waren grotendeels gedempt. Op de opgespoten gronden verrezen kubusachtige gebouwen: de nieuwe gastverblijven. De rozentuin genoot enige bekendheid. Franse symmetrie van perken afgezet met palmhaagjes. Een theepaviljoen. Langs de tennisvelden en de volières met sierhoenders flaneerde de gedemocratiseerde elite in jeans en zigeunerrokken en met de hooghartige gezichten van geleerde adel. Bij de discussie hield er eentje vol dat het verkeerd was om Mozart te populariseren. Dat was bevoogding. Arbeiders hadden een eigen cultuur. Daar konden de beursstudenten zich mee verzoenen. Canaux, canard, canaille. Hoe minder ze weten hoe gelukkiger ze leven, placht haar grootvader te zeggen.

Hij zou haar de rozentuin laten zien. Het liep al tegen de avond. Het had fel geregend. De rozen leken op gekleurde lapjes. In een prieel was een tros dode mollen opgehangen. De blinde kopjes omlaag, de witte gravershandjes verkrampt. Een briesje volstond om de tros om zijn as te laten draaien. Mollevallen lagen op de grond voor hun voeten. Hij was er bijna ingetrapt en stond schaapachtig te grinniken. Dat behoedde haar ervoor te gaan gillen. Of ze zin had? Een modevraag. Ze streelde met haar wijsvinger over een huiveringwekkend zacht mollevelletje, en raakte hem met dezelfde vinger aan. Het angstvallige bloot van de menselijke huid.

Ze knapte af op details. Een hobbelpaard als minnaar. Het eeuwigheidsverlangen als tussendoortje. Zijn en niet haar angst voor zwangerschap. Een condoom is zoiets als een voetbad nemen met je sokken aan. Of je zo'n man nog ooit zou willen weerzien? Liefde van oorlogswezen. Displaced persons. Angst en droefheid. In de afgronddiepe hemel pinkelde een ster als een diamantje, alleen de hele nacht lang, daar moet je lef voor hebben. Toen de woede was geweken toch nog een moment van tederheid. Maar dat was lang niet voldoende.)

De grootouders hebben altijd honden gehouden, en er worden sterke verhalen over verteld. Vooral over een legendarische herder, Mira (een teef), die gedurende de oorlog have en goed had bewaakt en geen uniformen kon luchten. Maar die mijn vader onmiddellijk had herkend toen hij met de ijspegels nog aan zijn neus en in lorren verkleed als verloren zoon naar huis kwam hinken. Nadien lag de hond grommend onder de kinderwagen om ervoor te zorgen dat mij niets overkwam. En als ik werd gebaad begon zij hartverscheurend te huilen. 'Bij volle maan huilen de honden als wolven in het bos.' Mijn grootvader. Maar nu ik het gezelschap van een hond zoek is er alleen een muisgrijze kater overgebleven. De poes is niet aan kinderen gewend en verstopt zich bij voorkeur in een bed of de linnenkast, wat haar ten strengste is verboden. Op een middag, als iedereen weg is, gaat mijn moeder ook uit, en om van me af te zijn word ik met een plaatjesboek, me dunkt *Gullivers reizen*, in het koperen bed gedropt. Ik moet maar wat slapen of plaatjes kijken. Het is onheilspellend stil in huis. Al staat de wekker op het nachtkastje als bezeten te tikken.

De dingen leiden een eigen leven, daar ben ik van overtuigd. Kasten, stoelen, tafels, ze houden zich koest als er mensen in de buurt zijn. Maar alleen gelaten gaan ze hun gang, ze kraken en piepen, en zoeken een middel om wraak te nemen want ze zijn de mensen niet goedgezind. En kinderen zijn een makkelijke prooi omdat ze zich niet naar behoren kunnen verdedigen. De mahoniehouten kleerkast van mijn grootmoeder heeft een hekel aan het huis waarin ze staat en vindt de kleren die ze moet herbergen beneden haar stand. Ze kijkt altijd somber. Als ik een keer alleen naar boven word gestuurd om een sjaal te halen, draait de middelste kastdeur geluidloos open. Ik vlucht de kamer uit. De boerenmeubels van mijn andere grootmoeder hebben niet zoveel kapsones maar het is me toch overkomen dat de laden van de commode open- en dichtschoven, snap-snap, om in mijn vingers te bijten. Tussen de kieren van de roze bedgordijntjes zit ik in angstige spanning de kamer te begluren. De spiegels van de kaptafel glimmen spottend. Ik vertrouw ook de wekker niet.

Stil schuift de deur open, er verschijnt een grijze kattekop die miauw zegt. Op slag is alles weer normaal. Ik ga rechtop in bed staan en vlei: 'Kom poes, kom dan.' Ze wipt eerst op het grote bed en trappelt met haar voorpoten in de sprei, maar dan laat ze zich vermurwen en landt met een plof in mijn roze nest. De poes begint vergenoegd te spinnen en ik druk mijn oor tegen haar ribbenkast om erachter te komen waar dat geheimzinnige motortje zit. Als ik wakker word ligt ze in een krul in mijn schoot, ik trek zachtjes aan haar snorren en ze bijt even zacht in mijn vingers. We spelen een beetje, ze rekt zich uit, snuffelt aan mijn navel en begint te likken. Het kriebelt en ik slaak een kreet, maar ze likt met haar raspende tong mijn buik en liezen. Het kriebelen verandert in een vuurtje dat ik zo lang mogelijk aan wil houden. Mijn moeder is de eerste die thuiskomt en ik vertel haar van de poes en het prettige gevoel tussen mijn benen. Voor ik het weet krijg ik een klap. Ze sleept me naar de wastafel en stopt mijn hoofd onder de kraan. 'Vies kind. Vuil meisje.' Daarna moet ik mijn handen wassen.

's Avonds krijgt mijn vader alles te horen terwijl ik snikkend voor hem sta. Hij zegt niets. Kijkt alleen maar. Wat later krijg ik een zwart poesje van een man die Italiaanse vloertegels verkoopt. Mijn vader pakt het beestje uit mijn handen en geeft het plechtig terug aan de man van de vloertegels. 'Kinderen die dieren misbruiken zijn niet waard om ze te hebben!'

De uitspraak is overdreven, hij wil geen jonge kat, maar ik kan me niet aan het vonnis onttrekken.

* * *

In het koperen bed met de roze gordijntjes ligt voortaan mijn broer. Als ik thuiskom slaap ik op de divan, en later in een gebeeldhouwd bakbeest in de logeerkamer. Aan beide heb ik een gloeiende hekel. De divan staat gewoonlijk in de huiskamer of in het bijkantoor. Hij is met bordeauxrood fluweel overtrokken en heeft geen rugleuning, maar de afgeronde armsteunen kunnen worden neergelaten en zo dient hij als rustbed voor mijn vader.

Alle familieleden die ziek of herstellende zijn komen erop terecht. Ook ik zal er lange uren op doorbrengen. Toen de divan werd afgedankt verhuisde hij naar de familie van mijn moeder en dook overal op waar pijn werd geleden. Hij stond in de sterfkamer van mijn voedstermoeder, dezelfde kamer waarin ik ben geboren. Onverwoestbaar was hij, en het zou me niet verwonderen als hij nog altijd even onaangedaan ergens op mijn dood stond te wachten. Het ding weze vervloekt.

In de slaapkamer van de ouders wordt de divan tegen de muur geplaatst, met aan de open kant twee stoelen ervoor, om te voorkomen dat ik eruit zou rollen. Ik voelde me een zwerver, iemand die tussen kisten en koffers slaapt, in doorgangen en onder bruggen. Een verschoppeling die geen eigen plekje op de wereld heeft. De nachtelijke schaduwkant van de heldenrol die ik bij daglicht speel. Wat je ook deed, en hoe ik me ook tegen de muur aan drukte, het was onmogelijk de divan als bed te gebruiken. Je bleef er altijd bovenop liggen. De rug van een muilezel die zich kromde om je af te werpen was daarmee vergeleken een comfortabele verblijfplaats.

Ik ben me niet bewust van heimwee naar het koperen kinderbed, nu er een ander in ligt heeft het afgedaan. Maar er valt niet aan te ontkomen dat ik op de divan een kind ben dat voor een beperkte tijd wordt bijgezet, om op den duur voorgoed te verdwijnen. Bovendien vormen de stoelen in tegenstelling met de roze bedgordijntjes geen hechte afsluiting. Ik kan me niet in een eigen ruimte terugtrekken of anderszins ontsnappen aan het contact met het grote ouderbed, waarvan ik ook nog van de vader- naar de moederkant ben verlegd. Het gepruttel en geblaas verstoort de rust, en het zelfingenomen vollemaansgezicht zorgt ervoor dat ik helemaal verkrampt raak. Ik wil me niet zo uitleveren aan het niets.

En ik houd er de gewoonte van over om de mensen in hun slaap te willen betrappen. Al grappend verdeelt mijn vader de slaapkamer in een mannen- en een vrouwenkant, maar ik ken die verdeling van in de kerk en weet me bij de mindere soort ingedeeld. Het is daarom een opluchting als ik de divan ontgroei en het bakbeest krijg toegewezen, al zal ik nergens zozeer de angst van de kinderjaren ondergaan. Misschien komt het doordat ik in de logeerkamer word opgesloten, om niet slaapdronken van de trap te sukkelen. Als er iets is moet ik maar roepen. De twijfel of ze me zullen horen is de eerste nacht zo sterk dat ik roep. Ik begin zachtjes en dan almaar luider, tot ik tenslotte snikkend op de deur bons. Als mijn vader verschijnt weet ik zo vlug geen reden voor mijn opwinding te verzinnen, hij heeft door dat het alleen maar angst is en noemt me een lafaard. Ik begrijp het woord door de toon waarop het wordt uitgesproken, en zal voortaan niet meer roepen.

De logeerkamer is op het onpersoonlijke af vreemd. Er staan een paar grijpgrage kasten, en stoelen die uit de andere kamers zijn verbannen. In het midden pronkt het bakbeest. Het is geen bed maar een monument. Gepolitoerd notehout, uitgesneden in krullen. Op de vier hoeken getorste bedstijlen die in fakkels uitlopen. De fakkels zijn net als een deel van de gebeeldhouwde sponde met houten pennen vastgezet. Het eerste dat ik doe als ik alleen word gelaten is de fakkels en zijkanten loswrikken en onder het bed schuiven. Mijn wijsvinger past precies in de uitholling voor de pennen. Maar als hij een keer vastzit zal ik hem er nooit meer instoppen. Ik hang lakens en dekens over de bedstijlen en maak daaronder met de kussens een nest. In die vesting wacht ik de komst van de demonen af. Mijn grootmoeder heeft het bakbeest geërfd van een oude vrouw die Hortense heette en bij een auto-ongeluk om het leven is gekomen. Ze had de invalsweg naar de stad willen oversteken toen daar een legercolonne met geblindeerde wagens over denderde. Bloedend lag ze op de kasseien. Buren die haar herkenden renden naar haar huis om de kussens van het bed te halen, en zo, het hoofd gesteund door haar eigen kussens met de geborduurde slopen, was ze gestorven. Het bakbeest had ze niet meer gehaald. Maar ze was er wel in opgebaard. Helemaal in verband gewikkeld zoals koningin Astrid. De pezen van haar benen waren doorgesneden.

'Een vrouw met een gouden hart,' zei mijn grootmoeder. Maar zij hoefde niet in haar bed te slapen. Hortense had niemand meer op de wereld en bakte frites voor de buurtkinderen. Ze schudde de frites in een papieren puntzak en bestrooide ze flink met zout. Alle kinderen waren er dol op geweest. Zulke traktaties waren mij verboden, en ik kon het zout op mijn tong proeven.

Het bakbeest was, zei men, een waardevol meubel, maar het was te groot en te bewerkelijk. Ook als ik erin sliep werd het maar voor de helft opgedekt. De Hortense uit de verhalen van mijn grootmoeder was mij vertrouwder dan mensen die ik in werkelijkheid kende. Ze joeg me geen angst aan, maar dat bed van haar vergeleek ik met een lijkwagen. Een grote lijkwagen met lampen als fakkels, en wuivende pluimen, en achter de raampjes zwarte gordijnen met zilveren kwasten. Ik speelde vaak dat ik dood was, dan lag ik met gevouwen handen en halfopen mond, stijf op mijn rug, en kon me niets meer gebeuren. Op de plaats waar Hortense was verongelukt verbreedde de weg van Brussel naar Antwerpen zich in een groot plein waar vele straten op uitkwamen. In de punt van een driehoekig prieel troonde een Cromwell-tank, als symbool van de geallieerde tankeenheid die Antwerpen van de Duitsers bevrijdde.

Het was toen al een druk en gevaarlijk wegenknooppunt. En met Hortense in mijn achterhoofd keek ik dubbel uit mijn ogen als mijn moeder mij met een smoesje naar de overkant stuurde. Ik grinnikte vol leedvermaak als ik weer heelhuids voor haar neus stond. Mijn vader wist niets van deze expedities af, tenminste dat neem ik aan, en als mijn grootmoeder erachter was gekomen had er wat gezwaaid. Dat ik zweeg had ongetwijfeld te maken met de strijd op leven en dood die al voor mijn geboorte was begonnen, en als ik 'mijn moeder' schrijf is dat in alle opzichten overdreven.

Op een dag wordt het plein door soldaten afgezet. Achter de dranghekken wachten vele mensen. Sommigen met bloemen. Ik ben met mijn moeder. Een geladen sfeer. Motorrijders van de rijkswacht, die zwaantjes worden genoemd, racen heen en weer. Bevelen weerklinken. Nerveus trippelen de paarden van het koninklijk escorte over de kasseien. De ruiters dragen beremutsen en lansen met vaantjes. Op de billen van de paarden is een dambord uitgeschoren. De loop van de Cromwell-tank wijst in de richting van Antwerpen. Er komt een stoet limousines aangereden. Uit een van de laatste auto's wipt een militair, rent eromheen en laat een magere jongeman uitstappen. Het uniform past hem niet. Een veel te grote pet, sabel, en een ster op zijn borst. Een bril. Hij doet een paar houterige passen in de richting van de Cromwell-tank en salueert. Een vrouw roept luid: 'Vive le Roi!' en krijgt ogenblikkelijk een muilpeer. Het bloed loopt uit haar mond. Boe-geroep. Er ontstaat handgemeen. De muziekkapel speelt de Brabançonne. Kletterend draven de paarden over het plein recht op de mensen in. De bereden rijkswacht chargeert. Tegenstribbelend laat ik me meeslepen. Als mijn moeder blijft staan is de hoge hak van haar schoen gebroken.

Thuis breng ik opgewonden verslag uit. Mijn vader is zo kwaad dat hij zich verslikt en uren later grauw en grijs uit de wc komt. 'Ik ben niet bang geweest!' zeg ik. 'Je bent al even stom als je moeder.' Hij houdt zijn middenrif vast en gaat op de divan liggen.

Een andere keer ben ik wel bang. Elisabeth brengt me met de trein naar de stad. Mijn moeder staat ons op te wachten. Breed lachend laat ze haar gebit zien. De hoektanden zijn onder en boven met gouden hulzen overtrokken. Het lijken miniatuuruitgaven van de obushulzen uit 1914 die als vazen bij mijn grootmoeder op de schoorsteenmantel staan. Niets kan mij ertoe bewegen haar een zoen te geven. 'Ben je bang dat ik je zal bijten?' vraagt ze.

Op straat is het een helse toestand. Auto's met luidsprekers, rennende mensen, mannen met witte armbanden, die pamfletten uitdelen. Taxi's zijn er niet, en de tramhalte kunnen we maar met moeite bereiken. Elisabeth informeert bezorgd of de trams wel rijden. Opeens grijpt een man mijn moeder bij de arm en vraagt dreigend: 'Wat valt er te lachen?' Ze heeft helemaal niet gelachen, het zijn haar gouden tanden die glanzen. Nog meer mensen blijven staan. Hun handen jeuken, dat is ze aan te zien. Elisabeth wordt opzij geduwd. Maar mijn moeder toont de man onvervaard haar gebit. Hij schiet in de lach. 'Heeft het dametje mooie tanden gekregen?' Hij duwt haar een pamflet in de handen: 'Stem dan ook maar op de goede partij!'

De mensen blijven aarzelend staan, maar als er geen bloed vloeit lopen ze weer verder. 'Gooi dat weg,' zegt Elisabeth dringend, en als mijn moeder niet onmiddellijk reageert grist ze het papier uit haar handen en laat het verstolen tussen ons in op de grond vallen.

* * *

De slaapkamer der ouders betreed ik niet meer, tenzij verdoken. Vlug sluit ik de deur achter mijn rug en sta stil te luisteren. Een oor in de kamer en een oor daarbuiten. Het grote bed met de doorstikte bordeauxrode sprei, tegen het raam aan het koperen bed met de roze gordijntjes. Er zijn nogal wat spiegels, wat me verveelt omdat ik mezelf betrap. De bedsprei is glad en koel, het bordeauxrood als gestold bloed. Onder het hoofdkussen van mijn vader ligt zijn pyjama die ik met welbehagen besnuffel. De karpetjes schuiven over de geboende houten vloer. Alsof ik ga steppen plaats ik een voet erop, en gebruik de andere voet om me op de vloer af te zetten. Maar het karpetje rimpelt en ik kom niet vooruit.

Ik laat mijn vingers over de gestileerde rozen van het koperen bed glijden. Op het hoofdkussentje ligt een fopspeen. Het laken is afgezet met broderie. De lichtblauwe deken strak ingestopt. In een opwelling begin ik het bed leeg te halen. Dekens en lakens zwier ik op de grond, het kussen gooi ik er achteraan, het rubberen plaszeiltje gaat dezelfde weg. De verbetenheid is nog groter omdat het geluidloos moet gebeuren. Na verwoede pogingen om ook de matras uit het bed te tillen moet ik het opgeven. Ze ligt te diep en weegt te zwaar. Kwaad zit ik tussen het beddegoed. Maar met de tranen vloeit de woede weg en laat me uitgeput achter. Zorgvuldig maak ik het bed weer op. Mijn armen zijn te kort om over de hoge zijkanten behoorlijk werk te leveren, dus klim ik in het bed en maak op mijn knieën het karwei af. Ik ben bijna klaar als de deur openzwaait: 'Is hier iemand?' vraagt mijn moeder. Ik houd me muisstil. Ze blijft nog even staan en gaat dan weg. Tussen de kieren van de roze gordijntjes lig ik heel lang naar de gesloten deur te kijken. Met bonkend hart, jawel.

De periode van de politieke discussies. De familie verdeeld in kampen. Er zijn mensen die je niet meer mag groeten. Of die ons niet meer willen groeten. Mijn grootmoeder vervloekt nog maar eens de mannen. Ze had zich de last kunnen besparen. Vrouwen worden van het debat uitgesloten. Mijn vader herhaalt dat hij zich bekocht voelt, maar hij slaagt er niet in zich afzijdig te houden. Voor of tegen de koning? Woorden als referendum en oorlog oorlog oorlog... Volwassenen zijn niet meer te benaderen. Ze leven op een andere planeet. Vooral mijn vader is vervuld van dreiging en wrok, waarvan de herkomst mij ontgaat. Op de divan ligt hij met mijn broer te spelen, hij noemt hem: leeuwejong. Mijn leeuwejong. Ik ben zo suf dat ik met mijn hoofd tegen een van de nieuwe lantarenpalen loop. De straat heeft tussen twee verblijven in een ander aanzien gekregen. 'Heb je geen ogen in je kop?' vraagt mijn vader. In het aanbrengen van ijskompressen is hij handig. Hij eist van mij veel meer dan van mijn broer. Ik ben de oudste. Ik moet mijn verstand gebruiken. En het goede voorbeeld geven. Ik heb er alles voor over om aan zijn verwachtingen te voldoen. Daarom grieft het me des te meer als hij met een zucht te kennen geeft dat het allemaal vergeefse moeite is. 'Jij zult mijn naam niet verder dragen.' Ik weet welk belang hij aan zijn naam hecht. Je hoeft hem maar de telefoon te horen aannemen. Die naam is hij zelf.

'Op onze naam kunnen we fier zijn,' zegt mijn grootvader. Het is een teer punt dat mijn grootmoeder de zaak onder haar eigen naam voert. Als ze brieven ondertekent verlaat haar echtgenoot de kamer. En ook mijn vader vraagt haar niet graag om een handtekening. 'De heren zijn op hun staart getrapt,' lacht mijn grootmoeder. Op mijn vragen antwoordt ze bondig dat een naam niet meer is dan een etiket dat op een fles wordt geplakt. Als je niemand bent zal je door een naam ook niet iemand worden. Toch durf ik haar niet te vertellen dat de familie van mijn moeder de clan spottend 'de familie Klepkens' noemt.

De gevolgen van de voorbije oorlog zijn als booby-traps. Nietsvermoedend raak je een pijnlijke plek aan en blijf je met de stukken zitten. Maar er is ook nog een andere oorlog aan de gang, een die nooit overgaat, en ik kom meteen in de vuurlinie te liggen. 'Vrouwen zijn goed om met hun kont te draaien,' laat mijn grootvader zich ontvallen. Waarop mijn grootmoeder met dichtgeknepen ogen: 'Wat zouden de heren zonder ons beginnen?' Mijn vader betoont zijn moeder respect, hij is van haar afhankelijk. Maar hij wil niets liever dan aantonen dat ook zij maar een zwakke vrouw is. Mijn moeder is die rol op het lijf geschreven, ze leeft zich uit en neemt geen enkele verantwoordelijkheid. In belangrijke zaken heeft zij geen stem, wil die ook helemaal niet hebben. Ze doet zich dommer voor dan ze is. Onbetrouwbaar, nukkig, lui en leep. Mijn vader danst naar haar pijpen. Althans dat lijkt zo. Van gewapend beton als ze haar boekje te buiten gaat. En hij mag ook graag van haar kuren gebruik maken. Op het eerste gezicht wordt hij daar alleen maar beter van. Streng maar rechtvaardig, trouw aan zijn principes, nijver en intelligent, en nog vroom op de koop toe. Het is niet moeilijk om te kiezen, maar de keuze wordt me onmogelijk gemaakt omdat ik van het verkeerde geslacht ben. Daar bovenop komt dat ik, geholpen door grootmoeders en tantes, en door me af te zetten tegen de minachting van mijn vader, een sterk vrouwelijk bewustzijn ontwikkel. Ik voel me om de duivel niet de mindere partij en verspil jaren om mezelf te bewijzen. Wee de man die mij wil onderdrukken. Het zal lang duren voor ik de andere sekse niet defensief benader, maar op mijn hoede blijf ik altijd. Natuurlijk heeft een kind die dingen niet op een rijtje. Het ervaart en moet verwerken.

Ik verkeer in de grootste verwarring maar geef niet toe omdat ik niets zozeer verafschuw als hulpeloosheid. Het behang in de slaapkamer van de ouders is bedrukt met groene twijgen. Varens of palmtakken die naar elkaar toe buigen en over elkaar heen hangen. Een rimboe. Ik word er duizelig van.

De muren van de hoeve zijn effen wit of met waterverf beschilderd. Bij een bezoek aan de grootouders wilde ik de bloemen van het behang plukken, zegt men. Ik was nog klein, en ben het vergeten. Wel herinner ik mij dat ik bij een andere gelegenheid het dure met goud bedrukte papier in een hoek lospeuterde en in stroken van de muur scheurde.

Er zit een bromvlieg in de slaapkamer. Een zwart beest tussen groene twijgen. Als ik haar opjaag snort ze door het luchtruim als een kleine bommenwerper en botst tegen het raam. Ik loop over het grote bed en ga op het nachtkastje staan maar krijg haar niet te pakken. Ze houdt zich stil tot ik haar zie zitten, verscholen tegen het behang, dan vliegt ze brommend over mijn hoofd naar de andere kant van de kamer. Om haar beter te kunnen horen stop ik de wekker onder de kussens van het bed. Ik houd mezelf onverschillig om met een tijgersprong te kunnen toeslaan. Maar hoe ik het ook aanleg, ze laat zich niet vangen. Dan val ik op mijn knieën en bid: 'O Lieve Heer, laat me alsjeblieft de bromvlieg pakken.'

Met hernieuwde moed vervolg ik de jacht, om na een tijd weer uitgeput op de knieën te vallen: 'O Lieve Heer, laat me alsjeblieft de bromvlieg pakken.' Zolang het moet zal ik ermee doorgaan. 'En wat heeft dit te betekenen?' Mijn grootmoeder staat met de handen in de zij. Ik ben helemaal confuus, ook al omdat ik haar niet op die plaats verwacht. 'De vlieg,' stotter ik. Ze gaat weg en komt terug met een dichtgevouwen krant die ze als mepper hanteert. In drie slagen is de vlieg geveld. Met haar schoen schuift mijn grootmoeder de bromvlieg op de krant, opent het raam en gooit het beestje naar buiten. Uit het achterlijf kwam een witte brij, dat heb ik duidelijk gezien. Mijn grootmoeder schikt de vitrages en wijst me met haar vinger de kamer uit. 'Kinderen horen niet in de slaapkamer van hun ouders.' Op mijn beurt wijs ik naar het koperen kinderbed: 'Mijn broer slaapt hier ook.' Gelijktijdig laten we onze vingers zakken. 'Daar is dat joch ook al veel te groot voor,' bromt mijn grootmoeder misnoegd.

Op de hoeve hangen vele kinderen rond. Neven en nichten bij het dozijn. Maar op een paar uitzonderingen na verkies ik het gezelschap van volwassenen. Als de neven met bolle wangen tjsoeke tjsoeke doen en hun ellebogen tegen het lichaam draaien om een stoomtrein na te bootsen, haal ik mijn neus op. Elisabeth kan daar razend om worden. Om poppen geef ik niet. Dat komt veel later, als ik ze een ziel toeken. Dan houd ik ervan om een fraai uitgedoste pop in de kamer te hebben. Ze vallen onder de categorie katten. Wat de nichten eraan vinden om met hun poppen moedertje te spelen en ze eindeloos aan en uit te kleden, begrijp ik niet. Moederlijke gevoelens ontwikkel ik met dieren. Het jongetje dat me boven op een hooikar 'zijn fluitje' wil laten zien draai ik ongeïnteresseerd de rug toe. Bij een van de stadsvisites ben ik nog een keer naar het kleuterklasje van Piata gebracht ofschoon ik er te groot voor ben. Breeduit in haar rokken staat Piata op de trede met haar handen te draaien:

'Handjes draaien
Koekebakke vlaaien
Handjes draaien
Koekebakke vis...'

'En lekker dat dat is!' roepen de kleuters. Ze zingen het versje in alle toonaarden na en draaien met hun handen alsof ze spastisch zijn. Ik geneer me ervoor dat Piata met een troep simpelen zit opgescheept. 'Ze doet het ze toch voor,' merkt mijn grootmoeder op. Dat is zo, maar van Piata kan ik het lijden, van de kinderen niet.

* * *

Mijn neef Gabriël is een nakomertje en even engelachtig als zijn naam. Hij heeft een zwart pagekopje en een zwarte fluwelen broek die met knopen aan zijn blouse met kanten lobben vastzit. Hij is een moederskind, zegt Elisabeth. Maar ik hou ook veel van mijn tante Rachel, die zacht en ziekelijk is en een allerschattigst winkeltje heeft. Koffie in rode blikken dozen waar een pelikaan op is geschilderd. Tomatenconcentraat. Sardientjes. Pilchards. En pastelkleurige zuurtjes in stopflessen. Aan de andere kant van de gang die het huis in tweeën verdeelt, is het naaiatelier van Giorgio, hij is de oudste broer van Gabriël, even zacht en vriendelijk, en heeft kinderverlamming gehad. Bij hem zitten Gabriël en ik in kleermakerszit op de snijtafel en stellen uit kleurige lappen de meest fantastische kledingstukken samen. Gabriël is enkele jaren ouder dan ik, en Giorgio is al een man. Ik kan me hem niet als neef voorstellen. Het heldere licht van het naaiatelier, onze gebogen hoofden, het snorren van de naaimachine, en op de radio stemmige wijsjes. Een aquarel die ik zorgvuldig opberg. Wat jammer dat ik het woord beschaafd nog niet kan gebruiken. Maar als het niet lukt een draad door het oog van de naald te rijgen, overvalt het me weer: 'O Lieve Heer, laat me alsjeblieft de draad door het oog van de naald rijgen.' Ik sabbel op het uiteinde van de draad tot hij onbruikbaar is. Gabriël knipt er een eindje af, en Giorgio biedt aan om me te helpen, maar ik bibber als een buldog die zijn prooi niet kan loslaten. 'O Lieve Heer, laat me alsjeblieft...'

Gabriël speelt ook graag tandarts. Tante Rachel leent ons een witte zakdoek, gesteven en met reukwater (meiklokjes?) besprenkeld. Ik druk hem tegen mijn wang en ga in de gang zitten wachten tot Gabriël me binnenroept. De tandartsenpraktijk is voor de gelegenheid in het winkeltje. 'De volgende,' zegt hij en staat met een streng gezicht en in een opgerolde schort van zijn moeder in de deuropening. Met een lepel drukt hij mijn tong plat en hij tikt met zijn vinger tegen mijn kiezen. 'Waar doet het pijn?' 'Ja, ik zie het al.' De spuit is een dik potlood dat aan een kettinkje op de toonbank ligt en door tante Rachel wordt gebruikt om het kasboek bij te houden. 'Pjsst,' doet Gabriël voor hij de suikertang aanlegt om me van een rotte kies te verlossen: 'Even flink zijn, het is zo gebeurd.' Spoelen acteer ik. We mogen in het winkeltje niet met water knoeien. Achteraf ga ik met de geurende zakdoek voor mijn mond in een hoekje zitten. Gabriël, die de schort heeft afgelegd, komt naar me toe en vraagt: 'Heeft het erg pijn gedaan?' Ik knik stom van ja, hij legt zijn arm om me heen en streelt over mijn haar. Daar is het mij om begonnen.

Als Giorgio gaat trouwen strooien we bloemen voor het bruidspaar. Gabriël is voor de laatste keer een page, alles kant en fluweel, ik kan mijn ogen niet van hem afhouden. Terwijl het feest aan de gang is liggen we samen in zijn bed. We maken elkaar bang met verhalen over menseneters en kinderrovers, en vallen tenslotte in elkaars armen in slaap.

In de dorpsschool zit een Hongaars vluchtelingetje. Een weeskind dat door de burgemeester is geadopteerd. Ze heeft dik zwart haar waar altijd een strik van organza is ingeknoopt. Haar wangen glanzen en haar armen die uit pofmouwtjes steken zijn om in te bijten. Als ze om haar kromme taaltje wordt uitgelachen neem ik haar in bescherming. 'Trek het je niet aan, ik sla ze lam.' Ze glimlacht blij en droevig tegelijk, en ik wijk niet van haar zijde. 'Jij en Gabriël moeten later trouwen, en dan kom ik bij jullie wonen,' zeg ik. Ze wijst me niet af maar blijft raadselachtig. Ik weet niet hoe ik haar moet benaderen. Maar dat geeft niet, het volstaat dat ik naast haar zit en haar geur opsnuif. Wat dat betreft ken ik geen trots.

Niemand slaagt erin me te leren fietsen. Ooms draven met me mee tot hun tong op hun tenen hangt, maar als ze het zadel durven loslaten sla ik als een blok omver. Ja, ik stort letterlijk ter aarde. Met het hoofd als zwaarste deel voorop voer ik een heilloze duikvlucht uit. 'Kun je nu nog niet fietsen?' vraagt mijn vader bij zijn eerstvolgend bezoek. Ik heb mooi bidden van: 'O Lieve Heer, laat me alsjeblieft fietsen', de valpartijen volgen elkaar op. De pijn probeer ik te verbijten, ze vervalt trouwens bij het verlangen om het geheim van het fietsen te doorgronden. Niet zo de vernedering van de herhaalde mislukking. Maar ik behoud een levendige herinnering aan een tuimeling waarbij ik in de asse terechtkom. Duizenden gloeiende kooltjes in armen en dijen.

'Boetedoening voor je zonden.' Elisabeth wast de wonden uit. Niemand komt op de gedachte dat er iets met mijn evenwicht niet in orde is. 'Met vallen en opstaan leer je lopen,' orakelt mijn grootmoeder, maar ik heb er wel bijzonder veel moeite mee. Trappen en hellende vlakken blijven hinderpalen. Zelfs van een paard val ik meer dan gebruikelijk. Na een verblijf van een week in een donkere kamer, die ik waggelend verlaat, wordt het fietsen mij verboden. In de stad valt dat niet op, maar op het land waar iedereen fietst word ik buitengesloten.

Ik smeek Gabriël om me te leren fietsen. We begeven ons stilzwijgend naar de binnenplaats, hij sleutelt aan het zadel en legt me bedachtzaam de werking van de fiets uit. Waar het opaan komt: recht voor je uit kijken en doortrappen. Het is geen kwestie van hoofd maar van benen. Ook prent hij me in van de volière weg te blijven. Hij heeft samen met zijn broer een luxeverblijf voor zangvogels getimmerd en verzorgt de vogels nauwgezet. Als ze nestelen dekt hij een deel van de volière af met een zwarte doek en mag niemand buiten hijzelf het vogelhuis op minder dan een meter naderen. Gabriël leidt me met de hand aan het verlaagde zadel heen en terug tot hij beslist dat ik het alleen kan. Hij stelt zich op aan het andere einde van de binnenplaats: 'Kijk naar mij!' Zwaaiend kom ik in beweging, maar na enkele meters begint een geheimzinnige kracht het stuur van de fiets naar links te trekken. 'Naar mij, niet naar de volière,' roept Gabriël. Het voorwiel gaat ook links overhellen, de volière komt op me af, met een laatste krachtsinspanning voorkom ik een frontale aanrijding. Maar het is zo al erg genoeg, het gaas van de volière ingedeukt, dwarslatten gebroken, het stuur van de fiets krom, de lak gekrast en mijn gezicht aan een kant opengereten. De vogels zijn wild fladderend naar alle uithoeken gevlucht en hangen met open bekken tegen de draadafsluiting. Gabriël staat er verslagen bij.

Gelukkig beschouwt zijn familie het voorval als een ongeluk. Zijn vader buigt het stuur van de fiets recht en belooft hem opnieuw te lakken. De broers beginnen onmiddellijk met het herstel van de volière, en Gabriëls moeder verzorgt mijn gezicht. Ik schaam me diep en durf Gabriël niet onder ogen te komen. Als blijkt dat een vogelpaar zo door de schrik is aangegrepen dat ze hun eieren niet verder bebroeden, zoek ik vergeefs naar een middel om het goed te maken. Ik tracht zelfs de stakende vogels te bepraten. Gabriël maakt me geen enkel verwijt maar nog lang kijkt hij mij aan met de verschrikte blik van iemand die onverwacht van zijn beste vriend een klap heeft gekregen. Van de weeromstuit kan ik fietsen. Als een dronken Zwitser, maar ik kan het. Er is me heel wat aan gelegen dat mijn vader en de rest van de clan niet te weten komen hoe ik die kunst onder de knie heb gekregen. Maar als ik weer eens in hun buurt kom is dat geen punt meer.

* * *

Hoe het ene met het andere rijmen? Op de hoeve gaat alles er heel natuurlijk aan toe. Mijn grootmoeder en Elisabeth vertonen zich niet, maar ze verbergen ook niets, of zo dat het niet opvalt. Van de ooms krijg ik hoogstens het bovenlichaam te zien. Dat ze vrijgezel zijn betekent eenvoudig dat ze geen vrouw hebben en alleen slapen. Wat dat inhoudt ontgaat me volkomen. Mijn grootmoeder is weduwe, ik heb mijn grootvader van moeders kant niet gekend en betreur het niet. Hij heeft geen hoge dunk van zichzelf nagelaten, en als mijn grootmoeder klaagt dat ze er alleen voorstaat vind ik dat overdreven. Van de twaalf kinderen blijven er vier, later drie, voorgoed bij haar. Ze is nooit alleen, behalve in haar bed, maar dat hoort zo voor een weduwe. Door de klaagzangen van Elisabeth leer ik de liefdessmart kennen. De wijze waarop ze haar verdriet uitdrukt is echter zo theatraal dat ik – hoewel met haar begaan – haar tranen nooit helemaal ernstig kan nemen. In de eerste operavoorstelling die ik, onkundig van de inhoud en zonder een jota van de gezongen taal te begrijpen, bijwoon, herken ik onmiddellijk de sfeer.

De vrouw die met geheven armen en slepende rokken uitgebreid en welluidend haar beklag doet, dat is Elisabeth. Ze overtilt zich aan haar gevoelens, een 'vrouwelijk trekje' waarvoor ik door de nuchtere aanleg van mijn grootmoeder word bewaard. Maar zelfs door het paargedrag van de dieren wil ik mij niet wijzer laten maken. De haan die een kip bespringt. Duiven die met fladderende vleugels ter hoogte van hun staart aan elkaar vastzitten: vogelen. Punt. Ik slaag er zelfs in me te interesseren voor hoe ze het doen zonder tot me te laten doordringen wat ze doen.

Als de hengst bij de merrie wordt gebracht lig ik met de neefjes onder de dakpannen van de schuur het tafereel te bespieden. Wat opvalt achteraf, de nichtjes doen niet mee, en ook Gabriël is er niet bij. Het dekken is een ernstige aangelegenheid. Geen onvertogen woord komt over de lippen van de mannen die de paarden bijstaan. De staart van de merrie wordt opzij gebonden. De eigenaar kalmeert het dier. Dan wordt de hengst aan de teugel voorgeleid. Men laat hem het kruis van de merrie besnuffelen. Ook dat gaat gepaard met sussende en aanmoedigende woorden. Braaf zo. Goed zo. Heel voorzichtig laat men de paarden aan elkaar wennen, beducht dat de agressie de overhand krijgt. De eerste poging van de hengst om de merrie te beklimmen mislukt. De onhandigheid van die grote dieren is ontroerend. De tweede keer gaat het beter maar de mannen moeten met vereende krachten de merrie tegenhouden die er op het verkeerde moment vandoor wil gaan. En als de goede positie is bereikt is het de menner van de hengst die het zwarte lid in de vagina van de merrie schuift. Mijn neef Julius, wiens vader de eigenaar van de merrie is, fluistert trots: 'Weet je hoeveel kilo ze nu torst?'

Het spannendste ogenblik gaat ongezien voorbij. De hengst wordt van de merrie afgeholpen, en uit haar gedragingen probeert men te gissen of ze bevrucht is. Om zeker te zijn wordt de hele operatie nog eens overgedaan. Het dekken is een kostbare aangelegenheid. Maar de eigenaar van de hengst stelt iedereen gerust. 'Als het moet kan hij na even rusten nog een keer.' Dat blijkt niet nodig te zijn. Waar ze het aan merken weet ik niet, maar de eigenaars van de dieren geven elkaar een hand en laten de paarden in de wei. De hengst draaft ervandoor. De merrie graast bedaard een plukje gras. Nadat ze de paarden nog even hebben gadegeslagen gaan de mannen naar binnen om een borrel op de goede afloop te drinken. Het dekken is al weer bijna vergeten als Julius met de mededeling komt: 'Zo doen mensen het ook.' Hij wordt weggehoond. 'Dan mag jij zeker je vaders pik vasthouden,' smaalt Bert. Er wordt een robbertje gevochten.

Ik vind jongens stom. 'Ga buiten met Julius spelen,' zegt Elisabeth. 'Nee, want dat is een vies jongetje,' antwoord ik nuffig. 'Je weet niet waarover je praat.' Elisabeth haalt de schouders op. 'Bij de mensen is het anders, die blijven samen.' Julius lacht. 'Ze moeten wel trouwen, anders mogen ze niet vrijen van de pastoors.' 'Jij bent ordinair.' De pose waarmee ik het 'ordinair' uitspreek is afkomstig uit het andere kamp. 'Stadsjuf,' spot Julius. Het is dat ik graag paardrijd, anders zou ik hem niet meer aankijken.

Weten is nog geen ervaring. De verwarring ontstaat bij de logeerpartijen in de stad. Het begint al met het huis, met de zware gordijnen en het behangselpapier. Met bedden waarvoor kamerschermen staan. En de wc-deur die op slot gaat. Bij mijn grootmoeder is alles van de hals tot de enkels ingepakt en dichtgeknoopt. Zie ik haar een zeldzame keer toilet maken, draagt ze onder haar korset een kuitlang hemd. Lichtzinnige praatjes verdraagt ze niet. Mijn grootvader wordt onmiddellijk terechtgewezen: 'Er zijn kinderen bij.' Gesprekken worden onderbroken. 'Kleine potjes hebben grote oren.' En even vaak word ik de kamer uitgestuurd: 'Dat is niet voor kinderoren bestemd.' Op een keer sta ik achter een gesloten deur te roepen: 'Ik wil het ook helemaal niet horen!'

Zou mijn grootmoeder beweren dat ze haar kinderen in de papiermand heeft gevonden, ik zou haar geloven. Mijn grootvader knipoogt als hij volhoudt dat ze uit de kolen komen. 'Maak die kinderen geen fabeltjes wijs,' knort mijn grootmoeder. 'Leg jij ze het dan eens uit.'

Driedelige pakken, hoge boorden, hoeden. 's Zomers een panama. Twee keer krijg ik zijn voeten te zien. Eenmaal als hij na een stoffige wandeling een voetbad neemt. Lang en smal en verschrikkelijk wit. Ze staan op de bodem van het badje alsof ze niet bij hem horen. Om me aan het lachen te maken speelt hij met zijn tenen. Hij kan elke teen afzonderlijk bewegen. Hoe ik me ook inspan, dat lukt me niet. De tweede keer toont hij me de zee alsof ze hem toebehoort. Verbluft sta ik aan de vloedlijn en loop weg omdat de golven achter me aan zitten. Mijn grootvader rolt zijn broekspijpen op tot boven de rand van zijn lange onderbroek. Wijdbeens staat hij in zee. Onder zijn hoed de rookpluim van zijn sigaar. Weer valt me de witte huid van zijn voeten op, maar dan ken ik al het verhaal van het brooddeeg dat hij gedurende de oorlog met zijn voeten kneedde. Hij had zijn voeten zorgvuldig gewassen voor hij in de broodtrog stapte.

In het restaurant bestelt hij een portie rauwe en een portie gekookte mosselen. Hij steekt de rauwe mosselen open, maalt er peper over en bedruppelt ze met citroen. Met het hoofd achterover slurpt hij de mossel op. Dan veegt hij zijn snor af en knikt goedkeurend. 'Eerst de rauwe eten, dan weet je meteen of ze niet bedorven zijn.' Mijn grootmoeder wil geen rauwe mosselen eten. Hij buigt zich naar haar voorover zodat ik niet kan horen wat hij zegt. Mijn grootmoeder laat haar hoofd tussen de schouders zakken, zo dat het bijna in haar boezem verzinkt. Een duif met een dikke krop.

In bed draagt mijn grootvader een nachthemd met slippen en een slaapmuts. Hij lijkt op een plaatje uit een boek, en zo heb ik hem het liefst. De kraag van het nachthemd wordt met touwtjes bij elkaar gehouden, de kwastjes hangen op zijn borst. De roodbruine huid van zijn gezicht eindigt abrupt met een streep op het wit van zijn hals. Alsof zijn hoofd apart op het lichaam is geplaatst. Dat is zo opdat de beul zou weten waar de bijl moet neerkomen. Tussen zijn wimpers houdt hij me in de gaten. Zo kriebelig als een jongejuffer. Ik hoef mijn hand maar uit te steken en hij begint al te kronkelen. Maar ik kan er zelf ook niet tegen, en hij kietelt mijn voetzool tot ik haast in zwijm val. Of anders doet hij alsof hij slaapt en begint luid te snurken. Voorzichtig beweeg ik mijn hand in de richting van zijn snor. Als ik mijn doel bijna heb bereikt houdt hij op met snurken en smakt met zijn lippen. Geschrokken verstijf ik. Maar hij snurkt rustig verder. Triomfantelijk sla ik toe, trek aan zijn snor en roep: 'Ik heb je!' Grommend hapt hij naar mijn vingers. Soms wacht hij mijn hand niet af maar valt onverwacht aan. Grauwend bijt hij in mijn vingers en armen. Hij is de boze wolf die me gaat opeten.

Eensklaps is het met onze spelletjes afgelopen. Voortaan is het grootouderbed, een waar slagschip, taboe. Hoe dat werd aangepakt ben ik vergeten. Mijn grootvader is geen groot kind meer.

* * *

Mijn moeder brengt me de schaamte bij. Haar taal, de wijze waarop ze zich kleedt en ontkleedt. (Loop je alweer met je kont bloot? vraagt mijn grootmoeder. Lichamen vermogen mij zelden te schokken, maar als ik het haar op de binnenkant van haar dijen zie huiver ik.) De onbeheerstheid waarmee ze eet tot ze er misselijk van wordt. De woedeaanvallen en onverwachte uitbarstingen. Buien waarna ze de hele dag in bed blijft liggen. Ze maakt ruzie met de grootouders, mijn vader, haar zusters, kelners, chauffeurs, loketbedienden en toevallige passanten. 'Je kan je met dat schepsel nergens vertonen,' zegt mijn grootvader. Mijn misprijzen is even groot als mijn angst, ja nog iets groter. Maar tegen haar haat leg ik het af. Regelmatig voegt ze me toe dat ik er beter niet was geweest. Zo begrijp ik dat ze niets liever wil dan op mijn graf dansen en ik besluit koppig haar dat genoegen niet te gunnen. (Er is me heel wat aan gelegen om uit haar handen te blijven. Mijn broer zit in zijn kinderstoel en ik tegenover hem. We eten nog apart van de volwassenen. Mijn moeder heeft het toezicht. Ik trek snoeten om mijn broer aan het lachen te krijgen. Zijn gezicht staat betrokken. Onverwacht grijpt mijn moeder me beet: 'Ha, je zit me uit te lachen!' Het gaat links-rechts door de kamer, ik bescherm mijn hoofd en vlucht naar de andere zijde van het huis. In de gang rukt ze de kelderdeur open en geeft me een duw. Bij de val raak ik met mijn hoofd een van de puntige kanten van de gemetselde keldertrap. Het bloed herinner ik me, de pijn niet. Maar des te meer de angst voor de duistere kelder waarin ik opgesloten zit. Voor het hoge raampje is vliegengaas gespannen. In een hoek ligt de aardappelvoorraad. De aardappelscheuten bewegen als de voelhorens van buitenaardse wezens. Ik ben al naar bed gebracht als het bezoek me wil zien. Gejaagd poedert mijn moeder mijn gezicht, voor het hoofd moet ik maar zeggen dat ik tegen de kast ben aan gelopen. De bezoekers, onder wie de boekhouder en zijn vrouw, verwonderen zich erover dat men geen dokter heeft geroepen. 'Waarom weet ik daar niets van?' vraagt mijn grootmoeder. Ook tegen de dokter houd ik het verhaal van de kast vol. Maar als hij me vraagt te tonen hoe dat in zijn werk is gegaan, word ik vuurrood en kijk naar mijn moeder.)

De behoefte om mijn vader te bewonderen wordt groter naarmate ik me meer voor mijn moeder schaam. In het bakbeest droom ik vaak dat ik een vondeling ben. Niemand weet waar ik vandaan kom. Het mandje waarin ik lag werd aan de oever van een rivier gevonden door een man die daar elke morgen zijn hond uitliet. De hond schoot blaffend in het riet en begon toen klagend te janken. Er was geen briefje op mijn hemdje gespeld maar wel een omslag met geld, en om mijn hals lag een fijn gouden kettinkje. De kleedjes en luiers waren met de hand gezoomd. Wat erop wijst dat ik met liefde ben ontvangen. De man neemt me mee naar zijn vrouw en ze zijn dolgelukkig, want ze kunnen van zichzelf geen kinderen krijgen. Ze wonen in een roodstenen huisje dat in een tuin vol zonnebloemen staat. Uren kan ik me verkneukelen in de gewoontes van die kleine familie, die door niets opvalt behalve dat ze zo normaal is. Ik slaap niet in voor er weer een detail aan hun dagindeling is toegevoegd. Wat ze eten, wanneer de man thuiskomt, hoe de vrouw 's avonds voor me zingt. Het is heel belangrijk dat ze een zachte maar volle stem heeft. Ze brengen me naar bed in een helder kamertje waar een bedje staat dat me precies past. Naar die scène droom ik toe om in slaap te vallen, en soms gebeurt het dat de opgeroepen beelden me naar het niemandsland vergezellen en nachtmerries worden. Maar weldra wordt er een element aan toegevoegd. Mijn echte vader, die nog leeft, heeft er lucht van gekregen dat zijn vrouw voor haar dood een kind in een mandje te vondeling heeft gelegd. Hij laat me door zijn soldaten zoeken om me van kant te maken. Het schijnt een sombere en gekwelde man te zijn die het niet verdraagt zijn macht te moeten delen. Daarom heeft hij mijn moeder ook laten vermoorden. Ik heb het voordeel dat hij denkt dat ik een zoon ben. De pleegouders verzinnen allerlei listen om me voor de soldaten te verbergen. En als er toch eens een bende binnenvalt en me in de armen van de vrouw betrapt, toont ze de soldaten vlug dat ik een meisje ben. Ze laten me ongemoeid maar slaan het huisraad aan diggelen en schieten de hond neer. De man begraaft het trouwe dier in de tuin en knielt op het graf. Hij heeft veel verdriet. Ook te vermelden dat de soldaten optreden in Duitse uniformen uit de tweede wereldoorlog en ik hun gedragingen stoffeer met de verhalen die daaromtrent de ronde doen. Het komt zover dat mijn vondelinge-ik ook bij dag verschijnt en het eigenlijke ik zodanig verdringt dat ik mompelend en gesticulerend over straat loop. Ik ben mezelf opnieuw aan het uitvinden. Wat is waar? Wat is verzonnen? Aan deze troebele toestand komt pas voorgoed een einde als ik jaren later inderdaad in een roodstenen huis verblijf, weliswaar staat het in een bos maar in de tuin groeien ook zonnebloemen en de man en vrouw kunnen heel goed voor pleegouders doorgaan. Het geluk blijft buiten mijn bereik omdat het normale zich niet laat dwingen. Toch denk ik achteraf aan die periode terug als een van de gelukkigste uit mijn leven. Tot nu toe dan. Ik ben als een dwaas die men de lach niet kan ontstelen.

Op mijn zwerftochten door de bossen, altijd vergezeld van een rossig hondje, ontmoet ik een jongen die zich Jan noemt maar eigenlijk David heet. Hij is met vakantie bij de pleegouders die hem in de oorlog hebben verborgen. Aan de grensovergang moest een groepje mensen op verder transport wachten. Het waren joden, en daarover werden zulke rare dingen verteld dat de bewoners van het grensdorpje zich uit hun huizen waagden om ze in het echt te bekijken.

Dat viel tegen, het bleken normale mensen, je kon er niets bijzonders aan zien, behalve dat ze doodmoe waren en nodig in bad moesten. De vrouw die David Jan zou noemen ging dagelijks de grens over omdat haar familie aan de overkant woonde. Tijdens de controle stond ze vlak bij de vrouw voor wie Jan altijd David zou blijven. Zwijgend werd de baby van arm verwisseld, en zonder omkijken liep een vrouw met Jan de hoek om.

Jan had het moeilijk met David. En David vervreemdde van Jan. Twee jongens was hij. Een die als Jan door het bos liep en waarvan de ouders in een eenvoudig huis in een grensdorpje van niets woonden, en een ander die als David op school was in het beloofde land en die de weekends doorbracht bij verre familie van de man en de vrouw die naar de andere kant van de grens waren gestuurd. 'Ik wil geen vrienden worden,' zei David-Jan. 'Afgesproken,' en ik streelde de hond.

* * *

'Mijnheer de Prokerdatus, kom van uw krakerdatus, doe uw tredewagens aan, en kom van uw wenteltoren gegaan, want mijnheer van Assegebas heeft mevrouw van Snorregejas in de helse granaat gesmeten, ze zijn langs de kantine naar de overvloed gevlucht, en daar staat alles in gloria in excelsis Deo amen.' Nursery-rhyme.

Diep ademhalen. Stilte voor de storm. Barst de hel los. Woordengeratel. Inslag van projectielen. Spervuur. Klaar voor de stormloop. Bajonet op het geweer. Go!

Niet denken. Jezelf koudstellen. De ratrace winnen. Geen flauw vermoeden waarover het gaat. Gebiologeerd door de snelheid. De souplesse van zijn dunne lippen. Het triomfantelijk lachje: 'Dat kun jij niet!' De tekst op het gehoor vanbuiten leren. Never mind als je het niet begrijpt. Oefenen. Niets van aantrekken als je halverwege blijft steken. Doorgaan. Laten lachen. En op een dag het gave present: 'Ik kan het!' Koud licht in zijn ogen. Maar hij blijft sportief. We gaan het om het vlugst proberen. Hij heeft een horloge met een secondewijzer. Keer op keer verlies ik het duel. Als je ook maar even hapert. Durft adem te halen. De cadans verliest. Het moet in een ruk. Zonder aarzelen. Ogen dicht en springen. Kriegsspiel. Hij is heel vlug. Staan tegenover elkaar als kemphanen. Hij kent allerlei trucjes om je concentratie te breken. Is ook een uitstekend schaker. Als de tegenpartij een zet wil doen laatdunkend gemompel: 'Gelach op de banken.' Dat is tegen de regels. Maar in oorlog en liefde is alles toegestaan. Mijn tong in een knoop. Kom de handicap te boven. Als ik hem inhaal verliest hij zijn interesse. De pret is eraf. Ik verveel hem. Hij heeft wel wat anders aan zijn hoofd. Maar het geheim van de toverspreuk wil hij niet prijsgeven. Dat maakt deel uit van zijn opwindende jeugd. Een van de negen levens van de kat. Heb ik niets mee te maken. 'Mijnheer pastoor, kom van uw stoel, doe uw pantoffels aan, en daal de trap af, want de hond heeft de kat aangevallen, ze zijn langs de keuken naar buiten gevlucht, en daar staat alles in vuur en vlam!' Is dat alles? Heb ik me daarvoor zo ingespannen? Het heeft niets te betekenen. En ik voorzie al dat ik het nooit meer zal kunnen vergeten. Ik voel me genomen. Hij haalt de schouders op. Daaraan kun je merken wat voor kind ik nog ben. Het gaat immers niet om de inhoud. Taalvaardigheid. Articulatie. Prestatie. De ban is verbroken. Vertrouwelijkheid behoort tot het rijk der verbeelding. Gewapende vrede: op meer mag je niet hopen.

Hij is nog geen dertig. Op het verkeerde paard gewed. Belast en beladen met verleden. Zijn toekomst verkorven. Het ziet ernaar uit dat ik me niet zo vlug bij deze stand van zaken zal neerleggen. Voor het volle pond geboren. De reactie van een vrouw. Ik wil met liefde alles goedmaken. Hem van vernietiging en dood genezen.

In de garage staat de motor. Glimmend en geolied. De spaken van de wielen glinsteren. De wijzers van de benzine- en snelheidsmeter liggen stil. Verlekkerd draai ik om de machine. Hij als een gemechaniseerde ruiter, ik achterop als motorengel. Zo daveren wij het zwerk in. De wind om onze oren.

Ik betast het leder van het zadel. Een voet op de voetsteun, het been over het zadel zwaaien. Mijn handen op het stuur. Een ogenblik beheers ik het monster. Dan blijft de huid van mijn been aan de gloeiende uitlaatpijp plakken. Mijn grootmoeder behandelt de brandwond met kompressen en zalf. Ik kan niet slapen van de pijn. Hij heeft geen medelijden. Dat kan ik billijken. Hij heeft me verboden aan de motor te komen. Wie niet horen wil moet voelen. Het is mijn eigen schuld.

Met de roltrappen ligt het anders. In het groot warenhuis blijf ik argwanend voor de roltrappen staan. Mijn grootmoeder verspilt geen woorden en tilt me erop, ze heeft altijd haast. Vooral dat trage schuiven bevalt me niet. Een toevallige blik omlaag en ik merk hoe hoog we al zijn. Ik klamp me vast aan de rokken van mijn grootmoeder. Maar het ergste moet nog komen. Boven aan de trap verdwijnen de treden in een gleuf. Waar die heen gaan? Ze komen onder aan de trap weer naar boven, verzekert mijn grootmoeder. Je moet eenvoudig over die kloof heen stappen. Met een grote stap. Ik vertrouw het niet en wil terug omlaag, maar de traptreden zitten me op de hielen. Ze moeten me letterlijk van de roltrap sleuren. Een verkoopster geeft mijn grootmoeder de raad het gebouw langs de gewone trap te verlaten. Mijn vader trekt wit weg als hij de geschiedenis hoort. Hij zal me die aanstellerij eens en voor al afleren.

In het warenhuis plaatst hij me voor de roltrap en zegt zacht maar dreigend: 'Vooruit!' Ik kijk naar mijn schoenneuzen. 'Komt er nog wat van?' Mensen blijven staan. Ik zet een voet op de eerste, nog platte trede, en struikel. Onder zijn handen door duikend probeer ik weg te glippen. 'Hier jij!' Hij heeft me bij de kraag. 'Stap!' en tegelijk tilt hij me half over de gleuf. Met de ogen dicht naar boven, 'stap!', naar beneden, 'stap!', en weer naar boven, 'stap!', net zolang tot ik als een automaat het bevel uitvoer. 'Stap!' Dat vergeef ik niet. Om de wijze waarop hij de operatie uitvoert, en vooral omdat het in het openbaar gebeurt. Ik heb mijn lange tenen van geen vreemde.

Mijn vader heeft sterke handen. Ze zijn ongeschonden en compact gevormd. De huid is nog bruiner dan de rest van zijn lichaam. Het blauw van zijn ogen is aan het mijne verwant. Ik vind hem een knappe man, al is hij niet zo groot als mijn grootvader. Aan zijn rechterhiel heeft hij een wond die niet dicht mag gaan, anders komt er koudvuur in en verliest hij alsnog zijn been. Het is ook lastig om het gaspedaal te bedienen. 's Zomers snuffelen de honden aan zijn broekspijp. Het middenrif is doorploegd met littekens. In zijn zijde zit een gat. Dat hoort bij hem. Het lijden maakt hem groter en doet geen afbreuk aan zijn charmes. Trots behoedt hem ervoor lijdelijk te worden. Hij is een werker. Van 's morgens vroeg tot 's avonds laat draaft hij rond met zijn maag in zijn handen. Hij komt met een minimum aan slaap toe. Gebouwen worden in recordtempo opgetrokken. Afbreken gaat nog vlugger. Het breekijzer erin! Wie zich met hem wil meten moet van goeden huize zijn. Tenger, maar hij bestaat uit wilskracht en spieren. Het enige lichamelijke spelletje waartoe hij zich weleens laat verleiden is het tonen van zijn biceps. Als hij zijn arm aanspant een keiharde bal. Nooit is hij verslagen. Waar anderen sterven blijft hij leven. Hij heeft een mooie stem. Als hij zingt gaat hij rechtop staan. Een pilaarheilige en een kuise Jozef. Daaromtrent verstaat hij geen grapjes. In de processie vormt hij mee de erewacht om het allerheiligste. De kruistocht heeft hij er al op zitten, nu wacht hem op eenzame hoogte de boetedoening. De pudeur is demonstratief. In de barak zitten de metselaars rond het potkacheltje, een duiveltje, samen te zweren. *Piccolo*, het filmblaadje met suggestieve foto's, gaat van hand tot hand. Als ze hem horen aankomen leggen de metselaars het blad vlug open op een gereedschapskist. De pin-up glimlacht. Hij loopt naar het duiveltje, doet de klep open en stopt de *Piccolo* in de kachel. Lachend gaan de metselaars aan het werk. Ze hadden niet anders verwacht. Hij verkeert boven de gordel. Met wat eronder zit geeft hij zich niet af. En hij denkt. Op zondagmiddag schuif ik de deur van het kantoor open. Zonder om te kijken wuift hij met zijn hand. 'Ga weg, ik zit te denken!' Ik doe mijn best om hem aan mijn bestaan te herinneren, zonder te merken hoe verkeerd dat is. Zijn geringschattend lachje. Hij geeft graag raadsels en sommen op. Ik zal hem bewijzen dat ik niet dom ben. Dat ik zogezegd een koppetje op mijn schouders heb. Niet dat het wat helpt, vrouwen verkeren per definitie onder de gordel. Kunnen niet denken. Geleerde vrouwen zijn om te huilen. Blauwkousen. Kippen die praats hebben gekregen. Wat ik ook verzin, het zijn en blijven vrouwenstreken. Hij doet niets liever dan mij mijn moeder in de schoenen schuiven. Dat neem ik niet en ik stel me op achter mijn grootmoeder, zijn geliefde moeder, die hij nooit klein heeft gekregen. Op een dag flap ik er parmantig uit dat de hele familie bang van haar is, hij inclusief. Er valt een onheilspellende stilte. Ik zeg dit tijdens het middagmaal, als iedereen aanwezig is. Zo slim ben ik wel. 'En jij, ben jij ook bang van mij?' Nee, ik ben niet bang van haar, van mijn vader wel, maar dat geef ik niet toe. Toch ben ik nog lang bereid die man te verdedigen, ook al heeft hij ongelijk. Want heb ik al geen moeder, dan wil ik wel een vader hebben. En omdat ik niet aanwijsbaar uit hem ben voortgekomen, is het een verhouding waarvan ik me voorstel dat ik er een eigen inbreng in heb. Dat ik hem als vader kies, ook al heeft hij mij niet uitgekozen. En gelijk ik hem niet, dan zal ik nemen wat mij bevalt, om het verschil kleiner te maken. Hij komt niet van me af.

Is het dat wat ik denk, iedere keer als hij me treft: wacht maar, met mij ben je nog niet klaar? Alles wat ik mij herinner is dat ik meer dan brood voor hem wilde meetellen. Zoals ik was en om wat ik was. Voor het eerst en het laatst zal ik niet met minder tevreden zijn. Of zoals hijzelf placht te zeggen: 'Het is alles of niets!'

De vrijheid die ik voor mezelf verdedig, en die ik anderen moeiteloos gun, heeft met die pijnlijke teleurstelling te maken. En de vrijheid in het algemeen, het verzet tegen elke vorm van onderdrukking, niet minder. Want verre van alles, werd het tenslotte niets, minder dan niets, en dat van beide kanten.

* * *

Het begint met zweren. Steenpuisten en negenogen. Dan roodvonk. Geelzucht. Hersenontsteking. De ziekten overvallen mij als de zeven plagen van Egypte. Ik ben een mussejong, zegt mijn vader. Als hij eens blaast lig ik omver. Geen weerstandsvermogen. Ik zie eruit alsof ik niet te eten krijg. Je zou bang worden als ik in mijn hemd sta. Maar als de deur naar de eeuwigheid knarsend opendraait trapt mijn vader ze weer dicht. Overleven is een reflex. Sterker dan hijzelf. Ontelbare keren is hij door het oog van de naald gekropen. Het lichaam als lijdend voorwerp. Ik kan wat van hem leren. Voor één keer begrijpen we elkaar. Vormen front tegen de gemeenschappelijke vijand. Nooit zal mijn bewondering in haat omslaan, maar wel in afgrijzen.

In het bos leid ik een zwervend bestaan. Genezen maar niet hersteld. Een toestand die jaren zal aanslepen en waar wat mij betreft geen einde aan hoeft te komen. Ontslagen van familie, omringd door boeken, het gezelschap van dieren. De zorg van twee lieve mensen, met wie ik verder niets gemeen heb, en met wie ik niet meer dan de noodzakelijke woorden hoef te wisselen. Ik slaap in een zolderkamertje. Op de kast staat de buste van een Zeeuwse boerin. In tegenlicht kan ik de omtrekken van haar kap natekenen. De holte midden in het beeld doet dienst als bewaarplaats voor mijn schrijfsels. Het bed is een muzikale twijfelaar. Bij de minste beweging begint het klaaglijk te zuchten en te steunen. In de winter kraken de lakens. Op het voeteneinde ligt vaak, op zijn eigen dekje, een rossig hondje. Ik word een maanaanbidder en kan al vlug zonder het ruisen van de bomen niet meer inslapen. Er is ook nog een veldbed dat 's zomers onder de krimlinde wordt geplaatst. Daar breng ik lange rusturen op door, omgeven door de huiselijke geur en bijengezoem. Shakespeare lees ik fonetisch. Zonder het te beseffen begin ik te verpoppen. Ik zing veel. Op papier maak ik kennis met de hoofse en de lijfelijke liefde. 's Avonds luister ik naar de radio. Het geheimzinnige gefluit op de korte golf. Stemmen uit Londen, Rome en Praag. Uit Hilversum. De bonte dinsdagavondtrein. '... Ik heb een huis met een tuintje gehuurd...' En uit Parijs een zwoel geluid: 'J'attendrai, le jour et la nuit j'attendrai toujours, ton retour...'

Dat was een lied voor de vrouwen van krijgsgevangenen. Zegt men mij. In de schuur waren twee oudere mannen van de Volkssturm ondergedoken. Die hadden genoeg van de oorlog. De Feldpolizei zocht naar deserteurs. Eindelijk kwamen de Canadezen. Die wilden de verstekelingen tegen de schuurmuur fusilleren. De vrouw was er met wijd open armen tussen gesprongen. Gedaan! De oorlog is afgelopen. Hier wordt niet meer geschoten! Toen hadden ze de mannen op transport gesteld. Met kerstmis kwam er nog elk jaar een kaartje. De toren van het nabijgelegen klooster zat propvol dynamiet. In de kelders scholen vluchtelingen, pater-overste bepraatte de Duitse commandant. De commandant gaf zijn woord als pater-overste zich garant stelde voor het goede verloop van de overgave. De witte vlag werd uitgehangen. Maar toch werden alle Duitsers doodgeschoten. In de oprijlaan voor de kapel. Pater-overste was het nooit te boven gekomen. Er was nog dagenlang beestachtig gevochten. In een oorlog is een mensenleven niets waard.

De vrouw smokkelde brieven van gevangenen over de grens. Die verborg ze ergens tussen haar benen. 'Zou het jou wat kunnen schelen als je een brief van je kind kreeg?' Op een nacht was een verdwaalde jood komen aankloppen. Die wilde met alle geweld naar Holland, hoewel het de verkeerde richting was. De buurvrouw werd bereid gevonden om mee te gaan. 'Alleen was ik nooit aan dat avontuur begonnen.' Die jood was een kleine man, hij kon nauwelijks fietsen, en als hij op het zadel ging zitten kon hij met zijn voeten niet bij de pedalen. De thuisblijvers hadden hen krankzinnig verklaard. In het bos raakte het joodse mannetje in paniek. Hij kon op de zanderige weggetjes de vrouwen niet volgen en begon te roepen. Herhaaldelijk moesten ze halt houden om hem te kalmeren. Het was bovendien een maanlichte nacht. De buurvrouw wilde ten einde raad het mannetje achterlaten. Maar uiteindelijk hadden ze hem veilig en wel in Holland afgeleverd. Ze kregen elk een gulden. En moesten van de slappe lach in een droge greppel gaan zitten. 'Je deed het niet voor het geld maar voor een gulden je leven wagen was te gek!' Ze hadden het thuis bijna niet aan hun mannen durven vertellen.

Voor mij zijn het verhalen uit een boek. Onverwacht komt mijn vader op bezoek. Hij betaalt het verblijf en heeft het recht te inspecteren. Zoals hij het geld op tafel legt kan ik er niet naast kijken. Hij heeft weinig tijd. We spreken elkaar nooit. Tegen de huisgevel geleund zie ik hem wegrijden. Plankgas. De auto braakt benzinedampen. Maar het is de geur van de opluchting. Het is even wennen daarna. De aangewaaide tante en oom zijn met het geld tot personeel herleid en ik heb niets in te brengen. Hij houdt ervan mensen met hun neus op de feiten te drukken.

Tijdens een uitstapje naar de stad ga ik naar de bioscoop. Doris Day zingt: 'Que sera sera...?' De film gaat over een ontvoering. Mijn ogen doen pijn van het wisselen van de beelden. Maar die schlager neem ik over. Wie ik zal zijn? Wat ik zal worden? Niet dat de toekomst me veel kan schelen, maar ik zing het graag. Een succesnummer is ook: 'Ik ben juffrouw Jansen en ik woon op nummer tien', op de melodie van Lili Marleen. Het gaat over een ouder wordende juffrouw die op zoek is naar een man. Ik krijg een fluwelen rok met de afdruk van Delftse tegeltjes erop, zodat ik niet altijd in shorts of lange broek rondloop. Op een dag komt mijn vader mij halen en word ik in uniform gestoken. Ik moet mij leren gedragen, ik ben niet langer een kind. Maar weldra zal ik voor alles te jong blijken. Te jong om te zingen en te dansen. Te jong om op eigen benen te staan. Te jong om lief te hebben. Me dunkt dat ik te jong ben om te leven.

* * *

Rustige kamer, veel wit. De wanden, het plafond. Zelfs de gordijnen. Dikke stof met asymmetrische motieven. Zacht licht, maar helder. Nachtblauw bed, keurig opgemaakt, op het onpersoonlijke af. Vage geur van reukerwten, hoewel het er niet de juiste tijd voor was. Gevoelig voor het ruisen van de bomen. Gulden zon van het vijfde seizoen. Ochtendnevel. Glinsterende spinnewebben. Dacht, als het niet bestond zou het dringend moeten worden uitgevonden. 'We hadden niets dan een tafel en een bed.' Ze zal zeventig geweest zijn, maar ze leek wel honderd, in ieder geval stokoud. Vond dat ze romantiseerde. Geschokt toen ze over de liefde sprak. 'Warm en vochtig.' Hunkering in haar stem. Zo groen als gras, maar dacht heel wat van mezelf. Verheven boven lijfelijke lusten, maar heimelijk van plan om de gewiekste minnares in haar hemdje te zetten. Dol op mijn bed. Nachten met niets dan een laken, languit op de rug, een been gebogen. Zat niet om gezelschap te springen. Ging als hij weg was voor de spiegel staan. Zachte trekken, ronde borsten, roze billen. Vrouwelijker. Altijd een zwak gehad voor geprononceerde vrouwelijkheid. Kon op een terrasje naar een vrouw zitten kijken als een ouwe snoeper. Keek ze de kunst af. Discretie alsjeblieft! Wilde niet op de sofa frunniken. Nam hem bij de hand. Kom! Jarenlang onbewust naar dat moment toe geleefd. Voorkomend, bijna beleefd de eerste keer. 'Mag ik naar je kijken?' Dacht, waar heb ik het anders voor? Dacht eigenlijk niet. Warm lichaam, grote sponzige pik. Ging heel soepel. Vanzelfsprekend na zoveel aarzeling. 'De intimiteit ervan is heerlijk!' Vinger op zijn lippen. De eerste die na de liefde spreekt zegt een dwaasheid. Wat je niet allemaal in je kleine hersens opslaat om aan te denken als het niet van pas komt. Gruwelkamer van het onbewuste. En dan is er koffie!

Verrast door de heftigheid. Kracht van een volbloed in galop. Ritmeester: 'Wie een paard bestijgt moet er rekening mee houden dat hij op een goede dag zal worden afgeworpen.' Figuur van een aan lager wal geraakte jonker. Amazones werden evengoed met hij aangesproken. Het probleem was, overgave aan het ritme zonder de controle over het paard te verliezen. Liet me eindeloos rondjes draaien. Hekel aan manege. Wilde naar buiten, het bos in. Over het strand draven. Vleugeltjes krijgen. Zogenaamde kennersblik. Bestudeerde de wijze van lopen van een vrouw alsof het een merrie was. Sprak van: de achterhand. Merkte kalmpjes op: 'Je moet met je gatje meer naar voren gaan zitten, zo raak je uit de cadans.' Werd rood van de oorlelletjes tot de tenen.

Verlangen naar dat heidens avontuur. Doodsverlangen, beweerden de oude Grieken. Le moment suprême. In een zwart gat tuimelen. Onzin. Had me nog nooit zo vervuld gevoeld. Had voor de rest van mijn leven niets anders willen doen. Trachtte de hartstocht met humor te relativeren. Lukte niet al te best. Zoende de zilte binnenkant van de dijen. Kamer gevuld met klokkende geluidjes. Tederheid: achteraf ontspannen op het bed. Onderhuidse solidariteit. Tikje ongrijpbaar maar dat vond ik wel goed. Geen bindteksten. Schroomvolle bekentenis dat dit liefde was. Man die op geen andere leek. Exclusiviteit wat mezelf betrof. 'Hopen mensen neuken zich kapot, ben meer in voor liefde.' Klonk kordaat en volwassen. Theorieën, maar het kwam op de praktijk aan.

Meisje met verlamde benen in benauwende studio. Plompe rolstoel. 'Ik wilde zo graag met hem naar bed maar hij zei, dat kan toch niet. En toen zei ik, jongen daar heb ik mijn benen toch niet voor nodig.' Discussie of ze het wel konden uitzenden. Al die vrouwen, als ze eenmaal begonnen te praten. Rotzooi kwam eruit, of ze je in het gezicht geeuwden van verveling en honger. Stemmen als glasscherven. Wist zeker dat ik zo niet oud wilde worden. Besloot mijn eigen ondergrondse op te richten. De boel te saboteren door onberekenbaarheid. De heren met charme de das om te doen.

Lange conversaties waarbij we er een sport van maakten om van mening te verschillen. Wederzijds uittesten. Aftasten. De spanning. Ik heb je. Je hebt me niet! Mij zal je nooit hebben. Armen en benen om elkaar heen geslagen. Niet afvragen hoelang het zou duren. Geluk heeft zijn eigen geschiedenis. Zouden ons de toekomst blijven herinneren. Neus tussen de lakens. De geur verkennen. Op die plek inslapen. Op de stoep vijf centimeter sneeuw alsof er een laagje room over was gespoten. Vogelschrift. Dacht, zou mooi zijn als je het blauwe bed in de onbetreden sneeuw kon zetten. Samen onder het dons. Behoed me voor de kou. Uitdagend: 'Zoals dit vind je er geen tweede!' Dacht, maar ik ook niet. En dat is erger. Zoet waren die lippen, vol, en met de smaak van bosaardbeien.

* * *

Een voorkeur voor verborgen plaatsen. Grensgebieden, waar je onderduikt en weer verdwijnt zonder een spoor na te laten. Zelfs een levendige belangstelling verplicht tot niets. Cleebourg. Dorp in de Elzas. Villages viticoles à colombages. Ancien domaine des Rois de Suède.

In Frankrijk, een boogscheut van de Duitse grens, aan de linkerflank Luxemburg, rechts de bankkluizen van Zwitserland. In vogelvlucht niet zo ver weg, maar er zijn geen vaste verbindingen. De wegen worden smaller, het wegdek zit vol bulten en gaten. Niemand heeft er belang bij om het betwiste gebied toegankelijker te maken. Beboste hellingen, wijnvelden, huisgevels in vakwerk, een protestantse en een roomse kerk; Auberge 'Au Tilleul', daaronder in verblekende letters maar nog goed leesbaar: 'Zur Linde.' Dat komt van het stuivertje wisselen. Een aanleiding is er altijd wel, voor je het weet is de Fransoos tussen je lakens door een Fritz vervangen. De heren blijven wilden.

Ik was een praatziek kind. Als iemand mij benaderde kwebbelde ik erop los. Ik kende geen andere wijze om de mensen voor mij in te nemen en ze tegelijk op afstand te houden. Daarbij was ik taalgek. Maar het kwam ook voor dat ik achter een gesloten deur in tranen uitbarstte, en dagenlang elk contact vermeed. Zwijgen deed me goed. Met negen kreeg ik als gevolg van een ziekte spraakstoornissen. De woorden vormden zich volmaakt in mijn hoofd maar kwamen niet of verwrongen over mijn lippen. Het was beter te zwijgen. Jazeker, een jaarlang hield ik mijn mond, al zal niemand dat geloven, ik zweeg en genoot ervan. Praten is mijn lust en mijn leven, maar het vraagt om goed gezelschap, anders is er niets aan, en de onzin die je moet vertellen, honderd keer hetzelfde herhalen en dan hebben ze je nog niet begrepen. De mensen willen alleen horen wat ze graag horen, dat had ik als kind al door.

Het is achteraf verrassend vast te stellen hoe vlug mijn omgeving en ikzelf op die min of meer gewilde stomheid waren ingespeeld. Er ontstond een zekere hoofsheid in het verkeer, de gebaren werden gracieus. In een film over een contemplatieve orde herkende ik meteen de sereniteit. Maar ook de zelfingenomenheid. Het zwijgen mag niet te lang duren of het innerlijk landschap verdort. De extase wordt een dwaze bedoening. Taal is een anker in de werkelijkheid. Wie een God zoekt die je het zwijgen oplegt is als een verliefde vrouw die niet beter wil weten. Geen man heb ik verleid of het was met woorden, ingeleid en weer uitgeleide gedaan, want je moet je niet op je kop laten zitten, hoe gek je ook bent op dat ogenblik. Waar je onderhuids op wacht: het gebeuren dat woorden overbodig zal maken.

Zoet waren die lippen, vol, en met de smaak van bosaardbeien. In het getemperde licht van het vijfde seizoen. Kijk mama zonder woorden! Daar ben je op ingesteld. Al de rest is van geen belang. Denk je dan. Echt iets voor vrouwen om in lust te geloven, al is pijn vertrouwder. De eerste kreet waarmee men zich aan het leven vastklampt. De heren maken ons wijs dat het de moeite niet loont, dat we aan de laatste ronde zijn begonnen. Waar die al niet van dromen... Doodsverlangen als ontspanning. Dat doet de liefdekoorts maar stijgen. En we slaan als gekken aan het vermenigvuldigen.

Het is op zijn minst verwonderlijk hoe dit dorp de tijd is doorgekomen, aan de algehele vernieling is ontsnapt, tot driemaal toe is verrezen, en zich kalm opmaakt voor de dingen die komen gaan. De avondlijke stilte als geweldloos verzet. Wie dit niet herkent moet wel een koud handje om zijn hart voelen. De stenen op het dak van wat eens de koestal was en nu een feestzaal is, zijn nog lauw, ondanks het gevorderde uur, ondanks dat het september is en de giftige herfstkrokus bloeit, maar zo is er veel dat onschuldig lijkt. De kat die langs de helling naar boven slentert, schijnbaar verveeld. De kerkklok die om het kwartier een dong, om het halfuur twee dongen, en om het uur een carillon laat klingelen, waarna met sonore tikken het uur afgemeten wordt neergeteld. Voor dat klokkenspel is veel geld ingezameld, de coöperatieve heeft een bal gegeven. De hoofdprijs in de tombola waren twee poppen, een paar in klederdracht.

's Nachts lig ik verdraagzaamheid te beoefenen. De kerktoren is vlakbij, aan de dwang om de uren te tellen valt niet te ontkomen. Ik slaap slecht. Ooit kenden de boeren op het veld, de vrouwen aan de wastobbe geen andere tijd dan die welke hun vanuit de torens werd voorgespeeld. In opeenvolgende oorlogen werden de klokken geroofd en werd het brons gesmolten om een ander deuntje te zingen. En de torens werden als verspiedersnesten opgeblazen. In het puntgave dorpsdecor staan die twee kerken lelijk tegen elkaar op te bieden. Waar woekert de tweespalt? Men kan zich voorstellen dat op een dag de ene toren de andere een minuut voor wilde zijn, daarop verschoof die toren de wijzers van zijn uurwerk twee minuten, de eerste liet het er niet op zitten en stal vijf minuten, waarop de tweede weer... En al die tijd liepen de mensen vlugger, werkten harder, sliepen minder...

Me langzaam laten vollopen, de blote voeten op de lauwe tegels, uren onder de douche staan, de vochtige huid masseren. Om de zoveel jaar word ik weer maagd, ga achter een steen liggen vervellen. Ik heb de vijfendertig gehaald, van nu af aan hoef ik niet meer te tellen. Met het feodale instinct van de voorouders op de klokken schieten, de klepels vervreemden, een bijtend zuur in het mechanisme gieten. Tijdeloosheid. (Toen het vertrouwen in het lichaam werd ondermijnd – tussen pis en kak wordt de mens geboren – platte plooien om de borsten te bedekken, je wist niet eens wat je tussen de benen had. Dochters van Eva! Bied weerstand aan de slang! Mijd de spiegel! Weer de ijdelheid! Een bruine pij op sandalen. Smeerkaas tussen de tenen. Zo werkte hij zich naar de climax. Aders op voorhoofd en slapen zwollen op, hij ontplofte: Driemaal verdoemd! Eeuwig zult Gij branden! Van de veertien meisjes menstrueerden er al negen. We giechelden. Maar vanwaar dat misprijzen, die haat die al vlug zelfhaat dreigde te worden? Is het te laat om te vragen: Wat hadden wij U eigenlijk misdaan, eerwaarde vader?)

Etensgeuren drijven uit de keuken. De dauw die op koeiebuikenhoogte komt aangeslopen. Niet denken aan gifgas. Ik was veel te verbaasd om klaar te komen. Zo schoof een ander in je, en weer uit je, en weer in je. Zo eenvoudig ging dat. Daar moest je trouw op zweren, het licht uitdoen, de ogen sluiten, je adem inhouden. Het kwam niet eens bij me op dat je er zwanger van kon worden. Daar was wel wat meer voor nodig, liefde, tranen, bruiloftsklokken. Jong en onwetend, maar vastberaden achter de geheimen van het leven komen.

'Moi je suis français,' verklaart Jean-Pierre, het jongetje dat als een bokje achter zijn moeder aanloopt. Waar haalt de vijfjarige het air vandaan terwijl in de gewelven van het huis de neuzelige klanken van het Platduits resoneren? Ik ben me ervan bewust dat ik in dit landschap geen onbevangen stap kan zetten. Voor ik het bos inga spied ik links en rechts van de baan, dan ren ik vijftig meter het bospad op, wip opzij en laat me in het struikgewas vallen. Achter een boom lig ik te luisteren tot mijn oren ervan suizelen, ik gluur in de richting waar ik vandaan kom of niemand me is gevolgd. Hun zal veel vergeven worden want zij hebben veel films gezien! Behoedzaam kom ik te voorschijn en begin aan de tocht. In mijn schoudertas stafkaarten, een kompas, druivesuiker, een appel, mijn paspoort en een boek. Ik heb geen geld op zak, draag geen juwelen, niets dat de ogen kan uitsteken en de hebzucht opwekken. Alleen een polshorloge omdat het onmisbaar is. Het liefst zou ik in het bos wonen. De verende bodem, het gewemel en geritsel, de bladeren die elkaar met zachte vingers verdringen, het wisselende zonlicht, sporen van dieren. De geur. Een bos is in elk seizoen leefbaar. Ik ben van plan een lange wandeling te maken en geniet van de souplesse waarmee ik mij voortbeweeg. Onzichtbaar en onhoorbaar, verbeeld ik me, de transpiratiegeur in mijn oksels (op een tocht als deze gebruik ik geen deodorant omdat de geur verder draagt), ik heb de trui om mijn heupen geknoopt, ik kan op mijn lichaam vertrouwen. Maar geen ogenblik verslapt de waakzaamheid, regelmatig blijf ik staan en laat mijn blik speurend tussen de boomstammen glijden. Ik let op de tekens, een platgetrapte varen, het kraken van een tak, zelfs de stilte is een verdacht geluid. Af en toe verlaat ik het pad, dat trouwens verwildert, en maak een rondtrekkende beweging. Wat vrees ik eigenlijk? Beren, wolven? Me Tarzan, you Jane? Of een wezen op twee benen, met nietsontziende ogen, moordenaarshanden en een geslacht dat als wapen kan worden gebruikt? Een wezen dat aan mij verwant is, we zijn immers van dezelfde soort, maar tegengesteld. Het kan mij als een prooi bespringen, mij als buit meeslepen en voor de sport vernietigen. Zijn drift kan zich op de vreemdste wijze ontladen, het kent het perverse genot om te doden. (G.I.'s in Vietnam. I have two weapons. One for killing, and one for fun!)

Het is me als kind ingeprent. Pas op voor vreemde mannen. Neem geen snoepjes aan van slijmerige mijnheren. Ga niet op afgelegen plaatsen spelen. Wat je kon overkomen werd er niet bij gezegd, maar de ernst waarmee je werd toegesproken liet het ergste vermoeden. Terwijl je een robbertje vocht met je oom was je plotseling teruggedeinsd voor zijn baardstoppels, de kracht van zijn armen. Hij had je huivering opgemerkt en het contact verbroken. Het was nooit meer hetzelfde geworden. Je werd ook te groot voor dat soort spelletjes. Je moest leren de rokzoom over je knieën te trekken. Je neven veroverden de vrijheid maar jij werd ingetoomd. Niet meer met jongens spelen. 's Avonds niet alleen over straat lopen. Door je nietsvermoedend te vertonen kon je het slachtoffer worden van destructieve krachten. En je hoefde op geen genade te rekenen. Als je verkracht werd was het je eigen schuld. Of je nu veertien of zesenzeventig was. Mooi of lelijk, mager of dik. In bikini of nonnenpij. En of het in de duinen of je eigen bed gebeurde, door een wildvreemde of je vader, je had ongetwijfeld aanstoot gegeven. Als het regiment dat de stad veroverde ook de vrouwen pakte, was dat het recht van de overwinnaar. 'Met de modder nog aan zijn laarzen, edelachtbare!' 'En heeft u er toch nog een beetje van genoten, mevrouw?' Altijd beleefd blijven. Ze rende de trappen op. Veertien, vlechten en uitbottende borstjes. Hij keek haar aan met wat we een kennersblik noemen. 'Jij wordt mooi, van nu af aan draag jij een grote verantwoordelijkheid. Of hou jij ervan jongens in verwarring te brengen?' Een droge handpalm in haar nek. Beneden ging een deur open. Glimlachend liep hij de trappen af. 'Je mag wel peper strooien met zo'n dochter!' De respectabele vriend des huizes. Zijn jurk zat vol vlekken.

De beperkingen die je werden opgelegd, moesten worden goedgemaakt door het gevoel dat je een verborgen schatkamer bezat. Mannen waren eropuit om het zegel te verbreken en de schat te roven. Maar als je het handig aanlegde en je schat goed verpandde kon je er bestaansrecht aan ontlenen. Eerst een gladde ring om je vinger! De dodelijke dubbelzinnigheid van die misleiding: de man vrezen als de baarlijke duivel, hem aantrekken als minnaar, en eren als vader. Ze zei nee, maar ze bedoelde ja! Dat schatkamertje had veel weg van een grafkelder!

Ik trek in de richting van Wissembourg, waar in 1870 de Franse cavalerie zich te pletter chargeerde op de goed uitgeruste Pruisische troepen. De bluf van Napoleon III die tot de oprichting van het Duitse keizerrijk leidde. In de spiegelzaal van Versailles werd de proclamatie voorgelezen. De heren poseren onder hun helm met pluimbos en met dichtgeknepen poeper. Er waren nog altijd geen wc's in het paleis. De commune van Parijs werd in bloed gesmoord.

(Père-Lachaise in de eerste lentezon. Op het graf van Oscar Wilde zat een zwangere kat. Gertrude Stein en Alice B. Toklas waren zusterlijk verenigd onder één grafsteen. Tegen een muur lagen rode rozen: de commune was herdacht. We hadden het erover hoe Rimbaud uit de bossen van Charleville als een *boche du Nord* Parijs was binnengevallen. 'Venez chère grand âme, on vous attend, on vous désire...' schreef Verlaine, die nog niet wist wat hem boven het hoofd hing.

Tien jaar na achtenzestig. Wij waren zo vrij, zo vredelievend, zo cultureel en zo links in het diepst van onze gedachten. 'Een vrouw is meer dan een stel tieten,' zei hij. Alhoewel, als ze die ook had was het mooi meegenomen. Hij had niets tegen zelfzekere vrouwen, maar die schrille toon, dat eisenpakket, en dat eeuwige te-kort-gedaan zijn. Ze ontnamen de mannen het initiatief en stelden zich op als concurrenten. Wat was er fout aan een vrouwelijke vrouw? Emancipatie leidde tot impotentie, daar kan je donder op zeggen.

Ik begon over paarden. De paarden van Wissembourg, van Waterloo, van de Somme, van het oostfront. Die arme dieren die in de modder bleven steken, waarvan de ogen uitpuilden, die onder helse pijnen crepeerden, waarvan de buiken opzwollen, de darmen erbij hingen, en die half levend werden opgegeten. Ik vertelde dat mijn vader een soldaat had zien huilen toen hij zijn paard het genadeschot moest geven. Vrouwen zouden paarden nooit een oorlog aandoen. Zei ik.)

Napoleon III capituleerde in Sedan, en vluchtte naar Engeland. Zijn zoon werd door de Zoeloes een kopje kleiner gemaakt. Frankrijk moest aan Duitsland een gigantische herstelsom in goudfranken betalen. De Elzas werd bij Duitsland ingelijfd. De historische route 1914-1918 was in aanbouw. Het licht tussen de bomen krijgt een paars tintje. Onder mijn voeten keitjes en mossen, de resten van een leirichel. Opdringend het gladde groen, het doffe groen, het verdorrende geel. De klimplantjes, de stille kruipertjes, het zachtroze van de vleeseters, de zwarte wortelkronkels. Een onverwachte doorkijk in de vallei: ik ben hoger dan ik dacht. Het lijkt natuurlijk, de bossen aan de noordkant en op de heuvels, de wijngaarden en het hooiland tegen de hellingen, de fruitbomen langs de wegen, en dichter bij het dorp de maïs, de tabak en de aardappelen, achter de huizen de moestuinen met wortelbedden en spinazieveldjes, voor de huizen asters en goudsbloemen, en nog enkele verlate gladiolen. Op de erven scharrelt het pluimvee en in de boomgaarden staan naast note- en kerselaren ook perzikboompjes, frambozen en jeneverbessen. Alles ingeplant waar het hoort, het aangename met het nuttige verenigd, generatie na generatie in stand gehouden en uitgebreid, zodat het leven de vernieling voorbleef.

Toen het thuisland in versneld tempo werd stukgemaakt omdat de mensen het land en zichzelf haatten, en in recordtijd werd bereikt wat geen oorlog of onderdrukking voor elkaar had gekregen, ging ik op de dool. Beroofd van ouders, de wortels gekapt, mijn taal een lapjesdeken, onder de doem van de kruideniers, ging ik op zoek naar het land, de democratische aarde, het zoete leven, les très riches heures du Duc de Berry. Overal waar ik een vreemde was zocht ik mijn heimwee te genezen en mezelf van de vaders te bevrijden.

Op een binnenweitje dat ervoor geschapen is ga ik zitten en knoop mijn blouse los. De huid jeukt. Ik wrijf de appel langs mijn mouw, maar bij de eerste beet, krak, verstijf ik. Voor mij is alles rustig, van achter mijn rug komt het niet. Het gras wuift, de bijtjes zoemen, maar vanuit de woudrand word ik heimelijk gadegeslagen. Ik knoop mijn blouse dicht, klem de appel in mijn vuist en sta zo rustig op dat mijn spieren ervan kreunen. Met afgemeten passen loop ik door het kniehoge gras recht op de rand van het bos af. Iets bruin-met-wits vlucht weg, met het gewichtloze gehuppel van een Walt Disneyhinde. Mijn hart staat stil, maar dat was het niet, dat heeft alleen maar mijn aandacht getrokken op de stalen koepels, met gaten als lege oogkassen die niet kunnen zien en het toch doen. Roestige schedels overwoekerd met bramen als doornkronen. Niemand, en toch zijn ze aanwezig, zijn ze me gevolgd in een straal van zevenhonderd kilometer. Van front naar front, altijd loop ik op ze vast, bepalen ze de grens en de overgang naar de andere kant. Eenrichtingverkeer, ik kan ze niet meer bereiken, het vlees is van hun botten gerot, ze verkeren naamloos in vergeetland. Dat is de terreur van de dood. Zo is mijn vader.

Ik ga er op een holletje vandoor, zonder me om wat dan ook te bekommeren, ik wil weg. Naar huis als dat er is, in een paar liefkozende armen, als die er zijn. Ik heb alle liefde nodig die er maar te krijgen is, alle liefde van de hemel en de aarde en wat daartussen is. Ik ben onverzadigbaar, een kind dat op zijn honger is gelaten. Ik wil vrijen tot ik niet meer hoef te denken, tot de zwarte gaten zijn gevuld. Het gat in mijn hoofd, het gat in mijn leven. En wat ik vooral niet wil geloven, wat mij bevreest: dat het gat niet anders te vullen is dan door in het graf af te dalen en jezelf met aarde te bedekken. Het gevoel alsof ik ga stikken. In Wissembourg zijn de post, de bank, de krantenwinkel. In Wissembourg zijn de mensen. In Wissembourg is de grens. Ik fatsoeneer mijn kleding en zet een zonnebril op. Huis aan huis werd er gevochten. Met het geld dat ik me verschaf koop ik een krant en ga koffie drinken op het enige terrasje dat er is, vlak bij een kruispunt. Verdoofd onderga ik de verkeersdrukte. Het is een krant met plaatselijk nieuws, de coöperatieve heeft vergaderd over de druivenpluk. Er worden te veel sparren aangeplant. Een Turk is met zijn auto door de tolbomen gereden maar de douane heeft hem te pakken gekregen. Ik weet niet waarom, maar Wissembourg komt me Duitser voor dan Cleebourg. Terwijl ze het op papier geen van beide zijn.

Soms maakt een rivier of een bergketen een grens zichtbaar in het landschap, of anders hoor je het aan de taal. Maar vaak is de grens niet meer dan een hokje met twee slagbomen of een merkpaal.

Ha, de behoefte om iets te bezitten, in te palmen, af te bakenen. Te bezetten en te verdedigen. Om bij iemand of iets te willen horen. In Essen, aan de Nederlands-Belgische grens, was de grenspost in een dorpsstraat gelegen. Die straat liep gewoon door, het landschap veranderde niet, de mensen bleven dezelfde taal spreken. Me dunkt dat er zelfs een huis was dat half in België en half in Nederland stond. Er werden grapjes gemaakt over het bed waarin man en vrouw samen maar elk in een ander land sliepen. Je kunt je wel afvragen wat voor soort van kindertjes ze maakten...

'Waarom ben jij niet jaloers?' vroeg hij geprikkeld. Ze moesten eens weten waar ik mijn grenzen trek, tot hier en niet verder. Koel als een lelie terwijl ik brand. Maar ik, mijne heren, heb andere dingen aan mijn hoofd!

Op de terugweg neem ik de gewone baan. Ik ben laat voor het avondeten, de vermoeidheid doet zich gevoelen, maar ik weet dat ik het marstempo nog lang kan volhouden. Ik zie er kwetsbaarder uit dan ik ben, ik heb als erfdeel een stalen veer meegekregen. Alleen het klinken van de met ijzer beslagen zolen op het beton hindert me. Ik ben zo langzamerhand overgevoelig voor bepaalde geluiden. Een auto haalt me in, vertraagt, stopt, een raampje wordt omlaaggedraaid. Onverschillig ga ik in de bocht op het muurtje zitten en trek de riempjes van mijn laarsjes aan. Uit een ooghoek zie ik de auto verder rijden. Een Franse of een Duitse nummerplaat? Beter uit je doppen kijken! Drie kilometer voor ik links moet afslaan komt uit de wijnvelden een tractor naar de baan gekropen. Logeer ik in het dorp? Ik hijs me op de bijzit en we rammelen weg. Tanden klapperen, ingewanden schudden, borsten trillen. Een gelatinepudding. Mijn grootmoeder vond marcherende vrouwen dwaas omdat hun borsten wiebelden, zij stamde uit de tijd van de geharnaste boezems.

Ik moet me met beide handen vasthouden. De bestuurder van de tractor lacht en schudt zijn hoofd. Ben ik daar helemaal alleen im Wald gaan wandelen? Na, was Schönes! Al zijn rimpels verrimpelen. In derde versnelling gaan we de bocht om.

* * *

In de resten van de Maginot-linie worden paddestoelen gekweekt. De stalen koepels zijn uit 1914-1918, de betonnen kazematten uit 1940-1945, en die met gras begroeide bulten waaruit hier en daar een zwart kopje steekt, als de punt van een harde zweer, die zijn van nu. Ondergrondse basissen. Bij alarm moeten de Mirages binnen drie minuten in de lucht zijn. Af en toe knallen ze over het dorp. Wat dat niet allemaal kost! Ik ben niet langer alleen in de kleine eetzaal. Twee paren, die diagonaal tegenover elkaar gaan zitten, waarbij de man van het ene paar de stoel voor de vrouw van het andere paar aanschuift. Ze kwekken voor tien. Boven tafel: 'N'est ce pas, mon chéri?' 'Mais oui, mon amour!' Onder tafel geaai en geknijp. En straks gekruist naar bed. Twee die zin hebben en twee die omwille van de openheid verplicht zijn om mee te spelen. Alles kan als 'het huwelijk' maar overeind blijft. De gore middenklasse, de gore middelbare leeftijd, de gore middenmaat. En de jeugd van tegenwoordig: lui en agressief. Neuken waar het ze uitkomt, samenhokken, en aan de drugs.

De twee mannen in de hoek zijn geen onbekenden, het jongetje gaat vertrouwelijk aan hun tafel zitten. Hun ogen dwalen in mijn richting. Ik sla een boek open. Altijd heb ik een boek om me achter te verschuilen. Een woordenwal om mijn vesting. De mannen en ik eten wat de pot schaft, en dat is lekker genoeg, dat is van een verfijning en een overvloed, daar is de opbrengst van een mild land en cultuur aan te pas gekomen. Ik ga er eens goed voor zitten. De kok zal over mij niet te klagen hebben. Maar ziedaar, voor de partnerruil is het niet goed genoeg. Ze bestuderen verveeld de kaart. Het voorgerecht dat ze verkiezen staat er niet op. Een andere schotel moet twee dagen van tevoren worden besteld. In wat voor gat zijn ze nu terechtgekomen?

De fine fleur van de voorsteden, die in haar betonnen kruiphok van 70 m^2 alle dagen verse zalm geniet en in donzen bedden slaapt, dat is ze aan te zien. Een van de mannen aan de hoektafel knipoogt. Hij heeft krullend haar en een leuk gezicht. Donkere ogen en een kuiltje in de kin. Ik besluit mezelf op een behoorlijke wijn te trakteren. Saint-Emilion. Op het etiket staat in sierlijke letters: 'Race et Fidélité.' De avond komt op zachte voeten. Jean-Pierre rent rond in pyjama. Eerst nog een verhaaltje. Hij legt zijn prentenboek tussen de mannen op tafel. 'Vraag het aan haar,' zegt die van de knipoog. Jean-Pierre kijkt me twijfelend aan: 'Weet je wie dat is?' *Gullivers reizen*. Zal ik zijn helden niet kennen! Lilliputters, zo heten de mannetjes die met ontelbare draden de slapende Gulliver vastbinden. 'Zo doen vrouwen met mannen, ze spinnen ze in en leggen ze met duizenden draadjes aan banden.' De man die zich naar me omdraait is een heel ander type. Groeven in het gezicht, ogen van let op. Zijn tafelgenoot knipoogt en roept de vrouw des huizes. Wat wil ik drinken? Koffie dan maar. Stom: daar ga ik niet van slapen. De heren zijn ingenieurs die radarinstallaties inspecteren. Heb ik ze niet gezien, de grote oesterschalen die onophoudelijk het luchtruim aftasten? En waar ik vandaan kom, wat ik hier uitvoer in mijn eentje? Ja, ik spreek Frans met een accent à la Romy Schneider, wat wil je, waar ik vandaan kom spreken we alle talen, Frans, Engels, Duits... en morgen Russisch of Chinees als het moet. Moi je suis Flamande. Bij ons laten de vrouwen hun hoektanden bijvijlen en trekken eropuit als ze daar zin in hebben. Het is bijna zo erg als in Holland en Scandinavië. De gegroefde is getrouwd, zijn vrouw bekommert zich om het huishouden, hij zou niet anders willen. Heb ik wat tegen mannen? Ik zie er toch niet uit alsof ik geen man kan krijgen? Jean-Pierre klimt op mijn schoot. 'Leuk zo'n joch, nietwaar?' zegt de knipoog. De gevoelige snaar gaat trillen. Maar Jean-Pierre moet nu eindelijk eens naar bed, en voor mij is er telefoon.

De gelagkamer ligt in het oudste gedeelte van het huis, de rook staat in blauwe kolommen tussen de kaarters. Er valt een stilte als ik me naar de telefoon begeef die achter de tapkast hangt. Met mijn rug naar het volk druk ik de hoorn tegen het linkeroor en stop met mijn wijsvinger het rechteroor dicht. Weg met het gelach, het gevloek, het getier. Door een nauwe tunnel moet ik mij wringen om de stem aan de andere kant van de lijn te bereiken. Ik hoor je niet. Mij gaat het goed. De kinderen. De kat. De honden. Er is een staking in de petroleumnijverheid. Wat zeg je? Een tankwagen in brand gestoken? Wat erg. Hallo? Ben je daar nog? Ik hou van je. Vanzelf. Wij houden van elkaar. Het leven vreet ons op. Is alles in orde? Jazeker. Je klinkt zo vreemd. En jij bent zo ver. Daaag... Ja. Liefs. Tot volgende week. Over and out. Geruis. Klik. Dodelijk vermoeid haak ik af.

Een café vol mannen die elkaar overtroeven. Boven de hoofden een televisietoestel. Niemand kijkt. Beelden uit een andere wereld. Een vliegtuig landt. De deur van het toestel schuift open. Een oude man wuift. Twee oude mannen omhelzen elkaar. Stappen met stramme benen voorbij de erewacht. Groet aan de vlag. Nog meer oude mannen. Een meisje biedt bloemen aan. Wordt door zo'n engerd over het hoofd gestreken. Gefacelifte cowboys en bevende prostaatlijders. Ze staan elkaar alweer te zoenen. De plechtige leugens. Ze hebben het beste met ons voor. Zullen alleen in hoogste nood het finale bevel geven. Ga maar rustig slapen, vader waakt. Hoe lelijk ze zijn, die heren, hoe anoniem en onderling verwisselbaar. Hoe uitgeblust en vervuld van haat tegen alles dat leeft en minnekoost.

Op het dakterras is het kil. Het carillon speelt zijn deuntje. Elf uur. Ik sluit de gordijnen en ga bloot op bed liggen. Om half twaalf klossen de ingenieurs naar boven. Om kwart voor twaalf is het de beurt aan de echtparen. Gilletjes. Gefluister. Stappen op de gang. Deuren die dichtslaan. Ik besluit niets meer te horen. Mijn tepels bevriezen. Het uur van de heimelijke voorstellingen is aangebroken.

* * *

(Annie Hall. Woody Allen & Diane Keaton. De eerste gewaarwording is zo vaag dat ze onmiddellijk weer in de film duikt. Even later voelt ze het opnieuw, een zachte druk, nauwelijks waarneembaar. Werkelijkheid of verbeelding? Ze blijft de film volgen maar ondergaat hem niet meer. Haar rechterbeen wordt aangeraakt, nu weet ze het zeker. De filmzaal is propvol, ze krijgt het benauwd. Gaat verzitten, verplaatst haar tas. Je kan nooit weten. Het liefst had ze bij de deur rechtsomkeert gemaakt maar de film was een must. Iedereen had hem al gezien. Een tikje snob was hij wel. Van de enkel tot de rechterknie. De film lijkt haar oppervlakkig, niet meer dan amusant. De Amerikaans-joodse humor, waar ze gewoonlijk van geniet, geforceerd. Giechelen is dodelijk voor passie. En dat malle filmkoppel dat zijn bedperikelen bespreekt. Een leger psychiaters luistert mee. Eigenlijk liggen we allemaal met vader of moeder in bed. Zuur voor de wezen. Er wordt vertrouwelijk in haar linkerbovenarm geknepen. Wij tweeën. Een reflectie van het doek. Maar de vertedering maakt geen kans, de rechterzijde wordt ingenomen tot waar de zijkant van de stoel de benen scheidt. Star voor zich uit kijkend verbreekt ze het contact en schuift zo ver mogelijk naar links. Maar het vreemde been volgt het hare, een tastende voet, alreeds gedeelde warmte.

Op het doek beelden van een stad, van mensen die op een onzinnige wijze met elkaar praten en er niet in slagen bevredigend te vrijen. Een soort hopeloos gehunker. Een handbreed boven de knie. Voel je me? Dit zijn dingen die anderen overkomen. Niet echt. Niet haar. Ze is zich hinderlijk bewust van medekijkers, van lichamen die zich in het donker tegen elkaar aan drukken. Rustig in- en uitademen. Jezelf onder controle houden. De Franstalige onderschriften lezen. Vertaling lijkt op niets. Ergernis helpt. 'Hoe vind je het?' Het hoofd dat zich links naar haar overbuigt verwacht niet anders dan dat zij instemmend zal reageren. 'Mmmm...' doet ze. Het hoofd buigt dieper voorover, droge lippen drukken een zoen op haar linkerhand. Voorzichtig maakt ze haar hand los. Even behoedzaam als hij kwam is de druk weggevallen. Langs het rechterbeen ontstaat een koele zone. Om haar heen wordt gelachen, nee collectief gegrinnikt, dat hoort bij dit soort film. Zelfspot, leedvermaak. Onze tekorten uitstallen. Daar zijn we goed in.

Rechts wordt een jas, een regenjas, over de stoelleuning gedrapeerd. De druk is er weer, maar gerichter, af en aan. Wat zal je je van mij herinneren? Ze kan niet langer doen alsof ze niets merkt. De film gaat grotendeels aan haar voorbij. Wat te doen? Blindweg een oorveeg uitdelen? Het bagatel aan haar gezelschap uitleggen? Ze heeft geen zin om zich belachelijk te maken. Zonder zich verder te bewegen tast ze met haar linkerhand naar een haarspeld in haar wrong. Het gebaar wordt liefkozend onderschept. Vlugge zoentjes. De hand wordt opengeplooid, tegen een gezicht gelegd. Onwillekeurig strelen haar vingers oogleden, een neusbrug, wangen, lippen. Een tongpunt glijdt over de binnenkant van haar pols, langs de handpalm, tussen de vingers, een voor een.

Rechts rusten de benen vol vertrouwen tegen elkaar. Druk en tegendruk. Hoe maak je het? Mij gaat het goed. Oude bekenden. Maar er is wat bijgekomen. Vingertoppen, o zo vlinderlicht, zo bijna op het randje af. Voor die ene keer dat ze een rok aan heeft. Om voor een avond de helft van een paar voor te stellen. IJverig beginnen keverpootjes de stof naar boven te krabbelen. Met ingetrokken nageltjes. Een panty, dat zit wel goed. Daar zal ie werk aan hebben. Geen zucht ontsnapt haar. Een hand wordt links onder een jasje gestopt, en theatraal tegen het hart gelegd. Er klopt wat, ja. Tussen links en rechts verstijven, zorgen dat de een niets van de ander merkt. Geen amoureuze rillingen.

Heldere filmbeelden weerkaatsen in de zaal. Achter de oogleden opzij gluren. Stel dat het een griezel is. Eigenlijk was ze liever gaan wandelen. Het beloofde een zeldzame milde avond te worden. Straattoneeltjes, stalletjes, slenteren langs terrasjes. Een Florentijnse stad. Ze hadden een ijsje gegeten. Ze liet om zich werven. Maar het hinderde haar dat ze onophoudelijk werd gadegeslagen. Hij had een opmerking gemaakt over de manier waarop ze het ijs naar binnen lepelde. Als een zondig kind. Dat klonk te verlekkerd. Zijn grootvader was een van de eerste joden in Katowice die door de heren van de Wehrmacht de baard was afgeschoren. Er moest zoveel worden goedgemaakt. Iedereen was schuldig. De druk van het verleden. Ze voelde zich bevrijd toen ze de donkere gang naar de filmzaal waren ingelopen.

Rode pluche. Reclame en nieuws. Surfplanken, long drinks. Een bomaanslag, een gijzeling. Honger. Le Grand Prix de Monte Carlo. Vervolgens een tekenfilmpje over de lotgevallen van een spermatozoïde. Op muziek van Wagner. Zwemmen maar, jongens, en dan de koude douche. Het licht was aangefloept. Hupse meisjes met verveelde gezichten verkochten ijslollies. De voorpret werd wel lang gerekt. Het geanimeerde gesprek dat al dagenlang bezig was werd onverminderd voortgezet. Je weet waar dergelijke gesprekken eindigen. Een zinnetje in haar achterhoofd. Ze wist niet wat ze wilde. Op wie er aan haar rechterzijde ging zitten had ze niet gelet. Het tweespan. L'égoïsme à deux.

Tussen Diane Keaton en Woody Allen was ondertussen iets moois gegroeid, maar de toeschouwers wisten dat het niet kon blijven duren. Een film van tweeëneenhalf, maximaal drie uur. Al onze bitterzoete liefdes. De rok is al een heel eind opgeschoven. Geoefende vingers onder die regenjas. Ze streelt links onder het jasje. Zin om een potje te huilen. Hij legt zijn rechterarm om haar schouder, zoent haar hals, duwt haar een beetje onderuit en vindt haar lippen. Tegelijk glijdt rechts een hand tussen haar dijen. Wat ze rechts niet kan tonen leeft ze links uit. Het wordt een diepdoorvoelde kus. Onverwacht is de film afgelopen. Knipperend met de ogen en verkreukeld drummen de mensen naar buiten. Ze durft niet naar rechts te kijken, en als ze het toch doet zijn de zittingen van de stoelen opgeklapt. Onpersoonlijke ruggen.

Een ware opluchting om weer in de buitenlucht te zijn. Ze haalt diep adem. Haar gezel slaat zijn arm om haar taille en drukt haar tegen zich aan. Verliefd worden op een man zonder gezicht. Zichzelf vergeten.

In het zich verspreidende publiek zoekende ogen. De vrouw heeft een trench coat als cape om haar schouders hangen. Ze treuzelt, draait zich om. Een scherpgesneden gezicht. Hongerig. Het ziet er niet naar uit dat het zal gaan regenen. Lachend slaan ze een dwarsstraat in. 'Hoe vond je de film?' Toch het gevoel dat ze zich tegenstribbelend laat meevoeren. Ze eten in een Vietnamees restaurant. Pikante hapjes. Het raffinement van een warm en vochtig doekje dat heerlijk geurt. De ellende in Cambodja. Oorlogen hebben altijd een staartje. Ze is een koningskind en met de vrede als zilveren lepel onder de tong geboren. De zonden van de vaders zullen niet op de kinderen worden verhaald.

Die nacht blijven ze samen. Ze is tegelijk heftig en loom. Wil zich door en door laten beminnen. Hij is blij verrast. 'Waarom heb je me zo lang laten wachten als je het zelf ook wou?' Het mysterie van Duizend-en-één-nacht. Ze glimlacht. De kamer is niet echt donker door het licht van de straat dat naar binnen valt. In de spiegel het silhouet van een roerloze man. Heel vroeg 's morgens vrijen ze opnieuw. Het water stroelt door de goten, vuilnisbakken worden met veel kabaal opgehaald. Ze voelt de behoefte om te kreunen.

De volgende dagen gedragen ze zich als een verliefd paar tussen aanhalingstekens. Het gaat er zelfs niet om wie wie zal verlaten. Ze had een vrouw gekend die ontrouw voorkwam door zelf maar vast ontrouw te zijn. Maar dan voelde ze zich weer schuldig en deed haar best om het goed te maken, met als resultaat dat ze geen ogenblik rust had of aan zichzelf toekwam. Altijd op haar hoede om niet in de steek te worden gelaten. De laatste dag zijn ze besluiteloos. Wat te doen met de resterende uren? In een opwelling stelt ze voor om naar *De meeuw* van Tsjechov te gaan kijken. Hij gaat mee om haar tegemoet te komen. Hij houdt niet van literaire films. Een breed scherm vol weemoed en wreedheid. Sonore klanken. Wanhoop. Het Russische gemoed. Te laat herinnert ze zich dat ze op sommige dagen niet tegen Tsjechov kan.

Als ze buitenkomen vraagt ze om een sigaret. Ze is niet-rookster. Haar handen trillen. Ze verslikt zich in de rook. Tranen in haar ogen. 'Wat een drama!' Ze gooit de sigaret weg. 'Ik ben ook niet zo dol op Tsjechov.' Hij blijft staan. 'Waarom wilde je er dan naar gaan kijken?' Ze haalt haar schouders op. Voor de rest van de tijd spreekt ze over *De dame met het hondje*. Hij heeft het niet gelezen. Als de koffers zijn gepakt wil hij nog een laatste keer. Ze wijst hem af. 'Heb ik wat verkeerd gedaan?' 'Welnee.' En als hij aandringt: 'Ik ga niet met een kleverig kruis in de trein zitten.' Ze zegt het plagerig. Tranen vindt ze onvergeeflijk. Tenslotte gaan ze gekleed en wel op bed liggen stoeien. Ze houdt het afscheid kort. In de trein probeert ze vergeefs te slapen. Er komen bloemen, brieven, een gebonden editie van *De dame met het hondje*. Hij had er niet op gerekend verliefd te worden. Een straatfotograaf heeft hen betrapt, lachend in elkaars armen. Ze stuurt de foto terug. 'Dat komt ervan met te doen alsof!'

Ze droomt dat ze met een dubbelslachtig wezen vrijt. Afwisselend half man en half vrouw. Ronde borsten als een boegbeeld en een penis met glanzende eikel, maar even later een behaard borstbeen en poezetepels boven een venusheuvel met mandarijnpartjes. Verward wordt ze wakker. Midden in de ijstijd.)

De eerste ochtendmist. Alleen de geraniums op de vensterbank zijn nog zichtbaar. De koude lucht die zich als heuse wolken in de straten opstapelt. Grand-mère (eenentachtig jaar) brengt het ontbijt. Hulp wijst ze verontwaardigd van de hand, ze is toch niet oud? Ik moet flink eten, er is een kannetje verse room bij de koffie.

Het verhaal van mijn leven. Als ik in hun buurt kom staan ze klaar met de paplepel. Dwergboompjes met polsen als lucifershoutjes en kopjes als overjaarse aardappelen. Grand-mère is niet anders zoals ze staat toe te kijken of ik naar behoren ontbijt. 'Met een lege maag kan een mens niet denken.' De kern van het huis, onvergankelijk in haar soort. 'Geniet maar van het leven, ma fille, want het is zo voorbij. De mensen kniezen en maken elkaar het bestaan onmogelijk en voor ze het weten liggen ze twee meter onder de grond.' Grand-mère is twee keer getrouwd geweest, een keer met een Duitser en een keer met een Fransman. Het verschil was haar niet opgevallen, het waren allebei mannen, nietwaar, al zijn ze dan in een verschillend uniform gesneuveld. De eerste had zich in veertien meteen in het Franse leger laten inlijven en lag bij Verduin. Daar heeft ze een pensioentje voor gekregen. De tweede was daarboven bij de Russen gebleven, nooit meer wat van gehoord, nooit wat voor getrokken. Niet dat ze erop zat te wachten, ze had geleerd zichzelf te helpen. Echt honger hadden ze nooit gekend. Op het laatst had het huis nog een voltreffer gekregen maar de bijgebouwen waren niet of nauwelijks beschadigd. Een dochter was met haar drie kinderen bij haar ingetrokken, de schoonzoon was ondergedoken maar die waren ze komen halen. Daar had de dochter na veel vijven en zessen een pensioen voor gekregen. Ze hielp mee in de keuken, maar de kleindochter had de zaak overgenomen en was met een aardige jongen getrouwd. Grand-mère heeft achterkleinkinderen. Ze beklaagt zich niet. Gespaard blijven van oorlog en ziekte, dat is wel het voornaamste. Wat ze zich van haar mannen herinnert? Bitter weinig, en van de tweede nog minder dan van de eerste, vreemd is dat. Het was een rustige man, en zij had het als jonge weduwe lastig met al die kinderen, en met de mannen, de zaak was toen nog een echte 'Stube', met twee kamers voor logies, maar het draaide om de herberg. Laat opblijven, vroeg opstaan. Voor de kinderen naar school gingen met z'n allen naar het veld, dat begrepen die mannen niet, een vrouw alleen, je werd aan alle kanten bedonderd. Een gewone hoeve was beter geweest, maar wie had dan het zware werk moeten doen?

Hij kwam van Wingen, een rustige man, last van benauwdheid, de luchtpijpen bij vochtig weer, er waren er niet veel heelhuids uit de loopgraven teruggekomen. Veel gekken ook. Maar het had in veertig geholpen, in het begin, die luchtpijpen. Later, toen ze krap in Manschaften kwamen te zitten was hij ook opgeroepen, hij had gehuild omdat hij wist wat hem te wachten stond. Hij kreeg een baantje als magazijnmeester, dat was nog niet zo kwaad, maar dat magazijn was in de lucht gevlogen, sabotage, zo heette het als iets fout ging, en hij was op het laatst toch nog naar de Russen gestuurd, zo'n kalme man, daar begreep je toch niets van.

Er hing een foto van hem op haar slaapkamer, maar kinderen hadden ze niet gekregen, omdat zij niet wilde, ze had er al zes, en dan komt er vaak tweespalt in de familie, maar als ze geweten had hoe het zou aflopen..., ze had er achteraf weleens spijt van gehad, je wist toch niet of je zo'n man niet te kort had gedaan. Nou ja, zo was dat met die dingen, niets meer aan te doen.

Haar eerste man was heel anders geweest, nog echt een jongen, altijd lachen maar opvliegend, en zij was al net zo dwaas geweest, dan kregen ze ruzie en legden het weer bij, als men jong is, nietwaar? Dat was een gelukkige tijd geweest, al had hij haar doorlopend zwanger gemaakt, je wist niet beter, en wat kon je ertegen doen? De mensen hadden het nu veel beter, goed eten, mooie huizen, en ze kregen ook minder kinderen, het was niet meer zo hard voor de vrouwen. Twee was een mooi getal. Dan hield je nog wat over. De baby's werden in een ziekenhuis geboren, dat begreep ze niet, het was toch geen ziekte, de verzorging was er beter, zeiden ze, daar wilde ze zich niet over uitspreken, het was de tijd, maar de kleindochter was toch maar mooi met een infectie naar huis gekomen. Geluk was een broos ding, je wist pas achteraf wat het betekende.

Haar eerste man was altijd vrolijk geweest, zo onstuimig, die gaf je zijn zin voor hij het gevraagd had, jaja, bruine ogen had hij en zingen, altijd zingen, de man van de kleindochter leek wel wat op hem. Maar ja, toen was de oorlog gekomen en daar wilde hij met alle geweld bij zijn, we worden weer Frans, riep hij. 'Wat maakt dat uit?' vroeg ik, 'een andere kleur aan de vlaggemast.' Het land is van de mensen die er wonen.

Maar dat begrijpen vrouwen zogenaamd niet, voor het hooien zou hij weer thuis zijn, dat heeft dan vier jaar geduurd, met beschietingen en inkwartieringen en al, en ik heb hem nooit meer teruggezien. Het graf is bij Verduin, daar konden de weduwen goedkoop heen reizen, maar ik kon niet weg met de kinderen en de zaak, en dat heb ik de dominee ook gezegd. 'Vader, ik geef geen duit om dat graf, ik weet niet eens wat daarin ligt, wat zal ik daar in Verduin op een knekelveld knielen? Het is altijd hetzelfde liedje, als het wat beter gaat worden ze onrustig en beginnen te kiften. Het is een ziekte, het zit hun in het bloed.' Op dat ogenblik doorboort een vliegtuig met een doffe knal de geluidsmuur. 'Na!' zegt Grand-mère met opgestoken handje.

Het regende in Verduin, het regende onafgebroken. Wat eens een dorp was bleek in een bos veranderd. Er waren loopgraven waarin met de bajonet op het geweer was gevochten, in een hoek lagen onder klamme papiertjes verregende drollen. Kerkhoven, altijd kerkhoven, en op het monument stond: 'I love you – Paul.' In de stad musea, souvenirwinkels, een stampvolle cafetaria. Aanschuiven voor een tafel. Eentje leek vrij, maar nee, het was besteld. Wat later kwam een oude dame binnen, ze ging aan het tafeltje zitten. De dienster bracht twee coupes-maison: ijs in alle kleuren van de regenboog, slagroom en een parasolletje toe. De dame at van het ijs met profijtige hapjes en elegante gebaartjes. Ze draaide de ijsbeker op zijn steeltje rond. Af en toe richtte ze het woord tot het spook dat zijn ijs onaangeroerd liet smelten. Het parasolletje kapseisde, de slagroom dreef weg, het ijs werd papperig.

De dame veegde haar lippen af met een zachtgeel servet en keek nog een tijdje naar de regen. Ze glimlachte naar het spook en vroeg om haar paraplu. 'Gebeurt dat wel meer?' vroeg ik aan de dienster. 'Elke donderdag, het is een oude gewoonte.' Ze antwoordde kortaf, alsof ik mij bemoeide met iets dat mij niet aanging.

'Er waren vrouwen die afknapten, die er niet tegenop konden, maar wat kon ik doen, huilen dat ik niet meer wilde leven? De kinderen moesten eten. Maar je verandert. Toen het mijn dochter ook overkwam zei ze: Moeder, wat ben je hard. Kind, waar heb je het over? vroeg ik.' Grand-mère zet de ontbijtrommel op het blad. 'Voor een derde man heb ik bedankt. O, het had gekund, zo oud of lelijk was ik niet, en met de herstelbetalingen konden we de zaak uitbreiden, maar ik had mijn portie gehad. En dan, je bent altijd verbaasd wie er terugkomt. Want dat hoeven niet de besten te zijn. Er lopen er hier in het dorp ook wel een paar rond die indertijd geen last hadden met de maat van hun laarzen. Terwijl mijn man, die zo'n rustige man was, bij de Russen is gebleven, dat wil iemand weleens dwars zitten. Mijn dochter moet ook geen lintje omdat ze haar man zijn komen halen, krijg ik hem daarmee terug? vraagt zij. Ze noemden hem een lafaard omdat hij niet stond te trappelen om mensen kapot te maken, nu is hij dus een held. Jaja, ma fille, wanneer ben jij geboren? Dan heb je geluk gehad. Afkloppen.'

De mist is opgetrokken, er ontplooit zich een trage maar stralende dag. Onder de grote kastanjelaar achter het huis stapt Grand-mère met een schoffel over de schouder. Als ik haar nader blijkt het een andere vrouw te zijn, doet er niet toe, ik loop achter haar de helling op en kijk tegen de zorgvuldig gestopte hielen van haar zwarte kousen aan. In het kippenhok zit een haan tussen wit-zwart gestreepte kippen. Hij licht nauwelijks zijn staart op om te kraaien, schudt zijn kam en lellen en gaat weer zitten dutten. Over de wegen staan ladders die naar boven toe versmallen, als er een auto langskomt moet die maar wachten tot er iemand uit de kruinen van de pruimebomen afdaalt om de weg vrij te maken. Pruimenjam, pruimenvla, pruimen op likeur. Ik heb er buikkramp van, maar voor onze wegen zich scheiden krijg ik van de oude vrouw een handvol gladde pruimen. Ik versta geen snars van wat ze zegt, het lijkt wel een Zweeds dialect. Ik weet dat ik in het woud naar sporen zal zoeken en blijf op de baan. Gegrepen door wandeldrift, ik zou me de ziel uit het lijf lopen. Ergens rechts van mij moet zich het radarstation bevinden, maar ik sla linksaf naar het volgende dorp. Climbach; het gaat de hoogte in, als ik vanonder de bomen in het open veld kom word ik verrast door de kracht die de zon nog heeft. De lucht trilt voor mijn ogen. Bij de ingang van het dorp getroffen door de rust die me vreemd voorkomt. Een kat glipt weg, een eendemoeder met haar kroost steekt de weg over. Uit de ramen puilen donsdekken. Ik hoor mijn voetstappen. Niemand te zien. Een paar vakwerkhuizen, maar het meeste is nieuwbouw met gepleisterde muren. Ergens staat de radio aan. Een kijvende vrouwenstem, het huilen van een kind. De moestuinen zijn goed onderhouden. Maar de hagebeuken worden door coniferen vervangen. Dat blijft groen, dat is gemakkelijk te onderhouden, dat brengt geen vuil mee. We kennen die mentaliteit. In een voortuin staat een eigenaardig produkt van huisvlijt, een namaakwaterput, waarboven in plaats van een emmertje een groen en rood geschilderde Duitse legerhelm hangt.

Mijn oudoom had zo'n helm als schep in de haverkist liggen. Hij hield zijn vinger voor het gaatje om niet te morsen. Ik vroeg hem waar de soldaat gebleven was, in de beerput, zei hij, en ik geloofde hem niet, hoewel het best waar geweest kon zijn. Hij had een passie voor paarden, bij het licht van de stallantaarn werden ze geroskamd. Een gezette man met een knevel, corduroy broeken en beenkappen. Vaak had hij een jachtgeweer over zijn schouder hangen. Op een avond zaten we voor de achtergevel van het huis toen in de schemering een haas door de moestuin kwam gewipt. Hij ging op de achterste poten zitten, poetste zijn snorren en keek bijziende in onze richting. 'Hoe is die daar gekomen?' vroeg mijn oudtante. Maar haar man stond al in de deuropening en legde aan. Het was raak, een goed schot onder die omstandigheden. Ik zegde hem de liefde op en weigerde van de haas te eten, maar hij lachte me uit. 'Jij hebt nooit honger geleden.' Zijn eerste vrouw was bij de bevalling van hun derde kind gestorven en hij was met haar jongere zuster hertrouwd. Ze heette Maaike en woog wel honderd kilo, ze kookte lekker en was dol op griezelverhalen. 'De liefde van de man gaat door de maag,' zei ze. Ze hadden samen nog een dochter gekregen. Zondags maakte de oudste dochter zich mooi en ging met haar vrijer fietsen. Dan hing het halfzusje aan de bagagedrager. 'Neem mij mee!' Ik zat voor de spiegel en poederde mijn neus. Mijn oudoom zei vermaakt: 'Kleine vrouwkes zijn ook vrouwkes.' Ik mocht hem wel, maar ik ben nooit meer zo'n man tegengekomen.

Als plotseling de sirenes beginnen te loeien sta ik op mijn benen te trillen. Het dorp roert zich niet. Het lijkt wel uitgestorven. Later hoor ik dat er niets aan de hand is, zaterdagmiddag twaalf uur, een van de gebruiken. Maar op dat lege dorpsplein denk ik aan de ss-divisie 'Das Reich' die in 1944 Oradour-sur-Glane heeft uitgemoord en waarvan vele manschappen uit de Elzas afkomstig waren. Een delicate zaak voor Frankrijk. Ik ga ervandoor alsof ik de laatste trein moet halen. Aan alle kanten beieren de klokken.

* * *

Op de vrije dag (donderdag) sluit Jean-Pierre alle deuren af. Als ik naar binnen wil moet ik driemaal kloppen. Het wachtwoord is 'Gulliver'. Er zit een doodgravertje in mijn hoofd. Lezen gaat niet. In wandelen heb ik geen zin. 'Lavendel op de slapen,' zegt Grandmère.

Aan de overkant van het driehoekige plein, waar achter een statige oprijlaan de mooiste hoeve van het dorp staat (anno 1430), heerst grote bedrijvigheid. Auto's met tulen strikken op de bumpers en wimpels aan de antennes komen aangereden. Bloemstukken worden aangedragen. De oprijlaan met wit zand bestrooid. Bij de poort wordt een triomfboog opgericht. Het erf is door de beplanting aan het oog onttrokken, maar van bovenaf in de wijnvelden krijgt men een indruk van de gebouwen en hun ligging. Een ware vesting.

Vandaag gaat de zoon trouwen. 'Zesendertig, hij zal wel weten wat hij doet.' Grand-mère heeft een scheef lachje. De bruid is eenentwintig, een protestantse bejaardenverzorgster. De bruidegom heeft al eens eerder verkering gehad, een tiental jaren geleden, met de kleuterjuf die het schoolbusje bestuurde, maar die was katholiek en dat was toen niet doorgegaan. Het meisje had overplaatsing naar Normandië gevraagd. Van de pruimen naar de appelen. Ik kijk Grand-mère eens aan. 'Ze zijn erg vroom op het hof', en ze moet dringend naar de keuken. Maar als ik het raam open komt ze me gezelschap houden. Het plein stroomt vol nieuwsgierigen. De bruiloftsgasten arriveren. De oudere generatie in het zwart, de jongere in lange gebloemde japonnen met gehaakte stola's. Toeterend wringt de slagerswagen zich door de mensen. Er zijn geen winkels in het dorp, de bevoorrading geschiedt met bestelwagens. De slager staat welgedaan tussen de karbonades. Grapjes over het bruidsbed, de dames blozen. Aan het hakblok zingt hij: 'Was kann der Sigismund dafür, dass er so schön ist...?' Als de slager zijn vleesbak wil draaien staat een stevige vrouw met een fiets in de weg. Hij toetert maar zij negeert hem. Plagend rijdt hij tegen haar heup en zij steekt haar vuist op. Het publiek lacht. Maar het kleintje dat op de bagagedrager zit begint te huilen. De slager trapt op de rem, wipt uit de bestelwagen, neemt het kind in zijn armen, drukt het tegen zijn wit-blauw geruite schort aan en zingt: 'Was kann der Sigismund dafür...'

De klokken beginnen feestelijk te luiden, de bruiloftsstoet formeert zich. Het is kwart voor twaalf. Een deux-chevauxtje huppelt over de oprijlaan. De bruid wordt ontvouwd. Sluier en sleep, de jurk met zijn vele witte lagen organdie. Hoe dat ooit in het autootje is geraakt? Een bruidsjonkertje wordt nog vlug een kam door het haar gehaald, en daar komen ze. De bruidegom heeft de bijbel onder zijn arm, de bruid struikelt van verlegenheid of te nauwe schoenen. Jonge en belegen gezichten, een cavalerie-officier, en Jean-Paul Sartre is er ook bij. Als laatste paar: de moeder van de bruidegom aan de arm van een oom van de bruid. De man moet zich vooroverbuigen naar het vrouwtje dat eerder kruipt dan gaat. De vaders zijn disparu, verschwunden, het is vragen naar de bekende weg. Grand-mère vertelt mij ook niet alles. De dominee wacht de trouwers op voor de open kerkdeuren, alleen de genodigden gaan mee naar binnen, maar ik kniel op de achterste bank. De dienst verloopt drietalig. Het officiële gedeelte in het Frans, met het 'oui' van de bruid als een piepje, de toespraak van de dominee in de streektaal, en de psalmen worden in het Duits gezongen. Dreunend vaart het kerkschip ten hemel.

Ik sluip naar buiten en betrap op het kerkhof een toom kippen. Ze scharrelen over de graven en kijken eerder brutaal dan geschrokken. Ik probeer de dichtstbijzijnde kippen door een gat in de haag te jagen, maar ze gaan er onder luid misbaar vandoor. Binnensmonds foeterend wacht ik tot het gezang in de kerk aanzwelt, en doe een uitval. De eerste heb ik, de tweede ontsnapt met achterlating van staartveren. De rest rent her en der, hun voordeel uitbuitend, omdat ik niet over de graven kan jakkeren. Tussen de afrikaantjes op het graf van Louise Houng (née Breitenbucher) klapwiekt de haan, hij richt zich hoog op en kraait tot zijn pupillen nog maar een speldekop groot zijn. Niet geaarzeld, ik grijp hem bij de strot voor hij opnieuw kan uithalen en zwier hem zonder pardon over de haag. Stil rent hij weg, nu is het makkelijker om de rest van de hennen door het gat te jagen, maar ik vrees dat ze terug zullen komen zodra ik mijn rug heb gekeerd, en maak mijn excuses aan de familie Ruffy, en de familie Wagner, aan Jacques Plug, en Caroline Cropp-Müller, als uit de galmgaten het klokkengelui losbarst en het schieten begint.

Het bruidspaar komt uit de kerk, de bruid heeft kennelijk gehuild. Bijdehante jongelui spannen een bloemenslinger over de weg en de bruidegom moet tol betalen. Het dorp verdwijnt onder de kruitdamp. Aan de deur van 'Au Tilleul' hangt het bordje met 'complet', maar in de keuken wordt er hard gewerkt en in de feestzaal staan de lange tafels gedekt. Moederziel-alleen zit ik mijn deel van het feestmaal te verorberen. Stemmengegons, gerammel van eetgerei, een pauze waarin toespraken worden gehouden en telegrammen voorgelezen. Forel in gelei, wildgebraad, drie-vruchtensorbet... Dit kan nog de hele dag en langer doorgaan. Ik geef het op en trek naar het bosweitje. Onveranderd zoemen de bijen, kruipen de kevertjes, wuift het gras. De geschutkoepels met hun holle ogen kunnen mij niet deren. 'Jullie zijn allemaal dood!' Ik rol mijn vest op en ga liggen. Uren later voor mijn gevoel, maar zo lang kan het niet geweest zijn, word ik wakker met schele hoofdpijn en een droge mond. Op circa een meter afstand zit een petemoei in het gras. Ze hanteert haar staart als waaier. De grijzende haren hebben een blauwe weerschijn, wat haar waardigheid zou verlenen als hetzelfde tintje bij de staart niet zo'n wuft effect had. Ze ziet me fronsen.

'Hoofdpijn? Kan ik van meepraten. Zeurende, schrijnende, slaande. Alle soorten migraine en net zoveel soorten dokters. Het kwam van de druk, van de zenuwen, de maan, aardstralen, een beklemde ruggewervel, een hersenkronkel... Een heerschap bedacht zelfs dat mijn staart er schuld aan had en wilde hem amputeren... (Ze houdt op met wuiven en liefkoost met beide handen de donzige haartjes.) Daar ben ik toen nog mee naar bed geweest, de dokter bedoel ik, en toen dacht hij er anders over. Maar wat de hoofdpijn betreft was ik geen steek wijzer, en hij had het veel te druk om een goede minnaar te zijn. Een veel voorkomende kwaal bij heren. Ik geef de voorkeur aan een donkere kamer en ijskompressen. Laat de last van de wereld van je afglijden en het hoofd wordt rustig. Ben je nog altijd zoekende?' De staartpunt wijst naar de geschutkoepels. 'Het liefst zou ik als buikspreekster mijn brood verdienen, dan kun je jezelf een grapje veroorloven.' Het klinkt alsof ik erover heb nagedacht. 'Het is een circus,' geeft ze toe, 'maar laatst zijn we samengekomen, oude wijven onder elkaar, geen pottekijkers, en o, o wat hebben we gelachen! De meesten hadden al zilveren veren, de onsterfelijkheid belet het verouderen niet. Maar drukker dan ooit, met al die kindertjes die bang zijn in het donker, vrouwen die aan de ketting rukken, en mannen die de moord steken. Wij weten wat er omgaat!' Vlak na elkaar bulderen drie straaljagers over de boomtoppen. Uit het niets opgedoken zijn ze alweer verdwenen voor we van de schrik zijn bekomen. 'Ik heb een hond gekend die met zijn staart tussen de poten wegkroop als er een vliegtuig overvloog. En een Vietnameesje waarover vrienden zich ontfermden heeft na hetzelfde drie dagen onder tafel gezeten...'

De petemoei laat haar staart zakken. 'Daar is geen moederkeszalf aan te strijken. Vrouwen geloven nog altijd dat ze het leven naar hun hand kunnen zetten. De bron en zo. Vlees van mijn vlees. Ze zullen de barbaar beschaven, van het jongetje een man maken, van de man een vader, en van de vader een geliefde! Haal je zakdoek maar boven. Ik spreek uit ondervinding. Veertien mannen in tien jaar, het kunnen er ook wel vijftien geweest zijn, dat was in mijn beste tijd, al heb ik nooit om gezelschap verlegen gezeten, maar je wordt kritischer. Als een verhouding afliep kwam er een andere voor in de plaats. Het gebeurde dat er eentje bijkwam ook als er verder niets aan de hand was, dan viel de nieuwe zomaar patsboem uit de blauwe hemel in je bed, maar als het een blijvertje werd ging er achter zijn rug een ander de deur uit. Het hield elkaar mooi in evenwicht. Normaal had ik twee, hoogstens drie verhoudingen tegelijk, met een heimelijke favoriet en een paar achtergrondfiguren voor stille avonden. Wat zin betreft hadden het er wel meer kunnen zijn maar dan kwam ik niet aan mijn werk toe, en dat ging vóór de kerels. Je moet een reden van bestaan hebben en daarvan kunnen leven. Altijd mijn kostje verdiend. Van een man afhangen is zowat het domste dat je kunt doen, al hebben ze niets liever dan dat je uit hun hand eet, maar zo is dit vogeltje niet gebekt! Trouw? Wie heeft dat woord uitgevonden? Vader die zijn erfgoed wou beleggen! Mannen zien overal koekoeken. Trouw is een lijmstok! Al die vrouwen als monogame konijnen in hun hokjes... En hij maar heen en weer rennen zonder er veel van terecht te brengen. Hun ogen zijn altijd groter dan hun buik! Bang dat ze iets zullen missen. Veroveren, bezitten, verlaten. Leuke curve! En ze moeten zo nodig, ze kunnen geen dag meer wachten, ze staan op springen! Terwijl er niet eens ruimte voor liefde in hun tijdschema is. Het moet terloops gebeuren, in het geniep, een gestolen uurtje. Het is ze niet belangrijk genoeg. De Nobel kun je er niet voor krijgen! Koppensnellers op de versiertoer, en zo erotisch als een verslenste prei!

Nu denk jij dat ik wat tegen mannen heb, integendeel, maar het systeem bevalt me niet. Verdeel en heers. Moet ik niet. Als je gaat tellen zijn het er niet zoveel, je zal me wel ouderwets vinden. Jullie wisselen nog vlugger van partner dan van onderbroek, maar wij deden nog aan relatievorming. Wij waren ook niet zo bruikbaar. Je kon wel naar bed voor een keer en het dan verder voor gezien houden, maar dat zei je dan beter niet hardop. Daar konden die mannen niet tegen. Die wilden meteen vaste verkering. Bleven ze voor het ontbijt, dan kon je ze ook voor het avondeten verwachten. En maar hengelen om de huissleutel! Geboren cipiers! Die vrijheid van ze is niet meer dan een stok achter de deur. Wees jij maar trouw, laat je maar stallen, ga jij maar zitten wachten met de dood in het hart... Heb je er al eens over gedacht aan wie en wat en waarom je trouw verschuldigd bent? Verliefdheid is een staat, vriendschap een gave.

En ze zijn tot niet veel bereid op dat vlak. Te veel concurrentie. Ik heb wat energie verspild om van sommige heren vrienden te maken! Lotje uit de loterij als het je lukte. Goochelaars met grote woorden. De Vriendschap! De Eer! De Politieke Overtuiging! Het probleem is dat je met respect je benen wilt spreiden. Ik heb mannen ontmoet die je op een bierviltje een betere wereld konden voorrekenen, en alles wat erbij zat was promotie! Ze zouden voor hun overtuiging door het vuur gaan maar als er brand werd geroepen was de overtuiging geblust! De eer is hun maagdelijkheid, met dien verstande dat ze haar even vlug kunnen verliezen als terugwinnen. Dat lukt vrouwen nooit! Over het verschil kunnen we lang praten, maar wie heeft het, haha, voor het zeggen? Kijk vanavond maar eens naar het televisienieuws, liefje.

Ik was altijd amoureus (en nog, maar ik heb mijn trots), maar ik paste er wel voor op om het te laten merken. Geeft ze te veel overwicht. Ja, het is lust en strijd. Slag leveren tussen de lakens heb ik altijd onvergeeflijk gevonden. Maar het gebeurt. De mannen uit onvermogen, en om zich te laten gelden, de vrouwen omdat ze op geen andere wijze hun gram kunnen halen. Stoot je maar suf, mij krijg je niet! Tranen met tuiten achteraf. Voor minder dan liefde ga ik niet plat, zei die vriendin van me, ze is overeind gebleven, en op den duur werd ze daar vreselijk chagrijnig van.

Als we die veertien even aanhouden, dan heb ik er vier liefdes onder, een paar passanten, de nodige misverstanden, en met twee ben ik tegen mijn zin intiem geweest, waarvan een ronduit gezegd met afkeer. Vergeleken met een gemiddeld huwelijk is dat nog niet zo kwaad, en de variatie is mooi meegenomen. Erover praten heb ik nooit gedaan. Vandaar dat ik voor preutser werd gehouden dan ik was. Het lag me niet, denk ik, of het volmaakte zwijgt en aan de rest hoef je geen woorden vuil te maken. Er zijn er die het doen, en er zijn er die erover praten. Als ik mezelf zo bezig hoor, weet ik waar we aan toe zijn. Het kan verkeren. Maar als ik jou aankijk zou ik willen dat ervaringen overdrachtelijk waren, dat alles wat wij hebben meegemaakt in jou kon verzinken zonder dat je het hoefde over te doen. Dat je de verneukers van de beminnenswaardige kon onderscheiden en alleen het beste overhield. Ik ben veel vergeten, maar als ik niet kan slapen probeer ik zoals bij het schaapjes tellen de heren op een rijtje te zetten. Je lacht je kreupel, ik haal ze door elkaar, en doe met de een wat ik met de ander heb gedaan. Ik heb ooit een man de ideale vrouw uit onderdelen van filmsterren horen samenstellen. Van A. de ogen, van B. de borsten, van C. het kontje en van D. de benen. Omdat ik vrouwelijk ben doe ik het beleefdheidshalve met eigenschappen. De tederheid van A., het temperament van B., de humor van C., de intelligentie van D.... en het lijf vul ik stilzwijgend in. Toch slaag ik er niet in een robotfoto van de ideale man te maken. Ik begrijp niet wat ze bezielt maar als ik naar de daden moet oordelen...

Ze zeggen dat je op een bepaald type valt, maar er zaten alle soorten tussen. Soms werd ik hals over kop verliefd, en soms gebeurde het via allerlei tussenstadia. Ik heb weleens het gevoel gehad dat de kern mij ontsnapte, dat wij rakelings aan elkaar voorbij voeren, als schepen in het holst van de nacht... Vandaar het ongeneeslijke heimwee naar die paradijselijke staat waarin de leeuw en het lam samenliggen... O dat verderfelijke zalige gevoel...' De petemoei verbergt haar neus in haar staart.

Ik wil niet gehoord hebben wat ze zegt, en kijk naar het wolkeloze blauw van de hemel, maar de bliksem slaat in mijn ogen. Ondertussen heeft ze zich hersteld, de staart ligt om haar schouders, de punt hangt over haar linkerborst en herinnert me aan de bontstola met vossestaarten van mijn grootmoeder. Zoiets kan ik niet meer dragen vanwege het groene bewustzijn. Uw hondje voor uw bontje, mevrouw! Maar ik kan me ook niet verklaren. Weer sterft er een deeltje af. Alles blijft in stukjes uit elkaar vallen. Afstanden worden onoverbrugbaar. De petemoei zucht. 'Ik beklaag me niet, ik heb mijn deel gekregen, wat is er zoeter dan de liefde, maar wat is er teleurstellender achteraf? Je beeldt je in dat alles verandert, en dan is er veel te veel hetzelfde gebleven. Ik heb mannen ontmoet, twee, drie misschien, waarmee het had kunnen lukken. Leven en laten leven. Maar geef me er tien en ik zal de club sparen. Voor de meesten zat die staart in de weg. Begrijp me goed, binnenskamers vonden ze het pikant maar voor de buitenwereld hadden ze hem het liefst weggemoffeld. Laat het ons geheimpje blijven, zeiden ze. Je hoorde jezelf niet te tooien met de attributen van een man, al kan het kleinste kind het verschil zien. Die staart werd al vlug een symbool van vrijgevochtenheid, een toverstok, van fee naar heks is maar een kleine stap. Ik hou evenveel van je zonder dat ding, zeiden ze. Alsof ik zonder staart nog een petemoei zou wezen! Maar het zijn toch zulke kleinburgers, zo schijterig, en zo verhangen aan hun gewoontes, zo zeker van hun recht. Mij verwijten dat ik een staart heb en bij andere vrouwen klagen dat ze er geen hebben! Alle voorwendsels zijn goed om je eronder te houden!' De haartjes staan overeind, haar staart is twee keer zo dik als voorheen, ze ziet er woest uit.

'Zielepoten, hufters, uitbuiters, krankzinnigen en killers! Wat moet je ermee? Met de man die met de kleuterjuf van zijn dochtertje naar bed gaat en na afloop de krant gaat liggen lezen en dat wapenfeit in de daaropvolgende bedden vertelt op een toon van: je bent geslaagd voor het examen, of de baardaap die met een flesje nagellak komt aanzetten omdat hij anders echt niet kan, dol is op laarsjes en beweert dat zijn vrouw gek is, of diegene met een dingetje van een engelbewaarder die verklaart: Voor mij hoef je niet bang te zijn, of die andere die op zijn knieën smeekt hem geen pijn te doen als hij die donkere holte ingaat (vagina dentata!), of de liefhebber van zelfmoorden die zelf mooi blijft leven, of de romanticus met zijn hang naar "meisjes", of de moraalridder die nooit vergeet dat hij zich met een vrouw afgeeft, of de directeur die aan zijn secretaresse zit, al die kerels die je met seks onderuit proberen te halen; roofridders, verkrachters, atoomsujetten, ja, ook die nette mijnheer met zijn vlinderdas, wat moet je ermee? De vingernagels verpletteren, tongen uitrukken, ogen uitsteken, elektroshocks toedienen, castreren, verbannen, in kampen stoppen, uithongeren... Hun walgelijke mond zoenen, de kont likken, penis parfumeren, ze opnemen en van hun duizendvoudige zonden reinigen, aan de borst leggen en sussen. Braaf nou, zoet jongetje, heerlijke man van me, rustig pa, als je in de sores zit kom ik eraan met mijn zweetdoek, als iedereen je in de steek laat en aan zijn profijt denkt, als je vrienden hem knijpen of vijanden worden omdat ze al even uitgekookt zijn, als je niets meer bezit en niets meer voorstelt, als je onder de zweren zit en stokoud in een kerker wordt gegooid of in een tehuis voor dementen opgesloten... dan ben ik er nog, je trouwe dochter die je als een koe verkwanselde, nu je niets meer voor mekaar krijgt, nu heb je mij nodig, en daar kom ik al, met mijn zorgende handen en gezalfde kutje, met mijn volle borsten. Zie de dienstmaagd des Heren. Vergeet het maar. Op grond van al je begane moorden en die waarvan je nog droomt (ouwe boef die je bent) eis ik onvoorwaardelijke capitulatie. Ontbinding van je rijk, zodat je macht voorgoed is gebroken. Gedaan met de terreur.

Gedaan met ons angst aan te jagen. Gedaan met het vernielen. Je geeft je over in mijn genade. Je leert maar eens zorgen en beminnen. Dan zal ik eens kijken of ik nog een bakje troost voor je heb!' De staart zwiept vervaarlijk heen en weer.

'Kijk niet zo verschrikt, Roodkapje. Waarom zou je ze nog langer de hand boven het hoofd houden? Waarom zou je nog langer medeplichtig zijn? Studeer maar eens flink op nee. Amen en uit. Bereid je maar voor op een lange guerrilla. Je bent bezet land. Je wordt uitgevreten. En er staat nog wat meer op het spel dan jouw hachje. Koester jij je in het zonnetje? Laat jij de tegeltjes van je keukentje glimmen? Zorg jij goed voor man en kind en word je daarom door hen bemind? Ben jij zo zacht en receptief? Wil jij je liefde ongerept bewaren? Is jouw leven een poppenhuis? Wordt toch eens wakker voor het weer zover is!' Ze keilt een steen naar de geschutkoepels.

'Wat zit je nou te janken? Ik heb het toch niet tegen jou? Jij moet toch niet meer geboren worden? Kom hier. Kalm. Ben je nou helemaal bedonderd?' Haar borsten zijn zacht. Ze streelt met haar poezelige staart over mijn gezicht. Die geur ken ik van vroeger. 'Huil maar eens lekker uit.' Het bonken in mijn hoofd wordt doffer. Ik ga overeind zitten. 'Zo is het welletjes geweest,' zegt ze in mijn plaats, en zachter: 'Je moet niet zo schrikken van oprechte woede.' De zon is weg, ik huiver. 'Wat moet ik doen?'

De petemoei slaat haar staart om haar hals en staat verrassend lenig op. 'Kindlief, moet je dat van mij horen?'

Ze begeeft zich naar de woudrand en begint van onderaf langzaam te verdwijnen. Nog een keer draait ze zich om: 'Citroenmelisse, dat wil nog weleens helpen.' En weg is ze.

Stijfjes daal ik af, de klokken luiden al een hele tijd, maar pas als ik het dorp nader dringt het tot me door dat het geen echo in mijn hoofd is. De kippen scharrelen over het kerkhof maar ik negeer ze. In 'Au Tilleul' is het orkestje aangekomen. De boeren onder de bruiloftsgasten nemen vlug de fiets of auto om de koeien te melken. Ze behoren terug te zijn voor de taart wordt aangesneden. Ik sluip naar mijn kamer, gooi de kleren van me af en ga onder de douche staan.

De vrouw des huizes stapt uit de schemerige kamer op het dakterras en verwondert zich erover dat ik in kimono tegen de balustrade leun. Ik heb geen honger. Best mogelijk, maar zo kom ik er niet van af. Het bruidspaar heeft de wens uitgesproken dat ook ik hun heil zal toedrinken. Met een gesmoord getoeter breekt een kakofonie los. De instrumenten worden gestemd. Ik beloof dat ik binnen een halfuur naar beneden kom. Traag kleed ik me aan, borstel mijn haar en slik twee tabletjes.

Aan het plafond hangen papieren slingers. Op een geïmproviseerd podium geeft het vier man en een vrouw sterke orkest hem van katoen. In het vierkant tussen de tafel wordt gedanst. De dassen worden losgeknoopt, hier en daar wordt er meegezongen, de stemming begint er in te komen. De bruid heeft haar sluier afgelegd en de sleep over haar arm geslagen. De sierlijke witte schoentjes draaien. Als de muziek stopt voel ik het vogelpootje van Grand-mère die me nu naar het bruidspaar leidt. Ik krijg een glas, stamel iets van een lang en gelukkig leven. Applaus. De bruid wordt door een lachende berg in de armen genomen en de bruidegom gaat stram voor me in de houding staan. Hij danst onhandig maar met overtuiging. In gedachten bereid ik de aftocht voor, maar er staat al een bord met hapjes klaar en de lachende berg komt met open armen op me af. 'Men trouwt maar eenmaal!' Tweetalig leg ik uit dat ik niet kan walsen. Hij houdt zijn hoofd scheef. Een polka. 'Vanavond is het feest!'

Van de taart moet ik zeker proeven. En de wijn is van eigen gewin. Er is ook een pruimenlikeur waarvan je na drie glaasjes teut bent. Jean-Pierre kruipt onder de tafels en verzamelt menukaarten. De dominee en zijn vrouw komen kennismaken. Ze hadden me al zien wandelen. En wat vind ik van hun mooie dorp? Net wil ik vragen hoe dat met die Zweden zat als de ingenieurs, die ik niet heb zien binnenkomen, de bruid zoenen. Gejuich. De gegroefde komt me halen voor een tango. Wat vind ik van zo'n feest? Ik word getroffen door het gezicht van de vrouw die de harmonica bespeelt. Ze is niet jong en niet oud, en kijkt dwars door het gewoel heen. Onwillekeurig speur ik naar pluimen onder haar rokzoom. De gegroefde heeft een vervelende manier om zijn duimen tegen je rugwervels te drukken. Zijn vriend tikt hem op de schouder en knipoogt. 'Met hem zal je wel liever dansen,' zegt de gegroefde hatelijk. 'Heb je zin om de radarinstallaties te bekijken?' 'Wanneer?' 'Nu...' zegt hij onschuldig. Een uitstekend danser. Soepel en getraind lichaam. ''s Nachts ben je daarboven zo dicht bij de sterren dat je ze met de blote hand van de hemel kunt plukken.' Dat zal wel. Op de trap heb ik de stellige indruk dat iemand mij gadeslaat. Ik laat de terrasdeuren open.

Een heldere sterrennacht. Beneden dreunt het koor: 'Einmal am Rhein und dann mit dir allein zu sein...'

De veelgeroemde rust en stilte van de dorpen. Met mijn hoofd onder het kussen heb ik het gevoel in de verkeerde film te zijn verzeild. Vier uur slaat de klok als ik wakker schrik van een ander geluid. Het dichtslaan van een portier? Op het plein wuift de bruidegom gasten uit: 'Komm gut über den Zoll!' In de oprijlaan zie ik twee witte schoentjes ijsberen.

* * *

Regelmatig valt de elektrische stroom uit. De keuken is daarop voorzien en schakelt prompt over op gas. Boven het dorp hangt de niet te miskennen geur van houtvuren. Die wankele stroomvoorziening bevalt me wel. Het benadrukt de afzondering. De morgen na het feest had iedereen een kater. Jean-Pierre was niet te zien. Alleen Grand-mère liep monter rond.

In de feestzaal stonden de stoelen op de tafels. Zeepsop gulpte over de drempel. Het witte zand in de oprijlaan verstoof, en de bloemenslingers werden door kinderen meegenomen. De hoeve ligt als voorheen verscholen in het groen. Er is wind opgestoken en langs de hemel jagen wolken als voorbode van de herfstregens. Aan de uitvalwegen van het dorp hebben mannen borden tegen de stammen van de pruimebomen getimmerd. De kalender voor de wijnfeesten. De ingenieurs zijn vertrokken. Ik wil nog een laatste grote wandeling maken. De kippen op het kerkhof zien me al komen, maar weldra zal er niemand meer zijn om ze achterna te zitten. Naar het bosweitje ga ik niet meer. De vrouw van de dominee heeft zandkoekjes gebakken. Het wordt een visite met veel goede wil van beide kanten.

Aan tafel besluit ik nog een fles wijn te bestellen. (Châteauneuf du Pape. Tête du cuvée 1970) maar het plezier wordt min of meer bedorven door een Duits echtpaar waar de bemoeizucht af druipt. Ze zijn hier omdat hij herstellende is van een navelbreuk. Ze gaan niet verder in Frankrijk omdat men daar geen Duits spreekt. Zij heeft last van haar voeten en draagt steunzolen. Ze hebben een wandelstok gekocht. Het woud is wonderschoon. Hun zoon is naar de Azuurkust. De jeugd redt zich beter met de taal. De jongen is dienstweigeraar. Dat geeft spanningen, maar zoiets moet je als ouder begrijpen.

Ze wonen in een gat bij Bonn maar zijn afkomstig uit Noord-Duitsland. Sector Danzig. De ouders waren uit Koningsbergen. De kinderen verheugden zich als er gebombardeerd werd want dan kregen ze op school vrijaf. De vrouw is met de kinderen voor de Russen moeten vluchten. Te voet en met een kinderwagen door Polen en wat nu Tsjechoslovakije heet. Langs de weg lagen allemaal dode mensen. Dat had die ss gedaan.

Dat ze de Elzas waren verloren konden ze billijken maar evengoed was het een drama voor de mensen die er woonden. Hun buren kwamen uit Silezië. Die hadden met pasen Praag bezocht. Een tragedie! Geniet de jonge dame ook van de rust? Dat doet ze.

Vroeg in de ochtend. De zon van het vijfde seizoen. Zoet waren die lippen, vol, en met de smaak van bosaardbeien. Het ogenblik waarop alle definities je verlaten, waarop alle vaders met marsbevelen machteloos zijn geworden, dat enig is in het overbruggen van tegenstellingen, maximaal opgaand in de ander en meer dan ooit jezelf, de stroomversnelling, maar langzaam en in het begin nauwelijks merkbaar, de provocatie, het verlangen, voor alles de schoonheid, ook in het gruwelijke, het einde van elk tijdsbesef, de eeuwigheid binnen bereik, het leven maar niet de dood, magistraal het leven, datgene waar geen woorden voor zijn, tenzij misschien dit ene dat aan het begin van alle andere staat, een klank waarvan men zich niet kan bedienen, het kleinste maar omvattendste, het woord dat je overkomt: ja!

Wij voelden niet de behoefte om het buskruit uit te vinden, steden te veroveren, onze zelfzuchtige genen voort te planten. Wij wilden alles nog eens in het zoete overdoen omdat we er nooit genoeg van kregen.

Met de fles in de armen verlaat ik het verbijsterde echtpaar. Op het dakterras tracht ik me alle details van het uitzicht in te prenten. Wat je eenmaal hebt gezien blijft altijd bestaan. Aan de vliegtuigen ben ik ondertussen gewend, al is het wel erg druk vandaag. Er zijn ook vreemde geluiden, gerommel aan de horizon. Nu moet ik toch oppassen dat ik niet wonderlijk word. Het bed is veel te zacht, het bloemetjesbehang niet te harden. Alle kamers waar je doorheen trekt.

Eerst denk ik dat ik droom. Dan houd ik de wijnfles tegen het lamplicht. Drie of vier glazen. Dat kan het niet zijn. Maar ik blijf commando's horen. Laarzen die over de straatstenen dreunen. En weer dat vreemde geluid. Wat doet een tank? Rammelen? Ratelen? Daveren? Voor de deur van de herberg staan de vaste klanten, aan weerszijden van de straat marcheren rijen soldaten in camouflage-uniformen. Maar in het model van de helmen vergis ik me niet. En in de bocht verschijnt log manoeuvrerend een tank. Ik heb er nog nooit een in actie gezien. Dit is geen film.

Honderden kilometers ben ik van huis. Er zijn geen vaste verbindingen. En dan nog. Hoe kom ik hier tijdig vandaan? De rupsbanden rijden een tuinhekje plat en nemen een deel van het muurtje mee, maar de tank kruipt door de bocht. Een voorhistorisch monster. Nu begrijp ik de vergelijking. 'Herfstmanoeuvres van de Nato.' De wijnboer spuwt op de grond. 'Lopen alles plat. Vernielen de omheiningen. Oorlogje spelen. En wij kunnen wachten op het geld om de boel te laten herstellen. Als het menens wordt is dit allemaal overbodig. Dan drukt er een op een knop, en boem, we zijn er geweest!'

De tank is de helling naar de kerk opgeklommen en neemt snelheid. Ik pak mijn koffers. Doe de kurk op de fles en stop watjes in mijn oren. Tussen rijen bemodderde soldaten met takkenbossen op de helmen zal ik naar huis rijden. De gezichten zijn onthutsend jong. Nog bijna kinderen. 'Ze pakken ze zo jong omdat je ze later niet meer zo gek krijgt.' Oja? denk ik honend.

* * *

Dit is dan de klacht in het verhaal van diegenen die nooit dertig wilden worden. Omdat ze het middelmatige schuwden, omdat ze niet gewillig wilden worden, niet tam en braaf als volwassenen nu eenmaal zijn, weker en corrupter dan de jeugd die wij dachten als staal te hanteren. Verbijsterend was het wel, al dat jolig geweld in dit kleinste der landen: een tijd als een spraakverwarring. Verlopen en verloren.

En nu het carnaval der verliefdheid voorbij is blijven wij afwachtend, en weten nog goed, hoe pijnlijk herinneren ook is, weten wij met die pijn dat wij alleen maar een beetje, beetje veel of helemaal vrij wilden zijn. Weesjes van elke ideologie, geen vaders meer, geen toekomst die nog waard was om zich voor in te zetten. Maar we waren wel dol op dat beetje leven van ons. Te dol allicht. Dertig worden in de invallende stilte, de stilte waarin men zich voorbereidt. De stilte als verdedigingsgordel. Want hoe luidruchtig waren eens onze vragen.

De stilte dus om in te verdwijnen. De stilte als vrijkaartje. De stilte waarin wij ons schamen. Voor de koppensnellers waarvoor wij de straat op gingen. De linksen, de rechtsen, de arbeidsmoraal. Nu kunnen we treuren om onze vijanden. Wie zal ons nog zo intens beminnen? O, de nachten van de wassende maan! Parijs, Berlijn, samen in een slaapzak; een brood tussen de tanden, en geen tijd voor de liefde omdat de wereld en vooral wijzelf zo belangrijk waren. Je kon nog kiezen tussen de dood in de Andes of een vierkamerflat met twee kinderen.

Dertig, dat was leven in een buitenwijk. En waakzaam worden als een kettinghond voor de eerste sporen van verval. Voor de dreigende berusting. Waar zijn de helden van die tijd, de rock, de beat, het 'we shall overcome'? De paus was links, de president een schurk. En wij liepen op wolkjes, wij lachten in ons vuistje, de revolutie in jeans. Vader kon de pot op, met zijn soliditeit, zijn keurig banksaldo, zijn vals gebit. Je moeder was haar minnaars waard. Volwassenen waren varkens.

De kentering van de revolte. Je haren almaar laten groeien. Uniseks. Geen mannen of vrouwen worden. Jongens en meisjes blijven, de groep als dimensie. Maar nog geen volgelingen, niet noodzakelijk high. Geen sekte. Geen nieuwe Christus. Geen tekenen van degradatie. Geen laatste Oordeel voor de deur. De dagen van weleer. Het spel dat onvermijdelijk ernst werd. Een kruidenboetiek. Tibet. Met gebedsmolentjes lopen. Naar hasj stinken. En uitkijken naar iets waar dat allemaal in zou passen.

Brother- and Sisterhood. Handiger zijn we geworden en uitgekookter. Om het vol te houden moeten we weer leren lopen in die aloude cadans: een-twee, links-rechts, opgelet – op de plaats rust. Rust roest. En de liefde dan? Dit woord vol walg en tederheid. Zoenen als drenkelingen. De mond-op-mondmethode. Een vorm van lafheid misschien? Een overgave van de angst? De erotisering van de angst?

Bedek mijn naaktheid tegen de aansluipende kou. Mijn bed is naar Siberië verbannen. Stout bed. Foei bed. Tempel van verderf. Zetel van de waanzin. Ivoren hof. Vergiftigde kelk. Bevroren bruidsbed.

Lief, ik verdrink, het vruchtwater staat me al aan de lippen. De zegevierende krijger moet een filosoof worden. Een mens vol wijsheid en zwaar van berusting. Een voorlopige dode. Nog eenmaal, nog eenmaal in die zalige dwaasheid, die stille verrukking, dat goddeloos aanbidden: all you need is love, love is all you need!

De toekomst is vergokt, wij hebben zelfs geen oorlog om naar uit te kijken. We zien het achteraf wel, panklaar, en sluimerend ondergaan wij jarenlang dezelfde beelden die nu al weer tot de archieven behoren, tot de bekroonde foto's, de prijsdieren, de offerlammeren, behoren, zeg ik nu voor eenmaal, tot ons onvervreemdbaar cultuurgoed. De moord in drie dimensies maar zonder franje: de moord. De raaf met zijn Japanse lenzen en headlines sluwheid. Elke persfotograaf wordt fataal een lijkbidder. Wij willen onze biefstuk saignant, versgebakken en nog bloedend.

Meisjes van dertig? Verlaten. Ontroostbaar in hun goed geconserveerde schoonheid. De haren korter, de heupen breder, de eerste krekels in de stem. Rimpelernst, als een te snel invallende duisternis, hun zeldzame drift voer voor psychiaters. Geen liefjes meer en geen vriendinnetjes. Echtgenotes. Maîtresses.

Alles wat je maar wilt, maar geen dromen meer. Hun jeugd is als een tijdbom. (Vergeet je tik-tak niet, je slaappillen, en de pil!) Geen begrip en nog geen vaste grond onder de voeten. Sterilisatie als de oplossing voor al uw problemen. Een nieuw zij het een ietwat verknipt leven. Existeren in het luchtledige.

Begroeten wij elkaar niet meer als toen, twee natte neuzen tegen elkaar, rest enkel de spanning van een groeiend wantrouwen? Verkocht, gekocht, een koopje? Of prijzenslag: onderdeel van een gigantische uitverkoop? Een prikje voor al die overdreven verwachtingen. Blijf verdomme maar leven tot je erin stikt! Kieskeurigheid, een syndroom, een ziekte van iets dat we niet willen kunnen: ouder worden. Alleen nog echte dingen bestellen, plastic people in een macrobiotische supermarkt. Onze dromen, vrijheid-blijheid. Alles luchtdicht verpakt. Tegen de aansluipende schaarste wapenen wij ons. Met onzichtbaar maandverband. Canada als natuurreservaat. Een Indiaan in onze laatste sigaret. Maar geen executie als rechtvaardiging. Geen kogel in de rug van onze laatste vlucht. Bont als papegaaien, even luid kwetterend, klanken nabootsend, maar zelfs geen enkelvoudige vorm van gesprek. Door de geluidsmuur een laatste droom knallen.

Geen moeder zijn, geen dochter blijven, geen echtgenote worden. En al die verre veulens in de wei. Dit is tenslotte het verhaal van zeven magere jaren waarin we beroemd werden en nauwelijks het zout op onze aardappels verdienden. Zout is ongezond. Je kan het beter laten. Op een dag komen wij onszelf als volslagen vreemden tegen. But we are famous!

Hebben wij dan geen laatste greintje trots, zullen wij dan toch die vieze kikvors zoenen? Verschanst in de eenzaamheid als in een middeleeuwse burcht. Een hooghartige jonkvrouw. Geen minnestrelen in de nissen. Het pessimisme alsof het een verdienste was. Maar hoogstaand als bastaarden die in het voetbalstadion blijven juichen, ook al zijn de soldaten verschenen, is het bloed nog niet verkleurd (bruin, vuilbruin is de schat van Veronica). Wij hebben op alles recht, wij betalen voor onze ontspanning. Wij hebben onze mening, onze stiekeme gedachten, we laten onze welbespraaktheid gelden als waarheid. Vandaag of morgen komt de aap wel uit de mouw. Dan willen wij op onze beurt heersen. Zijn wij belust op vernietiging.

Al klagen wij als vale maagden over de hardheid van onze tijd. Nog enkele illusies als voorraadpotten in de kelder. Onze onderwereld waarin wij het nog niet helemaal opgeven. Mannen van dertig bestaan niet eens. Dat is een waanbeeld. Een muurkrant vol wartaal. De verraders zijn geen verraders meer. De vrienden tonen hun tanden.

Een zeldzaam herdersuurtje wordt al heel vlug overspel. We halen de dingen beter niet door elkaar. Laten we nuchter blijven. En het handig aanleggen. Laten we dit als volwassen mensen uitpraten. Conflicten zijn er om uitgepraat te worden. Maar niet vals spelen. Maar liefst helemaal niet meer spelen. Zoniet... Buitenspelpositie! Ach, dat laatste restje spanning.

Een zegen is die angst, anders was de elasticiteit er allang uit. Contracties. Diep inademen. Kreunen. En hijgen alsof je klaarkomt. Kom je? Maar bedenk eens ademloos hoe slecht je wel zou kunnen zijn, hoe argeloos verdorven, zo dat geen sterveling er met zijn verbeelding bij kon. En dat allemaal voor het goede doel. Die suikeren tante op de achtergrond. Die weke plek in ons harnas. De erotiek van de angst, de dood van wellust. Een brabbeltaaltje: terwijl je klaarkomt ben je nergens meer. Oppassen is de boodschap.

En dat terwijl het alweer te laat is om voorzichtig te zijn: heimwee naar de jaren dertig. Weerloos zijn is wachten op de klappen. Les voor het nageslacht: de geschiedenis wordt steeds sneller geschreven. Hopen dat je op tijd kanker krijgt. Generatie van kankeraars. Drie weken opstandelingen. Hopen dat de dood eerst onder andermans vrienden generale repetitie houdt. Walg van jullie roze mei, als een ziekelijke woekering, als een revolutionaire masturbatie. Verkeerd begrepen klierwerking, en dan de fik in vaders Mercedes. (Hoe lang droom je er al van? Hier zijn de sleutels, kleintje. Kun je niet dankbaar zijn, snotaap? En eerst je moeder bij de kapper halen. Begrepen? Begrepen!) Diploma's als teken aan de wand. En de vergeefsheid van al dat dromen en dwepen. Een jong cynisme, nog te groen om voor vol te worden aangezien. Het gezwel dat langzaam begint te stinken. Tevergeefs wordt het ongenoegen behandeld met okselspray. Een lichaam liegt niet, of legt onze leugens geduldig maar stilzwijgend uit. De strelingen als vanouds, wegen op de landkaart, autostrada's van onze vergulde hartstocht.

Nu zoeken wij vergeefs die kronkelwegeltjes. En stellen ons de dood hoe langer hoe minder romantisch voor. De werkelijkheid, de platvloersheid zit ons op de hielen. Nog eenmaal je huid vergokken. Ach. De heldhaftigheid krimpt in elkaar bij het reële vooruitzicht van te verdwijnen in datzelfde niets, waarvan we niet willen weten maar waaruit we voortkomen. Hoe zoet was de zonde in mei. Een knieval voor het leven. Je hand, makker. Je ogen, liefste. De jeugd, dames en heren, de jeugd. Met ons allen afstammelingen van dat zaad als zemelen. Het oostfront, de doorbraak in het westen. Een oorlogsbuik, vol rapen en ellende. Na dertig jaar onevenwicht, en tegen beter weten in, een vorm van leven. Debetstand op al onze balansen. Waar blijft de goede wil?

Bestaan wij dan uit onvermogen? Zijn onze sensoren stuk, onze rode bloedlichaampjes in de war? Een gokje, een geste. Een roos tussen de tanden. Het heroïsme waarmee Don Quichot zijn Rossinant bestijgt, de pose van Dulcinea's verleidingspoging. Geen kind dat nog op deze wereld geboren wil worden. Een goktent, een krankzinnig circus. Angst, drek en kanker. En de verlangens binnen de perken houden. Vroeger is vandaag niet. In de groenzone mag je geen bloemen plukken. Maar gelukkig is er nog de kinderboerderij. Mansholts visie van het verleden zonder toekomst. Een boer is geen arbeider. Een boer is een kapitalist met stront aan zijn klompen.

Een boer bidt voor de verkeerde god en verkeert met heksen, en als het seizoen niet meezit houdt hij een zwarte sabbat. God-beterehet! Weg met de boeren! Weg met de weiden als wiegende zeeën! Madurodam en Bokrijk. Souvenirs van de vroegere jaren. À bas la culotte!

Als de goedheid niet helpt moeten we maar op de slechtheid van de mensen vertrouwen. En op hun onfeilbaar instinct voor zelfvernietiging. Als je zoiets als de walging moet samenvatten dan wordt dat: een half pond filet américain; préparé. Daarvoor hebben ze gevochten en ze zouden het nog doen. In een oorlog ben je dankbaar voor zulke dingen. Oorlogen hebben zo hun eigen buitenkansjes. Van een oorlog profiteren bijvoorbeeld de dochters om snel, op de valreep, geboren te worden.

In deze wereld en in geen andere moet je het maar klaren. De rest is zelfbegoocheling en aanstellerij. De dichters zijn van deze wereld en van geen andere. Excuseer je nu maar. Een kind van de goden heeft stiefouders. En zij adopteren onze woorden niet. Wij blijven onze klaagliederen zingen. Voor mensen blijven wij zingen, maar wij verbeelden ons dat het engelen zijn. Omdat wij gehoord willen worden. Omdat wij om begrip bedelen. Wij zullen wel krijgen wat we verdienen. Met dertig moet je klaar zijn voor een begin. Voor elk soort begin? Het is gedaan met te laat komen. Met uitvluchten verzinnen. Met verantwoordelijkheden ontlopen. Afspraak is afspraak. Met dertig krijg je de rekening gepresenteerd. Wat nu? Waar blijf je nu met je dwaasheid? Je grote bek? Je gesnoef? Ben je nu al bang? Dat beetje leven van je? Waren er niet evenzoveel onschuldige zomers waarin je warm en rijp werd gestoofd, zoveel koele winters waarin je taai genoeg werd om de kloven te overbruggen? Zijn wij dan niet de uitverkorenen? De zondagskinderen? Om het verleden te begraven? De zoutzuilen te laten smelten? Bereid te zijn? Op leven en dood te durven? Te durven! Gehard zijn in de roekeloosheid, overmoedig in je lach. Alles in te zetten. De verwachting afdwingen. Uit je nest komen. Je ware gelaat tonen. Te laat voor excuses, dat ben je dan. Te nemen of te laten. Quitte ou double. Rood of zwart. Dit zijn de openbare jaren. De toetssteen van je durf. Alweer een laatste kans. En vooral niet met je voeten laten spelen. Ontrouw zijn aan elke verstarring. Willen en willen leven. Willens en wetens. Wat ze daarboven ook vertellen.

Altijd en onverwacht terugkeren van het front. Het gemeste kalf opeisen. Je eerstgeboorterecht is een dochter te zijn. Een wilde maagd. Te jong wellicht, maar toch reikhalzend naar de liefde. Seks onder de keukentafel vegen. Nooit genoeg hebben. Nooit tevreden zijn. Mooi worden. Op je eigen onvervreemdbare wijze mooi worden. Toegankelijk zijn. Zonder ticket vliegen. Hoog en laag verzoenen. Genot puren uit de combinatie van hard en zacht. Les extrêmes se touchent. En het liefhebben niet vertwijfeld ondergaan. De hoogmoed in alle nederigheid beoefenen. En het raffinement als een kunst. De onschuld is een perversiteit. Arme vermoorde onschuld. Op haar roze schapesokjes in de morgen. Met haar leeuwebekje onder haar tulen rokje. Geen klappen meer uitdelen maar ook geen overbodige pijn meer verdragen. Een schreeuw worden. Een zuchtje. Van hartstocht bevriezen. En de extase aanvaarden. Elke vanzelfsprekendheid afwijzen. Cultus van de rebellie, een gezelschapsspelletje. Deze aarde beminnen, jezelf liefhebben, de geschonden moeder omhelzen. Mais où sont les neiges d'antan? Niet meer dan een toeschouwer zijn? Statisch worden? Duizendmaal neen blijven zeggen? Onberoerbaar tegen de dood aan beuken. Een lente als weleer, een lente als jonge katten. Toen in dat laatste, nog niet gerooide bos, de zon en de duinen, een middag aan zee. En alles is medebepalend voor alles. Hop met de beentjes.

Dans maar, meisje, dans maar, zolang de muziek nog speelt, de trompetter niet bezwijkt, de trommels rusten, dans maar, en als je tachtig bent herken je plotseling dat wijsje, vanuit de flarden, de mist, weet je het plotseling weer, dan kun je huilen en een beetje beven, maar nu dans je nog, m'n duifje, dans je omdat je niet beter weet. Pikante onschuld. Meer heb je niet nodig, wat zon, een deuntje.

Ondertussen rijpt het laatste bed. Is dit het dan: een oud en lelijk wijf worden? Een snor krijgen Een wratje? Een glazen oog? Piraat had je willen worden. Een kaperkapitein. Je zou met bommen smijten. De stad belegeren. Versperringen opblazen. Maar verder dan sluipschutter heb je het niet gebracht. Is dat jouw schaduw niet daar, die bij de poorten schuilt? Uiteindelijk word je lid van Amnesty International. De kinderen worden groter.

Een toekomstgedachte: is dat grote of kleine filosofie? De jonge generatie wast zich niet meer. Er groeit mos op hun tanden, ze ruiken naar Spaanse jezuïeten. Masturbatie als verfijnde vorm van folteren. Zelfkwellers. Slappelingen. Vervuiling, zei de professor, en hij herhaalde het, vervuiling is pathologisch. Oplossing voor een steriel leven, visite aan het rariteitenkabinet der liefde. Kies maar uit: condoom, pil, spiraaltje. Geen problemen meer. Everybody happy? Natuurlijk is ook geluk iets waar je recht op hebt. Gelukkig. Prothe-ses voor alles en nog wat. Het aloude kunstgebit. Een objet d'art. Tentoongesteld de laatste actieve fallus. De eerste der Mohikanen. De laatsten zullen de eersten zijn. Totdat ook deze dapperen sneuvelen. Van alles iets afweten en nooit meer iets begrijpen. Alleen een rijpe appel valt niet ver van de boom.

Stiller worden, kaler, dikker. Den Haag aandoen, Couperus lezen op het ritme van de paardetram. En flirten met het biseksuele. Elke vriendin heeft alweer een vriendin gehad. Black and White. Nu spelen ze in een film over India en verwarren zich met opzet in hun sluiers. Als ik jou bemin, bemin ik mijzelf. Als ik je daar zoen omhels ik een moeder, mijn voorland, mijn intiemste herkennen. En ik weet, o ja, ik weet precies wat jij moet voelen nu, nu ik mezelf omhels. Laten we het samen vertikken om vrouwen te worden. Om datgene te doen wat ze allemaal verwachten. Laten wij bij de film gaan en rijk worden. Blacky and Whity. Van achteren lyceum, van voren museum.

Mijn rijke verleden, mijn ondergeschoven kinderen met hun internaatsluchtje. Mijn zusjes van acht tot tien, en daarna in stilte, nog meer mijn zusjes. Je esthetisch gevoel wordt ethisch, lieve. Op een eiland voor de Canadese kust een schrijver worden. Een eenzame dame, excentriek, met katten en honden, en wauwelende papegaaien.

En het meisje dat elke morgen weer tartend voorbijgaloppeert. Te veel verbeelding. Lady Godiva snoept pralines en weet van niets meer. Een vorm van seniliteit maar zo charmant gehanteerd. Klasse blijft herkenbaar. We zijn het aan onze stand verplicht ons gezicht op te houden al krijgen we er kramp van in de kinnebak. Met dertig zul je het weten. Ervan lusten. Een scène uit *Conversation Piece*. Het decor dat almaar belangrijker wordt. Onttroonde duivels dansen op de discosabbat. Ook de liefde is een joods gevoel. Morgen is allang niet meer vandaag. Je moet toch leven. Jawel, maar moet je zo nodig overleven? Kan je niet één keertje vrijmoedig zijn? Vrijgevig? Ophouden met het kleine bedrog van de kleine lieden? Alles en alles vergeten? Dat wil desnoods zeggen: geil zijn.

Het soort van oprechtheid dat geen voordeel verwacht? De hoorn des overvloeds. De gouden hoorn. Het lam Gods. Nog eenmaal blozen van weelde. Het land van melk en honing. De lente. Gekleed gaan in naaktheid. Het naakt verkeren. Wapens in de vestiaire afgeven. Geen leitjes met interestberekeningen in de zaal. Vrij entree. Toegang kosteloos. Een zondag midden in de week. Een verrassingsmorgen. Een surprisenacht. Geen achterbakse streken meer. Alles geven. Ballast overboord. Wij blijven opstijgen. Alsof het om een fataal orgasme ging. Alsof niet elk orgasme fataal is. Als je zoals de grootouders twee oorlogen achter de hand hebt kan je niet veel meer gebeuren. De ouders hadden er maar eentje, een snuif fascisme, als vergissing nog wel, nu ja, dan zing je wel een toontje lager. Een handvol idealen, een vals gezongen internationale. Wat links en rechts verneuken terwijl je ligt te kreunen van angst.

Kom maar van dat dak af, vader, je streken helpen niet meer. Achter je rug wordt er een dochter geboren. Dat is niet leuk meer. Laten we ernstig blijven. Je haalt je je eigen ellende op de hals. En jij dan, ook al bang met zo'n leerrijke voorgeschiedenis? Dat beetje leven van je? Kun je niet grootmoedig zijn? Voor een keer een seigneur, een dame zonder kuren? Even de tijd ervoor nemen? Per vergissing maar hopeloos verliefd zijn? O liefje, sla m'n hoofd er maar af, met ons zullen ze de kachel niet aanmaken, zoals met de grootouders en de ouders, wij zijn geen wisselgeld voor de historie, geen verkwanselde Chinezen. Geen marktwaar. Wij zijn. Dat wil zeggen, wij zouden zo graag willen. Als wij maar eenmaal groot zijn, dan kunnen we ook oud worden. O, de gouden tijd van het verval. Het zoete uur. Zullen we nog een keertje, nog een enkel keertje zwanger worden? Zouden wij dat durven? Hoeveel personen ten laste? Misschien mag je de vader afschrijven? En dat enkel om te leven. Koelkasten. Diepvriezers. Stofzuigers. Televisies. Auto's. Houdt het dan nooit eens op? Moet je dan alles dubbel hebben, of per stel, of per dozijn? En onvruchtbaar blijven die dingen. Voor niets gaat de zon op. Arme Noach. Arme vader. Moeder is een slet. En dat wil ze weten. Daar is ze nog trots op ook. Arme impotente vader. Kun je die teef niet temmen? Wat is dat voor een man die zijn vrouw niet onder de duim houden kan? We bereiden ons niet meer voor. Met ons is het gebeurd. Dat komt ervan als je te jong moet leven. En het onverwachte dan? Is de verrassing uitgesloten? Niet alles kan berekening zijn.

Elke revolutie is achttien. Kom nou. Dat geloof je zelf niet. Kan je nog dromen, durf je onvoorzichtig te zijn? Dat onvreetbare brood op het water smijten? Hang desnoods de Vlaming uit. Dat wil zeggen: knijp een oogje dicht, veeg er je kas aan, laat ze naar de maan lopen, in alle stilte schoon weer spelen, desnoods kan je je haren opsteken. Lid worden van een culturele vereniging. If you can't beat them, join them! Enzoverder. We komen van ver. We komen helaas ook nooit dichterbij. We zijn in de modder van de zestiende eeuw blijven steken. Zo kunnen we verdraaid wel bezig blijven. Als culturele gastarbeiders in noord en zuid zuur brood verdienen. Vlaanderen. Kost en inwoon. En altijd je plaats weten. Niet verder springen dan je stok lang is. Niet achteruitboeren. Op tijd op je tong bijten. En je kak inhouden. Je mag een smeerlap zijn maar je moet een goed mens blijven. Op tijd en stond je natje en je droogje, en hopla met de beentjes! Als we dood zijn groeit er gras op onzen buik. Verrek maar. Uiteindelijk de hamvraag. Loont het allemaal wel de moeite? Moet je zonodig in het stof knielen? Zijn we niet bij voorbaat veroordeeld? Hoe staan onze kansen? Kunnen we niet tevreden zijn met wat we hebben? Een volk van schilders, met een groot verleden, op naar het heden? Een lotje uit de loterij. Hadden onze ouders dat, auto's en geluidstoestanden, en vakanties aan verre vuile stranden? En dan te bedenken dat mijn grootvader nog de charleston danste, was hij zeventig of tachtig, met drift en liefde! Victor Hugo was een beest. Op Guernsey in zijn wapperende vaan, geen wasmeid durfde hem het schone linnen brengen. Ik zie het al, dat witte mutsje en die appelronde wangen.

Guernsey ligt tussen Engeland en Frankrijk, het queuen zal er wel heel apart zijn geweest. Victor Hugo was geen domme jongen. En mijn grootvader een speelvogel. Hoe moet dat nu, wij hebben zelfs geen oorlog overleefd, geen heldendom, geen honger, wij zijn alweer veel verder. Bij de vreedzame toepassing hiervan.

Apathisch als het water stinkt, de melk een verdacht smaakje heeft, en vlees eten wij uit overtuiging niet meer, of toch al veel minder. Wij kronkelen niet meer van verlangen. Tegen elke jeuk volstaat deskundig krabben. En zolang we nagels hebben is het wel vol te houden. Seks als vorm van ochtendgym. Om jong te blijven. En soepel. Een beter middel dan de geriater. Nu ook de laatste psychiater het bos is ingevlucht zijn de gekken niet meer te tellen. Maar we houden koppig vol. Wie zei ook weer, je kan de mensen niet verplichten gelukkig te zijn?

Onze laatste weerstand, ze moeten ons niet aan het hoofd zeuren met links of rechts of averechts. Wij weten wel wie daar weer voor opdraait. Wij hebben de vragen niet gesteld, mogen we dan ook het antwoord schuldig blijven? Van onze onnozelheid zal niemand profiteren. Als het eropaan komt kunnen we evengoed uitgekookt zijn. Alleen dat kwijltje angst in die robuuste body. Een ei als een bom in onze broek.

Angst om af te gaan. Belachelijk te lijken. Het gezicht te verliezen. Niet huilen nu. Wachten tot het donker is. Dan mag je rustig sterven. Weg bevoogding. Niks geen overheersing. Gedaan met de honger. Dat dwaze verlangen. Dat heimelijke hopen. Dat tegen beter weten in toch weer. En nog eenmaal. Gedaan nu. Wat zo opvalt bij een kerkhofwandeling: het columbarium lijkt op een verzameling miniflats. Dat vervult ons met een waanzinnige jaloezie op de oudere doden. Hoe die daar liggen als prinsen. Als dichters, onder de rozen en het groen, het wemelen van de blaren. Konijntjes en eendjes, zelfs karpers als vermaak voor pausen. Op je paarse voeten. Het lijkt wel een lusthof, een prieel. Een hof van Eden. Een huis van Plaissantie. Daar liggen, en voor één gele roos op je graf gratis vrijen voor verliefde paren, voor alle leeftijden, rassen of standen, een portie kerkhofvogelen. De toespraak van de burgemeester op het graf van de jubilaris. Daarna gaat hij ook, vreedzaam. Hij ruste zacht, tussen de joden en de Arabieren van deze akker, de bijdehante knaap, de Antwerpenaar.

Alweer een vader minder. Als het nu maar lente werd, als het nu nog maar eens mensonterend lente werd.

En wij twee modderige monsters die elkaar bij de ideale temperatuur beklimmen. Ruw en onhandig als stumpers, maar vol goede wil en zo teder, zo eindeloos teder die begeerte. O liefje, dingetje. Mijn kleine brontosaurus, mijn slotverhaal: Hei 't was in de mei! Als het nu maar, als – zeggen we eenmaal, tweemaal, zeggen we ja?

DEEL VIER

Het verwerven van een schuilplaats

'To wish to remember that every year is a change if it is to be considered historically.'

Gertrude Stein,
Lucy Church amiably

HET DORP KAN EVENGOED in Polen liggen. In de Oekraïne of in Normandië. Eventueel in Gelderland. In Vietnam of Cambodja. Tussen de ceders van de Libanon of aan de rand van de Sinaï. Maar ook in Vlaanderen.

Het kan Lidice, My Lai, Oradour, Putten of Vinkt heten. Alle dorpen zijn goed, en alle namen onvergetelijk. Een wegenkruispunt, een rivier of kanaal... Onverwachte tegenstand, een kogel in een generaalsjas, een opgeblazen brug... Elk voorwendsel kan worden aangegrepen, elk excuus is bruikbaar. Niet te begrijpen, maar wel uit te leggen.

Het dorp is van alle landen en van alle tijden. Ook als het toevallig een stad wordt en we het Warschau of Beiroet noemen. Het scenario blijft hetzelfde. Aan de Oder of de Leie, de Mekong of de Litani. Alle water vlucht naar zee, alsof het zich in water wil verbergen. Vlottende lichamen... En de soldaten kunnen grijze of zwarte, kaki of bruine uniformen dragen. Ze kunnen als dieven in de nacht komen, of zingend in de vroege morgen. Alle soldaten zijn bang, en alle soldaten zingen. Zij kunnen Kurt of John, Thy of Isi heten. Dat zijn ze zelf vergeten. Alleen de vrouwen weten het nog. Alle soldaten moorden. En elke man kan de verkeerde man zijn.

Er waren een kerk, een molen en een klooster. Een café, en nog een café, een duivenlokaal en een schooltje. Er was een dorpsplein en een kerkhofmuur. De huizen waren klein, behalve die van de notabelen en de pastorie. Die waren beduidend groter. Van bovenaf kon men goed zien dat de lintbebouwing langs een kruispunt was opgetrokken. En dat de hoeven stervormig in de velden eromheen stonden. Wat verder slingerde zich de rivier, en dichterbij tussen de schuin overhellende Canadese populieren lag het kanaal. Als een zeldzame rechte waterweg, in een landschap waar alles bochtte, draaide en kronkelde. Een vreemdeling moest er wel verdwalen. De mensen waren niet rijk maar nijver. Om boven de armoedegrens te blijven zat er trouwens niets anders op dan hard te werken. Families waren generaties lang door huwelijken met elkaar verbonden. Iedereen kende iedereen. Een gesloten gemeenschap. Het ritme van het leven werd geregeld naar de seizoenen en de liturgische kalender. Men was verbonden met de grond. Het leek er veilig, het was er knus. Men hield niet van avonturen. Elke verandering stuitte op verzet. Emigratie roomde de ontevredenheid af. Men bad om van ziekten, veeplagen en oorlog gespaard te blijven...

* * *

In de mooie maand van mei. Alles groen. Het koren is al flink opgeschoten. De vooruitzichten voor de oogst zijn goed. Een vruchtbaar mestgeurtje. Wordt in de beste parfums verwerkt. Maar vanaf 10 mei 1940 behoort het dorp tot de militaire sector Nevele-Meigem-Vinkt. Onderdeel van de Leie-linie. De zon scheen door het brandglas van de geschiedenis. Op 19 mei wordt er nog een dagorder uitgegeven: '... strijdkrachten duidelijk inferieur aan de onze...'

Beter ware het van een pletrol te spreken. Het is bepaald ontmoedigend. De invallers vorderen zo snel dat de vluchtelingen in de knel geraken. Sommigen willen nog altijd verder, naar zee, naar Frankrijk, naar het andere einde van de wereld. Anderen zijn al op de terugweg. In het dorp lopen de zolders, de schuren en de kelders vol. De wildste geruchten doen de ronde. Ondertussen moeten de koeien gemolken en de aardappelen gewied. Het brood moet worden gebakken. Kinderen worden geboren, ouderen willen rustig sterven. De koning, zoon van de ridder-koning, logeert in een neogotisch kasteel en laat zich door de attente kasteleine orchideeën bij het ontbijt serveren. De toestand is kritisch. Zal men zoals de vorige keer achter de IJzer standhouden? Zijn de Engelsen geland? Sturen de Fransen hulptroepen?

Op 25 mei wordt er een bres in de verdediging geslagen. De Duitsers steken het Schipdonkkanaal (afleidingskanaal van de Leie) over en bezetten Meigem. Onmiddellijk wordt alles gedaan om het gat te dichten. Om de doorgang naar de kust en Frankrijk te versperren. Op de stranden van Duinkerken kruipen de soldaten naar zee als schildpadden die hun eieren in het zand hebben gelegd. Vliegtuigen scheren boven hun hoofden. Het is van het grootste belang dat de evacuatie zal slagen. Vinkt ligt op het kruispunt van de wegen. Het dorp wordt verdedigd door de Ardenner Jagers. 'Les Chasseurs Ardennais': die als ze in het nauw worden gedreven even gevaarlijk kunnen uitvallen als hun symbool: het everzwijn.

Drie dagen lang hevige gevechten, bombardementen, granaatinslagen, spervuur. Drie dagen lang moord en plundering. De verliezen zijn zo groot (748†) dat de vijand elke schijn van sportiviteit aflegt. Honderden doden, waaronder een zestigtal officieren en onderofficieren. De zegevierende opmars gestuit voor een dorpje van niets?

Eerst worden krijgsgevangenen als levend schild gebruikt. Daarna komen de burgers aan de beurt. Helpen doet het niet. In de nacht van 25 op 26 mei wordt de verdediging afgelost en aangevuld met een driehonderdtal manschappen. En dan de eikenbosjes, de korenvelden, de Poekebeek: hoe bedrieglijk is dit liefelijke landschap! Aan alle kanten wordt de vijand onder vuur genomen. De hoeven zijn strategisch goed gelegen en worden hardnekkig verdedigd. Bij de ingang van het dorp fungeert het klooster als vesting. Dit roept om wraak. Vraagt om de totale vernietiging.

Het verwoeste dorp wordt ingenomen op 27 mei omstreeks vier uur in de namiddag. Vooralsnog gebeurt er niets verontrustends: de soldaten vragen eten en drinken en trekken verder. Maar omstreeks halfzeven verschijnen er andere soldaten die de klopjacht inzetten. Ze bedienen zich van de bekende kreet: 'De burgers hebben op ons geschoten!' Ook in 1914 was dat de dekmantel voor gruwelen.

In de gehuchten worden de mensen uit hun schuilplaatsen gejaagd en in de kerken van Meigem en Sint-Martens-Leerne opgesloten. Vrouwen met baby's, zieken in stoelen, oudjes op kruiwagens. Niemand wordt ontzien. De drijfjacht geschiedt in de frontzone zodat men doorlopend aan artillerievuur en bombardementen is blootgesteld. Dit gaat gepaard met scheldpartijen en kolfslagen. Vooral het 'zwijnhonden' wordt voortdurend herhaald. Mannen worden voor de ogen van hun vrouwen neergeknald. Meigem is een buurdorp van Vinkt, gelegen aan het Schipdonkkanaal, dit is waar de doorbraak plaatsvond. Sint-Martens-Leerne ligt een twaalftal kilometers van Vinkt.

Elf mannen worden aan handen en voeten vastgebonden met telefoon- en prikkeldraad, mishandeld en met bajonetsteken afgemaakt. In het voorlopige gemeenschappelijke graf wordt nog een twaalfde slachtoffer gevonden: een man die naar zijn huis wilde terugkeren. Zijn metgezel kon ontsnappen, hij werd neergeschoten.

Huizen worden geplunderd en in brand gestoken. De plaatsen waar dit gebeurde dragen namen als: de Spoele, Kruiswege, Het Zwarte Huizeke. In de propvolle kerk van Meigem moet de pastoor meedelen dat tweehonderd meter daarvandaan burgers met een Duits machinegeweer een Duitse vrachtwagen onder vuur hebben genomen. Even later volgt een zware ontploffing in de kerk. Getuigen hebben de Duitsers kistjes en ijzerdraad naar het koor zien dragen. Houden vol dat er vandaar handgranaten de kerk in zijn gegooid. Anderen gewagen van een voltreffer door het dak. Zevenentwintig doden, en een veertigtal zwaargewonden. Onbeschrijfelijke chaos.

Uit het klooster halen de soldaten nonnen, vluchtelingen, dorpelingen en bewoners van het bejaardentehuis. Allemaal mensen die in de solide kelders een toevlucht hebben gezocht. Vrouwen en kinderen worden op een nabije weide gestald. De mannen in looppas en met de handen boven het hoofd de dorpsstraat ingedreven. Vijfenveertig worden er gefusilleerd. De eerste groep (de oudjes) voor de muur van het klooster en het bejaardentehuis, de tweede groep voor de tuinmuur van de pastorie, en de derde groep in de buurt van de slagerij. Sommigen leven nog en jammeren. Ze worden in de loop van de nacht of de volgende dag afgemaakt. Het jongste slachtoffer is dertien, het oudste eenennegentig. Vier ontkomen. Voortdurend trekken er soldaten voorbij die de lijken fotograferen, ertegen trappen of als ze vermoeden dat iemand nog leeft, schieten. Van de vier ontsnapten kunnen twee zich onder de lijken verbergen en in de duisternis wegsluipen, aan de twee anderen die gewond naast de lichamen liggen, wordt uiteindelijk genade verleend.

Naast de collectieve terechtstellingen worden er links en rechts nog zeventien mensen gegrepen en neergeschoten. Wie zijn huis wil opzoeken, zich uit zijn schuilplaats waagt, de dieren in veiligheid wil brengen. Ontwapende krijgsgevangenen. Maar ook een bejaard echtpaar (vierentachtig en eenenzeventig jaar) en hun gehandicapte dochter (tweeëndertig jaar). De zwaarlijvige dochter sterft eerst nadat ze door verscheidene kogels is getroffen. Ook de buurvrouw moet eraan geloven. Al deze mensen hebben zogenaamd op de Duitsers geschoten.

Op 28 mei capituleert het Belgische leger. Onmiddellijk ontstaat er een chaotische stroom van vluchtelingen die zo vlug mogelijk weer naar huis willen. Diegenen die Vinkt naderen worden op weiden gevangengezet. Het begint te regenen. Pesterijen, kwellingen en bedreigingen. Eten noch drinken. Tenslotte verplicht om toe te kijken hoe mannen hun eigen graf moeten graven alvorens te worden neergekogeld. Een wethouder die als een automaat begint te graven. Een vluchteling (een van zijn kinderen had een kogelhuls opgeraapt om mee te spelen) die weigert en de schop laat vallen. Slagen en schoppen voor hij wordt neergeschoten. Een vader met twee zonen, één zoon weigert eveneens zijn graf te graven en wordt onmiddellijk gefusilleerd...

Op een hoeve doet de boomgaard als openluchtgevangenis dienst. Daar komt generaal Paulus op inspectie. 'Schiet deze zwijnhonden maar neer!' roept hij naar de soldaten. Onmiddellijk wordt een honderdtal mannen afgezonderd en voor een batterij machinegeweren opgesteld. Urenlang tot ze worden weggeleid en eveneens in de kerk van Sint-Martens-Leerne opgesloten. Drie jaar later, na de val van Stalingrad, waar Paulus tot veldmaarschalk promoveert, worden via het Rode Kruis geroofde voorwerpen zoals trouwringen en spaarbankboekjes terug naar het dorp gezonden.

Acht lichamen worden onder verschillende omstandigheden gevonden. Er is een kind bij, en een vluchteling die in zijn schuilplaats werd getroffen. De soldaten hadden hem opgemerkt en schoten door de deur. Een boer die zich na de capitulatie veilig waande en naar zijn aardappelveld trok. Hij werd aan een kar gebonden en de paarden werden tot draven aangezet. Nadat hij zo over de grond was gesleept kreeg hij een kogel door het hoofd. Een man die op verkenning ging, enzovoort enzovoort.

Uiteindelijk worden er nog drie dagen lang honderdachttien gijzelaars in een kippenfokkerij opgesloten. Een loods van drieëneenhalf bij twintig meter, waarvan het grootste gedeelte door een broedmachine en broedkassen wordt ingenomen. Als haringen in een ton staan de mannen in de nauwe gangen. De ramen zitten potdicht. Twee dagen zonder eten of drinken. Voortdurend de bedreiging te worden neergeschoten. Als er zegebulletins worden voorgelezen moet men applaudisseren. Er wordt gymles gegeven met vallen en opstaan. Schnell! Schnell! De mannen verdrukken elkaar, worden gek van angst en dorst. Na hun vrijlating worden de burgemeester, de gemeentesecretaris en het schoolhoofd nog tot 31 mei vastgehouden.

Op 3 juni worden alle overblijvende mannen gevorderd voor het ontgraven en begraven van mensen en dieren. Honderdenéén lichamen worden geborgen, zeventig burgers en drieëntwintig Belgische militairen. Door de warmte is de ontbinding al ingetreden. Er hangt een verpestende stank. De identificatie is hartverscheurend. Rond de gemeenschappelijke grafkuil verdringen zich vrouwen en familieleden van de slachtoffers. Velen krijgen nu pas de bevestiging van hun bange vermoedens. Omdat er geen doodkisten voorradig zijn worden planken van vloeren gebruikt. Aan de andere kant van de muur die het kerkhof en de pastorietuin scheidt, houden Duitse soldaten een drankgelag. Ze hebben de wijnvoorraad ontdekt.

Al deze gebeurtenissen werden door de Duitsers gefotografeerd en gefilmd. Bij het ontwikkelen hebben fotografen verscheidene afdrukken gemaakt en verborgen. Als de Duitsers enkele maanden later weer in het dorp zijn, gaan ze weduwen en getroffen families opzoeken en tonen hun de foto's. 'Herinnert ge u dit nog?' Ze hebben ook ringen en dergelijke bij zich die ze als 'aandenken' hebben meegenomen. Ze lijken trots op hun heldendaden. Een soldaat vertelt smakelijk over de 'dikke meid'. Dat is de gehandicapte dochter. Een ander laat de mensen zich voor hun vernielde huizen opstellen om aan zijn kameraden voor te doen hoe het eraan toe is gegaan. Majoor Lohmann vraagt een weduwe of zij weet hoe Oberleutnant Bock is gestorven. Zij antwoordt ontkennend, en hij beweert dat de Oberleutnant werd neergeschoten terwijl hij water pompte, en wel door de vrouw van de buurman. Als de weduwe opmerkt dat haar buurman vrijgezel was gaat de majoor zwijgend heen.

Het verhaal van de burgers die op de Duitsers zouden hebben geschoten blijkt spoedig niet meer houdbaar, en bovendien is Vinkt slecht voor de propaganda. Dan probeert men de zaak in de doofpot te stoppen. En komt met een nieuwe versie: de Ardenner Jagers zouden zich als vrouwen en jonge meisjes (!) hebben verkleed zodat de Duitsers dachten dat ze door burgers werden beschoten. Om deze stelling kracht bij te zetten worden een foute notaris en zijn helpers naar het dorp gestuurd om '... de naam Vinkt van alle smet te ontdoen...' Onder het voorwendsel dat de betrokkenen geen pensioen zullen krijgen wordt er druk uitgeoefend om een verklaring te doen ondertekenen die de Duitsers vrijspreekt en waarin alle schuld op de Ardenner Jagers wordt geschoven. Daarbij wordt ook gerekend op de aloude tegenstellingen tussen Vlamingen en Walen. Niemand zal deze verklaring ondertekenen. De bewoners van het dorp zijn wat zo verhullend 'weinig geletterde mensen' wordt genoemd. Listige redeneringen en ingewikkelde zinswendingen zouden hun ontgaan. Ze houden het eenvoudig bij: 'Wat we hebben gezien, hebben we gezien!' Door de foto's en het bezoek van de Duitsers was het mogelijk de daders te identificeren. De meesten waren aan het oostfront gesneuveld of vermist. Ook bleken sommigen onvindbaar. Uiteindelijk stonden majoor Lohmann en kolonel Kuhner terecht. Ze kregen respectievelijk levenslang en twintig jaar dwangarbeid.

Het dorp is weer een dorp. Er staat een monument. Er is een jaarlijkse herdenkingsplechtigheid. De tijd neemt het over. Wat niet voorbijgaat, daarover wordt hoe langer hoe minder gesproken.

* * *

Stormweer. De auto wordt door rukwinden heen en weer geslingerd. De ruitewissers kunnen de neerslag niet aan. In een onderzeeër. Het beeld volstaat om claustrofobie te krijgen. Door het geweld van regen en wind heen naar de motor luisteren. 'Tweedehands: koop je de ellende van een ander.' Stem uit het verleden.

Onder water is het stil. Wuivende planten, vissen met kuslippen. Geluidloos gebabbel, bolle ogen, mond in o-stand, alsof ze rooksignalen geven. Met een schok valt de duikboot op de zanderige bodem. De mannen houden zich vast aan buizen en kribben. Kijken elkaar aan, zweet parelt op de slapen. De blieb blieb van de sonar. Inslagen van dieptebommen. *Das Boot.* Zie eerst de film, lees dan het boek! Een varende doodkist. Mij niet gezien, denkt ze. De professionele bandrecorder op de achterbank. Had ze hem niet moeten vastsjorren? Gerommel. Gaat het nog onweren ook? De ruiten beslaan. Vergeefs speurt ze naar de voorspelde opklaringen. De hemel zit potdicht. Land van weerberichten. Ze vordert langzaam. Heeft ook geen zin om het tempo op te drijven. Aquaplaning.

De rivier, geparkeerde plezierbootjes dobberen langs de oevers en aanlegsteigers. Altijd het gevoel een grens te overschrijden. Foto van koningin Elisabeth spelevarend op de Leie, in het gezelschap van literatoren. Heren met hoeden en baarden en pijpen. Geestig en galant. Een welbespraakte hofhouding. Aan haar voeten als spinnende katers. Papieren tijgers.

Het kanaal. Zal weldra worden verbreed voor de duwvaart. Bomen moeten eraan geloven. De hele delta. Industrialisering. Te veel mensen. En dat in naam van de vooruitgang. Roofbouw. De mentaliteit. Om de schouders bij op te halen. Niemand verwacht dat de dingen onveranderd blijven. Maar als het onherstelbare gebeurt. Versleten leuzen als dekmantel voor de corruptie. Moet al een heel bijzondere dode zijn om zeker te zijn van een graf. Geen tijd meer om rustig te vergaan. Beetje gek om van de schoonheid van het land te gewagen. De leefbaarheid. Alsof men zich vastklampt aan de kinderjaren.

Nevele. Van nu af kan ze met gesloten ogen haar weg vinden. Is wel nodig ook. Zicht beperkt tot tien meter. Smalle wegen, diepe sloten. Geboortehuis van Cyriel Buysse. Onze Zola! Verkocht aan een kippenfokker. Bronzen plaket naast de deur. Cyriel en zijn automobiel. Op zijn doodsbed geadeld. Papieren baron. Koos als devies: 'In d'hope van vrede.' Een café. Verblekende naam van de zusters Loveling boven een garage. De Tantes. Nevelse nachtegalen. Vlaamse Brontë's. Je doet maar.

Wie wat had uitgespookt en over de Poekebeek kon springen om aldus op het grondgebied van Poesele te belanden, ging vrijuit, Diepe bedding, een miniriviertje. Kon erin verdrinken. Vol stekelbaarsjes voor de vervuiling. Bleek strategisch goed gelegen. Bij het naderen van Vinkt vertraagt ze zo mogelijk nog. De eerste opdracht brengt haar noodlottig naar de plaats waar ze zich vandaan wilde schrijven. Producer lijkt op Orson Welles. 'Een stuk levende geschiedenis.' Dadelijk zijn alle getuigen dood. Wie is er kind aan huis? De bekende manipulaties. Het ziet ernaar uit dat ze zich bij het onvermijdelijke zal neerleggen. Ze stalt de wagen in de verlaten ruimte voor de kerk. De zekerheid dat ze vrijwel onmiddellijk is opgemerkt. Dat van nu af aan al haar doen en laten zal worden gadegeslagen en besproken. Met een oliejekker over haar hoofd rent ze naar het gemeenschappelijke graf. De arduinen stenen glimmen. Een piëta met lege ogen: moeder der martelaren. Ze begint de kruisjes te tellen, vergist zich, begint opnieuw, geeft er de brui aan. Besluiteloos in de regen. Aan de overkant staat een vrouw de stoep te schuren. Zeepsop spoelt weg. Het dorp is te rustig, de straat is te breed. Maar ongetwijfeld kijkt ook de verbeelding mee. Resoluut belt ze aan bij de pastorie. Het klingelt zoals het alleen in holle gangen kan klingelen.

* * *

'Je wilt niet met je verdriet te koop lopen. En zo ga je eraan kapot,' zegt de vrouw met de reuma-knobbels. Mensen met twee stemmen. Een gewone. En een verkrampte als ze daarover spreken. Hees. Moeizaam. Bevend. Stemmen van kroeppatiënten. De wijzers van de bandrecorder slaan uit. Trillen.

De vrouw was als eerste bij de opening van het massagraf en had geluk. Ze herkende hem meteen aan zijn kleren. De sokken had ze de week daarvoor gestopt. De onzekerheid waarin andere vrouwen nog dagenlang verkeerden was haar bespaard gebleven. 'Je weet het maar je kunt het niet geloven.' Overal liepen soldaten, ze stampten en tierden. 'Maar ja, wij verstonden dat niet.' Met de loop van het geweer in de rug werden de mannen en de vrouwen gescheiden. Het dochtertje was de oogappel van haar grootvader. Zij wilde zijn hand niet loslaten: 'Opa, blijf hier!' De soldaten hadden het kind weggetrapt. De mannen werden in looppas samengedreven. Haar man keek om en struikelde. Die van het dorp liepen op klompen. Dat valt niet mee op kasseien. De vluchtelingen – de vrouw noemt ze 'de vreemdelingen' – droegen schoenen. Daaraan waren ze achteraf te herkennen. Op de weide stonden buren en verwanten. De mannen zijn daar nog voorbijgekomen. Maar de soldaten gingen ertussen staan, zodat ze maar een glimp van de stoet konden opvangen. Even later hebben ze de schoten gehoord. Er waren verscheidene salvo's. Vrouwen wierpen zich op de knieën of vlogen de soldaten aan. Ze werden ruw teruggestoten. Daarna werden ze langs allerlei omwegen naar de kerk van Sint-Martens-Leerne gebracht. De vrouw had een kind aan de borst, haar dochtertje, en een demente schoonmoeder van over de zeventig om voor te zorgen. Er werd nog gevochten. Als er obussen overkwamen sprongen de soldaten in een sloot. Maar de mensen moesten op de weg blijven staan. 'Open en bloot.' Ze sukkelden verder als slaapwandelaars.

In de kerk zaten een tweehonderd mensen. Niemand mocht eruit. Sommigen krabden met hun nagels het pleisterwerk van de wanden. Anderen zaten in trance te bidden. Er was niets te eten. Verschrikkelijke dorst. Men dronk het water van de wijwatervaten en het stinkende van de bloempotten. Mensen die eerst in de kerk van Meigem opgesloten waren geweest vertelden wat hun was overkomen. Een flits, donderslag. Over elkaar geslingerde stoelen, omvergevallen heiligenbeelden en neergekomen stukken kalk van het plafond. Kinderen die om hun ouders riepen. Afgerukte ledematen. Doden. Buren en verwanten daarbij.

Het ene ogenblik leek het erop dat de soldaten de kerkdeuren dichtspijkerden, het andere ogenblik dat ze erop schoten. Bij elk verdacht geluid liepen de mensen naar voren en verdrongen elkaar bij het altaar om een schuilplaats te zoeken. Bij gebrek aan sanitaire middelen deed men zijn gevoeg in hoeken en achter pilaren. 'Na een nacht en nog een halve dag werden we vrijgelaten. Ik kon niet meer op mijn benen staan. Op een hoeve hebben we voor het eerst Duits brood gekregen. Het zag zwart en smaakte zuur. Maar we waren blij dat we het hadden.'

Het huis was vernield. Vier jaar lang leefden ze in de schuur. Op een aarden vloer. En 's avonds gingen ze slapen bij de buren. Ze hadden een timmerbedrijfje opgezet, haar man en zij, maar daarvan was niets overgebleven. Hamers en tangen, ja zelfs de spijkers waren verdwenen. Om aan de kost te komen deed ze de was voor de boeren. Warm water was een luxe. De vrouw steekt haar misvormde handen uit. Haar dochtertje moest op de grootmoeder passen. De baby nam ze mee. Hij was zes weken voor het uitbreken van de oorlog geboren. Een rustig kind. En zo is hij gebleven. Een kolos met een onwereldse glimlach. Laat zijn moeder praten. Eet onverstoorbaar zijn boterhammen. Hij kweekt siervogels. Hun gesjilp staat als achtergrondgeluid op de band. De dochter is een beetje vreemd. Een zenuwknobbel, maar ze dachten dat het zou beteren met trouwen. Dat deed het niet. Dan maar een kind. Op een avond grijpt ze een strijkijzer en loopt achterom naar de buren om die vrouw een tik te geven. De televisie staat altijd keihard omdat ze doof is, maar wat ze niet moet horen heeft ze wel gehoord. Het was een oorlogsfilm. En dat met die bordpapieren wanden van de noodwoningen. Het was alsof ze er knal doorheen schoten! (De dokter meent wel te kunnen zeggen dat het percentage hartziekten en psychische stoornissen beduidend hoger ligt dan het landelijk gemiddelde. Maar hij zou het niet in cijfers kunnen omzetten. Hij is gehaast. Vertrekt binnen afzienbare tijd naar een ontwikkelingsland.)

De mensen vragen waarom zij in het dorp zijn blijven wonen, waarom ze bijvoorbeeld niet naar de stad zijn getrokken. 'Maar we hadden immers het geld niet. En waarvan moesten we leven?' Ze vragen maar raak. Waarom we altijd samen zijn gebleven? Of waarom ik mijn dochter heb laten trouwen. 'Om goed te doen. En omdat je niet beter weet. Omdat je hoopt dat het eenmaal zal ophouden.' Met de goedkope leningen die ze konden krijgen is ze een handeltje begonnen. Voldoende om het hoofd boven water te houden. Dertig was ze, een sterke vrouw. Niets is ervan overgebleven. 'Voor mijn tijd oud en versleten.' Aan hertrouwen heeft ze niet eens gedacht. Na het gebeurde zou ze geen man meer hebben kunnen verdragen. En er waren veel weduwen in het dorp. 'Wat heb ik buiten mijn kinderen nog op de wereld?' Haar man ligt samen met de anderen onder het monument. Dat is wel hard, want nu zullen ze nooit meer samen zijn. 'Zelfs in mijn graf zal ik alleen liggen.' Maar ze heeft er vrede mee. Zelf had ze hem nooit zo mooi kunnen begraven. Er waren drie slachtoffers in de familie. 'Mijn man, zijn vader en zijn broer.' Dat opgraven is verschrikkelijk. Ze maken ze dood en stoppen ze onder de grond. En als men ze vindt word je erbij gehaald om ze te herkennen. Men begraaft ze op rijen, en apart, en na zoveel jaar blijkt het maar voorlopig te zijn. Dat is om gek van te worden. En weer jaren later komt er een monument, en wat moet je doen? Je wilt toch ook dat er iets van zal overblijven. Maar je weet niet waaraan je begint. Het is alsof ze geen rust kunnen vinden omdat hun tijd nog niet was gekomen. En zolang zij geen rust vinden kan jij niet vergeten. Ze was opgelucht toen ze zag hoe dik die nieuwe dekstenen waren. En laat niemand wat willen uitzoeken of aan dat graf morrelen. 'Ze zijn dood, en er gaat geen dag voorbij dat ik die klok niet hoor luiden!'

* * *

Wilde er niet aan. Als de stemmen die klank kregen... Zakdoeken werden voor de dag gehaald... Begon te hummen. Te neuriën als stoorzender. Hou eens op jij! Als je er niet tegen kunt ga je maar naar buiten, zeiden ze later.

Rende zigzaggend over de weg, liet me in greppels vallen, dook in het koren. Zouden mij niet krijgen! Haas over besneeuwde velden. Rennen, stilstaan, rennen. Rolt enkele meters verder. Spasmen van het achterlijf. Verstijft in kramp. Het tieren van een varken. Konijn dat onbeweeglijk tegen de wand van het hok zit. Uitpuilende ogen. Trillende ribbenkast. Ha, ik kan je hartje horen kloppen! Hier zijn ze langsgekomen... Stoffige wegen. Kasseien schots en scheef, afgesleten, bol in het midden. Elk rijtje van zes, zeven helmen dat boven het koren uitstak werd weggemaaid...

Onder het afdak naast de keukendeur hing een trossel vogels te besterven... Afhangende vleugels, koppen slap omlaag. Fluorescerende borstveren. Daarvoor krijg je een pluim op je hoed!

Liefdesgejammer. Liep op de tenen door de gang alsof je zelf was betrapt. De kattin huilt van pijn bij het paren. Kater heeft weerhaakjes aan zijn pikje. Vraag: Welk heerschap heeft je dat wijsgemaakt? Hij verongelijkt: Het was een vrouw. Hartstochtelijke man altijd lief. Hield echt van vrijen. Zo te zien geen hekel aan vrouwen. Vanzelfsprekend op zijn hoede. Begreep haar niet. Bang dat op een dag de aap uit de mouw zal komen. Er vragen zouden worden gesteld. Eisen geformuleerd. Onmogelijk de liefde uit te leggen. Zolang het duurt? Nee veel langer... Cursus aanschouwelijk beminnen.

Hield van de zoemende sporkenboom. Van de lente tot de herfst. Van 's morgens tot 's avonds. De bijen. Zelfs vlak voor het onweer, droge bliksemflitsen, hellevaart in de hemel... zoem-zoem...

Zondags uitstapje naar de oorlogskerkhoven. De mooiste tuinen die je maar kunt verzinnen. Tussen de onafzienbare rijen zerken: rozen, dopheide, klimplanten... en niet te vergeten klaprozen. Elk seizoen bloeit er wel wat. Planten uit het land van herkomst. Grafschrift: 'May the heavenly winds, blow softly, over that far and foreign grave...' 'Zie die jongens hier nu liggen!' Elisabeth snuit haar neus. Nergens is het gras zo veerkrachtig. Het mos zo zacht. En de stilte die je vrede zou willen noemen. Lysenthoek, Vladslo, Tyne Cot Cemetery. Getallen duizelen voor de ogen. Goede plek om te schuilen, onzichtbaar tussen de schimmen. In het blote land, onder de paarse beuken. Beschermd in de duinen. Als de sneeuw de grafheuvels heeft bedekt, eindeloos. Sporen van onze voetstappen. Knisperende zoenen. Verblindende kristallen. Hou me vast. Als ze opstaan. Geluidloos door de muren wandelen. In onze huizen infiltreren. Of de neutronenbom al is gevallen. *J'accuse.* Was het maar een film... Verbeelding hinkt achter de werkelijkheid aan. Zou geen bloemetje hebben geplukt. Bang dat benige handen zich aan de wortels vastklampten. De rozen naar bederf zouden geuren. 's Avonds nog in Ieper bij de Menenpoort staan kleumen. Als de Last Post wordt geblazen. Turen of daar geen bemodderde figuur komt aangestrompeld. Maar de geesten in de vlakte slapen. Het elfde uur van de elfde dag van de elfde maand was het voorbij. Oorlog als kettingreactie.

'Als je het eenmaal hebt gedaan blijf je het doen.' De man had een gemeen lachje. Ontmaagding: een prozaïsch gebeuren. Wie vreest de weerlozen?

Foto van belommerde boomgaard. Ze staan in rijen met de rug naar ons toe. Een soldaat knielt om de handen vast te binden. Een ander houdt ze onder schot. De ruggen zijn gekromd van het werken. Ze dragen petten. Slappe klep, vettige zweetrand, afhangend schedeldak. En de bekende val van de broeken. Doorgezakt in het kruis, gedeukt in de knieën. Wordt zo'n broek 's avonds opgehangen, dan blijft de vorm erin. Die gaat er na enkele dagen dragen nooit meer uit. Hoe verslagen ze daar staan. Hulpeloos en gebroken. Eenmaal klonken hun stemmen luid en levenslustig over het land. 'Ho!' Het paard heette Bella. En de foto daaronder. Voor de met bloed bespatte muur liggen ze door elkaar heen geslingerd. Verstard in bizarre houdingen. De voeten in klompen die veel te groot lijken.

Voor het stropen van een haas kon je de nor in vliegen. De jeugd was even kort als heftig. Was je eenmaal getrouwd mocht je jezelf doodwerken. Zondags een glas bier. En dat we gezond mogen blijven! Eten was belangrijk. Finesse niet. Véél kan ook lekker zijn!

Onnatuurlijk brede straat. Alsof er een gat in de kern van het dorp is geslagen. In sommige huizen staat de televisie keihard. Andere zijn donker en als verlaten. Meiavond zou betekenisvol moeten zijn. De stenen van de kerkhofmuur zijn vochtig uitgeslagen. Wie in de nagelaten stilte het plateau betreedt zal zich oefenen in het bestrijden van verschijnselen die ontzetting suggereren. Achtervolgd door je eigen voetstappen. Moeder, wat kom ik hier zoeken? Zijn lippen als terloops. Maar de armen om elkaar heen geslagen. Oeverloos verkennen van een mond. Wanneer? Nu? Ja. Nu! Eenlettergrepige woordjes.

Een karrevracht bloemen van de herdenkingsplechtigheid. Zoveel bloemen hebben zij nooit gezien. Zelfs niet bij hun bruiloft. Zouden er al bruine randjes aan de teerste blaadjes zitten? De soldaten wachten hen schuimbekkend op in de dorpsstraat. 'Dat is voor ons!' 'Dat is om ons bang te maken,' antwoordde zijn schoonbroer. Hij wist dat een officier het bevel zou geven. Hield die met zijn stijve pet in het oog. De soldaten legden aan. Instinctmatig trokken de mannen terug. Vuur! Hij liet zich vallen. 'De vijfde is niet dood!' Salvo waarbij hij werd opgetild. Voelde dat hij niet dodelijk was gekwetst. Toen hij weer bij bewustzijn kwam lagen er twee lijken boven op hem. Hij hoorde kreunen. Man die in armen en benen was geraakt. 'Vriend, laten we samen vluchten.' 'Kan niet gaan.' 'Ik zal je dragen.' Man wendde zich jammerend af. Werd door naderende soldaat door het hoofd geschoten. Hij had twee- à driehonderd meter afgelegd toen ze hem onder vuur namen. Liet zich in de brandnetels rollen, vluchtte door een brandend huis heen en vandaar naar een hoeve waar hij in de beerput sprong. De hele nacht bleef hij in die pestlucht zitten en hoorde hoe boven zijn hoofd de soldaten alles kort en klein sloegen. Waaraan je op zulke ogenblikken denkt, dat is niet uit te leggen...

In Monte Cassino, of Bastogne, dezelfde heren met een beginnend buikje. Plechtigheid met bloemenkrans en een minuut stilte waarbij geen dode zich roert. Dan opgelucht met de voeten onder tafel voor de verbroederingsmaaltijd. De oorlog? Scheisse! Boven de kip met appelmoes kijken de heren elkaar waarderend aan. Hard maar eerlijk gevochten. Toost op de gevallen kameraden. De jeugd baart zorgen en de belastingen moeten worden afgeschaft. Vrijheid is onbetaalbaar. Soms wordt er nog eens gezongen van het vaderland dat gerust mag zijn, en het blondje dat hem trouw zat op te wachten. Een heer met een sentimentele dronk krijgt tranen in de ogen. Heeft de neiging het zich al te zeer aan te trekken. Men klopt hem troostend op de schouders. Het was oorlog, en zij waren jong, ze wisten niet wat ze deden. Met respect schudden zij de handen van hun voormalige tegenstanders. 'Jou had ik bijna,' zegt een mijnheer.

'Jaja, dat scheelde niet veel,' beaamt die met de gouden bril. Stijf stappen ze in de autobus. Elk jaar weer een minder. Hun vrouwen zijn niet meegekomen. Het is toch meer iets voor de jongens...

* * *

In de kelder lagen wel vijftig lijsters met omgedraaide nekken. Ordelijk in rijen van tien tot twaalf. Kopjes allemaal één kant op, pootjes omhoog, tenen naar binnen gekruld. Geen gespikkelde buik bewoog. Vriesfris in de kelder. Kon de boterpot niet pakken. Goedlachse tante kwam kijken waar we uithingen. Had ons vermoedelijk het gezicht willen besparen.

De herfst blaast op de hoorn. Feestelijke stoet van Sint-Hubertus. Edelhert met kruis in takkenbos als mascotte. De honden met afhangende tong. De paarden vrolijk opgetuigd. Rode jasjes. Achteraan de hazen, reeën, vossen en everzwijnen. Rituele offerdieren. Onder de indruk van het sacrale. Inslag van hagel, dodelijk zaad, de heren schieten met scherp. Wat voor de betere stand de tweeloop is, zijn voor de kleine man de fuik en het net. Loze vogelaars. Als vader zijn viriliteit wil bewijzen rollen er koppen! 'Wat wil je, hij rookt niet, drinkt niet en loopt niet naar de hoeren. Een man moet toch met iets kwaad kunnen doen!' Leugentje om bestwil. Wie met de wolf in bed ligt kan hem maar beter niet tegen de haren in strijken. Noemde de vogelvanger: menseneter. Tekende een soldatenkerkhof. Alle kruisjes op een rij. Met de emblemen wilde het niet lukken. Adelaars leken mussen. Eenhoorns kermispaarden. Vlakgom maakte vegen. Tekening bedorven. Keilde de prop tegen de muur. Menseneter klemde pijp tussen de tanden, streek papier glad. 'Wat is dit?' 'De kelder!' 'Godverdomme.' Hij verscheurde het blad, gooide snippers in het smeulende vuur. Ze waren maar gedeeltelijk verbrand. Er zat een bruin randje aan. Best bruikbaar. Collage van berookte deeltjes. Perkamenten landschap. Plakte er herfstbladeren en vogelveren bij, verbond de delen met Chinese inkt. Merkwaardig stilleven. Onderschrift: 'Wie geen lijsters heeft moet zich met merels tevredenstellen!' Verborg het kunstwerk tot de dokter kwam. Ging precies zoals voorzien. Dokter keek getroffen naar de collage, moedigde haar aan om meer van zulke dingen te maken. Pinde collage tegen de kamerwand. Huisgenoten vonden het griezelig. Menseneter voelde zich niet lekker. Cadeautje: vier blikjes lijsterpastei. Een delicatesse. Omstreeks die tijd was ook het briefje gekomen. 'Heden een week geleden is de menseneter overleden.'

In het uitstalraam van de slagerij lag een geprepareerde kalfskop. Er was een wit-rood geruite keukenhanddoek omheen geknoopt, zoals men een dode een hoofdband ombindt om te voorkomen dat de mond openvalt, maar de kalfskop leek op een patiënt met kiespijn. De bloedeloze wangen en melkwitte huid hadden iets menselijks. Bleef zoveel mogelijk uit de buurt van de slachtplaats. Slagers waren het gewoon te worden aangegaapt. Slepen hun messen, legden ze klaar naar volgorde. Aten met malende kaken. Kalm als chirurgen. Onder hun nagels zaten bruine randen. Bloedkorsten. Bij een kale slager hadden de muizen aan de oren geknabbeld. Oorschelpen zonder randjes. Hij mocht graag kinderen bij hun oren optillen om het in Keulen te laten donderen. De man stierf aan huidkanker.

Tijd dat kinderen onder kussens werden gestikt of in beerputten geworpen was voorbij. Maar voorzichtigheid bleef geboden. Jongetje werd door zijn vader gehaat omdat hij hem aan zijn rivaal herinnerde. Man beschuldigde vrouw van overspel, zij ontkende. Als bewijs van onschuld eiste hij het hoofd van het kind. Vertrokken met de slede in eindeloze sneeuwwinter. Toen ze ver genoeg waren gooide de vader het slapende jongetje uit de slee. Bang kind braaf kind! Had uit puur zelfmedelijden de kalfskop bijna een zoen gegeven. Wou de kalfjes niet meer voeden. Staken hun koppen gulzig in de emmer om restjes op te slobberen. Likten zo vertrouwend hun melkbaarden af. Dunne veiligheidsmarge.

De vrouw had zich uit de schuilkelder gewaagd om soep op te warmen. Ze zag de genietroepen een pontonbrug over het kanaal slaan. Dat ging zo vlot dat ze bleef kijken, alsof ze inbrekers aan het werk zag en ontdekte dat stelen een handigheid is. Toen herinnerde ze zich de schuttersputten achter het jaagpad. Ze keek de soldaten pal in de nek. Onbeweeglijk wachtten ze af. Lieten de aanvallers dichterbij komen tot op de juiste afstand, dat begreep ze meteen, en ze had de impuls moeten bedwingen om niet te zwaaien. Het duurde eeuwen, al vorderden ze snel, en al stond ze erop te wachten, het schieten kwam als een explosie. Waterzuilen werden omhooggespogen. Soldaten ploften voorover alsof ze vrijwillig onderdoken, een paar namen een gevechtshouding aan maar de meerderheid probeerde over de wankele planken terug naar de overkant te rennen. Diegenen die veilig de andere oever bereikten werden door officieren met de revolver in de hand weer naar de brug gedreven. Er werd geschut in stelling gebracht, de eerste projectielen gierden over het huis. De vrouw kwam tot het besef dat ze daar stond met de pan soep, die ze prompt had laten vallen om huilend de kelder in te duiken. Je werd gek van het lawaai. 'Ze riepen om hun moeder. Het merendeel kon niet eens zwemmen.' Bombardementen. Als je in de kelder zit te wachten. Verkrampt. En niets kunnen doen. Je gaf geen cent meer om je leven. Haar jongste had er toevallen aan overgehouden. Na drie dagen was het wonderlijk stil geworden. Er werd op het kelderluik gebonsd. Wankelend waren ze naar het licht gekropen. Alles was weg. Huis weg, stallen weg. De soldaten zagen eruit als baarlijke duivels. Stof en aangekoekte modder. Zij moesten met de handen omhoog in de ravage op het erf blijven staan terwijl er een zo'n ding in de kelder wierp. Door de klap waren ze bijna tegen de grond geslagen. Maar het was niets. De soldaten hadden dorst. En dat was zo vreemd: midden in het puin stond de keukentafel onberoerd, en de kopjes op het aanrecht alsof er niets was gebeurd. De pomp werkte nog, en nadat ze hadden gedronken waren de soldaten gewoon verder getrokken. Haar man had een loslopende kip de nek omgedraaid, er was nog wat brood – 'ik had voor een week gebakken' – en ham, en zo waren ze op weg gegaan om bij familie in het dorp onderdak te vragen. 'Wij wisten nergens van.' 'En wie had zoiets kunnen denken!' De vluchtelingen die bij hen in de kelder hadden gezeten gingen mee. De man was ook neergeschoten. Van de vrouw had ze niets meer gehoord. Dat kon ze wel begrijpen. Er waren meer mensen die het dorp gingen mijden. Alsof ze het ongeluk hadden aangetrokken!

Waar ze nog altijd kwaad om wordt. Hoe ze als beesten op die weide waren gejaagd. Achter het prikkeldraad. Zieke kinderen, oude mensen. 'Wat hadden die misdaan?' Toen ze die mannen hun graf lieten graven moesten de eerste rijen knielen, zodat iedereen het goed kon zien. Angst! Dat kom je nooit meer te boven. En dorst. Ze had niet geweten dat je zo'n dorst kon lijden. Mensen aten gras. Haar man was bij de tweede groep in de dorpsstraat. Dat was ze later pas te weten gekomen. 'Het dringt niet tot je door. Als je hem dan ziet liggen, ja. En dan nog, het is alsof je een klap op je hoofd hebt gekregen.'

Erover praten verandert niets. De vrouw heeft jaren gezwegen. Ze legt haar hand op haar keel. 'Het zit daar, je kunt het niet doorslikken.' Als de kinderen het huis uitgaan, trouwen. Dat komt dubbel aan. 'Alsof je met de jaren meer en meer voelt wat je mist.' Ze draagt de kopjes naar het aanrecht. Bij een weduwe kwam later een Duitse officier vragen of ze al een knecht had. En hoe het met haar man en zonen was afgelopen. Toen ze het hem vertelde zei hij: 'Mijn volk doet zoiets niet.' 'Die soldaten, daar moet toch wat mee aan de hand zijn geweest. Brullen! Ze hadden ons het liefst allemaal kapotgemaakt. Door het dolle heen. Waren ze dronken? Het schijnt dat ze chocolade hadden gekregen waar ze woest van werden... Normale mensen zouden zoiets toch nooit doen?'

Lopen samen door de moestuin naar de auto. De vrouw plukt in het voorbijgaan wat onkruid, legt het terzijde. Verontschuldigend: 'Mijn handen moeten wat te doen hebben.' Zegt ook nog: 'Als het nu nog eens oorlog zou worden. Met die bom. Heb dan maar kinderen. Zo'n tuigen, dat is toch geen speelgoed om in handen van soldaten te geven!'

* * *

De man heeft in het dorp een belangrijke rol vervuld. Hij behoorde tot het gemeentebestuur. Beheerde een spaarbank. Hij wil niet praten. Omdat er na de oorlog reporters zijn opgedoken die het alleen maar om een goed verhaal te doen was. Bloed droop van het blad. Maar daarmee waren de mensen – hij zegt: 'Mijn mensen' – niet geholpen. Moeten we het dan maar vergeten? Neen! Bijna verlegen: 'Maar dat zijn geen dingen om aan een vrouw te vertellen.' Als hij toch gaat praten, urenlang, moet de band een paar keer worden stilgezet. Stem breekt. Buigt het hoofd. Steekt een sigaar op. Een man en tranen. 'Dat heeft zelfs mijn vrouw me nooit zien doen.' 'Ik heb alles meegemaakt, behalve dat ik niet dood ben, en hoe toevallig dat is begrijp je maar achteraf.'

Kolfslagen op de deur. 'Naar buiten, zwijnhond!' Vrouw en kinderen klampten zich aan hem vast. 'Je bent een goede vader.' Hij mocht blijven. Tien minuten later hetzelfde. Maar ditmaal zijn de soldaten niet meer te vermurwen. 'Naar de weide!' Hij heeft nog getracht tussenbeide te komen toen die mannen hun graf moesten graven. Uit te leggen dat de burgers onmogelijk op de soldaten konden hebben geschoten omdat tijdens de mobilisatie alle geweren waren ingeleverd. En dan nog: met wat er in het dorp aan schiettuig was had je dat leger niet tegengehouden. Laat staan dat de mensen zoiets in hun hoofd zouden hebben gehaald. Doodsbang. En het was tenslotte hun oorlog niet. Maar met elk woord riskeerde je je leven. De kapelaan had het ook geprobeerd, die kreeg meteen de volle laag. Bovendien was de zware artillerie die enkele kilometers verder stond opgesteld nog actief. En die schoten raak. Daaraan konden ze toch zelf merken dat ze te maken hadden met geregelde troepen. 'Om op weerloze mensen te schieten, daar moet je een held voor zijn!' Maar het was altijd hetzelfde. Ze hadden een televisie, een mens kon tegenwoordig niet zonder. Maar voor dat soort van dingen zou hij wensen dat ze er geen hadden. Zijn vrouw was er elke keer ziek van. Als je het nieuws zag. Die man die ze gevangen hadden genomen. Met zijn handen geboeid op de rug. De soldaten grinnikten en de commandant zei nog dat hem geen kwaad zou geschieden. Trekt zijn revolver en schiet hem door de slaap. De foto is bekroond. Dat hebben ze hier ook gedaan. Alles gefotografeerd. Als souvenir. Om naar huis te sturen. Je gaat aan je verstand twijfelen als je zoiets ziet.

Zijn vrouw is ook uit het huis gehaald. Met de vijf kinderen. Het jongste lag ziek in de kinderwagen. Dat komt er dan nog bij. Een van de soldaten wilde de kinderwagen overnemen. Maar zij klampte zich daaraan vast, ze zou de stang niet hebben losgelaten. 'Dat moet mij wel van het hart. Vrouwen zijn moediger. En als je, zoals mijn vrouw, bij elke bevalling urenlang om een kind hebt moeten vechten spring je ook niet lichtzinnig met een mensenleven om.' Wat ze in die kippenfokkerij hebben meegemaakt tart elke beschrijving. 'We stonden op elkaars tenen.' Konden haast geen lucht krijgen. Dorst! En dan het dreigen met mitrailleurs. 'We hadden allemaal gezien hoeveel een mensenleven waard was.' Dat schreeuwen was verschrikkelijk. Je kan niet meer denken. Misschien deden ze het daar wel om. 'Als ik droom is het altijd van dat schreeuwen.' Veel hulp heeft het dorp niet gekregen. 'We hebben onszelf moeten helpen.' Na de oorlog had hij toch wat anders verwacht. Maar alles moest worden uitgezocht en de schade berekend. Daar werd veel tijd mee verspild. En geen voorlopig krediet. Er deden verhalen de ronde dat die en die schadevergoeding zouden hebben gekregen. Dat tastte de solidariteit aan. En het ergste was dat het niet waar was. De meeste weduwen waren in de kou blijven staan. Vandaar de spaarbank.

Waar je ook ging je nam het met je mee. Het vrat aan je. En je verbitterde. Ze waren in het dorp geboren en ze hadden er hun doden. Ze waren gebleven. Maar hij had zich nooit meer veilig gevoeld. 'De mensen zouden zich meer met de gang van zaken moeten bemoeien.' Iedereen is druk bezig en ondertussen zien de oorlogstokers hun kans schoon. Ze zeggen dat er altijd oorlog is geweest en dat er altijd oorlog zal zijn. 'Als je je daarbij neerlegt ben je niet waard dat je leeft.' In de gang bij het afscheid: 'Spreken lucht op. De rest is aan jou.'

* * *

Het dorp omsingelen. Erdoorheen sluipen. Afstand van doen. Want het dorp als dusdanig bestaat niet meer. Er is wat anders voor in de plaats gekomen. Over het verleden zwijgen, zich de toekomst niet durven voorstellen. Leven bij de dag, bij het uur. Dit is niet meer dan overleven. De verbeelding in slaap sussen. Tot er weer een dorp aan moet geloven. Wat verzonken is komt bovendrijven. Olievlekken van de ziel. Ik noem je Hiroshima. Mon amour. En ik noem je Nevers. Aangetast. Verziekt. En maar één leven om lief te hebben. Faits divers van de geschiedenis.

* * *

Als de regen komt, het donker zich de dagen in graaft en de brutaliteit van de vogels desperaat wordt: sombere november met zijn doodsernst.

Ik klaag over de kilte van papier, de onbewoonbaarheid van tuinen. Eigenlijk zou ik een schuilkelder moeten bouwen en niemand iets vertellen maar met kinderen, honden en boeken dit koningsgraf bezetten. In staatsie.

Een dik betonnen nest met kerstbomen beplanten en rattenkruit strooien om de kreupelen op afstand te houden. De deuren die wij nog met onze lichaamswarmte openden – als ging het om een daad van liefde – blijven voortaan gesloten.

Binnen deze verschansing zien wij de kostelijke eeuwigheid onder ogen, onze schande bedekt met goud en juwelen, een stofvrij masker bij de hand, en op paarse muiltjes om irritatie te voorkomen. (Die nobele jachtterreinen, het geheim van Vaticaanse tuinen, de droom van farao's in handen van overvoede burgers gevallen! Anubis, zoals jij daar onbeweeglijk ligt en toekijkt, een afzijdige waker. Is het niet grappig, al onze berekeningen dreigen uit te komen en zelfs meer dan dat, het hoeft niet eens oorlog te worden, die krengen zullen evengoed per vergissing of uit pure verveling ontploffen.)

De verbeelding slaat op hol. Paniek die uitbreekt, het verbijsterde volk dat toekijkt, dokters en notarissen allerhand, het lijken wel razende mollen. Eerst hebben zij hun dure grasvelden omgeploegd en scharrelden zij als onhandige kinderen tussen de selderie en de radijzen. En kinderen blijven het nu wij moeten geloven dat zij hun wijnen vorstvrij willen beleggen, juist daar, tussen de coniferen en het rozenperk. Late natuurbeschermers die niet willen sterven.

Anubis, maar goed dat je niet menselijk bent, want ik voorzie een dolle boel, gedrang en vechtpartijen. Muitend gaan we naar de kelder! De laatste beker wijn op een te geslaagd feest. Ook oude bunkers getransformeerd tot paddestoelenkwekerijen schijnen veilig te zijn. De generale staf daarentegen geeft, romantisch, de voorkeur aan het volle buitenleven, maar ondergronds. Helmen onder pissebedden. Een vooruitziend burgemeester laat een metro bouwen. Ingenieus verborgen in de marmeren hal, de sluizen met automatisch vergrendelde deuren. Men zal met liefde de geliefden moeten verdragen, voorwaar een harde leerschool. Het zoemen van de luchtfilters, buikstilte, elk geluid kan verraad zijn. Bedenk wel, dit is het beste dat wij nog kunnen verwachten, min of meer ongeschonden bij de overlevenden zijn.

Nochtans, was het niet beter dat de helden dood waren gebleven? 'In Rusland zijn geen vogels,' zei de vader, en begon letterlijk aan de wederopbouw. Het gemeste kalf. Vrienden had hij niet, of niet meer, en leven kon hij ook niet. Zoals de herinnering functioneert, een wel zeer selectief terugdenken. Bergen wij ons voor de onverhoedse waarheid. De verbeelding is een standsverschijnsel. Kijk naar de beelden, hoe ze mij bepalen, als ras, als sekse. Zo stel ik mij aan. (Wil ik mij voorgesteld zien.) Alsof het recht, het leven en de toekomst aan mijn kant staan. Een beschaving van driftdiertjes. Mijn vader kon nog doen alsof en 'Gott mit uns' mompelen, alsof dat een geldig excuus was. Hoe zeer vrees ik het valse sentiment, de krop in de keel, tranen die niet echt willen vloeien maar de stem verstikken. Als ze ouder worden zijn ze zo, bevende mannetjes en huilerige vrouwtjes, van die tirannie wil ik geen getuige zijn, zoals ik ooit eenmaal heb geweigerd het slachtoffer te zijn.

Ze droegen kniekousen, kaki shorts en Australische hoeden. Scoutsleiders met de romantiek van het Afrikakorps. Het waren boeren (zeiden ze) die hun gronden verdedigden en hun geboorterecht om te moorden en te branden, te veroveren en te heersen. Maar het waren vooral de dijen die opvielen, mager en gespierd, besproet en met littekens tussen de witte varkensharen.

Als ze liepen ontstond er een wisselwerking tussen de wijze waarop ze hun tanden op elkaar klemden en hun spieren zich spanden en ontspanden. (Als zijn slokdarm blokkeerde en hij zijn askleur kreeg, klemde hij zijn kunsttanden op elkaar dat ze ervan kraakten; de huid op de jukbeenderen en de neus leek door de spanning dunner te worden, hij kreeg iets spits, en zo stapte hij stram van ingehouden woede en vernedering naar de wc.)

Als ze eraan kwamen: wegwezen, alleen een welgemikte kogel kon hen even op afstand houden. Het waren de meest dominante dijen die men zich maar kan voorstellen. Een cultus van bezit en vernieling, vernieling en bezit.

Zo stelden zij zich trouwens ook de liefde voor. En hoe zij hun kinderen behandelden alsof het negers waren, nee iets beter, als veredelde huisdieren, een gunstregime. Zoals de prachtige paarden of de honden met de ellenlange stambomen (Batavus IV en Batavus V) werden getemd. De harde maar deskundige hand, die een wil kan breken zonder dat het voorwerp onbruikbaar wordt.

Liefde is een van die domineeswoorden waar zij schuw en onhandig van worden. Wat stelt het voor? Er is een ritueel dat voor ordening zorgt nodig om het onuitspreekbare respectabel te maken. 'Van liefde kan je niet eten,' zegt de grootmoeder. Zal er nog tijd zijn om de wanden met zijde te bespannen, een kussentje met zand onder onze hoofden te leggen? Of wordt men blootsvoets begraven? Door een bulldozer in een groeve geduwd, samen met een andere hoop armen en benen? Nochtans zonder die grijns (het was een goed georganiseerde dood, naar men zei, maar ze krabden elkaar de ogen uit, beten en vochten, en vormden piramides waarbij de sterksten het hoogst waren geklommen. Een hekel aan die preludes van Chopin) had men er goed kunnen liggen, met opgetrokken knieën en de billen in elkaars schoot.

Help, ik wil niet alleen onder de grond, in een kist worden opgesloten en niemand die mijn kloppen hoort. Het moet er zo donker zijn. Mijnheer Sandeman tovert mij weg in een kist met glittertjes erop, ik ben niet bang, ik weet dat het een trucje is. Een bordeauxrode donkerte, de wanden zijn gecapitonneerd met een glanzende stof. Vaag hoor ik nog het applaus. Nu heeft hij mij zeker ook nog doormidden gezaagd.

Het spelletje begint me te vervelen. Wanneer doen ze die doos open? Ik wil er nu wel weer uit. Er zitten zeker wel voldoende luchtgaatjes in de wanden. Toch voel ik me benauwd alsof ik ga flauwvallen. Ik houd mijn handen niet meer onder controle, waar zitten de schuifjes en de haakjes waarmee men dit ding kan openmaken? Ik verstijf van ontsteltenis bij het betasten van de huidgladde gelijkvormige wanden. Nu bons ik toch zo goed als dat in deze enge ruimte mogelijk is tegen wat ik vermoed het deksel of de deur te zijn. Mogelijk werkt het met een veer die van buitenaf wordt bediend? Dit is volstrekt onverantwoordelijk, het moest verboden worden. Ik roep en roep, maar het is geen wonder dat er niemand komt want ik kan mezelf niet eens horen. Ik roep en toch is er geen geluid. Stel je voor dat men mij hier vergeet. Zoiets is toch niet mogelijk?

Morgen moet mijnheer Sandeman toch weer iemand wegtoveren en doormidden zagen en daar applaus voor krijgen, en hij moet toch alles weer ongeschonden te voorschijn toveren ook? Anders wordt het griezelig. Als de mensen zomaar verdwijnen en de stukken er ogenschijnlijk bij liggen. Maar als de toeschouwers dat nu eens prettig vinden, zoals ze ervan genieten als er weer eentje de pijp uit gaat? En als Sandeman, die neptovenaar, een schurk is die daarvan profiteert en elke dag weer een meisje of een jongetje in een kist stopt en daar opzettelijk vergeet, en 's nachts naar het theater terugsluipt met een gasslang waardoor hij een bedwelmend goedje door de luchtgaatjes spuit zodat het geroezemoes van jonge duiven daarbinnen zachtjes wegsterft?

Als je alleen nog zou spreken tegen mensen waar je wat om gaf, en dan ook nog maar als het noodzakelijk was. Als we alleen de echte leugens behielden en al de rest verzwegen of vergaten? Wie heeft er nog tijd om in een bed te sterven? Om voor het afreizen zijn voorzorgen te nemen? In een bootje van stro en pek de rivier af te drijven? Vervloekingen te formuleren om de grafschenders op afstand te houden? Of zich als mummie met giftige gassen te verdedigen? Astmatisch deze plotselinge beklemming. Hoe zwak zijn onze longen eigenlijk? Hoe snel kan bedorven lucht ons oordeelsvermogen benevelen?

Kon men de zekerheid maar verhandelen in waterdichte pakjes als overlevingsrantsoenen. Een neusbloeding doet mij aan Kafka denken, en hoe die nog de lijdzaamheid vermocht te hanteren. Een teringlijder, een zoon met een vader die niet kon lezen. Niet ver van deze tuinen waar spelende kinderen dreigen te verbloeden (maar in dit verband wordt nooit iets bewezen) bevinden zich de koeltorens. Het geheim, zo diabolisch onbekend, wordt bewaakt door mannen met automatische pistolen. Wat wij aanbidden moet de macht bezitten om ons te kunnen vernietigen. En deze mannen, bestaan zij echt? Zitten er geen robotten onder hun maskers, ontdooien zij bij het vallen van de avond, leven zij in huizen met kinderen, bevredigen zij hun vrouwen? En hebben zij werkelijk verkozen onwetend te zijn? Of rekenen zij erop dat zij om deze trouw eenmaal gespaard zullen worden? In al hun poverheid en met het genadebrood nog tussen de tanden? Zo is de geciviliseerde hond, hij achtervolgt het konijn en grijpt het, maar als het in doodsangst schreeuwt laat hij het geschrokken los en kijkt afwachtend naar zijn meester. Het konijn is ondertussen toch dood, al is het ongeschonden en vindt men niet eens de afdruk van de hondetanden, het lijkt wel van angst gestorven. Beschikt ook het konijn over een voorstellingsvermogen?

De schoonheid hoe langer hoe meer als troost en drama. Episch. Afkeer van de lelijkheid, vervelend gevoel van gêne. Een soort van schaamte die ik moet leren verdragen om de anderen, en bovendien ben ik van hun gunsten en hun vriendelijkheid afhankelijk. Mijn grootmoeder, die nog over het vermogen beschikte om in vele dingen te geloven en daarom ook de dood kon aanvaarden als iets dat later zou komen, zegt tegen mij dat ook ik eenmaal oud zal worden en daarom wat milder moet zijn, maar dat kan ik niet, het is niet de ouderdom die me afschrikt maar de lelijkheid. Mijn grootmoeder is oud maar ze is niet lelijk (ze zal de goedheid hebben om zachtjes achter mijn rug dood te gaan), ze ruikt naar goede dingen: appelen en in de wind gedroogde lakens, ik weet het niet precies, maar het is genezend. Tante Adeline daarentegen, die veel jonger is maar ook drinkt bijvoorbeeld, is wel lelijk. En wordt nu ik erover denk almaar lelijker en neemt doorlopend snuifjes en niest en wil maar niet verdwijnen. (Grote vlaktes stel ik me voor waar de wind vernielend overheen jaagt, waar alleen de dolende zielen als lichtjes boven het veen dansen en de aarde weer aarde wordt.)

Na vijfentwintig jaar staat ze nog overeind met haar vette neusranden in haar rode hoofd. Kwaadaardig gelijkend op mijn moeder. Maar massaler, wilder, iets Russisch daaraan. Ik verdraag het niet. Verveloze landschappen, heterogene huizen zonder karakter, mannen met dikke nekken. De dreiging die ervan uitgaat als was het het kwade zelve. De defensieve schoonheid dan maar. (Op de deuren en de vensterluiken de kleuren van de graaf. De lange dreven uitsluitend voor privé-gebruik, het jachtgeweer van mijn voorouders.)

Het lijkt wel of mijn bed door de motten wordt aangevreten. Het maakt deel uit van de walg, en van de vervalsing. Als je komt, dan ga je ook, dat weet ik, en ik wapen mij. Het zich niet kunnen, niet willen hechten. De vrijheid voor je uit schuiven als een marge tussen jezelf en de werkelijkheid. Klotedepressies die jaren duren maar dan wel als de vertrouwde achtergrondmuziek van de hoofdpijn. Oud trucje om te ontsnappen, ondertussen verandert er ook nooit wat. Of toch, het vervuilt en vervalt, ziet kans om zomaar stuk te gaan. De rozen moeten gesnoeid, alles wacht op je hand, je aanwezigheid.

Er is een ziekte bijgekomen, die van de dingen die niet lijken wat ze zijn. Ozonvernietiging. Bodemvervuiling. Het water is blauw maar het is gekleurd. Gif in de moedermelk. Te veel baby's worden met een wolfsmuil en open rug geboren. Deze wetenschap en nog veel akeliger vermoedens hebben wij opgeslagen in onze kleine hersenen. Wij willen wel vergeten maar dan is er dit dagelijkse doordrammen van de onheilsprofeten die zich lijken te verheugen. De kranten met hun juichende schandaalkoppen. Dat breekt de sterkste.

Wij suffen verder als karrepaarden. Spreek mij niet tegen als ik mij als een angstbijter op mijn vrienden werp. Deze hondsdolheid heeft vele redenen. Wie niet kan schuilen wordt gegrepen. Voorbij de kaasavondjes met goedkope wijn, het klungelige maar goedbedoelde gevrij. Onze taal: een schraler wordende herhaling, ons overvalt een vroegtijdig zwijgen, wij wantrouwen elkaar, wij vrezen de intimiteit van onze leugens, wij hebben geen tijd meer, wij leven de klok rond en stoppen ons vol. Maar wij willen geen getuigen van dit verval.

De chantage van de dreiging is onze vrijbrief. Hoe leren wij echter beminnen zonder te geloven? Geloven zonder te genieten? Kan men in de liefde schuilen als in een even goed bewaard geheim?

Liz Taylor was, geloof ik, Cleopatra en Rex Harrison was Caesar. Met de tapijttruc was ze aan zijn voeten gerold en nu bezwoer ze hem dat Isis haar brede heupen had geschonken, speciaal ontworpen voor het baren van zonen, zijn zoon dan om te beginnen. Onzin, en dat het slecht zou aflopen liet zich aanzien, twaalf of dertien was ik en kon met mijn zieke hoofd nauwelijks een film uitzitten, maar die rondingen van Liz stemden mij weemoedig. Op die leeftijd troost men zich met later, maar voor mij was er maar een zeer twijfelachtig vandaag. En om overeind te blijven concentreerde ik me op het ogenblik, zon op de dekens, de poes die op m'n schoot wipte, geen mens die vrijwillig doodgaat, en ik las over Cleopatra met haar amandelogen en de kleine, ver uit elkaar staande borsten onder de gouden kraag, een mooie mummie, in staat om een professor in de oudheidkunde te verleiden. Maar zij was besneden, een roos zonder knopje of blaadjes, en koud als een hoer bij haar werk moet zijn.

Gedenk haar zoals zij het graf inging, het korfje met ongedierte als een juwelenkistje, aangereikt door haar trouwe dienares die haar spoedig zou volgen, en dan verschijnt Sadat verkleed als antieke Romein met veren op z'n kop, en in mini-jupe, en vraagt met het nodige vertoon aan de dienstmaagd: 'Kharmian, is dit waardig volbracht?' Imagine the scene!

En wat heeft Antonius gedacht toen hij zich in dat verminkte schepsel leegstootte: 'Zodra zij onze gelijken zijn worden zij onze meerderen?'

Maak je niet kwaad want dan ga je slecht schrijven, zei Virginia Woolf.

Wegvaren uit een stad. Ik hou van havens, van het desolate en het avontuurlijke, van de broodernst. Ik sta daar en voel hoe alles van me afvalt, ouders, kinderen, een land dat mijn taal niet meer spreekt. Zo is de verleiding, een verlangen om te verdwijnen, los van de ballast der oude verhalen, en ergens opduiken als een nieuw mens. Dromen voor een maandagmorgen. Ik ken mijn waarheid niet, ik kan er alleen mijn neus aan stoten, ik kan er ook nooit omheen, en toch blijft ze me onbekend. Geslepen van gevoeligheid, een pijnlijk aftasten lijkt het wel, en zoals alles fragmentarisch, versplinterd, verbrokkeld. De samenzwering van het voorgeslacht, burgers en boeren, alsof ik bedacht ben en mijn falen is afgesteld als een tijdbom.

Voorouderverering, stambomenwaan, een naam, een land, een geloof, de wereld aan je voeten, het culturele onderscheid. Dag vader, ik zal nooit een zoon worden, kruiperig en bespookt met visioenen omtrent moord en macht.

Ik weiger mezelf het voorlopig resultaat te weten van wat ik heb veracht nog voor ik het goed en wel besefte.

Het regent goddeloos, folterend, de nachten zijn niet voorbehouden aan de liefde. Ik weet wel dat het herfst is, ik herken de symptomen. Me ingraven als een meikever, als een slak inkrimpen, en een atoomvrij voorwerp worden.

Om te overleven moet men de winter schuwen. De winter is een seizoen voor mensen, dan krijgt de kwaadwilligheid gestalte. Het gebeurt altijd in mei als de klieren weer werken, maar het is uitgebroed in de winter, de plannenmakers wisten zich veilig achter de gesloten luiken. Veertien niet al te mooie mannen besluiten in een Berlijnse villa tot het organiseren van het J-probleem. Alles is klaar, men wacht nog op het voorwendsel, het toeval, iets dat aanleiding kan geven tot. Eerst is er het machtsdronken gebrul, en dan zie je de colonnes omgeven door een enorme stofwolk. Voor de deur van haar huis staat een sprakeloze vrouw. Dan naderen de motorrijders de grens, een soldaat wipt uit het zadel en duwt de neergelaten slagbomen omhoog. Dit triomfantelijke gebaar tienmaal vertraagd herhalen en blijven toekijken.

Zelfs het mooiste lijk gaat na drie dagen stinken. Dun zijn de bladeren, alsof de bomen spaarzaam zijn geworden. Als een boom in een stille dreef staan en zich niet verroeren. Nu een wit huis bezitten met hoge kamers die door zuilen worden gedragen en daarin niemand of niets toelaten. (Verafgelegen in een heuvelland. Tafel en bed, stilte daartussen.) Zo eenvoudig is eigenlijk wat zich afspeelt. Geen grote gebaren, geen vulgaire woorden, geen mensen die op je inhameren alsof het spechten zijn. Droomde vannacht dat de stoelen door de kamers renden, op de tenen van hun poten, een beetje als balletmeisjes die giechelend achter het doek wegvluchten. De dichter betreedt de treincoupé en stalt zijn leeswaar uit alsof het eretekens zijn. Dat triestige gezicht draagt hij nu al jarenlang. Zoals hij ook de verveelde waarnemer speelt. Men zal hem opmerken. Lang geleden stond hij wankelend en gorgelend in een zaaltje, je was bang dat zijn adamsappel eruit zou floepen. Om liefde, liefde, riep hij. Waarover ging het eigenlijk? Wat stelde men zich daarbij voor? Ruilt men genot voor veiligheid? Vergeet men zijn hondse verlangens voor bescherming? Maar op welke bescherming kan men rekenen met al die druktemakers in je bed? Als men de dingen verdeelt ontstaan er soorten, en het besef van de ander als vijandig.

De zwijgende hartstocht waarmee wij paren. Men is bang voor het gewicht van alledaagse woorden. (Ik hou van jou, ik verlang naar jou.) Wij verzwijgen ons wantrouwen. De vervreemding blijft, al is ze verborgen achter het spel van aantrekken en afstoten. Zo zou ik mij koninklijk willen uitstrekken en genomen worden, maar met mijn vrijheid blijf ik je net dat ene noodzakelijke stapje voor. Want ook nu nog, nee nu vooral, vrees ik het weerloze van de overgave. De verleiding om te kwetsen zou weleens te groot kunnen zijn en eigenlijk verdraag ik geen afwijzing. Het verhaal van Blanquette, de geit van Monsieur Seguin, las ik als een stijloefening, maar jarenlang stelde ik me de liefde tussen een man en een vrouw voor als de ongelijke strijd tussen een geit en een wolf.

De wolf wordt aangetrokken door haar geur, haar blanke huid, de bevalligheid van haar hoorntjes (waarmee ze zo speels kan stoten) en de zachte stevigheid van haar uier. Zij vreest hem maar voelt zich ook gevleid, en achter al haar schuchterheid verbergt zij een roekeloze levenslust. Hij daagt haar uit met zijn vertoon, zijn lenige kattesprongen, zijn glinsterende ogen, en zo laat zij zich vangen en wordt genomen. (Zelfs God wordt voorgesteld als iets dat men tot zich neemt.) Deze gruwelijke honger maakt ons tot kannibalen. Zover ik kan terugdenken, tot het punt waarop het veronderstellen even waar is als de droom en de verwachting, tot in het ongerijmde dus, waar ik nog nauwelijks besta maar me vorm, me definieer tegen de dingen in, me schrap zet als bewijs, een allereerste geste, zover ik kan terugdenken zie ik mezelf als diegene die is en niet is. Zoals het recht op bestaan ons formeel gegeven is maar meteen ook ontnomen in de kwalijke bedden van onze ouders.

Hoe graag was ik niet geboren uit een pompoen, uit een ding eerder dan uit mensen, en hoe verdacht is de liefde me altijd voorgekomen, omdat juist zij het voorwendsel was. Als ik geïnteresseerd ben in mezelf, dan is die interesse passief en lang niet zo gericht als ik wel zou willen. Wat me levendig bezighoudt zijn de dingen die van buiten komen, en waar ik eigenlijk geen greep op heb, en die ons het ergste dreigen aan te doen. Dit verzet, deze beschermingsdrift, ik zal er zelf niet van profiteren. Maar ik herken in mijn verweer een woede die geladen is met schuld. Wij zijn genoodzaakt tot leugen, tot een zekere vleierij om in leven te blijven. Zoniet, dan verteert de naaktheid ons. In werkelijkheid weet ik te veel.

Als kind was ik vechtlustig en actief. Er was niets dat ik niet wilde beleven of bezitten. Maar als de gebeurtenissen te opdringerig werden en mezelf betroffen verdween ik. Het was de absolute windstilte in het midden van de orkaan. Het ging, op het eerste plan, aan me voorbij. Hoe zeer ergerde men zich aan die onaangedaanheid. Maar mijn tranen hield ik geheim. En mijn zwakheid om bemind te willen worden. (Hoe onbeminnelijk voel ik mij als ik niet kan schrijven!) Ik heb de mensen leren verdragen langs de dingen om, en van de voorwerpen heb ik geleerd hoe ik aan hun fatale vernielzucht kan ontsnappen. De dingen, als die mooi zijn, zijn ze ook met hun gebreken volmaakt. Maar de dingen bezit men niet, nooit, wat men zich ook verbeeldt, ze zijn van iedereen, ze gaan moeiteloos van hand tot hand, maar ze zijn uiterlijk onberoerbaar. Ze weerstaan alles, zelfs de onverschilligheid, en op een dag bij de juiste lichtinval beschikken ze weer over hun oude betovering en wekken onze begeerte op. En als we ze vernielen doen we op de eerste plaats onszelf te kort. Er is niets dat ik niet vruchteloos zou willen bezitten, stamelend van wanhoop desnoods. En ik beschik niet over de schijnheiligheid van hen die zich onthouden.

Dit ritme als een wisselbad, waarbij ik me inzet en overtuigend aan de wereld meedoe maar depressief word omdat er niets lijkt te veranderen en alles op verlies neerkomt, het moedwillig misverstand dat ook zo voordelig lijkt, en dan verdwijn ik, geen bos is te diep, geen land te ver. Ik verdedig mij met stilte, met afwezig zijn, ik wil voorlopig nergens meer bijhoren. Ik vind mijn rust weer in een soberheid die anderen gek zou maken. Dit is mijn eerste dag, een beweginglooshe id geladen met euforie. Een ritueel waarbij ik geen kaarsen hoef te branden. Ik heb de doden nooit benijd en ik heb nooit gedaan alsof.

Naar Poesele rijden en daar in de verdachte stilte staan. Het wonder is weer niet geschied, het is al herfst. Het kerkorgel wordt gerestaureerd, men wordt zuinig als er niet veel meer overblijft. Op het kerkhof ligt een van mijn vervangmoeders begraven, maar ik kan er niet bij, men heeft de grond omgespit en hoeveel komt er niet naar boven nu, als betrapt bij die namen en die jaartallen. Ik kan wel huilen alsof ik in een te ruime huid zit en niets mij nog past. Dit stomme dorp, deze dove dorpers, wat kom ik er eigenlijk zoeken?

De stemmen achter de hagen zingen in een taal die ik nu nooit meer de mijne durf te noemen. Daar stond de molen, daar staat het huis nog, en alles wordt mij vreemd, alsof de geesten ontrouw zijn. Deze verdoemde delta, veroordeeld tot verdwijnen, langs de kanalen worden de bomen gekapt, het vuil stapelt zich op, de mensen dringen tegen elkaar als bange konijnen. Het was zo mooi, het land waarover ik schrijf.

Toen bijna alle joden in rook waren opgegaan ging men enorm van ze houden, maar zigeuners bleven gewoon kippendieven. Zo werkt de moraal, al is de laatste loslopende kip zelf al een legende. 'Encore une bouteille que les boches n'auront pas,' zuchtte mijn grootvader, en ook al was de wijn zuur geweest, hij zou hem gedronken hebben. Wie heeft voor ons besloten dat wij de laatsten zullen zijn?

Ik droeg een bruine fluwelen rok en een zonnebloemgeel truitje om uit de kraamkliniek naar huis te gaan. Het was juli. 'Je bent zo lief met het kind.' Zelfs de meest begrijpende man kan alleen maar begrip opbrengen. Voedde het kind links, hield het boek rechts vast. Kon handig en zonder hulp de plaats van het kind en het boek verwisselen. Dat ontstelde hem, geloof ik.

Na alles wat zich in en aan je had voltrokken was het stil geworden. Alleen je zintuigen leken scherper te functioneren. Je wou er met het kind vandoor. Van ziekenhuizen wist je alles. Maar zo makkelijk lieten ze je niet gaan, en het kind maakte je machteloos. Het had zo veilig opgeborgen geleken. Je droeg het rond op je platte hakken als een kangoeroemoeder. Nu had het zich van je losgemaakt en zat je vast. Zou je om het te beschermen veel meer armen moeten hebben. Hulpeloos. Het heroïsche geweld ontstaat in angst en onmacht.

Toen het licht werd na die eerste nacht, heel vroeg en zacht zonlicht, sliep je dochter vol vertrouwen, en gerustgesteld nam je een boek. Bij de temperatuurcontrole gooide de zuster haar handen in de lucht van afgrijzen. Had ik niet net een kind gekregen? Hoe kon ik daar dan in een boek liggen lezen? Mijn vader zei het veel vroeger al: 'Het is het een of het ander.' Diegenen die niet willen kiezen, kiezen toch maar willen niet voor de gevolgen opdraaien. Kijk naar de verontwaardigde onschuld, de papieren tijgers, de hoge borsten. De kinderlijkheid waarop wij een beroep doen. Deze wereld is ons opgedrongen, de ellende is ons aangedaan. Wij zijn allemaal machteloos en onschuldig en zo cynisch als de pest. Versleten praatjes. Barokke retoriek. Kouwe kak. Verkapt fascisme. Angsthazen. Mes frères. Nog hebben wij geen honger, volstaat het plaatsvervangend sterven. Ons fletse gepreek, Angelsaksische vindingrijkheid. Een woord als voorbeeld: voedselstrategie.

Agatha Christie op de foto met tien kleine negertjes. Bij elkaar gekropen omdat de hongerdood zo koud is. Agatha als blanke dame. (Slank is niet mager.) Met sluier, de barmhartige, ondanks de ontroering staan onze hulptroepen klaar. (Toen waren er nog negen.) Melkpoeder voor de Sahel, maar het water waren we vergeten. Van onze vergissingen leren, nooit aan onze goede bedoelingen twijfelen. Kampslachtoffers bijvoorbeeld geen vet voeren. (Toen waren er nog acht.) De overbevolking is het echte probleem. Niet op te lossen, want van Sinterklaas mag je niet vrijen omwille van de pret ('... want ik had een handel, en ik heb een zaak...'). Een sterke stam heeft vele zonen. (Toen waren er nog zeven.) Eiwittekort in de eerste levensjaren is fataal voor de intelligentie. Maar het is allicht beter te sterven dan mensonterend verder te leven. De Heer zij hun genadig. (Toen waren er nog zes.) Al die ongeschoolde werkkrachten die werden aangetrokken door onze rechtmatige rijkdom en die zich in onze overblijvende krotten nestelden. Wat doen we met de tweede generatie? (Toen waren er nog vijf.) Het zijn de economisch zwakkeren, net als de Indianen, die ook niet tegen onze ziekten bestand bleken. (Toen waren er nog vier.) Als men de olifanten beschermt zijn er enkele jaren later al te veel van en bedreigen zij de andere diersoorten. Bovendien is de ivoorhandel nu in handen van stropers en geboefte. (Toen waren er nog drie.) Bezint eer gij begint! En als we de gastarbeiders nu eens net als de vrouwen stemrecht gaven? Of is gedwongen sterilisatie de oplossing? (Steriliseren, registreren, deporteren. Waar zijn die resterende twee nu gebleven?) Agatha treurt, een strenge moeder. Wij moeten de inheemse culturen beschermen voor het te laat is, en deze kennis veilig opbergen.

Darwin bedacht de evolutieleer, de schepping bleef evengoed goddelijk en de vernieling onze eigen oplossing. Wij hebben dit allemaal geweten. Wij noemen onze weekendhuisjes: 'Ons verlangen.' Als Robinson Crusoë op een eiland vol palmen en zonnebrand. Waar geen mensen zijn daar lokt het paradijs, daar kunnen wij ons bevrijden van de salarisdruk. 'Het zal mijn tijd wel duren,' zei mijn grootvader. De kinderlijkheid bij een volwassene is die eigenschap om moedwillig in het verkeerde te geloven. (En als wij elkaar ontmoeten in ons speelpark en fluisterend zoenen en elkaar bedekken?)

Laarzen zijn al jaren een vaste waarde in het modebeeld. We gaan weer in nationaliteiten geloven, en zijn apetrots op onze afstamming. Bont behoort zo langzamerhand tot het deontologisch denken. De prinses op de erwt slikt alle dagen manmoedig een pilletje en verbijt de angst. Een bolletje kan kanker zijn. Het kan ook nog erger zijn. Wij bewapenen ons terwijl wij dure eden zweren dat we deze tuigen nooit of te nimmer zullen gebruiken. Maar als eenmaal die tanks gaan rijden, de raketten gelanceerd worden en alle telefoonlijnen gestoord blijken (een oud zeer, die PTT), bel dan maar op om nog eenmaal te fluisteren dat je liefhad en dat het niet vergeefs kon zijn.

Op de degelijkheid van het materiaal zal het aankomen. Zal het veel lawaai maken zoals in oude films, zal het dreunen, gieren, fluiten? Of zal het onhoorbaar gebeuren, rustig: '... kinderen, blij en blonde komt, den avond is nabij...' Misschien zal het vliegtuig Billy Boy of Bluebell heten, men is zo creatief in die dingen. Zoals de soldaten de wanden van hun barakken versieren met borsten en billen. (Geen mooie jongens, dat tast het moreel van de troep aan.) Het oog wil ook wat, daarom zal het glinsteren en als een kruis langs de hemel glijden. Vader, in Uw handen. Het is mooi weer, een stralende lentedag. Men raadplege de kronijken. Een zoon hebben die uitverkoren is, die ons zal tuchtigen met zijn onverbiddelijk zwaard. Ook dit is schoonheid. Een traag ontplooien van zeldzame kleuren, een psychedelisch effect. Lever de hasj maar in, jongens. Mijn vader, de kapotgevroren steppevorst, heerste volmaakt, de overbodige hondjes hing hij op, alleen de sterkste veulens mochten leven.

En ik, alhoewel ik niet ongeschonden uit zijn handen kwam, ik leef met mijn naam. Teven zijn trouw en taai. Maria Magdalena op beloken pasen, een zondares die onze goedkeuring krijgt. Ach, was er een godin, ze sloeg hen met prostaat en drupneuzen. Zodat hun stemmen bibberden en het bevel in hun mond bestierf. Over het mooiste plein van de wereld, met de fonteinen en de nooit aflatende zon, heerst na de aardbeving eindelijk vrede.

November met zijn bevroren chrysanten. Met al die oude mannen die weer opgelapt zijn en dreigen en dreigen. Gemummificeerde fallussen. Hun beeld vernielen, hun diamantmijnen sluiten, hun aandelen op de markt gooien. Maar zoals het nu is: berg je, graaf je in, bouw wallen rond je huis. Die verbale gramschap kan zo omslaan, de toorn op de zonen neerdalen. En wie zal zich dan nog redden? Welke vrouw zal nog ooit een man beminnen? Deze weelde die eenmaal onze wereld was en waarvan wij werden uitgesloten. Verbannen, bedrogen in onze intiemste gevoelens. Wie niet kan deelnemen aan het feest wordt niet dronken maar heeft 's anderendaags ook geen kater. Dus vader, hou je mond en blijf met je vingers van die knoppen. Je bent opvallend snel seniel geworden, het ontbreekt je aan besef. Laat je aderverkalking verzorgen. Ga naar een bejaardentehuis. Laat je opbergen. Verdwijn. En sterf dan eindelijk. Sterf uit! Wees de laatste van je soort. (En waag het niet je sperma op de bank te zetten.) Geen vrouw zal nog voor je langlopende leningen betalen. Gelijk heb je, mijn haat stinkt naar angst. Maar de angst zal mij niet tegenhouden. Niemand zegt dat ik een laffe dochter ben. Ik zal mij tegen u keren, want met niets is dit nog goed te maken. Deze schuld valt niet meer af te kopen, hou je poen. Mijn grootmoeder leek wel een Zwitser met haar oorlogsvoorraden. Verschaalde koffie, kleffe rijst en natte suiker. 'Avez-vous pensé à votre réserve de guerre?' vraagt de telejuf mij vriendelijk maar dwingend. We bevinden ons in een gezegend land, beschermd door bergketens, de bankkluizen liggen volgestapeld met goudstaven, men voedt zich met chocolade en de flatgebouwen zijn bovendien uitgerust met atoomschuilkelders. Hier wordt de tijd gemeten en solide verwerkt. Een burger zorgt altijd voor een appeltje voor de dorst. Ik rook niet en ik drink niet. Ik heb enkele van mijn zoete zonden opgegeven en andere behouden.

Selectie. Maar wat we ook doen of laten, de speeltijd is voorbij, de bel voor de laatste ronde heeft geluid. Ons rest het zure overleven.

En de angst als definitie. Een geisha wandelt over een noodbrug. Exotische vormen hebben de nakomelingen, en een bewustzijn als van kamerplanten, ze zijn zo onschadelijk als etalagepoppen. Kaal en zonder geslachtsdelen, kuis als een woordenboek, maar zonder taal of teken, en zo onschuldig als de waanzin. Iemand wil er een film over maken, over de tijd die stil bleef staan, maar het worden gesmolten horloges, achterhaalde Dali. Heel moeilijk om nog iets nieuws te verzinnen.

Het voorzichtige profitariaat dat ons puriteins doet aarzelen, men leeft maar eenmaal, men is maar eenmaal jong. Ik verdraag mijn hoofdpijn als een optimist zijn verkoudheden. Zo ontloop ik voorlopig het laatste Oordeel. Elke dag weer omdat van uitstel afstel komt. Stel je voor hoe wij daar zullen staan in ons blootje, de bokken van de geiten gescheiden. Beneden ons de nu voorgoed onbewoonbare aarde overgeleverd aan de barbarie van water, winden en kwalijke dampen. En God (die vroeger op mijn grootvader in zijn nachthemd leek maar nu heel veel van Brezjnev heeft) die tevreden monkelend het vee gadeslaat. Nu hebben ze hun bekomst gehad. Loontje komt om zijn boontje. Hij is de boekhouder, met hopelijk een zwak voor een willige secretaresse. Anders ziet het er niet zo fraai uit. Als hij met knallende zweep tegen de damesbibsen slaat en op het gegrien snauwend reageert: 'Waarom hebben jullie die kerels dan ook hun gang laten gaan in hun laboratoria en in hun beleidscentra? Was je al blij dat hij zich met ontstekingsmechanismen bezighield en niet overmatig dronk of naar de hoeren liep? Kon de rest je eigenlijk niet schelen? Ach zo, daar begreep jij toch niets van, had je dan geen hersens gekregen? Was je te bang om op eigen benen te staan? Ja, schuif de schuld maar op de liefde alsof het mijn uitvinding is. Wat hebben jullie eigenlijk met die liefde gedaan? Er een handeltje van gemaakt! Jank maar, nu is het toch te laat.' Jawel Virginia, ik merk dat een opvoeding sporen achterlaat. Gekleed als dokters in witte kielen, zo spreken zij ons kalmerend toe, ze zijn in staat om alles uit te vinden, ziekten uit te roeien, epidemieën te bestrijden, leven en dood onder controle te krijgen. Ze zijn bezeten van de heilige vreugde van de makers, zij verzorgen onze opvoeding en leren de onwetenden hun behoeften kennen. Wat ons overkomt is om bestwil geschied. Ga nu maar zachtjes slapen. Zij noch wij dragen de verantwoordelijkheid. Men kan alles misbruiken, elk woord verkeerd uitleggen. Hun bedoelingen waren zuiver. 'Je moet de duivel niet op de muren schilderen.' De dodelijke stofregens die ons zwart zullen blakeren, onze ogen die op schoteltjes zullen drijven, als de schapeogen bij de Marokkaanse slager. Niet overdrijven, je kan ook gewoon aan voedselvergiftiging sterven. Vergelijk deze hooggeleerde lieden maar eens met het zootje ongeregeld dat tegen de vooruitgang stormloopt, nog dommer dan de koeien die voor de eerste trein vluchtten. Gebruiken zij zelf geen warm water, wonen zij niet in comfortabele huizen? Wat willen ze dan eigenlijk? Met hun helmen en hun ijzeren staven? Moeders fornuis vernielen?

Een jaar lang stierven alle beuken. Maar in het voorjaar staken de jonge loten wijsneuzig boven de grond. Het verlies werd goedgemaakt en in winst omgezet. Het beheer kon zich beperken tot mooie woorden. De zaaier en de maaier vinden elkaar blindelings.

Symbiose. Cultiveer het ogenblik, vandaag kan morgen niemand je meer afnemen. Vanwaar dan deze onredelijke woede? Deze neiging om me te verzetten, om gewapend met een hakbijl mijn blokhut te verlaten? Toen ik mijn vader eindelijk afdoende weerstond vroeg hij klagend waarom ik geen medelijden kende, ik die zelfs de mussen voerde. Men kan zich met wolven geen medelijden veroorloven. Medelijden heeft men met de zwakkeren, en voor de machtelozen moet men vechten. Men moet de grote lijnen zien, verbanden leggen, historisch denken. Jammer, er loopt een verbrand kind door elke mooie gedachte.

Nu een bos invluchten. Naamloos worden. Het is al december. De eerste sneeuw is gevallen.

* * *

U was altijd zo jong. En levenslustig. Charmant en onoverwinnelijk. Een vluggerd. Die faam ging u vooraf. Nooit oud, nooit down. Nooit zou u verslagen worden. Klein maar dapper. *Asterix en de toverdrank*. Ik was een oud kind. Die foto van toen u achttien werd. Een filmster. Tikje baby-face. Toch al dat smalende glimlachje. U wist zich altijd beter. Dunne lippen waarvan de mondhoeken omhoogkrulden. Prachtige tanden die u toen nog had. Heb ik ook, maar niet zo regelmatig. Zeldzaam blauwe ogen. Al uw broers, levende en dode, hadden er bruine. Zo ook uw geliefde moeder. (Wat zou ik haar niet blijvend gedenken als ik niet later dan gisteren nog een spaarbankboekje op naam ontvang. Niet meer dan een symbolisch bedrag. Aan sparen is ze niet meer toegekomen. Het jaar van de hartaanval. Maar het gaat om het gebaar. Om het gezicht van de beambte als de interesten voor zevenentwintig rotjaren moeten worden berekend. Van niets iets maken, maar vraag me niet wat. Verleden jaar kwam er een melding van de dienst kijk- en luistergeld dat zij niet langer belastingen voor radio en televisie hoefde te betalen. Meer dan twintig jaar dood en begraven en dan ook nog officieel honderd procent invalide verklaard. Dat kan alleen haar overkomen. Zag geen steek meer voor haar ogen. Het Boheems bruin troebel als rotte eieren. In achtenvijftig strompelde ze naar de wereldtentoonstelling en viel van de roltrappen, in een van de buizen die de negen bollen van het Atomium met elkaar verbinden. Betreste wachters leidden haar weg. Hoed en paraplu lagen daar alsof zij naar een andere planeet was geflitst. Uw vader die zijn hoed niet wilde afzetten in het restaurant omdat hij in Brussel niet beleefd wilde zijn, trachtte met zijn wandelstok haar attributen van tussen de voeten van de aanstormende massa te vissen. Het stond vast dat hij haar zou overleven. Zij heeft zelfs geen graf om uit te verrijzen. Barbaren van eert uw vader en uw moeder. Slogan lag u ook in de mond bestorven. Woorden wekken, daden trekken. Kom later niet klagen, placht zij te zeggen. Haar schaduw strekt zich weldra uit tot het midden van mijn leven. Als ik mezelf terugvind in een donker woud, afgedwaald van 't rechte pad. Vraag me angstig af, of het spaarbankboekje – enige soort boekje dat zij las, samen met smeltzoete feuilletons waarin l'heure suprême voortdurend wordt uitgesteld – of dit dan de laatste aflevering zal zijn...?) Chocoladebruine ogen, als nootjes van Grenoble, waar zij zo dol op was. En u ook, nietwaar, met uw zakken vol. Avonden waarop de kinderen uw brieftas mochten doorzoeken, het hing ervan af of er nog wat anders dan banknoten instak. Al uw geheimen. De cijfercode van de brandkast. Aantekenboekjes waar de duivel niet uitkon. Dingen waar niemand zijn neus in hoefde te steken.

De glimlach, die de onderste helft van uw gezicht bestreek. De ogen deden niet mee. Koningsblauw. Altijd op uw hoede. Eerst schieten en dan uitleggen. Wie u dwarszit heeft pech gehad. Spottend en neerbuigend. Lui die nattigheid voelden lachten maar aarzelend mee. Voor hetzelfde geld werd je uitgelachen. Die grösste Freude ist die Schadenfreude. Humor van 't zevende knoopsgat. Onbetwistbaar een aanleg voor taal. Er was altijd chocolade en bittere humor. Op verjaardagen en bij veertig graden onder nul. Traditie en ambitie. We moeten het de jid niet benijden. Om raszuiverheid kunnen we lachen. Ik geloof u op uw woord dat u niet wist wat er gebeurde. Wel dat er wat gebeurde. Hitler had met zijn poten van de joden moeten afblijven. Zei u. En meende het. Omdat zoiets nooit goed kan gaan. Als je een oorlog wilt winnen moet je zo niet beginnen. Dat komt met terugwerkende kracht op je kop terecht. Van het boemerangeffect kon u getuigen. Zwart schaap nadat u zo veelbelovend was begonnen. Voor God en baas in eigen land. Altijd zes miljoen kadavers in voorraad. Met die mensen valt niet meer te praten. Gegarandeerd slaan ze er een slaatje uit. Die zouden aan de dood van hun moeder verdienen. Wie heeft er het kapitalisme uitgevonden, de woekerwinst, en het bedrieglijke krediet? U niet. U had er de voorkeur aan gegeven ze beleefd de huur op te zeggen. Per aangetekend schrijven, acht dagen op voorhand. De hand op de wet. Zoals het een huisjesmelker betaamt. De waardevermindering van een pand, daar houden krakers geen rekening mee. Op andermans zweet potverteren. Je bent verwittigd, moet je maar weten wat ervan komt. De Noordafrikaanse import werd met lede ogen aangekeken. Too bad dat er geen vrijwilligers meer waren om de stront achter onze hielen op te scheppen. De tweede generatie wordt een probleem, let op mijn woorden, en dan zitten we ermee. Je kunt ze niet uitpoepen. Ga maar eens in Amerika kijken, wat er van de negerslaven is geworden... In gekleurde wijken kan je na acht uur 's avonds geen voet meer zetten. Dat wordt de ondergang van Uncle Sam. Wij zijn al eeuwen blank. Dat laat zich niet mengen. Andere landen, andere zeden.

De grieventrommel. Wie niet om chocolade gaf ruilde het om voor schnaps en sigaretten. In wat nu Polen is maar toen nog Rusland was, of is het omgekeerd? Lazaretten in middeleeuwse kloosters. Gemetselde gewelven weerstaan beter aan de inslag. Maar er kruipen meer werkuren in, en het materiaal is onbetaalbaar geworden. Knappe verpleegsters die onder spervuur lagen. En waar u een oogje op had. Maar mijn eer heet trouw. En misschien dachten zij ook wel: Geen vreemde luis in mijn bed! Die bruine huid waarmee u nooit onder de hoogtezon hoefde. Kwam de correcte arts aanstappen. Die had nog toekomst. Als je niet wist wat hij had uitgevreten. (En alles heeft altijd de neiging om uit te komen.) Op het ene blad scharen en tangen. Op het andere blad schnaps, snoep en rookgerief. Voor elke kreetkreun een hapslok minder. Morfine was op de bon. Maar het systeem werkte voortreffelijk. U gaf geen kik. U beet op uw tanden. Zoals u het mij ook zou leren. Op een houtje bijten en aan Rome of Moskou denken. Van chocolade kreeg ik een gezwollen lever. Wat was ik blij toen die aardige dokter mij ook nog melk verbood. U kon hem niet luchten omdat hij niets door de vingers zag en een blitse sportwagen bestuurde. En uw dame (die bij lange na geen dame was en het ook nooit zou worden) mij maar willen wijsmaken dat witte chocolade geen kwaad kon. Altijd bereid om me een eindje in de juiste richting te helpen. Of u het ermee eens was? Wie zal het zeggen.

Ik kreeg het zilverpapier om te sparen voor de negertjes die geen chocolade vandoen hadden. De prentjes met raceauto's en de rassen van de wereld, die je in een album kon plakken. Maar daar deden wij niet aan mee.

Uw vader was al net zo, met likeurpralines van Neuhaus, die neutrale Zwitsers waren. Een van oudsher bekend huis voor zoetekauwen. Maar uw moeder met haar hang naar een Weens assortiment voor bij de koffie. Strudel en kaaskoek van bij Kleinblatt. Die zo te zien geen Zwitsers waren. 'Als de joden niet deugen komt het doordat de mensen niet deugen!' U weet beter dan ik hoe bondig zij zich uitdrukte. Laten we de chocolade vergeten. Maar kon u met dat model voor ogen niet zorgen dat ik ook zo'n moeder kreeg? Ze zeggen dat u haar lievelingetje was. De jongste en de laatste om te blijven leven. Klein Duimpje die in zevenmijlslaarzen over haar hart zou lopen. Naar een land waarvan zij de naam weigerde uit te spreken, omdat het te veel leed over de wereld had gebracht. En dat na uw sprookjesjeugd. Had zij u meer over de knie moeten leggen? Ze nam het zichzelf kwalijk. Maar u was zo'n dapper baasje. Ze verkeek zich op uw levensdrift. Was er iets dat zij hoger schatte? Met al die wiegedood, en uw afvallige broertjes die met 'de oude man' werden geboren en sinaasappelkleurig verschrompelden?

Leven werd tot elke prijs overleven. Ik ben niet anders. Ja, stel dat ik op 6 januari in de val zit. De omsingeling is voltrokken, uitbreken is onmogelijk geworden. Bevel blijft bevel. Zodat er weer eens tot de laatste man zal worden gevochten... Saulus Paulus, met zijn schichtige blik, heeft niet eens een snor. Maar dat is onze zaak niet, hoewel we met die boef nog een appeltje te schillen hebben. Vanwege een dorp in Vlaanderen. Ontsnappen zal hij niet.

Bepalen wij ons tot de diepgevroren tragedie. Het vliegtuig staat met draaiende motoren op de geïmproviseerde startbaan. (Als de motoren uitvallen is het vanwege de lage temperaturen onmogelijk ze weer te starten.) Eén kans op tien dat die gammele kist door het luchtafweergeschut komt. Maar wie zou het er in die omstandigheden niet op wagen? Alles is beter dan aan de grond te vriezen. Aan boord een paar hoge pieten, en gewonden, waaronder een buikschot. Twijfelachtig of dat de aankomst haalt. Ontstoken vlies, hoge koorts... Een kwestie van snel handelen. Kan het u horen zeggen. Beenwonde tegenover buikschot. Natuurlijke selectie. Wie nog op eigen kracht in een toestel kan kruipen heeft gelijk dat hij het doet. Kamerad, nicht räsonieren. Gewiegd door afweergeschut, afscheidsconcert van Stalin-orgels. Verglijdt onder de vleugels het voorgeborchte van Arctica. De ijskoude hel. Van moedertje Wolga naar vadertje Rijn. Met de staart tussen de poten. Ik zou bij God niet weten wat te doen in zo'n geval. Maar we zijn alweer een statie verder. Ondenkbaar dat mij iets dergelijks zou overkomen. Niet simpelweg vanwege de vrouwelijkheid, of toch, jawel toch ook, omdat ik een vrouw en uw dochter ben. Hoef mezelf niet te bewijzen met spelletjes op leven en dood. Benijd niemand erom te moeten bestaan ten koste van anderen. Is het u ook opgevallen dat ik meteen over oorlog begin? Een thema dat je niet kiest, u hebt het mij min of meer opgedrongen. Maar weet dat ik alles zou doen om niet te moeten doen wat ik moet doen. In een iglo zitten en dat klereboek schrijven... Omdat het anders nooit meer zal lukken een gebenedijd woord op papier te zetten. En ik op mijn manier maatregelen tegen de vergetelheid moet treffen. Dringend bewijzen dat ik besta. Omdat leven als dusdanig nooit een verworven recht was, laat staan een vanzelfsprekendheid, maar iets waarvoor ik moet vechten. Dag aan dag veroveren. Uit de omsingeling breken. Tussen memoires en testament orden ik mijn bestaan. Tussen afbreken en opbouwen. Geheugen als een bank. Raak me niet aan of ik ga stinken. Gelukkig kan ik een aardig stukje schrijven. Want we willen meer. Traditie en ambitie. Een boek waarin geen schot zou vallen. En op geen enkel knopje wordt gedrukt. Een gulden boek. Over gelukkige mensen en gelukkige liefdes. Geschreven door een gelukkige schrijfster. Kortom een boek dat geen hond zou lezen als het niet zo was dat iedereen al bij de eerste regel begon te huilen van aandoening.

Maar u kan op beide oren slapen. Ik ben geen halfzachte pacifiste geworden. (Op dat eetje zijn we gesteld.) Geen gewillig slachtoffer. Ik heb nog altijd zin om terug te trappen. (Een gezonde reflex, nietwaar?) Mijn andere wang? Jawel, maar voor een zoen! Ik wil geen oorlogstoker aan mijn zij. Geen onderdrukker in mijn bed. Geen vernieler in mijn keuken. Geen vader die op zijn kinderen loert. Het liefst zou ik die heren tot moes kloppen, het kwalijke zaad van de tweespalt verstrooien. Groot geworden met elkaar op de kop te zitten. Hun negers en vrouwen uit te zuigen. Het nederige handwerk, zodat zij zich tot belangrijke zaken konden beperken. Het ziet er niet naar uit dat het met bidden en smeken zal helpen.

Hup meiden, de beuk erin! Een bom erop! Ontvang ze met het broodmes tussen de tanden... Laat je niet langer door mooie praatjes in de luren leggen. Tien procent inflatie kunnen we aan. Als je zo nodig moet neem dan een wortel of een banaan. Vibreer! Tap ze af als rubberbomen! Bereid in vitro! Al die drukte, dat gewijde gezeik. Zonder oven kun je geen brood bakken. Vries die kleine ventjes in! Kloon ze! Ontdooien naar believen. Even opwarmen, klontje boter erbij. Klaar. Geen vitamientje gaat verloren! Hygiënisch en handig! Tijdbesparend! In de microwave... Als het over liefde handelt pak je een boek of pik je een filmpje. Allemaal verbeelding. Gekleurde plaatjes in je kop. Het zit vanboven en niet vanonder. Laat je niet langer als de eerste de beste koe voorleiden. Wijs ze koeltjes af tot ze bereid zijn gelijk over de brug te komen. Wacht niet tot het eerste blauwe oog. De bloedneus. Beurse plekken. Hongerende kindertjes. De bijstand... Het expanderen van het conflict. Dreigende taal. Banvloeken. Het afspringen van de ontwapeningsgesprekken. Kamerdebatten. Wapenbestellingen ten bedrage van ettelijke miljoenen dollar. Dat groene schijtpapier. Wacht niet tot de Russen met hun waardeloze roebels komen. Wat heb je ermee te maken? Met die mode à la papa? Landingen op grote en kleine schaal. Burgeroorlogen. Schandalen die altijd op moord uitdraaien. De Ambrosianobank. Het toespitsen van het conflict. Wapenarsenaal dat aan controle ontsnapt. Beperkte kernoorlog. Europa ondersteboven. Verzieken en onbewoonbaar maken van de aarde. Hypotheken op toekomstige mankepoten.

Laat je dat zomaar gebeuren? Zit niet op jullie luie kont te jammeren... Dadelijk zijn er geen sentimentele zeehondjes meer over. Hou op met snotteren. Het is potdorie mobilisatie! Jouw naam staat ook op de lijst. Laat het die dan van je ouwe heer zijn. Niets van aantrekken, houwen wat je hebt. Van meer ben je niet zeker. Zorg voor een vaste hand. Ontmantel de tijdbom. Saboteer treinen en vliegtuigen. Verniel het lanceerplatform. Leg atoomduikboten aan de ketting. Onthou dat er geen goeden of slechten meer zijn. Laat je door geen vlaggen of toespraken weerhouden. Infiltreer in banken. Forceer het Vaticaan. Blaas de loges op. En partijbureaus. Haast je rep je. Of je bent erbij als moeder van de onbekende soldaat. Als weduwe of verkrachte sukkel. Zonder huis of haard. In de zwartgeblakerde vallei des doods, waar in poelen van verderf blinde ogen als spiegeleieren drijven... Wie zal er dan nog overleven? Dapper vrouwtje... Ga je liever met vakantie? Daar kan ik in komen. Maar dat zal dan voorgoed tot het verleden behoren. Sunair en de Club Méditerranée bestaan niet meer. Bikini is een proefeiland. Wat een circus! Uit het niets voortgekomen in het niets verdwenen. Een goocheltruc. Hoezo dat willen we niet gewild hebben? Dan doe je rattenvergif in zijn koffie... Goed zo! De mens is een uitvinding die op verschillende manieren kan worden toegepast. Agressie is regressie. Heer, dank U dat ik niet ben zoals dezen...

Zie ik u schudden van het lachen? Doen ook uw ogen mee? Komt u niet meer bij van de pret? Besterft u het? Altijd geweten dat u een heldendood zou sterven. Stikkend van de lach. Paars en groen gegiecheld. Uitgemergeld van vreugde. Levend opgenomen in de zevende hemel. Adieu! Ik zal hete tranen storten op uw graf. Alle dagen de bloemetjes begieten. De erfenis mag u houden. Nee, dring niet aan. Voorbij is voorbij, dat was de afspraak. In eeuwige eigendom mag u rusten. In een glazen kist. Als anatomische les. Wou u het lichaam aan de wetenschap schenken? In dank aanvaard. Een koudgestelde soldaat. Lief van Hera en Athene, martelaar met pijl in achilleshiel. Zevenendertig sneetjes, granaatscherven, kogelgaten, met zwavelzuur gespoelde darmen... De laatste man van uw soort. Zeldzamer dan de australopithecus. Naar het land van de glimlach. Altijd tevree, hoe het er vanbinnen ook uitziet. Vreedzaam ligt u erbij. Weet ik veel waarom u lacht...

Al sinds de Suez-crisis zat u goedkeurend te knikken: 'Ze beginnen het te leren.' Toen de tanks waaiervormig door de woestijn stormden. 'Dat heeft die met dat lapje voor zijn oog van Rommel afgekeken.' Wie zelfrespect had liet zich niet ongestraft in het gezicht spuwen. Kregen de Arabieren het lesje dat ze hard nodig hadden. Uit de achterposten van het oude Europa, getto's en kampen, naar de voorposten van de westerse beschaving. 'Zie je wel dat ze kunnen werken! Als 't maar voor eigen rekening is.' Boeren die hun land verdedigen. Volk op zoek naar levensruimte. Voor het veilig stellen van bijbelse waarden. Jahwe met ons. Ze hadden het eindelijk begrepen! Woestijnratten die niet aarzelden dorpen kort en klein te slaan. Nederzettingen te bombarderen. Zo mocht u het zien. De een zijn brood is de ander zijn dood. Belofte maakt schuld. En weldra kunnen ze niet meer ophouden. Zijn ze verplicht om almaar verder te gaan. Dieper de modder in. Wie het zwaard hanteert zal door het zwaard vergaan! De slachtoffers van gisteren zijn de beulen van vandaag. De cirkel is bijna gesloten. De uitholling kan beginnen. Terreur contra terreur. Heer, ik dank U omdat ik als man ben geboren...

Eindelijk had u een reden om vrolijk te zijn. Te lachen, mij uit te lachen omdat ik geen haar beter ben als ik mij van de beproefde middelen bedien. Onweerstaanbaar op een vader ga gelijken. Karikatuur van mezelf. Een perversie. Toch heb ik het voordeel van de twijfel. Weet me niet beter maar anders. Balancerend op het scherp van het mes. Zoekend naar een uitweg. Niemand koud gemaakt. Geweten van een goudvisje. Onszelf, de kluit en het zonnige leven redden. Lach maar, zie toe op mijn machteloosheid. Zal mezelf niet verkwanselen. Mijn liefde wel bewaren. Dacht u dat ik niet liefhad, niet smelt van medelijden als u voorgoed de aarde verlaat? Ons van uw soort verlost? Ouwe kerels die beven van machtswellust. Snikkend bij duizend-en-één graven. Biddend dat er nooit een einde aan het moorden mag komen. Het liefst hun zonen inzetten. Niemand meer om hen van de troon te stoten. Van het gedram verlost. Het jeugdig geweld in de juiste banen geleid. Als ze het overleven en ze komen hun eerstgeboorterecht opeisen, is er nog altijd een schotel linzen voorhanden. Een paar vuile zaakjes om ze bezig te houden.

Achttien is een mooie leeftijd om man te worden. De wereld lag voor u open, het beste was u toebereid. En dan is er die oorlog tussen gekomen. Pech gehad. Al zag u het als een buitenkansje. Wij reizen om te leren. U zou al dat gezever eens in de praktijk omzetten. Een flinke jongen blijft niet aan moeders rokken hangen. De eerste van een geslacht leiders om volgeling te worden. Een gehoorzamerd, een jaknikker, een getuchtigde. Wat ben ik geschrokken toen ik die ingevallen wangen zag. Een vroegoud jongetje. Rimpels en groeven. U die altijd jong zou blijven. De overmoed in pacht... Een gebalsemde knaap. In een geur van heiligheid. Maar verre van uitgeblust, een lepe vos die in een nederige pij voor het hof verschijnt. Hermelijnes voeten kust. Hebt u niet altijd op de dames gerekend, en hun weke hartjes...? Eh bien merci, geef mijn portie maar aan fikkie. Nergens bang voor, behalve om met een andere vrouw te slapen, zei u tegen die dokter die uw moeder om zeep kwam helpen. Dat was de mop van het jaar, maar verdomd als het niet waar was. Om vijf uur uit de veren. 'Sta op gij luie slapers, de koekoek roept in 't bos...'

Naar de vroegmis, vroeg en laat een dienst, de godvruchtige camouflage... Wiedergutmachung. Voor geen goud liet u zich nog voor een karretje spannen. U had uw lesje geleerd. Met al die pastores die in vijfenveertig vroom de andere kant op keken. Mijnheer de Prokerdatus, kom van uw krakerdatus... Om van de politieke zwijnerijen maar te zwijgen.

Bij de boekhouder hing een pentekening van een galg waaraan een schamele man bengelde terwijl een nobele seigneur er vierklauwens vandoor ging op een zwartvos. Daaronder in gotische letters:

'Grote dieven rijden te paard
wijl kleine dieven hangen
tussen hemel en aard...'

Een genre-stukje, maar scherp gezien. Vond u. De lange kapelaan die voor het onweer kwam schuilen... Hoe had u dat kunnen doen, als gewezen jeugdleider? Als zoon van een christelijk gezin? Behorende tot het nieuwe Vlaanderen... De elite. Het stamboekvee. En patati en patata... Een melkmuil. Het donderde en bliksemde er lustig op los. U ging de voordeur wagenwijd openzetten. Rechtshandig hield u het fistel dicht, linkshandig sleepte u de kapelaan aan zijn gordel door de gang. (De Romeinse kraag daar kon u niet bij...) En met een welgemikte trap landde hij in de overstroming. Wat een opluchting! Het was een wolkbreuk, de riool kon de toevloed niet slikken. U hield niet van vragenstellers. Een ezel stoot zich geen twee keer aan dezelfde steen. U zouden ze niet nog eens zo gek krijgen. Geen poot verzette u nog. Ze mochten de landverrader komen halen als ze daar zin in hadden. Zouden ze pret aan beleven. Er lag nog een en ander op uw lever. U zou geen blad voor de mond nemen. Ze eens flink de waarheid zeggen. Met hun neus door de stront dweilen. U leed helaas niet aan geheugenverlies. U zou eens een boekje opendoen...

Tot het eerste bazuingeschal. Klokkengelui. Het pijpen van de rattenvanger. En u stond al te dringen. Wilde als eerste de wei in. De Transsiberische kon zonder u niet vertrekken. Ze zwoeren alweer dure eden. Altijd paraat het woord bij de daad. De stormloop op de Heidenen. De Walen. De Groenlanders. Viel er nog wat te verhapstukken? Geef mij een marsbevel. Ik vraag niet beter om opnieuw te beginnen. Harde noten te kraken. Over dun ijs te lopen. Uitputtingsslagen te leveren. Mijn gelijk te bewijzen. Magere Hein uit te dagen. Want o ik verveel me zo! Onverbeterlijk.

Uw meisjeswangen was u kwijt. En dat fraaie gebit: foetsie! Zoals Marlene Dietrich door Von Sternberg van haar maaltanden werd beroofd om die look van gedistingeerde slet te krijgen. Was het geen Pruisische generaalsdochter die het klappen van de zweep kende? '...ich bin von Kopf bis Fuss auf Liebe eingestellt...'

Was u weg van die ingevallen wangen? Die eindeloze benen in herenbroeken? Of hield u het bij Marika Rökk? Dat andere soldatenwonder. Met haar kindvrouwstemmetje. En de mollige knieën bloot, de studiostatietrap aftrippelend... De lange rok als een staart achter zich aan slepend... Of was het de mannenstem van Zarah Leander: '...der Wind hat mir ein Lied erzählt...'

Kreeg u daar kippevel van? In de berkenbossen. De van God verlaten steppen... Wist u waarvoor u leefde, halfdood maar vol goede moed? Van niets bang behalve om met een andere vrouw te slapen? Maar uw ogen niet in uw zakken. 'Uw nederige dienaar, mevrouw.' Wat hadden die biseksuele kweelsters gemeen met Nele van-de-vlassen-haren, die u ons tot voorbeeld stelde? Dochter van Katelijne de heks, gade van Tijl de guitige opstandeling. Zij het hart en hij de ziel van het volk. Kon je op je klompen voelen dat het niet klopte. De Coster schreef in het Frans. Zoniet was de boerenidylle in duigen gevallen. De brandstapels smeulden nog na.

Wat een broeierig landje was dat... Optochten en stoeten. Processies en bedevaarten. Wielerkoersen. Dansende reuzen. Grote Jan en kleine Jan. Bavo I en Bavo II. Want ze trouwden en kregen kinderen. Alles in het nette. Toespraken en preken. Over de grootheid en de godvrucht van het volk. Dat zijn eigenheid bewaarde. Aan vreemde druk weerstond. Zegevierde over verknechting. Aan zijn ketens rukte. Lofzangen op de taal. De schrijvers van de goede persen. Het morgengloren. De nieuwe dageraad die was aangebroken. Het ging erin als koek. De een praatte het de ander na. Op den duur gingen ze het zelf geloven. Dat kwam ervan als je aan de grond zat... Al een paar eeuwen niets in de pap had te brokkelen. Uitgezogen werd. Een rad voor ogen gedraaid. Dan begon je jezelf op te blazen, was je lamentabele toestand gegarandeerd de schuld van de andersdenkenden, de franskiljons, de joden, de corrupte parlementairen, de vervloekte staat... Dan was je bereid om achter om het even wie aan te draven. (Van Severen, De Clerk, of pater Morlion.) Als ze je maar stroop om de mond smeerden. Je haat voedden. Je in alles gelijk gaven. Wonderwat beloofden. Zelfbestuur, leven in het hiernamaals... De koren zongen uit volle borst, de orgels dreunden, de opgekropte woede moest eruit! Het ging om gerechtvaardigde eisen, genoegdoening... De wil van het volk, om de toekomst veilig te stellen... (Als die heren het maar eenmaal voor het zeggen hadden, zou je wat beleven... Werd je onder voogdij gesteld van oompje over de Rijn. Mocht je gaan wintersporten bij de communisten. Wie niet sportief was werd naar Buchenwald gezonden, een soort zomerkamp. De naam spreekt voor zich. Wat was het volk vrij en gelukkig! Vroeg uit de veren en op tijd naar bed. Eten zoveel je wou... Noordse kreeft, Deense ham, Mozartkugeln. Volksspelen. Zaklopen, stoelendans, wafelbakken. Kristalnachten. Gespoeld bloed. Gezuiverde boeken. Gezonde geest. De kankers weggesneden. Verzorgd van de wieg tot in het massagraf. In plaats van Frans werd Duits de tweede taal. 'n Vooruitgang, met die aanverwante naamvallen. Het was een paradijs. De straten schoongeveegd. Treinen die op tijd vertrokken...)

Dat had u niet met de moedermelk opgezogen. Bestaat niet. Keuken, kerk, kinderen. Er viel niet aan te ontkomen. Maar dat zij zich daar goedschiks bij neer zou leggen... Op de kop laten zitten. Monddood maken. Een veredeld fornuis om mannetjes in te bakken. Met die ogen. Dat figuur. De paraplu in de aanslag... Een temperament om u tegen te zeggen. Niet vies van een eigen mening. Ze had de heren wel door. Kreeg geen natte broek van Mussolini. ('Een brulaap met een kin als een centenbak!') Veel gekakel en weinig eieren. De zaken in het honderd laten lopen. Een ander met de lasten opzadelen. Uitknijpers. Vechthanen. Gokkers. Ze konden wat haar betreft met hun principiële smoesjes de bomen in. Je moest geen helderziende zijn om te weten waar dat op uit zou draaien.

'Kom later niet klagen!' Uw vader tot zijn navel in het water, de modder en ontbindende lijken. Was het al vergeten? Gas. En nooit meer oorlog? De Somme. De IJzer. We horen hem niet. Hij mokt. Kater als een olifant. Crisis. Uitverkoop. Vrouwlief die de handel overneemt. Hij tracht vergeefs het tij te keren. Zich aan zijn status vast te klampen. Baas te blijven. Niet af te zakken naar de kleinburgers. De loontrekkers. Het anonieme klootjesvolk. Propt zijn zonen vol met waanideeën omtrent afstamming, karakter, vergane glorie... 'Ik ben mijn eigen meester!' Niemand hoeft hem te vertellen hoe het zit. Commanderen. 'Op een hond kun je fluiten!' Hij zoekt het zelf wel uit. Eigenzinnige stam. Tegensprekers, lastverkopers, betweters... Maar zonder halsband! Vrije heren in het vrije veld geboren. Die blauwe ogen, de rechte neus, lange benen... U geraakte nooit verder dan zijn schouders. Hoefde ook niet. Kinderen moesten niet boven zijn kop springen. Dat herken ik. Al ben ik dan geen zoon. En heb ik het wel gedaan. Niet zo lang als hij maar toch langer dan u. Wel een hoofd. Meer als ik me opricht. Al telt dat niet mee omdat ik zoals gezegd geen zoon ben. Maar ik vermeld het toch want hoe zou u nu willen dat ik me kleiner voel?

Die belachelijke trots, die ellenlange tenen... Maar ondertussen buigen als knipmessen. Gehoorzamen. Zweten als koelies. Met twee woorden. Hoor ik je nog? Ja vader, ik bedoel nee vader. Naar zijn pijpen dansen. Bevelen volgen. Op zijn wenken bedienen... Zijn ouwe heer was nog een stuk erger. Als die zijn stem verhief begon zijn vrouw te beven, de kinderen te huilen, kroop de hond in een hoekje. Om de haverklap: wie is hier de baas...? Boer Vermeulen. Boer Coene. Vader Van Paemel. Bekende literaire figuren. Ramden hun zonen in elkaar. Snauwden hun vrouwen in het graf. Versjacherden hun dochters... Despoten. In hun rijk ging de zon nooit onder. Maar gezagsgetrouw. Ja mijnheer de Prokerdatus. Nee mijnheer de Prokerdatus. Zoals 't u belieft mijnheer de Prokerdatus. Streuvels, Claes en Buysse. Naar het leven geschilderd. Hebben niets uit hun duim gezogen. Borstelden het neer. Verf is nog nat. Heb het van geen vreemden...

Vaders en zonen. Een klassiek geval. Geven het aan elkaar door, oude kwaal... De mens is niet voor de liefde maar voor het bazen geboren. Dat wil zeggen, de mens Hij. Hij de mens. Plaatsje in de hel, hoog genoeg om op de kop van zijn buurman te schijten. Tenslotte ging hij bunkers voor landsverdediging bouwen. Beton was nog niet hard toen de verkeerde soldaten er lachend binnenvielen. Ze lustten wel een pint bier. Meizonnetje. Warm voor de tijd van het jaar. Dorstig werk oorlog. Hij mocht verder betonneren. Dat deed de deur dicht! Uw vader, geen gemakkelijk heerschap... Maar om daarvoor van de klaver naar de biezen te lopen...

Ze zeggen dat ik het tijdsbeeld niet kan begrijpen. Het heersende klimaat. Die lui van voor de oorlog... Het defaitisme. De verloedering. Dat ik de arbeiders vergeet. De werkloosheid. Het lompenproletariaat. De geur van gaarkeukens ken ik niet. De macht van de kerk. Corruptie. Bankschandalen. Doen of ik Roodkapje ben. Nog nooit een wolf heb gezien. Door de wind ben verwekt. Uitgebroed door een bijenkoningin. Aan gazen vleugeltjes door het leven zweef. Niet verder zie dan het blauw van mijn ogen. Ben er niet bij geweest. Geschiedenis wordt achteraf geschreven, dat is de moeilijkheid. Hier wat bij, daar wat af, je reinste roman. Rekening wordt ook achteraf gepresenteerd. Gepeperd. Afslanken en aandikken. Vrouwen en wiskunde. Kunnen niet verder dan achtentwintig, hoogstens dertig dagen tellen. Zitten er nog vaak genoeg naast. Geen kalenderbeheersing. En dan maar moord en brand schreeuwen... Moeten de heren eraan te pas komen om de zaak recht te zetten. Klinisch op te lossen. De moraal overeind te houden. Kelders leeg te pompen...

Wat weet ik bijvoorbeeld over de positie van de vrouwen? Voor de oorlog? Na de oorlog? Horizontaal. Platter dan Holland! Kindertjes twaalf op een rij. Wastobbe. Dronkelap van een vent. Lege schapraai. Geen sou in huis. Zeepsop. Breinaalden. Heilig konden ze worden of een trap onder hun reet krijgen. Goeie ouwe tijd...

Kan ik me toch niet meer voorstellen? Beentjes in spreidstand. Hoera! Klaar voor de wintersport. Hoe kom ik erbij? Mij die geen haartje is gekloven. Die op handen wordt gedragen. Aanbeden zelfs. Op voorwaarden van Napoleon: mooi zijn en mond houden! Huisrobotten bedienen. Kindertjes naar school brengen. Man in bedrijf houden. Heb ik mijn handen toch vol? Wat wil ik mij met het aanzien van de wereld bemoeien? Mijn hoofd breken over dingen die ik toch niet snap? Ben ik toch niet voor geschapen? Allemaal ijdelheid. Ruwheid en geweld. Prestatiedwang. Oorlog. Enfin, wat weet ik van mannen? Voldoende om niet te willen ruilen! Laat mij maar vreedzaam in mijn eigen wereldje. Bij mijn kantkloscursussen. Mijn nieuwe jurk. Praatavondjes. Mijn eigen radio- en televisieprogramma's. Ik ben niet voor de strijd maar voor het geluk in de wieg gelegd. Van al dat piekeren krijg ik migraine en rimpels. O jee! Hoe minder ik weet hoe rustiger ik slaap. Doornroosje met droge lippen. Smachtend naar een zoen. Een natte. Al dat tobben en kniezen. Laat mij maar vrolijk wezen. Als mijn prins maar komt. Op zijn appelschimmel..., het mag ook een Arabier zijn. Ik, kind met de kinderen, huppel aan vaders hand. Op zoek naar een sterke schouder om het hoofdje tegen te vlijen.

Ieder zijn rol, elk zijn deel. Er wordt voor me gezorgd. De dingen worden voor me geregeld. Deuren opengehouden. Stoelen aangeschoven. Ik moet me maar laten beminnen, aaien en knuffelen. Het poesje eens lekker verwennen. Diamanten zijn voor altijd. Schenk haar iets blijvends. Iets tastbaars, als herinnering aan de mooiste dag. Een moeder zo slank als haar dochter. Water van de zuiverste bronnen. Heerlijk koel. Puur natuur. Bruisend. Geen dag ouder dan toen. Ik blijf toch altijd zijn eerste. Het meisje uit de zangvereniging...

Als je die manwijven toch zag. Schreeuwlelijkerds. Kenaus. Stelletje verziekte baarmoeders. Potten. Blaffende katten. Gelijk loon voor gelijk werk! Gelijke rechten gelijke plichten. Dat ze niet gelijk waren zat ze dwars. Dat ze niet model hadden gestaan voor de schepping. Het niet voor het zeggen hadden. Geen man konden krijgen. Meer was er niet aan de hand. Maar een gejammer en een gekreun! Veel te goed hadden die dames het. Moesten maar eens flink onder handen worden genomen. Ziekenhuisgangen boenen! De zoutmijnen! Siberië! Vrijwilligerswerk! Zouden ze wel anders piepen. Als ze de kost mochten verdienen...

De rage was alweer over haar hoogtepunt heen. Nevenverschijnselen van hoogconjunctuur. Verhitting van de markt. Kwamen de ratten uit de riolen. Dreef het schuim boven. Linksen, homo's, drugverslaafden. Kleurlingen, krakers, christenen voor socialisme. Jongeren, gehandicapten, zelfmoordkandidaten. Thuis en buitenshuis werkende vrouwen... Allemaal eigen radio- en televisieprogramma's. Bijscholingscursussen. Zelfhulpgroepen. Allemaal uit de staatsruif vreten! Kijk naar de vogelen des hemels. Zij zaaien niet. En maaien niet. Aanzienlijke verliespost, klachten, eisen.

Allemaal gelijk voor de wet. Uitkeringen, gratis vervoer, medische verzorging. Zielsbegeleiding, betaalde vakantie. Allemaal recht op leven, driedubbel gelijk..., feest kon niet blijven duren. Geteisem zachte dood laten sterven. Bevriezing van de markt. Om te weten waar de crisis vandaan komt moet je maar kijken wie eraan verdient. Werkloosheid, oorlogsdreiging, bezuinigingen. Inkrimpen, afvloeien... Het bekende recept. Zijn het weer die blauwe pilletjes, dokter? Zouden wel een toontje lager zingen, hun plaats kennen. Vrouwtjes blij dat ze huishouden en moedertje mochten spelen. Truitjes breien, eindjes aan elkaar knopen. Uit met de valse concurrentie. Het azen op vaders baan. Privileges, status? Ja, maar aan zijn zijde. Met zijn ring om je vinger. Gelabeld, toebehorende aan...

Wat weet ik van u? Van voor de oorlog? Uw met goud beslagen kinderjaren? In het land dat altijd groen was, waar de zon immer scheen, waar u een dapper jongetje was... Speelde zoals het uw hartje beliefde. Zo'n vinnig baasje. Zo kwik. Zoals u leefde alsof u de avond niet zou halen. Of de duivel u op de hielen zat. Om bang van te worden. Ik heb uw tempo nooit kunnen bijhouden. De voorwaartse vlucht. Werd er nerveus van. Het is u misschien niet opgevallen, maar ik ben traag. Een psychische herkauwer. Ik wil langzaam leven. Alles laten bezinken. Nog eens bekijken. Vastleggen. Opschrijven... Ik wil het leven niet laten voorbijrazen als een sneltrein. Niet in een donker gat vallen. Als die uitgebeende mij wenkt. Met zijn sleutels rammelt. Zal ik treuzelen, nog eens aan een bloem ruiken. Naar de geliefde gezichten kijken. Een kilogram meikersen bestellen... U weet waarover ik het heb, hij is rakelings aan ons voorbijgegaan. Maar u vond het nodig om hem uit te dagen. Met zijn kille voeten te spelen. Voor mij volstond het hem gewaar te worden (met zijn holle oogkassen, zijn vissebloed) om de benen te nemen. Voor een keer uw snelheid te benaderen. Langs afgronden snellend, vlaktes doorkruisend, bergketens beklimmend... Zoals u op reis ging. Inpakken en wegwezen. Berlijn-Timboektoe in drie dagen, dertig minuten en tien seconden. Een recordbreker. Het onzichtbare doel dat u voor ogen stond. De onbekende horizon die u aantrok. Het punt in de verte...

Nergens kon of wilde u bij stilstaan. Een rustpauze was ondraaglijk. U moest uw geest bezighouden. De pijn bevechten. Verstrooiing zoeken. Werken tot u erbij neerviel. U zocht de uitputting om als een baksteen in slaap te kunnen vallen. Dat genadeloze ritme waarbij ik voortdurend uit de pas liep. Gedrild als een soldaat ondanks mijn rokken. Ik en niet uw zoon. Die kon op clementie rekenen...

Er moet iets geweest zijn. Een oogopslag. Een tegendraadsheid. Uw instinct voor gevaar. Alsof u vanaf mijn eerste protestgeblèr wist dat ik zou deserteren. Naar de vijand zou overlopen. Mijn eigen oorlog uitvechten. Omdat ik u liefhad niet anders kon dan uw gevaarlijkste tegenstander worden. Traag maar zeker. Toch was u solidair. Als het om overleven ging sloot u een wapenstilstand. Bijvoorbeeld in het ziekenhuis: hoe liggen om niet door te liggen, hoe de thermometer behandelen om een pijnstiller te verschalken als je niet voldoende koorts had. Op reis: nooit in de eerste of laatste wagon van een trein gaan zitten. Waar paspoort en geld op te bergen. In vreemde huizen, hotels en dergelijke, nooduitgangen en brandtrappen controleren. Kranten zijn uitstekend isolatiemateriaal. Op de borst tussen hemd en jas. In laarzen om het vocht te absorberen. Een cursus eerste hulp bij ongevallen. Overwinteren op Nova Zembla. 'Honderd tips om u onder alle omstandigheden te handhaven.' Een seller die u had kunnen schrijven. Maar opgepast, alleen in hoogste nood kwam u tussenbeide. Als het water mij al aan de lippen stond...

Wat had u een hekel aan water! Omdat u het niet kon temmen. Er niet overheen kon lopen. Zeldzaam dat het kanaal dichtvriest. Dat had u in veertig ondervonden. Van haven tot haven. Dwars door Frankrijk heen om een overzetboot te vinden. Charon in staking. Woeste gendarmes. Profiteurs. Overvolle wegen. Vliegtuigen met boordschutters die vluchtelingen mitrailleerden...

Ze lieten u mooi stikken, die zogenaamde regering. Konden nog vlugger rennen dan u fietsen. Lagen tenminste drie dagen op kop.

Gele-truidragers. Sneller dan hun eigen richtlijnen. Dat waren nog eens kampioenen van de Tour! Waarin een klein land groot kan zijn... Maar u zou het die maffe politiekers niet vergeven. U liet zich niet voor de gek houden. Met hangende pootjes naar huis sturen. Uitschelden voor rotte vis. In een kiosk afmaken als Van Severen en Co. U hield niet van verliezers. (Het tijdperk van het stalen ros. Nog voor de treinen door de bezetter konden worden opgeëist reden ze al voor eigen rekening. Lijsten van verdachten: Vlaams-nationalisten, vreemdelingen, joden, communisten... Zeer verwonderd zich in elkaars gezelschap te bevinden. Een reisje met onbekende bestemming... Abbeville, een saai stadje... Het waakzame oog van een alziende vader. Geheime dossiers. Foto's. Vingerafdrukken. Afluistertafels. Databanken. Gluurspiegels. Gordijntjes die bewegen in stille straten...)

Tot overmaat van ramp moest u kamperen. Niet ver van de Middellandse Zee. In barakken. Achter prikkeldraad. Op een dieet van meloenen en noedels, als die er waren. Nog een geluk dat u geen tyfus kreeg. Beter gevoed in de kinderjaren. IJzeren gestel. En het gemak van zich in vreemde talen uit te kunnen drukken. Een goede opvoeding is nooit weg. U in de keuken! Aan het fornuis! Met een schort voor! Grappig begin voor een oorlog. Maar u was het wel zat. Een holle maag en de mistral om uw kop. Kan ik in komen. Wel een contrast toen u weer huiswaarts mocht. Fietsen op de trein. Boterhammen en chocolademelk. Alles gejat. En zoveel je maar wilde. Verpleegsters om de zieken te begeleiden. Kekke uniformen. Opgewekte kerels die zich koningen waanden. Klaarstonden om de wereld te veroveren. Voorwaarts te stormen. De vermolmde troep plat te gooien. Dat was wel even wat anders. Als dat vervloekte kanaal er niet tussen had gezeten. Met dat onpeilbare water... Een jaar later had u over Trafalgar Square geparadeerd. Operatie Zeeleeuw was in de maak. Maar die landrotten konden hun winkel niet drijvend houden. Traditie en ambitie.

Had u niet even kunnen wachten? Halt houden voor u in die zevenmijlslaarzen stapte...? Het gemak van achteraf te schrijven. Maar comfortabel zit ik niet. Uw oorlog. Maar wij hebben hem geërfd! Ik ben traag. Ik geloof alleen in wat ik zie en hoor. Dan nog twijfel ik aan alles. Ideologie is aan mij niet besteed. Behalve vrijheid en beter leven. Ik dien geen enkel belang. Loop me niet te pletter voor dit of voor dat. Wantrouw politici, kerkvaders, bankiers, allerhande chefs. Ik verdraag geen betutteling. Heb de neiging mezelf te verdedigen ook als het niet nodig is. Ik weet waar ik vandaan kom. Maar ik heb er niets mee te maken in zoverre het me beperkt. Als ik ga betogen is het vijf voor twaalf. Als ik me kwaad maak is het gemeend. Als ik me inzet voor minderheden, vrouwen, politieke gevangenen... is het omdat ik in mijn vel ben gesneden. Ik vecht nooit voor de grap. Verhef mijn stem niet om mezelf te horen. Als ik de vrede verdedig, desnoods met de knots in de hand, is het omdat ik de oorlog haat, erger dan de dood.

Kwijlen van afgunst als ik aan de achttiende eeuw denk. De Verlichting, met al die lampionnetjes... Diderot, Stendhal, Belle van Zuylen, Madame de Staël... (tiens, waren dat geen vrouwen?) De gevoelige rede. Karossen met slechte vering. Modderige wegen. Luchtige liefdes. Filosofische vriendschappen. Lange zomers..., er kwam geen eind aan de tijd.

Negentienhonderd. De nieuwe eeuw springlevend. De kentering na het revolutionaire gedonder. Hoopvolle strijd. Jaurès, Zola. Sociaal romantisme. Geloof in rechtvaardigheid. Vooruitgang op alle gebieden. Humanitas. Die konden de inkt nog laten vloeien, hun stembanden schor schreeuwen. Voor één jood het land op stelten zetten... Dreyfus in ere hersteld, en pardaf: 1914. De prille beschaving opgeblazen, modder over heel Europa. Arme Zola. Arme Jaurès. Kan wel huilen om gemiste kansen. En alsof er nog niet voldoende was gemoord, na een pauze van twintig jaar – net voldoende om van een zoon een soldaat te maken – de volgende ronde. Nog een tikje grootser opgezet, met modernere middelen en nog betere resultaten. Van 38.000.000 doden naar 60.000.000 doden. Behoorlijke winstcijfers. Mede te danken aan de uitvinding van het vernietigingskamp en de atoombom. Uitroeiing op economische basis. Mensen in goederen omgezet, zeep en lampekappen, en niet meer langs een omweg. Rechtstreeks. Van producent naar verbruiker. Wer nicht arbeitet, braucht nicht zu fressen! U sprak, zoals ik later ontdekte, soldatenduits. Als apotheose Hiroshima en Nagasaki. Op één been kan je niet lopen. Lag net op tijd in de wieg om het mirakel te aanschouwen. Sedertdien geen dag zonder oorlog. Grote, kleine, ver of dichtbij. Binnen of buiten, te land of ter zee... Met een futuristische blik op het heelal. Venus. Mars. Andere zonnestelsels. Goede vooruitzichten om de zaak uit te breiden. Nieuwe afzetgebieden. Na de eerste aap, en de eerste mens, de eerste vrouw in de ruimte...

Zag vijfendertig jaar later nerveuze Oppenheimer op televisie Indische mythologie voordragen. Over Shiva de verschrikkelijke. Wat had die ermee te maken? Ze wisten dat het gruwelijk zou zijn maar de resultaten overtroffen alle verwachtingen. Er openden zich perspectieven. De proefneming op de spleetogen was gelukt. Net goed. Zou die fanatiekelingen leren. En nu maar afwachten wanneer de blanke zieltjes hun beurt zouden krijgen... 22 april 1915. Eerste gasaanval bij Steenstrate. De Franse koloniale troepen, chocoladekleurig, verbleekten. Maar de wind dreef de gifwolken naar de Canadezen, die prompt in de mist verdwaalden, hun longen begonnen uit te spugen... (Op 8 mei 1941 werd het monument dat daaraan herinnerde opgeblazen. De heren van de nieuwe orde zagen zich maar node met de heldendaden van hun vaders geconfronteerd. Er staat nu bij Steenstrate een ander gedenkteken. De feiten zijn onveranderlijk. De doden ook.)

Er werd koortsachtig gewerkt. 't Moest nog groter. Nog beter. Met nog meer vernietigingskracht. 't Was een kwestie van tijd. Om de eerste te zijn, de vijand voor te blijven. Die al even slecht was als wij...

De labo-oorlog. Er bestaat geen gemenere. Ken mijn pappenheimers. Wat daar wordt uitgebroed, op punt gesteld... Kan beter gaan rentenieren. Aan leven na de dood geloven, aan reïncarnatie als geblakerd deeltje... Weet u wat ik in mijn vorige leven was? Een vrouw... Hoe dat eruitzag...? Als een mens. Met een paar prettige bijzonderheden. Twee Maagdenburgse halve bollen bovenaan, vogelnestje met geheime ingang onderaan. Waar dat voor diende...? Voor de gezelligheid, het plezier, de liefde... Moeilijk uit te leggen. Je had ook mannelijke mensen. Bovenaan een beetje zuinig uitgevallen. Twee droge knopjes. Maar onderaan zagen ze er ook heel leuk uit. Een beursje met twee balletjes erin, en daarvoor een plaspijltje. Als de stemming er was ging dat overeind staan. In die staat paste het in de tunnel van het vogelnestje. Nee, wacht nou even. Daar kon je alle soorten spelletjes mee doen... In en uit, op en neer... Heel prettig. Dan kwam er een ontlading. Nee, niet dat soort van ontploffing, eerder het omgekeerde. Begon het vogelnestje te trillen. Resonanties over en weer. Bij hem hetzelfde. Tot in je haarwortels kon je het voelen. Een jeukend genot, tegen het ondraaglijke aan, een zaligheid... Hij sproeide een levenselixer...

O wat een vreugde! Ik verzin niets. Zo ging het eraan toe. En als je wilde kwamen er kindertjes van. Door celdeling. Ik zweer het je. Dan zwol haar buikje op, werd ze traag in haar bewegingen. Iets lievers kan je niet bedenken. Een toekomstig moedertje. En negen maanden later, door hetzelfde tunneltje... Jawel, de ingang was ook de uitgang. Alles was multifunctioneel. Leven kon alle kanten op...

't Verhaal is nog niet uit. De Maagdenburgse halve bollen... borsten vol zoete melk. Tot groot genoegen van moeder en kind, als je ernaar keek werd je er al dorstig van... Hoezo, geloof je me niet. Veel te ingewikkeld. Maar het ging juist heel eenvoudig. Haast vanzelf. Ze hebben wel geprobeerd het ingewikkeld te maken. Laboratoriumbusiness. Doktersgeklooi. Maar de gewone manier was veruit het prettigste. Terwijl ik ronddwarrel in deze pekzwarte dampen, denk ik weleens dat het hem daarin zit. Dat het te prettig was, te eenvoudig. In ieders bereik, om gelukkig te zijn. De liefde. Mannen en vrouwen, samenzijn... Het genot als motor. Dat er te veel zuurpruimen waren die het niet konden verdragen. Als je eens natrekt wat ze niet allemaal hebben verzonnen om de pret te bederven, de seksen tegen elkaar op te jutten... Die kouwe kikkers met hun dolgedraaide moraal. Die gemijterde geheelonthouders met hun banvloeken. (Als het fout ging. Er een celdeling van kwam. Ook al was het niet zo bedoeld. Al kon het eigenlijk niet. Zou je het kind toch krijgen. Eventueel door je neusgaten. Al was het een Siamese tweeling. In liefde ontvangen, niets aan te doen, aanpakken! De lusten dan ook de lasten. En anders stond je het maar af. Deed je het cadeau. Alsof het niets was...

Omgekeerd, kon je er geen krijgen, zou je er toch hebben. Werd geld noch moeite gespaard. Heerlijk experimenteren met de spuit, de tube... Privé of andermans produktie. Als het er maar van kwam. Eigen broedsel, daar ging het om. Je kon ook adopteren. Kindertjes genoeg. Hele werelddelen crepeerden van de honger, ook al omdat ze zo vruchtbaar waren. Maar adoptie bleef vrij. Was lang niet zo populair. Het ging niet om de kinderen. Het ging om de voortplanting. Ooit gehoord van vijf dagen bedenktijd alvorens niet ingeplante embryo's te ontdooien?)

Vrouwen ondervonden het 't eerst, aan het lijf. De haat tegen het leven. De afkeer van lust. Mannen trapten er makkelijker in. Beetje macht voorspiegelen. Influisteren dat ze tot de betere sekse behoorden. Evenbeeld van Vader. Geboren heersers. Moordlust tegenover levenslust. Kraaide geen haan naar... Zou onze bom gezegend zijn? Wat denk jij? Of was er geen tijd voor? Is 't allemaal vanzelf gegaan? Per vergissing? 'n Spontane ontsteking. Menselijke fout. Kan het je niet schelen? Zoals wij erbij hangen. Zonder onder of boven, voor of na... Hé, waar drijf je heen? Blijf bij me. Laat me niet alleen in deze eeuwigdurende nacht. '... Ik wou dat ik twee deeltjes was dan konden we samen spelen...'

Weet u, dat geleerdentreintje van Berlijn naar Göttingen. Daar droom ik nog weleens van. Die heren met hun slobberbroeken en knijpbrilletjes. Hoe die wetenschap en filosofie dachten te verzoenen. Voor die bruine domkoppen de zwaartekracht afschaften, en hun ratjetoe filosofieën over raszuiverheid gingen verkondigen. Hoe het geweest moet zijn. In Göttingen. In de broedkamers van de toekomst. 's Avonds als de kamperfoelie bloeide... Nog even iets narekenen. *Für Elise* op de piano... Verjaagd werden ze. Over de wereld verstrooid, om elkaar weer te vinden in de woestijn. Los Alamos, waar het enkel om de toegepaste wetenschap ging. Ze voor de onmogelijke keuze werden gesteld. Hun integriteit aangetast, bestraalden... Laat Shiva erbuiten. Szilard en Wigner vroegen Einstein zijn invloed bij koningin Elisabeth aan te wenden (ze waren bevriend geraakt tijdens het spelen van vioolkwartetten) om ervoor te zorgen dat het uranium van Belgisch-Kongo niet in verkeerde handen zou vallen... Niels Bohr waarschuwde Roosevelt voor de gevolgen van de bom. Of ze het wel konden doen? Het onvoorstelbare laten geschieden? Hij was op slag verdacht. Churchill wilde hem laten arresteren. Later zou Szilard het met een introductiebrief van Einstein nog eens proberen. Maar de president was dood. Leve de president! Truman, een selfmade man, hield van een kordate aanpak. Aan het westelijk front was het feest bijna afgelopen. Op goed geluk werden er nog wat slecht afgestelde raketten afgeschoten. Ik kapot alles kapot! Maar het genie zat aan de overkant. Ze moesten zich wel haasten. Klaar zijn voor het staakt-het-vuren. Gelukkig bleven de Japanners zich koppig doodvechten. Keizer afstammeling van de rijzende zon... Vrouwen hadden helemaal niets te vertellen. Kleine mannetjes. Er waren nog rekeningen te vereffenen. Pearl Harbour...

Forward, Christian soldiers! De verblindende lichtflits. De reuzenpaddestoel. 'Oh weh!' riep Einstein toen zijn secretaresse hem het nieuws bracht. 'Als de sirenen loeien. En we de wapens weer moeten opnemen. Zal ik een traan laten voor Göttingen.' Zingt een melancholische Barbara.

Intellectuelen zijn onbetrouwbaar. Ze kunnen het te goed uitleggen. Zei u. Nochtans dom was u niet. En allesbehalve op uw mond gevallen. Vlug van begrip. Goed in wiskunde, ook in taal. U mocht graag voordragen. Kreeg een rolletje bij het amateurtoneel. Uw moeder zat op de eerste rij. Bakte wafels voor al uw vrienden. Hield de kas bij van de voetbalclub. Kon mijn oren niet geloven. Met de fiets naar school in een historische stad. Traditie en ambitie. Opwindend. Als u te laat kwam: 'Meester, ik heb voor de brug gestaan!' Er lag een grachtengordel om de fiere stede. Rivier stroomde erdoorheen. Bruggen werden voortdurend opgehaald. Op rijnaken wapperde de was... 'O –, dacht ik, o –, dat daar mijn moeder voer,' zoals Martinus Nijhoff zou dichten.

Uw voetstappen waren onnavolgbaar. Uw spoor liep dood in een barre woestenij. Voor altijd was uw taal bedorven. Niets hebben wij elkaar ooit te zeggen. Tussen ons heerst het diepste zwijgen. Maar uw probeersels hadden de mijne kunnen zijn. Dezelfde onbeholpen schrijfdrift. U gaf het spoedig op. Maar ik ga verder. Uw naam zal eens de mijne zijn...

De eerste rol. Die van Sinterklaas. In een stuk dat *Beertje Boelaba* heette. Het kleed moest onder de armen worden opgenomen. 't Geluid van een koorknaap. Geen baard in de keel. Zwarte Piet was mijn vriendin. U zat niet op de eerste rij. Maar uw vader lag dubbel toen hij ervan hoorde. Daar gaan we nog pret aan beleven, voorspelde uw moeder. Met voordragen haalde ik de beste cijfers. *Boer Naas* van Guido Gezelle. En ook herinner ik me: 'O zon ik wil gelukkig wezen, een diep gelukkig mensenkind...', was dat Henriëtte Roland Holst niet? Kreeg een nul voor een bespreking van *The old man and the sea*. Lerares weigerde te geloven dat het eigen werk was. Daarbij, ik was te jong voor Hemingway. U schreef haar één vernietigend zinnetje. Had onder uw toezicht mijn huiswerk gemaakt. Maar Hemingway vloog achter slot en grendel. Te laat. Literatuur was werkelijkheid geworden. De bruggen waren opgeblazen...

Fietsklemmen om uw broekspijpen. Scholieren waren heertjes. U kon fel zijn als het om principes ging. Collegeleraren waren flaminganten. De lagere clerus ook. Uit Spanje kwamen gruwelverhalen. Verkrachte nonnen, mishandelde pastoors. De rode horden waren los. Er werden manifestaties gehouden. Aan de martelingen van de eerste christenen herinnerd. Condorlegioen doodgezwegen. Vijfentwintig jaar nadien hield u nog vol dat Guernica ontaarde kunst was... Slecht voorgelicht, gecensureerd, voorgelogen. Bij de neus genomen. Dat was u, dat wist u, maar dat wilde u niet weten.

Nood leert bidden. In de vastentijd de rozenkrans. Traditie en ambitie. Een zeldzame keer was uw moeder ziek. Een misverstand met de ooievaar. In een koekjestrommel zaten de namen van wel twintig heiligen. Heilige Bonifatius: bid voor ons. Heilige Anna: bid voor ons. Heilige Isidoor: bid voor ons. Er kwam geen einde aan de litanie. Uw broer maakte er korte metten mee. Bid voor ons al die in de doos zitten... Op winteravonden lokte u de hond almaar dichter bij het vuur tot hij met hangende tong afdroop. Die hond was een eierdief. Uw vader zou hem doodschieten. Maar uw moeder blies eieren uit, vulde ze met een mengsel Gentse mosterd en azijn. Na de pikante smulpartij liep de hond dagenlang te kwijlen. Zijn kaken vervelden. Maar van zijn kwalijke gewoonte was hij verlost. Meteen was zijn leven gered. Had zij voor u niet iets dergelijks kunnen verzinnen? Voor u zingend door de straten trok, tot de stoottroepen ging behoren, uw dorst met vitriool lessen...?

Elegant. Charmant. De dandy van de dorpen. Altijd tiptop in de kleren. Gesteld op de vouw in de broek. Zat er een spatje op uw schoenen, dan trok u ze niet aan. Als ze per ongeluk op zijn tenen trapte liet uw broer het mooiste meisje midden op de dansvloer staan. Die zou zich niet aan ijs branden. Meer het politieke type. U was een gelover. Ik weet niet wat erger is. Of u kon dansen, was het eerste wat uw dame vroeg. Dat kon u niet. Begijntjes en kwezelkens dansen niet. Achteraf hebt u het om voor de hand liggende redenen niet meer geleerd. Jammer, ik had u graag in mijn balboekje geschreven... U leek op Pol van Ostaijen, die immer jong zou blijven. Dat portret in uniform. 'Moeder hier/ zit/ de veelbelovende knaap/ te midden protestantse feldwebels en professoren...' De haren naar achter gekamd, het hoge voorhoofd... Maar hij had bruine ogen. U keek ook niet zo teruggetrokken, zo kwetsbaar... De vader was loodgieter en speculant. Begreep hem niet. Kafka. Zelfde geval. Vader zakenman. Zou interessant zijn na te gaan wie nog meer... Blij de dans te zijn ontsprongen. Maar zingen, zingen kon u als de beste. Mooie stem. Verleidelijk timbre. Als het maar geen stapliederen waren, met in tweeën gehakte noten. Op de maat van de grote drum. Boem boem boem... Geen massazang waarin uw stem verdween. Gegalm van koren. Uw glanzende ogen. Als de geest u te pakken kreeg begon ik te rillen. Niet van aandoening. Maar van angst, kan ik u wel bekennen. De uniforme meerderheid bezorgt me kippevel. Ikje verschrompelt. Of ik verkouden ben. Geef mij maar van die weemoedige liedjes met veel stemming erin. 'Ich weiss nicht, was soll es bedeuten, dass ich so traurig bin...' Daar kan geen blauwvoet het bij halen. Stonden de tranen in uw ogen. Maar ze rolden niet.

Zingend bent u vertrokken. Zwijgend teruggekeerd. Als u zweeg zwaaide er wat... Had u de Westwall gebouwd, geen yankee was er overheen geraakt. Traditie en ambitie. Onder alle omstandigheden kon u een werf leiden. Maar ze stuurden u de andere kant op. De treinen achterna. Liet u dat zomaar gebeuren? Was het niet ontmoedigend muren op te trekken als hele steden voor uw ogen tot puin vervielen? Afbreken is gemakkelijk. Heb ik ook vaak mogen horen. Het nieuwe Europa opbouwen. Maar of daarom eerst het oude plat moest? En de degelijkheid? Onze reputatie? Veertig jaar garantie op de fundamenten?

Voorlopige onderkomens. Noodbruggen. Tweedehands bakstenen. Ersatzbeton. Ga maar kijken in Neurenberg. Wat er van de grootheidswaan overblijft. Het werk van die wonderarchitect. Speer de supergatlikker. Dank zij hem heeft die oorlog minstens een jaar langer geduurd. Verzakkingen, scheuren, betonrot... En dat moest duizend jaar overeind blijven. Minstens. Ga maar kijken... De poëzie der ruïnes... Gezang uitgestorven. Met zes leerde men zijn ouders verraden. Met veertien werd men ingelijfd. Met achttien was men soldaat. De gevolgen van de idealisering zijn tot op heden niet te overzien.

Wie zijn luizen niet wilde doodknijpen werd door de kameraden in het water gegooid. Tussen de ijsschotsen. Nooit meer wat van vernomen. Er zijn geen wegen. Slijkpistes. Alles liep vast. Als je aan die voddentroep hulp vroeg moest je erop schieten. Een waarschuwingsschot. In de lucht... Het jongetje dat de gamellen mocht leegkrabben was op een goede dag verdwenen. Avondeten is nooit aangekomen. Niemand was te vertrouwen. Uitbreken was nog lang mogelijk geweest. Als de Roemenen zich niet hadden laten overrompelen... Wat weet ik? Ben er niet bij geweest. Mijn wiskunde is slecht. Word misselijk van cijfers. Zet de verwarming af om uw fanatieke houthakken te begrijpen. Staar me blind op foto's. Besneeuwde vlaktes met slordige lijken. Schimmen zoekend naar een bekend gezicht. Een vrouw die in wanhoop de armen uitstrekt. Is dit de wereld als de heren het voor het zeggen hebben? Arme vader. Vraag van der alte Fritz: 'Honden, wil je eeuwig leven?'

Voor het behoud van uw been hebt u gevochten. Wilde niet verslagen naar huis. Kreupel. Zou het noodlot blijven uitdagen. Knevelden u in bed. Had ook nog roodvonk opgescharreld. Chaos. Mensen op de dool. Vogelvrij op de wegen. Treinen doelwit van vliegtuigen. Snippenjacht. Eindeloos wachten. Onzekerheid over de aankomst. Kan ik mij de ineenstorting wel voorstellen?

Op een middag verschijnt een zangtrio met harmonica.

'Es geht alles vorüber,
Es geht alles vorbei,
Nach jeden Dezember
Gibt's wieder einen Mai...'

U grijpt uw fles. Komt grommend overeind. Geen kattegejank aan uw oren. Geschrokken fladderen de dames om uw bed. Wat is er, vriend? Gaat het niet? Als u razend werd... Afknapte. Wit wegtrok. Met hun trekzak als schild, en achteruitstappend, verliet het trio de ziekenzaal. Es geht alles vorüber. U verzond een telegram en hinkte huiswaarts. Tegengestelde van paradepas.

Uw terugkomst en mijn komst. Er moet een verband zijn. Maar voorlopig duikt u onder. U houdt het voor gezien. Uw vader zorgt voor een schuilplaats. Vakkundig. Niemand had u gevonden als u zich koest had gehouden. Grimmig sfeertje in de straten. Het volk dat niet kon lezen, kan plotseling schrijven. Duizenden naamloze brieven naar de Gestapo. Gegrepen wordt wie men kan grijpen. Op een verdwaalde kogel meer of minder wordt niet gekeken. De ovens worden nog eens flink opgestookt.

U kon niet stilzitten. Voel met u mee. Soms krijg ik kramp. Last van koude voeten. 's Avonds turnoefeningen om geen schrijversachterste te krijgen. Zit mijn leven uit. Heb mezelf opgesloten. U ging spinnen. Warempel, u ging spinnen! Van die dikke prikkende schapewol. Op en neer ging uw voet bij 't draaien van uw wiel. U moest wat om handen hebben. Ledigheid, oorkussen des duivels.

De plaatselijke commandant heeft opdracht gekregen om bij het naderen van de geallieerde troepen de forten te laten springen. Vooruitzicht van een bloedbad. Hij is echter bereid ze te laten ontmantelen. Alle beschikbare mannen worden opgeroepen. De noodklok wordt geluid. U zag uw kans. Schijn van heldendom. Good fellow wrong side. De munitie moet in het water van de walgracht worden gedropt. U zou eens laten zien wat u kon! En zo was u meteen zelf gezien.

Geen tijd om ergens bij stil te staan. Te druk met overleven. U hield uw idealen droog. Es geht alles vorüber. De grootste schurken ontsnapten. Bewoonden als gezeten burgers villa's in Spanje en Zuid-Amerika. Economische collaboratie? Nooit van gehoord! Zaken zijn zaken. Dwangarbeiders zijn ook arbeiders. Een weldaad voor het land. Nood breekt wet. De omstandigheden...

Ik zie wel dat ik ouder word. Maar ik voel het niet. En u schoof de foto terzijde. Een ogenblik van onoplettendheid en u was er bijna geweest. Die brandende dorstlesser. Toen alles voorbij leek. De toekomst wenkte. Hadden ze u toch nog bij de kladden. En hoe! Om bijgelovig van te worden. Moeizaam trachtte u de onverteerbare brokken door te slikken. Gramstorig om de stigmata. Voor het leven getekend. Makkelijk was u niet. Eten of niet kunnen eten. Dat was de kwestie.

Aan gekruide spijzen had u een broertje dood. In Frankrijk had men u eens rode biet als voorgerecht gepresenteerd. Veevoeder! U was een pijnproever. U wist wat lekker was. Hoe het hoorde. Foie gras. Maar de smaakpapillen waren verkoold. Dineren was een kwelling. Grote porties kon u niet aan. Chocolade. Wat ook goed naar binnen ging: gebakken hersenen.

Voedsel moest fijngemalen of papperig zijn. Vet was brandstof. In de oorlog kon het niet vet genoeg zijn. Om uw lijn hoefde u zich niet te bekommeren. Ganzevet was goede isolatie. Tegen zonnebrand of bevriezing. Vetkaarsen voor verlichting. Om het mechanisme te smeren. Op vet kan je teren. Maar u leek wel te smelten. Graatmager. Laten we er niet omheen draaien: door melk werd u gered.

Het eerste levensmiddel. Troost voor maaglijders. U kent het verhaal ongetwijfeld in de Gentse versie. Die van de Mammelokker. De oude vader is tot de hongerdood veroordeeld. In de kille kelder: ratten tussen vuil stro. Veel te hoog om bij te kunnen, een glimp licht door het getraliede venster. De uitgemergelde man in de ijzers. Uitzichtloze toestand. Alleen zijn dochter mag hem bezoeken. Grijnzende bewakers fouilleren haar. Geen kruimel brood kan zij binnensmokkelen. Toch blijft de vader leven. De bewakers bespieden het paar en ontdekken de eenvoud van het raadsel. De dochter geeft haar vader de borst. De legende is zo oud als de wereld. Tegenover de dubbele bodem van de incest: moraal en devotie. De Moeder als heilige koe. We weten niet hoe de geschiedenis afloopt. Een kleine kans dat de bewakers blijven toekijken tot het beeld op hun netvliezen is gebrand. En zij zich hun eerste uur herinneren. De haastig opgetrommelde rechters verpinken een traan. En herzien het vonnis. De beschuldigde komt tot inkeer. Dat kan! Al valt het ongetwijfeld niet mee om als vader door je dochter te worden gered.

Ik zet 's morgens geen bakje melk voor de huisslang bij de haard. Want ik hoef het u niet te vertellen: er is maar één voedingsmiddel waarmee ik moeizaam verkeer. Die fletse geur. Die bleekblauwe weerschijn. Het vel. Het verzuren. Lieve moeder. Een wolkje in de koffie, dank u. Voor de rest alleen vermengd met chocolade. Ook als ijsjes. Dame Blanche. Coupe Melba. Wie zou daar bezwaar tegen hebben? Maar die hopeloze zittingen waarin lepel na lepel griesmeelpap tussen de lippen werd gewrongen. Tot ik kokhalzend naar buiten rende...

Modelkerkhoven. Goed onderhouden grafheuvels. Altijd verse bloemen. Zeeschelpen als versiering. Palmbosjes op de vier hoeken. Last van zwerfkatten die de kippe- en hanekoppen opgroeven. Gebruikte onder meer uw lege sigarenkistjes om het grafschenden tegen te gaan. Bond de kistjes stevig dicht. Rookte mijn eerste sigaar toen er toevallig nog een in zat. Kotsmisselijk. *Jeux interdits.* De oude haan moest in de soep. Het werd een wilde achtervolging. Klapwiekend vloog hij tegen de draadafsluiting. Toen hij zich uitgeput overgaf: afhangende vleugels en een scherpe tong in de openstaande bek. Had mezelf afgeleerd om naar de koppen te kijken. Maar deze was zo mooi. De glanzende veertjes lagen volmaakt over elkaar. De kam en de bloedrode, bijna paarse lellen waren groot en elegant. Vlijde de kop op een bedje van gras en bloemblaadjes. Aaide hem met een vinger. Kon er haast niet toe komen om hem te begraven. Zat tijdens het eten de beul broeierig aan te staren. Vast van plan zijn fietsbanden aan repen te snijden. Lachend dreigde hij ermee de hanekop te scalperen. Hij vroeg om een soepbord met lauwe melk om de kam en lellen te laten marineren. Zou ze voor het avondmaal bakken. Snuifje peper en zout erover en njam! In China werd er voor zo'n hapje gevochten. Es geht alles vorüber.

Ik moest altijd aansterken. Bijvoorbeeld door elke dag een glas melk met een geklutst ei erin te drinken. Kon het goedje zelfs langs mijn neus naar buiten werken. Tenslotte verplicht om me elke morgen klokslag elf in een nabijgelegen klooster te melden. (Dat had u kunnen bedenken. Maar u was er niet.) En daar hadden ze me in de tang. Kreeg geen toegang tot de bibliotheek als ik de gifbeker niet leegdronk. Zodra pater-kok zijn rug had gekeerd kieperde ik het goedje tussen de sanseviëria's. (Oftewel vrouwentongen!) Altijd de keukenkarweien aanvaarden. Altijd in de buurt van de bevoorrading blijven. Zei u. Als metgezel kreeg ik een bejaarde pater. Hij daverde van de tropische koortsen. Dronk zijn melkcocktail ter versterving. Voor de zieltjes van de arme negertjes. Die het ook niet konden helpen. Ik vroeg hem of hij dat meende. En hij gaf toe het spul anders niet naar binnen te kunnen krijgen. We werden vrienden. De sanseviëria's stonken, begonnen te schimmelen...

Daarentegen meteen vertederd door het schouwspel van het zogen. Een nest poezen dat zich met trappelende pootjes ligt vol te zuigen. Lammetjes die van de deugd met hun staartjes draaien. Een zigeunervrouw die in de keuken haar baby voedt. Als er vrede bestaat is het in die pose. Leven voortbrengen kan toeval zijn. In leven houden niet.

Na mijn moedige geboorte verkoos ik de dood boven geitemelk. Mijn voedster kreeg een borstzweer, en dertien jaar later borstkanker. In het bos zag ik de boodschapper komen. En liep weg om het slechte nieuws niet te hoeven horen. Ik wist dat zij dood was. 's Avonds last van jeuk in de maagstreek. Bleek zich daar een teek te hebben vastgezogen. Het met bloed gezwollen lijf zag paars. Walgelijk. Omdat men te haastig te werk ging bij het uittrekken brak de kop af. Die bleef nog wekenlang als abces in mijn vel zitten.

Vanzelfsprekend stond ik erop mijn kinderen zelf te voeden. Een succes! Had u ook niet gedacht. En alles wat ik met de fles in leven heb trachten te houden: kalfjes, konijntjes, poesjes... Nooit getwijfeld aan de rol van voedstermoeder. Nooit neergelegd bij een mislukking. Tegenover vernielen staat behouden. Niet behouden om te hebben. Maar behouden om door te geven. Verder kijken dan je neus lang is. Komt het tussen ons nog ooit goed?

Etentjes die ik me liever niet herinner. Om het zwijgen. Om de uitbarstingen. Om de bittere spijs van de haat. Waar elk ogenblik de messen konden worden getrokken. Om de lange wachturen waarin alles koud werd. Het vet stolde. De boter verhardde. Vanachter de wc-deur foltergeluiden weerklonken. Ben nog altijd niet in staat om onder terreur te eten. Jarenlang vrat ik mezelf op. Alles ging voorbij. Alles ging fout. Opboksen tegen de machteloosheid. Las grimmig kranten. Zag mijn zwartste vermoedens keer op keer bevestigd. De liefde volstond niet. Keek naar de mensen met een röntgenoog. Hoorde mijn beste vrienden liegen. Schreef in het diepste geheim de grootste onzin. Zeven versies van een testament. En wat kon ik nalaten? We gingen sowieso met z'n allen naar de bliksem. Geen zonnig gezelschap. Voelde me stokoud. Kreeg een maagbloeding. Voor het eerst geen zin om me te verdedigen. Geen trek. Vanzelfsprekend werd er melk voorgeschreven. Kon weer van voren af aan beginnen. Melk is goed voor elk. Spotje van STER-reclame. Maar ik heb het geleerd. Traag maar grondig. Heb mezelf van u genezen. Ik zal nog lang en lastig leven.

Keek niet naar het huis, het was trouwens geen blik waard, keek naar de tuin. Was hij groot genoeg om groenten te telen? Om kippen en konijnen te houden? Om als het nood deed van te leven? Het is een luxe om uit je bed te stappen en zoals je bent het jonge groen in te wandelen. Maar dat komt erbij. Evenals de behoefte om zich te verschuilen.

Voor boeren is grondbezit primair. Voedsel voor mens en dier. Zolang we maar te eten hebben! Alles van hetzelfde bord, en voor de pudding draaide men het om en gebruikte het middengedeelte. Er werd water of 'fluitjesbier' gedronken. Als er een kind met bloedend tandvlees bij haar kwam ging mijn grootmoeder (De andere. De boerin. Traditie en ambitie. Niet alles is van uw kant gekomen. Verre van. Als ik kon kiezen was de keuze zo bepaald.) op zoek naar de schors van een bepaalde boom. Dewelke? Waarom heb ik niet beter opgelet? De pulp moest met lauwe melk worden opgedronken. Verhalen over aardappelplagen waren nog levendig. Flink eten om goed te kunnen werken. Op kermisdagen werd er geschranst. Onder het mom dat ze harder moesten werken eigenden de mannen zich de grootste porties toe. Ze beloerden elkaars bord. Bogen diep over het eten. Leunden met hun ellebogen op tafel. Legden hun linkerarm om hun bord. Als ze overdreven kwam mijn grootmoeder tussenbeide. 'Ze gaan het jullie niet afpakken!' Het kleinste kind zat bij een vrouw op schoot en werd tussen twee happen gevoerd. Er werd doorgaans vlug en zwijgend gegeten. Kinderen liepen van tafel voor iedereen klaar was. Als ze te luid kwekten werd de orde hersteld met een oorvijg.

Bij de bourgeoisie waren de maaltijden een bezoeking. Tafeldekken was een ritueel. Ik weet waar de messeleggers en vingerkommetjes horen. Maar voor de uitstalling van damast, zilver en kristal, die oudtantes met de ogen dicht konden aanrichten, zou ik een boek over etiquette nodig hebben. Er werd streng aan vaste uren gehouden. In gepaste kledij zat men de vertoning uit. Een plechtige stilte waarin een discreet kuchje volstond om de aandacht te trekken. Het eten werd naar de mond gebracht en niet omgekeerd. Tussen de bedrijven wachtte men met de handen aan weerszijden van het bord dat bleef staan en bij het dessert ongebruikt weggenomen. Een rechte rug hoorde erbij. 'Primeurs' zoals de eerste asperges of de eerste aardbeien waren in trek. Kaas en sla werden als aparte gangen opgediend. Het zou indecent zijn geweest om op te merken dat deze lui als gewone stervelingen moesten eten om te leven. Maar het omgekeerde was ook niet waar. Ze leefden om zich opzichtig te vervelen. (Zo begaven zij zich niet naar de wc. Ze trokken zich terug in 'het toilet'. Of gingen waar 'ook de koning te voet gaat'. Waar bij normale mensen openingen zaten, hadden zij een kraantje!)

Er werd bronwater, wijn en likeur geschonken. De stamvader zat aan het hoofd van de tafel als de voorzitter van een beheerraad. Hij sneed het vlees voor en proefde de wijn. De beste hapjes werden hem onopvallend voorgeschoteld. Als er gasten waren zat de belangrijkste gast aan zijn rechterzijde. Zoniet werden de stoelen in afdalende lijn van belangrijkheid en leeftijd bezet door familieleden en kinderen. Aan het andere uiteinde van de tafel zat de vrouw des huizes. De conversatie tussen hoofd- en uiteinde ging vaak over het personeel, en behelsde ook niet meer dan dienstregelingen. Kinderen mochten mee aanzitten als ze zich conform de voorschriften konden gedragen. Daarbij gold als eerste regel dat men ze mocht zien maar niet horen. Er werd nogal wat voedsel verstrekt dat kinderen niet lustten, van andere gerechten mochten ze dan weer niet eten, en het toetje was altijd zuinig bemeten. Wie wiebelde, morste of kletste, werd koeltjes verzocht de kamer te verlaten. (In *Julia* – Vanessa Redgrave & Jane Fonda – een van de vrouwenfilms waarmee Hollywood op de tweede emancipatiegolf inhaakte, volgende tafelscène: tussen de vis en het vlees wordt een sorbet opgediend. Het armere vriendinnetje begrijpt er niets van. 'Voor het verfrissen van het verhemelte,' verklaart het beter gesitueerde meisje spottend.)

De boeren eten niet meer van één bord. Ze hebben een middelgroot agrochemisch bedrijf of zijn verdwenen. Samen met de burgerij die de landadel naäapte. Herinnert u zich nog hoe preuts er in die buitenhuizen over de industriële bronnen van het inkomen werd gezwegen? Geld en fabrieken waren onderwerpen voor bij de port. Als de dames zich in de salon hadden teruggetrokken... Ik ben maar een kleine garnaal. Zei u. Tot dat inzicht bent u wel laat gekomen. En het klonk te grappig om helemaal oprecht te zijn. Geen valse bescheidenheid. U hebt altijd geweten wat u waard was. Dat besef was u ingelepeld. Traditie en ambitie.

Aan vermolmde rituelen, die even onpraktisch als duur waren, deed uw moeder niet. Oorlog en crisis hadden het betrekkelijke van bezit afdoende aangetoond. Zij had de smaak van het overleven. Over de hoofden van de heren heen sloten beide grootmoeders een verbond. Al vochten ze via de magen van hun gemeenschappelijke kleinkinderen een concurrentieslag uit. 'Wat ben je mager geworden!' zei de een. 'Heb je bij die boeren wel behoorlijk te eten gekregen?' vroeg de ander. Juwelen kon je in een rokzoom naaien en als ruil- of betaalmiddel gebruiken. Oosterse tapijten waren waardevast en vlug opgerold. Ze onderhield een hele familie koffers. Vanaf de grote hutkoffer tot het juwelenkoffertje stonden ze pakklaar in de slaapkamer. Na de tweede wereldoorlog trok ze in een huis dat zo hoog en zo smal was dat het schijnbaar uit trappen en doorgangen was samengesteld. Er liep een grindweg langs. En vlak daarachter lag een spoorweg, waarover uitsluitend goederentreinen reden, wat bij het vallen van de avond bepaald luguber was. Maar vanaf het balkon keek je uit over een grote tuin die ze helemaal in cultuur bracht. 'Als het nog eens oorlog wordt zullen we tenminste te eten hebben!' Glooiende grasvelden en rozenperken waren aan haar niet besteed. Transpirerend en mopperend onder de onvermijdelijke hoed harkte en schoffelde ze erop los. De kelder leek op het geheim hoofdkwartier van een delicatessenzaak. De keuken was de levendigste plaats van het huis. En goed uitgerust. Geen vissekop of kippekarkas of er werd bouillon van getrokken. Ze kookte graag en lekker. Geen liflafjes, haar stoofpotten waren bekend. En ook van pasteien had ze een handje weg. Haar soep was beroemd. Ze hield er een vieruurtje op na, en als het zo uitkwam ook een elfuurtje. Koffie schonk ze de hele dag door. Er werd met servet gedekt en er was een door-de-weeks en een zondags servies. Met ongewassen handen kwam je niet aan tafel. Als je haar eens flink kwaad wilde maken hoefde je maar met lange tanden te eten. Er werd druk gepraat, geruzied en gelachen. Van buitenaf moet het de indruk hebben gegeven dat er een kolonie eksters soupeerde. Men dronk bronwater maar er werd ook makkelijk een fles wijn opengetrokken. (Encore une bouteille que les boches n'auront pas!) Net als het eten werd de kwaliteit van de wijn uitvoerig besproken. Er was een discussie over het verschil tussen bordeaux- en bourgogne-wijnen. Waarvan de eerste over zee en de tweede over land werden aangevoerd. Daaruit werd afgeleid dat de bewoners van de havenstad A. eerder van bordeaux-wijn hielden. Terwijl de clan van het land afkomstig de voorkeur aan bourgogne gaf. Als er zakenrelaties kwamen eten werd met dit soort van dingen rekening gehouden. Kinderen mochten eens van de wijn proeven. Later kregen ze een half glas, vanaf veertien werd het gewoon volgeschonken. Uw vader hoefde aan tafel op geen voorkeursbehandeling te rekenen. Die zorg ging naar de kleinsten en de zwaksten. Met een minuscuul lepeltje (de belastingontvanger) haalde uw moeder het merg uit de kalfsschenkel en stopte het in een pips mondje. Bij ziekte was ze gealarmeerd als de patiënt niet wilde eten. Ze was goed in ziekenkostjes, en als ze zich zorgen maakte kon je bestellen wat je maar wou. Het grofste dat je kon doen was een gast zonder eten of drinken de deur uitsturen. Na een uitnodiging werden het genotene en de wijze waarop het was aangeboden besproken. En bijgeval werden er ook conclusies uit getrokken.

Zondags werd er nagetafeld. Dan werden er spitsvondigheden

gedebiteerd en trachtte men elkaar met taalgrapjes de loef af te steken. De woorden vlogen over en weer als pingpong-balletjes. Met een slome tong was je zo onder de tafel gekaart.

Daar zie ik u weer schitteren. Bij het voorgaande was ik u uit het oog verloren. Was u er niet? Trok u zich niets aan van wat u vrouwenzaken beliefde te noemen? Alleen onder dwang kon men u de keuken in krijgen. Zoals gebleken. Traditie en ambitie. Misschien maak ik u wel groter dan u was. Hoezeer u ook uw best deed. Spits. Alert. Met eenlettergreep-bevelen waarvan u verwachtte dat ze prompt werden uitgevoerd. Het was niet helemaal echt. Alsof u een stijl nabootste. De argumenten deugden niet. De toonzetting was vals. Het was aan de zondagstafel van uw moeder dat ik voor het eerst zag dat u een zoon was. U nam uzelf hoogst ernstig. En liet zich daardoor elke keer weer uit uw tent lokken. Haar ironie deed u aan belangrijkheid inboeten. Op haar woord had u tenslotte geen wederwoord. En u hebt mij wel laten merken hoe overgeeflijk u dat vond.

Het was haar uur. En niets liet voorzien dat ze het ooit zou opgeven. Zich van ons afkeren. Om in een *La grande bouffe* avant la lettre zichzelf het graf in te eten. Als zij met een zucht van tafel opstond. Dat hebben we nu weeral gehad! Dat kunnen ze ons niet meer afpakken. Wie blijft er met de vuile borden zitten? Het vergalde plezier.

In een vreemd land. Koud. Zonder dak voor de nacht voel ik me niet veilig. Maar als ik honger heb, geen middelen om aan eten te komen, is meteen de armoedegrens bereikt. Zo'n situatie is alleen als onderschepte angst te begrijpen.

Van boeken kan je niet leven. Op wind alleen kan je niet drijven. Van liefde niet bestaan. Met een volle maag ziet de wereld er anders uit. Met een verwende smaak is het goed praten. Ik hou zoveel van jou dat ik je wel zou kunnen opeten! Kannibalendromen. Ben ik een redelijk beschaafd mens? Maar stel dat de kinderen honger zouden lijden? Tot wat ben ik dan in staat? En wie ben ik als ik het verdraag dat andere kinderen dan de mijne honger lijden? Zo wordt de levenslust ondermijnd. Het genot verpest. Alleen in de liefde het gevoel niemand te kort te doen. Evenveel te geven als te nemen. Een wankel evenwicht.

'Een vrouw kan drie dingen maken uit niets: een slaatje, een hoed en ruzie.' (John Barrymore). Citaat uit een meisjesboek dat ik als puber kreeg. Gelukkig heb ik de puberteit overgeslagen. Maar op de eerste bladzijde staat uw handtekening als bewijs dat u dergelijke lectuur voor uw dochter goedkeurde. Was u het ermee eens? Of had u het niet gelezen? Kon het u niet schelen? Wat weet u van mij? Waarom hebt u nooit wat van mij willen weten?

Als het vliegtuig in een onbereikbaar deel van de Andes neerstort zal ik om te overleven wel mijn deel van de overledenen oppeuzelen. Maar ik hoop oprecht dat mijn levensdrift zal aarzelen voor het naar binnen werken van zwakkeren of gekwetsten. Al was het maar omdat ik in dat geval wellicht als eerste voor de bijl zou gaan...

Ugolino. Uit: *De Goddelijke Comedie.* Valselijk door aartsbisschop Rugieri van verraad beschuldigd wordt hij met zonen en kleinzonen in een kerker geworpen om met z'n allen de hongerdood te sterven. (Als je wilt uitroeien moet je niet kleinzielig doen. De zaak grondig aanpakken.) Maar Ugolino zal trachten in leven te blijven door zijn nageslacht te verslinden. Houtgravure van Gustave Doré. Grijs, wit en zwart. Ontbreken van kleur benadrukt de dramatische spanning. Keldergewelven opgevangen door gemetselde bogen in strekkend verband. In de stoffige lichtstralen fladderen twee vleermuizen. Hun blinde varkenskopjes blijven schetsmatig. Achteraan tegen de muur liggen op een hoop de bezwijkende lichamen van de zonen en kleinzonen. Tel er drie. Vooraan links ligt er nog eentje languit op zijn rug. De vader kromt zijn bovenlichaam in het wambuis en buigt over een knie naar het verwante mensenvlees. 'Toen deed de honger wat verdriet niet vermag.' Klassieke opbouw. Sober tafereel. Zou het nochtans niet aan de muur willen hebben. In Pisa staan niet alleen scheve torens. Piazza dei Cavalierie. Zon. Geparfumeerd zweet. Borsten en billen. Ingeregen en uitgestald. Lokaal vet. 'Hij heeft zijn kinderen verslonden om hun een vader te besparen.' Een grapjas. O, kunt u er niet om lachen?

De ingemetselde kat waarvan de metselaars het geraamte vonden. Het kanariepietje dat met zijn pootjes omhoog in de kooi lag. En het lichaam van de oude vrouw in de stoel daarnaast ging al tot ontbinding over. (Als het gaat stinken wil het nog weleens hinderen.) Kinderen met doodshoofden. Waterbuiken. Levende skeletten. Vrouwen met in plaats van borsten gelooide huidzakken. En allemaal ogen om je aan te kijken. Gooi er toch een bom op! Verlos ons van dat onsmakelijke gezicht! Welke belangen dient de honger? Graan dat in zee wordt gestort om de prijs kunstmatig hoog te houden. Groenten en fruit dat om dezelfde reden van de veiling naar de vuilnisbelt gaat. Vergiftigde akkers. Monoculturen. Ontbladering. Oorlogsmisdaden. Voor een keer komt er geen werkgroep van.

Hongerstaking in een koude kerk. In Bethlehem wil maar geen sneeuw vallen. Wenskaarten van Unicef. Voor middernacht wordt het kerstbestand door alle partijen geschonden. Zolang we de wormen niet voelen knagen doen we aan bewustwording. Hongerwinter. Dieet van tulpebollen. Kijk eens hoe slank we waren! De ene helft van de wereld vreet de andere helft op. Liefdadigheid is een mager beestje. Aan de deur wordt niet gekocht. Mevrouw heeft haar eigen armen! Een volle buik kun je niet afkopen. Die oorlog wordt ook ten koste van ons gevoerd. In zekere zin in onze naam. Een girorekening om de schuldigen te ontmaskeren. Diegenen die zich ver van het front vetmesten. De kruideniers. De makelaars in koffie! We zijn zo tam dat we als paashaas in de etalage kunnen! Valse mystiek en gekte steken de kop op. Ademhalingstechnieken om de angst te bezweren. Lotuszit! Of ter ontspanning op je kop gaan staan. Na afloop van de seance ziet de wereld er anders uit. Redding zal uit het oosten komen. Waar de sterre bleef stille staan...

Eerst was het 'Klein Duimpje', daarna kreeg ik het te kwaad van 'Hans en Grietje'. Omdat er geen brood meer is laten de ouders hun kinderen achter in een eng bos. Als prooi van heksen en reuzen. 'Ik ruik mensenvlees!' Was met vijf al aardig ingelicht over de aard van het beestje. Van wie anders dan van u heb ik geleerd mij niet schaamteloos vol te vreten? Maar wij leden toch geen honger? Zelfs in de oorlog was er altijd voldoende te eten geweest. Wij laten ons niet op de kop zitten! Traditie en ambitie. Alleen in Rusland had u zwarte sneeuw gezien. Vanwaar dan die allesoverheersende angst die ook met u te maken had? Hoe trots ik was en hoe bang. Met vijf of zes toen u mij nauwelijks zag lopen. Maar geen blik of geste mij ontging. Geen woord uit uw mond mij ontsnapte. Heimwee als een knagende honger. Tot u onherstelbare dingen deed. De vader op maat die ik mij zo graag voorstelde. Paste niet bij zijn zondagspreek. Viel u in duigen? Half om half. Zoals ik u nog jarenlang half om half zou geloven, tegen beter weten in. Dat u maar deed alsof. Ik heb me gevoed met verhalen.

's Winters kwamen de zwervers naar de hoeve. In ruil voor een verhaal kregen ze een maaltijd en mochten zij zich bij de kachel warmen. Mensen die uit de boot waren gevallen. Invaliden, leurders die hun handel waren kwijtgeraakt of seizoenarbeiders die te oud waren. Ze aten als wolven. Geen fraai gezicht. Moord in hun ogen als er een vinger naar hun bord werd uitgestoken. Hompen brood propten ze in hun zakken. Toen de vrouw het bord wilde bijvullen griste de man het van de tafel en kwam dreigend overeind. Dan zag hij de gevulde pollepel en begreep de bedoeling. Hij stak haar het bord toe maar bleef het met beide handen vasthouden. Verhalen over smokkelaars en roversbenden. 'Er was eens een brouwer die zo rijk was als de zee diep is...' De bende van de voetbranders roosterde een koppige boer. Hij gaf geen krimp al stonken zijn voetzolen naar verbrand vlees. Ze grepen zijn vrouw, pech, hij gaf geen duit om haar. Het goud bleef onvindbaar. Getergd besloten ze de boer te slachten. Volgde het opensnijden van de keel. Het zwarte bloed dat wel een meter ver spoot. Het openrijten van de pens waaruit de dampende darmen tuimelden. Het afsnijden van de zak en de roede. Maar die werd bewaard om ijzerwaren mee in te wrijven. Niets helpt zo goed tegen roest als een pezerik. De hersens werden uit de schedel gelepeld en samen met het in plakjes gesneden hart, onder luchtig omscheppen, in een grote pan gebakken. Zo hielden de voetbranders er weliswaar geen geld maar toch een hartig maal aan over.

Zwijgend en haastig werden de stoelen op hun plaats geschoven. Het vuur met asse bedekt. Even later was de kamer verlaten alsof een groep samenzweerders hun sporen had uitgewist. De zwervers gingen naar de schuur en waren bij het eerste morgenkrieken verdwenen. 'Geen bodem in hun maag en veel te lange vingers.' En ze waren tot gekke bokkesprongen in staat om uit de handen van de gendarmes te blijven. Wel wetend wat hun te wachten stond. Tehuis voor daklozen. Tuchthuis. Opvoedingsgesticht. Op een morgen werd een zwerver doodgevroren in een greppel gevonden. Met de jeneverkruik in zijn armen. 'Die mensen moeten ook eten.' Zo verdedigde mijn grootmoeder zich. En de pastoor had niets tegen de zwervers als dusdanig maar hij was fel gekant tegen hun verhalen. Goddeloze praat. Geen klassenstrijd. Voor de armen staat de hemelpoort wijd open. De rijke moet eerst als kameel door het oog van de naald kruipen.

Na drie dagen hongeren slaat Arthur Rubinstein een uitnodiging van een mecenas voor het souper af. Hij vreest zich niet te kunnen beheersen. Zo'n houding had u goedgekeurd. Traditie en ambitie. Maar u had geen tijd meer om te lezen. Aan uw omzwervingen was een einde gekomen. Zwervers waren nomaden. Een soort volk dat je beter van het erf kon houden. U was geen achttien meer. U moest werken. Een gloednieuw bestaan opbouwen. Lieverkoekjes werden niet gebakken. Man van de toekomst. Verleden ging in de doofpot. Maar het bleef moeilijk te verteren. Hot stuff. De wonden schrijnden... Maar u ging door. U keek niet achterom. U moest de verloren tijd inhalen. Het Wirtschaftswunder in uw eentje. Wie niet werkt behoort niet te eten! Verrichtte de krachttoer om in de uitverkoop van waarden de hele handel over te nemen. Voor een prikje. En niet zozeer voor eigen gebruik maar om anderen mee om de oren te slaan. Moraal van een strafkolonie. Ik zou nooit achttien worden. U aanvaardde geen nederlaag. U liet zich liever in mootjes hakken dan uw ongelijk te bekennen. Er waren fouten gemaakt. Dat was onvermijdelijk. Verder wenste u niet te gaan. Het huis was leeggehaald maar de muren stonden overeind. U zou het bevolken met fantomen.

De mond een smalle streep. Groeven in uw voorhoofd. Opvallend scherpe blik. Vogelprofiel. Gekwetst maar ongenaakbaar. De overmoed was verbetenheid geworden. Man uit een stuk. In een oogwenk hakte u knopen door. Nooit kwam u op een beslissing terug. Tegenspraak was overbodig. Voor het geringste ging u op uw strepen staan. Voor alles de baas. Zei u elf uur, dan bedoelde u niet elf uur en vijf. Van die vijf minuten was elke seconde onvergeeflijk. Aan de wijze waarop u op uw sigaar beet kon men zien hoe laat het was. Uw klok stond haarscherp afgesteld. U had geen tijd te verspillen. Alleen luieriken kwamen te laat. Hielden zich niet aan de afspraak. Bleven in hun bed liggen. 'Sta op gij luie slapers...' Uw morgendeuntje.

Overal bespeurde u onraad. Al kon u niet meer ruiken. Daardoor dubbel op uw hoede. Onvoorspelbaar wanneer u door zou slaan. Ik voelde me nooit veilig. En de geniepigste vraag: Waarom u was blijven leven?

Een bestaan door ontkenning. Altijd aan de ren. Gefascineerd door snelle auto's. Wat ze verbruikten en of ze konden remmen was van later zorg. U wilde de race winnen. Het leven bleef een wedstrijd. Ondertussen verstarde u. Niet langer jong. Al leek u het wel. Er zat een made in de appel. U werd van binnenuit opgevreten. Voedsel werd uw koppigste rivaal. U gaf al vlug niet meer om eten. Het dagelijks brood: een uitputtingsslag. Vernauwde slokdarm. Opgelegde soberheid. Onvrede. Noodrantsoenen. 's Nachts wilde u slapen. Met rust worden gelaten. Het libido werd omgebouwd tot nut van 't algemeen. Uw dame protesteerde luid. Was met geen stok uit bed te krijgen. Van de ene oorlog naar de andere. U verkeerde niet onder de gordel. Moeder de vrouw. Gedicht dat u ooit schreef. Al die aspirant-literatoren in verzekerde bewaring. Sterke mannen. Maar dodelijk gewond... of moederziel-alleen in de kerker... roepen ze haar aan. De nimmer versagende. De alles vergevende. Als ik uw moeder in plaats van uw dochter was geweest... Had u mij niet kunnen ontkennen. Wat wist u van vrouwen?

Een noodzakelijk kwaad. Er zit geen rechte kant aan. Lief van de duivel. Het verstand zit tussen de benen. Met geld zijn ze niet te vertrouwen. Giftige tong, maar onverslijtbaar. Geen voorstelling van plicht of eer. Liegen alsof het gedrukt staat. Politiek onderontwikkeld. Bandeloos. Vals. En in staat elkaars ogen uit te krabben. Weten niet wat vriendschap betekent. Geen uithoudingsvermogen. Ga daarmee naar de oorlog! Geef ze een vinger en ze zijn met de hele hand weg. Het komt eropaan ze onder de duim te houden. Laten voelen wie er de baas is. Er zijn eerste- en tweedeklas mensen. Het leven is een trein. Zo zegt men lachend de waarheid. Vrouwen en chaos. Waartegen u de orde bleef preken. Schipper naast God. Man van uw woord. Natuurlijk ben ik partijdig. Vanzelfsprekend laat ik mij niet op de kop zitten. Zal ik u bij gelegenheid op een flinke rechtse trakteren. Proberen u onderuit te halen. Wij vergeten niets. Wij hebben ruggegraat. Op ons kan men rekenen. Wij laten niet met ons sollen. Onze eer is geen uithangbord. Voor onze principes hebben wij alles over. Buigen of barsten. Wij capituleren niet! Wij zijn geen slappelingen. Wij laten ons niet temmen. Als wij ergens onze tanden in hebben gezet... Harde koppen maar een goede inborst. Zo zijn wij. En wie het niet bevalt heeft pech gehad! Ik lieg nooit tegen de kinderen. Zei u. Ieder zijn waarheid. Zei u ook. Als ik toen aan u zou hebben getwijfeld was de hemel op mijn kop gevallen en waren alle mussen dood!

Aanvankelijk zag het ernaar uit dat u zou slagen. Van de pijn een succes maken. Maar de ellende was ingebouwd. Al ging het u schijnbaar voor de wind. Paste u niet volmaakt bij uw omgeving? Was u geen supporter van de bouworde? Zelfstandig op weg naar morgen? Opgenomen in de vaart der volkeren? Met een baksteen in uw maag geboren? Gezinswoningen. Twee-onder-een-kap. Flatgebouwen. Villa's met rode en gele gevelsteen. Goedkope leningen. Premie voor moeder bij de haard. U rookte als een schoorsteen. Over een plan gebogen. Kauwend op een sigaar. De rekenlat in aanslag. Man van de daad. Nergens tijd voor. Kon niet eens van het vergaarde genieten. Hebt u nooit gemerkt hoe bruikbaar u wel was? In oude vallen trapte? Versleten leugens herhaalde? Bezig was u dood te werken? Om niets? Waar was het land van de weiden als wiegende zeeën? Waar bleef u fier en ongebroken? Welke taal had u lief?

Aan elke wet een achterpoortje. Elke politicus zijn winkeltje. Wildgroei onder de dekmantel van vooruitgang. Voor een appel en een ei aan de multinationals verkwanseld. De laatste woonzone aan het platste eigenbelang opgeofferd. Het gezin hoeksteen van de maatschappij. Daar kwamen ze met verdubbelde kracht aanzetten... Met een gezwollen krop over de taal die ze niet behoorlijk kunnen spreken. Over het land dat ze zingend naar de bliksem helpen. Stiefvaders!

U knapte af. Begon het langzaam op te geven. Af te kalven. Wilde nog wel maar kon er niet meer in geloven. Kwam met een klap tot stilstand. Voortijdig oud en koud. Uit u ben ik voortgekomen. Gevormd door bitterheid. Aan u moet ik een einde maken. Ik vermoed dat u van mij had kunnen houden. Zonder dat belachelijke misverstand. Was ik een goede zoon geweest. Maar dat is uw tragedie, en niet langer de mijne. U hoeft zich geen zorgen te maken. Ik red het wel. Uw vuur brandt in mij. Ik leef. Ik zal die heren geen voetbreed toegeven. Ik hou van een goede sigaar. Zal de wijn drinken die u werd ontzegd. Alle fijne hapjes die u door de neus werden geboord. In de liefde heb ik een schuilplaats gevonden. Mijn werk doe ik naar behoren. Aan vechtlust ontbreekt het niet. Laat niet alles vergeefs zijn geweest...

11 juli 1302. De Slag der Gulden Sporen. Weet u nog? Het was volgens de regels van de krijgskunst verboden merries onder de vijandelijke hengsten los te laten. Dat deden die ambachtslui toch. Met resultaat. De Franse hengsten kwamen danig in verwarring door de weelde van de Vlaamse merries... Kunt u daar vrede mee hebben?

DEEL VIJF

Het verdachte vermogen

'Maar ongedaan maken wat men maakt is heel moeilijk.'

Marten Toonder,
De andere wereld

OUD. HOEWEL ZE ZICH niet noodzakelijk zo voelde. Aan de gedachte moest wennen. Levenslang was de geest het lichaam een stapje voor gebleven, maar nu leken beide zich met elkaar te verenigen om het einde voor te bereiden. Zij dacht steeds vaker aan haar kinderjaren. Op een onpersoonlijke wijze maar toch. Alles wat daarna kwam was minder belangrijk geworden. Het viel uit elkaar in brokstukken van mensen en dingen. Veel drukte om niets. Beslissende ogenblikken waren zo voorbij, maar de dagen en nachten zonder geschiedenis, het werk en het ritme van de verloren uren bleven haar bepalen. En omdat ze vast van plan was zichzelf tot het laatste moment in de gaten te houden viel het haar op hoe zeer ze aan die eerste tijd vastzat. Maar ondertussen was ze een oude vrouw geworden.

Het gaf haar elke morgen weer een schokje. Ze werd wakker met het gevoel dat ze in haar slaap iets onaangenaams was vergeten. Overeind komend zag ze de rimpelige rug van haar rechterhand en dan wist ze het weer: de ouderdom! Ze onderdrukte de impuls om terug te gaan liggen. Aan de slag! Moeizaam maar energiek. Een vaste dagindeling. Dieren om voor te zorgen, en zo nu en dan met het plezier van een spijbelend kind aan alles haar voeten vegen.

Het witte huis was met zijn ommuurde tuin opgenomen in het heuvelland alsof het daar altijd had gestaan. En mede daaraan ontleende zij de zekerheid dat dit de plaats was waar ze voorgoed zou blijven. Vroeger had het vermoeden volstaan om prompt te vluchten, maar nu werkte het geruststellend. Geluk had er niets mee te maken. Ze was zesenzeventig en voor zover ze kon nagaan niet seniel. Nooit overviel haar nog de ellende van het laatste uur zoals het haar tijdenlang had achtervolgd. Periodes van neerslachtigheid en apathie waaruit zij ontwaakte om nog eenmaal de rommel op te ruimen, brieven te verbranden en haar testament te herschrijven. Een ritueel waar ze enorm van opknapte. Maar ze bleef op haar hoede alsof de dood in de eerste plaats een ogenblik van onoplettendheid was.

De kleine hond probeerde ijverig in bed te kruipen. Zijn oren hingen nog halfstok maar hij groeide zienderogen. Hij zou weldra te groot zijn om nog mee naar boven te nemen. Camilla was er toch al niet over te spreken. Een beest in de slaapkamer! Maar hij had haar die eerste avond zo oplettend gadegeslagen toen ze zich klaarmaakte om naar bed te gaan, dat ze in een opwelling een kartonnen doos naar boven had gesleept en hem als een baby in zijn wieg naast haar bed had geïnstalleerd. Tevreden sabbelend op haar vingers was hij ingeslapen. Meteen rotverwend. Hij zou vast een onhandelbare grote hond worden. Camilla had overschot van gelijk. Maar Pam wist zeker dat ze het hartverscheurend gejank van een hondje dat helemaal alleen in het donker zit niet zoù verdragen. En hadden opvoedkundige principes ooit geholpen? Met haar was het mooi fout gegaan toen de principes eraan te pas kwamen. Terwijl je met toegevendheid alles kon bereiken. Een volwassen kind was ze geweest.

'Dag kerel,' zei ze, terwijl ze een zwakke poging deed om het hondje van het bed te duwen. Brave Camilla, die het niet was opgevallen dat ze een reutje opnam en die achteraf verlegen had staan kijken. En zich nu op het ergste voorbereidde. Je hoefde haar over mannen niets te vertellen, al was ze voor zijn prille charmes bezweken. Ze wist dat hij vroeg of laat zijn poot tegen de keukentafel zou opheffen.

Pam dacht aan het verweerde gezicht van haar oom Gomein die noodgedwongen vrijgezel was gebleven. 'Wat is het verschil?' had ze gevraagd. 'De mannetjes blijven staan om te plassen, de vrouwtjes gaan zitten,' zei hij. Eenvoudiger kon het niet. Ze was vier jaar geweest en hij was alweer een kwarteeuw of meer dood en vergeten. Het hondje nestelde zich genoeglijk aan het voeteneinde en Pam liet hem even begaan terwijl ze de afwezigheid van onbekende geluiden beluisterde. Tenslotte stapte ze met een zucht de dag in. Al werd ze honderd, dan nog zou ze er niet aan wennen.

Tegenover het bed stond een ouderwetse kleerkast met deurspiegel, daar ging ze vastberaden opaf. De dagelijkse inspectie, zelfkwelling, even prikkelend als noodzakelijk. Toegeeflijkheid van 'op mijn leeftijd' zou niet over haar lippen komen. Ze liet zich door de spiegel geen angst aanjagen. Op haar werktafel lag een omgekeerde handspiegel waar ze nooit een blik in zou werpen. Hij lag daar om haar eraan te herinneren dat de tijd beperkt was. Ooit werd hij gebruikt voor een ritueel dat naar alle waarschijnlijkheid nooit aan haar zou worden voltrokken. Als in de verduisterde kamer het piepend ademhalen verloopt in reutelen en buiten de zomer rijpt over het koren.

'Twee emmertjes water halen
twee emmertjes pompen
de meisjes op de klompen
de jongens op het houten been...'

Zingen op straat de kinderen, de school is uit en zij is niet geweest. De zuster buigt zich over het bed en schudt zachtjes van nee. De handspiegel wordt gebracht en voor de openstaande mond gehouden. Het glas beslaat niet, en de dokter drukt met geoefende duimen de oogleden toe. Happy days. Pam constateert geërgerd dat ze een roze en een gele sok aan heeft. Geen orde, en Camilla geeft er niet om, als het maar schoon is. 'Laat mij je voeten warmen.' Even nadenken van wie die stem was. De uiteinden van het lichaam worden het eerst koud en gevoelloos. Ze wrijft haar vingers over elkaar om de bloedcirculatie te bevorderen. Iets zachts als bedverwarmer, iets dat geen leegte nalaat. Hoe vlug ben je aan alleenzijn verslaafd? Zelfs onder de ruime nachtjapon valt de vormloosheid van haar karkas op. De borsten de heupen het mooiste kontje van de wereld (hoe werd je al niet de zeven zaligheden ingeprezen?) waar waren ze gebleven?

Ze was niet zozeer gekrompen als wel gesmolten. De aanblik van dit tengere mensje volstond om haar grimmig te stemmen. Haar borsten twee verlaten koffiebeursjes die zich nauwelijks aftekenden onder het flanel. Vol en zwaar om te torsen waren ze geweest, ze voelde zich onaantastbaar. Had niemand nodig. Hij draaide eromheen als een jaloerse kater: 'Laat hem van vaders speelgoed afblijven!' 'Maar daar dienen die dingen voor!' Het werd lachend gezegd maar het was onherroepelijk. Ongerust werd het zwellen gadegeslagen, een manier om afgewerkte produkten te presenteren waar je U tegen kon zeggen. De afgunst verborgen onder milde spot. Mijn luchtballonnetjes. Mijn melkfabriekje. En alle baby's waren hij. Ook zij. 'Geeft niet volgende keer beter.' De barbaarse loterij. Je stopte er zingend je ziel in en je moest maar afwachten wat je ervoor in de plaats kreeg. Naar mijn beeld en gelijkenis. De erfelijke erectie de das omgedaan. Kon alleen incestueus van dochters houden. Wilde zichzelf aan moeders te pletter zuigen. Een meter negentig op zijn sokken, maar een man blijft een groot kind. Handelt altijd onder de invloed van een onweerstaanbare drang. Kan het niet helpen. Verleiding was te groot. Excuses van een misdadiger. Voorlaatste zucht na de liefde: 'O baby!' Liet zich loodzwaar wegdrijven. Bezoek in het voortuintje van zijn bestaan, smeltend van vertedering. Na de vervoering fris als een hoentje. Mannen moet je geen vragen stellen. Koud water over je borsten. Beha-balkonnetjes. De troeteldiscipline. $E = mc^2$. Einstein de broek afgedaan. 'Principes zijn als vrouwenborsten, ze zien er altijd steviger uit dan ze zijn!' Hij kon op het laatst alleen nog tussen haar borsten klaarkomen. Astmatisch gedoe. Pompen of verzuipen. Ze herinnert zich verbaasd de heftigheid waarmee ze door de geluidsmuur probeerde te breken. Toen het haar goed en wel lukte was het alweer bijna te laat. Wie niet kan genieten deugt niet. Maar het werk de lasten van het leven, laten we de liefde er alsjeblieft buiten houden. Pam schrok van haar starende blik in de spiegel, ze had haar armen voor haar borst gekruist en greep krampachtig haar schouders vast. Zo was het wel genoeg. Diep ademhalend streek ze de haren uit haar gezicht. De huid van de hals verouderde het eerst maar niemand had de wijze waarop ze haar hoofd droeg kunnen verbeteren. Het gezicht was verrassend gaaf gebleven. Er zaten twee groeven langs haar mond en drie verticale lijnen tussen de ogen, maar die waren er altijd geweest. Er was voldoende fout gegaan bij haar slordige geboorte om de wenkbrauwen te fronsen. Daarna was de hoofdpijn gekomen en alles wat niet klopte. En toen ze zover was dat ze het wat kalmer opnam zag ze er zorgelijker uit dan ze zich voelde. Maar een beetje voorgespiegelde strengheid hield heel wat op afstand. En ze had haar ogen nog. Ze droeg een leesbril natuurlijk, maar het streelde haar ijdelheid dat ze er verder geen nodig had. Ik kan nog trappen lopen, zonder hulp mijn sokken aantrekken, mijn eigen potje koken. Ik hoef nog niet op alles ja en amen en dank u te zeggen. Het is nog niet nodig mij met de zachte hand af te voeren. Mij om bestwil voor te bereiden op een snel naderbij komend einde. Dat zoek ik zelf wel uit. Ik heb ervaring in het verdedigen van mijn hachje. De bedreiging was er altijd geweest, maar wanneer ging je zo denken? Verongelijkt en defensief. Met de angst voor de aftakeling als een eerste ouderdomskwaaltje. En wanneer gaf je eraan toe, werd je hulpeloos en meegaand? Kon het je allemaal niet meer schelen? Had je er genoeg van? Wilde je er uitstappen, alles en vooral jezelf zo vlug mogelijk vergeten? Als ze maar niet met haar neus op de spiegel ging liggen viel het best mee. Het had iets met het licht te maken. Ze was opgegroeid onder een hemel die alle stenen kon laten vergrijzen. En ze was in het heuvelland gebleven om het milde morgenlicht dat het grauw verdoezelde.

In hun veel te grote huis woonden de oude nichten van haar moeder als in een schilderij. Ze spraken Frans en verborgen het craquelé van hun handen onder kanten mitaines. Het was al lavendel wat de klok sloeg. Pam was door oudere vrouwen opgevoed, ze had geen hekel aan hun geur. Hun koketterie was zo vanzelfsprekend geweest, het leken wel betoverde jonge meisjes. 'Amélie, geef eens een chocolaatje aan de kleine.' Zelf hielden ze het bij pepermuntjes. Alle dagen een volledig diner uit porseleinen borden waar ze voorzichtig van nipten. Hun train de vie. Uithoudingsvermogen onder hun maniertjes. Hadden tot de laatste cent zuinig opgeleefd. Niemand die nog wist dat ze hadden bestaan. Alleen zij. Zoveel mensen die zich in haar hoofd verdrongen en het woord vroegen. Al die kleine levens die hun belang hadden. Ze moest dringend aan het werk. Het verleden was haar enige toekomst. Van vergetelheid kon geen sprake zijn.

Met geoefende vingers begon Pam de Chinese vlecht op haar rug los te maken en voorovergebogen het haar voorzichtig te borstelen. Peper en zout. Als ze het opstak leek het nog wat maar zo was het miezerig. Het sieraad van de vrouw. Waar ze je al niet mee opzadelen! Die eeuwigdurende zorg om er goed uit te zien leverde ongetwijfeld de mooiste lijken op. De mummificering begon al in de wieg, zodat je later zonder blozen in je kist kon liggen. Een beetje duizelig controleerde ze de haarborstel. Haar en tanden. Er zijn dingen die je niet kwijt wilt.

Een halve eeuw te laat onderdrukte ze voor de zoveelste keer het beeld van die vreemde hooioppers. Haar en tanden. Gesorteerd en afgewogen. Klaar voor verwerking. Een voorbeeld van overorganisatie. Spilziek waren de heren niet. In een oorlog kan je alles gebruiken en leer je met weinig tevreden te zijn. Een goede leerschool. Kale mannen zijn vreemd. Als ze hun hoed of pet optillen heeft hun gezicht geen bovenkant. Oom Gomein beweerde dat heren hun schedel met een zeem poetsten om het glimmen tegen te gaan. De kaalgeschoren hoofden van de dorpsnonnen werkten op zijn verbeelding.

Gooide er eentje haar kap over de haag dan moest ze een pruik dragen. Hij ging mest voeren achter het tehuis voor oude vrouwtjes. Kwam een uur in de wind naar aal stinkend thuis. Beweerde dat oude vrouwen een snor kregen en dichtgroeiden. En kaal werden ze ook. Niet vanboven maar vanonder. De koketsten kwamen 's avonds stiekem bij hem een mollevelletje kopen om zich tussen de benen te tooien. En veel geld wilden ze ervoor neertellen. Maar ze had hem door want over de wijze waarop hij mollen aan zijn riek reeg hadden ze knallende ruzie gekregen. Wie oud was en naar het armenhuis moest werd apart opgesloten. De bokken van de geiten gescheiden. Ook het onverbrekelijke huwelijk kon dat niet verhelpen. De soorten zijn door God gewild. Maar seks na je zestigste was zonde. Er konden immers maar zelden kindertjes van komen. 'En wie zal nu mijn voeten warmen?'

De negentiende eeuw was nog lang in de twintigste overeind gebleven. Opvattingen kon je niet platbombarderen. Het hondje deed een halfgelukte poging om te blaffen. Het zat alert rechtop in bed en Pam hoorde nu ook het snel naderend gesputter van Camilla's voorhistorische brommer. 'Vlug,' gebood ze het hondje. Maar hij liet zich niet zomaar pakken en beet met zijn scherpe melktandjes in haar handen. Ze rolde hem in haar nachtjapon en liep met haar spartelende zwangerschap de gang op. 'Stil,' zei ze. Trappen waren haar zwakke punt, ze moest zich concentreren. Het kwam niet bij haar op dat ze van onderaf gezien een merkwaardig schouwspel bood. Ze wilde Camilla voor zijn. Struikelend en buiten adem kwam ze de keuken binnen. Camilla stond voor het aanrecht. 'Zo,' zei ze. 'Je hebt vast je brommer niet binnengezet,' hijgde Pam. 'In het hok,' antwoordde Camilla met de duim naar beneden wijzend als een Romeinse keizer. Onder de keuken was een bergruimte waar tuinstoelen en schoffels werden opgeborgen. Tussen de lege bloempotten hadden ze een keer een egel gevonden. Pam bukte zich en liet de zoom van haar nachtpon los. Het hondje ontsnapte. 'Zozo,' deed Camilla. 'Zeg Camilla goedemorgen,' zei Pam tegen het hondje. 'Hij moet in zijn mand slapen,' zei Camilla. 'Dat doet hij heus wel als hij wat groter is,' antwoordde Pam. Ze wreef met de zool van haar roze sok over haar gele voet. 'Jong geleerd is oud gedaan.' Camilla leek vastbesloten er een punt van te maken. 'Zal ik koffie zetten?' vroeg Pam. Ze had een hekel aan detailgevechten. Voor Camilla kon antwoorden plaste het hondje op de vloer. 'Daar,' zei Camilla alsof ze haar gelijk binnenhaalde. Boos gooide Pam de deur open, greep een emmer en begon naar een dweil te zoeken. 'Laat mij dat doen,' zei Camilla maar Pam deed alsof ze haar niet hoorde. Waar Camilla die dweilen verborg was haar een raadsel. Ze kon de eenvoudigste dingen in haar huis niet vinden. 'Ga niet in je nachtkleding naar buiten je vat kou,' zei Camilla, haar stem had warempel iets deemoedigs gekregen. Pam keek haar even aan. Camilla zag er versleten uit vanmorgen. Ze ontweek Pams ogen en greep het hondje. 'Dat hoor je buiten te doen.' 'Doe het hem even voor,' zei Pam.

Camilla haalde een dweil van de terrasleuning en liep met de hond onder haar arm de tuin in. Terwijl ze de dweil uitspoelde keek Pam naar haar handen. Het koude water maakte haar vingers stijf.

In de schoolgangen hing de geur van natte kinderjassen. 'Driemaal,' beval juffrouw Vermaet. 'Driemaal en niet minder.' Ze wrongen hun vingers blauw op de onhandelbare kloosterdweilen. Vermaet keek oplettend toe. 'Van de wc-bril moet je kunnen eten.' 'Smakelijk,' zei Pam en sindsdien had Vermaet de pik op haar. Veertig jaar, ouder was ze vast niet geweest. Een solide figuur maar zij vonden haar aftands en waren verbluft toen ze trouwde. Alsof de koningin voor je ogen vreemd ging. De lerares piano speelde: 'Vogeltje gij zijt gevangen...'

Op de receptie kreeg Vermaet een zilveren presenteerblad van haar leerlingen. Een jaar later was ze dood. De ooievaar had in haar been gepikt. Er werd heel geheimzinnig over gedaan maar iedereen wist dat ze in een miskraam was doodgebloed. Mevrouw ik weet niet wie stond er in de krant. Maar het was Vermaet. Na zoveel jaar trouwe dienst en onze innig geliefde echtgenote. Nog een keer was ze in het nieuws gekomen, er was betwisting van de nalatenschap. De afloop van het proces stond in kleine lettertjes op de vierde pagina van de krant. De echtgenoot erfde alles. Het lerarenkorps sprak er schande van. Pam kon zich eigenlijk niet meer voorstellen hoe Vermaet eruitzag.

Ze gooide het water weg en liet de emmer opnieuw vollopen. Driemaal. Dat zou Camilla haar niet verbeteren.

Traag liep ze de trap op om zich te kleden. Een plotselinge moeheid overviel haar. Ze sliep slecht. Bij dag had ze de neiging om in te dommelen maar 's nachts lag ze urenlang wakker. Vaak sliep ze pas tegen de ochtend in. Camilla liet haar genadig slapen, vooral als er velletjes papier naast het bed lagen. Ze nam aan dat Pam 's nachts gewerkt had. En soms noteerde ze wel wat. Maar ze was wantrouwend geworden voor invallen die tussen waken en slapen briljant leken. In het morgenlicht verbleekten ze meestal tot doodgewone dingen. Ze waste en kleedde zich zonder in de spiegel te kijken. Als ze in de tuin scharrelde droeg ze een pantalon, maar om te werken beschikte ze over losvallende japonnen die haar ruimte gaven. 'Tentzeilen,' noemde Camilla ze. Pam hield van kleuren. Ze had maar één zwarte jurk overgehouden. Er kwam een tijd dat het niet langer sexy was en alleen maar goed voor begrafenissen. De oude vrouwen in de streek liepen nog traditiegetrouw in het zwart. Alsof ze om hun jeugd rouwden.

Pam grinnikte zachtjes om het woord sexy, het had al zijn gewicht verloren. Ze hoefde niet langer. En was ze het eigenlijk ooit geweest? Ogenschijnlijk wel, maar wanneer was het een gewoonte geworden? Een verplichte demonstratie, en hoe was ze veranderd toen ze dat doorkreeg? Was ze minder aantrekkelijk geworden? Of was ze zichzelf meer op haar gemak gaan voelen? Zekerder van zichzelf? Het zou te mooi zijn als het zo eenvoudig was.

Ze viste een velletje papier van de vloer en schreef na enige aarzeling: seks herzien belang van aantrekkelijkheid.

De jurk bracht haar in een bepaalde stemming. Spanning. Onrust. Ze had haar hele leven geschreven. Maar ze herinnerde zich vooral de periodes dat ze niet had kunnen schrijven. De onzekerheid die verlammend werkte. Meestal zat ze tot de tanden gewapend aan haar tafel. Ze beweerde dat ze onder alle omstandigheden kon werken en het was haar aardig gelukt de schijn op te houden. In werkelijkheid was ze verslaafd aan allerlei trucs. Bezweringsrituelen. De jurk de tafel de pennen de machine de stilte de sigaartjes. Gelukkig was ze van de drank en de pillen gebleven. Discipline. Jaja. Maar in de eerste plaats die knagende worm. Ze kon het niet en ze kon het niet laten. Ze was de eerste om verwonderd te zijn over haar onderneming. Vijftig of zestig jaar geleden werd er al geschreven dat het métier uit de tijd was. God en de roman waren bijna gelijktijdig gestorven en samen verrezen.

Pam zette de balkondeuren wijd open. Eigenlijk had ze haar rust verdiend. Camilla droeg het ontbijtblad binnen. Ze had duidelijk haar best gedaan. Koffie toost fruitsap een eitje. Daar waar Camilla vandaan kwam werd er stevig ontbeten. Met een volle maag kon je beter tegen een stootje. Ze zette het blad op het roltafeltje en reed het op het balkon. 'Waar is het hondje?' vroeg Pam. 'In de keuken,' antwoordde Camilla. Ze begon energiek het bed af te halen. 'Er is maar één kop,' zei Pam tegen haar rug. Camilla gaf het donsdek een flinke klap en ging op de gang de andere kop halen. Ze hadden maar twee keer niet samen ontbeten. De eerste keer was Pam te ziek geweest, en de tweede keer had ze Camilla bijna aan de deur gezet. Dat was lang geleden.

Ze aten zwijgend. Pam genoot van het landschap, de heuvels deden het ruimer voorkomen dan het was. Er woonden ook meer mensen dan je dacht, maar de begroeiing onttrok ze aan het gezicht. 'Ga je werken?' vroeg Camilla op den duur. Pam knikte instemmend. Camilla was achtenvijftig, een oninneembaar fort zo te zien. Ze zou haar overleven. Een gevoelig punt. Je kon niet zonder omkijken doodgaan. Camilla ontweek het onderwerp maar Pam was vastbesloten het eens en voorgoed uit te praten. Die komt als een dief in de nacht. Ze was geen uitknijper. Dacht Camilla nog aan vroeger? Aan de tijd dat Pam er niet was en zij een heel ander soort van leven leidde? Een ongelukkig leven, maar daarom kon ze er toch wel aan gehecht zijn geweest. Het duurde soms lang voor je de knoop kon doorhakken.

Pam keek naar het brede gezicht tegenover haar, de malende kaken en het kortgeschoren haar dat vermoedelijk kastanjebruin was geweest. Een stuiver voor je gedachten, wilde ze zeggen, maar ze wendde haar blik af. 'Je eet niet,' zei Camilla. 'Ik heb geen honger,' antwoordde Pam. 'Je bent te mager om dood te slaan,' mopperde Camilla. 'Ik ben mijn hele leven tevreden geweest met een kop koffie 's morgens,' zei Pam. 'Dat is je aan te zien,' schamperde Camilla.

Onder moeders vleugels. Neem nog een boterham. Je ei wordt koud. Je moet goed eten anders zal je nooit groot worden. De koorzang van grootmoeders en tantes. Pam glimlachte verontschuldigend. 'Weet je...,' begon ze, maar beneden werd er alarm geslagen. Het hondje huilde als bij volle maan. Een geluid om koud van te worden. 'Ik ga al,' zei Camilla, ze had zo'n haast dat ze haar kop omgooide. 'Wat is er dan? Waar zit je?' riep ze op de trap. Pam lachte zachtjes. Ze veegde de broodkruimels bij elkaar en strooide ze uit voor de vogels. Het was stil geworden. De uitlopers van de klimplanten moesten worden gesnoeid. Ze dreigden het balkon dicht te groeien. Zonde van het uitzicht. Maar Pam bleef zo graag onzichtbaar dat ze het werkje steeds weer uitstelde. Met een goede kijker of een gevoelige lens was het een koud kunstje om haar gade te slaan. Ze beet op haar lip. Even opletten, dacht ze. Wie ben je en wat heb je te verbergen? De onzichtbare bespieder was een ingebouwde valkuil.

* * *

Die dag, het was een donderdag geweest, toen ze erachter kwam dat haar bankrekening geblokkeerd was. Haar kredietkaarten waren op slag waardeloos. Ze stond op de zwarte lijst. Het was een kwestie van uren om nog ongezien weg te geraken. De vliegvelden waren gesloten. Trein- en autoverkeer werden streng gecontroleerd. Dwaas was ze geweest, vertrouwend op spelregels die allang ongeldig waren verklaard. Ze zat vast.

Onmiddellijk bewoog ze zich in een vacuüm. Het goed fatsoen verbood haar hulp te zoeken en anderen in gevaar te brengen. De vrienden met hun grote mond zouden braaf zwijgen of hangen. Zelfs een blik op datgene waarvan ze hield was voldoende om het verdacht te maken. Inbeslagneming zou volgen. Arrestatie. Gevangenis. En dan zou ze verdwijnen. Ze zou niet sterven. Ze zou vergeten worden. Verdwalen in een niemandsland. Nooit zou men nog iets van haar vernemen. Vermist als soldaat aan een bar front. Vergeefs geboren. Behalve dat ze niet had willen vechten. Het was haar van buitenaf opgedrongen. Ze was geen held. De man achter het loket droeg een bril met dikke glazen. Hij was beschermd door kogelvrij glas. De marmeren zaal was vol mannen in gelijke pakken. Ze voelde zich alsof ze een magnetische codekaart had ingeslikt die door de elektronische sensoren van de automatisch open en dicht schuivende deuren feilloos zou worden uitgelezen. En als een spook dat door de muren kon wandelen had ze het bankgebouw verlaten. Geld had geen kleur. Het gebeurde alle dagen overal en nu was zij aan de beurt. Ze werd als een krent uit de koek gevist. Geruisloos. Het vreemde was dat er niets zou veranderen. Ze was al vernietigd en tot nul herleid voor iemand een vinger naar haar had uitgestoken. Dit was niet langer haar land, de stad waar ze woonde, deze mensen spraken haar taal niet meer, het was een onverschillige massa die gewoon haar gang ging.

Burgers met burgergezichten die te kennen gaven dat ze niet lastig gevallen wilden worden. Waar waren ze nu, die controleurs van de ziel die altijd klaarstonden om na te kijken of je wel naar de letter leefde? Waar waren ze nu gebleven, die onbenulligen die je zo graag aan je eigen woorden opknoopten? Veilig in de anonimiteit. Ze hadden geen overtuiging meer op te leggen of te verdedigen, hun klieren stonden droog, ze leden aan geheugenverlies. Ze hadden nooit iets betekend, ze waren niemand en zouden nooit wat worden. Ze zouden hun dunne nekken niet uitsteken. Ze waren mooi gerecupereerd. Het was leuk iemand als dekking voor je uit te sturen en dan bij het eerste alarmsignaal in de rug te schieten.

De straten stonden verticaal om Pam, de mensen liepen op hun kop. Met een geweer had ze er in het wilde weg op los geschoten. Maar ze had geen geweer. Ze zou nooit een geweer hebben. De razernij zakte. Het was niemands schuld. Ze had zichzelf aan het kruis geschreven. Dat was niet de bedoeling geweest, maar je kon nooit weten hoe het uitpakte. Je kon het niet voorzien. En je kon er geen rekening mee houden. Maar je kon ook niets verbergen. Wat erin zat kwam eruit. Het stond zwart-op-wit te boek en was niet meer ongedaan te maken. Ze kon zichzelf niet uitvlakken.

De engel had gouden pijpekrullen en droeg een naadloze zilveren jurk. Hij zat op de uitkijk op een schapewolkje met een dik boek op zijn schoot. Daar schreef hij iedere avond met zijn ganzeveer het goede en het kwade dat je gedaan had in mooie krulletters in neer. Het goede met gouden inkt op de rechterbladzijde, het slechte met pekzwarte op de linker. Op de dag des oordeels kwam God de Vader met zijn lange baard en zijn gouden kromstaf, alles werd voorgelezen, en het kwade van het goede afgetrokken. Wie een debetstand kreeg was voor altijd verdoemd. Alleen de crediteuren mochten God en de aartsengelen en de heiligen en de lange stoet rechtvaardigen in de eeuwige zaligheid volgen. Dat was zo bekeken, daar hadden ze daarboven geen computer voor nodig.

Met trillende benen was Pam op een terrasje gaan zitten. Ze bestelde koffie en rekende met schrik uit hoeveel baar geld ze nog had. Niet veel. Haar grootmoeder was zo stom niet geweest, die stopte het geld in haar kous. Die hield altijd wat opzij. Een appeltje voor de dorst. Omdat je maar nooit kon weten wat je boven het hoofd hing. Die vertrouwde geen banken of kredietsystemen. Die zou nooit alles op één kaart hebben gezet. Die had de geldontwaarding meegemaakt en bezat liever goud en juwelen die je desnoods in je rokzoom kon naaien. Haar grootmoeder had twee oorlogen overleefd. Die rekende niet op het blauw van je ogen.

Er was een man aan een hoektafeltje gaan zitten. Even later kwam er een tweede bij. Ze groetten elkaar niet. Vanuit haar ooghoeken sloeg Pam de heren gade. Er was niets bijzonders aan ze te zien. Gezichten waar je blik tientallen keren over kon glijden zonder dat er een kenmerk in je geheugen bleef hangen. Handen zonder ringen nietszeggende kleren. Maar juist omdat ze zo opvallend onopvallend waren hadden ze evengoed met een rode draailamp boven hun koppen kunnen rondlopen. Zo herkenbaar waren ze dat de klanten op het terras een voor een opstapten en zo rustig mogelijk tussen de voetgangers verdwenen. De ruimte tussen het hoektafeltje en Pams zitje werd groter maar door de ontstane leegte kwam de dreigende aanwezigheid van die twee almaar dichterbij. Het was misschien haar laatste kopje koffie, maar ze kon er niet van genieten. Ze moest de impuls onderdrukken om op te staan, naar ze toe te lopen en te zeggen: 'Oké hier ben ik maak het kort.' Heel even dacht ze aan de bijzondere behandelingen die de heren voor vrouwen hadden verzonnen. Rapporten met getuigenissen en foto's lagen op haar kamer. Ze had een vrouw ontmoet die het overleefde. Waarom was ze gebleven, ook toen protesteren onmogelijk was geworden, en haar aanwezigheid van geen enkel belang? Had ze dezelfde vragen niet aan anderen gesteld? Waarom ze met duizenden in die treinen waren gestapt om zich als makke schapen naar de slachtbank te laten voeren? Het zou haar niet overkomen zijn, ze had zich nog liever doodgevochten. Maar het kon haar niet overkomen. Het was allemaal al voorbij toen ze werd geboren. Dat was een veilig gevoel geweest. Voor even. Want eigenlijk was het nooit opgehouden. Het ging gewoon door, in een of andere vorm, al bleef het gelukkig veraf. Wat er zou gebeuren als het dichterbij kwam kon je je eigenlijk niet voorstellen. De wijze les van de geschiedenis? Zodra je de school had verlaten wilde je alles zo vlug mogelijk vergeten en leven. Wie had er behoefte aan moord en doodslag als de gedekte tafel en het gespreide bed klaarstonden?

Op warme zomeravonden waren de vrienden samengekomen. Er werd lachend gegist wie er voor de staatsveiligheid werkte. Een spelletje. Niemand die het echt geloofde. Het wantrouwen was te laat gekomen. 'Voorwaar ik zeg U een van U zal mij overleveren...' zei Hugh en keek haar diep in de ogen. Stralend van zelfvertrouwen altijd een glas in de hand. Hugh de laatste man op de wereld waarvan je zou gedacht hebben dat... Maar hij was de eerste geweest. Een uitverkoren clubje dat oorlog besprak als een overblijfsel uit barbaarse tijden. Een ziekte die als de pest epidemisch kon worden. En met de overmoed van gevaccineerden waren ze bereid geweest om aan te nemen dat beschaving een kwestie van hygiëne was. Ze zouden de stommiteiten van hun vaders niet herhalen. Dat ze als het eropaan kwam geen haar beter zouden zijn dan de aderverkalkte heren die ze achter hun rug uitlachten... Dat ondertussen de halve wereld overhoop lag, dat het gevaar ook ondergronds kon gaan en de frontlijnen al getrokken werden, ontging hun te enen male. Kwaliteit en niveau waren sleutelwoorden, met dichtgeknepen poeper wel te verstaan, angst was het geniepigste wapen en het werd meesterlijk gehanteerd.

Hugh had haar omsingeld met zijn handen op haar billen: 'Wat zou je doen als ik je...?' Het was Pam niet opgevallen dat alle vrouwen liefjes of echtgenotes waren die hun mond hielden. En zij zich automatisch tot een man richtte als het gesprek een ernstiger wending nam. De scheiding van de machten, noemde Berthe het. En hoe bang was ze niet voor Berthe geweest. Pam durfde geen sigaartje op te steken omdat haar handen trilden. Maar ze kon ze ook niet verkrampt in haar schoot laten liggen. Ze probeerde een ontspannen houding aan te nemen maar wist niet waar ze met haar handen moest blijven. Een ogenblik zag ze haar kamer voor zich met de stapels belastend materiaal. Geen namen, zo voorzichtig was ze wel geweest. Maar de feiten waren onbelangrijk geworden, het vermoeden zou volstaan.

Wat zou je doen als? Hoe lang zou je het volhouden? Ze wist het niet. Ze had de vraag ontweken. Ze had zich zo klein mogelijk gemaakt en was als een vogel met vastgelijmde pootjes op haar stokje blijven zitten. Zolang ze zich min of meer vrij kon bewegen zolang ze kon werken zolang ze kon ademen. Het was ook koppigheid geweest, niet willen toegeven dat ze kwetsbaar was. En het voorgevoel dat als ze eenmaal ging het weleens voorgoed zou kunnen zijn. Iedereen was op de vlucht. Waar moest je heen? En hoe wist je zeker dat het ogenblik om te vertrekken was aangebroken? De slager de melkboer de dochter van de bakker de velden de wegen de torenklok die altijd halfzeven aanwees alles wat voorbij was.

Hoe lang zou het duren voor je doorsloeg? Er was pijn waaraan je nooit wende er waren dingen waarvoor je verbeelding huiverend terugschrok. Maar ik heb niets gedaan! Ze hoefde nergens op te rekenen. Ze was een gevaar voor anderen en voor zichzelf. Hoe lang zat ze al op dat terrasje, een uur vijf minuten ze was alle besef van tijd kwijt. Ze keek op haar horloge, nipte van haar koudgeworden koffie, streek haar rok glad en stak langzaam het plein over.

Kalm blijven. Niet wegrennen en vooral niet omkijken. Rustig. Niet denken. De deur van de krantenwinkel zwaaide als vanzelf open. Ze las kranten om zich te ergeren en om te gissen wat er tussen de regels stond, wat verdraaid was of weggelaten. Lezen was krabben maar dan wist je tenminste dat het jeukte. Spandoeken waarop persvrijheid werd geëist, en de dame die zich erover beklaagde dat het nieuws altijd slecht was. Pam aarzelde in het deurgat, haar hals deed pijn van het gewoon voor zich uit kijken. De krantenvrouw maalde kauwgom. Ze keek even naar Pam en dan naar iets dat zich achter Pams rug op het plein afspeelde. Pam kon niet spreken haar keel zat dicht. De krantenvrouw liep naar de deur en smakte ze toe. Ze legde de kranten klaar. 'Sigaartjes?' vroeg ze. Pam knikte. De krantenvrouw hield het pakje in haar handen. Aan al haar gerimpelde vingers zaten ringen. Ze likte aan de potloodpunt en schreef wat op het pakje. 'Onmiddellijk doen,' zei ze zacht. De winkelbel rinkelde, Pam draaide zich om en botste tegen een man. 'Sorry,' zei ze en stond buiten.

Op het pakje had een adres gestaan. De krantenvrouw en zij kenden elkaar niet anders dan van het dagelijks winkelbezoek. Het weer de reuma van haar man. Er was Pam nooit iets bijzonders aan haar opgevallen. Ze had enkel die kauwgom en ringen genoteerd. Beroepshalve kon je zeggen. Blozend van schaamte had ze zich laten redden.

* * *

'Meneer blieft niet alleen te zitten,' zei Camilla en keek onwillekeurig om. 'Ik heb je al wel honderd keer gevraagd om niet zomaar binnen te vallen,' antwoordde Pam gesmoord. 'Lieve hemel,' zuchtte Camilla, 'het was alsof er een leger dragonders de trap opstormde, waar zit je met je gedachten?' 'Op de maan,' zei Pam. Camilla zuchtte quasi wanhopig en begon kletterend de borden en koppen op elkaar te stapelen. Pam trok het hondje op haar schoot en stopte haar neus in zijn vacht, de tranen stonden haar in de ogen. 'Blijft hij hier of neem ik hem weer mee?' vroeg Camilla. Pam zweeg. Zij waren geen mensen voor een hond, zij niet en Camilla niet. Voor haar zesde verjaardag kreeg ze een zwart hondje met een wit vlekje op de borst. 'Het is een proef,' zei haar grootvader, 'als je hem niet behoorlijk verzorgt neem ik hem weer mee.' Pam was altijd trots geweest op haar handigheid met dieren. Zeker van zichzelf. Tot ze in de paniek van die dag Sarah was vergeten. Het dier had de indringers op afstand willen houden en was afgemaakt. Haar schuld. 'Ze weten niets maar ze vergeten niets,' zei haar grootvader. Meer dan wat anders had Sarah Pam uit haar slaap gehouden. Hoe lang duurde een hondeleven? Tien, vijftien jaar? En hoe oud zou ze dan zelf zijn, gesteld dat ze het zo lang volhield? 'Blijf je hier zitten?' vroeg Camilla. 'Ik ga al,' zei Pam. 'Ik draag hem naar je kamer,' zei Camilla. Ze had sterke armen. Wat zou ze doen als ze in het nauw werd gedreven?

'Weet wel waaraan u begint,' de arts kon zijn tegenzin niet verbergen. Pam had de documenten in drievoud ondertekend en sindsdien stond ze er borg voor dat Camilla niet langer een gevaar voor de maatschappij betekende. Onzin. 'We hoeven er niet over te praten als je niet wilt,' had ze gezegd, en ze was, althans in het begin, opgelucht geweest dat Camilla op geen enkele wijze te kennen gaf dat het verleden haar kwelde. Later was ze zich over dat zwijgen gaan verwonderen. Camilla's leven begon ogenschijnlijk met vijftig. Pam voelde zich vaag ongerust, ze wist alles van Camilla en ze wist niets. 'Ik ben geen verhaal', verder was ze niet gegaan, en Pam was opgehouden met vissen.

Haar werkkamer lag op de tussenverdieping, een rechthoekige ruimte die ze had laten bijbouwen, voor de rest was alles gebleven zoals het was. Camilla hield uitnodigend de deur open, ze kende geen rust voor Pam aan haar tafel zat en tenminste deed alsof ze werkte. Ik heb mijn bewaker wel goed gekozen, dacht Pam. Ze stond midden in de kamer en keek naar haar voeten, daarna liep ze langs de rijen boeken alsof ze iets zocht, de hondepootjes trippelden haar achterna. 'Oké ik ga al zitten,' mompelde ze. Gewoontegetrouw stak ze een sigaartje op. Buiten scheen de zon. Rotzooi. Het bovenste blad op de stapel lag met de blanke kant naar boven, ze draaide het om terwijl ze haar bril opzette. '... De langste tijd was ongetwijfeld de periode tussen mijn dertigste en veertigste jaar. Zelfs als ik erop terugkijk lijken die tien jaar maar niet voorbij te willen gaan.' Pam kreunde van ergernis en greep een pen alsof ze wat wilde rechtzetten. Ze streepte een gedeelte van de zin door en aarzelde. Haar blik gleed naar buiten, maar met haar bril op kon ze evengoed in een aquarium zitten. Een waterig wuivend en golvend groen en blauw dreigden haar misselijk te maken. Ze liet de bril naar het puntje van haar neus zakken, de benen zaten los, ze had hem al lang geleden moeten laten bijstellen maar het kwam er niet van. Als ze met gebogen hoofd zat te werken schoof de bril langs haar neus omlaag, tot hij bleef hangen en het ademen hinderde, dan duwde ze hem met de wijsvinger tegen de neusbrug weer omhoog zonder erbij te denken. Tenminste als het werk vlotte, zoniet dan was de ergernis om de bril een welkome afleiding.

De periode tussen dertig en veertig. Ze verfrommelde het papier en keilde het de kamer in. Het hondje ving de prop handig op en begon die in kleine stukjes uit elkaar te trekken. Je memoires schrijven was het begin van het einde en dat nog toegeven ook. Pam had gezworen er nooit aan te zullen beginnen. Maar ze had zich laten vangen, ze kon het woord 'nooit' maar beter uit haar woordenboek schrappen, zolang je leefde was het een illusie, het enige dat standhield was 'nooit meer'. De uitgever had erop aangedrongen, maar op een delicate wijze, een vertegenwoordiger van het oude volk, die haar vrijliet. Het zou jammer zijn als anderen die taak op zich zouden nemen. Als hij aan de dramatische gebeurtenissen dacht waarvan ze getuige was geweest en waarin ze een rol had gespeeld. (O ja?) Aan de standpunten die ze had verdedigd en waarvan ze bijna het slachtoffer was geworden. (O ja?) Aan de evolutie die ze had doorgemaakt, de inzichten die ze had verworven... (O ja?) En dan was er nog haar persoonlijk leven dat als een rode draad door het weefsel liep. Ze hoefde er niet over te schrijven als ze niet wilde, maar het zou vroeg of laat toch gebeuren, en nu had ze het nog zelf in de hand.

Haar versie kon verhelderend werken, en er was datgene wat alleen zij kon weten, tenslotte was ze een vrouw met een bewogen verleden... (Zozo) Ze moest begrijpen dat ze niet zichzelf toebehoorde.

Het personage achter het personage de geheime keukenrecepten de roddel het bedgefluister... De kunst om van de nederlaag een triomf te maken en het tijdelijke in het eeuwige om te zetten. Zichzelf wat voor te spiegelen. Een vrouw met een verleden. Het was nogal doorzichtig geweest. De toekomst in omgekeerd perspectief. Angélique Marquise des Anges. Alleen beginnelingen droomden nog van het definitieve woord. Ze had geen zin om zichzelf samen te vatten. Wie of wat ze was geweest op haar tien twintig dertig... deed het er wat toe? En wie ze was geworden de onbekende die in haar kamer zat... Een stijlfiguur. Het was donderdag nee vrijdagmorgen ze had gedaan of nagelaten wat ze had gedaan of nagelaten ze was geworden wie ze was. Ze was oud. De dood joeg haar niet langer de stuipen op het lijf. Een deel zou opgelucht zijn als de voorstelling was afgelopen en een ander deel zou zich gewoontegetrouw blijven verzetten. Maar de verleiding om het laatste woord te hebben was te groot geweest. En dan de leegte die ze niet kon verdragen. De behoefte om te werken. Een handige jongen die uitgever, hij kende de knepen van het vak. Een kip moet eieren leggen. Maar een vrouwenleven... Een buitengewoon vrouwenleven, want het gewone was niet te verkopen. Om je dood te ergeren. Misschien was ze het belangrijkste wel vergeten?

Pam had zich nog net op tijd verzet tegen de neiging om de uitgever veel te jong te vinden. Het was normaal. Iedereen was jong. Of deed zijn best om het te blijven. Vanzelfsprekend wilde hij kennismaken, maar ze vertoonde zich niet graag. Het huis leek vervallen en de kamers gevuld met bizarre voorwerpen. Als je bezit de som van jezelf was zag het er niet zo fraai uit. Pam had zich bij het inrichten van het huis tot het noodzakelijke beperkt en meer op comfort dan op decor gelet. Ze wilde zo weinig mogelijk aandacht aan het huis besteden, het moest zich maar aan haar gewoontes aanpassen, maar natuurlijk had zij zich evengoed aan het huis aangepast.

Je raakte gewoon aan deuren die een extra duwtje nodig hadden om in het slot te blijven, je zag de kale plekken en afgeschilferde plafonds niet meer, of als het je toch nog een keer opviel besloot je vaag er wat aan te laten doen – na de winter –, en daar bleef het bij. Pam vond de gedachte aan vreemde lui die met ladders door de kamers zeulden onverdraaglijk. Ze was elke avond opgelucht als ze Camilla op haar brommer zag wegsputteren. Met het huis in de heuvels was er een einde aan het zwerven gekomen, maar de gewoonte om zich maar voorlopig in te richten was gebleven. Ze hoefde er ook geen nest meer van te maken, voortaan zou ze alleen zijn en daar vrede mee hebben. Maar ook toen ze nog jong was en probeerde te leven zoals het hoorde, in een huis met alles erop en eraan en kinderen en een man, ook toen had Pam het slecht verdragen als er mensen binnenvielen. Ze voelde zich in haar hemd gezet. De omgang kostte haar moeite, ze moest zich erop voorbereiden en het juiste gezicht opzetten, dan kon ze schitteren, maar meestal werd ze er doodmoe van. Ze was doorlopend op zoek naar de plaats waar ze zich kon terugtrekken en zeldzaam waren de mensen die ze voortdurend om zich heen verdroeg. Er was het openbare en het intieme leven, beide waren streng gescheiden.

* * *

Toen de komst van de uitgever onvermijdelijk werd stelde Pam een ontmoeting voor in een nabijgelegen stadje. Camilla was ontzet geweest. Het weinige dat ze van de stad had gezien tijdens die korte ritten van de gevangenis naar het gerechtsgebouw en omgekeerd was haar onbegrijpelijk voorgekomen. De wereld verstedelijkte maar Camilla bleef trouw aan wat zo langzamerhand voorgoed voorbij was. Ze had een cirkel om haar bestaan getrokken en meteen zichzelf gevangengezet. Haar ontreddering was voor Pam een lesje geweest. Wie vasthield aan de onveranderlijkheid van de dingen was het einde voorbij. Verderop in de heuvels stond het met klimop overwoekerde huis van Minneke Poes en haar man. Een kinderloos echtpaar dat zich lang voor Pam en de andere inwijkelingen in de streek had gevestigd. De bijnaam had ze te danken aan de ontelbare katten die om het huis zwierven. Camilla had de vrouw nog verwilderd met een lepel op een etensbakje zien slaan en met schelle stem om haar lievelingen horen roepen. De man speelde tuba in de dorpsfanfare tot de kinderen hem met aardkluiten bekogelden. Hij had Chaplinvoeten en bedelde om oudbakken brood en etensresten voor de katten, maar het echtpaar werd ervan verdacht de kliekjes zelf naar binnen te werken. Bovendien werden ze betrapt op het stelen van appelen. De boeren deden weinig of niets met het fruit maar ze verdroegen geen insluipers in hun boomgaarden.

Toen Pam in het witte huis trok was het echtpaar al vrijwel onzichtbaar geworden. Een paar keer had ze een silhouet zien wegduiken in de rimboe die de toegang tot het huis afsloot. Onmogelijk uit te maken of het een vrouw of een man was. De helften van het echtpaar waren in elkaar opgegaan, hun sekse geneutraliseerd. Het langdurig verplicht contact had de scherpe kantjes afgesleten. 'Berdorf' stond er op de voorgevel, de naam van het dorp of stadje waar het echtpaar elkaar had leren kennen of de wittebroodsweken had doorgebracht, wat deed het ertoe, het woord had zijn betekenis verloren en werd door de klimplanten weggevreten. Er werd ook verteld dat Minneke Poes niet kon slapen als er niet minstens zes katten op haar bed lagen. Dergelijke verhalen ontstonden uit het niets en dreven verder op de wind. De stank was de heuvels afgekomen voor de politie zich een weg naar het huis baande en de voordeur inbeukte. Camilla vertoonde die morgen weer die merkwaardige grijns van een wolvin die haar bovenlip optrekt, en die tijdens het proces zo tegen haar had gepleit. Minneke Poes en haar man waren verhongerd. Alle vensters waren dichtgespijkerd, de deuren vergrendeld, gas en elektra afgesloten. In de keuken lagen lege blikjes kattevoer. De bankrekening van het echtpaar was welvoorzien. Niemand die hun stille terugtocht had gadegeslagen. Het inkrimpen van hun horizon, van de stad naar het dorp en het gehucht, met de vijandigheid van de boeren, en het verlopen van elk tijdsbesef. De angst om bestolen te worden of zichzelf te bestelen, om ook maar een kruimel bezit verloren te laten gaan – leven is hebben, hebben is leven –, tot ze zich ten einde raad in een sterfkamer hadden gebarricadeerd. De katten werden afgemaakt, in het verlaten huis zou het weldra spoken, het kon dienen om kleine kinderen angst aan te jagen.

Drie weken later liep er een witte poes met grijze pootjes en een grijze staartpunt door de tuin. Pam verdrong het beeld van de internationale gilde van oude vrouwtjes die koppig zwerfkatten blijven voeren, en zette een bakje melk neer bij het terras. Camilla had haar hoofdschuddend gadegeslagen. De poes was niet te benaderen, ze vluchtte onmiddellijk de bomen in. Vanuit haar kamervenster zag Pam haar geregeld door de bosjes sluipen. Ze sliep in het hok onder de keuken en kreeg daar jongen. Camilla vulde een emmer water om de poesjes te verdrinken. 'Heb het hart niet er een vinger naar uit te steken,' zei Pam, en het werd een akelige scène, waarna Camilla was weggebleven. Haar vader kwam de lange weg afgesukkeld met de melding dat ze ziek was. Pam haalde de schouders op, en 's anderdaags was Camilla weer op post. Intussen had de kattin haar jongen naar het tuinhuisje gedragen en goed verstopt.

Het huis van Minneke Poes werd aan het toeval overgelaten tot er een clubje jonge mensen, drie meisjes en twee jongens, de klimop van de gevels begon te halen. 'Wie wil er nu in een tombe wonen?' vroeg Camilla. Maar het zette Pam aan het denken over de vorige bewoners van haar eigen huis, en ze begon Camilla te ondervragen.

Toen de muur die de toegang tot de nieuwe werkkamer afsloot werd opengebroken vonden de bouwvakkers een ingemetselde brief, of beter de snippers van een ingemetselde brief, wat het nog vreemder maakte. Pam puzzelde avonden lang met het verbleekte hemelsblauwe papier maar kon er niet wijs uit worden. Het was geen liefdesbrief. De prijzen en afmetingen van goederen deden eerder aan smokkel denken. Een grensstreek is van oudsher geschikt terrein voor sluikhandel, of had het iets met de oorlog te maken? Het huis was gebouwd door een schroothandelaar. Een timide man met een zwakke gezondheid, die het bedrijf van zijn vader had geërfd. Hij was lange tijd vrijgezel gebleven en pas na de dood van zijn vader getrouwd met een veel jongere vrouw. 'De meid van zijn moeder', Camilla keek zuinig. Er kwamen geen kinderen, en al die tijd stond het huis leeg. Het werd zorgvuldig onderhouden. In de zomer kwam de schroothandelaar de aardbeibedden inspecteren. Met een mandje van de mooiste vruchten liet hij zich weer naar het station voeren. Men zei dat de jonge vrouw liever in de stad woonde. Tijdens de oorlog waren er officieren ingekwartierd, eerst van de invallers, en later van de bevrijders. Het huis was na hun vertrek aan een grondige opknapbeurt toe. De eiken lambrizering was in de open haard verdwenen, en de wc door een grapjas op het gazon gezet. Dat was het ergste met soldaten, ze lieten hun broek zakken waar het hun uitkwam. Camilla keek zo mogelijk nog zuiniger. Enkele jaren later ging de schroothandelaar van zijn rente leven, hij trok in het huis, en de vrouw kwam hem achterna met koffers vol japonnen en linten om goede sier te maken, en haar moeder om tegen de man samen te spannen. Het krakeel was tot ver buiten de muren te horen. Tenslotte gaf de schroothandelaar zijn schoonmoeder een week om te vertrekken. 'Niet ik maar jij zal voorgoed verdwijnen,' had ze geantwoord, en precies zeven dagen later werd de schroothandelaar begraven. De vrouw was spoedig hertrouwd met een koloniale ambtenaar, maar dat was een tegenvaller, hij vroeg om gescheiden slaapkamers en zijn pensioen was niet waardevast. Om ruzie te voorkomen wendde hij doofheid voor.

De vrouw stroopte de heuvels af en verdween soms dagenlang naar de overkant van de grens. Geen man was veilig voor haar lusten. 'Vraag het mijn vader maar,' zei Camilla. Bovendien hadden moeder en dochter de reputatie dat ze jonge meisjes die zichzelf in de nesten hadden gewerkt hielpen. Ze deden het gratis. Je moest je alleen hun rare praatjes laten welgevallen. De vrouw had een hekel aan kinderen. 'Aan mijn lijf geen polonaise,' zei ze. Ze beklaagde zich tegen ieder die maar wilde luisteren over de impotentie van haar eerste en de onverschilligheid van haar tweede man. De ambtenaar gebruikte zijn warme maaltijden buitenshuis en had voor zichzelf een kamer in het tuinhuisje ingericht. Hij was traag achteruitlopend gestorven terwijl hij in een email waterkom plaste. Toen hij werd afgevoerd had de fanfare het volkslied gespeeld. 'Ik heb er gelukkig geen vuil van gehad,' zei de vrouw. Maar na de dood van haar moeder werd ze langzaam gek. Ze sloot zich op in het huis, doodsbang om bestolen te worden. De tuin verwilderde. Ze durfde de interesten van haar geleende geld niet meer te innen, en viel in de handen van een vlotte notaris die haar het huis uit praatte en bij zijn vriendin onderbracht. In drie maanden was het bekeken. Het paar was niet aan zijn proefstuk toe. De vrouw werd bijgezet in de grafkelder, samen met haar eerste man en haar moeder, waar de resten van de koloniale ambtenaar waren gebleven wist Camilla niet. En ook niet of de schroothandelaar een wapensmokkelaar was geweest. Toen Pam haar de papiersnippers toonde, vond Camilla het maar het beste ze zo vlug mogelijk te verbranden. 'Laat dat rusten,' zei ze. Ze betreurde het dat ze Pam zoveel had verteld. Als de muren konden spreken, dacht Pam, en ze nam zich voor het verhaal van de huizen te schrijven. Alle huizen die ze had gekend, en die verdwenen of ingrijpend veranderd waren. De uitgever mocht zich over haar dwaasheid verwonderen, het was zijn kostje. Voor het rossig jongmens zijn mond kon opendoen had ze hem met haar voornemen overdonderd. Maar ze onderschatte zijn souplesse, hij vond het een schitterend idee, origineel, echt iets voor haar, en het paste uitstekend in het opzet van de memoires. Ze kon de huizen als stadia van haar leven gebruiken. Het was weer eens wat anders. 'Het is maar dat de huizen het ongemoeid langer volhouden dan mensen,' zei Pam. Maar daarover hoefde hij zich wat haar betreft geen zorgen te maken, ze zag er onverwoestbaar uit, zelden had hij iemand met zo'n heldere geest ontmoet. Door zijn hoffelijkheid werd Pam zich pijnlijk bewust van haar situatie. Het was zover, ze werd opgenomen in de ouderlingenhemel, ze zag er nog goed uit, ze had ze nog allemaal op een rijtje, een merkwaardige prestatie voor haar leeftijd. Het omgekeerde van een kleuter bij de zindelijkheidstraining. Flink hoor, niets in de broek, en alles in het potje. Wat ze had geleerd kon ze nog even volhouden, zo lang golden de verworven rechten, maar opgepast, geen bevende handen, geen vergetelheid. Er waren handige wegwerpluiers in de handel, een zwakke blaas hoefde geen hinderpaal meer te zijn voor een avondje uit, en bij lastige operaties in die sector waren er chirurgen die discreet informeerden of de vagina nog werd gebruikt. Dan hielden ze daar rekening mee. Pam dacht aan het boek over mannen dat haar bekend maar vooral berucht had gemaakt, als hij was wat hij voorgaf te zijn moest hij minstens een samenvatting hebben gelezen. Was hij niet een tikje te beleefd? Gelukkig hoefde ze hem niet aan zijn moeder te herinneren, ze kon zijn grootmoeder wel zijn. Maar ze was het niet, en ze verafschuwde dat soort van ondergrondse verbindingen. Freud after Freud. Waren de heren bescheidener geworden? Hij was toch niet bang? Verborg zich in een zwakke vrouw de grote castreerster, de verdedigster van heksen en feeksen? De heimelijke lesbische? Pam had binnenpret. De jonge man kreeg een kleur. Onder de blonde haartjes was de huid van zijn handen roze en gespikkeld. Zij had zulke huid gekend. De laatste man, waarna ze een streep onder dat hoofdstuk had getrokken. Maar ze zou het geheim van het verschil mee in het graf nemen. Wat jammer dat het plezier zo werd verknald.

Het was hun schuld niet. Zelfs Hitler en Stalin waren uit vrouwen geboren. Het was de natuur het lag in de orde van de dingen. De schepping God de Vader Darwin op de Beagle de laatste ontdekkingen in de biogenetica. Alle apen op een stokje. Leven is vrouwelijk.

Ergo er is maar een erfzonde. Zoek het kwaad bij de bron. *De lustige weduwe.* Vrouwen das neuken mannen das geld. Niet extrapoleren. Ordnung muss sein. Het traditionele gezin. De heilige familie. Vader die zijn plicht doet. Moeder die haar plaats weet. De vlinders en de bijtjes. De grandioze verspilling om tot het povere resultaat te komen. Een kuise vrouw wie zal haar vinden? Het nut van schoonheid. De economie van de liefde. 'Wat zie je er goed uit!' 'Je bent niet veranderd.' De vlugge stappen achter je rug, een zijwaartse blik waarna de stappen niet vertragen maar versnellen. Ik heb je niet nodig jongen! 'Hoe oud is ze eigenlijk al?' 'Pas op voor de vrouw van veertig.' Een klassieker. Hebben is houden. En krijgen is de kunst. Zorg dat je niet in de steek wordt gelaten, dat je huid elastisch blijft, dat je altijd de mooiste de liefste en de enigste bent. Op de kleintjes passen. Je zou voor minder... Het huishouden is een taak, je transpiratie liefdesparels. Blij zijn dat je je hand mag ophouden dat je de toekomst veilig hebt gesteld. Dat je iemand hebt gevonden om je op handen te dragen. Het post-feministisch tijdperk. Niet te veel van aantrekken dat zijn zo van die zure oprispingen. Een minderheid die hoog van de toren blaast. Normale vrouwen zijn best tevreden. Gelukkig ben je intelligent genoeg om niet de mannen maar het systeem aan te vallen. Wist dat heerschap veel. Groentje in de business. Ontvankelijk als een puppie. Voyons ami, kijk niet zo sip, wat heb je eigenlijk te vrezen? De machtsverhoudingen zijn ongewijzigd. Dezelfde oude heren strompelen over rode lopers om de troepen te schouwen of zetten hun handtekening onder gevaarlijke verdragen. Omhelzen elkaar. Poseren op het bordes met hun welwillende vaderlijkheid. Voor hen is het simpel: macht en vrouwen. Kunnen ze de vrouwen niet meer aan dan blijft nog altijd de macht overeind. Voor vrouwen is het nog simpeler: man en kinderen. Als die wegvallen houden ze zich kranig, ze hebben het langste leven in eenzaamheid.

Om Pams ontreddering nog te vergroten waren er twee bejaarde dames het restaurant binnengekomen. Ze drongen aan op een tafeltje bij het raam. De maître d'hôtel zat in een moeilijk parket. Wat overkomt me? dacht Pam. Het was niet de spiegel, het waren de anderen die je het leven lastig maakten. Goed, ze zou haar memoires schrijven, werken was nog altijd de beste remedie tegen muizenissen. Het zou geen orthodox boek worden maar dat verwachtte hij ook niet van haar. Geen protesten. Ze lustte wel een glas champagne. Op dat ogenblik geloofde ze het zelf, werken was de beste remedie, ze voelde zich kalm en vastberaden. Het was tijd om de dingen af te maken.

In het station ontstond verwarring toen hij zich vooroverboog voor een handkus. Ze trok haar hand weg alsof ze zich brandde. Waar haalde hij die geste vandaan? Uit het filmmuseum? Spotte hij met haar? Zijn gezicht stond beteuterd. Hij stopte zijn handen in zijn broekzakken. Het was ook nooit goed. 'Ik ben het verkeer wat ontwend,' wilde Pam zeggen maar ze klopte hem hoofdschuddend op de arm. 'Ik kom uw vreemde huis bezoeken,' zei hij. 'Ja,' antwoordde Pam, 'dat moet u beslist eens doen.' Ze was zo uitgeput dat ze in de trein prompt in slaap viel. Een ritje naar de hel. Dat was haar nog nooit overkomen. Ze was nog altijd gespannen in treinen. Terwijl ze heen en weer schommelde kwam het haar voor dat iemand haar arm vastgreep en haar probeerde wakker te schudden: 'Je bent er, uitstappen!' Maar ze verzeilde in een rare droom, ze was de vrouw niet of toch, maar anders dan ze ooit geweest was, en de man bleek een volslagen onbekende. Hij wilde met haar vrijen maar ze kon zijn penis niet vinden. Ze zocht tussen de schaamharen tot ze een stompje vond niet groter dan een meisjesduim. Het was heel inspannend. Ze moest zich in de gekste bochten wringen om het contact tot stand te brengen en juist voor het zou lukken kwam hij klaar. Een plasje op haar dij; in een vingerhoed te vangen. 'Ambrosius sta me bij,' zuchtte Pam. Haar wangen gloeiden, ze had een vieze smaak in haar mond. De volgende dagen kwam ze tot niets, een stijve nek en een flauwe hoofdpijn die zich uitte als druk achter de ogen.

Camilla sloeg harder met de deuren dan noodzakelijk was. Het einde van een periode. Gecultiveerde vrede waarin Pam zich verbeeldde een bestaan te leiden dat haar paste. Passief blijven zodat niemand je rust kon verstoren. En ondertussen kwam het ingrijpend moment nader alsof je er onbewust op zat te wachten en het aantrok. Een onbeduidend voorval, het doorbreken van de routine, een onbekende jongeman, en de behoefte om weer aan het werk te gaan. Greta Garbo betrapt in een verlaten studio. Verward en onzeker maar springlevend. Ze kreeg geen bonus voor haar leeftijd. Pam onderdrukte een heftige impuls om er voortijds vandoor te gaan. Dat had ze vroeger moeten doen, nu kon ze erop vertrouwen dat het weldra vanzelf zou gebeuren. Ze kreeg een hekel aan het huis, die zo groot werd dat ze overwoog om op de valreep nogmaals te verkassen. Een bont gezelschap maakte de kamers onveilig en belette haar te slapen. Minneke Poes en haar man reden op een tandem door de tuin. De man schommelde op zijn dwarse voeten naar het souterrain en begon op de maat af te tellen: een twee drie, boem! Minneke Poes viste uit de tuba het ene kattejong na het andere en verstopte ze in de bosjes of hing ze aan de onderste takken van de bomen als waren het paaseieren. De schroothandelaar zat in een kakstoel met de broek op zijn voeten, en hield zijn boekhouding bij. 'Het hart,' mompelde hij. De schoonmoeder knikkebolde in het zonnetje, haar breiwerkje lag in haar schoot, een wit katje rende geluidloos met de knot wol door de kamer en omwond al spelend de tafel en de stoelen met een almaar ingewikkelder wordend patroon. Maar het was vooral de vrouw van de schroothandelaar die met haar rokken wapperend achter Pam aan zat. De ene keer was ze gekleed in een boegbustejapon met queue de Paris en knooplaarsjes, de andere keer in een charlestonrok met los lijfje en stras op haar platte borsten. Ze vrijde genadeloos met alle soldaten of het nu Duitsers of Amerikanen waren. Ze pelde ze uit hun uniformen als garnalen. 'Een goede man is een blote man,' lachte ze. De gouden kronen op haar kiezen glinsterden.

Pam poogde het onheil af te wenden op de enige wijze die ze kende. Ze begon het verhaal van die vrouw te schrijven. De vader was ervandoor. De moeder verdiende de kost als barmeid. Ze bond het kind met een touw aan de deurklink, of legde het in een wasmand te slapen als ze tot drie uur 's morgens naar het bezopen gelul moest luisteren. Een oorlog waarin de verliezers de overwinnaars voor schut konden zetten. Met veertien de eerste klant. De wijze lessen van haar moeder. Niets voor niets! Gepantserde misère. En de niets ontziende drift om zich uit de rotzooi te werken. 'Mijn zoon is geen man om te trouwen,' zegt de moeder van de schroothandelaar. 'Ik zal hem krijgen waar ik hem hebben wil,' antwoordt het schatje, en laat het herderinnetje van Saksisch porselein aan gruizels vallen. Een weekdier naast haar hongerig lijfje. De veelgekoesterde zoon. Het onvermogen gecompenseerd door zijn handigheid om geluidloos geld te maken. Verscheept als stukgoed worden de wapens als schroot teruggewonnen. De schoonmoeder die met argusogen toekijkt. Haar dochter tot voorzichtigheid maant. De haan met de gouden eieren niet voortijdig slachten. De ontmijningsdienst. Een tijdbom. Dynamietstaven. Maria Eduarda Ludovica. Zonder gezicht. Honderd jaar later een smartlap. Dood spoor. Het arsenaal onbevredigden. Het kleine tekort dat het hele verschil uitmaakt. De haat die nooit ofte nimmer in liefde zal verkeren. Je das hangt in de soep. Zeur niet zo. Een verhaal als een ander. Pam kreeg er na een paar bladzijden genoeg van. Ze schreef een paar informatiebrieven naar makelaars en ontdekte bij die gelegenheid dat Camilla in haar post snuffelde. Ze stoomde de briefomslagen open en deed dat zo onhandig dat de brieven vol vlekken zaten. Pam ontsloeg haar op staande voet. Belachelijk, want Camilla was nooit haar meid geweest. In het begin was er wel een salaris afgesproken maar na een paar maanden verwees Camilla haar met het geld naar een blikken koekjestrommel in de voorraadkast. 'Stop het daar maar in,' zei ze. 'Wacht even,' antwoordde Pam, 'het is jouw geld, daar heb je voor gewerkt.' 'Ik geef wel een seintje als het niet genoeg is,' zei Camilla. Ze raakte een gevoelige snaar bij Pam. Niet voor niets had ze ooit een essay over 'vrouwen en geld' zitten pennen, een onderwerp dat haar niet lag maar waar ze niet onderuit kon. 'Van de hemelse dauw kan je niet bestaan', de nuchterheid van de grootmoeder. En de berekendheid van de beroeps: 'La chair est chère ma chère.' Het borduurwerk van de dames. Broderie Anglaise geschonken voor de liefdadigheidsbazar. Mijn vrouw hoeft niet te werken. Dienstbode uit liefde. De vogeltjes zingen tenslotte gratis. Maria Eduarda Ludovica. Florentijnse wraak tussen de lakens. En zij? Geen haar beter dan een ander. Wat een opluchting voor de handelaars in geloof dat er achter al die mooie woorden niets bovennatuurlijks schuilgaat. 'Wat is kunst?' 'Les choses qui sont rares.' De gladde elegantie van een Parijse galeriehouder. De vrouw met de baard. Een kermisattractie. Haar zeldzaamheidswaarde stijgt met de dag. In de schoenen van Marie-Antoinette geschoven: 'Als ze geen brood hebben laat ze dan gebakjes eten!' Pam wilde niet op kattevoer eindigen. En ze was niet van plan met Camilla die hele toestand over te doen. 'Wees geen hopeloos geval, als je het niet nodig hebt leg het dan opzij, je weet nooit wat je te wachten staat.' Het klonk haar bekend in de oren. En toen Camilla bleef zwijgen was ze scherp uitgevallen: 'Je kan ook oud worden!' Maar Camilla hield het bij de koekjestrommel, tot het

Pam opviel dat het blik nooit leegraakte. Of Camilla verbruikte niets of ze legde bij. Dat werd haar te gortig en ze gaf Camilla een volmacht op haar bankrekening. 'Denk erom dat ik niet met je getrouwd ben,' zei ze, en Camilla lachte. Pam vertrouwde haar volkomen, maar dat Camilla met haar correspondentie rommelde vond ze erger dan dat ze zou stelen.

Camilla stond met haar buik tegen de keukentafel. Ze streek een handdoek glad, vouwde hem op, streek hem weer glad. Pam kon Camilla niet meenemen als ze het land uitging, maar ze zou haar niet onverzorgd achterlaten. Wat stond ze daar als een hond die naar het asiel moest? 'Ik laat me niet levend begraven,' barstte Pam uit, 'wat is dit voor een gekkenhuis? En die eeuwige zon, en de heuvels, en jij met je stomme kop. Hoe kan ik in zo'n omgeving werken?' 'Ik kan 's nachts blijven...' zei Camilla voorzichtig. 'Eruit ga je,' riep Pam. 'Denk je dat ik zo oud ben geworden om in mijn brieven te laten snuffelen?' De gerechtvaardigde toorn luchtte op, en het was maar goed dat Camilla niets terugzei. Na een tijdje ging Pam zich onvermijdelijk belachelijk voelen en verongelijkt sloot ze zich op in haar werkkamer.

Het verhaal van Maria Eduarda Ludovica vloog in de papiermand en die geheimzinnige papiersnippers gingen er achteraan, maar opeens bedacht ze zich, droeg de hele handel naar de open haard op de benedenverdieping, en stak de vlam erin. Het begon verschrikkelijk te roken, de walm stonk de kamer uit. Pam gooide het venster open en pookte vergeefs in het vuur, ze wilde Camilla te hulp roepen maar beet op haar tong. De schoorsteen zat potdicht. Het vuur doofde vanzelf. Kuchend liep ze de tuin in naar de aardbeibedden. De vruchten waren rijp. Met tranende ogen zag Pam dat Camilla haar brommer naar buiten reed en begon te bepakken. Mompelend ging ze haar zonnehoed en een mand zoeken. 'Ik zal mezelf wel redden,' zei ze luid genoeg om gehoord te worden, en begon driftig aardbeien te plukken, het zweet liep in straaltjes langs haar slapen. Ze werd duizelig van het bukken en probeerde het op haar knieën, het bleef stil en ze kreeg met zichzelf te doen; zie mij hier nu zitten, dacht ze. Maar toen ze de mand wilde ledigen zag ze Camilla aan het andere uiteinde van de aardbeibedden, ze had een schort omgebonden en begon te oogsten. Ze plukte vlug en handig. Pam deed haar best om het tempo bij te houden en te laten merken dat ze heus wel wist hoe je jam hoorde te maken. De hele dag werkten ze samen zonder een woord te wisselen. Pam was zo moe dat ze na een kattewasje onmiddellijk in slaap viel. Een lange droomloze nacht.

's Anderdaags vulde Camilla de glazen, Pam schreef langzaam de datum op de etiketten en Camilla droeg de aardbeienjam naar de voorraadkast. Wat zou je doen als de wereld verging? Het onweer was afgedreven en Pam ging weer aan het werk.

* * *

Met het schrijven over de kinderjaren bereikte ze bijna die staat van argeloze wijsheid. Ze werd niet het kind dat ze geweest was en evenmin het kind dat ze zo graag had willen zijn, maar ze kon eindelijk het kinderlijke in zichzelf vrijlaten. Camilla liep neuriënd door het huis. Maar de euforie was van korte duur. Op papier was alles te mooi en te lelijk om waar te zijn. Ze tuurde urenlang naar vergeelde kiekjes. Een baby op schoot bij een boerenvrouw. Een blond meisje te paard. Een kind als bruidje verkleed: twaalf jaar, een parodie van maagdelijkheid. Naïeve beelden die geen geheimen verborgen. Maar hoe was het geweest? Ze begon opnieuw, maar het ene begin leek op het andere en geen enkel voldeed. Ze zat zichzelf te verzinnen. Er wandelde een dominee over haar graf. Ze wilde te veel vergeten. Koud zweet brak haar uit. Maar er was geen weg terug. De molens der gerechtigheid malen traag maar feilloos. 's Middags luisterde ze naar de radio. Twaalf uur, de waterstanden: de Rijn in Konstanz 387 val 2, Rheinfelden 62 val 6, Keulen 265 val 6... De tijd stond stil en de dagen gingen angstwekkend snel voorbij.

Het werd Pam duidelijk dat ze de onderneming alleen tot een goed einde kon brengen door met het slot te beginnen. Maar het bleek technisch onmogelijk het deksel van je kist op te lichten. Optellen was eigenlijk aftellen. En aan beide uiteinden kwam je uit bij nul. Niets in de handen niets in de mouwen. Vroeger was vandaag. Het kind was een oud mensje geworden dat weer een kind wilde zijn zonder iets te moeten overdoen. Notities en fragmenten overwoekerden haar tafel, de chaos was volledig.

Pam werkte zich te pletter zonder een stap vooruit te komen. Om zich te wreken mepte ze vliegen. Het was een bijzonder vliegenrijk jaar, en tot laat in de herfst zou hun hitsig gegons de kamers vullen.

Ze kropen overal op en over en lieten de lampekappen bescheten achter. In de vroege morgenuren begonnen ze duikvluchten om Pams hoofd uit te voeren, of ze landden op haar handen, zodat ze onvermijdelijk werd gewekt in het delicaatste uur van haar slaap. Camilla spoot er lustig op los, ze kocht de spuitbussen per dozijn, maar het mocht niet helpen. Er was blijkbaar een resistente soort ontstaan die de insekticiden als wolkjes deodorant met hun vleugels wegwaaierde. Een delirium. Elisabeth stapte bij het vallen van de avond met moord in haar ogen door het huis en pompte alsof ze op de vijand schoot. Ze hanteerde een flitspuit die op een insekt zonder vleugels leek, een gemutileerde libel bijvoorbeeld. Pam herinnerde zich de prikkeling van de luchtwegen die bijna aangenaam was, maar de geur was ze vergeten.

Ze werd door Camilla betrapt terwijl ze met de vliegemepper in de aanslag op haar tenen door de kamer sloop, maar ze doorstond haar blik en ging door met de jacht. In gedachten begon ze aan de brief voor de uitgever die ze nooit zou schrijven. Ze werd humeurig en ontwikkelde allerlei kwaaltjes. Jeuk. Hoofdpijn. Maagkrampen. De onveranderlijke schoonheid van het landschap werkte geducht op haar zenuwen. Ze begon Camilla na te rijden. Heb je de winterkleren gelucht? En de tuinstoelen binnengezet? Vlagen van apathie en werklust wisselden elkaar af. Maar het meest van al schaamde ze zich. Dat het zover moest komen. Dor hout. Onvruchtbaar. Malende. Het tandeloos geknabbel van haar grootmoeder. Ik kan niets meer. Stop mij maar vlug onder de groene zoden. Ik wil niet meer weten wie ik ben. Alles is geweest. Ik kan mezelf niet langer onder ogen komen. Mijn onmacht bekennen. Ik val nog liever dood dan toe te geven dat... Geen moeder om mij zachtjes in slaap te wiegen. Ik zit op de verkeerde helft van het speelveld. Daar kwam nog leesblindheid bij. Een maand of langer bleven de woorden zich ontdubbelen tot nietszeggende tekens. Pam legde haar bril voor zich op het blad en haar handen palmen omhoog ernaast. Laat het stof nederdalen.

Het regenseizoen was begonnen, maar er stond geen maat meer op de dingen. Het regende onophoudelijk. Vochtplekken verschenen op de muren. Schimmel vrat het houtwerk aan. De stoffige wegen veranderden in modderpoelen. Camilla's brommer was spoedig uitgeschakeld. Ze baggerde in lieslaarzen heen en weer tussen Pam en haar vader, en vervloekte ze allebei omdat ze even koppig op hun stekje bleven zitten. De eerste overstromingen werden gemeld, een brug werd door het wassende water van de rivier meegesleurd, er verdronk een boer die zijn vee naar hogergelegen weiden wilde brengen. Het scheelde niet veel of er brak paniek uit onder de bewoners van het heuvelland die rotsvast in de afzijdigheid van hun kleine paradijs geloofden. Pam broedde een verkoudheid uit, maar toen het water de noordelijke tuinmuur zo ondermijnde dat hij gevaarlijk ging overhellen trok ze een jekker aan, stutte de muren en ging greppels graven. Ze genoot van de taaiheid van haar lijk. Eindelijk gebeurde er eens wat! Camilla was duivels. Maar Pam lachte, ''t is ook mannenwerk,' zei ze om Camilla op te jutten. Met haar handen op haar heupen keek Camilla haar aan – een vermoeid vogelkopje boven een grog –, ze klapte met een hartgrondig 'barst' haar mond dicht en ging in de gietende regen de greppels verder uitdiepen. Het hondeweer had in Pam tegenkrachten gewekt, maar terwijl ze door het venster Camilla bij het graven gadesloeg zakte het weer weg. Camilla had iets slaafs in haar gebaren, alsof ze gebukt ging onder het klappen van een onzichtbare zweep, de houding van een dwangarbeider dat was het, en Pam werd er depressief van. Ze sloot haar ogen en luisterde naar de regen.

De eerste alarmerende berichten waren in de vroege ochtend gekomen, met gebogen hoofden zat de familie om de radio. Holland was onder water gelopen. Er waren lange lijsten van doden en vermisten. De overlevenden zaten verkleumd op de daken. Een vrouwenstem zei: 'We hebben niets meer, maar goddank we leven nog.' Grootmoeder klemde haar paternoster steviger vast. Een spookachtige nacht was hieraan voorafgegaan, er lagen zandzakjes voor de schuurdeuren. Het keldergat was dichtgestopt en de zijgevels werden gestut met wagenbomen. Het ging allemaal haastig en zwijgend in zijn werk. Elisabeth keek de stallantarens na, ze werden naar de zolder gebracht. Extra dekens koude koffie en het kistje met geld en waardepapieren. Oom Gomein kwam ernstig van de burenronde: 'Als de dijk het houdt valt het wel mee...' Het paard was de halster afgedaan en ook de koeien stonden los in hun kribben. Pam maakte zich zorgen om haar konijn.

Het was pikdonker. In de seconde wachttijd tussen het voorbidden en het invallen van het koor viel de wind loeiend op het dak aan en sloeg de regen kletterend tegen het zolderraampje. Het was een barse God om genade aan te vragen. En dan was het water toch nog gekomen. Tussen licht en donker liepen waterslangen over het erf, zo vlug alsof ze erover rolden. Er ontstond tumult. Stoelen vielen om, er werd gevloekt en 'God sta ons bij' geroepen. Maar verder dan de drempels kwam het water niet en vierentwintig uur later zou het al verzinken in de stank van een sponzige bodem. Het beeld van de kat die op de schoorsteen sprong en daar met de haren overeind verstarde, het beeld van de grootmoeder die door de knieën gaat en met geheven armen bezweringsformules prevelt, het bleef Pam bij. En het besef dat het onheil kwam zoals het wilde, niemand kon het water tegenhouden. Als het zo uitkwam zou het over de drempels stromen zoals bij het Hollandse meisje dat kwam kuren. Margo of Anja: mager met peenhaar en hoge tonen in de stem. Haar huis was weg en haar broertje verdronken en ze kon maar niet wennen in dat vreemde land, waar iedereen met haar te doen had maar niet wist hoe je zo'n kind moest aanpakken. Pam was ook mager en lichtblond en ver van wat thuis had moeten zijn en ze nam de rol van het Hollandse meisje over. Haar huis was overstroomd en haar broertje verdronken en ze vond het wat erg dat het niet waar was en dat ze zoiets durfde te denken!

Vervelend dat alles al eens gebeurd was op den duur. In een tijd die alleen nog jouw tijd was en die van de vijf anderen die wie weet waar zaten te verkommeren. Eenzaamheid, hoe moest je het anders noemen als je kinderen je afschrijven, met je hopeloos verjaarde verhalen van vroeger, aan wie moet je het slijten? De vurigheid geblust met de rug naar morgen, al kun je het niet geloven, eens is het zover. Toen Pam zich die gang van zaken voor het eerst realiseerde was ze erger geschrokken dan van het naakte feit van de dood dat haar als kind al opstandig maakte. Maar het zijn in de eerste plaats de anderen die sterven, de ervaring blijft abstract. En de voorbereidende aftakeling die je murw maakt... Had ze niet met afgrijzen naar die vergrijsde vrouwen gekeken voor wie het wereldnieuws niet veel meer was dan een oude krant waarin visafval voor de katten werd verpakt, en die de namen van hun kinderen door elkaar haalden, verward, zoals ze erbij zaten ook, met hun knieën uit elkaar, onbewust provocerend in hun schaamteloosheid. Van de liefde alleen nog de trivialiteit van hun magere dijen verpakt in de brede pijpen van hun onderbroeken. 'De onderbuik warm houden' was de lijfspreuk van de hatelijke dorpsdokter, met zijn grote gulp over zijn dikke buik, de bungelende horlogeketting en de knieën noodgedwongen ver uit elkaar vanwege de omvang. 'Net een oud wijf,' vond oom Gomein. Wat zou hij hulp moeten inroepen bij een kraambed, had haar moeder er geen veertien op de wereld gezet, waarvan twaalf in leven (maar vraag me niet wat voor soort van leven), en had ze daarbij ooit iets anders nodig gehad dan het onverwoestbare gereedschap van haar ouwe heer, die beruchte uitknijper? Welnu dan, en zelf kon hij geen forceps aanleggen. Purgeerpillen, de alleszaligmakende remedie voor vrouwenkwaaltjes, hij bezorgde ze in roze en groen, de koeien waren beter af met hun dronken veearts, die vaak zo ver heen was dat hij voor- noch achterkant van een kalf kon onderscheiden. 'Daar komt het al,' zei hij, en pats door haar schedel, ze had hem gehaat van het eerste uur af, die man die het goedvond dat zij door zijn onkunde werd afgevoerd. 'Wat is eraan verloren?' had hij gevraagd. Een meisje meer of minder als je op een stamhouder zat te wachten. Oud zeer. Waar ben ik mee bezig? dacht Pam.

De regen was het laatste nieuws. De kranten stonden er vol van. Het verdrong op een aangename wijze de angst voor al het andere. Op de radio gaf een professor college over het verband tussen de ongecontroleerde neerslag en bedwateren bij kinderen die dat stadium voorbij waren, en hij sprak zo overtuigend alsof hij er zelf last van had. Pam had heel wat professoren versleten. Voor haar part bleef het regenen.

Ze kroop bij het vuur of vroeg onder de wol, maar het was wel geraden eerst nog eens flink te lozen, en niet te veel slappe thee voor het slapengaan, jawel professor, de blaas verzwakt, maar dat had ik als kind al, slaapdronken en op de tast door de koude gangen op zoek naar de wc. Meisjes zijn vlugger zindelijk dan jongens, of niet soms?

Haar grootmoeder maakte niet veel complimenten maar ze vond toch dat een dame niet babbelde over haar kleine ongemakken, en zelf zocht ze soelaas bij haar trouwe nachtspiegel, waarin haar klare beekje nog klaterde toen haar echtgenoot allang de pijp aan Maarten had gegeven. 'God hebben zijn zwarte ziel,' zei ze, maar ze werd er wel sentimenteel van. Eenmaal de zeven maal zeven kruisjes voorbij, en zijn graf in verregaande staat van verval, was het weer een beste vent die haar toch lekker niets meer kon. 'Zo dood als een pier', grimmige Elisabeth tegen Pam die haar grootvader van moeders kant niet had gekend, en ze vertelde er nog even bij dat hij zijn broek niet meer kon dichtknopen en geholpen wilde worden bij het plassen. 'Dead horses don't run,' zei Churchill, ook een ouwe taaie, en zijn dochters konden er geen traan om laten. De wereld was van de mannen, die het geld hadden uitgevonden maar door hun eigen stomme schuld in de handen van vrouwen vielen, die nog een eitje met de heren te pellen hadden, en berg je als het zover is en het gepeupel in opstand komt, eens kijken wie dan de lakens uitdeelt. Of was het daar niet om begonnen? 'Ze sterven als vliegen onder mijn handen weg,' zuchtte de veelvoudige weduwe. Een man alleen is een sukkel. Pam wreef haar koude vingers, het was nog altijd ergens goed voor om van de verkeerde sekse te zijn. Ze had zich weleens afgevraagd hoe het zou zijn als niet alles in twee en hoog en laag werd ingedeeld, maar in drie of vier en midden en tussen, als de keuze gespreid is wordt de concurrentie milder, zo is het toch? Aan een oud hoofd zit menig schroefje los! Net voor het dramatisch dreigde te worden hield het op met regenen. Een regenboog stond in het zwerk. Laat de doden de doden begraven.

Maar het weer bleef wisselvallig en het was veel kouder dan normaal, in januari zou er zelfs sneeuw vallen. Een dun wit laagje dat Pam een heftige aanval van heimwee bezorgde. Ze was vergeten wat sneeuw voor haar betekende. Camilla kwam schoorvoetend met het voorstel dat Pam tot het weer beter werd dichter bij het dorp, in het huis van haar vader zou logeren. Maar Pam moest de oude praatjesmaker niet, hij kon liegen alsof het gedrukt stond, en nog het meest over zijn leeftijd, de ene keer was hij bijna honderd, de andere keer al honderdentien. Hij was in een Armeense trein geboren uit een onbekende moeder en zijn vader was zogenaamd een circusdirecteur. Het aantal oorlogen waarin hij de held had gespeeld was indrukwekkend, en hij was de lieveling van alle vrouwen. Als hij daarover begon raakte hij vlug de tel kwijt. Het was een komisch schouwspel die bejaarde haan zijn kammen te zien rechtzetten, maar hij kon het pronken niet laten. Hij had allang dood moeten zijn, maar het besef dat hij Camilla's dagen verpestte hield hem in leven. Heel grootmoedig van hem dat hij zijn dochter had opgenomen, er waren er niet veel die haar nog in hun huis zouden dulden.

Behalve Pam dan, en het zat hem dwars, er was wat aan de hand met die tante, al kon hij niet zeggen wat, en hij vermoedde dat ze bij Camilla tegen hem stookte. Zo vriendelijk als ze was kon ze je laten voelen dat ze zich beter wist. Voor zo'n paar snertboekjes zeker! Kon je zien wat er van terechtkwam als de dames pretenties kregen. Hij had niet eens van de aardbeienjam willen proeven, als het daar vandaan kwam, bedankt! 'Je vader zou boeken moeten schrijven,' had Pam weleens lachend tegen Camilla gezegd. Het ergerde haar ondanks haarzelf dat Camilla zo aan die querulant vastzat. 'Het is nu eenmaal mijn vader,' zei ze. 'En dan?', maar Pam beet op haar tong. Je kon je ouders niet met de vuilniskar meegeven, maar een beetje afstand kon geen kwaad.

Ze voorkwam dat Camilla zou moeten kiezen door haar 's middags naar huis te sturen. 'Ik red me wel.' Maar het ging moeizaam, misschien was het de invloed van het weer, maar al haar botten deden pijn. Ze had geen eetlust en moest zichzelf dwingen om wat te eten. Het werk was geen troost, ze kon zich niet concentreren. Koude pap, dat was het verleden. Het viel haar op dat ze in het lege huis tegen zichzelf begon te praten, en wat erger was, ze kon zich niet herinneren wat ze gezegd had. Pam werd somber.

Tegenover Camilla's ongelukkige gezicht hield ze zich groot, maar eenmaal alleen was er niets waarmee ze de leegte kon vullen. Ze kreeg het akelige vermoeden dat haar de vreugde was ontnomen. Het stille genoegen in de dingen dat bestaansvoorwaarde was. Zo gaat de dood te werk, hij maait je het gras voor de voeten weg in een pijnlijk proces waarin de levenswil wordt gebroken, zodat je murw bent als het ogenblik daar is. 'Mijn koffie smaakt naar zeep,' zei haar grootmoeder die in de oorlog haar nek riskeerde om aan groene koffiebonen te geraken. Pam nam zich voor in een afgrond te springen voor het zover kwam. Ze had zich wel meer oud gevoeld, maar dat ging weer over, een tijdelijke inzinking waarvan je vlug genas als je jong was. Ze benijdde Camilla die ondanks alles weer in het vertrouwde patroon was vervallen en het kind van haar vader speelde, en hem bemoederde alsof zij en niet hij wat goed had te maken. Pam kon zich maar twee vaders voorstellen, de ene was onverwoestbaar en gevaarlijk, en de andere was een vriendelijke ouwe heer met streken. Twee uiteinden van een gebroken draad die met de beste wil van de wereld niet meer aan elkaar te knopen waren, zodat ze afwisselend bleek van woede en angst werd, en intreurig om het misverstand.

'Vergeven en vergeten,' zei de frisse non en zij wilde wel vergeven, maar kon niet vergeten en voelde zich belazerd. 'Boef en boefjesmaat,' spotte Marion toen haar ouders plechtig als een belegen bruidspaar uit hun limousine stapten. En dat was precies wat Pam van haar ouders dacht in die neogotische hal van de kostschool, waar ze stonden te wachten om te worden afgehaald, kinderen die voor een week of wat werden gestald zodat je ze even kon vergeten. Maar voor Pam was meestal alleen haar vader gekomen, vlug-vlug, alsof hij zich schaamde, geen ogenblik was hij het ongeluk dat hem met een dochter was overkomen vergeten. Hij wilde met alle geweld een nieuwe toren van Babel bouwen. Dacht in kubieke meters. In baksteen en beton. Oude huizen waren als versleten wijven, het dak lekte en de kelder stond onder water. Een sloper die zich als bouwer vermomde.

* * *

Camilla mopperde over het huis, een oud bakbeest, lastig in onderhoud en niet te verwarmen. 'Kan je het niet meer aan?' vroeg Pam. Camilla begon opnieuw. Het huis van de burgemeestersvrouw stond leeg (na een voorbeeldig leven voorbeeldig gestorven en voorbeeldig begraven), het was ideaal gelegen, midden in het dorp, maar in een rustige straat. Opgedeeld in ruime flats, met elk een aparte ingang zodat je elkaar niet voor de voeten hoefde te lopen, en voorzien van alle modern comfort. Er was geen tuin, maar het parkje van het kasteel (nu eigendom van de gemeente) was vlakbij, zodat je de genoegens van een tuin kreeg zonder te moeten opdraaien voor het onderhoud. 'Gaan we gezellig op een bank in het zonnetje zitten,' zei Pam giftig. Maar Camilla hield vol dat ze nooit meer zo'n kans zouden krijgen. 'En je vader dan?' vroeg Pam. 'Die kan zonodig de benedenverdieping met mij delen, hij kan toch geen trappen meer lopen,' antwoordde Camilla.

Pam begreep dat het haar ernst was. Van de weeromstuit werd het huis haar dierbaar. Ze was er zo veilig als een marmot in haar hol. En de tuin, die door de regen en het onverwachte winterweer een verwaarloosde indruk maakte, was haar domein. Ook al zou ze in een gekke bui poedelnaakt naar buiten lopen, dan had niemand daar last van. (Na het onweer de stromende regen op het perkament van je huid, door de hitte gelooid, in die zomers toen het zo droog was dat het zand tussen je tanden knarste.) Pam peilde het water in de kelders, het zakte dagelijks enkele centimeters, maar de wijn zou wellicht bedorven zijn. Ze klom met een kippenladder naar de zolder (een hachelijke onderneming) om het dak te inspecteren, en bestelde de leidekkers om de losgeslagen stukken te herstellen.

Camilla kwam elke dag met een nieuw drama. Verlaten oude vrouwtjes stierven aan gebrek aan verzorging, en werden in verregaande staat van ontbinding of als skelet gevonden door de man die het gas kwam afsluiten. Het bezige deel van de bevolking was onverschillig aan hun noodkreet – een bordje met 'help' voor het raam, een initiatief van de sociale dienst – voorbijgelopen. 'En hier komt buiten de postbode niemand langs,' zei Camilla. 'Dan kan ik maar beter zijn borrel goed volschenken, en bovendien ben jij er nog,' antwoordde Pam. 'En 's nachts dan?' vroeg Camilla. 'Heeft het geen zin om bordjes te plaatsen, veel te donker, maar ik kan lichtkogels afschieten of proberen met mijn laatste krachten de telefoon te bereiken,' zei Pam fijntjes. 'Het lachen zal je wel vergaan,' voorspelde Camilla. Ze herinnerde aan de lotgevallen van Minneke Poes en haar man en was boos toen Pam haar de voorraadlijst presenteerde: er was voldoende om de bevolking van een bejaardentehuis te voeden. Toen het haar niet lukte Pam bang te maken begon Camilla over eenzaamheid te zeuren. Ze gaf hoog op van de voordelen van het menselijk verkeer. Vreemd, want zelf was ze zo gezellig als een gepensioneerde ijsbeer en ging ze bij het naderen van een onbekende meteen een straatje om. 'Je bent de laatste tijd zo terneergeslagen,' zei ze, en Pam dacht, jezelf zal je bedoelen, maar ze bleef een beetje uit haar buurt. Als het weer het toeliet werkte ze in de tuin. Ze snoeide en schoffelde en kreeg kleur op haar wangen, ze betastte de knoppen van de amandelboom en wist nog goed hoe ademloos ze het eerste jaar in het heuvelland de lente-explosie had gadegeslagen, hoe lang geleden al, mimosa, perziken, abrikozen, balsem voor haar ogen was het geweest, een voorschot op het nieuwe leven dat ze begon. Ouder worden schrikte haar niet af, ze was zelfs een tikkeltje nieuwsgierig hoe ze het er vanaf zou brengen. Pam sliep beter en beperkte het schrijven tot het noteren van losse invallen en het bijhouden van wat ze zich tussentijds herinnerde.

De klok stond niet stil. Ze had uit haar hamstervoorraad papier een paars schrift met stijve omslag gekozen en noteerde haar bezigheden als in een logboek. Geen geleuter, gewoon wat ze van dag tot dag uitvoerde, dat gaf houvast. Als Camilla maar niet zo lastig was geweest. Ze kon in alle toonaarden zwijgen, om tenslotte weer over hetzelfde te beginnen. 'Het is niet goed dat de mens alleen zij,' oreerde ze, en stapte op haar brommer. Pam keek haar verbluft na. De solide rug van Cassandra, met de zware dijen waartussen de stang van het frame verdween, en het nietige zadel onder haar barse kont, er viel niet mee te spotten. Camilla bereed haar strijdros. De wolken hingen laag, er viel een ijl regentje. Pam schrok even van een schaduw die bewoog in het glas van de terrasdeuren maar begreep meteen dat ze het zelf was. Ze trok haar schouders achteruit en ging rechtop staan. Nog altijd een meter achtenzestig op haar sokken. Ze droeg een lang gebreid vest en een rechte rok in schutkleuren – beige en mosgroen –, er zaten wat losse pieken in haar kapsel die ze vastspelde. Een poes streelde langs haar benen. Alleenzijn was voor Pam zelden een last en meestal een luxe. Ze genoot van de stilte in een ruimte waar ze ongestoord haar gang kon gaan, en het vooruitzicht van die vrijheid te moeten afzien stemde haar kribbig. Het was de eeuw van het groepsgebeuren. Alleenzijn was verdacht. Arrogant of zielig naargelang je status. 'Ik heb toch het recht om excentriek te wezen,' gromde Pam. Maar het gevecht was al begonnen in de kleuterschool, waar ze het vreselijk vond urenlang met andere kinderen opgesloten te zitten. De onderdrukte agressie die losbarstte als de bel luidde. Indianengehuil. O ja, ze paste zich voorbeeldig aan, ze draaide eenvoudig een knop om en vloog op de automatische piloot. Hoe dichter ze op haar huid zaten hoe afweziger ze werd, tot ze op een schijnbaar onbelangrijk detail afknapte en de benen nam. Geen twintig paarden hadden haar kunnen tegenhouden. Het was pijnlijk want ze hield wel degelijk van mensen apart en was trouw in haar genegenheid.

En in de liefde was het een ramp. Zij kon tot over haar oren verliefd zijn en alles vergeten, maar vroeg of laat kwam het ogenblik dat ze zich genoeglijk uitrekte; het was tijd om een frisse neus te halen en weer aan de slag te gaan. Maar er waren geen conservatiever mensen dan mannen. Nauwelijks hadden ze hun wantrouwen overwonnen of ze verwachtten dat je altijd tot hun beschikking zou staan en na de eerste dolle tijd tot bedaren zou komen om als een broeds wijfje op hun eieren te zitten! Pam had altijd gevonden dat het eerlijker zou zijn als ze je een schort ombonden in plaats van een ring om je vinger te schuiven. Al dat geheul met de vrijheid was maar vlagvertoon. 'Nu ben je van mij!' Zijn huis verzorgen zijn bed verwarmen zijn kinderen opvoeden. Ingelijfd werd je! En het was niet bij binnenhuisopstandjes gebleven. De kleine politiek werd grote politiek. Alles zat aan elkaar vast. Terugvechten, er was geen andere weg om de bedreiging af te wenden. Angst. Je werd gebraden in angst zodat je goed gaar was als de verkeerde beslissingen vielen. En de vrouwen, vanzelfsprekend waren er de vrouwen. Wie zichzelf niet helpt moet niet op hulp van buitenaf rekenen. Pam had zich er met volle overtuiging ingeworpen. 'En nog en nog,' beaamde ze hardop. Maar er zat als het ware een klein kamertje in haar hoofd waarin ze zich elk ogenblik kon terugtrekken om op adem te komen en even voor zichzelf uit te maken wat ze dacht. Eigenlijk was ze niet bruikbaar. En dat had ze vroeg en laat geweten. 'Ik trek de woestijn in.' Veertig dagen vasten. Dat was vreemd. En dan was er nog het schrijven, een tegendraadse bezigheid zonder duidelijke afspraken of onmiddellijk nut. Niet te manipuleren. En je deed het nu eenmaal in je eentje. Een vliegtuig vloog laag over.

Pam sloot de terrasdeuren, schoof de gordijnen dicht en deed het licht aan. In de keuken bleef ze peinzend staan, de kat miauwde en ze goot wat melk op een schoteltje. Daarna liep ze naar de slaapkamer en zocht in de lade een mooie roodzijden sjaal, voor de spiegel knoopte ze hem om haar hals, het rood kleurde mooi bij het mosgroen. De overjaarse nichten van haar moeder hielden hun fijne halsjes bij elkaar met een zwartfluwelen lintje waar zondags een cameetje op werd gespeld. Later komen wij elkaar tegen, jij draagt een panamahoed en tweekleurige schoenen (vergeet mijn wandelstok met ivoren knop niet, onderbrak hij haar) en ik een japon van crêpe de Chine met een fluwelen lintje om mijn hals, ze lachte terwijl ze het zei en hij beet zachtjes in haar oorlelletje: 'Ik hou van je hals.' Ach ja. Wat wilde Camilla nu eigenlijk? Er waren te veel mensen en er kwamen er voortdurend bij. Maar er vielen er ook af. Stel je voor dat je altijd en altijd zou blijven leven...

Pam piekerde er niet over om in het dorp boven het hoofd van Camilla's vader op haar tellen te passen. (Ze zag zijn grote oren naar het plafond gekeerd om haar bewegingen te volgen. Wie gaat er eerst?) Ook al omdat ze achter het huis van wijlen de burgemeestersvrouw de beschaafde vergeetput zag opduiken; het tehuis waar ze goedverzorgd kon doodgaan, en er de tijd voor nemen terwijl de oudjes in hun territoriumgevechten tekeergingen als een vergrijsde meeuwenkolonie. 'Als kamer zeven vrijkomt krijg ik die!' Samen eten samen slapen samen de uren aftellen. Een tandeloze kleuterklas. Camilla kon de pot op. De ruimte die ze in beslag nam zou spoedig vrijkomen, dat ze geen plaatsje onder een treurwilg zou krijgen kon Pam billijken, er was geen tijd meer om rustig te vergaan, keutels in een urn of verstrooid tot een asstreepje, het kon haar niet schelen, maar voor het zover was wilde ze nog wel in vrede sterven.

Pam stuurde Camilla wandelen. Het huis van de burgemeestersvrouw werd openbaar verkocht, er waren geen echte liefhebbers zodat de prijs laag bleef, en tweemaal werd het laatste bod ingehouden. Er was sprake van dat de gemeente het zou kopen om het als tehuis in te richten: 'Avondrood'. Omstreeks die tijd was het opbellen begonnen.

Midden in de nacht rinkelde de telefoon. Pam zat rechtop in bed voor ze het wist. Ze struikelde de gang op waar het ouderwetse toestel aan de muur hing. Gejaagd riep ze hallo, maar aan de andere kant van de lijn bleef het stil, ze herhaalde het hallo dringend maar al met een spoor van ergernis in haar stem. Er weerklonk een parodie van het welbekende gezucht, die eindigde met een kreun, waarna een abrupte klik een einde aan de voorstelling maakte. De eerste keer haalde Pam haar schouders op, hoewel ze zich afvroeg hoe een onbekende aan haar telefoonnummer was gekomen. Maar de volgende nachten herhaalde het spelletje zich en of ze nu wilde of niet, Pam was verplicht mee te spelen. Haar woede en onrust stegen terwijl ze de gewone trucs uitprobeerde. Laten bellen. Opnemen en zwijgen. De hoorn naast het toestel hangen. (Waarna de telefooncentrale het toestel vierentwintig uur buiten gebruik stelde.) Het mocht niet helpen.

Na een week lag ze gespannen in bed op het gerinkel te wachten, het gerinkel dat niet kwam, het vermeende gerinkel, het loos alarm, het valse gerinkel dat na drie keer bellen ophield, tot ze doodmoe in slaap viel en dan rinkelde de ellendeling toch. De uiteinden van haar zenuwen stonden roodgloeiend. Moordlust vervulde haar terwijl ze zich verweerde tegen de verfoeilijke intimiteit die haar werd opgedrongen. In de seconde stilte voor de diepe ademhaling ontstond er een ondergrondse verbinding tussen de onbekende insluiper en haarzelf. En als het hijgen begon vergreep hij zich grenzeloos. Na de laatste kreun die in een snik afbrak voelde Pam zich misselijk, ze liet de hoorn vallen alsof ze een vies voorwerp in haar hand hield. En dat afschuwelijke ogenblik breidde zich uit in de oneindigheid van de nacht, zodat ze zich bespied voelde en op een verbeeld radarscherm het luchtruim aftastte. Maar het was een blindzoeker, de dader wist haar zitten aan de andere kant van de lijn, zij had het raden. Het initiatief lag in het andere kamp, een situatie die Pam onverdraaglijk vond. Ze haatte die man. Want dat het een man was, daaraan twijfelde ze niet. De dreigende zuchtster was onvoorstelbaar. Die was of verleidelijk of meelijwekkend. Dat was het hele verschil. De agressie, altijd op de achtergrond aanwezig, had een stem gekregen. Pam vroeg een nieuw geheim nummer aan, maar ze wist dat de wachtlijsten lang waren; de kwelling kon nog maanden doorgaan, en al die tijd mocht ze zich afvragen wanneer de gek gevaarlijk zou worden.

'Daar moet ik zo oud voor zijn geworden,' dacht ze, maar ze wist best dat haar leeftijd er niets mee te maken had. Integendeel, een oude vrouw was een makkelijke prooi. Pam voelde zich bespot en vernederd. De telefoon eruit gooien was geen oplossing, er kon zich altijd een noodgeval voordoen, of de kinderen konden opbellen.

Op een morgen vond Camilla de telefoon zorgvuldig ingepakt, twee sjaals en een pak watten had Pam om het toestel gebonden, zelf lag ze in bed met een skimuts over de oren. 'Wat is hier aan de hand?' vroeg Camilla met stentorgeluid. Vermoeid wreef Pam over haar gezicht.

Met een vlakke stem vertelde ze Camilla van de man die opbelde met de mededeling dat zij en niemand anders de zijne was. Goed dertig jaar na de oorlog, maar hij had haar ontmoet in 1942 aan het Russische front waar hij voor de Ufa filmde. Even jong of oud als op deze dag. Liefde op het eerste gezicht terwijl de soldaten aan de grond vroren en de Stalin-orgels dreunden. Niks geen vergissing, ze hadden elkaar in die ijzige jachtvelden eeuwig trouw gezworen, maar op de terugweg was hij haar aan de Elbe kwijtgeraakt toen hij werd gewond. (Een schampschot, ze hoefde zich geen zorgen te maken.) Ontroostbaar was hij geweest en hij was haar blijven zoeken, geen andere vrouw kon hem bekoren, alleen zij, zijn Pamela vervulde hem. En nu had hij haar eindelijk teruggevonden. Pam had de paniek voelen komen als een koude hand om haar hart, een trilling waarna het middenrif ging schudden, en terwijl ze koortsachtig 'kalm blijven' dacht achtervolgde de stem met het Duitse accent haar: 'Weet je nog die nacht im Bunker?' 'Jij blijft vandaag maar wat langer liggen,' besloot Camilla ferm en organiseerde een ontbijt op bed. En passant haalde ze het verband van de telefoon. Zodra de kreuner doorkreeg dat hij haar 's nachts niet meer lastig kon vallen verlegde hij zijn actieterrein naar de dag, en meteen had Camilla beet. Ze schold hem uit voor alles wat lelijk was en ging daar toen de ander allang had opgehangen nog een hele tijd mee door. Fluimige aftrekker. Meelbal. Seksbaron. Pam kon niet anders dan Camilla's plastische taalgebruik bewonderen, maar helpen deed het niet.

Op de ongepastste ogenblikken bleef de telefoon rinkelen, zij het met langere tussenpozen. 'Stel dat die kerel hierheen komt,' zei Camilla. 'Zolang hij belt komt hij niet', Pam was er gerust op. Maar Camilla was niet bang, ze had hem wat graag tot moes geknepen. Ze haalde een opgeblonken jachtgeweer uit zijn foedraal en zette het naast de telefoon. 'Wat ben je met dat kanon van plan?' vroeg Pam. 'Hmmm,' deed Camilla. ''n Stuk antiek van je vader?' plaagde Pam. 'Recht voor zijn raap,' zei Camilla. De lente zat in de lucht, ze waren weer vriendinnen.

* * *

Tumult in de kamer. Op het balkon was met een veerkrachtige sprong maar onhoorbaar Mefisto verschenen. Al zijn haartjes stonden overeind. Zijn staart was twee keer zo dik als normaal. Hij blies als een gifslang. Het hondje kefte als bezeten: 'Kom eens van die balustrade af als je durft!' Een explosieve toestand. De kater was furieus. 'Hou op met kat en hond spelen,' zei Pam, maar ze kwam van te ver, haar stem was te dun. 'Naar binnen jij,' beval ze het hondje en duwde de dubbele deuren voor zijn neus dicht. Onmiddellijk begon hij te janken en tegen de ruitjes naar omhoog te springen, maar ze liet hem voor wat hij was en trachtte de poes te kalmeren. 'Rustig...' zei ze en stak voorzichtig een strelende hand uit, maar

Mefisto sloeg zijn klauwen uit. 'Aansteller,' gromde Pam binnensmonds en ging door met sussende geluiden te maken. Langzaam gaf de kater zijn afweerhouding op. Hij liet zich pakken al bleven zijn spieren gespannen, maar op datzelfde kritieke moment gooide Camilla de deuren open en riep: 'De post!' alsof ze de koningin aankondigde. Mefisto zette zich met de achterpoten af in Pams middenrif om met een reuzensprong in de bloembakken te belanden en vandaar naar het plat te vluchten. Pam greep in een pijnreflex naar de plek waar de klauwen door het dunne kleed waren gedrongen. Ze gaf geen kik maar de huid over haar neusbeen en slapen verstrakte en ze keek Camilla aan alsof ze haar iets naar haar hoofd wilde gooien.

Camilla liet de brieven vallen, maar Pam duwde haar met de vrije arm opzij en liep dubbelgevouwen naar de badkamer. Ze trapte de deur dicht draaide de sleutel om, en leunde uitgeput tegen de muur. Langzaam loste ze de greep van haar rechterhand, de verfrommelde stof van haar jurk viel omlaag, daaronder voelde ze het schrijnen. Camilla klopte. 'Laat me met rust,' beet Pam, het klonk scherper dan bedoeld. Ze worstelde zich uit haar jurk en keek omlaag naar de plek waar de evenwijdige striemen zaten. In de spiegel kon ze het nog beter zien, de gezwollen strepen begonnen nu ook parelgewijs te bloeden. Op dezelfde plaats bevonden zich bij haar vader de littekens. Loodrecht, een winkelhaak, en de samengefronste speerpunt van het fistel. Ze herinnerde zich dat gat waarin de groene draad met loodjes vertrok die er langs zijn neus weer uitkwam. Het humeur van een vitriooldrinker. Hij vertoonde bereidwillig 'het slagveld op zijn buik', of sprak spottend over zijn 'eretekens' alsof het een Heidelbergse studentensnee was. Een percent bluf en negenennegentig percent ellende. Het ontsmettingsmiddel prikte.

Camilla zat haar met het hondje op de bovenste traptrede op te wachten. Ze zaten daar zozeer als gestrafte kinderen dat Pam onwillekeurig moest lachen. 'Kijk in het vervolg wat beter uit je ogen,' zei ze tegen Camilla, 'en neem die lastpost mee.' 'Is het erg?' vroeg Camilla. 'Gaat wel,' zei Pam, maar het was kennelijk haar dag niet. Op het balkon lagen de verstrooide brieven, van Mefisto was geen spoor te bekennen. Pam schraapte haar keel om hem te roepen maar bedacht zich. Rekeningen, een uitnodiging voor een tentoonstelling waar ze niet heen zou gaan, en een brief met een ingebouwde vraag om een interview dat ze niet zou geven. De brief was al op weg naar de papiermand toen haar iets te binnen schoot, ze streek hem glad en bekeek nauwkeurig het eigele papier met het paarse handschrift, te opvallend om te vergeten. Ze begon in de stapels brieven op de belendende tafels te rommelen en vond het pendant. Pam vergeleek beide exemplaren. Zelfde papier, zelfde frivole lila letters. Hij was tijdens haar afwezigheid blijven liggen omdat er iets vreemds aan was. Een jongedame die het voorwerp van haar studie in levenden lijve wilde ontmoeten. Ze schreef over haar twijfels en de moeilijkheden die ze ondervond. Tussen de regels werd er een beroep op haar solidariteit gedaan; ze wist dat Pam geen interviews meer gaf maar ze vroeg dringend voor haar een uitzondering te willen maken. Het was zo belangrijk omdat ze dezelfde droom koesterden. Dat lag er net iets te dik op. '... wij vrouwen, ... de strijd die we onverminderd moeten voeren...' Pam was niemands grote voorbeeld en ze hield er niet van op die toonhoogte te worden toegesproken. Geel en purper; er was iets onechts aan die brieven. Met de bril op het puntje van haar neus en het hoofd achterover bekeek Pam de handtekeningen. 'Het zou me niet verwonderen als deze Simone een Simon was,' mompelde ze. Hoofdschuddend borg ze de brieven op in een schoenendoos waar breeduit 'gekken' op stond.

Voor de balkondeuren lag nog een vergeten brief, ze bukte zich om hem op te rapen, maar plotseling draaide de kamer om haar heen, een stekende pijn in haar linkerzij deed haar naar adem happen. Met beide handen tegen de boekenrekken steunend zocht ze op de tast een stoel. Haar hoofd dreunde, ze slikte de misselijkheid weg, en langzaam werden de voorwerpen weer stabiel, alleen aan de randen van de meubels en in de hoeken van de kamer bleef de innerlijke aardbeving nog een hele tijd zichtbaar. Voorzichtig keek Pam naar de plek waar de brief lag. Een witte vlek. Het beeld bleef onduidelijk als door een slecht afgestelde lens. Ze was doodmoe.

In de keuken was Camilla doende, er werd met potten en pannen gerammeld, en daartussen steeg haar gezang op als het brommen van een reuzenhommel. Pam bleef met gesloten ogen zitten, af en toe keek ze naar de brief, ze voelde het prikken van de kattekrabben, maar dat was eerder geruststellend. Toen de brief weer een normaal voorwerp was dat een brief voorstelde, kwam ze moeizaam overeind. Voor alle zekerheid hield ze zich vast aan de meubels terwijl ze langzaam naar de hoek van de boekenkast schuifelde. Met één hand trok ze een plaatwerk uit de rij, ze probeerde met haar knie de val te breken maar kon niet voorkomen dat het met een bons op de vloer belandde. Even stond ze te luisteren of er van beneden geen reactie kwam. Maar als Camilla kookte leverde ze een gevecht met de goden. Het lukte haar nooit een maaltijd zonder aanbranden of overkoken op tafel te krijgen, maar dat mocht de pret niet drukken. Met onverminderde ijver ging ze aan de slag, zodat de geluiden uit de keuken rond het middaguur eerder uit een smidse leken te komen. Pam glimlachte flauwtjes. Uit de holte achter het boek haalde ze een whiskyfles te voorschijn en nam een flinke slok. Ze wachtte tot de weldadige warmte zich door haar lichaam verspreidde en de pijn in haar zij wegebde. Toen ging ze voorzichtig aan haar tafel zitten, hield twee vingers naast een glas en schonk zich nog een maat vol. 'Zo gaat dat,' dacht ze. De engel des doods verscheen en zij ging aan de fles. Met de loomheid kwam de vage herinnering van twee lichamen op een zwart zijden laken. Volwassen liefde. Met een glaasje. In het begin erna, later ervoor. Maar ze had het nooit nodig gehad. 'Het gaat alleen nog goed als we gedronken hebben.' Else in het voorlaatste stadium. Zover had zij het nooit laten komen. Hoewel. Van sommige mannen ga je drinken. Moed indrinken of drinken om te vergeten. 'Klootzakken,' zuchtte Pam. Met Else was het slecht afgelopen. Nooit oud geworden. Was met een flink stuk jeugd gaan lopen. Ze hoeven als ik ga maar een restje te begraven, dacht Pam. Ze wreef voorzichtig over de krabben, haar maag brandde. Hoe ze klaarkomen alsof ze het genadeschot krijgen. Geen talent. Ze misten de gave om lief te hebben. Erger, het was hun niet belangrijk genoeg. Alle energie werd door kleinzielige ambitie opgeslorpt. Ze moesten zo nodig. Een slechte gewoonte. Het was ze niet af te leren, in en uit de broek, altijd bezig op een denkbeeldige beer te jagen. En de huid werd voor hun neus verkocht. Wrokkig. Jaloers. Altijd te kort gedaan. Op zoek naar slachtoffers. Beter moordenaar dan minnaar. En dat eeuwige baas willen spelen... Bah! zei Pam en nam bedachtzaam nog een slok. Dan maar bezopen. Het kon haar geen barst meer schelen. Nochtans, die lichamen op dat zwarte laken. Om melancholisch van te worden. Maar Pam gaf het heimwee geen kans. 'Ik heb mijn deel gehad,' zei ze tegen de lege kamer. En het was niet vergeefs geweest. Al voelde ze zich nog altijd min of meer bekocht, het was niet vergeefs geweest.

'Eten,' brulde Camilla. Pam schoot geschrokken overeind en stopte de whiskyfles in de papiermand. 'Ik kom,' riep ze. Het leek wel een schorre blaf. Wat later stormde Camilla verwilderd de kamer in; het korte haar stond recht, in de snorhaartjes op haar bovenlip kleefde een veeg bloem. Haar schort zat onder de vlekken. 'Waar blijf je?' vroeg ze gejaagd. 'Ik kom eraan,' zei Pam. Ze draaide haar stoel om als een pianokruk en kwam plechtig overeind. 'Ligt daar nu geen brief?' vroeg ze in de richting van de brief wijzend. 'Die is zeker blijven liggen van daarstraks,' zei Camilla en raapte hem op. Ongegeneerd keek ze naar het adres van de afzender. 'Hij is van Alex,' zei ze. Pam onderdrukte haar ergernis, ze was veel te blij met een brief van haar kleindochter. 'Geef op,' zei ze. 'Eerst eten,' bedelde Camilla. Pam snoof. 'Mijn soep,' schrok Camilla en draafde naar beneden.

Pam stak de brief in haar mouw en ging haar traag achterna. Ze had niets verdachts geroken, maar ze vertrouwde haar benen niet. In de grote woonkeuken lag het hondje manifest naast zijn mand en sliep de slaap der rechtvaardigen. Kennelijk rondgegeten draaide hij zich op zijn rug en toonde een kale buik versierd met het stekelige haarkroontje van zijn penis. 'Doosje dicht!' zei Pam vrolijk. Camilla keek haar verwonderd aan: 'Wat?' 'Laat maar,' zei Pam. Camilla kon niet weten welk grapje met het beeld was teruggekomen. Ze trok een stoel bij de tafel en de brief viel uit haar mouw. Automatisch bukte ze zich om hem op te rapen maar onmiddellijk werd de druk in haar schedel onverdraaglijk. 'Verdomme,' kreunde ze en hield zich vast aan de tafelrand. Camilla legde de brief naast Pams bord. Ze keek haar aandachtig aan maar zweeg. 'Het zal geen derde keer gebeuren,' zuchtte Pam. En toen Camilla haar zwijgend bleef aankijken: 'Komt er nog wat van?' Camilla draaide zich op haar hakken om: 'Madame est servie,' zei ze en kwakte het bord soep voor Pams neus. Ze ging aan de overkant van de tafel zorgvuldig zitten toekijken hoe Pam trillend van inspanning begon te lepelen. Het lukte haar drie scheppen zonder morsen naar binnen te krijgen, dan liet ze haar lepel zakken: 'Lekker,' zuchtte ze. 'Dat zal wel,' antwoordde Camilla dreigend. 'Moet je zelf niet eten?' vroeg Pam. 'Dadelijk,' zei Camilla zonder verpinken. 'Ik zal morgen koken,' zei Pam wezenloos. 'Kan je niet gewoon zeggen, het is niet te vreten?' barstte Camilla uit. 'Toch wel,' zei Pam. Maar Camilla was niet meer te paaien. Ze griste het bord weg. 'Het moest nog maar eens oorlog worden!'

Het echoode door de keuken. ‘Leg er je kop maar bij als je het niet lust,’ zei haar grootmoeder. En Elisabeth: ‘Die arme negertjes zouden wat blij zijn als ze gesuikerde pap kregen.’ Zwaaiend op haar benen stond Pam op: ‘Ik heb niet zo’n honger, ik ga geloof ik maar even liggen,’ bracht ze uit. De brede kimonomouw veegde over tafel en de brief zeilde omlaag. Pam keek naar het eiken tafelblad, ze zag de nerven van het hout, de kringen van de glazen, haar blik gleed langs het stucwerk van de muren, de groene ruitjes in de kasten, het fornuis, de rieten stoel, de melkkan naast de deur; solide en herbergzaam, zo hoorde een keuken eruit te zien. Met een zucht klapte het hondje zijn dijen dicht en kantelde op zijn zij. ‘Doosje dicht,’ zei Pam en begon in de richting van de deur te lopen. Met één stap was Camilla naast haar, ze schoof haar linkerarm onder Pams oksel en sloeg een arm om haar middel. Pams rechterhand hing om Camilla’s nek, ze voelde haar hand aan het uiteinde bengelen. Een haverzak, nee een vaderlanderke, vijftig kilo moedergrond om het gat in de dijk te stoppen, zandzakjes vullen voor de loopgraven, o what a lovely war!, het ideale mannequingewicht gelijk aan een zakje aardappelen, polders, met een zwaai in de nek van haar vader, onvermoeibaar lossen en laden, niet klein te krijgen, het mannetje in de maan. Camilla zeulde Pam de trappen op, liet haar romp achterover op het bed vallen, tilde haar voeten er achteraan, trok haar sokken uit, een ogenblik de steenkoude voeten in haar droge handpalmen. Pam zag aan de binnenkant van haar ogen het perkament van voetzolen. Dat was het ergste van alles, dat je werd bekeken zonder iets terug te kunnen doen, als kind geschrokken van gele kalknagels die uit de kist staken, laatste liefdeloze blik recht tegenovergesteld aan de verrukte blikken in het warme, veel te warme bed, blikken waarvan je billen gaan blozen, bedeesd en toch willen tonen, ach moeder vergeef het hun want zij weten niet waaraan zij beginnen, met de liefde spelen en eraan verhangen geraken, blikken van ik heb je ik krijg je ik geef je alles. Camilla sloeg het dek over Pam en stopte haar in. ‘Doosje dicht,’ fluisterde Pam, maar het was niet zeker dat Camilla haar hoorde. Grootmoeder wat heb je een taaie nek en sterke handen. Sprak ze dat laatste werkelijk uit? Camilla legde haar hand op Pams voorhoofd, maar ze drukte er de hare bovenop en schoof ze langzaam over haar gezicht naar haar hals. ‘Kan ik op je rekenen als het zover is?’ Ook van deze zin is het niet zeker dat zij hem uitspreekt, maar Camilla wijkt asgrauw achteruit. 'Neem me niet kwalijk,' zegt Pam opeens nuchter. Camilla trekt de gordijnen dicht en verlaat de kamer. Opmerkelijk hoe ze zacht maar nadrukkelijk de deur sluit. Pam let op het spookachtige bewegen van de deurknop. 'Doosje dicht.' Ze heeft iets onvergeeflijks gedaan. Schuine strepen zonlicht vallen door de gordijnspleten, daarbuiten is nog zoveel. In haar hoofd een wirwar van halfvergeten beelden en terzelfder tijd het gevoel dat ze dit al eens eerder heeft beleefd, deze kamer en dit bed waarin ze in een donkere slaap verzinkt. Vroeger kwam de wereld haar vaak onwezenlijk voor, nu lijkt zij zelf een verzinsel.

'Schipper mag ik overvaren, ja of nee?
En moet ik dan geen tol betalen, ja of nee?'

Kristalhelder stemmetje. Op en neer dansend in een blauwgeruit kieltje. Kris: 'Je bent toch lekker me zusje niet!' 'Wacht maar tot mijn vader komt!' (Als hij komt...) Gebogen over minuscuul kutje: doosje dicht. Ze heeft een kind gekregen, ze is haar eigen moeder geworden. Ankers los, en langzaam drijft het schip naar zee. In de verte rinkelt de telefoon. Pam weet dat ze dringend Camilla moet terugroepen, maar ze slaapt al.

* * *

Toen de lente kwam hield Pam het niet langer uit. De babykleuren aan de bomen, de plompe rust van de heuvels, het zinloze geweld van de winderige dagen. Het huis groeide dicht met teksten. Ze was aan de memoires begonnen als een vorm van puin ruimen, maar in plaats daarvan bleven er hele stukken leven bijkomen. 'Is dit naar waarheid zo geschied?' 'Het zal mij een zorg wezen, Edelachtbare.' Zetelend als schipper naast God in zijn rode met hermelijn afgezette toga. Druipsnor en portwangen. Vader. De ijzeren hand van de wet, het boek waarop wordt gezworen: 'Ik zweer de waarheid te zeggen en niets dan de waarheid, zo helpe mij God.' Een avonturenroman. De ene waarheid is de andere niet. Een versie verschil. En je hebt een andere waarheid, die daarom niet minder de waarheid is. Ieder zijn waarheid. Waar blijf je dan met de ene en ondeelbare waarheid? De derde macht. Recht naar waarheid. Een fijne neus voor vanwaar de wind komt. Kan men liegen en de waarheid vertellen? Helaas, dat kan.

Camilla prutste aan haar brommer. 'Ik ga op reis,' kondigde Pam aan. 'Ik bedoel dat ik de kinderen ga opzoeken,' verbeterde ze. 'Zomaar?' vroeg Camilla. 'Het is al zo lang geleden,' zei Pam. 'Ze kunnen toch hierheen komen, jij hoeft ze toch niet achterna te lopen,' zei Camilla bokkig. 'Ik wil er zelf ook eens uit,' zei Pam, haar besluit stond vast. 'Ze laten je het land niet in,' zei Camilla die er maar half in slaagde om te doen alsof ze het gesprek niet ernstig nam. 'Nieuwe heren, nieuwe wetten, ze zijn het vast vergeten,' zei Pam. 'Dat zou je wel willen,' antwoordde Camilla bitter. 'In ieder geval moet ik gaan voor het boek,' zei Pam. 'Je bedoelt dat je niet verder kunt', Camilla's stem klonk schamper. 'Precies,' zei Pam. Hemel en aarde, geuren en kleuren, datgene wat niet ongedaan kon worden gemaakt. 'Je kan toch om inlichtingen schrijven?' vroeg Camilla. Pam zweeg. Het begon donker te worden. 'We zouden kunnen proberen of je meekan', het voorstel werd haar afgedwongen. 'En mijn vader dan?' vroeg Camilla. 'Dat is waar ook, ga maar vlug, hij zal ongerust worden,' zei Pam. 'Het is gekheid, ik ben ertegen,' zei Camilla die te ver gaande meteen zo ver mogelijk uithaalde. 'Stel je niet aan,' zei Pam. Camilla snufte. Het klonk alsof ze zou gaan huilen, maar het kon ook dwarsheid zijn. Nu maken dat ik wegkom, dacht Pam. Het liefst was ze meteen opgestapt, per boot, trein of vliegtuig, het kon haar niet schelen, maar weg, zo ver mogelijk weg. Het zou goed zijn om de kinderen weer te zien maar het doel was net als de reis zelf, een voorwendsel. En wat het land betreft, zo nieuwsgierig was ze niet, die wereld stond te boek. Vergelijken had geen zin. En ze zou het script niet meenemen. Ze wilde weg van vroeger, van vandaag, ze wilde een sprong in de toekomst maken, aan zichzelf voorbij. Er waren heel wat brieven te schrijven, maar ze deed het met verve. Ze had een vrijgeleide nodig, stempels in haar paspoort, ze moest zich tegelijk zichtbaar en onzichtbaar maken. Camilla maakte geen geheim van haar sabotageplannen. Maar na enkele weken scheen ze zich in het onvermijdelijke te schikken en begon te pakken. 'Het wordt je dood,' voorspelde ze. 'Maar geen overwintering op Nova Zembla,' antwoordde Pam en keek zuchtend naar de bagage. 'Je kan nooit weten,' zei Camilla.

Op het vliegveld stond ze te huilen als een apin, een en al rimpels, maar zonder geluid. 'Malloot,' gromde Pam binnensmonds, maar hardop zei ze: 'Zorg goed voor Mefisto en het hondje.' Ze dwong zichzelf zonder omkijken in het vliegtuig te stappen. Het werd tijd dat ik eens wegging, dacht ze, maar de pret was bedorven. Ze raakte het beeld niet kwijt van Camilla die met doorgezakte rug op haar brommer wegpufte, en pas toen ze weer met haar voeten op de grond stond begon de reis echt. Zo had ze het geregeld, het eerste deel met het vliegtuig, het tweede met de trein. Ze kon het land van herkomst niet aanvliegen. Maar in het station stond ze verloren om zich heen te kijken. De wereld was er nog, die was de hele tijd doorgegaan terwijl zij haar wonden zat te likken. Er was veel veranderd maar er was nog meer hetzelfde gebleven. De mechanische wintertuin onder de glazen koepel, de droge geur, de klok, de neuzige meisjesstemmen op de achtergrond. De rennende telaatkomers. Wat nog het meeste opviel: de totale bedrijvigheid kon worden opgesplitst in ontelbare eenheden. De mensen liepen geprogrammeerd langs elkaar heen, ze botsten tegen elkaar zonder het te voelen – een schokje waardoor ze uit hun baan dreigden te raken maar dat onmiddellijk werd hersteld –, ze waren met honderden op zichzelf en hadden met elkaar niets te maken, behalve het gebruik van een vervoerssysteem, ieder had zijn bestemming als een geheim doel voor ogen. Alles door elkaar maar niets met elkaar. De geilheid van het groepsgebeuren ontbrak. Pam voelde zich onzichtbaar worden. De krant kwam uit de muur, voor de ticketcontrole moest je een ponskaart in een gleuf stoppen, en de bagagekarretjes werkten op dezelfde basis. 'Do it yourself,' zei Pam terwijl ze zich een breuk tilde om haar koffers op het laadvlak te zetten. 'Is Oma alleen op stap?' vroeg de geüniformeerde. Daar heb je hem ook, dacht Pam en keek de man aan zonder hem te willen zien. Pet en laarzen, holster op de heup, die behoorde niet tot de gemechaniseerde democratie. 'Waar moet het heen?' blafte de geüniformeerde. 'Ik zou het ook niet weten,' zei Pam, maar ze herstelde zich met een valse glimlach en toonde haar kaart. Hij schudde afkeurend het hoofd, en Pam met de getallencombinatie vergelijkend schudde hij nogmaals het hoofd, alsof hij er niet bij kon dat ze haar zomaar vrij lieten loslopen. 'Papieren,' beval hij. Het werd ingewikkeld maar Pam wist dat het geen zin had tegen te sputteren, dat zou de zaak alleen maar erger maken. Ze hield op de streep voorhoofd de plek tussen zijn ogen in de gaten. Papieren. Zonder papieren geen recht op leven. Je kan er je dikke kont mee afvegen, dacht Pam. Vulgariteit als laatste verweer tegen hulpeloosheid. Straks miste ze haar trein nog. De geüniformeerde praatte in een mobilofoon. 'Meekomen,' commandeerde hij. Tegelijk doken uit de massa nog twee andere uniformen op. 'De erewacht,' spotte Pam. Ze duwde op het pedaal van het bagagekarretje dat snorrend vooruitschoot, haar bijna ontsnapte maar afschampte tegen de geboende schenen van de eerste geüniformeerde. Een aanslag! Hij zette zijn mond wijd open om haar uit te kafferen, maar de nul veertien uit Turijn denderde het station binnen. De lederen vingers schroefden zich om haar bovenarm. Blijf met je poten van me af, dacht Pam en zette zich schrap. Nu was hij wel verplicht nota van haar te nemen. Magere buit. (Droomland. Een blote arm die vastzit aan een vrouw in zonnejurk. Ook de geüniformeerde heeft zijn hemdsmouwen opgerold, er groeien haartjes op de vingerkootjes, en om de knots van een polshorloge staan de spieren gespannen. In zijn greep trekt de gebruinde huid van de vrouwenarm wit weg. Vanonder haar wimpers kijkt de vrouw naar de klem om haar arm en dan langzaam langs de mannenarm omhoog naar het niet meer zo frisse linnen van de hemdsmouw, tot de natte plek onder de oksel. Dan gooit ze met een lach haar hoofd achterover: 'Een malse arm?' Geschrokken laat de geüniformeerde de arm los. Een onderdeel van een seconde verstrakt de vrouw als ze zijn gezicht ziet: baby-face, maar ze draait om haar as en loopt dansend door de controle. De geüniformeerde wacht net even te lang, daarna is hij bang om zich belachelijk te maken. Het was een warme vrouwenlach, aanstekelijk en sexy.)

Pams geüniformeerde kijkt verveeld, zijn greep verslapt, het gebaar wordt dat van een begeleider, voor wie niet beter weet, een zoon die zijn moeder respect betuigt. O, die liefde! Een uniform aan weerszijden, de derde als kruier met het bagagekarretje er achteraan. Camilla zou deze optocht eens moeten zien, denkt Pam, en tot zichzelf komend, nee liever niet. Het kamertje is smetteloos, witte muren, een poster met een berglandschap: besneeuwde toppen, een blokhut, een lachende koe. Er staan twee houten banken haaks op elkaar. Dat begint goed, denkt Pam, maar het is alsof het niet haar overkomt maar een plaatsvervangster die haar achteraf het verhaal zal vertellen. Kunnen we lachen, denkt ze. En naar de poster kijkend, daar ben ik overgevlogen. De bank is ongastvrij, haar puntige billen doen pijn, ik ben mijn zitkussen kwijt, denkt Pam. Haar vingers tintelen alsof er prik inzit. Een jongen wordt min of meer naar binnen gegooid. Hij geeft nog een onwillige ruk na met zijn schouders, alsof hij zijn belagers wil afschudden, en laat zich op de andere bank neervallen. Een geüniformeerde gaat wijdbeens, handen op de rug, voor de deur postvatten. Toen waren er al twee, denkt Pam. De jongen kijkt naar het plafond. Hij kauwt. Zijn haar is kortgeschoren met twee haarlokjes naast zijn oren, hij draagt een beduimelde jekker over een groen hemdje. De zool van een van zijn cowboylaarzen is losgetornd. Veertien, zestien? Moeilijk te zeggen. Met regelmatige tussenpozen haalt hij zijn neus op. Dat gaat Pam vlug irriteren. 'Hier,' zegt ze en stopt hem een wegwerpzakdoekje toe. De jongen klapt zijn oogleden horizontaal en staart haar aan, maar de geüniformeerde heeft al 'halt!' geroepen en de zakdoek in beslag genomen. De jongen kijkt weer naar het plafond, maar in de stilte waarin Pam zich boos voelt worden haalt hij nadrukkelijk zijn neus op en verzamelt snot en slijm in zijn mond om de fluim met een fraaie boog voor de voeten van de geüniformeerde te spuwen. 'Wat hebben we hier?' vraagt de man die de deur opendoet. Geen uniform. Bril, pak met verdachte bobbel ter hoogte van de hartstreek, zwarte mocassins, waarvan de linker in de viezigheid stapt. Mannen, verzucht Pam, terwijl ze naast de stille door de gangen loopt. Maar zonder het precies te omschrijven vindt ze het jammer dat de eerste mannen waar ze na zoveel tijd mee te maken krijgt deze kerels zijn.

'De foto's gelijken niet,' zegt de stille. Hij monstert Pam als een verloren voorwerp. Ik ben het laatste uur ook een flink stuk ouder geworden, denkt ze maar ze doet haar best om beleefd te blijven. 'Doel?' vraagt hij. 'Reden?' Gaat je geen barst aan, denkt Pam. Hij bespeelt de toetsen van een computer, en op het scherm verschijnen de gegevens. Vader weet alles. Maar dat voldoet hem niet. Er blijven vermoedens. Pam haalt diep adem. Als hij maar een ogenblik merkt dat ik hem de baas ben kan ik mijn trein wel vergeten, de schaduw van een gedachte, maar ze is al een wereldvreemde oude dame die zich het neerbuigende toontje laat welgevallen. Familiebezoek? Moederlijk heimwee? Hoe kan zij beantwoorden aan de verwrongen vrouwenbeelden die door zijn vetarme hersens spoken? Het scheelt geen haar of ze heeft ook hem met 'jongeman' aangesproken. De stille vindt haar tijdverlies, maar het dossier moet kloppen. Hij neemt Pam mee naar een smalle kamer, eerder een brede gang. Vooraanzicht. Linkerprofiel. Rechterprofiel. Ze hoort het klikken van de camera. Kijk eens naar het vogeltje! Fel licht schijnt in haar ogen. Dat scheve smoeltje! Als haar vader komt worden er foto's genomen.'Voor later,' zegt haar grootmoeder. Maar altijd knijpt Pam haar ogen dicht, alsof de zon immer scheen. 'Lachen,' beveelt haar vader, de grijns die ze produceert bevalt hem niet, en terecht, maar Pam kan niet anders. Haar vader verzamelt bewijzen, wil van een negatieve een positieve dochter maken, zijn wil is wet, maar de kleine Chinese in Pam doet aan zielsverhuizing. Achter haar grimas verdwijnt zij in verre wouden. Zij wil niet lachen. Zij wil haar vader een ernstig en bedroefd gelaat tonen. 'Vingerafdrukken?' Een man in hemdsmouwen is achter het fototoestel vandaan gekomen, zijn buik wordt ingesnoerd door een broekriem. Pam strekt haar handen uit. De stille kijkt er even naar. 'Laat maar,' zegt hij. 'Kleine moeite,' antwoordt de fotograaf. Navelbreuk, denkt Pam, maar de stille haalt zijn schouders op. In zijn kantoor overhandigt hij Pam de documenten. 'Geldig voor drie maanden.' 'Jawel, mijnheer,' antwoordt Pam op een toon die van oudsher goed aanslaat in deze gewesten. De stille zit op het hoekje van zijn bureau, het linkerbeen over het rechter geslagen, aan zijn voetzool kleeft platgetrapte kauwgom. 'Waar is de jongen?' vraagt Pam. 'Welke jongen?' de stille kijkt verbaasd. 'O, die zwerver,' zegt hij afkeurend, 'maakt er een sport van om gratis te reizen.' Het is duidelijk zijn wereld niet. 'Wat gebeurt er met hem?' 'Vierentwintig uur de nor in, tenzij iemand de boete betaalt.' 'Niet dat het wat uithaalt,' voegt hij er mistroostig aan toe. 'Hoeveel?' vraagt Pam en denkt, dit moet ik niet doen. 'Dat is ook vlug,' zegt de stille, en: 'Dat gaat zo maar niet.' 'Waarom niet?' vraagt Pam. 'Waarom niet, waarom niet: daarom niet!' roept de stille. Pam is erin geslaagd hem tot leven te wekken. Op de drempel draait ze zich om: 'Wanneer gaat mijn trein?' 'U zult op de volgende moeten wachten, dame,' zegt de stille. Eigen schuld, denkt Pam. Ze overweegt of ze zal telefoneren dat ze later komt. Bij de volgende stop, beslist ze. Ook de wachtzaal is nog even smerig en triest als vroeger.

Pam begint zich moe en vuil te voelen. Halverwege gestrand. Het wachten kan beginnen. Ze legt een grote linnen zakdoek in een plastic kuipje en gaat voorzichtig zitten. De warme lucht die door de zaal wordt geblazen veroorzaakt koude stromingen. Het tocht in haar nek en aan haar voeten. Ze heeft dorst. Er staan drankautomaten maar voorlopig blijft ze liever zitten. Je weet nooit of die krengen werken, denkt ze. Een haveloze man eet een broodje. Kauwend en slikkend kijkt hij haar aan. Twee vrouwen zitten zwijgend de andere kant op te kijken. Pam moet zo nodig. Maar het verlossende bordje is nergens te zien. Ze schuift haar koffer achter haar benen tegen de tocht. 'Zet je koffer zo neer dat je hem voelt', haar grootvader met het air van een wereldreiziger. Maar Pam ziet zich al achter een dief rennen. Op mijn wankele benen, denkt ze. De vervreemding slaat toe. Ze wordt vloeibaar, ze lost op in de massa als een suikerklontje in de koffie. Maar de groeiende druk in haar blaas haalt haar weer naar de werkelijkheid.

'Help mij, help mij uit de nood
of de jager schiet mij dood...'

Het ging over een haas. In het bos daar staat een huisje. Klopt de haas aan het venster. Erfdeel van kinderen. Volwassenen hoorden ze zingen, maar het was hun zaak niet. Er stonden kastanjes op de speelplaats. En vier bakstenen wc-huisjes. Een dorpsschool. Drie klassen bij elkaar in een lokaal en als je moest twee vingers omhoog. Maar de zuster liet je eerst nog wat hengelen. Omdat ze zelf nooit moest, er zat niets vies onder die lange rokken. Tussen hun benen waren Gods bruiden glad als babypoppen. In stilstaande treinen mocht je niet plassen, en als ze reden was het een bezoeking, de deur werkte als een muizeval, de wc-bril klapte terug omhoog als je niet meteen ging zitten, en ze mocht van haar grootmoeder niet op een vreemde wc gaan zitten, zodat ze ten einde raad boven op de bril stapte en zo neerhurkte. In het gat tussen haar benen raasden biels en keien voorbij, het tochtte gemeen en het lawaai was oorverdovend. Uit de wasbak siepelde een bruin vocht, en als je de kraan helemaal opendraaide spoot het water in het rond, zodat je grootmoeder vreemd keek als je weer in de coupé kwam. 'Wat heb jij uitgevoerd?'

Voor openbare toiletten gingen we betogen, denkt Pam en knijpt discreet haar dijen tegen elkaar. Nou ja, ik was er niet bij maar als ik toevallig was langsgekomen had ik zeker meegedaan. Van wachten moet je plassen.

'Hoi,' doet de jongen. 'Ha,' zegt Pam, ze is blij hem te zien. 'Ontsnapt uit de leeuwekooi?' In plaats van te antwoorden blaast hij een kauwgomballon en laat hem klappen. Het gerimpelde vel plakt om zijn mond. Pam krijgt plotseling een scherp beeld van een oude vrouwenmond, de verticale rimpels als steken van een geprepareerd koppensnellershoofd. Dichtgenaaid. 'Ga zitten,' zegt ze tegen de jongen, die de flarden kauwgom van zijn gezicht plukt en weer in zijn mond stopt. Maar hij blijft op zijn voetzolen balancerend voor haar staan: 'Kan ik nog wat van je lenen?' 'Nee.' Het antwoord is even zakelijk als de vraag. 'Oké, dan jat ik het wel', de jongen laat zich naast Pam in een kuip vallen. Ze heeft de riem van haar schoudertas schuin voor haar romp, zodat hij niet kan afschuiven, de tas hangt op haar linkerheup, de jongen zit rechts van haar, maar ze voelt hem kijken. 'Daar zitten alleen maar papieren in,' zegt ze. 'Die kun je versjacheren,' antwoordt de jongen. Pam lacht. Snotaap, denkt ze. De vingernagels zijn tot het vlees afgekloven maar hij draagt een duur horloge en zijn kleren zijn van goede kwaliteit. 'Hoe heet je?' vraagt Pam. 'Je zal toch wel een naam hebben?' 'Jes,' zegt de jongen. 'Jes?' vraagt Pam. 'Ja, Jes van zeg maar Yes,' zingt hij swingend. De twee vrouwen kijken verstoord in hun richting. 'Yes mother, ye ye mama', hij rolt met zijn ogen en knipt met zijn vingers. De vrouwen kijken weer de andere kant op. 'Hou je gemak,' bromt Pam. Onmiddellijk laat Jes zich onderuitzakken om naar het plafond te staren. Tersluiks kijkt Pam ook eens naar boven. Verwrongen plastic en aluminium. 'Weet je ook waar hier ergens de wc is verstopt?' vraagt ze. 'Rechtdoor, linksaf, eerste deur rechts', Jes knippert niet eens met zijn ogen. 'Pas jij zolang op mijn koffers?' 'Ben je niet bang dat ik ze...?', een steels handgebaar. 'Ze zijn zwaar, je zou hard moeten werken,' zegt Pam en denkt, ver zal je niet komen met die jachtopzieners op je hielen. 'Hier,' zegt Jes en stopt haar een metalen schijfje toe. Pam staart hem aan. 'Voor de wc,' legt hij geduldig uit. 'Je stopt het in het deurslot, anders kan je hem niet afsluiten.' Pam bekijkt het schijfje dat nog het meest op een kroonkurk zonder rand lijkt. 'Moet het geen geld wezen?' 'Vanzelf,' zegt Jes en kijkt alweer naar het plafond: 'Sufferd!' 'Kalmpjes aan, jochie.' Pam stapt stijfjes naar de wc. Ze zoekt in haar portemonnee naar het passende muntstuk, aarzelt en stopt dan vlug het metalen schijfje in het gleufje. Met een klik valt de deur achter haar in het slot. Pam voelt haar hart bonzen. Wat als ik hier opgesloten zit? Maar de nood is plotseling zo hoog dat ze met de vingertoppen tegen de muren steunend plast. Zo voorzichtig als leed ze aan smetangst. Haar grootmoeder: 'Wie weet wie er voor jou allemaal gezeten hebben?' Zweetdruppels staan op haar slapen. Op een vreemde wc een hartaanval krijgen. Dat is mijn stijl niet, denkt Pam, maar ze raakt in paniek als de deur niet meteen opengaat en gooit zich met haar volle gewicht tegen de hindernis. Ze vliegt zowat naar buiten en wrijft haar pijnlijke schouder. Waarom ben ik niet thuisgebleven? De tuin, haar kamer, Camilla. Ze heeft hier niets te zoeken, en waar moet ze zo nodig heen? Alles weg en voorbij. Reizen is een elegante vorm van vluchten.

Pam laat koud water over haar polsen lopen, het gekreukte gezicht in de spiegel is dat van een ander. 'Zit je niet in het verkeerde hok, zus?', de man zegt het met een dronken gemoedelijkheid. Hij heeft een bierflesje in zijn hand en neemt een slok. 'Op d'r leeftijd maakt het niets meer uit', zijn makker laat een boer. Hij heft zijn bierflesje: 'Gezondheid!' 'Proost,' hikt de gemoedelijke. Pam wil eruit maar de boerenlater grabbelt haar bij de arm. 'Of wou moe ook nog weleens wat?' 'Laat me met rust,' zegt Pam schor. 'En of ik jou met rust laat moeder, d'r uit ga je,' tiert de man. Hij houdt de deur open: 'Kan je niet lezen wat daar staat?' Hij timmert met zijn bierflesje op het bordje. Hoe kom ik er voorbij? denkt Pam. 'Heren staat daar,' brult de man. 'Heren godverdomme, hier komen geen ouwe kutten binnen!' Hij waggelt in Pams richting en stoot met de hals van zijn bierflesje tegen haar borst: 'Weet je wat we daar instoppen?' De stem is gedaald, bijna sissend, de bierwalm slaat Pam in het gezicht. 'Laat haar nou, Horst, ze besterft het, kom nou, Horst', de gemoedelijke duwt zijn makker opzij. 'Ze gaat eraan, ik maak die teef kapot!' roept de boerenlater, maar hij is met zijn dronken kop het noorden kwijt en Pam staat al buiten. Ze sukkelt de verkeerde gang in en moet al haar zelfbeheersing gebruiken om niet te gaan gillen. Onverminderd lopen de mensen in de drukte die ze veroorzaken. Uit de luidsprekers komen dezelfde geluiden. Pam begint zachtjes te huilen. Camilla, denkt ze.

Voor de wachtkamer veegt ze haar ogen droog en snuit haar neus.

Jes zit aan een plastic bekertje te slurpen. Hij kijkt voor een keer niet naar het plafond. Pam laat zich in het kuipje zakken. 'Wil je?' vraagt Jes. Met trillende handen brengt Pam het bekertje chocolademelk naar haar mond, ze morst. Zaterdagavond geboend tot achter de oren met een grote beker chocolademelk in grootmoeders stoel. Het blok bittere chocolade dat Elisabeth in kleine stukjes hakt voor ze het in de melk strooit. Pam mag roeren en ziet de romige melk langzaam verkleuren. De enige vorm waarin ze het goedje lust. Het is dezelfde smaak niet meer. Veel te zoet. 'Treinen brengen ongeluk,' zegt Jes. Pam knikt. 'Hoeveel moet ik je?' vraagt ze als het bekertje leeg is. Jes toont haar het metalen plaatje in zijn handpalm. 'Niet waar,' zegt Pam. De haveloze man ligt met opgetrokken knieën op de grond te slapen. Hij heeft zich toegedekt met kranten, en ook als matras doet er niets anders dienst. 'Broodje met beleg,' grapt Jes. Zorg jij maar dat je niet in hetzelfde straatje belandt, wil Pam hem toevoegen, maar de wegkijkende vrouwen zijn opgestaan. 'Mijn trein,' schrikt ze. Ze verliest het hoofd en struikelt over haar bagage. 'Hoe laat is het?' hijgt ze. 'Rustig', Jes neemt de koffers over. 'Waar moet je heen?' Opgewonden draaft Pam achter hem aan. Weg hier. Op het perron blijft hij staan: 'Wagonnummer?' 'Hier is het,' roept hij en klimt naar binnen. De koffers liggen nauwelijks op het bagagerek als de trein met een schok vertrekt. Pam grijpt Jes vast alsof ze gaat verdrinken. 'Ga zitten,' zegt hij. Ze leunt vermoeid achterover. 'Dat was op het nippertje,' grinnikt Jes. 'Wacht even, en jij dan?' 'Ik ga mee,' antwoordt Jes vrolijk. 'Daar komt niets van in.' 'Wou je me er soms uitgooien?' vraagt Jes. De conducteur komt binnen alsof hij achter de deur heeft staan luisteren. Hij bestudeert Pams plaatsbewijs en geeft het met duidelijke tegenzin terug. Dan kijkt hij naar de jongen. 'Ik ben met haar,' wijst Jes. De conducteur kijkt naar Pam. 'Mijn grootmoeder,' zegt Jes vlug. 'Dat zou je wel willen,' sist Pam tussen haar tanden. 'Waar heb ik jou al eens eerder gezien, kereltje?' vraagt de conducteur. Hij bekijkt Jes langzaam en genietend. Pam volgt zijn blik van de losgetornde schoenzool naar de jekker en de haarlokken. Jes wrijft over zijn neus. Voor het eerst de knikkerronde blauwe ogen. 'Ik betaal,' zegt ze. 'Dat moet u niet doen,' pleit de conducteur, 'ik ken dit soort jongetjes, ze worden met de dag brutaler.' En hij gaat moeilijk doen. De plaatsen zijn gereserveerd, de jongen is minderjarig, hij kan geen cheques aannemen... Woedend knoopt Pam haar blouse los, ze neemt het Jes kwalijk dat ze voor de conducteur moet etaleren waar ze haar geld opbergt. Eindelijk stapt de conducteur op: 'En geen geintjes begrepen?', wat zowel voor Jes als voor Pam bedoeld kan zijn. 'Dit is de laatste keer geweest, knoop het in je oren,' zegt Pam. 'Oké, grandma,' zingt Jes. 'Val dood,' zegt Pam en prompt laat de jongen zich stuiptrekkend in de kussens achterovervallen. Pam kijkt naar buiten, het rollende landschap doet pijn aan haar ogen.

Late namiddag: de bossen van Klein Duimpje, het kasteel van de Reus. Het peperkoekhuisje van Hans en Grietje. Verscholen in het groen de groene jagers. Edelherten. Rotsen met dubbele arenden. Pam sluit haar ogen en wrijft over haar kuiten. 'Trek je schoenen uit,' adviseert Jes en bukt zich om haar te helpen. 'Belegen kaas,' zegt hij snuffelend maar zet haar schoenen netjes naast elkaar onder de bank en maakt plaats zodat Pam haar benen kan strekken. Kreunend beweegt ze haar tenen. De jongen zit haar aandachtig op te nemen. 'Kijk er het schone niet af,' zegt Pam wrevelig. 'Hoe oud ben je eigenlijk,' vraagt Jes. 'Honderd,' en om hem de pas af te snijden: 'Ik reis het liefst alleen.' 'Ik ook,' zegt Jes. De trein heeft zijn topsnelheid bereikt en raast met een hellevaart door het land. Pam verzet zich vergeefs tegen het schommelende ritme. Het is te laat om terug te keren. Uitgeleverd, denkt ze. Ze zou met graagte een potje huilen maar bedwingt zich om de jongen. 'Heb jij geen honger?' vraagt Jes. Pam zucht: 'Nog veel te vroeg.' 'Ik kan broodjes halen...' zegt Jes. 'Wacht even', Pam zoekt haar portemonnee. 'Niet nodig,' doet Jes. 'Je betaalt!' zegt Pam gedecideerd. 'Oké, maak je niet dik', de jongen is al weg. Pam profiteert van zijn afwezigheid om zich wat op te knappen. Wat moet ik met dat joch, denkt ze, en heel even stelt ze zich haar aankomst voor. Een broodje kaas voor haar, en een hotdog voor zichzelf, die hij begint te verslinden, hij stikt zowat in de worst en de zuurkool, loopt rood aan, kucht. 'Eet jij zulke dingen?' vraagt Pam. 'Mijn vader was er dol op,' weet Jes er tussen twee happen uit te brengen. De kaas van Pams broodje is uitgedroogd. 'Je vader?' 'Was met mijn moeder getrouwd', Jes propt de resten van de hot-dog achter zijn kiezen en likt zijn vingers af. 'Nog een?' Pam stopt hem een zakdoekje toe. 'Straks.' 'Waar zijn je ouders?' vraagt ze. De jongen haalt zijn schouders op, maar dan vertrekt zijn gezicht in een huilkramp: 'Waar zijn ze gebleven? Dood? Verschwunden?

Vergast? Ik ben een arm en allenig overgebleven weeskind, boehoe.' De coupédeur gaat open en de conducteur kijkt speurend naar binnen.

Op slag staat Jes' gezicht normaal, hij zit zoet met zijn haarlok te spelen. De conducteur verdwijnt maar laat de deur halfopen staan. 'Doe die deur dicht en hou op met die flauwekul,' zegt Pam. Ze heeft een droge keel. Maar van drinken moet je plassen. De trein rijdt een tunnel binnen en het licht floept aan: schijnbare intimiteit.

De jongen begint te vertellen als een kind, maar het is een oud verhaal. 'Mijn voorouders woonden in dit land. Mijn grootvader aan vaders kant was stationschef, de andere deed iets met kranten. Die familie is toen met de trein weggehaald, misschien kwamen ze wel langs het station van mijn grootvader. Hij had een grote snor en droeg een uniform met medailles, voor verwondingen en veertig jaar trouwe dienst en nog wat, die had mijn vader in een kistje maar daar mocht je niet mee spelen, en toen heeft mijn moeder dat kistje aan de vuilnismannen meegegeven. Alleen mijn grootmoeder is nog teruggekomen en heeft mijn moeder gekregen, ze was niet goed snik, maar dat weet ik niet want ze ging al dood voor ik er was. Ze had de gasdarm in haar mond gestopt en dat gaf een ontploffing toen mijn moeder voor de eerste keer met mijn vader thuiskwam en het licht wilde aanmaken, ze hadden brandwonden, het heeft in de krant gestaan, maar mijn moeder wilde het niet weten, en toen kregen ze een keer ruzie, mijn vader en zij, en mijn vader riep dat ze een geschifte jodin was en een hoer, zoals haar moeder een kamphoer was geweest, en dat ze met hun kont het leven verdienden. Nou, dat pikte mijn moeder niet, en mijn vader wilde weer terug, we woonden in New York in een hele mooie flat, met twee auto's en paarden...' 'Paarden?' twijfelt Pam. 'Een vos en een appelschimmel met een hengstveulen, we hadden geld zat, ik kon alles krijgen, er was een kamer met een vloer vol treinen. Alle soorten treinstellen en seinhuisjes, en rails die in lussen over elkaar heen gingen, en wissels en een bord met elektronische besturing, mijn vader vond het prachtig maar mijn moeder ging gillen als ze maar een speelgoedtrein zag, dat was niet vol te houden, op den duur liep mijn vader weg en mijn moeder begon vreemd te doen, dan ging ze op haar blote voeten naar buiten, bedelen, en werd in elkaar geslagen en toen moest ze rusten in een gekkenhuis, en ik zou naar een school voor dag en nacht gaan, ergens op het land, nou dank je feestelijk, ik liep weg om mijn vader te zoeken maar die had ondertussen een andere vrouw met kinderen, en die vond het niet zo leuk, en mijn vader zei dat ik dan maar in dit land naar zo'n school voor dag en nacht moest om nog wat te worden, en dat wilde ik dus niet, ik ging naar de bioscoop in de namiddag, dan zat je alleen in de zaal heel rustig, en daar waren ook van die films van vroeger bij, en die vrouw van mijn vader zei 'jodenjong', en mijn vader vond ook wel dat het zo niet langer kon, en toen ben ik weer weggelopen, en ik ben overal geweest met de trein en ik heb alles gezien en meestal krijg ik wat van de mensen, want dan zien ze die haarlokken en dan denken ze wat jij dacht, behalve de treinpolitie, die is niet veranderd en wil nog weleens vervelend doen...' De jongen praat maar verder op een kleutertoon, maar halverwege het verhaal is Pam opgehouden met luisteren, ze hoort nog wel wat er gezegd wordt maar ze luistert niet meer. Buiten is het donker geworden en in de ramen weerspiegelen hun bleke gezichten. 'Laten we gaan eten.' 'Oké grandma.' Jes speelt weer zijn oude rol. 'Stop dat.' Pam heeft moeite om haar schoenen weer aan te krijgen, haar voeten zijn gezwollen. Op de gang grijpt ze Jes' hand om haar evenwicht te bewaren. 'Heb jij koude handen,' roept de jongen. 'Ik ben al halfdood,' roept Pam terug. 'U bent met twee?' vraagt de kelner met een uitgestreken gezicht.

Tussen de borden staat een mal tafellampje te trillen. Dan stond ze met haar fiets tussen de benen voor de onbewaakte spoorwegovergang in de vroege avond op de l'Etoile du Nord te wachten. De knipperlichten wipten heen en weer, de alarmbel ging, en haar hart deed dedonkdedonkdedonk van angst op de cadans van de wielen, maar in de restauratiewagen waren de roze lampjes aan, in een flits zag ze mensen die zaten te souperen alsof het niets was, lichtjaren van haar vandaan. Ze keek de trein na tot het laatste rode achterlicht in de nevel was verdwenen, zich voornemend haar angst te overwinnen en op een dag beheerst en volwassen in zo'n roze wagon naar het einde van de wereld te reizen. Agatha Christie achterna.

De jongen zit te schrokken. Bij elke hap duikt zijn hoofd naar het bord, en hij heft de ellebogen aan weerszijden ervan alsof hij kapers op afstand wil houden. 'Ze gaan je dat bord niet afpakken', Pam voelt haar eetlust verdwijnen. 'Schronk,' doet Jes. Hij bedwingt zich even maar bij de volgende gang is het weer zover. Pam is nog maar halverwege als hij klaar is en het broodmandje begint leeg te eten. Met een koppige ruk trekt hij een stuk van de homp en kauwt terwijl hij haar met kogelronde ogen aanstaart. Als Pam geërgerd terug kijkt slikt hij en vraagt: 'Hoe heet je eigenlijk?' 'Denise,' zegt Pam en legt haar lepel neer. 'Lust je het niet?' vraagt Jes begerig, en Pam schuift hem haar puddinkje toe. In een mum van tijd is het verdwenen. Het ontbreekt er maar aan dat hij het schaaltje aflikt. 'Je hebt sproeten op je handen, Denise', hij spreekt de naam zo nadrukkelijk uit dat Pam ongemakkelijk op haar stoel gaat schuiven. Ze legt haar handen in haar schoot. Ouderdomsvlekken kun je bleken. Elisabeth die met een wattenstaafje gedrenkt in chloor haar sproeten bet. Zondag gaat de processie uit, of het is kermis, of haar vader komt. Blank met blozende wangen en pijpekrullen, als een pop zo hoort een meisje eruit te zien. Elisabeth vloekt zachtjes. Wat weet zo'n joch? Nu trekt hij weer een a bah-snuit omdat ze een sigaartje opsteekt. 'Meneer rookt niet?' 'Niks aan,' schokschoudert Jes en plukt zijn kauwgom vanonder het tafelblad. Pam blaast een wolkje over tafel: 'En de meisjes?' 'Pffft,' doet Jes. 'Ik heb een leuke kleindochter maar waarschijnlijk te oud voor jou.' Zoals de rest van de familie, denkt ze er achteraan. 'Wat doen we nu?' vraagt Jes. 'Slapen,' antwoordt Pam, 'of weet jij wat beters?' In de coupé is een stapelbed ingericht. 'Ik ga hiernaast wel op de bank liggen,' zegt Jes kopschuw. Pam knikt, ze is moe en wil graag alleen zijn. 'Maf ze,' zegt de jongen.

Pam gaat op het onderste bed zitten en schopt haar schoenen uit, ze wrijft haar vingers tot er weer leven in komt. Langs haar ruggegraat lopen rillingen. Ze blijft zich tegen het schommelen van de trein verzetten. Er is geen voor of na meer, ze bevindt zich in een doorgangsland. In een hoek is een washokje. Voor geen geld wil ze in die benauwende ruimte opgesloten zitten, maar de deur slaat automatisch achter haar hielen dicht. Ze krijgt bijna een koffer op haar hoofd als ze hem uit het bagagerek tilt om de open deur te veranken. Het dingt schampt met een holle bons af tegen de zijwand. 'Breek de boel niet af,' roept Jes gedempt.

Pam poetst haar tanden en vist op de tast de spelden uit haar wrong. Een beetje spijtig schat ze de hoogte van de wastafel, vroeger tilde ze gewoon haar voeten op om ze te wassen, maar bij de eerste poging gaat het al mis, het hokje staat op zijn kop. Tegen de wanden steunend zwaait ze heen en weer. Na twee keer kloppen komt de steward binnen. Of hij haar met iets van dienst kan zijn en wanneer hij haar mag wekken? Hij kijkt zorgvuldig langs haar heen. Pam maakt een gebaar van wegwezen, maar bedenkt zich en bestelt een drankje. 'Iets stevigs.' Ze slaagt erin zich met een zwaai op het onderste bed te laten vallen. De steward zet het glas op het klaptafeltje. Met één slok gooit Pam het goedje naar binnen, en vliegt zowat door het plafond. 'Het huisje van je ziel brandt af,' zei haar grootmoeder. Ze was dol op pralines met likeur. Pam hoest en veegt de tranen uit haar ogen. De steward glimlacht. Met de warmte komt de loomheid en ze doezelt weg.

Camilla verkeert in nood, ze wil Pam roepen maar er komen alleen maar bulkende geluiden uit haar mond. Door haar ogen schijnt de zon. Pam realiseert zich traag dat ze wakend droomt. Camilla is met de seconde verder van haar verwijderd, het plafondlicht vervangt de zon, en het rare geluid komt vanachter de zijwand. Pam krabbelt moeizaam overeind. Op de gang vraagt een vrouw: 'Kan niemand hier wat aan doen?' De jongen plooit dubbel alsof hij zijn darmen wil uitspugen. Pam proeft het zoetwater om haar kiezen. 'Ik regel dit wel,' zegt ze tegen de vrouw. 'Ja, zoiets, dat is toch een schandaal,' moppert de ander. Pam klopt Jes zachtjes op de rug. Als ze in haar coupé een washandje wil halen ziet ze nog net de rug van de steward. 'Halt,' roept Pam en hij blijft als getroffen staan. 'Water en ijs,' commandeert ze. Ze wast Jes' gezicht en handen, trekt zijn jekker uit en neemt hem als hij wat bedaard is mee naar haar slaapplaats. De steward ziet wit om zijn neus, de adamsappel gaat nerveus op en neer. Een uil met een braakbal – Pam geeft hem een goede raad: 'Rijnzand of zemelen, even laten intrekken en dan voorzichtig opvegen.' Het is een karwei om de jongen uit te kleden. Ze transpireert van inspanning. Jes hikt nog na van het geweld. 'Slokop,' zegt Pam. Boven hun hoofd gilt de treinfluit: een eenzaam geluid, het is nacht. Half achter de deur van het washokje worstelt Pam zich uit haar kleren, maar dan beseft ze dat de jongen op haar plaats ligt en zij langs een kippenladdertje naar het bovenste bed moet klimmen. Boven geraken zou misschien nog lukken, maar hoe kom ik weer naar beneden? denkt ze. Besluiteloos kijkt ze naar de gloednieuwe Chinese pyjama die ze draagt en zucht. Ze doet de coupédeur op de knip en zet er haar reiswekker in een bordje voor, zodat hij wel moet omvallen als er iemand naar binnen probeert te komen. 'Opschuiven.' Jes steunt, maar ze gaat vastberaden naast hem liggen. Gelukkig ben ik niet dik, denkt ze.

De sensatie van stil te liggen en razendsnel door de nacht te reizen. Het geratel van de wielen, lichtflitsen over het plafond. Jes begint te klappertanden. 'Heb je het koud?' en Pam dekt hem toe, maar het akelige geluid verergert nog. Voorzichtig schuift ze onder de hemelsblauwe deken en neemt hem in haar armen. Hij beeft als een haas. 'Rustig maar,' sust ze. Een zurig babyluchtje vermengt zich met de warmte. Pam houdt zorgvuldig haar ijskoude voeten opzij. Ze streelt zijn nek en de welving van zijn rug. En plotseling drukt Jes jammerend zijn gezicht tegen haar hals. Pam voelt zich hulpeloos bij zoveel wanhoop maar trekt hem nog dichter tegen zich aan en zoent zijn ogen en wangen, zijn mond, met zachte hapjes en kalmerende geluiden. Wat later ligt de jongen opgelucht te huilen. 'Het komt goed, het komt allemaal goed,' zegt Pam, 'je zal zien, op een dag ga je wat doen, iets maken of iets leren dat je bevalt, en dan komt er iemand waarvan je gaat houden en die ook van jou gaat houden, dat is nog heerlijker, en je zal ontdekken dat je niet sterk kan zijn zonder ook zacht te wezen, en het zal zijn alsof de wereld weer helemaal opnieuw begint, en dan zal je nog weleens ongelukkig worden, niet zo erg als nu, maar toch, daar valt niet aan te ontkomen, al zal het niet blijven duren als je niet wilt, want het komt er uiteindelijk opaan wat je wilt, en als je veel liefde hebt gekend zal je nooit meer bang zijn, dan doet het er niet meer toe dat je alleen bent vertrokken en de spoken je op de hielen zaten, heus het is mij ook overkomen, lang geleden toen ik geen ouders had en bang was voor treinen, veel banger dan jij je kunt voorstellen...' De jongen heeft stil liggen luisteren. Pam voelt zijn hand op haar hoofd en tastend langs haar ogen en op haar lippen en lager langs haar hals. Ze herinnert zich de oude vrouw onder haar pyjama en grijpt zijn pols, maar Jes rukt zijn hand los en drukt haar tegen zich aan. Nu ligt Pam in zijn armen. Hij zoent haar onhandig, maar heftig. Ze voelt zijn bekken, de stevige erectie tegen haar buik. Hij beweegt zich kreunend en zoekend. Pam laat haar hand zakken om hem te strelen, te helpen. Haar respons is volledig. Met een gesmoorde kreet komt Jes klaar. Een koele plek op haar pyjama. De jongen huivert. 'Ja,' fluistert Pam.

Het geeft niet dat het maar een smal bed is, ze houden elkaar stevig vast. Als Jes slaapt ligt Pam nog lang naar de trein te luisteren. Ze glimlacht, en het is een glimlach die haar veel jonger maakt. Warme voeten, ik lig in een wieg, denkt ze, en valt tot haar verwondering in slaap.

Als ze wakker wordt zijn ze al over de grens. 'Nu duurt het niet lang meer.' Jes verstopt zich onder het dek, hij slaat zijn been over haar heup en zoekt met zijn lippen haar borst. De verzonken tepels richten zich op, even is Pam getroffen door een lang vergeten gevoel, leven, ondanks alles, leven... Maar ze duwt de jongen plagend van zich af: 'Uit de kooi!' Ze geeft hem haar trui die hem om de ribben spant. 'We kopen dadelijk andere kleren,' belooft ze. In de spiegel ziet ze haar glanzende ogen en de vage blos op haar wangen. Welkom thuis! Ze voelt een steek als ze haar pyjama losknoopt. Die heerlijke dingen, voedzaam en speels, dat geheime wapen tegen verschaling. Leeg. Pam trekt haar kraag strak en gaat met haar rug naar de jongen voor het raam staan. Een overmoedige morgen. Zon over de opeengestapelde huizen en de achterbuurttuintjes. De laatste boom. Maar de lente is niet stuk te krijgen. 'Lelijk,' zegt Jes. Pam zucht. Maar ze kijkt ook met de ogen van toen, ze ziet wat hij niet kan vermoeden. Daar is het kind, vier jaar misschien, voor het eerst alleen op stap, samen met het hondje langs de tramrails, door het gouden land, de onpeilbare hemel erboven, ze weet het ook maar van horen zeggen, maar zij was het onmiskenbaar, en deze eerste uitbraakpoging heeft zich als herinnering bij de vele andere gevoegd. En ze ziet het meisje van iedereen verlaten het bos ingaan, de blauwe nevel van de hyacinten tussen de boomstammen, ze graaft zich diep in de vochtige bladgrond. En de jonge vrouw, veel te jong voor wat haar overkomt, langs de rivier met haar buikje voor zich uit, steeds sneller lopend om het gebeuren voor te blijven, ach, alle water stroomt naar zee en zij kan niet weg van wat ze in zich draagt. De jaren dat het land haar insluit en zij altijd eenzaam maar nooit meer alleen is, tot die dag dat de overdrachtelijke schaamte haar doet aarzelen aan de grens waarvan ze nooit precies zal weten wanneer ze hem overschrijdt. En de vrouw die dacht dat ze alles achterliet, onvoorstelbaar, net als het afbrokkelende land, prooi voor heren die alleen hun kleine belangen op het oog hadden. Nergens kan zij blijven, want nergens vindt zij rust. De jongen drinkt zwijgend zijn melk. Alle bravoure is weg. Pam vertelt over Camilla en Mefisto en het hondje, het witte huis in de heuvels. De veertig katten van Minneke Poes. Maar haar blik dwaalt naar het venster, en ze onderbreekt haar verhaal, het verleden rijdt dwars door het heden. Een stadssilhouet dat ze meent te herkennen, maar de trein spoort langs de achterkant van de dingen, fietsenstallingen, konijnehokken, de mentaliteit is niet veranderd, maar misschien is er ook geen voorkant meer, zijn de façades afgebroken, de gezichten uitgevlakt. Pam raakt opgewonden.

Al is het maar de wijze waarop de stenen met elkaar zijn verbonden, al is het maar een halfvergane naam op een grafzerk, al is het maar voor driekwart waar. Jes kijkt haar vreemd aan. Het is niet uit te leggen, denkt Pam, ook voor mij is dit geen blijde thuiskomst, ik heb hier niets verloren behalve mijn oorsprong, ook ik ben veroordeeld om eeuwig te zwerven, maar ook jij bent geen vreemde op deze aarde, al zou je dat nog zo graag willen, ook jij komt ergens vandaan, en juist daarom ben je zoekende.

'Je kunt voorlopig met me mee,' zegt ze, 'Alexandra vindt het vast leuk. Daarna zien we wel, desnoods kan je de winter in het heuvelland doorbrengen.' Maar ze neemt zich voor het niet zo ver te laten komen, en de vader van de jongen op te sporen, om hem eens flink de oren te wassen.

De conducteur komt met veel misbaar binnen, maar hij spreekt haar moedertaal, en Pam antwoordt ontroerd. 'Dat is ook niet de eerste keer,' zegt de man. Pam wijst Jes alle plaatsjes aan en wat eraan ontbreekt vult ze in. 'Ik heb mezelf binnengesmokkeld,' denkt ze als de trein begint af te remmen. Op het perron staat een slordig meisje. Pam moet twee keer kijken voor ze haar kleindochter herkent. 'Moeder werd zo nerveus van het wachten, o daar komt ze al aan...' zegt Alexandra. Pam is getroffen door de stem, ze veegt met twee vingers het wilde haar van het voorhoofd en ziet de ogen, ze zegt: 'Wat ben jij veranderd,' en bedoelt, wat ben jij jezelf aan het worden. 'Wat is er gebeurd?' roept haar dochter. 'Waarom ben je niet met het vliegtuig gekomen? Ben je moe?' Pam kijkt haar sprakeloos aan. Dat heb ik gemaakt, het zinnetje schiet haar te binnen, en het is als die eerste keer toen die zelfstandige vrouw nog maar een popje met krielvingertjes was, ze kan er met haar hoofd niet bij. Ze zoent haar voorzichtig. 'Zijn dat je koffers?' vraagt Alexandra. 'Ja,' zegt Pam, 'en dit is Jes.' Maar de jongen is nergens te bekennen. 'Waar is ie nou?' mompelt ze. 'Jes?' 'Kijk eens in de coupé, misschien is hij wat vergeten,' zegt ze tegen Alexandra, maar ze voelt zich koud worden. 'Niets,' roept Alexandra uit het raam. 'Dat is niet mogelijk, hij was hier net nog, Jes, hij droeg de koffers, Jes, ja zo heet hij, we hebben samen gereisd, een jongen, Jes, hij heeft me geholpen, we moeten hem vinden, Jes, Jes? Vraag het aan de conducteur, hij kan niet ver weg zijn, Jes? Anders gaat hij voorgoed op de dool, Jes? Het mag niet. Jes, Jes, waar moet hij heen? Jes? Jesaja, kom terug!' roept Pam.

* * *

Er staat een vreemde man bij het bed en Camilla laat dat gebeuren. 'De dokter komt even naar je kijken,' zegt ze en slaat het dek open. 'Ik heb geen dokter nodig,' zegt Pam. 'Was u aan het dromen?' vraagt de dokter en buigt zich over haar. Pam kijkt Camilla woedend aan maar ze is op haar hoede. Lijdzaam laat ze zich beluisteren en met een koplampje in haar ogen schijnen. De dokter heeft dik bruin haar met roos. Zij beantwoordt zijn vragen ontwijkend. 'Bent u al eens eerder gevallen?' vraagt hij tenslotte. 'Ik ben niet gevallen,' zegt Pam. 'Maar het duizelt u af en toe...?' 'Wie niet?' vraagt Pam kortaf. De dokter glimlacht. 'Het hart, vermoedelijk,' concludeert hij, 'maar dat is min of meer normaal op uw leeftijd, er is een eigenaardige reflex van het linkeroog, het is aan te raden daar eens in het ziekenhuis naar te laten kijken, er is geen haast bij, maar toch, op uw leeftijd kan men niet voorzichtig genoeg zijn. Regelmatige controle, bloedonderzoek, hebt u een hoofdletsel, ooit een ongeluk gehad?' Ik ben geboren, denkt Pam zuur, maar hardop zegt ze: 'Ik ben nog niet dood!' 'Nee, dat merk ik,' lacht de dokter. 'Maar ik geloof dat u te hard werkt, op uw leeftijd moet u het wat kalmer aan doen, voorlopig blijft u rustig in bed, ik kom morgen terug.' Hij schrijft wat op een briefje en geeft het aan Camilla. Bij de deur draait hij zich om: 'We proberen u alleen maar te helpen, maar het is soms moeilijk met mensen...' 'Van mijn leeftijd,' vult Pam aan. 'Die niet willen luisteren,' verbetert de dokter. Krijg de... denkt Pam en trekt het dek over zich heen. Ze voelt zich alsof ze een klap op haar hoofd heeft gekregen. Ze tilt een hand op en beweegt haar vingers voor haar ogen: vier vingers en een duim, alles zit er nog aan, denkt ze. Wat schreef die soldaat? 'Het is beter dat je de waarheid weet, ik ben geen pianist meer, mijn vingers zijn bevroren, de duimen afgevallen, maar de wijsvinger is nog stevig genoeg om de trekker over te halen, en meer heb je hier niet nodig. Mijn kameraad heeft geen neus meer, die is eraf gerot, dan heeft hij ook geen zakdoek meer vandoen, zegt hij. We zijn een fraai stel...' Een Bechstein of een Steinway, daar stelde je je lange beweeglijke vingers bij voor, en soepele polsen die uit witgesteven manchetten staken. Maar de muziek voldeed de pianist niet, hij droomde van het echte mannenleven, het avontuur dat hem zou brengen naar de plaats waar geen moeder hem zou achterhalen en waar de smerige dood hem zou opwachten: een heer in zwaluwstaart en op lakschoenen. Visioenen van gezwollen paardebuiken op keiharde modder. Gestolde ellende. Het thuisfront kon zich aan de achtergebleven partituren warmen. Een oorlogswinter waar geen einde aan kwam. De laatste brieven die werden verzonden zouden pas jaren later ter bestemming geraken. En dan nog. Het leven gaat verder. Mijn vader is een foto die mijn moeder lang geleden heeft opgeborgen. 'Jesaja,' fluistert Pam en even verschijnt de jongen met een brief in zijn hand naast het bed, maar zij weet dat het een waanvoorstelling is.

Camilla houdt het hondje als een schild voor haar borst: 'Kijk eens wie we hier hebben?' 'Het zijn altijd de brave zielen die je de das omdoen,' zegt Pam zorgvuldig articulerend. Camilla zet het hondje op het voeteneinde van het bed neer, maar het huppelt naar Pams hoofd en begint als gek haar wangen te likken. Ze heeft handen te kort om hem af te weren. 'Kleine duivel,' roept Camilla en grijpt hem in zijn kraag. Als hij min of meer stilligt vraagt ze: 'Wil je wat drinken?' 'Breng maar wat, en mijn bril, en een extra kussen,' zegt Pam, en denkt: Ik zal je leren. Maar Camilla doet zonder tegensputteren wat ze vraagt. 'De gordijnen?' Haastig trekt Camilla ze open. 'Je staat in mijn licht,' zegt Pam. Er ontsnapt Camilla een gekweld geluid, maar ze doet een stap opzij. 'Verzin morgen maar wat om die dokter kwijt te raken,' zegt Pam. 'Ik kan je toch niet...' jammert Camilla. 'In vrede laten sterven?' vraagt Pam. Het hondje doet een uitval naar de brief. 'En als ik Alex vraag om te komen?' 'Ben je gek!' zegt Pam, 'ik mankeer niets, behalve mijn leeftijd, dat heb je zelf gehoord, dus laat dat kind met rust.'

De telefoon rinkelt, Camilla gaat er zuchtend opaf. De brief, denkt Pam. Ze ritst de omslag open en doorloopt snel de dichtbeschreven kantjes. Even sluit ze de ogen, dan begint ze langzaam te lezen.

Lieve Pamela,
het is een hele opluchting dat ik je gewoon kan schrijven zoals ik wil – of kan. Toen we klein waren keek moeder onze brieven zorgvuldig na, ze verdroeg niet dat er fouten instonden, of dat de toon al te kinderlijk was, ze wilde dat we een goede indruk zouden maken, met het gevolg dat wij er al vlug genoeg van kregen en het briefschrijven als een extra taak gingen zien. Stom. Want nu ik jouw brieven herlees (moeder bewaart alles van je) begrijp ik dat jij op de onze zat te wachten. Ze zijn ook zo gewoon – je brieven bedoel ik –, maar moeder las ze altijd heel plechtig voor. Ik denk dat ze naar je opkeek, en ik vermoedde dat je een strenge dame was die ons met één blik zou doorzien (gewogen en te licht bevonden), en ik vond het niet erg dat je ver weg woonde. Misschien was het voor moeder ook wel een opluchting dat je haar niet op de vingers kon kijken, al weet ik zeker dat ze je miste. Ze schrok zich lam toen ze hoorde dat je eraan kwam. We hebben in ijltempo het hele huis gepoetst, en ze beweerde altijd dat jou dat soort dingen niet opviel.

Ik schrijf maar over haar (zelf zou ze het nooit doen), maar ze is veranderd, zeker wat jou betreft, er komen nu heel andere verhalen. Gisteren nog had ze het over de kamerpost en hoe teleurgesteld ze was als er geen briefje op haar tafel of bed lag, en ik dacht eraan hoe ik mijn briefjes tussen je papieren verstopte opdat Camilla ze niet zou vinden, en hoe heerlijk het was je tussen neus en lippen onzegbare dingen toe te kunnen vertrouwen. En dat je daar verder geen toespelingen op maakte maar ernaar handelde, of juist niet naar handelde (dit is niet duidelijk maar je weet wat ik bedoel).

Die nacht toen ik terugkwam van het huis van Minneke Poes lag er niets, en ik zat rechtop in bed te wachten tot je in de vroege morgen een antwoord onder de deur schoof. Ik hoefde het niet meteen te lezen, het briefje was er; dat volstond.

Ik wilde moeder vertellen dat wij hetzelfde spelletje deden, maar ik kon niet, dus gaf ik haar zo'n halve zoen en zij keek me nadenkend aan alsof ze twijfelde tussen opluchting en meer zorgen, en ik heb ook geen briefje onder haar kamerdeur geschoven, dat vond ik weer te. Jij zou zeggen: 'Kind, doe toch gewoon', en gelijk heb je, maar met moeder lukken die dingen niet zo best, ook al omdat ik het gevoel heb voortdurend bij haar in het krijt te staan. Ze doet ook altijd zo haar best. Wat haar overkomt, de kinderen mogen er niet onder lijden. Ik zou soms willen dat ze niet zo'n geweldige vrouw was. Ze heeft geen ogenblik getwijfeld of ze ons mee zou nemen toen ze vader verliet. En hoe ze ervoor zorgde niet tussen hem en ons te komen, zo heldhaftig dat ik er kortademig van werd, ik had liever gezien dat ze hem het servies naar z'n kop gooide. Ik kan me niet voorstellen dat ze ooit een kind is geweest. En ze neemt me zo ernstig, dat doe jij ook wel, maar anders.

Ik weet niet wat ik van grootmoeders dacht, maar dat klopt dus niet, en moeder leek wel een moeder in perspectief toen jij er eenmaal was, en ik zag mezelf ook nog eens een keer anders. Wat er tussen jullie was, daar had ik ook mee te maken, een soort ontdubbeling, maar gek genoeg niet in het verleden maar in de toekomst. Aan de ene kant weiger je mij te zien als een voorlopig eindpunt van jezelf (dat zei je toch), maar aan de andere kant ben ik ook nog de voortzetting van anderen, dat is overdreven en ik wil die troep niet op mijn nek, ik ben geen doorgeefluik, maar het is wel leuk om niet in het nirwana te bengelen. Proberen we niet allemaal zoveel liefde te pakken als we kunnen krijgen? Misschien had er boven deze brief toch 'lieve grootmoeder' moeten staan, maar zei je niet dat je ervoor bedankte om de antieke kleerkast van de familie te zijn?

Een van de nadelen als je zo ver weg bent is dat je zulke lange brieven moet schrijven en dat je de helft vergeet of alleen de belangrijke dingen kwijt kunt, en er is nog zoveel meer.

Moeder vertelde dat ze schreef: Waar liggen mijn blauwe sokken?

En jij antwoordde: In de tweede la van de commode.

En zij: Daar liggen ze niet...

En jij: In de derde dan?

En ook: Ik krijg een kind.

En het antwoord: Wanneer?

Nee, er staat niet meer dan er staat, ik houd het moederloos tijdperk nog even aan, al ben ik er niet meer zo zeker van dat ik ze nooit krijg, kinderen, maar het lijkt me zo'n last.

'Ik kan ze niet op mijn rug binden,' zegt moeder, en dat is precies wat ze doet, en jij ook op jouw manier, en dan moet ik ook een man, een vader bedoel ik, dat is ook al zo'n bewerkelijke toestand, en je kan de mannen er niet op uitzoeken. Een beetje vader voor dit en veel vader voor dat, maar helemaal geen vader om de baas te spelen. Ik zou zo'n man al heel goed moeten kennen, want dat een vreemde wat te zeggen krijgt over mijn kind en door dat kind over mij... en ik ben tegelijk te lui en te romantisch om het in mijn eentje te doen.

'Wie is vaders kleine vrouw?' zei vader als hij mij optilde, en dan keek hij naar moeder. Hij is best aardig en ik denk niet dat hij ooit gesnapt heeft waarom ze van hem af wou. 'Ik heb haar altijd vrijgelaten,' zei hij laatst. Nou, vrijheid is niet iets dat je krijgt, dat heb je of daar vecht je voor! En een kind gaat je binden op de verkeerde manier, omdat het er nu eenmaal is. Als ik jou hoor vertellen, het lijkt wel de middeleeuwen, en ik begrijp niet dat die vrouwen zo met zich lieten sollen, al zal het best waar zijn dat ze niet zoveel keuze hadden. Dat is nu gelukkig wel anders, maar ik weet nog altijd niet hoe het verder moet, alleen of met z'n tweeën, of met meer. Soms wil ik alleen, en soms met twee, maar meestal met veel, en toch ook een beetje alleen.

Toen ik klein was wilde ik de maan als ballon, ik heb de tekening nog, alles blauw en een meisje op blote voeten met die grote bal aan een dun touwtje. Gaat het om de liefde of om de macht? Die nacht in het huis van Minneke Poes wist ik het, maar nu ben ik niet meer zo zeker. Het is al zo ver weg, een mooie herinnering, maar wat blijft ervan over? Alles gaat maar door en ik voel me zo machteloos. Dat mag ik je toch wel schrijven, na onze afspraak? Je hoeft niet te schrikken, ook ik ga er nog wel even mee door.

Aan de werkgroep politiek heb ik de brui gegeven, die betweters zitten over tweeduizend jaar nog te ouwehoeren over hoe het zou moeten, en met een beetje geluk kunnen ze dan overnieuw beginnen. (Ongelofelijk hoeveel mensen weten hoe het eigenlijk zou moeten. Ik geloof dat ik niet zo dol ben op mensen, jij wel?)

Nu doe ik toneel. Eerst was ik bij zo'n semi-professionele groep, daar moest ik in een lange witte jurk (pseudo-Grieks) gedragen en tegelijk toonloos declameren: 'De wereld is een schouwtoneel, elk krijgt zijn rol en speelt zijn deel.' Dat kreeg ik niet zonder lachen of snikken over mijn lippen. Nu ben ik bij een experimentele club, we doen allerlei dingen met maskers, dat vind ik wel leuk.

In de zomervakantie kom ik weer bij jullie logeren (als ik mag?). Doe je de groeten aan Camilla? Ik verheug me al om alles terug te zien. De heuvels en het huis en de tuin waar de tijd heeft stilgestaan. En ook wel het huis van Minneke Poes, van ver dan, hem wil ik liever niet ontmoeten, of later. Het moet geen zomerliefde worden.

Lieve Granny, blijf maar altijd leven, want ik kan je nog lang niet missen. Alex-Sandra

P.S. Veel groeten van moeder. Ze zal je gauw een van haar mooie brieven schrijven.

* * *

Pam laat de brief zakken. De speelplaats had nog geen bevloering, er stond een grote kastanjeboom, maar verder werd elke poging tot begroeiing meteen vertrappeld. De kinderen moeten hun klompen in de gang zetten of hun schoenen zorgvuldig afvegen, want de zusters willen geen modder in de klas. Maar de vroege vorst heeft de aarde verhard. In het midden van een cirkel zit een meisje geknield, haar hoofd gebogen, de handen voor haar gezicht. Haar dunne vlechtjes zijn zo stevig gevlochten dat ze stijf staan.

'Klein Anna waarom weent Gij zo?
Weent Gij zo? Weent Gij zo?'

vraagt het koor. Het meisje laat de handen zakken:

'Omdat ik morgen sterven moet,
sterven moet, sterven moet...'

IJl stemmetje van lang geleden. Pam gaat moeizaam overeind zitten. 'Weer een kliktelefoon, als ik die kerel in mijn handen krijg!' briest Camilla. Het hondje springt blaffend op. 'Stil,' zegt Pam. 'Slecht nieuws?' schrikt Camilla. 'Welnee, Alexandra laat je groeten, ze komt van de zomer, maar misschien moeten we niet zo lang wachten. Ik ga haar schrijven. Ze kunnen met z'n allen komen. Het huis is groot genoeg.' Het hondje probeert de brief te pakken te krijgen. 'Af,' bromt Camilla. 'Laat hem uit, wil je, een uurtje tuin zal hem kalmeren, en vergeet vanavond de brief niet te posten.' 'Ik ga wel even heen en weer', Camilla staat met het hondje in haar armen.

'Hoezo?' vraagt Pam. 'Ik blijf slapen, het is dat of de dokter,' zegt Camilla bot. Doosje dicht. Pam lacht zachtjes. Zeker bang dat ik er achter haar rug uitknijp, denkt ze. 'Zorg maar dat je voor het donker binnen bent of de knip zit op de deur', een dun grapje. Ze strijkt de brief glad en neemt haar notitieboekje.

1. Haar de realiteit onder ogen brengen zonder haar de hoop te ontnemen (hoe doe ik dat?).

2. Haar schrijven hoe ik het heb overleefd toen ons schijnbaar alle hoop en liefde werden ontnomen.

3. Haar proberen duidelijk te maken dat het leven voorrang heeft op de dood...

Daar ben je nu al een jaar of wat mee bezig, zal het je in een brief beter lukken dan in een boek? vraagt een kopstemmetje. 'Het moet,' zegt Pam hardop, het gaat om Alexandra, het gaat erom dat niet alles vergeefs is geweest. De dood is maar een momentopname.

Lieve Alexandra, schrijft ze, al ben ik niet eeuwig, ik blijf bij je. Als je een kind krijgt heb je niet het leven gered maar wel een stukje dood om zeep geholpen. En hetzelfde geldt als je iets maakt of verliefd wordt, of op een overmoedige morgen de almacht inademt. Alles zit aan elkaar vast, het is een netwerk, een stiekeme samenzwering, we kunnen onszelf en elkaar in leven houden, al klinkt het sentimenteel, en het is ook niet uit te leggen aan die wandelende lijken die alleen op vernieling uit zijn, maar wapen je want het is geen klein spel. Toen ik jouw moeder kreeg wist ik niet wat me overkwam, en zo is het met vele dingen gegaan, maar ik was niet hulpeloos, zoals is gebleken. Je mag dan niet precies weten wat je wilt maar je moet wel willen, en misschien kan je voorlopig volstaan met te weten wat je niet wilt...' Pam herlas het kladje en schudde het hoofd. Dat moet beter, de grote middelen, wat doen ze die kinderen aan, ontnemen ze alle levensvreugde, hoe lang staat de toekomst al op de tocht? Het is mijn hele leven al vijf voor twaalf. Perfide folteraars zijn die wapenmaniakken. Dacht ik zelf niet als het weer eens mis dreigde te gaan, laat het in een klap voorbij zijn: leven na de atoomdood is de hel. Het is pas overgegaan toen ik hier onderdook, het kon me allemaal niet meer schelen. Schande over mij. Omdat ik er niet tegenop kon heb ik de vernielers de vrije hand gelaten. Hoe kan ik Alexandra zonder blozen onder ogen komen? Ha, ik heb mijn angst verborgen, ik stopte mijn kinderen lekker onder, ga maar zoet slapen, vader is niet te vertrouwen, maar moeder waakt. Ik heb erop toegezien dat het welopgevoede lui werden, niet liegen, niet neuspeuteren, het toetje met je zusje delen. Het zou ze niet aan te zien zijn dat hun moeder gaga was. Maar was ik niet grotesk toen ik erop stond dat ze met gewassen handen aan tafel kwamen? Zat ik ze te vertroetelen terwijl ik hoopte dat ze met één klap tot pulver zouden verbranden!

Ga d'r maar tegenaan met je witte-boordenmoraal. Het mag nog een wonder heten dat ze me niet minachten om die machteloosheid. Wat schrijft dat kind over haar moeder…?

In de tuin blaft het hondje. 'Kom hier,' roept Camilla. Blijkbaar vergeefs. 'De Indianen vallen aan,' zuchtte Pam. Ze stapt voorzichtig uit bed en kijkt door het raam. Het hondje trekt baantjes om de bosjes en Camilla doedelt er achteraan. Pam trekt huiverend haar kamerjas om zich heen. Straks blijft er nog maar een streepje van over, denkt ze. Haar linkerbeen gehoorzaamt niet helemaal zoals het hoort, maar ze geraakt vrij vlot in haar werkkamer. Verrast kijkt ze naar haar tafel, daar staat de whiskyfles met een glas ernaast netjes op een dienblad. In je blootje, grinnikt Pam. Ze schenkt zich een bodempje in, maar het smaakt niet. Zo moe.

Ze aarzelt als haar hand al op de handspiegel ligt, dan draait ze hem om en houdt hem voor haar gezicht. Met de wijsvinger van haar vrije hand wrijft ze over de schaduwen onder haar ogen. Van werken word je lelijk, zei Elisabeth, en Else sliep altijd op haar rug omdat je van op je zij slapen rimpels kreeg. Zo was ze ook begraven, maar met de benen kuis tegen elkaar. 'Die vogel ligt met zijn pootjes omhoog,' zei oom Gomein, en dan was er weer eentje dood. Pam kijkt zichzelf even in de ogen. Maar ze vermant zich en legt de spiegel weer omgekeerd op zijn plaats. Ze buigt zich over het papier. Alexandra.

* * *

De reis was te veel geweest. Ze zat in bad te huilen als een kind. Een bescheiden klopje: 'Moeder?' Pam slikte: 'Ik kom eraan.' Ze trok de zachtgele badjas aan die over het knaapje hing. Een fijn luchtje omhulde haar. 'Draag je mijn badjas?' vroeg haar dochter toen ze op blote voeten de kamer instapte. 'Geen zin om meteen koffers uit te pakken,' zei Pam. Ze glimlachten. De dochter had zich altijd graag verkleed, ze stapte in de veel te grote schoenen van haar moeder door het huis, struikelend, maar plechtig, en als Pam laat thuiskwam vond ze het kind steevast ineengekruld in haar kamerjas. Spannende jaren. Ik ben bijna zo groot als jij. We zijn even groot! Ik ben groter! Pam had erom gelachen. Alexandra hing op de sofa. 'De cadeautjes zitten in de grote koffer, ga ze maar halen,' zei Pam. 'Jullie willen mij de kamer uit', het klonk merkwaardig kinderachtig. 'Je kunt rustig blijven,' zei haar moeder, en tot Pam: 'Waar heb je het moois verstopt?' 'Dan gaat ze zelf, dat dacht ik al,' zei Alexandra.

Het was stil in de kamer. Pam wreef haar vingers, ze was te moe om ertegenin te gaan. Haar dochter leek tevreden met het papier en de verf maar Alexandra keek zwijgend naar de handgeweven poncho. 'Vind je hem niet mooi?' vroeg Pam. 'Jammer dat je er niet mee over straat kunt,' zei Alexandra tenslotte. 'Waarom niet?' vroeg Pam. 'Ik ga niet voor gek lopen,' mokte Alexandra. 'Ik dacht dat dat iets van vroeger was,' zei Pam. 'Geef hem maar aan mij,' zei de dochter. 'Ik leg hem wel op mijn bed,' besloot het meisje. Ze vouwde de poncho zorgvuldig op en slenterde de kamer uit. Even later stak ze haar hoofd om de deur. 'Slaap wel, grootmoeder.' 'De leeftijd, niets van aantrekken,' suste Pam. 'Ach, moeder,' klonk het ontmoedigend. 'Ik zou het station voor u bellen.' Maar er was geen nieuws. Jes was verdwenen. 'Wat moet er van zo'n joch terechtkomen?' vroeg Pam zich af. 'U bent altijd zo bezorgd om miskleunen,' zei haar dochter, en weer hoorde Pam de beschuldigende ondertoon. 'Waar is...?' Ze kon zich de naam niet onmiddellijk herinneren en sloeg zich voor het hoofd. 'Robert? Die komt morgen, vanavond is voor de familie.' 'Ik word oud,' zuchtte Pam. 'Daar geloof ik niets van,' lachte haar dochter. Pam keek naar de rechte rug en de statige heupen. 'Ben je gelukkig?' vroeg ze beschroomd. 'In de mate van het mogelijke.' Het had vreselijk volwassen geklonken. Pam slikte zonder tegenstribbelen een slaappil, ze wilde niets liever dan diep en droomloos inslapen, maar het werd een vreemde nacht waarin ze een halve meter boven zichzelf leek te zweven: aanwezig en niet aanwezig.

Het was tien uur toen ze wakker werd. Er lag een briefje voor de deur: 'Slaap maar lekker uit, we zien elkaar vanmiddag.' De flat was schijnbaar verlaten, maar toen Pam de keuken opzocht zei een stem 'hallo' tegen haar rug. Alexandra lag op de sofa. 'Kan jij koffie zetten?' vroeg Pam. Het meisje slofte haar voorbij. 'Ik vind in vreemde keukens nooit wat, mijn grootmoeder zei altijd, je handen staan zo.' Een prestatie zo'n lange openingszin, maar Alexandra begon zwijgend de tafel te dekken. Mijn grootmoeder, dat is haar betovergrootmoeder, dacht Pam. 'Moet je niet naar school?' vroeg ze. 'Ik neem een voorproefje op de eeuwige vrijheid,' zei Alexandra bestudeerd. Wat stelt dat kind zich aan, dacht Pam. Ze had heimwee naar haar rustige ochtenden. De koffie had een vreemde smaak. Dat komt door het water, herken ik het vaderlandse water niet? dacht ze. In de doodse stilte voor de aanvang van de slag (alleen onderbroken door paardegehinnik en harnasgeknars) knielden de krijgers om de zegen te ontvangen en legden ze een hapje moedergrond op hun tong. Pam grinnikte maar verstilde toen ze Alexandra zag kijken. De neutrale blik waarmee men een willekeurig voorwerp waarneemt. Pam zag zichzelf zitten met haar verkreukelde morgengezicht en de haren in een dunne staart. Ze borg haar handen in haar schoot. 'We hebben een hondje, Camilla en ik,' begon ze diep ademhalend, 'het moet voor jou wel vreemd zijn, we kennen elkaar nauwelijks...' 'Geeft niet,' zei Alexandra en schudde haar haren naar achter. 'Je hebt mooie haren,' zei Pam, 'als kind had ik piekhaar, mijn grootmoeder vond het vreselijk, ze had zelf mooi dik haar.' 'En wat voor haar had je grootvader?' vroeg Alexandra. 'Geen,' zei Pam vrolijk, 'of alleen twee plukjes boven zijn oren, maar hij had een snor.' 'Dat zal wel,' zei Alexandra. Pam keek haar verwonderd aan. 'Moeder is net zo, je grootmoeder dit, je grootmoeder dat, maar hoe was die man nou?' Alexandra's ogen zaten weer achter haar pony. 'Mijn grootvader? Een meter negentig op zijn sokken, sentimenteel, wreed, kinderachtig,' antwoordde Pam prompt. 'We lijken op elkaar,' zei Alexandra. Pam haalde haar schouders op. Ik laat me niet op stang jagen, dacht ze. Ze wilde haar lege kop naar het aanrecht dragen. 'Doe ik wel,' zei Alexandra. Ze strekte haar linkerhand uit en Pam zag aan de binnenkant van de pols littekens. Twee witte lijnen die parallel liepen maar die onhandig waren getrokken. Met een gewoontegebaar corrigeerde het meisje haar houding zodat de mouw van haar sweater over haar pols viel.

Pam ging in de kleine logeerkamer op bed zitten, ze voelde zich misplaatst. Iets wat ze de volgende dagen niet zou kwijtraken. Neem nu het land. Alles was weg of onherkenbaar veranderd. En wat nog overeind stond werd kunstmatig en om verkeerde redenen in stand gehouden. Ik had niet moeten komen, dacht Pam. Een overbodige uitstap, ze zat opgesloten in haar onbetrouwbare herinneringen en een heimwee dat nergens toe leidde.

Maar er was Alexandra. Haar dochter zag meteen dat ze het wist, maar ze konden die middag niet praten omdat Robert erbij was. Een lichtblonde goedgeconserveerde veertiger, die ervoor zorgde dat hij sympathiek overkwam. Opvallend tolerant met Alexandra die al haar streken op hem uitprobeerde. Hij zei dat hij Pam al zo lang had willen ontmoeten maar hij knipperde lichtschuw met zijn ogen. Het paar was opmerkelijk beleefd, de dochter afgemeten vriendelijk, hij een en al inschikkelijkheid. Pam had ze liever zien kibbelen of gekheid maken. Ze vond geen spoor van verbondenheid, warmte, pijn. Ze waren neutraal als goede bekenden. Alexandra's gemelijke buien bewezen tenminste dat ze niet van het geslacht der engelen was. 'Is dit het nieuw fatsoen?' vroeg ze haar dochter. Ze zaten als papegaaien op hun stoel in een doorkijkbar. 'Robert heeft Sandra de eerste keer gevonden,' antwoordde de dochter. Pam wilde eigenlijk niet horen wat er kwam. Ze betrapte zichzelf erop dat ze zat te vergelijken. Hoe ze zelf was geweest toen ze zo oud was als haar dochter nu. Overal bij betrokken, altijd druk, haar werk verwaarlozend om de kinderen. Maar niet van harte. Ze zag anderen – vooral mannen – opgaan in hun carrière, terwijl zij langzaam werd gesloopt door duizend-en-één kleine dingen. De een moest naar de tandarts, de ander had nieuwe schoenen nodig. Ze was goed in theorie, ze wist hoe het systeem werkte, maar daarom ontkwam ze nog niet aan de praktijk. Ze wilde niet zeuren, maar er zat sleet op de blijmoedigheid. Ze begon een beetje doof te worden. Haar vrienden hielden van haar; ze verpakten hun zorgen in grappige of zielige verhalen en lieten haar uitgeput achter. Maar zei ze: Ik heb geen tijd, dan voelde ze zich schuldig. Ze was lang niet zo beheerst geweest als haar dochter. Haar verhoudingen waren hartstochtelijk, ze nam seks ernstig.

'Ik was een ouderwetse vrouw,' zei ze. Voor het eerst lachte de dochter voluit. Ze was mooi en goedverzorgd. Een gave huid, rechte tanden, de halve maantjes van haar vingernagels afgetekend. En daar heb ik het op den duur bij gelaten, dacht Pam. Ik heb ervoor gezorgd dat ze niets te kort kwamen, liefde van geweld konden onderscheiden en op eigen benen staan. Dat was wel zo makkelijk. En met de buitenwereld is het niet anders gegaan. Het nieuws was altijd slecht, wat je er ook over dacht of eraan probeerde te doen. En die voortdurende bedreiging van vernietiging die alles onleefbaar maakte. Ze had zich een selectief gehoor aangekweekt. Ze was verstandig geworden. Niet anders dan een man. Haar verbanning (ze weigerde het woord 'vlucht' te gebruiken) had de zaak bezegeld. Ze had zich in de heuvels teruggetrokken, binnen de muren van het witte huis, stokdoof voor de belegering.

De liefdeloosheid hiervan trof haar als een vorm van seniliteit. 'Alsof het er bij ons ouderwets aan toeging,' zei de dochter. 'Je vond het niet leuk maar je was de eerste om ervan te profiteren,' mokte Pam. 'Ik wou dat Sandra je kon horen,' zei haar dochter. 'Waarom heeft ze het gedaan?' vroeg Pam. 'Om de hopeloosheid van alles, omdat ze klem zat met een rare vriendschap, om Robert en mij, ik weet het niet.' 'Het is een soort onvermogen om te leven.' Dat was een stoot onder de gordel. 'Ze is toch niet hysterisch?' Pam hoorde de defensieve toon in haar stem. 'Ze heeft het goed voorbereid, zich volgepropt met oorlog en honger, alles waar ze zo op het eerste gezicht geen last van heeft, en op de juiste avond gewacht. Robert en ik keken naar de televisie.' Het linkeroog van de dochter trilde. 'En de tweede keer?' 'Zelfde scenario, maar wat dieper gesneden om te laten merken dat het ernst was.' Pam zat ongelukkig op haar krukje, haar voeten onvoldoende gesteund door de ronde chroomstaaf. De omgeving was haar vreemd. 'Wat wil dat kind?' vroeg ze. Weer trilde het linkeroog. 'Ik laat me niet chanteren, maar ze trekt aan de touwtjes,' zei de dochter. 'En haar vader?' vroeg Pam. 'Triomfeert, wat dacht je?' Klootzak, dacht Pam. 'Als dat alles is...' zei ze. 'Dat is alles, moeder,' antwoordde de dochter alsof de rollen omgekeerd waren, 'wij krijgen de kinderen, dat zit ze dwars, en als we de slag dreigen te verliezen wanen ze zich onmisbaar.' 'Het is toch ook zijn kind,' zei Pam koppig. 'En wat dan nog,' schokschouderde de dochter, 'die kinderen zijn van niemand, ze zijn niet eens van zichzelf. Ze hebben iemand nodig die voor ze zorgt en die zich hapje voor hapje laat opeten. Daar worden die kleine kannibalen groot van. Waren wij anders?' Pam hapte naar adem, er was geen spoor meer over van de zelfbeheersing die de dochter had gedemonstreerd, ze zag woest van verdriet. Pam strekte haar armen uit maar verloor haar evenwicht. De dochter ving haar op, en ze keken geschrokken om zich heen. 'Laten we hier weggaan,' zei Pam.

Ze liepen over straat. 'Ik zal met Alexandra praten.' 'Geloof je nog altijd dat moeder alles kan oplossen?' vroeg de dochter schamper. 'Zo bedoelde ik het niet,' zei Pam kleintjes.

'Ben ik bij u in behandeling?' vroeg Alexandra. Pam had met haar te doen, maar ze was boos om wat ze aanstellerij noemde, en bovendien leed ze aan een oud zeer: ze voelde zich schuldig. Het was alsof ze haar eigen wanhoop onderhuids had doorgegeven, bovendien wist ze dat het kind haar op punten zou verslaan, de wereld ging doorlopend naar de bliksem en zij kon daar weinig of niets aan veranderen. De macht was in vaders handen en zoals vrouwen deden had ze dan maar in liefdesnaam een binnenhuisvrede willen sluiten: een kerstbestand voor seksen. Het hielp om het voortbestaan te verzekeren, maar het maakte haar medeplichtig. Even kijken of die snotneus het er beter afbrengt, dacht ze onredelijk.

Maar het karwei viel mee. Onder haar nurksheid verborg Alexandra een verrassend gevoel voor humor. Ze spraken af dat ze de vakantie in het heuvelland zou doorbrengen. Pam trakteerde op een snoepsessie in een lunchroom. Ik was vergeten hoeveel slagroom zo'n kind naar binnen kan werken, dacht ze vertederd. Ze kwamen te laat voor het avondeten. 'Mijn schuld,' zei Pam. De dochter leek opgelucht. Maar Pam hield zich ook zo intens met Alexandra bezig om niet te veel naar buiten te moeten kijken. 'Ik wou dat het sneeuwde,' merkte ze de vierde avond van haar verblijf op. 'Te laat in het jaar,' zei haar dochter. 'Alles wit en nieuw, al is het maar voor een uur.' Pam zag Alexandra aandachtig naar haar kijken. Ze ziet me, dacht ze. Robert bleef gewoon slapen, maar hij beklaagde zich erover dat hij met drie vrouwen in de minderheid was. 'Ik lig onder.' 'Voor een keer mag dat,' zei haar dochter goedmoedig. 'Vind je Robert sexy?' vroeg Alexandra. 'Zo heb ik hem nog niet bekeken,' zei Pam droog. 'Moeder wel, denk je?' 'Dat gaat je geen barst aan,' knorde Pam. 'Nieuwsgierigheid is menselijk,' vond Alexandra. 'Ze noemen me allemaal Alex, behalve moeder, die houdt het bij Sandra, en nu jij met die gekke lange naam, maar ik vind het wel goed.' 'Ik hou niet van afkortingen.' 'Dat kan ik begrijpen, Pam,' giechelde Alexandra. 'Waarom laat u uw haren niet knippen, moeder?' vroeg haar dochter. Loop ik er zo aftands bij, dacht Pam. 'Ja vooruit, doen,' riep Alexandra. 'Als jij me voorgaat.' Het meisje schudde haar wilde manen: 'Oké.' Maar Pam herinnerde zich tijdig de geschiedenis met de pasfoto's. 'Stel dat ze me niet doorlaten.' Die kant van de zaak vond Alexandra interessant.

Het was de negende avond en Pam begon zich een beetje thuis te voelen toen het telegram kwam. 'Vader per ongeluk overleden. Camilla.' Ze kreeg de tijd niet om de boodschap tot zich te laten doordringen. De telefoon rinkelde. Of de genaamde Camilla V. onder haar toezicht stond? Kon zij zich dan zo snel mogelijk bij de gerechtelijke politie vervoegen? Camilla was gearresteerd. Robert zorgde voor het vliegtuigticket, haar dochter pakte. Ze wilden haar vergezellen maar Pam verkoos alleen te gaan. Ze wist niet wat ze zou vinden, maar ze wilde niet dat zij erbij betrokken zouden worden. Het was allemaal heel haastig en triest. 'Je komt van de zomer,' zei Pam tegen Alexandra, die zich weer achter haar pruik verborg, 'en beloof me...' Ze trok de mouw van de sweater over de pols van het meisje en legde er bezwerend haar hand op. Het tochtte op het vliegveld als in de hel.

* * *

Camilla zei niets toen Pam eindelijk voor haar stond. Ze zat in het bezoekershokje en keek naar de grond. 'Heb je het gedaan?' vroeg Pam. Camilla sloeg haar ogen op. 'Ik haal je eruit,' zei Pam. Ze luisterde ongeduldig naar de lange verklaring. 'Om nul uur twee was de vader van de beklaagde wakker geworden en had gezegd dat hij dorst had. Beklaagde bracht hem een glas water en hielp hem met drinken. Ze had daartoe de kussens als ruggesteun gebruikt en het glas aan zijn lippen gebracht. De vader verslikte zich, althans zo verklaart beklaagde, ze klopte hem ter verluchting tussen de schouderbladeren, en hij viel voorover. Beklaagde merkte dat zijn lippen blauw waren en dat hij niet meer bewoog. Toen de dood was ingetreden bleef ze nog onbepaalde tijd bij het slachtoffer zitten. Daarna heeft ze de dode gewassen en het beddegoed verschoond. Tenslotte liet ze de dokter roepen.' De agent legde voldaan het blad op zijn bureau. 'Dat bewijst niets,' zei Pam. 'Het blijft eigenaardig dat ze er zo lang over gedaan heeft om de dokter te laten roepen. Er zijn geen getuigen, we wachten op het verslag van de autopsie.' De agent smakte met zijn bloedeloze lippen. 'We moeten er ook rekening mee houden dat ze in het verleden...' 'Daar zat ik al op te wachten,' zei Pam.

Ze kreeg Camilla vrij bij gebrek aan bewijs, maar het kostte haar het laatste onsje geduld met de menselijke domheid. Camilla zweeg, ze sjokte aan Pams hand verder als een geslagen boerenpaard. Er was geen sprake van haar boodschappen te laten doen, de leveranciers kwamen aan huis, dat wil zeggen, ze stonden voor de poort met huiverige loerogen. Verrukt. Om Camilla het gezicht te besparen ging Pam het lijk groeten. De oude kraker had al enige tijd in de koelkast doorgebracht, zijn gelaat was vertrokken, maar Pam meende hem toch in zijn stoppelbaard te zien grijnzen. Camilla ging weer helemaal terug naar de periode met het kind, ze liep ongewassen door het huis, prevelend, en deed Pam aan Elisabeth in haar slechtste tijd denken. Ze vond op haar tafel een verfomfaaid kranteknipsel: 'Vrouw wurgt pasgeboren baby en gooit lijkje in sterfput,' luidde de kop. Het trof Pam dat Camilla dit al die jaren had bewaard. Heel even wilde ze het kranteknipsel gewoon in de papiermand gooien. Ik wil dit helemaal niet weten, dacht ze. Maar ze ging al traag de trap af naar de keuken. We moeten dit aankunnen, dacht ze, ik ben goed in crisissen, onmiddellijke reactie en vertraagde emotionaliteit, of zoals mijn grootmoeder zei: 'De rekening komt later.' Camilla dwaalde door de keuken, ze liep tegen de stoelen en verschikte een melkkan met de gebaren van een blinde. Het was het akeligste uur van de dag, waarop het licht verdwijnt en de schemer als de dood de kamer inschuift. Pam knipte al de lampen aan.

Alles aan Camilla was grijs, ze was met stof en as bedekt. Pam legde het kranteknipsel op tafel. 'Zo kan het niet langer,' zei ze, 'jij wordt gek en ik kan niet werken.' Camilla verroerde zich niet. 'Luister eens,' zei Pam, 'hij is dood en begraven en jij hebt er verder niets mee te maken. Of vergeet ik dat hij je vader was?' 'Hij had het beter niet kunnen zijn,' het kwam eruit als een ademstoot. 'Jij was het oudste kind, niet?' vroeg Pam. 'Ja, maar ze zijn pas later getrouwd, mijn moeder en hij, toen mijn broer er al was.' 'Die in de oorlog is gesneuveld?' Maar Camilla vervolgde haar eigen verhaal. 'Hoe meer hij op vrouwen neerkeek, hoe vlugger hij erop kroop. Mijn moeder heeft het nog lang volgehouden. Ze gaf het pas op toen ze erachter kwam dat hij ook aan mij zat. Als het je niet zint rot je maar op, zei hij, en dat meende hij ook, zo waar kon ze heen, nergens, dus deed ze mij het huis uit bij die krengen van het heilig hart, waar ik de gangen mocht boenen. Mijn moeder heeft zich verhangen, niet dat het hem wat kon schelen. Ik kwam weer thuis omdat ik het niet meer volhield daar. Voor die nonnen was je aan je natuur schuldig, je kon alleen maar slecht zijn. Dus begon het lieve leven van voren af aan, maar ik was sterker en mijn broer heeft hem eens half lam geslagen. Toen kwam de politie hem halen en vader kreeg gelijk, want wat kon je zeggen? Hij werd gek toen ik verkering kreeg. Ik was doodsbang dat het zou uitkomen, dat van vroeger. Daar dreigde hij mee, en zo is het hem gelukt, hij heeft de slaapkamerdeur op slot gedaan, en het was in hun eigen bed. Niemand wist dat ik zwanger was, ik snoerde mijn buik in, maar mijn broer heeft er lucht van gekregen en het is uitgekomen. Er was nog een confrontatie met die jongen waarmee ik verkering had, maar we hadden verder samen niets, dus die hebben ze laten gaan. Alleen mijn broer heeft misschien geweten wie het was, maar die hield zijn mond. Ik geloof dat hij er spijt van had dat hij erover had gesproken. Zolang hij leefde en ik in het opvoedingsgesticht zat stuurde hij geld, en later kreeg ik zijn oorlogsschadevergoeding. 'Maar het kind...' aarzelde Pam.

Camilla reageerde als gestoken. 'Ik wilde dat kind niet,' zei ze fel, 'het was van de duivel, ik heb alles gedaan om het kwijt te raken. Ik sliep op mijn buik om het niet te voelen. Als dat wijf van de schroothandelaar er was geweest, was ik naar haar toe gegaan. Maar ik kende niemand, ik was dom en ik had geen geld, en ik had me liever verhangen dan aan een levende ziel te moeten zeggen wie de vader was. Ze hebben me gek verklaard, maar ik was niet gek, ik was schuldig, en ze hadden me het hoofd mogen afhakken.' Ze maakte een gebaar alsof ze met de wijsvinger haar strot doorsneed. 'Maar waarom heb je hem laten overkomen toen je hier eenmaal was,' vroeg Pam na een stilte, 'er was toch geen enkele reden om je die vader op de hals te halen?' Alsof Camilla meerdere stemmen bezat sprak ze weer kalm: 'Hij was oud, hij kon zijn broek niet meer dichtknopen, hij liep voor schandaal langs de straat. Er was niemand anders om voor hem te zorgen, ik kon niet doen alsof hij mijn vader niet was.' 'Christ,' zuchtte Pam.

'Ik weet wat je denkt, en het was een koud kunstje om hem om zeep te helpen, ik heb er vroeger weleens aan gedacht, maar ik heb het niet gedaan, het ging per ongeluk, hij verslikte zich en het was afgelopen. Hij deed het niet eens opzettelijk.' Camilla zweeg maar toen ze zag dat Pam wat wilde opmerken hief ze haar hand op. 'Het kon me niet schelen, ik was opgelucht. Ik heb er lang op moeten wachten, maar toen hij daar zo lag drong het tot me door dat ik niemand meer heb, geen kind, niets. Alleen die ouwe smeerlap, wij beiden wisten het, zoiets is alleen draaglijk met zijn tweeën, maar hij liet me zitten. En sindsdien blijft het terugkomen. Ik heb hem gewassen en toegedekt, geen mens kan er wat van zeggen, en hij lag er nog onschuldig bij ook, maar ik heb geen oog meer dichtgedaan, nacht aan nacht lig ik in de aardappelkelder, want daar was ik heen gegaan toen de pijn onverdraaglijk werd. Ik beet op een houtje, maar op het laatst is het mij ontsnapt, misschien heeft mijn broer zoiets gehoord, hij niet natuurlijk, die heeft nooit ergens last van gehad. Het was tegen de morgen en ik wist dat ik het vlug moest doen. Ik zag iets donkers, een soort bol, en toen ik weer bijkwam draaide het zich half om, ja dat zag ik duidelijk. Het trok de beentjes op en slaakte een kreetje. Ik deed mijn ogen dicht en kneep tot zich niets meer roerde. Ik heb het in een aardappelzak gedaan en naar de sterfput gebracht, het deksel had ik van tevoren losgemaakt, maar ik was te zwak om het weer helemaal dicht te krijgen. Daarna ben ik nog eens naar de aardappelkelder gegaan om zo goed mogelijk op te ruimen. Ik sliep niet in mijn kamer maar in het schuurtje, daar kwam de nageboorte. Daar had ik niet op gerekend. Mijn broer heeft het losse putdeksel gezien en de bloedsporen op de binnenplaats, hij dacht dat ik niet goed bij mijn hoofd was. Mijn vader zei tegen die rechter dat ik een slet was. Misschien had ik zijn kleinkind ook in zijn huwelijksbed moeten krijgen?' Weer veranderde Camilla's stem: 'Het was een meisje. Het had donker haar. Het zou nu zelf een vrouw met kinderen kunnen geweest zijn.' Ze drukte haar voorhoofd tegen de muur alsof ze haar hoofd erdoorheen wilde drukken, en kreunde. Opeens begon het hondje totaal van streek te huilen. Camilla draaide zich om en ging sissend op hem af. Hij vluchtte onder de keukentafel en Pam gooide zich ertussen terwijl ze achter zich naar de melkkan tastte. Camilla stak met kop en schouders boven haar uit. 'Ben je gek geworden?' riep Pam. Ze sloeg met de melkkan van zich af en de melk stroomde langs haar arm. Camilla week achteruit. De melkkan ontglipte Pam en viel kletterend stuk. Ze stapte over de scherven naar het aanrecht om haar arm te wassen. Het hondje kwam schuw vanonder de tafel en begon eerst voorzichtig en dan gretig de melk op te likken. 'Raap die scherven op voor hij zich snijdt,' zei Pam scherp en Camilla gehoorzaamde als een automaat.

'Doe je me weg?' vroeg ze daarna. Pam droogde haar handen af. 'Welnee,' zei ze. 'Ook niet na...?' 'Och dat,' zei Pam, 'ja dat heb ik altijd geweten.' 'Echt?' vroeg Camilla. 'Ja hoor,' beaamde Pam, en ze was niet zeker dat ze stond te liegen. Camilla liet zich op een stoel aan tafel vallen en begon met haar hoofd op haar armen te huilen. Het hondje sprong jankend tegen haar op.

* * *

Lange tijd keek Pam niet in de spiegel. Ze ging door de dagen op de tast, en 's nachts sliep ze: een koude genadeloze slaap. Toen ze weer in de spiegel keek was het bedoeld als controle, ze wilde zien of ze haar gezicht aan Alexandra kon tonen. En als dat niet zo was zou ze het aanpassen. Ze wilde het kind niet aan het schrikken brengen. De gebeurtenissen hadden haar geen goed gedaan. Als de wereld gedurende een mensenleven onherkenbaar kon veranderen, waarom bleven dan dezelfde verhalen terugkomen? Haar grootmoeder nam haar op de arm voor de grote spiegel van de kleerkast: 'Kijk daar zijn wij', ze wees in de spiegel, 'dat ben jij en dat ben ik.' Pam zou het nooit meer vergeten. Ze bracht uren door voor de spiegel, zich verkledend en poses uitproberend, maar vooral om gelaatsuitdrukkingen te bestuderen. Keek ze triest, dan ging ze zich ook zo voelen, lachte ze, dan werd ze opgewekt. Heel merkwaardig. Het verwonderde haar dat de poes geen notitie van zichzelf nam en de spiegel straal negeerde. Poezen waren zelfzeker. Pam zag duidelijk het kind dat ze was, een meisje met lichtblond haar en een geruite schort, met een tijgerpoes die langs haar benen streelde. Ze ging verder: doodernstig kijken met een lachende mond, of een huillip onder spotogen zetten. 'Bekketrekker,' zei Elisabeth, die ook wat met spiegels had. Pam nam mensen die haar bevielen mee naar de spiegel, ze zag zichzelf aan de hand van haar grootmoeder, van tantes, van haar ooms. Ze vonden het, behalve Elisabeth, amusant. Ze lachten naar haar in de spiegel. En het vreemde was dat Elisabeth bijvoorbeeld in de spiegel anders was dan Elisabeth die naast Pam stond, de Elisabeth van de spiegel was meer zichzelf dan de gewone Elisabeth. Er was een ontdubbeling ontstaan die Pam voortaan alleen kon vergeten als ze helemaal in iets anders opging. Als kind was dat de natuur, en later het werk, of de liefde. (Hij was misschien de man geweest die haar het dichtst benaderde. Op gezegende ogenblikken was hij niet bij haar of in haar, maar met haar. Ze kon met hem vrijen en hem als man zien zonder dat het haar hinderde. Er was geen sprake van onder of boven liggen. Op een winteravond stonden ze naakt voor de spiegel, hij duwde haar zachtjes voor zich uit: 'Kijk, kijk dan,' zei hij aanmoedigend, maar ze keek slechts vluchtig naar haar lichaam, ze was te veel ingesteld op zijn blote aanwezigheid tegen haar rug, zijn penis tussen haar billen, zijn handen op haar heupen. Tot hij haar met een laatste duwtje tegen het glas drukte en zij een kreetje slaakte om de sensatie van het koude glas tegen haar opgerichte tepels. Meteen draaide ze zich om en verstopte haar gezicht tegen zijn hals.)

Maar altijd keerde ze weer naar de spiegel terug. Omdat ze een vrouw was verdacht men haar van ijdelheid, maar hoe kon zij een veroordeling voor schoonheid ernstig nemen als het kwam van heren die dat voor haar sekse verplicht stelden? Zij keek naar de vrouw, inspecteerde huid en haren, maar ze keek evenzeer naar de persoon waarin ze leefde, hoe die het maakte, ze vond het onbegrijpelijk dat mensen niet aarzelden om zichzelf in de ogen te kijken, dat ze dat beeld zomaar vertrouwden. Want ze keek ook om de angst te bezweren, de angst dat de spiegel op een dag leeg zou zijn, dat er niemand vanuit het glas zou terugkijken: de luchtspiegeling vernield en de weg naar de andere wereld afgesloten. Daarom was het moeilijk kijken als het slecht ging, ze wilde immers niet zien hoe het ongeluk haar aantastte. Ze wist dat ze zou afknappen als ze bleef kijken.

Haar beide grootmoeders waren op hun eigen wijze bijgelovig geweest. Zwarte katten, dertiende aan tafel, vrijdagen, liggende maan, kometen... Pam wist heel goed dat een spiegel laten stukvallen zeven jaar ongeluk betekende. En dat ze de ban wilde breken door er een met opzet te versplinteren, bewijst alleen dat de spiegel haar in zijn macht had. Spiegels zijn meedogenloos. Het was geen wonder dat beroemde maîtresses, voor wie veel zoniet alles van het uitzicht afhing, hun spiegels roze lieten tinten en ze zo opstelden dat het licht er voordelig inviel.

Pam keek in de eerste plaats om te zien dat ze er was, maar (wat voor inzicht dit rendez-vous verder ook mocht opleveren) ze had ook vaak gekeken om te controleren of ze klaar was om een ander te ontmoeten. Ze kon zich niet voorstellen hoe haar gezicht er in een onbewaakt ogenblik uitzag, welke uitdrukking het had als ze sliep of door haar werk in beslag werd genomen. Consequent wist ze ook niet hoe het op een ander reageerde, laat staan hoe het overkwam. (Ze had niet alleen voor hij kwam in de spiegel gekeken maar ook onmiddellijk daarna.) Wat ze voelde wilde ze zien. En als ze tegen beter weten in de spiegel negeerde brak het haar zuur op. Ze bereidde zich op ontmoetingen voor als een actrice, maar ze was heel oprecht in haar spel. Bewustzijn weegt, en ze probeerde bijtijden de spiegel te ontwijken. Hoe ouder ze werd, hoe ingewikkelder het beeld, ze hoefde er niets meer bij te verzinnen, geluk was een betrekkelijk begrip. Alleen ongeluk tekende zich duidelijk af. Maar ze wist nog goed dat er periodes waren geweest... lange zondoorstoofde zomers, of de eerste maanden van een hopeloze verliefdheid, of nachten waarin ze doorwerkte en 's morgens de hanen hoorde kraaien... dat ze alleen maar vluchtig in de spiegel keek om de illusie niet te verstoren. Het was maar als de twijfel rees, het ritme stokte, de herfstregens over de pannen geselden, dat ze weer aandachtig in de spiegel keek, als om de balans van zoveel zaligheid op te maken. Het pluimgewicht geluk is zwaarder dan de loden druk van ongeluk. Geestelijke bodybuilding. Hier komt Snoopy de grote gevaarlijke hond... met het kleine hartje. Pam tilde het hondje op en hield het met de kale plek op zijn buik naast haar in de spiegel. Hij spartelde om los te komen. 'Groot gelijk heb je,' zei ze en zette hem vlug neer.

De poeder rook muf en de rouge was steenhard geworden. Ik maak me op als een bokser voor de laatste ronde, dacht ze. Camilla had de akelige gewoonte aangenomen om haar geluidloos te volgen en als een geest achter haar rug te blijven staan. Nu keek ze over Pams schouder in de spiegel met een sprankje verbijstering in haar ogen. Het was niet veel, maar het was er, en meteen was Pams geduld op. 'Wat sta je daar te gapen, heb je nog nooit een oude gekkin gezien die er nog wat toonbaars van probeert te maken? Of moet ik dat kind soms onder ogen komen als een heilige van de laatste dagen? Je zou trouwens zelf best een kleurtje kunnen gebruiken...' Woest greep ze de poederdons en stootte de doos van de kaptafel, het goedje verspreidde zich als een rookwolk. 'Als het maar geen vlekken maakt,' zei Camilla en niesde. Ze had met haar gewone droge stem gesproken. 'Ruim die rommel op', en Pam ging haar gezicht wassen. Ha, het rijstpoeder op de dikke rimpelhuid van haar grootmoeder, die er op haar best uitzag als een bestofte olifantse, en dat was ze geweest ook met haar rancuneuze geheugen en boze getoeter: een olifantse in vaders porseleinwinkel!

Maar Pam had zich geen zorgen over haar uiterlijk hoeven te maken, Alexandra was veranderd. Ze landde op gympjes, in een tuinbroek, met een gitaar op de rug, de kortgeschoren haren stekelig overeind, en een uitdrukking van ziezo in haar grijsblauwe ogen.

Pam knapte ervan op. Ze was onwel geworden terwijl ze haar kleindochter stond op te wachten. De drukte, de eerste volbloedwarmte, ze keek naar de lichtgolven boven de startbanen en haar oren klapten met een fel gefluit dicht. Ze hield zich aan de balustrade van het dakterras vast en zag het vliegveld veranderen in een besneeuwde vlakte, ver weg klonk een kerstlied, maar toen het dichterbij kwam waren het de meisjesstemmen op de speelplaats van de dorpsschool:

'Klein Anna waarom weent Gij zo?'

en het monotone sopraantje:

'Omdat ik morgen sterven moet,
sterven moet, sterven moet...'

Koud zweet brak haar uit. Ze trok haar handen van de balustrade en wankelde naar het toilet, ze had het gevoel door watten te lopen. Het stromende water over haar polsen bracht haar weer bij, ze maakte haar zakdoek nat om haar gezicht te verfrissen. Van de zorgvuldige compositie bleef niets over: in de spiegel stond een oud gezicht. Maar Alexandra scheen er niets van te merken: 'Ik sterf van de dorst,' zei ze. Normaal, dacht Pam, toen ik zestien was zag ik ook geen oude mensen. In de hal keek ze uit naar oude vrouwtjes zoals zij zich die voorstelde, klein en taai als dwergboompjes, maar ze zag alleen jonge mensen en ging wat dichter bij Alexandra lopen, alsof ze bescherming zocht.

Camilla stond hen met gekruiste armen op te wachten, maar Alexandra at de tafel kaal, en haar verdediging smolt als sneeuw voor de zon. Het duurde geen week of Camilla leerde Alexandra met de brommer rijden. Ze gilden boven het geluid van de getergde motor uit. Pam legde haar pen neer. Ze was niet helemaal op haar gemak. Alexandra was wel erg in haar voordeel veranderd, opgewekt, hulpvaardig, een modelmeid. Maar lag het er niet te dik op? 'Ik blijf de hele zomer,' riep ze uit, 'ik ga hier nooit meer weg!' 'Mij best, maar wat zal je moeder ervan vinden?' antwoordde Pam. 'Die is gelukkig van me af, ongestoord met haar liefde, twee parkietjes in hun kooitje,' zei Alexandra spottend. 'Je bent toch niet jaloers op je moeders vrijer?' vroeg Pam op dezelfde toon. 'Die zak?' zei Alexandra. 'Als ze zou breien hield hij de wol voor haar op!' 'Had je dan liever...', Pam aarzelde bij 'je vader', maar Alexandra zei beslist: 'Nee dank je, het is mijn vader, zoals moeder zegt, hoewel ik niet begrijp dat dat zo belangrijk is, maar ik moet er niet aan denken dat we hem terugkrijgen. Alles was van hem, het huis, moeder, wij, tot de kat toe. We hadden inspraak, hij is bij de tijd, maar je hoefde niets te proberen, hij ging meteen op zijn strepen staan. En zo is ie nog. Toen hij er eenmaal overheen was vond hij Robert prima. De aanwezigheid van een man in huis stelde hem gerust, zei hij, vooral met "het oog op de meisjes".' Alexandra kreeg een lachstuip en Pam schudde het hoofd. 'Ik blijf hier,' herhaalde Alexandra, 'jullie zijn gelukkig, geen pottekijkers, geen gezeur.' 'Je begint nog maar pas te leven,' zei Pam, maar Alexandra blies.

Pam zat in bed te piekeren. Ze was alleen, het hondje verdeelde zijn gunsten, en Camilla sliep thuis. Pam had erop gestaan dat ze enkele kamers voor zichzelf huurde. Wij zijn gelukkig, dacht ze grimmig, wij hebben geen man vandoen, maar ik ben oud en Camilla is op dat vlak grondig verknoeid. Ze zag het beheerste gezicht van haar dochter en wist welke angst ze had gevoeld toen ze Alexandra over mannen hoorde praten. 'Het is moedwil,' zei ze luidop, 'of hun haan moet koning kraaien of hun kammen vallen slap, en in beide gevallen zijn wij bekocht. Als we ze anders willen zullen we ze zelf moeten verzinnen, want zij zijn er te lui voor of denken er geen belang bij te hebben. Kom me niet aan met dat verhaal dat God een man is!' Even dacht ze aan Jesaja, zwervend in de lauwe zomernacht. 'Hoe halen we die kinderen uit de vernieling?' zuchtte ze.

's Morgens drentelde Alexandra haar werkkamer binnen. Ze keek naar de boeken, gluurde schuin naar Pam en verkeerde lang op het balkon. 'Wat een rimboe,' zei ze en kwam op de tafel af, ze verzette een inktpot, vingerde aan de stenen uiltjes, keek in de handspiegel en stak haar tong uit. 'Wat schrijf je?' vroeg ze toen Pam gelaten bleef zwijgen. Pam legde het haar min of meer uit. 'Schrijf je je leven op?' vroeg ze met afschuw. 'Het is meer een soort gedenkschrift.' 'Honk,' deed Alexandra en liet zich in een stoel vallen. 'Tsja,' zei Pam. 'Grootmoeders wijsheid,' sarde Alexandra. 'Probeer eerst maar eens zelf tien behoorlijke zinnen achter mekaar te zetten,' zei Pam nijdig. 'Ik zal daar gek wezen,' lachte Alexandra. 'Waarom doe je het?' vroeg ze even later. 'Omdat het me gevraagd is', Pam had geen zin om zich bloot te geven. 'Moeder staat 's nachts op om te werken, dan zit het hoedje van zo'n mannetje scheef maar zij zal niet rusten voor het recht staat. Zelfs die arme Robert kan wachten als ze bezig is.' 'Hou op met mij je moeder in de schoenen te schuiven,' zei Pam boos, 'en bedenk dat ze met die snerttekeningen jouw vrijheid zeker stelt.' Ze hoorde hoe het klonk maar ze kon het niet helpen. Alexandra rees uit de stoel als een Egyptische prinses: 'Ik heb niemand wat gevraagd,' zei ze hooghartig en verliet de kamer.

Neem me niet kwalijk maar er is veel van een mens in wat zij doet, schreef Pam op het briefje dat ze onder Alexandra's deur schoof. Dat zal wel, maar ik weet niets om te doen, stond er op het velletje dat Pam tussen haar papieren vond.

Het was een prachtige zomer, heftig en mild tegelijk. Camilla beleefde een tweede jeugd en trok met Alexandra dagenlang de heuvels in. Pam vergezelde hen een eindweegs en keerde dan met het hondje aan de lijn (die was veel liever mee op avontuur getrokken) naar huis terug, om gestaag aan het boek te werken. Geen ogenblik gaf ze toe aan de gedachte dat het weleens het laatste boek zou kunnen zijn. Al schrijvende viel haar nog zoveel in. Life is big fun, maar wat is de zin? schreef Alexandra. Hou het plezier vast, de rest komt vanzelf, antwoordde Pam. De vraag was door de werkelijkheid achterhaald.

Op een late middag stond ze op het balkon en zag Camilla met Alexandra de weg afkomen. Camilla stapte als een ezeldrijver en Alexandra liep als een treuzelende geit. Er was iets. Tijdens het avondeten bleef Camilla opvallend zwijgzaam, en na afloop ging Alexandra in de tuin op haar gitaar improviseren. Tot dan had het instrument wat verloren op haar koffer gelegen.

'We kwamen voorbij het huis van Minneke Poes en die luizentroep lag halfnaakt te zonnen, ik wilde een omweg maken, maar zij was zo nieuwsgierig en toen ze ons eenmaal hadden gezien werd het een toestand, ik kon maar net voorkomen dat ze mee naar binnen ging, zogenaamd om het huis te bekijken.' Camilla's verontwaardiging won het van haar onrust. 'Nou en?' vroeg Pam. 'Dat dacht ik al, dat jij het niet erg zou vinden!' 'Gebruik toch niet meteen de grote middelen,' zei Pam geïrriteerd. 'Je moet haar verbieden er nog heen te gaan,' drong Camilla aan. 'Voorlopig verbied ik niets,' zei Pam. 'Mijn vingers zijn stijf, ik moet meer oefenen', Alexandra slenterde de keuken in en keek verwonderd naar Camilla's rug. 'We hebben een tweede aardbeienoogst, kan je oefenen met plukken tot je vingers krom staan.' Camilla smeet de keukendeur dicht: 'De muggen komen binnen!'

'Ze hebben alles wit geschilderd en overal kussens gelegd. Er zijn kippen en schapen en ze gaan hun eigen groenten telen. Best leuk,' vond Alexandra. Pam glimlachte. 'Daar moet je niet om lachen,' zei Alexandra, 'ze werken hard en iedereen moet gelijk meehelpen, ze willen niets meer te maken hebben met die rotzooi', met een armgebaar veegde het meisje de buitenwacht weg. 'Jij doet toch precies hetzelfde,' zei ze. 'Ik ben wel een stuk ouder,' antwoordde Pam kalm. 'Wat heeft dat er nu mee te maken?' riep Alexandra. 'Zij moeten nog beginnen.' 'Misschien kan je maar beter zo beginnen,' zei Alexandra. 'Wat bezielt Camilla?' vroeg ze. 'Ze voelt zich eenzaam,' zei Pam. 'Dan kan ze toch zeker meekomen', en Pam dacht, als het zo simpel was. 'Een van de jongens wil weg,' meldde Alexandra, 'hij vindt dat de meisjes te veel overwicht in de groep hebben.' Ze keek peinzend. 'Stom dat ik een meisje ben, anders zou ik zijn plaats innemen.' 'En waarom zou dat niet kunnen?' vroeg Pam. 'Vanwege het evenwicht,' zei Alexandra, 'dan blijft die ene jongen met vier meisjes achter, dat vindt ie vast niet prettig.' 'Jullie eten hem toch niet op?' 'Je weet hoe jongens zijn, altijd opletten dat ze niet te kort worden gedaan,' zuchtte Alexandra. 'Oef,' deed Pam.

'Ze hebben een vriend te logeren, misschien blijft ie wel,' zei Alexandra, maar tegen die tijd was er met Camilla geen land meer te bezeilen. 'Ze loopt regelrecht in haar ongeluk en jij laat dat met open ogen gebeuren, je eigen kleindochter nog wel,' beschuldigde ze Pam. 'De geschiedenis blijft zich niet herhalen,' zei Pam, 'en wij kunnen haar de toekomst niet voorleven, ze is niet dom en beter gewapend dan wij waren...' 'Ik zal het niet aanzien,' zei Camilla dreigend. 'Wat zou je willen? Dat ze hier blijft? Opgesloten in dit huis? Hou je erbuiten,' zei Pam. Om Alexandra voor Camilla's verhaal te behoeden toonde Pam zich zekerder dan ze was. Ze stond verscholen op het balkon en zag de nacht over het heuvelland dalen, de omtrekken van de dingen vervaagden, lichtjes doken op als bakens die door de eerste sterren werden weerkaatst. Pam besefte dat ze in de richting van het huis van Minneke Poes stond te kijken. Waar haal ik het vertrouwen vandaan, dacht ze, ik weet dat het mis kan gaan, ik heb toch ondervonden hoe de tegenpartij in elkaar zit, hoe ze hun onvermogen op ons afschuiven. Hoe ze het verlangen wantrouwen en het nooit vergeven dat ze ons nodig hebben, al was het alleen maar daarvoor. Om hun nood te lenigen. En hoe ze het ons betaald proberen te zetten. Misschien is dat wel het verschil, dat wij ondanks alles ons vertrouwen in wat we koppig liefde blijven noemen hebben bewaard. Dat ze ons kunnen verbranden en vernederen en misprijzen, maar dat we niet stuk te krijgen zijn. Ja, dat we juist waar ze ons het meest hebben liggen altijd weer overeind komen. Zolang wij er zijn zal het ze niet lukken het leven te vernietigen. Wij zullen ze altijd de hand boven het hoofd blijven houden, want wij zijn sterker. Ze draaide zich om en zag hoe donker het in haar kamer was terwijl de hemel helder werd alsof de nacht onderhuids werd verlicht. Ze tilde haar kleed op om niet over de drempel te struikelen, en ging behoedzaam het huis in. Op het briefje stond: Moet je erg verliefd zijn om het te willen? Ja, schreef Pam. Dan wacht ik nog even, antwoordde Alexandra. Maar Pam was nog niet vergeten dat wachten veel te lang duurt. De zomers werden ook almaar korter.

* * *

'Daar kwam al enen jager aan,
jager aan, jager aan,
daar kwam al enen jager aan,
die schoot klein Anna dood!'

Het laatste woord knalde eruit en het meisje in de kring zakte lijdzaam opzij en viel op de grond. Gejoel bij het koor. Ze werd van heel ver wakker en knipte het grote licht aan. Het hondje gromde. Zijn spitse oren draaiden als radarschelpen. 'Wat is er aan de hand?' mompelde Pam, maar het hondje liet zich niet afleiden. Zuchtend trok ze haar peignoir aan en opende de deur, het hondje schoot over de gang, de drie treden die naar de tussenverdieping leiden op, en bleef kwispelstaartend voor de deur van haar werkkamer staan. Zou Mefisto wat uitspoken? dacht Pam. Ze had de poes na het avondeten niet meer gezien. Maar onder de deurspleet viel licht en aan haar werktafel zat een man. 'Zoek je wat?' vroeg Pam, die zo boos was dat ze vergat bang te zijn. Het hondje drong langs haar benen en rende blaffend op de indringer af. De man vluchtte als een belaagde maagd om de tafel en wipte er ten einde raad elegant bovenop. Hij stak beide handen omhoog: 'Ik geef me over!' Het hondje hapte vergeefs naar zijn kuiten. Pam voelde een diepe afkeer. Ze maande het hondje tot kalmte en gaf de man een teken dat hij van haar tafel moest komen.

Maar de kerel keek angstig omlaag naar het hondje en dan smekend naar haar. Komediant, dacht Pam, maar ze zette het hondje buiten de deur. Het begon verongelijkt te janken.

Glimlachend stond de man voor haar: een onregelmatig gezicht met een moedervlekje als een tache de beauté op de linkerwang. De zwartgelakte haren plakten tegen zijn schedel. Hij helde wat voorover in zijn zwarte hemd en strakke pantalon van dezelfde kleur. Op haar script zag Pam de afdrukken van zijn mocassins. Een zoetig luchtje dreef haar tegemoet. 'Violet de Parme,' zei hij met een buiging. Zo kom je niet van me af, dacht Pam en strekte haar rug.

'Hier is dan eindelijk de grote scène waarop met spanning is gewacht, de lady betrapt de valse minnaar met zijn vingers in het juwelenkistje, of zijn het de verzegelde brieven van de koning die hij begeert?' Hij liet de geheven hand zakken en viel op de knieën: 'Genade!' 'Ik bel de politie,' zei Pam. Hij spiedde de kamer rond en ging met gespreide armen voor de deur staan. 'Niet doen,' zei hij vals. 'Mij maak je niet bang,' merkte Pam op. 'Dat weet ik,' zei hij honend: 'Wij zijn voor niets of niemand bang, wij beantwoorden geen brieven, wij laten de telefoon rinkelen, wij leven ons eigen leven en de rest kan doodvallen!' 'Brieven?' Hij wees beschuldigend naar het bijzettafeltje: 'Kleurenblind?' Pam zag nu pas dat de kamer overhoop was gehaald, op het tafeltje lagen de gele brieven met het paarse handschrift. 'Maar dat zijn toch...' 'Zorgvuldig geschreven brieven, smeekschriften mag ik wel zeggen. Juweeltjes. Ik was zelfs bereid om als vrouw te komen.' Gek, flitste het door Pams hoofd. 'En de telefoon...?' vroeg ze. 'Klik. Klik. Klikklikklik,' deed hij en knipte met zijn vingers, castagnetten nabootsend. 'Wat wil je eigenlijk?' Pam was het beu. 'Dat zou je wel willen weten, een kat in nood maakt rare sprongen', hij kwam wiegend op haar af. Maar Pam bleef staan, ze kon geen voet verzetten. Hij keek haar van dichtbij aan, zijn blik had iets ontwijkends, alsof hij loensde. 'Juist,' zei hij grijnzend, 'het opmerkingsvermogen is intact, taai kopje', en hij tikte met zijn wijsvinger tegen haar slaap. Pam maakte een gebaar alsof ze hem van zich af wilde duwen, en hij lachte. 'Ben je vies van me?' vroeg hij en gaf haar een natte zoen. Hij hield het hoofd achterover om het effect te bestuderen. Pam veegde met de achterkant van haar hand haar lippen af. 'Zou je het lusten als ik een vrouw was?' 'Maak dat je wegkomt,' zei Pam moeizaam. 'Geduld is een vrouwelijke deugd,' antwoordde hij opgewekt, 'en nu ik hier eenmaal ben, zusterlief, nu ik u in levenden lijve mag aanschouwen...' Hij draaide zich half om en keek haar over zijn schouder aan. 'De werkelijkheid valt tegen,' mompelde hij, 'waar is onze goudblonde schoonheid gebleven? Athene met de stalen helm, Aphrodite met de blanke huid, Hera met de moederlijke armen?'

Pam voelde zich wegdrijven, maar hij sloeg met de vlakke hand op tafel. 'En dit hier, wat heeft dat te betekenen? Wat wordt hier gebrouwen?' Hij nam een blad en wapperde het voor haar gezicht. 'Kruipt de heks daarom als een muis in haar holletje? Om deze giftige lettertjes aan elkaar te naaien?' Hij snuffelde aan het blad. 'Bah! Zwavel en pek. Slechte gedachten. Mannenhaat. Kwaak! Kwaak!' Hij wipte als een pad weer naar haar tafel. 'Hier moet grote schoonmaak worden gehouden. Hier moet een louterend vuur reinheid brengen.' Hij keek berekenend in Pams richting. 'Waarom zou deze vuiligheid worden gedrukt als dit meesterwerk in de la moet blijven liggen?' Hij toverde van de stoel een geel pakje. 'Alles wat hiervan overblijft,' – hij wees naar haar script — 'zal dit wezen' – en zwaaide met het gele pakje. 'Aan het werk,' besloot hij en nam plechtig het eerste blad van haar tafel. 'Een, twee, drie!' en met de snelheid van een goochelaar scheurde hij het blad in stukjes, de snippers strooide hij als confetti over zijn hoofd en schouders. Hij nam een tweede blad, en een derde, voor Pam bewoog. Zonder een kik te geven gooide ze zich met al haar kracht tegen de man en hief haar knie om hem een stoot in het kruis te geven, maar ze verloor haar evenwicht en zijn tien vingers grepen haar dunne hals.

Het viel samen: de deur die werd opengetrapt, Camilla die 'halt!' riep, het hondje dat kefte, de man die haar losliet, en het schot dat zich door het rode gordijn voor haar ogen boorde. Pam tastte naar de tafel en zag de man aan haar voeten kronkelen. Het schot was geëxplodeerd met voldoende geluid om een buffel omver te leggen, maar de kerel leefde nog, hij kermde en hield zijn buik vast terwijl hij zijn knieën optrok en zijn hoofd vooroverboog. Verdwaasd zag Pam hoe Camilla opnieuw aanlegde, ze trachtte nog wat te zeggen, en toen was alles stil.

Camilla maakte van haar hart geen moordkuil. Het speet haar danig dat ze de man niet met een tweede welgemikt schot had afgemaakt. Pam had haar erg laten schrikken door flauw te vallen. Camilla vreesde dat het te veel was geweest.

Ogenschijnlijk herstelde Pam goed van de aanslag. Om de striemen in haar hals te bedekken droeg ze een sjaal en later een fluwelen lintje met een sierspeld. En dat lintje bleef ze dragen, ook toen alle sporen verdwenen waren. Ze had de neiging om haar hals te verstoppen. Het was opeens een oude hals geworden. De huid viel in losse plooitjes en ze had de indruk dat het daar beefde als ze praatte. Haar stem was niet meer zo vast. De man genas van het buikschot en werd opgenomen. Via de dokter stuurde hij Camilla de kogel en die was er apetrots op. Maar Pam wilde het ding niet in de keuken uitgestald hebben. Er knetterde iets in haar kleine hersens.

Ze liet een tafel in haar slaapkamer zetten en besloot daar verder te werken. Het gele pakje was samen met de brieven in beslag genomen. De psychiater van de man schreef haar om te vragen of zij de inhoud kende. Pam vroeg of het zijn patiënt zou helpen als zij het inzag. Eerst dacht hij van niet, er kwam een aarzelend antwoord, maar omdat zij aandrong stuurde hij haar fotokopieën in gewoon zwart-wit. Daardoor werd het geneutraliseerd. Het was een slecht geschreven verhaal, vol herhalingen, en het droop van de vrouwenhaat, zielig.

Een man wist dat hij was voorbestemd om een groot kunstenaar te worden, hij schilderde, schreef en zong. Alles om ter best. Zijn gaven waren zo gevarieerd dat hij maar moeilijk kon kiezen. Hij leerde een beeldschone vrouw kennen en wist meteen dat zij zijn muze was. De vrouw liet zich gewillig inpalmen maar bleef bij al zijn liefkozingen koel en glimlachend alsof ze de Mona Lisa zelf was. Hoe heftiger hij haar beminde, hoe rustiger zij hem afwees. Hij verloor zijn levenslust. Algauw kwam hij erachter dat hij niets meer kon, niet meer schilderen, niet meer schrijven, niet meer zingen. Zijn stem klonk als een gebarsten ketel. Hij was een onvermoeibare minnaar geweest maar zijn krachten lieten hem in de steek. Hij kon de vrouw niet bezitten. Toen hij op een avond in zijn wanhoop naar de hoeren trok en ook daar verstek liet gaan, begreep hij dat hij haar haatte. Het was een allesvernietigende dodelijke haat, en hij zocht de vrouw op die er nog altijd even mooi en onaantastbaar bij zat, en versmoorde haar. Daarna sneed hij het lijk als een volleerde slager in stukjes en stopte het in de diepvries. Hij voorzag zich van de nodige kookboeken en begon haar op te eten. Maar met raffinement. Hij was tenslotte een kunstenaar. Hij sprak als een chef over het marineren van een dij of het sauteren van een borst.

Al degusterend voelde hij zijn krachten terugkeren, nadat hij de hersenen had genuttigd, (peper en zout, scheutje cognac, voorzichtig omscheppen tijdens het bakken) kon hij weer schrijven als de beste, na de vingertjes schilderde hij als een meester, en na het tongetje (in madeirasaus, jawel) zong hij als Caruso! Tenslotte prepareerde hij een zeldzame pot au feu van het kutje, en ging na nuttiging hiervan tekeer als een dekhengst. Tableau!

Pam schudde het hoofd, en schreef de auteur, na wat bedenktijd, een zorgzame brief. Hij antwoordde niet, maar ze nam zich voor hem regelmatig te blijven schrijven.

Ze zat vaak afwezig in de verte te staren, en als Camilla haar vroeg: 'Waaraan denk je?' schrok ze op, want eigenlijk had ze aan niets bijzonders gedacht. Het meest hinderde haar de publiciteit die het voorval trok. Persmuskieten zwermden om het huis. Het hondje werd neurotisch van de insluipers. Haar privacy was vernietigd. Het vertrouwde huis was een glazen kast waarin ze ten toon zat. Pam sloop langs de muren van kamer naar kamer, er zorg voor dragend dat ze niet voor een raam bleef staan. Als Camilla ze niet had opengegooid waren de luiken voorgoed dichtgebleven. De heuvels beschermden Pam niet langer, ze sloten haar in. Ze raakte in paniek als de telefoon rinkelde. Camilla was de eerste die begreep dat ze niet langer in het witte huis konden blijven. Er werden plannen gemaakt om te verhuizen.

* * *

Het was in het jaar dat de sneeuw een maand of langer bleef liggen, een zeldzaamheid in een gematigd klimaat, voor echte winters moest je naar Rusland of Canada, maar die winter was een halve meter sneeuw geen uitzondering, en Pamela genoot ervan. Ze rende 's morgens in haar flanellen nachtjaponnetje en op blote voeten naar buiten en keek verrukt om zich heen, tot haar grootmoeder of Elisabeth haar mopperend naar binnen droeg.

Van dorp tot dorp vergrootte de afstand, onbegaanbare wegen, verbroken telefoon- en telegraafverbindingen; er ontstond een nieuw besef van tijd en ruimte. Pam klauterde tegen de mollige rivieroevers omhoog en keek neer op het snel stromende water. Het was geen brede rivier, maar tussen de witte wanden leek het water onpeilbaar diep. Ze zette haar handen als een toeter om haar mond en riep uitdagend naar de overkant, waar niemand antwoordde. Ook daar was alles weggemoffeld, alleen de strakke structuren van de hoge bomen staken zwart tegen de violette hemel af. Pam liet zich lachend landinwaarts van de oever rollen. Er werd danig gezeurd over het ongemak en de mensen werden er tegen al dat blanke niet mooier op. Hun rauwe stemmen en het doffe geknal tegen de avond was het enige dat de illusie verstoorde.

Pam legde haar pen neer en liet haar bril zakken, ze keek fronsend naar buiten waar het alweer lente was. Mefisto lag met zijn neus in zijn staart op een kist te slapen. Het huis was ontmanteld, tot hun definitieve vertrek bivakkeerden ze. Camilla's stem schoot uit maar het hondje, allerminst onder de indruk, blafte onder aan de trap. Pam zou zevenenzeventig worden, maar ze vergiste zich doorlopend in dat soort dingen. Ze duwde haar bril weer op zijn plaats, herlas wat ze had geschreven, knikte.

Het was na de oorlog geweest, en de bloeddorst van de heren scheen voor een tijdje bevredigd. Ik moet erbij zetten welke oorlog, dacht ze maar haalde toen haar schouders op, afgezien van de gebruikte middelen waren alle oorlogen gelijk. Ofschoon ze zich niets vreselijkers kon voorstellen dan bloedsporen in vers gevallen sneeuw. Haar vader had zijn herinneringen bedekt, maar hij hield niet van sneeuw. Dat was een gebied van eindeloze berkenbossen, waar tussen de bleke stammen onbeschrijfelijke dingen gebeurden. Toen hij achteraf in het zoveelste ziekenhuisbed heilig lag te worden en de pijn manmoedig verbeet, had een nietsvermoedende nachtzuster hem gewekt. Het had die nacht gesneeuwd en ze wilde hem laten meegenieten van die ongestoorde wereld waarin nog geen mens een voet had gezet. Maar de bemodderde spoken waren uit hun vrieskelders gekropen, traag maar goed geconserveerd, en de romantische zuster was op de vlucht geslagen. Er waren maar weinig vrouwen die de werkelijkheid, dat is de dood, in een man durfden te aanschouwen.

'Over een halfuur eten we,' riep Camilla en Pam stampte driemaal met haar stok op de vloer. Haar derde been, maar ze had een hekel aan het ding dat overal in de weg lag. 'Ik zal er mijn nek nog eens over breken,' zei ze tegen Camilla. En als ze door de tuin scharrelde zat het zinnetje: 'De oude dame leunde op haar wandelstok' haar dwars. Ze duwde met haar wijsvinger de stok omver en trapte hem onder de werktafel. Mefisto rekte zich uit met een hoge rug en draaide zich lekker in een nieuwe krul.

De lage boerenkamer was wit en zwart betegeld. Onder de berookte haardkap hing de wandelstok van haar grootvader. Een slanke, in een punt uitlopende ebbehouten stok met een zilveren handvat. De grootvader was naar pierenland. Pam schommelde als Chaplin door de kamer en liet de wandelstok draaien. Ze zong een spotliedje. Elisabeth lachte vol leedvermaak maar de ooms deden 'ssst...' toen haar grootmoeder binnenkwam.

Het was halftwaalf, een vrijdagmiddag..., de wind was gaan liggen. Drie dagen had hij wild en dolmakend om het huis geraasd en Pam wist zeker dat ze hem niet zou missen. Die dwaze wind, die de mensen in het hoofd sloeg, was het enige onvoorspelbare element van het heuvelland, al zouden de oorspronkelijke bewoners de tekenen wel hebben onderkend... Zoals de loodgrijze hemel die als het ware naar omlaag werd gedrukt in dat andere land sneeuw had betekend.

Geen sledebelletjes, geluidloos slippend waren ze over de gladde dijkwegen gereden. De laaggelegen velden en weiden waren ondergesneeuwd, de schaarse huizen verzonken onder hun witte daken, alles wit, behalve het roestige riet dat in stekelige bosjes langs ondergestopte sloten en kanaaltjes stond. Ver weg werd er op een schoongeveegde ijsplaat geschaatst. In een bocht van de weg lieten ze de auto achter, de lucht was prikkelend, als gezuiverd. Pam werd zich bewust van het ogenblik dat voor een deel verleden was. In de richting van de haven zag ze de verbrandingsvlam van de chemische industrie, en dichterbij de koeltorens van de kerncentrale. Maar ze liepen in de richting van de rivier. Aan de andere kant van de binnendijk vluchtte een konijn, een hond blafte, de jagers sprongen te voorschijn: vier burgers voor één konijn. Het was zondagmiddag.

Hij sloeg zijn hand om haar schouder en trok haar de dijk af, ze rolden in de opgehoopte stuifsneeuw. Hij zoende haar waar hij haar raken kon, en zijn zoenen hadden de smaak van natte sneeuw, ze smolten in haar mond. Lachend duwde ze hem van zich af. Zijn wenkbrauwen waren wit aangezet, even zag ze zijn ernstige ogen. Ze zette het op een lopen, wegzakkend en ploeterend, met gloeiende wangen, almaar dieper het niemandsland in. Het was niet zonder gevaar, de woeste gronden liepen elke herfst en winter onder water, de toestand van het kelderijs was onzeker, en de sneeuw bedekte de valkuilen. Pam was opgewonden maar niet bang, voor haar gevoel was dit al eens eerder gebeurd, ze maakte zich geen zorgen om de afloop.

Ze hoorde hem achter haar rug hijgen van inspanning, en ze genoot ervan dat haar lenigheid het tegen zijn kracht kon opnemen. Een schip schoof geluidloos door de bocht van de rivier, het voer door de sneeuw, half erin – half erboven, toen het vlak voor hen lag loeide de scheepsfluit, ze keken het na tot het verdwenen was. Hij blies in haar hals en zocht met zijn koude vingers haar borsten. De sneeuw knisperde onder haar rug. Ze sloot haar ogen. Het was niet koud geweest. Op de terugweg wachtte een pony hen op, een crèmekleurig paardje met berijpte manen, dat hen trouwhartig volgde. De dagen werden korter.

'Eten!' riep Camilla en Pam schrok. Tot zover de sneeuw. Ze stopte het blad in een map en legde er haar bril bovenop. Toen ze opkeek duizelde het haar. Ze wreef over haar gezicht. Morgen maak ik dit zaakje rond, dacht ze. Haar vingertoppen waren voos, ze prikte erin met een penpunt en voelde niets. 'Er was eens, heel lang geleden, in een land ver hier vandaan, een jonge koningin. Ze zat voor het paleisvenster te borduren. Zij prikte met de naald in een vinger en drie druppeltjes bloed kleurden het sneeuwwitte linnen op haar schoot. Zacht fluisterde ze voor zich heen: "Een dochtertje met lippen zo rood als dit bloed, een huid zo blank als sneeuw en haren zo zwart als ebbehout." En toen het lente werd ging haar wens in vervulling.' Pam keek naar haar bleke vingertoppen. als de verhuizing achter de rug is zal ik dat eens laten nakijken, nam ze zich voor.

'Klein Anna wordt begraven...'

Dat was een strofe van eigen vinding geweest. De meisjes droegen klein Anna, die voor een dode dapper tegenspartelde, naar een hoek van de speelplaats om haar ongenadig te kietelen. Maar haar rokje schoof omhoog, en liet tussen het witte broekje en de zwartgebreide kousen een strookje bloot vlees zien. De zuster klapte in haar handen.

'Kom je nog?' Geduld was niet Camilla's sterkste kant. Pam liep naar de deur en struikelde over het tweede trapje. Het zijn er drie, dacht ze.

VERANTWOORDING

Voor de passage over de gebeurtenissen te Vinkt, in 'Het verwerven van een schuilplaats', is gebruik gemaakt van de volgende bronnen:

- Verslag Commissie van Oorlogsmisdaden (Koninkrijk België, ministerie van justitie): 'Oorlogsmisdaden bedreven gedurende de bezetting van het Belgische grondgebied. Mei 1940. Vinkt en omstreken.' Georges Thorn, Luik 1949

- Z. E. H. F. Michem: 'Vinkt in mei veertig', F. Michem

- 'De veldtocht van het Belgische leger in 1940' door de Fabribeckers. Lummen 1966

- J. Devos: 'Mei 1940. Ten zuiden van Gent.' 't Fonteintje, Drukkerij De Vuyst, Gavere

- Kranten, o.a. *De nieuwe Landwacht,* jaargang 1945, 1946, 1948

- Getuigenissen, verzameld door Monika van Paemel, onder meer voor het maken van een radiodocumentaire, 'Vinkt 1940', voor BRT I (1974)